Friedrich
Glauser

Mattos
Puppentheater

Zu diesem Buch

Friedrich Glauser wurde bekannt durch seine Kriminalromane, aber das eigentliche Zentrum seines Schaffens sah er in den Erzählungen und Novellen. Die vierbändige Edition des Limmat Verlags macht ihren Reichtum erstmals zugänglich und sichtbar. Das Spektrum der Texte reicht von frühen, auf französisch erschienenen Erzählungen bis hin zu Romanfragmenten aus der Zeit kurz vor seinem Tod, von autobiographischen Berichten zu Kritiken und Essays, von atmosphärisch dichten Feuilletons zu fein ausgesponnenen Novellen. Der Reichtum der Themen und Gattungen ist enorm und läßt Glausers Entwicklung und schriftstellerische Physiognomie in neuem Licht erscheinen.

»Die Gesamtausgabe seines erzählerischen Werks ist von einer beeindruckenden Akribie, getragen von der Liebe zum Autor.« *Der Spiegel*

»Glauser muss ein Leben auf der Lauer gelegen und heimlich Menschen beobachtet haben. Anders ist nicht zu erklären, wie er mit zwei, drei Strichen das Innerste einer Figur herauskehren kann.«
Pia Reinacher, Tages-Anzeiger

»Endlich der echte Glauser!« *Facts*

Der Autor

Friedrich Glauser wurde am 4. Februar 1896 in Wien geboren. Sein Leben war von Rastlosigkeit geprägt: Schulen in der Schweiz und in Österreich, Erziehungsheime, Gefängnisse und psychiatrische Kliniken. Friedrich Glauser lebte in Frankreich, Belgien und Italien, war lange Zeit morphiumsüchtig, verbrachte zwei Jahre in der Fremdenlegion und nahm an der Dadaismus-Bewegung in Zürich teil. Er starb am 8. Dezember 1938 in Nervi bei Genua.

Als Unionsverlag Taschenbuch sind außerdem lieferbar: »Der Chinese«, »Die Fieberkurve«, »Gourrama«, »Matto regiert«, »Schlumpf Erwin Mord (Wachtmeister Studer)«, »Die Speiche (Krock & Co.)« sowie »Der Tee der drei alten Damen«.

Friedrich
Glauser

Mattos Puppentheater

Das erzählerische Werk
Band I: 1915–1929

Herausgegeben von Bernhard Echte
und Manfred Papst

Unionsverlag
Zürich

Die Originalausgabe erschien 1992
im Limmat Verlag, Zürich.

Übersetzung der französischen Texte
Bernhard Echte unter Mitarbeit von
Cornelia Echte und Manfred Papst.

Auf Internet
Aktuelle Informationen
Dokumente, Materialien
www.unionsverlag.ch

Unionsverlag Taschenbuch 176
Diese Ausgabe erscheint mit freundlicher Genehmigung
des Limmat Verlags, Zürich.

Rieterstrasse 18, CH-8027 Zürich
Telefon 0041-1 281 14 00, Fax 0041-1 281 14 40
mail@unionsverlag.ch

Umschlaggestaltung: Heinz Unternährer, Zürich
Umschlagfoto: Hans Baumgartner
»Straßenmusikant in Zürich, Dreißiger Jahre«

Druck und Bindung: Clausen & Bosse, Leck
ISBN 3-293-20176-8

Die äußersten Zahlen geben die aktuelle Auflage
und deren Erscheinungsjahr an:

1 2 3 4 5 - 03 02 01 00

Inhalt

3 *Fragmente*

4 *Zugeschriebene Texte*

5 *Autobiographische Dokumente*

6 *Anhang*

Editorische Vorbemerkung

Als Friedrich Glauser am 9. Dezember 1938 unerwartet starb, hatte er sich gerade erst einen gewissen literarischen Ruhm als Kriminalautor erworben: zwei Jahre zuvor war der *Wachtmeister Studer* erschienen und hatte einen ansehnlichen Erfolg erzielt. Geschrieben und publiziert hatte Glauser jedoch bereits seit mehr als zwanzig Jahren – nur konnte vom Umfang und der Bedeutung dieses Werks kaum jemand ahnen, da es an vielen Orten verstreut in Zeitungen und Zeitschriften gedruckt worden war. Glauser teilt damit das Schicksal jener Schriftsteller, deren Werk erst der Nachwelt eigentlich erkennbar wird, da es zu Lebzeiten des Autors, größtenteils abseits des Buchmarkts, in kurzlebigen Tagespublikationen seinen Ausdruck und Niederschlag fand. Es ist jedoch nicht nur die Vielfalt und Entlegenheit der Erscheinungsorte, die eine angemessene Kenntnis und Wertschätzung seines Schaffens hintertrieb; bis heute hält sich hartnäckig das Vorurteil, wonach nur größere Werke – umfängliche Romane oder abendfüllende Theaterstücke – echte literarische Bedeutung begründen können, eine Haltung, die vielfach nichts anderes ist als ein Verdikt aus verkappter Ignoranz. Dabei mag es gerade bei einer so faszinierenden Erscheinung wie Glauser womöglich sogar reizvoller sein, sich seine schriftstellerische Physiognomie aus den vielen Facetten der kürzeren Texte zu erschließen, als sie aus den weitaus homogeneren Romanen abzuleiten. Dies gilt um so mehr, als sich sein Werk keineswegs geradlinig entwickelte, sondern einige markante Bruchstellen aufweist und gerade in seinen Anfängen manchenorts überraschen dürfte. Dennoch mußten mehr als fünfzig Jahre vergehen, ehe nun eine vollständige, vier Bände umfassende Ausgabe seines Prosawerks, das neben den Romanen entstand, vorgelegt werden kann.

Als Gliederungsprinzip wurde dabei eine chronologische Anordnung gewählt, die Glausers Entwicklung am besten nachverfolgen läßt. In den einzelnen Bänden wurden allerdings bestimmte Texte als eigene Gruppen ausgegliedert, und zwar

– autobiographische Dokumente, die keinen literarischen Anspruch erheben;

– Texte, die sich nur fragmentarisch erhalten haben oder die Glauser lediglich zugeschrieben werden können, ohne daß seine Autorschaft zweifelsfrei zu belegen wäre;

– schließlich, als Spezialfall des ersten, hier vorliegenden Bandes, die auf französisch abgefaßten Texte, mit denen Glauser seine Laufbahn als Schriftsteller begann.

Bezüglich der jeweiligen Textgrundlage wurde der Grundsatz befolgt, im Falle mehrerer vorliegender Fassungen diejenige mit dem höchsten Autorisationsgrad auszuwählen, das heißt: spätere Versionen wurden im allgemeinen den früheren vorgezogen und Manuskriptfassungen den abgedruckten, da diese von Redakteuren oftmals verändert und gekürzt worden sind. Die Anmerkungen informieren über die jeweiligen Entscheidungen, die diesbezüglich zu treffen waren. Neben weiteren entstehungsgeschichtlichen Angaben findet der Leser hier auch Querbezüge zum übrigen Werk sowie biographische Hintergrundinformationen.

Im übrigen schien es den Herausgebern geboten, gerade einen Autor wie Glauser vor philologischer Befrachtung zu verschonen, damit seine Texte möglichst unmittelbar zum Leser sprechen können – liegt doch eine ihrer hohen Qualitäten in ihrer wundervollen, bis heute unvermindert spürbaren Lebendigkeit.

Bernhard Echte *Manfred Papst*

1 *Deutsche Texte*

Ein Denker

Novelle

Tout ce que touche l'amour est sauvé de la mort.
Romain Rolland

Mathias Johannes Herzfeld war ein kleiner, dicker Mann, der täglich elegant und korrekt, mit tadellosem, steifem Hut durch die Straßen der altertümlichen Stadt rollte. Ein weißseidenes Taschentuch quoll aus der Tasche seines Überziehers wie der Schaum des Bieres, das er allabendlich im Garten einer kleinen Wirtschaft zu sich nahm. Gewöhnlich, wenn er mit gerunzelter Stirn und hochgezogenen Brauen, die Ellbogen am Körper, in der einen Hand den Spazierstock, in der andern orangefarbige Handschuhe, in den Parkanlagen spazierte, drehten sich die Leute lächelnd um, sahen ihm nach und konnten eine spöttische Bemerkung nicht unterdrücken. In solchen Augenblicken wurde Mathias Johannes Herzfeld dunkelrot, nahm seinen Hut ab und wischte sich die Stirn mit dem weißseidenen Taschentuch. Er litt unter der Lächerlichkeit. Denn er war Professor der lateinischen Sprache am städtischen Gymnasium, Denker und Dichter.

Er wohnte mit seinen Eltern in einem alten, großen Hause, das inmitten der Altstadt vornehm und unnahbar mit spöttischem Tor und stolzen Fenstern in einer kleinen Gasse stand. Sein Vater war schon Professor gewesen; hager, mit langem weißem Bart, einem goldenen Klemmer auf der Nase, ging er sommers wie winters mit hell gestreiften Beinkleidern und gelben Schuhen, ohne Überrock und Hut, mit schwerem Knotenstocke spazieren. Seinen Sohn hatte er nie beachtet; er lebte dahin, befriedigt von seiner eigenen Würde und Originalität. Frau Herzfeld hingegen war klein und dick, mit rotem Gesicht und weißen, falschen Zähnen. Von ihr hatte Mathias den gefährlichen Embonpoint geerbt.

In einem großen Zimmer im dritten Stocke verbrachte Mathias seine freie Zeit unter Büchern und Heften, allein und ungestört, plagte sich tagsüber mit seinen Schülern und dichtete abends an einem philosophischen Epos *Die Irrfahrt des Einsamen.*

Die Irrfahrt des Einsamen, das Werk, an dem Johannes Mathias Herzfeld nun bald zehn Jahre schrieb, hatte eine kleine Vorgeschichte. Einst hatte er, halb im Scherz, ein paar tief wehmütige Verse geschrieben, die voll Trauer und Mitgefühl das Schicksal eines armen Mannes beschrieben, der vor kurzem vereinsamt, alt und unglücklich in einer Dachkammer gestorben war. Er las das kurze Gedicht einigen Freunden vor, die Gefallen daran fanden und ihm, wie es in solchen Fällen üblich ist, dichterisches Können und tief menschliches Fühlen zusprachen. Mathias glaubte an das Lob, zweifelte jedoch an seinem Mitgefühl. In Wahrheit war ihm dieser alte Mann vollkommen gleichgültig, gefühlt hatte er nichts. Er beschloß daher, reinem Denken sich zuzuwenden und jeglichem sentimentalen Erguß fernzubleiben. Seine Gedanken zwang er in gewisse Bahnen, verbot ihnen, sich in trivialen Gesprächen Luft zu machen, verriegelte ihnen jegliche Tür ins Freie, Phantasiehafte, bis sie abgemagert und asketisch, mürrisch und verdrossen auf trockenen, staubigen Wegen gingen. Nun erst fühlte sich Mathias so recht in seinem Elemente; einsam, losgerissen von allen Freunden, schwelgend im rein Abstrakten, begann er alles Menschliche zu verachten, blickend voll Abscheu auf seine Mitmenschen, lebend der reinen Form, die Dinge nur sieht, soweit sie sich von der Materie lossagen und Ding an sich werden.

Er las Buddha und Nietzsche, Schopenhauer und Kant, verstand sie falsch und war doch glücklich, sie gelesen zu haben. Er nahm prägnante Stellen aus ihren Büchern, versuchte sie in gebundene Form zu bringen. Es gelang, er fand seinen Gedanken schön und fuhr fort, Ideen und philosophische Konzepte gereimt wiederzugeben. Alle Denker las er durch, dichtete sie um und arbeitete. Der Schöpfer einer neuen, noch nie dagewesenen Denkungsform wollte er werden, einer allgemeinen Weltanschauung, die alle Systeme anerkennt und verkettet, Poesie und reinen Verstand zu einem sonderbaren Doppelgeschöpf verbindend. Die Alltagsmenschen konnten dies nicht verstehen, und einige Freunde, denen er Bruchstücke seines Werkes vorgelesen hatte, lachten ihn heimlich aus. Er fühlte sich verletzt, da er den Widerspruch merkte zwischen seinem kleinen aufgedunsenen Körper und den himmelstürmenden Ideen, die er entwickelte. Und da er eitel war, litt er viel und schloß sich gegen jedermann ab. Ihm wurde nicht bewußt, daß seine Gedanken nach Schreibtisch und Schulluft rochen und seine Verse den Gebrauch eines Reimlexikons nur zu sehr merken ließen. Er glaubte an die Identität von Arbeit und Genie und war überzeugt von der Genialität seines Schaffens.

Den Titel hatte er gefunden, den Titel zu seinem großen Werke: *Die Irrfahrt des Einsamen*.

Eines Tages lustwandelte er in den Parkanlagen der kleinen Stadt; da stieß ihn unversehens ein vorübergehender Packträger so hart an, daß sein Hut in weitem Bogen zur Erde fiel. Der Wind trieb ihn weiter, und Mathias Johannes Herzfeld rannte mit unbeholfenen Sprüngen, rotem Gesicht und schweißtriefender Glatze hinter seiner Kopfbedeckung her. Wieder kehrten sich die Leute um, machten spöttische Bemerkungen. Endlich, außer Atem, fing er seinen kostbaren Besitz wieder ein, wischte ihn mit seinem seidenen Taschentuche sorgfältig ab, trocknete seinen Kopf und setzte, rot vor Scham und Aufregung, mit zu Boden gesenktem Blick, seinen Weg fort. Einmal noch blickte er scheu auf und sah eine Frau, lang und hager, mit vorspringenden Backenknochen und breitrandigem braunem Strohhut. Sie hatte braune Augen, wie Mathias sofort feststellte, und blickte ihn ruhig und spottlos, fast mitleidig an.

«Mitleid tut gut», ging es ihm durch den Sinn, doch gleich darauf besann er sich seiner Einsamkeit, schalt sich menschlich und trivial und setzte hocherhobenen Hauptes, fast freudig seinen Weg fort. Er fühlte sich unverstanden und verspottet, Märtyrer seiner Ideale, Priester einer noch unverstandenen Form.

Nächsten Tages traf er dieselbe Frau wieder. Sie sah ihn fast ehrfurchtsvoll an, und Mathias errötete vor Freude. «Mir steht mein Wollen auf der Stirne geschrieben, und sie bemerkt es», dachte er. Freundlich hob er seinen Hut, die Fremde senkte den Kopf.

Abends fühlte er sich einsam wie noch nie. Zehn Jahre hatte er nun gelebt, gearbeitet, streng und unerbittlich gegen sich selbst. Zehn Jahre hatte er sich eingeredet, das Einsamsein sei Genuß und Freude. Er überlas die Gedanken Buddhas über das Weib:

«Was ist das Weib? Ein laues Bad,
Darin man sich die Adern schneidet;
Sie ist ein schnellbeschwingtes Rad,
Das uns zermalmt und doch nicht leidet.
Sie ist ein herrlich duftend süßer Baum,
Und sie betäubt, und sie vergiftet uns
Und lebt doch weiter ungestört in Zeit und Raum.»

Er fand den Gedanken beherzigenswert und tief, stolz, männlich und tapfer. Auch schwelgte er zufrieden in dem verhallenden Rhythmus seiner Verse.

Von weither tönte ein Glockenspiel durch die Nacht. Leise und unwahrscheinlich wie aus der Vergangenheit klimperte die alte Melodie über die Dächer; bald schwoll sie an, als wolle sie in die Zukunft tönen, bald vergaß sie sich, verwehend in alten Zeiten. Und Mathias Johannes Herzfeld, der so lange die Frauen verachtet und geschmäht hatte, ohne sie zu kennen, sie beschimpft hatte als Lasterpfuhl und Dünghaufen, aus Schüchternheit vielleicht und leiser, unbestimmter Furcht, beschloß, es mit einer andern Einsamkeit zu versuchen, der Einsamkeit zu zweien, der Ehe.

Natascha Rabinowitsch hieß die Frau mit den vorstehenden Backenknochen und den braunen Augen; sie war Studentin der Medizin und hatte ein gutes Herz. Sie bedauerte und bewunderte zugleich den kleinen dicken Mann, weil sie fühlte, daß er mehr sei, als er schien. Als Herzfeld sie am nächsten Tag anredete, war sie gar nicht verwundert, sondern lächelte gütig, machte ihm Mut und unterhielt sich eine Stunde lang mit ihm. Sie kannte ihn rasch, verstand seine Eitelkeit und entschuldigte sie, erstaunte über seinen trockenen Professorenverstand und seine ungeschickten Verse, lobte sein Werk, das er ihr in großen Zügen auseinandersetzte. Sie trafen sich täglich, sprachen viel, doch nie von Liebe.

Einmal kam der alte Professor Herzfeld vorüber, als beide nebeneinander auf einer Bank saßen. Einen Augenblick blieb er stehen; seine lange Nase schwankte bedenklich über seinem weißen Bart, sein Klemmer fiel herunter und pendelte eine Zeitlang auf seiner Brust hin und her. Dann holte er tief Atem, senkte steif den Kopf und ging weiter.

Beim Abendessen sah er seinen Sohn an und fragte trocken: «Deine zukünftige Frau, das?»

«Ja, meine zukünftige Frau.»

«So, so, gut! Russin? Ja? Macht nichts. So schnell als möglich erledigen, nicht wahr? In zwei Monaten heiratet ihr!»

Mathias wurde rot, nickte mit dem Kopfe. Sein Vater blickte ihn an, räusperte sich: «Hoffe, ihr werdet glücklich sein. Du bist fünfunddreißig, sie wird auch so alt sein, schätze ich. Könnt im zweiten Stock wohnen.»

Und tatsächlich wurden noch im gleichen Monat folgende Einladungen versandt:

Herr und Frau Professor Alexander Herzfeld erlauben sich,
zum Hochzeitsfeste ihres Sohnes
Prof. Dr. Mathias Johannes Herzfeld
mit
Fräulein Natascha Rabinowitsch
ergebenst einzuladen.

Und Mathias Johannes Herzfeld richtete sich mit seiner Frau im zweiten Stock des großen, alten Hauses ein. Noch hochmütiger als sonst blickten die Fenster auf die Straße, und das Tor schien seinen Teil zu denken über die Barbarin, die nun in diesen ehrwürdigen Räumen wohnte.

Respektvoll und aufmerksam lebten Mann und Frau nebeneinander. Natascha bewunderte sogar ihren Mann und verehrte in ihm einen großen Denker und hochherzigen Idealisten.

«Du solltest dein Epos beendigen», sagte sie eines Tages zu ihm, «es herausgeben und dich der Welt nicht länger vorenthalten.»

«Ich hätte es schon längst getan, doch ich scheue die Öffentlichkeit, den platten Alltagsmenschen, der sich über meine Gedanken lustig macht. Ich möchte mein Werk erst nach meinem Tode gedruckt wissen. Vielleicht, daß ich eines Nachruhms gewisser bin.»

«Nein, gib es jetzt heraus; die Menschen sollen dich kennen und rühmen, weil du Neues gefunden und verwirklicht hast.»

Mathias hatte Angst. Seine Arbeit war abgeschlossen. Zehn Jahre hatte er mit ihr gelebt, in ihr gedacht, und nun sollte er plötzlich leer dastehen, ohne Zweck und Ziel. Doch er würde berühmt werden, nicht mehr verlacht und verspottet von den andern Leuten. Sie würden in ihm einen Denker erkennen, einen großen, unabhängigen Geist. Seine Schüler würden ihn verehren und später mit Stolz sagen: «Ich habe bei dem berühmten Herzfeld studiert.»

Er trug sein Werk zum Verleger.

Angstvoll wartete er auf die Kritik. Es kam keine. Niemand kaufte das Buch. Da, eines Tages wurde ihm eine Zeitung zugesandt, rot angestrichen. Er las: «Ein philosophischer Dichter». Endlich wurde sein Buch kritisiert. Je weiter er las, desto entsetzter wurde er. Was hatte er dem Menschen getan, der ihn so in den Schmutz zog? Man beschuldigte ihn, abgeschrieben zu haben, gestohlen, nichts Eigenes gebracht zu haben. Schöne fremde Gedanken in plumper Form. Mathias war bestürzt. Seither fand sein Buch reißenden Absatz.

Sobald er sich auf der Straße zeigte, blieben die Leute stehen und zeigten auf ihn. «Der einsame Falstaff!» hörte er spöttisch flüstern. Auch im Gymnasium wurde er von seinen Versen verfolgt. Einmal sollte er ausnahmsweise in der Sekunda unterrichten. Er kannte die Klasse nicht und fürchtete sich ein wenig. Vielleicht hatten die Knaben sein Buch gelesen und würden über ihn spotten. Doch nichts ereignete sich. Er begann Mut zu fassen und fing an, die Hauptzüge der Religion Buddhas darzulegen, das Asketentum Indiens, erzählte ihnen von den strengen Jüngern, die ihre Bekleidung nachts den Toten aus den Gräbern nehmen, schilderte die Freuden des Nirwana. Aufmerksam lauschte die Klasse, und Mathias fühlte, ruhiger werdend, daß Spannung jede Spottlust verscheuchte.

«Ich glaube», rief plötzlich eine Stimme ganz hinten aus der Klasse, «man hat die Philosophie Buddhas poetisch wiedergegeben, nur erinnere ich mich nicht mehr, wer. Es lautete, glaube ich, folgendermaßen.»

Und mit komischem Pathos, der alle andern zum Lachen brachte, deklamierte ein großer, hagerer Schüler mit rotem Haar und tiefernstem Gesicht:

«Was ist das Weib? Ein laues Bad,
Darin man sich die Adern schneidet.
Sie ist ein schnell beschwingtes Rad,
Das uns zermalmt und doch nicht leidet.»

«So», sagte Mathias Herzfeld, «und wie finden Sie diese Verse?»

«Miserabel!» antwortete der Schüler.

Mathias Johannes Herzfeld sagte nichts. Stumm nahm er Überrock und Hut von der Wand und ging langsamen Schrittes mit rotem Gesicht der Tür zu. Er wollte nach Hause. Nie hätte er gedacht, so unverstanden zu sein, so verhöhnt zu werden. Niemandem hatte er etwas zuleide getan, er war gut gewesen mit seinen Schülern, vielleicht ein wenig hochmütig. War denn sein Buch so lächerlich? Er verglich es mit sich selbst. Es schien mit ihm eins zu werden. Wie er war es lächerlich in der Form, aufgedunsen und schwerfällig, und wie er trug es große Ideen in sich. An den Ideen konnten sich die Leute nicht vergreifen, die waren ewig. Sie stammten ja gar nicht von ihm. Von andern waren sie, von Größeren. Und plötzlich fing Mathias Johannes Herzfeld an zu schluchzen. Auf offener Straße wischte er sich die Augen mit seinem großen weißseidenen Taschentuch. Er begriff, daß nichts in seinem ganzen großen Werk von ihm stammte, daß sein ganzes großartiges Epos aus zusammengesuchten Gedanken anderer bestand und daß sein Ideal, an das er so fest geglaubt, nichts weiter als eine fleißige, pedantische Professorenarbeit sei.

Daheim erwartete ihn seine Frau. Still kniete er vor ihr nieder und legte seinen großen, dicken Kopf in ihren Schoß. Hell glänzte seine

Glatze. Von Zeit zu Zeit schluchzte er auf. Er fühlte den warmen Körper durch das leichte Kleid. Etwas sprang in ihm. Dunkel stieg in ihm ein eigentümlicher Gedanke auf: «So viel habe ich gesehen, so viel habe ich gelesen, so viel habe ich verstanden, und doch habe ich nichts gefühlt!»

Eine Frauenhand strich leise über seinen Kopf.

1916

Der Kleine (I)

Skizze

Dunkel ist es, und draußen regnet's. Schon halb acht. Und immer noch ist er nicht zurückgekommen. Wirklich, ich versteh ihn gar nicht. Ich bin ein alter Mann, und doch läßt er mich allein. Ein wenig Rücksicht könnte er schon auf seinen Vater nehmen. Im Grunde genommen hat er mich ja lieb. Das weiß ich ganz genau. Aber er ist eben noch jung, kaum zehn Jahre; da weiß man nicht, was man tut. Und doch ist er ja nur fort, weil er ein schlechtes Gewissen hatte. Ich habe ihm heute morgen nicht wie sonst «adieu» gesagt, als er in die Schule ging. Er hat gemerkt, daß ich alles weiß, und da bekam er eben Angst, ist nicht mehr nach Hause gekommen und hat mich ganz allein gelassen, ganz allein! Daß man so abhängig werden kann von den Kindern, das hätte ich auch nie geglaubt...

Ich muß versuchen, mir selbst zu erklären, wie alles so schnell gekommen ist. Das Unglück kommt immer sehr schnell, das ist wahr; besonders das unverschuldete. Denn ich bin ja unschuldig an der ganzen Sache. Ich habe ihn erzogen, wie man einen Sohn erziehen muß. Streng, aber gerecht. Seit einiger Zeit hatte er eine so schlechte Gewohnheit, nein, schlechte Gewohnheit ist ein zu schwacher Ausdruck: einen Hang zum Verbrecherischen. Ja, es ist so, mein Sohn, mit zehn Jahren, hat angefangen zu stehlen! Es ist einfach schrecklich, nach aller Mühe, die ich mir mit seiner Erziehung gegeben habe. Es ist wirklich kaum zu glauben. Hereditär kann es auch nicht sein, denn ich war immer die Ehrlichkeit selbst. Durch Ehrlichkeit allein hab ich mich aufgeschwungen zu dem, was ich bin. Aber nicht von mir will ich reden, sondern von ihm, der mich allein gelassen hat, allein und unglücklich. Zuerst hat er nur kleine Sachen genommen, die wenig zu bedeuten hatten. Einmal ist ein Federmesser von meinem Schreibtisch verschwunden, und das habe ich später unter seinen Sachen wiedergefunden. Natürlich habe ich nichts gesagt – wozu auch, es hätte die Sache nur schlimmer gemacht, nicht wahr? Dann hat er angefangen, Geld zu stehlen. Zuerst nur wenig, ein kleines Geldstück hie und da. Ich habe ihn dann einmal zur Rede gestellt und ordentlich geprügelt. Er hat sehr viel geweint, natürlich, wie Kinder das immer tun. Aber ich glaube nicht, daß ich zu streng gewesen bin. Man kann nie streng genug mit Kindern sein.

Und gestern abend hat meine Haushälterin ihr Portemonnaie liegen lassen. Diese dumme Person kann auch nie Ordnung lernen. Da hat er ihr halt einen Schein gestohlen, einen Fünffrankenschein. Sie hat sich natürlich sofort bei mir beklagt; aber ich habe nichts gesagt, habe den Kleinen nicht zur Rede gestellt. Es tat mir zu weh. Möglich eigentlich, daß die Haushälterin gelogen hat; verlogen sind ja alle Dienstboten. Mit ihrer unangenehm kreischenden Stimme hat sie zu mir gesagt: «Herr Professor, ordentlich durchhauen sollten Sie halt den Kleinen, dann würde ihm das Stehlen schon vergehen!» Nächstens kündige ich dieser frechen Person; was hat sich die in meine Erziehungsmethode einzumischen. Frechheit! Bei der ersten Gelegenheit...

Sie wird es ihm natürlich gesagt haben, so ganz schonungslos, wie diese unerzogenen Weiber immer sind, und darum hat er mich so traurig angesehen, wie er heute morgen fort ist...

Immer noch regnet's, und er wird frieren dort, wo er jetzt ist. Der arme Kleine! Ich bin fast sicher, daß die Frau gelogen hat. Er hat natürlich Angst bekommen, daß ich ihn wieder prügle wie das letzte Mal. Er war ja so ängstlich. Hatte etwas Weibliches an sich. Ich hätte ihn anders erziehen sollen, vielleicht. Eine Mutter hätte er gebraucht...

Kalt wird's hier, das Frauenzimmer hat natürlich nicht eingeheizt, wie immer. Man kann auch mit solchen Personen nie zufrieden sein, immer machen sie etwas falsch. Immer vergessen sie etwas, und wenn man dann böse wird, heißt's: «Ich habe soviel Kummer gehabt in meinem Leben!» Kann ich da vielleicht etwas dafür? Ich habe ja auch Kummer gehabt, viel Kummer, und mache doch meine Arbeit recht. Viel Kummer, ja, viel Kummer! Das ist eben so traurig an der ganzen Sache, und darum entschuldige ich den Kleinen. Warum auch meine Ella hat sterben müssen, so jung? Der Kleine war erst vier Jahre alt. Wie sie tot war, ist er in allen Zimmern herumgelaufen: «Das hat der Mama gehört, das hat der Mama gehört!» und ich bin daneben gestanden und hab das Weinen verbissen; verbissen hab ich es eigentlich nicht, ich hätte gar nicht weinen können. In solchen Augenblicken kann man gar nicht weinen. Und dann haben ihn eben Gouvernanten erzogen. Aber die verstehen eben nichts von Erziehung. Eine wollte mich sogar heiraten. Aber ich habe an den Kleinen gedacht. Wollte ihm nicht so eine Stiefmutter geben. Hübsch war sie zwar. Und zum Dank dafür läßt er mich jetzt so allein, ganz allein, und weiß doch, daß ich niemand andern auf der Welt habe als ihn. Wenn der heimkommt, der wird was erleben!

Oder nein, ich werde ihn sehr lieb empfangen, wenn er nur wieder da wäre. Da geh ich jetzt auf und ab in meinem Zimmer, immer auf und ab. Es ist kalt, schauerlich. Und der Regen hört gar nicht auf. Ich habe nicht einmal den Mut, Licht zu machen; aber rauchen will ich, eine schwere Zigarre. Das tut gut, es wird einem gleich besser, man fühlt sich wieder Mensch. Es kommt eben alles daher, daß wir die Kinder nicht verstehen, wir Erwachsenen. Das Mein- und Deingefühl ist bei uns schon so ausgeprägt, daß wir nicht begreifen können, daß jemand stiehlt. Wahrscheinlich verstehen das Kinder gar nicht. Wer hat schon gesagt, daß Kinder und Wilde viel Gemeinsames hätten? Das ist ja gleich. Statt böse zu werden, hätte ich ihm erklären sollen, wie unsere Gesellschaft aufgebaut ist. Aber erklärt man denn einem Kinde überhaupt etwas? Die Leute würden ja lachen, wenn man ihnen ein derartiges Erziehungssystem vorschlagen würde. Mit Recht wahrscheinlich. Ich bin auch nicht so erzogen worden und bin doch etwas Rechtes geworden. Wenn seine Mutter noch gelebt hätte, alles das wäre nicht geschehen. Sie hätte ihn schon erziehen können und zeigen, was gut und böse ist. Es ihm anschaulich machen. Aber ich kann das natürlich nicht. Wenn man täglich sieben Stunden in einer Schule unterrichten muß und außerdem noch zu arbeiten hat, dann bleibt einem keine Zeit übrig und keine Aufmerksamkeit, um sich noch mit Kindern zu beschäftigen. Wenn ihm nur nichts zugestoßen ist. Natürlich werden die Leute dann mir wieder die Schuld zuschreiben, und keiner wird mich entschuldigen. Freunde habe ich ja keine; ich habe immer allein gelebt seit dem Tode meiner Frau. Nur den Kleinen hatte ich, den Kleinen, den ich lieb hatte, den einzigen, und der mich jetzt allein läßt. Eigentlich habe ich ihm nie gezeigt, wie lieb ich ihn habe, nur am Abend, wenn er schlafen gegangen ist, habe ich ihn geküßt. Vielleicht hätte er mehr Zärtlichkeit gebraucht. Aber verzärteln wollte ich ihn eben auch nicht. Ein Mann sollte er werden, so wie ich, der es zu etwas bringt im Leben, der nicht immer an Weiberschürzen hängt. Ich bin ja auch so von meinem Vater erzogen worden. Er war ein Bauer und wollte mich nicht studieren lassen; aber ich hatte meine Mutter. Das ist eben etwas ganz anderes. Also zu streng bin ich gewesen; das wird's wohl sein. Vielleicht hat mich Gott mit dem Kleinen strafen wollen. Meine Mutter war ja immer so fromm. Es ist lange her, seit ich zum letzten Mal in der Kirche war. Warum hat auch Gott meine Ella sterben lassen, das war eine Ungerechtigkeit. Ich bin immer rechtgläubig gewesen, habe immer nach meinem Gewissen gehandelt, streng gegen mich selbst, aber auch streng gegen andere. Wie sagt schon La Bruyère? Ein Mensch, der streng gegen sich selbst sei, könne nur durch große Willensanstrengung, durch Selbstüberwindung, glaube ich, heißt es, mild gegen andere sein. Es ist wahr, ich habe nie versucht, meine Strenge zu überwinden. Das ist jetzt die Strafe; der Kleine läßt mich allein, der Kleine.

Ich kann ihn nie anders als «den Kleinen» nennen, und doch ist er groß. Zehn Jahre. Und so verdorben. Zu stehlen! Ich verstehe ihn noch immer nicht. Aber deshalb hätte er doch nicht fortlaufen müssen. Das war dumm von ihm. Was? Ich habe wirklich geglaubt, jemand habe gelacht. Aber ich bin ja allein zu Hause. Jetzt habe ich sogar noch Gehörhalluzinationen ...

Immer kälter wird es hier. Meine Zigarre ist auch schon fertig. Ich habe einen so schrecklichen Geschmack im Mund. Natürlich, weil ich nichts zu Mittag gegessen habe. Auf der Polizei war ich auch, um sein Verschwinden anzuzeigen. Wenn er nur käme! Ich würde ihm sicher verzeihen, ganz sicher, und zärtlich würde ich mit ihm sein. Was? Ich kann gar nicht zärtlich sein? Wer sagt das? Ach, ich bin ja allein. Nur Einbildung. Zu streng bin ich gewesen. Aber das wird sich jetzt ändern, er wird schon sehen, daß sein Vater sein bester Freund ist, sein bester Freund. Wenn ich nur wüßte, wer hier die ganze Zeit lacht. Bist du's, Ella? Oder weinst du? Ich habe ja bei dir nie gewußt, ob du lachst oder weinst; aber worüber weinst du? Ja, ich glaube, ich werde noch verrückt. Jetzt bilde ich mir gar ein, meine Frau sei im Zimmer und sie weine, wie früher, wenn der Kleine krank gewesen ist. Ha, ha, wirklich zu komisch, solche Sinnestäuschungen zu haben. Jetzt wieder, wieder! Ja, können denn Tote weinen?

Ich will Licht anzünden. Es ist die Kälte und mein leerer Magen. Natürlich ... Jetzt hat es geklingelt. Wenn's der Kleine wäre! Ja, er ist's sicher ... Nein, eine Männerstimme. Was ist los? Herrgott, was gibt's? Gefunden? So, gefunden haben sie ihn? Sie bringen ihn gleich, so, so. Aus dem See haben sie ihn gezogen. Unglücksfall natürlich, natürlich, Unglücksfall, selbstverständlich ... Hier, für Ihre Mühe. Sie dürfen nichts annehmen, so, so? Sie bringen seinen ... seine ... Ja, schon gut, schon gut. Guten Abend! Mein Kleiner, mein Kleiner! Ja, Ella, jetzt weinst du wieder, oder lachst du, weil er bei dir ist? So, so, du lachst. Und ich? Und ich bleibe ganz allein ... Allein ...

1916

Der Käfer

Novelle

Ein großer, schwarzer Käfer kroch schwerfällig über das weiße Papier, stockte manchmal und starrte um sich mit weit aufgerissenen Glotzaugen. Er war so groß und majestätisch, daß Georg sich den Kopf zerbrach, um sich zu erinnern, wo er schon früher derartige Ungeheuer gesehen hatte. Der Käfer kroch unbekümmert weiter. Er schien ganz unnatürlich zu wachsen, breiter zu werden. Nur die Beine schrumpften zusammen, zwei verschwanden gänzlich. Dann, plötzlich stehen bleibend, richtete er sich auf die Hinterbeine auf. Wie ein Konzertsänger, ein bärtiger Bariton sah der Käfer aus. Der Bauch zeigte die weiße Zeichnung einer Hemdbrust im Rahmen der Weste und des Frackes. Ein riesengroßes Maul begann, einen uralten Gassenhauer, hundertmal gehört, ebensooft gepfiffen, hinauszuschmettern. Wie ein Resonanzboden, ein hohles Faß, tönte Georgs Kopf. Die Melodie wuchs an, der Gassenhauer dröhnte, wie von einem Strauß-Orchester gespielt. Der Käfer wuchs ins Grotesk-Ungeheure. Sein Schwanz sah den Zipfeln eines Frackes ähnlich. Das Orchester paukte Begleitung, posaunte Kontrapunkt. «Es ist nicht mehr zum Aushalten», sagte Georg laut und ruhig. «Begreiflich ist es ja; wenn man ein Orchester im Kopf herumträgt (und dennoch ist es innen so leer), kann man keinen vernünftigen Gedanken fassen. Getrunken habe ich nichts, folglich können es nicht die Folgen eines Rausches sein. Ich bin auch gar nicht schläfrig, nicht im geringsten, sondern bei vollem Bewußtsein. Woher der Käfer nur diese schrecklich banale Musik herhat? Die heutige Operettenmusik ist schuld daran und die Langeweile.» Das war es also. Erleuchtung wurde geschenkt ganz plötzlich wie Wetterleuchten in der Nacht. Wie ein Käfer kriecht die Langeweile und singt Brettelmelodien in die Welt hinaus, läßt sich dabei durch Phantasie-Orchester gratis begleiten. Lachen möchte man und kann nicht aufspringen und kann keinen Finger rühren. Nur weil man untätig und allein dasitzt, nimmt plötzlich so ein Gedanke, eine Abstraktion, ein Gefühl meinetwegen, Gestalt an und krabbelt als Käfer über weißes Papier. Singt unverschämt bekannte Walzermelodien, noch dazu mit tadellos weißer Hemdbrust und schwarzen Frackschwänzen.

Der Käfer wurde kleiner, schrumpfte ganz zusammen, bis er nur ein winziger brauner Punkt war. Das unsichtbare Orchester posaunte das Holländermotiv mit erschrecklichem Pathos und falsch gestimmten Hörnern, klang aus, ganz plötzlich, ohne jegliche Auflösung. «Diese Leute können nicht einmal anständig ein Stück beenden.» Mit offenen, wasserblauen Augen und gerunzelter, schmaler Stirn starrte Georg von Ehrenstein, einundzwanzigjährig, blond, auf den verschwundenen Käfer. Draußen irgendwo schlug eine Turmuhr pedantisch elf Uhr. Eine grünbeschirmte Stehlampe beleuchtete den Arbeitstisch. «So kann es nicht weitergehn», murmelte der Jüngling, «entweder bin ich ein Dichter und muß infolgedessen jede Minute meines Lebens mit Erlebnissen tiefinnerster seelischer Art ausfüllen, oder ich bin ein ganz niederträchtiger Spießer, ein Bourgeois. Dann bin ich es meiner so glänzend begonnenen Laufbahn schuldig, mich zu erschießen. Es ist tragisch, so jung zu sterben. Aber was soll man anderes tun? Da draußen fließt die Stadt in einem Lichtstrom dem Horizont zu, und oben fließt ebenfalls die Milchstraße in nebliger Undeutlichkeit. Auch meine Seele verlangt, zurückzufließen ins All, fließt nicht alles auf dieser Welt? Daher kommen wohl meine Selbstmordgedanken. Trotz meiner Jugend bin ich tief eingedrungen in die herbsten Geheimnisse, habe das Leben gefühlt, das Pulsierende, und die Liebe überwunden. Unmöglich, ich und ein Bürger!» Er stand vor dem Spiegel und strich sich mit aristokratischer Hand durch die blondseidenen Haare.

Was die Menschheit so gemeinhin die «große Liebe» nennt, die Liebe, die in Romanen vorkommt und die jeder erlebt haben will, die Liebe als ideales Standbild und das Weib auf dem Sockel dieses Standbildes, hatte Georg schon mit sechzehn Jahren erfahren. Damals war Erkenntnis eingebrochen in sein Gehirn wie ein Fluß, der Dämme zerreißt. Um so großzügig idealistisch zu lieben wie er, mußte man genial sein; er schrieb Gedichte und komponierte Melodien dazu. Erstaunt schüttelte die Mutter den Kopf. Feinschmeckerisch wurden die Speisen zubereitet, um die Schlankheit seiner Figur nicht zu zerstören. Ein wenig Puder gab dem jungen Gesicht vorzeitig gealtertes Aussehen, interessante Blässe. Rastlos schäumten Verse in großen Kaskaden, Gedanken quollen zu Mißgeburten aus. Gefühle schärften sich scheinbar und wurden hohle Phrase.

Das Standbild auf dem Sockel des Denkmals «große Liebe» hatte schwarze Haare und schwärmend braune Augen. Es war weiblich poetisch, sentimental musikalisch, feenhaft gekleidet. Er schwelgte nur und schrieb. Und Rhythmen klangen in ihm und heischten Erlösung, Worte warben um Gunst und wurden erhört. Gedanken gaukelten, glanzvoll zu schweben ins reine Symbol. In drei Wochen war ein Band Gedichte beendet, wanderte zum Verleger und erschien auf dem Büchermarkt. Der Name des Verfassers war ein alter, berühmter, Kritiker geizten daher weder mit Lob noch mit eifriger Anerkennung. Und stolz reckte Georg von Ehrenstein seine sechzehn Jahre dem Ruhme entgegen. Verlobung wurde gefeiert.

Doch weiter rollte den Geist die Entwicklung. Nach Taten dürstend bäumte das Herz sich auf. Die Einsamkeit lockte es an, und frei gewordene Persönlichkeit erdrückte zu früh entsprossene Liebe. Mit siebzehn Jahren krümmte sich erster Verzweiflungsschmerz. Die Verlobte, ungeduldig geworden durch sechs Monate langes Warten, war einem andern treu geworden. Eigentlich freute sich Georg seiner Verlassenheit, denn mit pathetischer Stimme konnte er jetzt seinem Herzen zurufen: «Deiner nicht würdig», und gut verwendeter Scheinschmerz schwellte in ihm Gefühle eigenen Wertes. Rastlos raste die Feder über weißes Papier, und aus nicht gefühltem Kummer wuchsen erkältete, asthmatische Gedichte. Der zweite Band, in vier Wochen beendet, erntete von seiten der Kritiker einstimmig verständnisloses Lob. Ruhm rieselte wie rauschender Regen auf sein zermalmtes Herz, kühlte es.

Georg glaubte sich bestimmt, neue Dramenformen zu schaffen, der Lyrik unbekannte Wege zu bahnen, Prosa jedoch als journalistisches Geschreibe zu verachten. Jetzt aber, mit 21 Jahren, war er verzweifelt. Nichts hatte ihn befriedigt, zu Größerem, Unerreichbarem schien er sich geboren, leer und hoffnungslos aber war das Leben. Er hatte viel gelesen, ebensoviel geschrieben. Doch in viele Stücke zerrissen wanderten Epen- und Dramenanfänge in den Papierkorb. Die Form seiner Sätze quoll hervor, ungenügend vergeistigt, plump, durchsetzt von banalen Gefühlen. Abstrakte Begriffe vermengten sich merkwürdig mit träumender Sinnlichkeit. Zu arm und unschmiegsam schien ihm die Sprache. Er suchte niegehörte Wortverbindungen und fand sie alltäglich, uninteressant. Er hatte jegliches Studium aufgegeben, um sich allein der Kunst hinzugeben, Sätze mit Gefühlen aufzubauen. Vier Jahre hatte er damit hingebracht, ohne über talentvolle Mittelmäßigkeit hinauszukommen.

Draußen vor der Stadt wohnte er mit seiner Mutter, einer kleinen alten Dame mit goldenem Zwicker auf der Nase und langen, schmalen, mit Runzeln durchfurchten Händen. Da sie ihren Sohn liebhatte, überhäufte sie ihn mit wohlgemeinten Ratschlägen und begriff nicht, daß er so wenig Verständnis für ihre Sorge bewies. Bisweilen, wenn sie Georg riet, Gesellschaften aufzusuchen, Bälle mit seiner Anwesenheit zu beehren und mit jungen Mädchen Tennis zu spielen, wurde Georg wütend, schmetterte einige Türen mit Geknall zu und verschwand, heftig schimpfend über Gesellschaft, Vergnügen und Klatschereien, in seinem Zimmer. An solchen Tagen hatte die alte Dame gewöhnlich starke Migräne und verbreitete im ganzen Hause einen penetranten Geruch von Eau de Cologne. Sie konnte Heftigkeit nicht vertragen und war für höfliche, ritterliche Umgangsformen. Als nun in letzter Zeit Zwistigkeiten häufiger wurden, beschloß Georg in seinem Innern Einsamkeit aufzusuchen, um fern von allem unnötigen Umgang mit Menschen seine Persönlichkeit auszukristallisieren. Er raffte ungebraucht schlummernde Energie auf, formte sie zu raschem Entschluß und entlief der Stadt. Droben in einem fernen Gebirgsdorf, unbekannt, wollte er leben, seiner Kunst allein, abschütteln, was sich noch zwischen Erleben und Ausdruck stellte, mühsam erklimmend den Weg der Selbsterkenntnis. Tiefaufatmend genoß er Alleinsein. Täglich, bevor die Sonne aufging, bestieg er den Gipfel des nahen Berges, auf daß er sehe ihren ersten Strahl. Im Anblick so hehren Naturschauspiels dachte er Kraft zu finden und Glauben, hoffte er, den Grund der Schönheit zu verstehn und Ewiges zu eigenem Erlebnis umzugestalten. Nach und nach röteten sich die Berge, wie bei einem Theatersonnenaufgang, schien es ihm. Glockengeläut sang aus der Tiefe, aber als einzige Gefühle waren ihm brennende Augen zuteil und bitterer Mund von vergebens durchwachter Nacht. Keine Regung in seiner Seele. Er lauschte vergebens auf ihre Sprache, stumm blieb es in ihm, Kopfschmerz verscheuchte jeglichen Gedanken.

Im Abendrot lagen die Weiden, schienen blau durch überlagerten Dunst, und Georg starrte auf entfernte Bergspitzen. Auf dem Gipfel des Höchsten glaubte er einen braunen Punkt zu erkennen. Der Punkt, erst unscheinbar, wuchs und wurde nach und nach Käfer. Doch nicht wie früher im schwarzen Konzertsängerfrack, sondern altmodisch gekleidet in braunem Gehrock und Spitzenjabot trug der Käfer zweideutige Gedichte vor. Weit entfernt auf hohem Berg, zerriß doch seine näselnde Stimme die Stille des Abends. Er näselte wie ein jüdischer Vortragskünstler, alte Zoten mit widerwärtig plumpen Armen in den Hosentaschen suchend, und wieder wie damals, als Georg ihn zuerst gesehn hatte, füllte Ekel und Verzweiflung seine Seele. Doch bald erstickte gähnende Langeweile jedes andere Gefühl. Hoffnungslos unanständig schien ihm die Natur ringsumher, bestimmt, bei mittelmäßigen, in Sentimentalität weichgekochten Gehirnen sonderbare Seelenbeschwerden hervorzurufen, die pompös «Einssein mit dem All» genannt wurden. Der näselnde Käfer wurde ihm zum Symbol der Mittelmäßigkeit, die nicht von ihm wich und nicht weichen konnte, ihn verfolgen würde, wo immer er auch stünde, weil sie überall war, in ihm und in der umgebenden Welt. Traurig stieg er hinab und legte sich zum Schlafen nieder.

Diese Nacht jedoch brauste plötzlich ein Gewitter über das Dorf. Durch das aufgerissene Fenster schlug der Sturm Regen und Hagel in die Stube. Da, nach langem Schweigen, regte sich in ihm die Vorahnung großen Erlebnisses, unaufhaltsam floß ein Strom von wirren Bildern an ihm vorüber. Quer durchs Zimmer, auf glashellem Grund, führte ein Fluß leuchtende Gestalten. Durch Warten gestärkt, wagten sich Gedanken hervor und standen aufgerichtet, unnahbar kalt vor ihm. Brausende Musik dröhnte sein Kopf. Fremd und nicht von ihm stammend schienen diese Gestalten, unbekanntes Leben glühte aus ihnen, hoch und wuchtig wuchsen sie und winkten Abschied. Und als Georg niederschreiben wollte, was getönt hatte in ihm, als Symbole nach und nach greifbare Gestalt annahmen zur Verwirklichung von Gedachtem unter der Wucht der Worte, kroch höhnisch hebend die Beine der Käfer über das Papier.

Am andern Tag setzte sich Georg an einen Wasserfall, der nahe seiner Hütte klargrün schäumte. Auf einem Felsblock sitzend starrte er. Ruhe rann aus umgebender Natur, Wunschlosigkeit und die Einsicht, Verlangen sei unnütz, Verzeihung auch für die Dummheit der Menschen. Seltsam zart sang an seinem Ohre eine Mücke ihre eintönige Melodie. Frieden bettete seinen Geist in Traum.

Ein Boot trieb auf breitem Fluß in flachem Lande dem Meere zu. Sonne wurde von ruhigem Wasser gespiegelt. Im Boote stand aufrecht ein alter Mann mit weißem Bart, seltsam verklärt. In der Hand hielt er ein kleines, in braunes Leder gebundenes Buch, aus dem er niegehörte Worte singend vortrug. Von den Ufern antworteten Unsichtbare, heiß roch das Wasser. Mit dem weißen Alten sang die Ebene und erfüllte alles mit Melodie. Ruhe weitete den Horizont. Es schwieg der Gesang, und verklärt lächelte das Gesicht des alten Mannes. «Ich bringe Verzeihung und Verstehen für alle Menschen», sagte er, und seine Stimme klang wie ein chinesischer Gong, «aber die Menschen wollen mich nicht hören, wenn ich spreche, darum singe ich.» Langsam leitete leise der Fluß das lautlose Boot. Es verschwand, und ewig tönte der Gesang.

Es war ihm unmöglich, zu seiner Mutter zurückzukehren. Durch den Traum war in ihm das Bedürfnis stummer Einsamkeit geweckt worden, ohne Störung durch banale alltägliche Gespräche. In einer kleinen, unbekannten Universitätsstadt, die versucht, mit alten Patrizierhäusern einen steilen Hügel zu erklettern, mietete er bei einer kleinen, schweigsamen Frau ein Zimmer. Sie lebte von einem Zigarrengeschäft, mit Mühe durch kleine Verkäufe ihr Witwendasein fristend. Mit hell aufflatternder Begeisterung war Georg eingezogen, denn Sicherheit war ihm geschenkt worden, Neues zu schaffen. Unerschöpflich reich schien ihm sein innerer Schatz. Ruhig und gemessen arbeitend, mit regelmäßigem Mahl sich einstellende Müdigkeit verscheuchend, glaubte er geben zu können im Überfluß. Ohne niederdrückende Leere arbeitete sein Gehirn, bald unbekannte Stimmungen in rhythmischem Flusse klar darstellend, bald Geistiges mit reichgeschmückten Bildern dem Auge zu zartem Ansehen zeigend. Tief ruhig singend sahen die Tage auf vollbrachtes Werk, während in seltsamen Träumen die Seele bei Nacht sich spiegelte. Die Stadt war dazu angetan, ruhiges Sinnen weder durch Lärm noch durch Vergnügungen zu stören. Stumm standen Säulengänge an schlecht gepflasterten Straßen, während alttönende Glocken über ausgestorbene Plätze dröhnten. Wagen fuhren nur selten durch die abgelegene Straße, in der Georg wohnte.

Doch mit der Zeit langweilte er sich. Aber nicht die frühere, unruhiges Gewissen weckende Langeweile war es, sondern einschläfernd legte sich über ihn ein großes violettes Tuch, in sanften Falten niedergleitend zur Erde. Der Käfer zeigte sich nicht. Unbestimmbar zuerst, stärker nach und nach, kam ihm die Einsamkeit drückend vor, Sehnsucht zeigte sich, unbekannt und noch nie gefühlt, bei solcher Ruhe seinen Kopf in einen Schoß zu legen, eine Hand zu fühlen, leise und unwahrscheinlich, die über die Haare strich. Es war gar nicht sentimental, dieses Gefühl des Vermissens, eher traurig und schwer wie verkanntes Glück.

Als ihm das erste Mal der Ausdruck «verkanntes Glück» in den Sinn kam, lachte er laut allein. Unbeschreiblich komisch klang diese verbrauchte Phrase alter Romanhelden. Er sträubte sich dagegen, aber immer kam sie wieder, sich festsetzend, um jede Handlung unangenehm mit schwerfälligem Heben und Senken zu begleiten. Wenn er aß, hob er in immer gleichem Rhythmus «verkanntes Glück, verschwiegenes Glück» das Messer und die Gabel. Im Gehen sogar hielten die Füße unwillkürlich den Takt ein; unangenehm wurde der tägliche Spaziergang. Auch beim Schreiben verfolgte ihn der peinigende Ausdruck. Er sah ein göttlich schönes Weib auf einem Stuhl sitzen, er selbst in Anbetung kniend vor ihr. Bald jedoch verwandelte sich die Schöne in eine Parfümeriereklame und duftete nach Lavendel unangenehm stark, so daß Georg anfing, an die Wirklichkeit seines wachen Traumes zu glauben, und erstaunt um sich sah. Es war aber nur die Seife auf seinem Waschtisch. Er wollte noch über sich lachen, gab es jedoch auf und suchte nach Ablenkung. Er war sicher, durch Wirklichkeit stets enttäuscht zu werden, begehrte ein unerreichbares Traumbild und glaubte es in der Gestalt seiner früheren Verlobten gefunden zu haben. Ein höflicher Brief mit beigelegten neuen Gedichten eröffnete die platonische Liebeskorrespondenz. Sie antwortete ebenso korrekt. Doch Georg fühlte in den banalen Worten versteckte Freude auf kommenden Genuß. Er heuchelte Freundschaft und Seelenverständnis. Denn durch gut angebrachte künstlerische Anregung glaubte er ihr scheinbar unglückliches Herz trösten zu können. Ihr Mann war Großkaufmann, fünfzehn Jahre älter als sie und hieß Blechsatz. Unverstanden in innersten unaufdeckbaren Gefühlen, die manchmal mit roher Bürgerhand unangenehm berührt wurden, glaubte sie durch keuschen Gedankenaustausch ein Gleichgewicht innerer und äußerer Erregungen herstellen zu können. Irma hieß sie.

Georg lebte wieder träumend, fern von der Wirklichkeit und ihrem Lavendelgeruch. Nach jedem ankommenden Brief sah er die Seelenfreundin vor sich. Auf hochlehnigem Thronsessel, der schwarz, gradlinig inmitten eines großen Säulensaales stand, saß sie. Eine äußerst ästhetische Vision, die seinem Geschmack wohltat.

Jedoch es fehlte ein störender Punkt seinem reinen Erlebnis. Es war zu schön ohne besondere Kontrastwirkung, die durch unpassendes Dasein dem Genuß erst den richtigen Wert gegeben hätte. Zuerst schwankte er schwer zwischen verwickelten Gedankengängen. Es fehlte etwas, das er gesehn und wieder vergessen hatte, das zu finden er jedoch nicht verzweifelte. Es war unbestimmbar im Bewußtsein und lag doch klar, tief in versteckten Gemächern. Die Vision der Seelenfreundin war ihm zu erhaben, zu ferne liegend, er brauchte etwas, das irgendwie seine Ruhe gestört hätte. Er wußte, daß irgendwo in seinem

Leben einmal eine derartige Unannehmlichkeit dagewesen sei, peinigend. Nur wußte er sich nicht zu entsinnen.

Weiter gedieh der Briefwechsel. Immer intimer wurden die Beziehungen, blieben noch ohne sinnliche Beimengung; doch beide merkten, wie hinter nichtssagenden Worten eigentümlich reizende Gefühle sich verbargen, die nur auf günstige Gelegenheit warteten. Und plötzlich beschloß Georg, warum, hätte er nicht sagen können, seine Seelenfreundin aufzusuchen.

Er wurde rot, als sie ihm entgegen kam. Und bald darauf blaß. Denn als Brosche trug sie einen großen Käfer, blaugrün schillernd wie jene ägyptischen Skarabäen. Er erinnerte sich plötzlich an etwas, das, lang vergessen, nun wieder vor ihm stand, und wunderte sich. Glücklich hinzuleben ohne Kampf, und wäre es auch nur gegen Langeweile und krabbelnde Käfer, war nur Scheinleben. Man konnte Gedichte schreiben, voller Erlebnisse, die, unwirklich, von keiner Leidenschaft zeugten, ein Kontrast mußte da sein. Als er dann die Freundin in die Arme schloß, schien der Käfer sich bewegen zu wollen. Er machte verzweifelte Anstrengungen, das Maul aufzureißen. Georg fürchtete einen unziemlichen Witz; aber nichts sagte der Käfer, er blieb einfache Brosche. Und gewissenlos gab sich Georg den süßesten Gefühlen hin.

Und dies war auch der Schluß der künstlerischen Laufbahn Georg von Ehrensteins.

1917

Der Heide

Eine Genfer Erzählung

Erstes Kapitel

Als Herr Pastor Lenoir, schwarz, mit weit vorstehendem Bauch, das Kind taufte und laut seinen Namen sprach: «Celestine Honorine Benoît», raschelten seidene Röcke, und weiße Jabots knisterten unter hochroten Gesichtern. «Dem Herrn sei Preis, Lob und Ehre», sagte der Herr Pastor Lenoir, und fett klangen die Worte aus seinem wulstigen roten Mund. Herr Benoît aber nickte seiner Gattin zu, strich mit langer weißer Hand über graue Haare, räusperte sich und lächelte. Herr Pastor Lenoir bestieg die Kanzel und begann eine kleine Rede. Auch er lächelte, als er ungeschickt seine gepolsterte Hand auf die aufgeschlagene Bibel klatschen ließ; er nickte Herrn Benoît zu, als wolle er sagen: «Nun ja, mein Lieber, das ganze ist eine Zeremonie, ich weiß es wohl. Das Kind muß einen Namen haben, also tun wir's dem Volk zuliebe.» Dies Lächeln aber war für die alten Damen hinten im Kirchenschiff gleichbedeutend mit Gotteslästerung; besonders Frau Dumontel stach aufgeregt mit spitzer Nase auf ihre Nachbarin ein und sagte: «Sie werden sehen, was aus dem Kinde noch wird. Nichts Gutes sicherlich. Denken Sie nur, der Pastor, der es tauft, lächelt bei der heiligen Handlung. Ich bitte Sie, lächeln! Ja, die Zeiten Calvins sind vorüber. Er wäre verbrannt worden, direkt verbrannt, glauben Sie mir!» Und Frau Dumontel sah sich Reisigwellen heranschleppen zur Strafe und ewigen Verdammnis des ketzerischen Hirten.

Herr Benoît sah die Reihen entlang und erkannte Gesichter alter Schüler. Alle grüßten mit Ehrfurcht, wenn sein Blick sie streifte. Denn Herr Benoît war Professor am Collège, lehrte lateinische und griechische Sprache und verlangte als letzter einer Reihe angesehener Vorgänger, von seinen Schülern nur wohlgeformte lateinische Rede zu hören. Sowohl in seinen Unterrichtsstunden als auch in den Pausen beaufsichtigte er seine Schüler, denjenigen scharf bestrafend, der französisch zu sprechen wagte. Gehaßt ward Herr Benoît einzig von den Pastoren der Stadt, die ihm vorwarfen, er verderbe die Jugend, wolle das Heidentum wieder einführen in der gottesfürchtigen Republik und Stadt Genf. Besonders Herr Pastor Ribeaupierre, ein buckliger kleiner

Mann, dem zwei graue Locken auf der Stirn klebten, haßte Herrn Benoît. Denn als er einst (der Titel eines Konsistorialrats verlieh ihm Autorität) von der Direktion des Collège die Ausweisung des «Heiden» verlangte, ließ Herr Benoît ein kleines Epigramm drucken, auf grauem Papier, mit knallroter Schrift, und sonntags am Eingang der Peterskirche verteilen:

Bekannt ist dieser Theologe
Voll Wissenschaft und auch voll Gabe,
Er meinte einst in einem Nekrologe,
Daß er etwas zu sagen habe.

Nun spricht er, glaub' ich, an die zwanzig Jahre;
Doch wissen Sie sein letztes Wort, das wahre?
«Jawohl, ich sprech' es ohne Zagen,
Ich habe noch etwas zu sagen!»

An diesem Tage bekam Herr Ribeaupierre, Konsistorialrat, zum erstenmal in seinem Leben einen roten Kopf. Und dies Geschehnis erfüllte seine Zuhörer mit großem Schrecken. Rauh war seine Stimme, als er den Text las: «. . . dem wäre besser, daß ihm ein Mühlstein um den Hals gehängt und er ersäufet würde im Meere, wo es am tiefsten ist.» Raschelnd und kreischend ergoß sich seine heisere Strafpredigt über die Zuhörer. Köpfe duckten sich, und weiße Hauben zitterten. Aber dann ging ein Kichern durch die Bänke, denn bei der Orgel, gerade gegenüber der Kanzel, war ein rundes, rotes Gesicht aufgetaucht, zwei graue Augen blinzelten hinter großer Hornbrille, und leise zwar, doch deutlich vernehmbar klang es durch die Kirche: «Bekannt ist dieser Theologe . . .» Herr Pastor Ribeaupierre tanzte auf der Kanzel. Er räusperte sich, hustete, um die gottlosen Worte zu übertönen. Dann, plötzlich fassungslos, stürzte er die Treppe hinunter, und ein Amtsbruder verlas den Segen.

Seit dieser Zeit wurde Herr Benoît geehrt und gegrüßt durch ehrfurchtsvolles Hutziehen von allen jungen Leuten, die gerne Libertins spielten. Und auch heute waren sie erschienen, hofften auf einen Skandal und waren ein wenig enttäuscht. Denn Herr Benoît saß ruhig neben seiner Frau, strich bisweilen gedankenlos über die mausgrauen Hosen, die spannten über seinen Schenkeln, rückte seine Brille zurecht und schien auf die Predigt gar nicht zu hören. Und als die Orgel endlich den Schlußchoral spielte, stand er auf, bot seiner Frau den Arm mit artiger Verbeugung und schritt aufrecht zum Ausgang, auf elfenbeinbegrifften Krückstock sich stützend. Hinter ihm ging die Amme in schwarzer Savoyertracht und trug das leise wimmernde Kind.

«Die Komödie wäre nun vorüber!» Kaum bewegten sich die Lippen des Herrn Benoît. Zwei Falten gruben sich ein vom Kinn zur Nasenwurzel. «Was man nicht alles mitmachen muß, wenn man Professor ist und das Glück hat, in einer religiösen Stadt zu wohnen!»

«Aber Jérôme», spitz und leise war Frau Benoîts Stimme, «du hast so sonderbare Ansichten. Man muß doch mit den Wölfen heulen.»

«Wenn es nur Wölfe wären; aber mit Gänsen schnattern . . .»

Frau Benoît war ein wenig verletzt. Sie schwieg, blickte von unten zu ihrem Manne auf. Ihre grau behandschuhte Hand trommelte auf seinem violetten Ärmel. Der weite blaue Seidenrock lispelte auf den Steinfliesen.

«Aha, der Ketzer geht in die Kirche; so, so; unglaublich. Und die hochverehrte gnädige Frau hat sich erholt von den Anstrengungen?» Monsieur de Pequigny trippelte heran, zog an seiner langen weißen Nase, hustete und schleuderte mit einem Ruck das linke Bein zurück. Sein grauer Zylinderhut berührte fast den Boden. Dann küßte er Frau Benoîts Hand, und die Runzeln seiner Stirn, die sich fortsetzten bis unter die Perücke, drückten übertriebene Ehrfurcht aus.

«Madame werden erlauben, daß ich mich anschließe und meine Glückwünsche untertänigst vor den kleinen Füßen ausbreite.»

Unwillkürlich suchte man an der weißen Perücke Monsieur de Pequignys den kurzen Zopf des verflossenen Jahrhunderts. Er verachtete die langen Hosen, die man in die Klappstiefel pressen muß, und trug nur schwarzseidene Culottes, aus denen die weiß bestrumpften Waden sehr mager hervorragten. Lange gelbe Spitzen rieselten aus den purpurnen Ärmeln über die runzligen Hände, auf denen die Adern hervortraten, angeschwollen und blau.

«Nun, mein sehr bewunderter Herr Professor, hat die Religion Ihnen nicht zu starke Kopfschmerzen verursacht?»

«Durchaus nicht, Herr Dichter, durchaus nicht.»

«Die Laune scheint nicht gerade glänzend zu sein», bemerkte Monsieur de Pequigny und schnupfte aus einer Emailtabatière, die mit der Nase der Pompadour verziert war.

Frau Benoît nahm Platz zwischen ihrem Mann und Monsieur de Pequigny. Ihnen gegenüber preßte Pastor Lenoir den dicken Bauch an die Tischkante.

Monsieur de Pequigny erhob sich, den Stock als Stütze benützend, tippte mit langem Nagel gegen sein Glas und begann: «Da ich bekannt bin und verschrien als Dichter, verlangt jeder von mir ein Gedicht zur Feier des Tages. Meine Zuhörer werden sich jedoch heute mit Prosa begnügen müssen. Unserem Freunde, Herrn Benoît, ist ein Kind geboren worden; es wurde heute getauft, unnötigerweise vielleicht, jedoch um einem alten Gebrauch Genüge zu tun. Es ist nun Sitte, dem Kinde ein Geschenk in die Wiege zu legen. Falls es ein Knabe wäre, würde ich ihm Mut wünschen, politisches Talent, auf daß er herrsche über diese Stadt, Licht verbreite und den Aberglauben bekämpfe, das Lächeln lehre, die Hölle besiege. Meinem Freunde wurde jedoch ein Mädchen beschert. Allbekannt ist meine Verehrung für Frauen, für geistreiche Frauen insonderheit», Monsieur de Pequigny verbeugte sich gegen Frau Benoît, «und lange habe ich geschwankt, welch Taufgeschenk ich dem Kinde geben solle. Gestern nun fand ich es.» Monsieur de Pequigny zog ein Buch aus der hintern Tasche seines Rocks, schwenkte es in der Luft und tänzelte zur Wiege. «Mein alter Montaigne, eine Erstausgabe», Monsieur de Pequigny ahmte einen Marktschreier nach, «soll mein Geschenk sein, auf daß du lernest, o Celestine Honorine, die Notwendigkeit der Ruhe, auf daß du den Leidenschaften aus dem Wege gehest und nie etwas glaubest, was dein Verstand nicht fassen kann. Und lächeln sollst du können, wenn andere weinen, und nie an deine eigene Schlechtigkeit glauben. Denn sehr ergötzlich ist das Leben, du wirst es bemerken; darum liebe die Ruhe und halte die Menschen dir fern. Glaube nicht an die Ewigkeit, auch wenn du liebst, und lerne den Witz gebrauchen mit sicherem Gefühl. Vielleicht wirst du herrschen dereinst über diese Stadt durch Klugheit und List.»

Und Monsieur de Pequigny legte das alte Buch in die Wiege, sah das Kind lächeln und meinte: «Ich bin ein großer Zauberer, denn seht, mein Geschenk hat schon seine Wirkung getan.»

Groß stand Herr Benoît am Fenster, und zwischen den Hornknöpfen seiner Redingote schimmerte die gelbe Weste ein wenig rötlich, beschienen von untergehender Sonne. Frau Benoît saß auf dem grünen Sofa unter einem alten Pastell, das Herrn von Voltaire darstellte mit eckigen Zügen und spitzer, spöttischer Nase. Die kleine dreijährige Celestine spielte auf dem dicken wollenen Teppich.

«Ich wünsche auf keinen Fall, hörst du, auf keinen Fall, das Kind so dumm zu erziehen, wie wir erzogen worden sind. Aus der Bibel kann sie nur ganz unnötige Dinge lernen. Jehovah war ein grober, unerzogener Gott, dem das Lachen fremd war. Erzähle ihr von Odysseus, dem Listenspinner, und den alten Göttern, die an Feste gingen, um fröhlich zu sein, und lachten, daß der Himmel bebte. Erzähle ihr die Geschichte des Riesen Pantagruel und seines Dieners Panurgius, wenn sie nicht dumm ist, wird sie dich schon verstehen. Und vielleicht lernt sie alsdann leichter, Verachtung zu fühlen für den alten Juden Abraham, der hinging und einen Kaufvertrag abschloß mit seinem Gott und ihn besiegeln wollte mit dem Blute seines Sohnes.»

«Wie du meinst, Jérôme!» Frau Benoît nickte so stark, daß die weißen Locken tanzten, die ihr auf die Schultern fielen und ihr blasses Gesicht einrahmten. «Du hast ja recht; aber auch Ruths Geschichte ist rührend, glaubst du nicht?»

«Später, später, wenn du durchaus willst. Nur laß zuerst die Schönheit sie lernen aus der einzigen unbeschmutzten Quelle, damit sie nicht fehlgeht später und Selbstkasteiung als höchstes Ziel erstrebt.»

Und Frau Benoît nahm Celestine Honorine auf den Schoß, sprach zu ihr von Poseidon, der die Wogen des Meeres beherrscht, von Apollo, der in goldenem Wagen am Himmel fährt. So schnell aber drehen sich die Räder des Wagens, daß die Speichen glühen und leuchten und den Menschen Wärme spenden und Licht.

Mit kleinem, sehr ernstem Gesicht hörte Celestine Honorine zu, nickte und sagte: «Das ist schön!» lächelte bei den Streichen des Panurgius, der die Wache zum Narren hält, und freute sich über den großen Hunger des Riesen Pantagruel, der eine Lämmerherde zum Frühstück verschlingt. Und abends ging sie in das Zimmer ihres Vaters, der mit ihr spielte, gütig und mit leisem Lächeln, ihr die Buchstaben zeigte und sie lesen lehrte. Manchmal kam Monsieur de Pequigny dazu, strich über die Haare der Kleinen und sagte ernst, während sich seine Stirn runzelte: «Du weißt, was du zu tun hast. Du sollst herrschen dereinst über diese Stadt, sie freudig machen und dem Lachen zugänglich. Was lernst du jetzt?»

Die kleine Celestine Honorine nahm ihren weißen Rock in beide Hände, machte eine wohlgelungene Révérence und sagte: «Ich lerne nicht. Ich spiele.»

Monsieur de Pequigny aber lachte, sein Kinn reibend, und war zufrieden mit dieser Antwort.

Der Sohn des Pastors Ribeaupierre saß rothaarig und verweint in Herrn Benoîts Klasse. Bisweilen, wenn Herr Benoît ihn rief, zuckte er zusammen, blickte mit glotzenden Augen geradeaus und antwortete nicht. Eines Tages nun, als der kleine Ribeaupierre mit roten, zerschlagenen Händen in die Schule kam, ging Herr Benoît auf ihn zu, strich mit weißer Hand über den Kopf des Knaben und sagte: «Vor mir brauchst du dich nicht zu fürchten.» Erstaunt betrachtete der kleine Ribeaupierre seinen Lehrer. In der Pause jedoch nahm Herr Benoît den Schüler bei der Hand, führte ihn abseits unter die hohen Kastanien von St. Antoine und redete zu ihm folgendermaßen, in wohlgesetzten lateinischen Perioden:

«Du bist von deinem Vater geschlagen worden. Dein Vater wird dir gesagt haben, du seist ein großer Verbrecher, ein Mensch, der nur Schlechtes tue, faul sei und unbrauchbar. Ich kenne dich nicht von dieser Seite, und wenn du auch manchmal nicht genug arbeitest bei mir, so gebe ich nicht dir die Schuld, als vielmehr denen, die dich quälen. Nun begreife ich sehr wohl, daß du Angst vor deinem Vater fühlst, besonders wenn er dir mit dem Stocke droht oder dich gar schlägt. Doch mußt du denken, dies sei nur äußere Gewalt, die durchaus nicht ernst zu nehmen ist. Es ist genauso, und ich gebrauche ein Beispiel, um klarer zu sein, wie wenn du einen schwächeren Kameraden schlägst. Du bist ein Mensch, dein Vater ist auch ein Mensch, nur ein Mensch, merke dir dies, und deine körperliche Schwäche kannst du gut wettmachen durch seelische Stärke. Blicke deinem Vater fest ins Gesicht, wenn er dich schlägt, prüfe dich selbst, und wenn du merkst, daß du nicht verworfen bist, sondern ein Mensch wie andere, so antworte deinem Vater höflich, aber bestimmt. Vielleicht quält er dich alsdann weniger. Im übrigen sei überzeugt, daß du in mir stets einen guten Freund finden wirst.»

Es war sonderbar, den Wechsel zu beobachten, der im Gesichte des kleinen Ribeaupierre vorging. Erstaunt blickte er auf, gerader und fester wurde sein Gang; dann lief er fort, plötzlich, ohne ein Wort zu sagen.

Als aber bei Tisch der kleine Ribeaupierre seinem Vater widersprach, höflich zwar, doch bestimmt, und sagte, er sei kein Verbrecher, sondern ein Mensch wie andere, wurde der kleine Ribeaupierre geschlagen und eingesperrt. Wutschnaubend aber stürzte sein Vater zu Herrn Benoît.

Der spielte im Arbeitszimmer mit seiner Tochter. Herr Pastor Ribeaupierre drang ins Zimmer, fuchtelnd mit weißen Händen, die hervorstachen aus den schwarzen Ärmeln; außer Atem krächzte er: «Ein Jugendverderber sind Sie, ein Heide, der da aufwiegelt die Kinder gegen ihren Vater. Doch ausspeien wird Sie Gott aus seinem Munde, wie geschrieben steht . . .»

«Entschuldigen Sie, Herr Pastor», meinte Herr Benoît, «vielleicht überlassen Sie die Sache Gott, ob er mich auszuspeien Zeit genug und Muße besitzt.»

«Lassen Sie die Gotteslästerungen, auf daß nicht komme auf Sie der Feuerregen, der verschüttet hat Sodom und Gomorrha!» Doch kaum hatte Herr Ribeaupierre, schreiend, daß sich seine Stimme überschlug, den Satz vollendet, als er eine Berührung fühlte an seinem Bein. Und Celestine Honorine, vierjährig kaum, stand vor ihm mit gerunzelter Stirn und spöttischem Lächeln und blickte abweisend auf ihn.

«Wenn man wohlerzogen ist, schreit man nicht in fremden Häusern», meinte sie ernst, kehrte ihm den Rücken und tänzelte zur Tür; dann eine einladende Bewegung machend: «Bitte, ich geleite Sie hinaus.»

Herr Ribeaupierre verstand plötzlich, daß leise Stimmen bisweilen die lautesten Verwünschungen übertönen können, knickte zusammen und ging zur Tür. Er schien die Hand heben zu wollen, als er an dem Kinde vorbeischritt; doch ernst stand dieses an der Tür, verbeugte sich sehr höflich, um ihm den Vortritt zu lassen; da steckte der Pastor die erhobene Hand in die Tasche und verließ schweigend das Haus.

Herr Benoît aber lachte ein leises Lachen, das mühsam die Luft durch die Nase stieß, fast ohne das Gesicht zu verziehen.

«Wie eine Marquise sah sie aus, die gezwungen ist, einen Tölpel mit roter Jakobinermütze hinauszuwerfen», erzählte Herr Benoît dem Dichter Pequigny.

Monsieur de Pequigny schmunzelte, verfaßte eine Ode, die er in seiner Zeitschrift, dem *Caveau*, abdrucken ließ. Das Gedicht war betitelt «Die kleine Marquise». Dieser Name aber blieb Celestine Honorine ihr Leben lang, und schon in ihrem vierten Jahre war sie eine Berühmtheit. Die jungen Leute, die gern Libertins spielten, grüßten sie, wenn sie an der Hand des Vaters die Straßen durchschritt, überreichten ihr Veilchensträuße, sie Madame la Marquise nennend, mit Verbeugungen und artigen Schmeicheleien. Doch ruhig, ohne zu erröten und falsch bescheiden auf die Seite zu blicken, nahm die kleine Marquise die Huldigungen entgegen und ging durch die Menge, nicht zu schnell und nicht zu langsam. Merkwürdig war nur, daß viele Menschen den Blick senkten, wenn die kleine Marquise sie fest ansah. «So frech blickt dieses Wesen», meinte Frau Dumontel, Präsidentin der Missionsgesellschaft; «ich schäme mich geradezu, ihm in die Augen zu sehen.»

Es ist sonderbar zu bemerken, unwahrscheinlich sogar, aber doch eine Tatsache, daß Celestine Honorine mit fünf Jahren zu dichten begann. Bescheiden sicherlich, aber sie improvisierte Verse vor kleinem Puppenthater, ließ Helden in langanschwellenden Perioden von großen Taten schwärmen. Es ist selbstverständlich, daß die Verse weder klassisch korrekt noch geschmacklich einwandfrei waren, die weißgerüsteten Helden sprachen bisweilen kindliche Worte, zum großen Ergötzen des Herrn Benoît, der hinter seiner Tochter im bequemen Lehnstuhl saß und andächtig zuhörte. Zuweilen spielte er die Rolle eines Souffleurs, beendete den angefangenen Satz, verbesserte den hinkenden Reim; ihm wurde Dank genug zuteil aus den blauen Augen des Kindes.

Mit sieben Jahren wurde die kleine Marquise in die Schule geschickt. «Denn», sagte Herr Benoît, «es ist gut, schon als Kind die Dummheit der umgebenden Menschheit zu erkennen. Übrigens sind schlechte Einflüsse die besten, denn sie fordern Widerspruch heraus und stärken den Geist.»

Die kleine Marquise übersprang zwei Klassen und mußte, um unter die Großen aufgenommen zu werden, ein Examen bestehen, das ihr lächerlich schien. Da sie über das Thema «Der Frühling» einen Aufsatz schreiben sollte, weigerte sie sich und sagte: «Ich schreibe nur über einen Stoff, der mir gefällt.»

Der Lehrer, sein weißer Bart wurde vom grauen Marmorkinn in zwei regelmäßige Kaskaden geteilt, war einverstanden. «Wie die Marquise befehlen.»

Deshalb schrieb sie ein Loblied auf die Helden von Thermopylä, ungeschickt vielleicht und zu sehr mit Metaphern durchtränkt, doch hin und wieder wagte sie, zaghaft und unbewußt, den Versuch eines volltönenden Verses, wie sie ihn gelesen hatte in einer Tragödie des göttlichen Racine. Und als sie aufgenommen wurde in die Schar der lernbegierigen Mädchen, hielt sie sich abseits von lärmender Menge, still vor sich hinträumend, und murmelte bisweilen einen halbvergessenen Vers.

«Die Mädchen sind uninteressant», sagte sie zu ihrem Vater, «sie sprechen von Puppen, Tand und Putz und beten vor dem Einschlafen. Warum betet man, Vater?»

«Die Antwort auf deine Frage ist schwieriger, als du denkst, kleine Marquise. Wir haben eine schwere Erbschaft übernommen, die eingepflanzt wurde in die Menschen durch jahrtausendelange Gewohnheit. Man hat uns erzählt, wir seien schlecht und verworfen und müßten uns an Gott wenden, um unsere Sünden verziehen zu wissen. Darum kleiden sich die Pastoren schwarz, auch weil sie traurig sind über die Schlechtigkeit der Menschen, weil sie die Sündenböcke sind einer verschollenen Zeit und einen Gott, an den sie glauben, milde stimmen wollen. Ihr Anzug bedeutet Trauer, und sie wollen uns überzeugen, daß Trauer allein ihrem Gott wohlgefällig sei. Sie beten und wollen auch, daß die andern beten, um die Fröhlichkeit zu bannen und die Sicherheit, die jeder Mensch in sich trägt. Kinder sollen wir stets bleiben unter dem geschwungenen Stab göttlicher Allmacht, an den Tod denken, stets, um die Sicherheit eines nachfolgenden Lebens unser eigen zu nennen. Darum betet man, kleine Marquise, um Kind zu bleiben des alleinigen, unbestehenden Gottes.»

Die Mädchen mieden die kleine Marquise, denn sie schien nicht in ihre Welt zu passen. Gern stand sie allein neben einer nackten Frau, die marmorkalt auf einem Brunnen des Schulhofes stand. Mit kleiner Hand strich sie leise über runde Formen, fühlte voll Glück die Kälte des Steins und freute sich am mühelosen Gleiten der Finger über die glatte Fläche. Eine Lehrerin beobachtete sie einst, kam herzu und begann laut von früher Verderbtheit der Jugend zu sprechen. Die kleine Marquise versuchte zu lachen, an einen Scherz glaubend. Als jedoch die Dame, rot und röter werdend, mit dürren Altjungfernarmen in der stillen Luft herumfuchtelte und sagte, man müsse sich schämen, solch gottlose Geschöpfe in einer Musterschule zu dulden, blickte die kleine Marquise erstaunt in ihr faltiges, grelles Gesicht, hob langsam die Augen, bis sie fest und starr in zwei grün schimmernde Flecke blickte. Da verstummte die Lehrerin, kniff plötzlich die Lippen zusammen und entfernte sich. Die kleine Marquise sah sie mit Kolleginnen tuscheln.

«Arme nackte Frau, du stehst ganz allein hier, und niemand schenkt dir einen Blick; ich habe dich trösten wollen in deiner Einsamkeit, weil du schön bist und du dich langweilen mußt unter groben Menschen. Aber sieh, die Menschen verstehen deine sanfte Ruhe nicht und meinen leisen Trost. Arme frierende Frau, ich will dich streicheln, denn ich fühle, daß meine Liebkosungen dich erwärmen und du dich nicht mehr einsam fühlst, weil ich dich kenne.»

Und fast schien es der kleinen Marquise, als verstehe die nackte Frau die gesprochenen Worte, als versuche sie aufzuleben unter der kindlichen Liebkosung und den Kopf zu senken, traurig seufzend über vergangene schöne Zeit. Die nackte Frau aber ward der kleinen Marquise die treueste Freundin, denn sie ließ sich lieben, ohne zu widersprechen oder zuzustimmen; nur des Nachts kam sie bisweilen zu ihrer Trösterin, setzte sich aufs Bett und sang lange, in unbekannter Sprache, traurige Lieder, die das Kind nicht verstand. Aber weinrotes Meer summte in diesen Liedern, und silberweiß schwebte am Himmel mit Köcher und elfenbeingelbem Bogen die Göttin der Nacht. Und morgens schien es der kleinen Marquise, als dufte das Zimmer nach gelben Narzissen und verwelktem rotem Mohn.

Herr Benoît wurde älter; er fand die frühere Kampffreude, die spöttisch die Pastoren geneckt hatte, nicht mehr; langsam schlich er durch die Straßen, sah mit müdem Lächeln balgenden Hunden zu und grüßte bekannte Gesichter nicht mehr mit derselben Höflichkeit wie zuvor. Doch lebte er noch einmal auf, unerwartet für viele. Denn als Frau Benoît eines Abends über große Müdigkeit klagte, sich zu Bett legte und einschlief, um nicht mehr zu erwachen, weinte Herr Benoît nicht, verschwendete auch nicht unnütze Klagen über das unabänderliche Geschehnis. Er nahm seine Tochter auf die Knie, setzte sich ans Bett seiner Gefährtin und schwieg lange. In der einen Hand hielt er die starren Finger der Toten, während die andere langsam über die blonden Haare seines Kindes strich.

«Deine Mutter ist gestorben, und kein Pastor ist an ihr Bett getreten, um sie an ihre Sünden zu mahnen und sie vorzubereiten auf ein künftiges Leben. Und doch lächelt sie, wie du siehst, mit müdem, zahnlosem Mund. Der Tod spendet Ruhe, und wir müssen ihn nie vergessen, solange wir leben. Er gibt uns Sicherheit und ist ein großer Trost. Wie schön ist der Schlaf, der lange, traumlose, der nimmer endet und uns der braunen reichen Erde zurückgibt. Ich hatte ihn eine Zeitlang vergessen, und darum ist er eines Abends gekommen und hat mich erinnert, daß er noch besteht. Ich liebte deine Mutter, und ich bin froh für sie, daß sie Frieden gefunden hat; würde sie sonst lächeln?»

Und ruhig saß Herr Benoît die ganze Nacht am Lager seiner Gattin, die schlafende Tochter auf den Knien, ohne Müdigkeit zu spüren; er las in seinem alten Montaigne den Abschnitt über die Freundschaft. Denn seine Frau war ihm mehr Freundin als Geliebte gewesen, und er hatte neben ihr gelebt, ruhig und zufrieden, wie neben einem guten Vertrauten. Eine alte Uhr schluchzte regelmäßig in einer Ecke des Zimmers, und die weiße Sokratesbüste grinste gütig herab vom hohen Büchergestell. Ein leichter Leichengeruch, süßlich und fremd, lag als Weihrauchwolke in der Luft. Als die kleine Marquise erwachte, lag Herrn Benoîts runzlige Stirn auf der Hand der Mutter. Im grauen Licht, das mühsam durch die rotsamtenen Vorhänge brach, sah Celestine das aufgeschlagene Buch am Boden; leise wurden die Blätter bewegt von unbekanntem Luftzug.

Die Leute wunderten sich sehr über die Haltung Herrn Benoîts und seiner Tochter, als Herr Lenoir die Leichenrede hielt. Vorn auf dem Kommunionstisch stand der Sarg, schwarzbehangen, und silberne Sterne waren in den Stoff gestickt. Herr Lenoir sprach sehr wenig. Er hatte zu Beginn versucht, von den Tröstungen zu sprechen, die uns durch Versprechungen der Heiligen Schrift zuteil geworden sind; doch Herr Benoît hatte nachdrücklich gehustet, und die kleine Marquise hatte den Pastor streng angesehen. Deshalb hatte Herr Lenoir zu stottern begonnen, schließlich seine wohlgeformte Periode abgebrochen und nur ganz allgemein sein Beileid ausgedrückt.

Auf hohem Hügel, fern von der Stadt, wurde Frau Benoît begraben. Die ruhigen Kurven der Berge waren blau auf rotem Himmel, und weich fielen die feuchten Schollen auf den geschlossenen Sarg. Herr Benoît lächelte wieder, auf seine Tochter gestützt, als, einer nach dem andern, seine Freunde an ihm vorübergingen, ihm die Hand zu schütteln. Keiner aber wagte die gebräuchlichen Phrasen herzuleiern. Das «Danke» des Herrn Benoît war kurz und ablehnend. Monsieur de Pequigny wartete, bis sich alle entfernt hatten, schnupfte dann geräuschvoll und nahm wortlos Herrn Benoîts Arm. Die kleine Marquise ging ruhig neben den ernsten alten Männern.

«Du bist stark», sagte Monsieur de Pequigny mit leiser Stimme, die gar nichts Spöttisches mehr hatte, «und das ist gut. Eine Pflicht hast du ja noch, falls man von Pflichten überhaupt reden kann. Du hast deine Tochter glücklich zu machen und stark, wie du bist. Denke daran, Professor, sie ist der Trumpf in unserer schon fast verspielten Partie. Marquise, Sie sind unsere einzige Hoffnung, denken Sie daran. Es freut mich, daß Sie heute nicht geweint haben. Weinen ist nutzlos; wir sollen lachen, auch wenn es uns Mühe macht. Doch ich wiederhole mich bisweilen.»

Die weiße Straße war ein wenig gerötet von bewölkter Sonne. Schwer schritt Herr Benoît, während Monsieur de Pequigny mit kleinen Schritten neben ihm trippelte. Wie Schatten gingen sie auf die Lichter der Stadt zu, denn lautlos versanken ihre Schritte im weichen Staub. Schwarz schlief der See in der Ferne, weiß gefleckt von sich spiegelnden Lichtern.

«Man kann nicht immer lachen», sagte Monsieur de Pequigny, und müde schleppten sich die Worte, gleich ungehorsamen Träumen.

Die kleine Marquise nickte, und ihre blonden Locken schaukelten rötlich im umgebenden Licht.

«Es ist kalt», sagte sie und zitterte.

Wie ein großer schwarzer Hund mit zottigem Fell lief das Schweigen vor den dreien.

Zweites Kapitel

«Ich gebe nicht viel auf Vorurteile», sagte Herr Benoît, als Celestine Honorine dreizehn Jahre alt war. «Aber alte Sitten haben bisweilen ihre guten Seiten; darum sollst du konfirmiert werden. Die Leute würden sonst glauben, berechtigt zu sein, dich über ihre hohen Achseln zu betrachten. Ich habe daher beschlossen, dich aufs Land zu schicken zu meinem Freunde, dem Pastor Leblanc. Er ist ein guter Mann, sein Sohn ist zwei Jahre älter als du. Ihr werdet zusammen lernen.»

Im kleinen Zimmer, das keinen freien Platz an den Wänden ließ, denn hoch schichteten sich Bücher übereinander, gab Pastor Leblanc seine Religionsstunden. Aus dem gelben Kinn stach der weiße Bart spitz in die Luft, während sich der lange Zeigefinger in unsichtbare Theorien bohrte. Hin und her lief er, von der Tür zum papierbedeckten Schreibtisch, mit sonderbar großen Schritten, die gar nicht zu seinen kleinen Frauenfüßen paßten. Auf dem Sofa saß die Marquise, unter einem runden Medaillon Calvins, der mit magerem Asketengesicht in die leere Luft starrte. Neben ihr saß Saul, des Pastors Sohn, mit verschrammten Wangen, denn er balgte sich gern mit den Jungen des Dorfes.

«Und all dies ist seine Schuld» – Herr Leblanc deutete mit gelbem Nagel nach dem Medaillon –, «er hat die Liebe nicht verstanden. Er brauchte Theorie, leere Phrasen, Wissenschaft, wo einzig Liebe not tut. Die alles verzeihende Liebe. Man braucht nicht gelehrt zu sein, um lieben zu können. Niemand hat Jesus verstanden, niemand, nicht einmal sein Vater, der ihn sterben ließ am Kreuze; auch seine Jünger nicht, die zu disputieren begannen, wo einzig Verständnis nötig war. Die Nachfolger eines großen Mannes sind furchtbar, sie zerstören das wohlbegonnene Werk durch Verständnislosigkeit und Borniertheit. Seht nur das hochgelehrte Konsistorium, das mich hierher in die Einsamkeit geschickt hat; ich wollte es zwar, aber dennoch: Über was disputieren sie in ihren Versammlungen? – Zu wissen, welches Dogma orthodox ist und welches nicht. Dummheit überall, überall, und sie erstickt den schönen Baum, statt ihn zum Gedeihen zu bringen.»

Der kleinen Marquise schien die lautschallende Rede zu geräuschvoll, denn sie war es von ihrem Vater gewöhnt, nur leise, wohltönende Worte zu hören. Saul aber neben ihr hörte gar nicht zu, sondern betrachtete das Mädchen scheu und angstvoll und senkte die Augen, wenn die kleine Marquise ihn ansah.

«Ich hasse die Jünger und alle die, welche ihn unterstützt haben, den alten blutrünstigen Gott, die predigten, die Leute müßten sich schlagen und morden um seines heiligen Namens willen. Und besonders ihn, den schmalen Häretiker und Ketzerverbrenner, auf den alle hier so stolz sind. Einen Menschen verbrennen, wozu? Weil er nicht einverstanden war mit den unfehlbaren Gemeinplätzen dieses Kleintyrannen.»

Rot platzten die Äderchen unter der dünnen Haut des Pastors; leise summte die kleine Marquise eine Melodie durch die Lippen, als wolle sie ihre Indifferenz zeigen. Bei jedem Schritt des Pastors stiegen aus dem dicken Teppich kleine Staubwolken auf, standen einen Augenblick still über dem Boden, um plötzlich verscheucht zu werden durch den weitausholenden Schritt.

Die Stunden des Herrn Leblanc waren ein wenig sonderbar. Es war, als wolle er seinem ganzen Haß, jahrelang hinuntergeschluckt, in einem Male Luft geben, als hoffe er, endlich einmal verstanden zu werden von werdenden Menschen, da die Erwachsenen über ihn nur die Achseln zuckten. Er war berühmt gewesen eine Zeitlang, als er allsonntäglich von der Kanzel der Peterskirche herab predigte. Die Sünden seiner Zuhörer wurden von wohldokumentiertem Register abgelesen, und übervoll war deshalb die Kirche. Jeder wollte gern die Abkanzelung seines Nachbars hören und ließ die ihm bestimmte Strafpredigt gern über sich ergehen. Doch nach und nach begann Herr Leblanc sich zu langweilen. Er hatte gehofft, die Menschen bessern zu können, und als er sah, daß sich niemand änderte, die Menschen im Gegenteil verstockter wurden und verleumderischer, verlangte er, nach dem Tode seiner Frau, eine entlegene Pfarre und zog sich mit seinem Sohne nach Vandœuvres zurück.

«Saul soll mein Nachfolger werden», hatte er zu Herrn Benoît gesagt, «mein Nachfolger im guten Sinne. Er soll zu den Menschen sprechen, die mich nicht verstanden. Er soll sie die Liebe lehren und die Brüderlichkeit.»

Saul aber wuchs heran und wurde ein Dorflümmel, der lieber mit Kuhburschen sich balgte, als seinem Vater zuzuhören.

Das Land enttäuschte die kleine Marquise. Zu grün waren die Wiesen und zu blau der Himmel. Kotig waren die Straßen zumeist, und aufdringlich grell glänzte die Sonne; auch ertrug sie nicht den Stallgeruch, der über dem Dorf lag und noch in weitem Umkreis zu spüren war. Sie ging bisweilen zwischen frischgeackerten Feldern, ein Buch in der Hand, fühlte sich erwachsen und verständig und begriff die jungen Mädchen nicht, die von purpurnen Sonnenuntergängen schwärmten. Sie hätte gern Italien gekannt, denn sie las Madame de Staël und träumte vom Kapitol und der heißen, stechenden Sonne.

Saul folgte ihr meist wie ein treuer Hund. Er sprach nicht, sondern blickte dienstbeflissen auf die Hände seiner Freundin, um zuzuspringen, sobald sie etwas fallen ließ. Wenn sie ihm dankte, lächelte er mit breiten, gelben Zähnen.

Oft saß sie mit ihm im großen Zimmer, das im Erdgeschoß des Pfarrhauses lag. Rotglimmendes, rundes Holz knallte im offenen Kamin und ließ den seidenen weißen Strumpf der kleinen Marquise hell glänzen. Braune Bilder blickten herablassend von grüntapezierten Wänden, und zierlich geschnitzt lächelten zwei kleine weißbespannte Fauteuils. Saul saß am Boden in einer Ecke des Zimmers, fuhr mit langem gespaltenem Nagel einer Ritze des Fußbodens nach und sprach mit rauher Stimme. Er erzählte endlose Geschichten von fernen Abenteuern, schwang sich auf braune schweißtriefende Pferde und raste im Galopp unsichtbaren Feinden nach, denen er nach schwierigen Kämpfen eine gefangene Frau abnahm. Und er, der häßliche Saul, wurde von dieser Frau abgöttisch geliebt, er verschmähte sie jedoch und ritt andern Abenteuern entgegen.

«Wenn du groß sein wirst, Saul, wirst du Romane schreiben und sehr berühmt werden», sagte die kleine Marquise. Die braunen Augen Sauls glänzten im Dunkel. «Sing etwas!» bat er.

Dann sang die kleine Marquise vom König, der mit Trommelschlag die schönsten Damen seines Reiches hat versammeln lassen, um an ihrer Schönheit sich zu ergötzen. Und eine gefällt ihm, die Frau seines Freundes, des Marquis. «Wenn du sie mir geben wolltest», sagte der

König zu seinem Freunde, «würde ich für sie sorgen.» Und der Marquis, schweigend, nickt. Er wird Marschall von Frankreich und zieht in den Krieg. Aber die eifersüchtige Königin läßt die Marquise töten durch ein vergiftetes Lilienbukett.

Sauls Stimme war krächzend und ähnelte stark dem Gebell der Hunde, wenn sie nachts den Mond beschwören; doch weich und tief, wie der Ton einer alten Viola, klang der Gesang der kleinen Marquise durchs Zimmer. Saul rutschte langsam aus seiner Ecke, und wenn sie endete, liefen Tränen über seine schmutzigen Wangen, weiße Rinnen in die graue Haut grabend.

«Saul, du bist ein Dummkopf, wenn du weinst», sagte die kleine Marquise und strich mit leichter Hand über die harten Haare des Knienden. «Lieder muß man doch nicht ernst nehmen; du wirst nie glücklich sein, wenn du bei jeder Gelegenheit die Tränen trocknen mußt. Geh dich jetzt waschen, denn ich liebe unsaubere Leute nicht!»

Und Saul, der niemandem folgte, sondern stets frech antwortete, selbst seinem Vater, schlich beschämt zur Tür und rieb draußen in dunkler Küche die aufgesprungenen Hände, bis sie rot wurden.

An einem Sonntag holte Herr Benoît seine Tochter in lackiertem Wagen ab, um sie zu einem Fest zu führen. Er trug gelbe Hosen und eine weite blaue Redingote, die von der Taille glockenförmig bis zu den Knien fiel. Er hob seine Tochter behutsam in den Wagen, vorsichtig bemüht, ihr weites weißes Spitzenkleid nicht zu zerdrücken. Traurig stand Saul unter der Tür und blickte dem Wagen nach, der dröhnend über ihn zu lachen schien.

Frau du Chanteuil gab ein Gartenfest und hatte die Zierden der Stadt eingeladen, sich bei ihr zu unterhalten. Sie war eine kleine rote Dame in blauem Kleid. Fröhlich glänzten ihre falschen Zähne zwischen dünnen Lippen, und ihre gerundete Stirn sprang unter glänzenden grauen Haaren vor. Die weiße Spitzenhaube hüpfte auf dem beweglichen Kopf. Schnalzend küßte sie die kleine Marquise auf die Stirn. «Meine Herren und Damen», rief sie mit hoher kreischender Stimme, «die Zierde unserer Stadt, die kleine Zelebrität, das Wunderkind!»

Als erster trippelte Monsieur de Pequigny heran, küßte der kleinen Marquise die Hand wie einer großen Dame und führte sie, tänzelnd auf hohen Absätzen, an den Fingerspitzen zu einer Gesellschaft von Damen und Herren, die etwas abseits sprachen. In ihrer Mitte saß eine braune Frau mit hoher schwarzer Frisur; das gelbe Seidenkleid breitete sich rings um sie aus.

«Sie ist schön wie die Brunnenfrau», dachte die kleine Marquise, «was wird sie zu mir sagen?»

«Madame», lispelte Monsieur de Pequigny, «eine Konkurrentin, die Sie vielleicht überflügeln wird. Obwohl Ihre Werke unsterblich sind, hüten Sie sich, Madame, der Jugend gehört die Zukunft.»

«Du gefällst mir, mein Kind», sagte die Dame mit tiefer Stimme, die wie ein Orgelton sang.

Ein wenig zitterte die kleine Marquise; dann murmelte sie leise, kaum hörbar: «Sie sind nicht schön, denn Göttinnen sind weder schön noch häßlich. Sie sind göttlich.»

«Exquisit, wunderbar, herrlich!» rief der schlanke Mann, der neben der Dame stand, und führte ein goldgefaßtes Lorgnon zu den Augen; braune Bartkoteletten zogen zwei breite Striche über seine Wangen. «Meine Liebe, von mir hörten Sie nie derartige Komplimente.»

«Nein, mein Kind, ich bin keine Göttin», sagte die Dame, «ich bin ein einfacher Mensch wie du, und daß die Leute mich bewundern, ist nicht meine Schuld.» Dann nahm sie die kleine Marquise bei der Hand, zog sie an ihre Seite und hieß sie sich setzen auf den weißen bequemen Gartenstuhl. Der Ring der farbigen Kleider schloß sich um die beiden.

«Wer ist die Dame?» fragte die kleine Marquise flüsternd Monsieur de Pequigny.

«Madame de Staël.» Monsieur de Pequigny versuchte, seine kurze Gestalt zu verlängern, richtete sich hoch auf und blähte die schmale Brust unter dem weißen Jabot.

«Nun, Kind», sagte die Dame, «gefällt es dir hier?»

Die kleine Marquise blickte ohne Scheu in graue Augen. «Ich liebe die Farben in wohlgepflegten Gärten, den Flieder, der weiß und lila auf jenen Stauden blüht. Auch scheinen die Menschen hier fröhlich zu sein, fröhlicher als drinnen in der Stadt oder draußen im kleinen Dorf, wo ich wohne.»

«Du solltest mit mir nach Italien kommen; wir führen in gelbem Wagen über weißbeschneite Berge, um an den Ufern tiefblauer Seen hernach zu verweilen. Orangenbäume blühen duftend, und die rosa Blüten der Mandelbäume zeichnen sich hell ab auf dem dunkeln Grün der Kastanienwälder. Und weiter führen wir dann, bis das stahlblaue Meer die grelle Sonne spiegelte und braune Männer in singender Sprache rote Früchte uns bieten würden in rauhen Händen.»

«O, ich kenne das Land.»

«Wieso?»

«Aus Ihrem schönen Buch, Madame.»

«Ein sehr belesenes Kind, dein Vater kann stolz auf dich sein.»

«Bitte mich nicht zu vergessen», schnatterte Monsieur de Pequigny, «ich bin eine gute Fee, zwar männlichen Geschlechtes. Von mir erhielt das Kind sein erstes Geschenk. Einen Montaigne, jawohl, eine Erstausgabe, bitte sehr.»

«Wir wissen alle», die Dame lächelte kaum mit vorspringenden roten Lippen, «daß Sie, Herr Epigrammatiker, ein großer Gelehrter sind, und wir hoffen, daß Sie auch fernerhin dem Kind ein guter Berater sein werden.»

«Sehr schmeichelhaft, Madame, sehr schmeichelhaft», dienerte Monsieur de Pequigny, preßte mit beiden Händen den grauen Zylinderhut an die Brust und schnellte elegant das rechte Bein zurück. Die schwarzseidenen Culottes spannten über den spitzen Knien, und die weißen Strümpfe schienen mit ihren Falten die Runzeln der Stirn bekräftigen zu wollen.

«Vielleicht will Mademoiselle uns ein Gedicht vortragen», meinte der schlanke Mann, beugte sich zur braunen Dame und flüsterte ihr ein paar Worte ins Ohr.

«Ja, Kind, sag uns eins von deinen Gedichten.»

«Ich habe erst eins gemacht, Madame, vor einem Jahr, zum Geburtstag meines Vaters; aber es ist so schlecht ... Doch wenn Sie wollen.»

Die kleine Marquise stand auf, stützte sich auf die Lehne ihres Stuhls, sprach ein wenig stockend zu Beginn, denn sie ärgerte sich über das Wort Kind, das immer in den Anreden der Dame wiederkehrte. Dann sprach sie geläufiger, dabei fest in große graue Augen blickend, die endlich sich senken mußten. Es war ihr, als versinke sie tief in einem grundlosen See, höre sehr ferne Melodien wie Wellensummen spielen. Die Umstehenden blickten auf das kleine Mädchen, das ein großer weißer Fleck war auf dem grünen Hintergrund der Bäume. Weiße Taschentücher wehten vor erhitzten Gesichtern, bisweilen knirschte ein Schuh auf dem Kies. Und Bienen, schnell vorübersummend, zogen schwarze Striche durch die Luft, begleiteten mit feinem Geräusch die einfachen Worte der Verse.

Als die kleine Marquise geendet hatte, klatschten behandschuhte Hände den Beifall.

«Sehr schön, mein Kind, sehr schön!» sagte die braune Dame.

Der schlanke Mann neben ihr brach einen weißen Fliederzweig und steckte ihn in die blonden Haare des Mädchens. «Ich bekränze die Muse», sagte er lächelnd.

Die kleine Marquise errötete nicht; frei blickte sie die Umstehenden an, sah freundlich nickende Gesichter und fühlte, sie gehöre zu diesen ruhigen Menschen, die schöne Worte sprachen mit leiser Stimme, ohne nutzloses Händefuchteln.

«Ich bin sehr glücklich hier», sagte sie leise zur braunen Dame. «Übrigens kenne ich Sie schon lange, Madame. Vielmehr, Sie gleichen einer Freundin von mir. Sie war aus Stein und stand auf unserm Schulhof. Sie war so schön wie Sie und kam bisweilen zu mir des Nachts, sang Lieder von weinrotem Meer, und nachher duftete das Zimmer nach gelben Narzissen.»

«Was für eine Phantasie, was für eine Phantasie!» gluckste Monsieur de Pequigny; «so jung und schon so schöne Träume; durchaus erstaunlich, muß ich sagen.»

«Schweigen Sie doch ein wenig, Sie ewiger Schwätzer!»

Erstaunt bemerkte die kleine Marquise, daß die Dame sehr böse blicken konnte und glashart ihre Augen auf den Sprecher starrten.

«Man soll nicht immer lächeln und spötteln und grimassieren. Nur auf den Eindruck bedacht sein, den man macht. Einfach bleiben, wie du es jetzt bist.»

Ein kalter Wind klapperte in den Bäumen mit verdorrtem Holz. Im See spiegelten sich die Lichter kleiner Dörfer. Rund und rot rollte Frau du Chanteuil heran, am Arme des Herrn Benoît.

«Bitte in den großen Saal sich begeben zu wollen; es wird kalt, und ich fürchte den Schnupfen für all die schöngeformten Nasen.»

Madame de Staël nahm Herrn Benoîts Arm und stützte sich leicht auf die Schulter der kleinen Marquise.

«Sie sind glücklich, Herr Benoît?»

«Ja, Madame.» Ruhig war die Stimme.

«Ich habe viel von Ihnen gehört, von Ihren Kämpfen, wenn man es so nennen darf. Auch Ihre Tochter liebe ich sehr.»

Die kleine Marquise glaubte zu träumen; weich lag die feste braune Hand auf ihrer Schulter, und weiß schimmerten die runden glänzenden Nägel im Lichte eines nahen Fensters. «Ich werde auch so werden, groß und gütig wie die Dame neben mir; und viele Männer, alte und junge, werden meinen Reden lauschen, meine Schönheit bewundern und meine Klugheit. Ich liebe die große Dame. Sie schreitet so weich auf dem harten Kies, traurig und müd aber klingen ihre Schritte. Wer ist der junge Mann, der hinter ihrem Stuhl stand? Vielleicht liebt sie ihn, und er muß sie verlassen. Wird ihr Abschied so schön sein wie der Abschied des Titus von seiner Freundin Berenice in der wohlklingenden Tragödie?»

Leise sprach Madame de Staël: «Ich möchte bisweilen die Worte des Dichters wiederholen:

Oh Herr, Ihr habt mich so gemacht, gewaltig und allein,
Laßt mich doch endlich in den Schlaf der Erde ein.

Der Ruhm ist schwer zu tragen, mein lieber Herr Benoît, weil alle meinen, man sei ein außergewöhnliches Wunder. Ich aber bin nur eine arme Frau und brauche Liebe.» Madame de Staël seufzte, und schwerer drückte ihre Hand auf die Schulter des Mädchens.

Sie gingen am See entlang, dem erleuchteten Landhause zu. Hie und da sprang ein Fisch aus dem Wasser, schimmerte einen Augenblick und verschwand; schwarze Kreise wurden größer, und leise Wellen betasteten das Ufer.

«Ich verstehe Sie, Madame.» Herr Benoît räusperte sich. «Aber wir müssen uns trösten; der Mensch ist ein so sonderbares Geschöpf, ewig sich erneuernd, daß er alles erträgt, wenn er nur die genügende Geduld aufzutreiben vermag. Hoffen wir auf den Wechsel der Dinge, er bringt bisweilen sonderbare Geschehnisse, tröstende und komische. Lächeln ist in beiden Fällen erlaubt.»

«Sie sind fast ein Weiser.»

«O nein, nur ein bescheidener Schüler eines großen Meisters.»

Sie stiegen die breiten Treppen hinauf und kamen in den Speisesaal. Der schwarze eiserne Lüster trug weiße Kerzen. Als großer gezackter Kranz umgaben die vergoldeten Stühle den langen bunten Tisch. Aus hohen Vasen ragten langgestielte Nelken, die rote Schatten auf das glänzende Tischtuch warfen.

«Mir gegenüber muß es sitzen, das Wunderkind. Nicht wahr, Madame, es ist entzückend?» rief Madame du Chanteuil.

Madame de Staël nickte nur, traurig und abwesend.

Oben an der Tafel saß Madame du Chanteuil und lächelte Herrn Benoît zu, der rechts von ihr seinen Platz hatte. Löffel klapperten in blumenbesätem Porzellan. Herr Sismondi, mit dickem Prälatengesicht, hatte Mühe, den schlanken Löffel in den dicken beflaumten Händen zu halten. Er fürchtete, ihn fest zu fassen; der dünne Stiel hätte sich biegen können unter dem starken Griff. Aus hochroter Nase schnaufte er Dampfwolken in den langen braunen Schnurrbart. Bisweilen faßte er ihn mit der Unterlippe und sog die Suppenreste schlürfend in den breiten Mund. Madame de Staël saß neben ihm, starrte in ihr hohes Glas und fuhr gedankenlos dem goldgelben Schatten nach, den der Wein auf das Tischtuch zeichnete. Lang und hager saß rechts neben ihr Herr de Beaumont, mehr einem Pfarrer ähnelnd als einem Diplomaten. Kaum öffneten sich seine Lippen, wenn er eine kecke Bemerkung seiner Nachbarin zuflüsterte. Sein Sohn schwatzte mit feister Stimme unaufhörlich zu einer jungen Dame, die seinen Anekdoten mit Interesse zuhörte. In augenblicklicher Stille fielen die lauten Worte wie dumpfe Gummibälle auf den Tisch, prallten gegen die Wände und hüpften eine Zeitlang auf dem Fußboden.

«Der Marquis traf seine Frau im Bette an, und zwar nicht allein. ‹Madame›, sprach er, sich tief verneigend, ‹wollen Sie die Güte haben, mich dem Herrn vorzustellen.›»

Dröhnend rollte das Lachen aus dem breiten Brustkasten des Herrn Sismondi, während Herr de Beaumont kaum die Lippen verzog und seinen Sohn mit verstecktem Stolz betrachtete.

«Haben Sie gehört, Madame?» posaunte Herr Sismondi. «Ah, wirklich sehr gut! Ich habe selten ...» Er mußte husten und preßte die Spitzenserviette vor sein hochrotes Gesicht.

«Madame, haben Sie schon den Pastor Cousin besucht?» fragte ein schüchterner junger Mann, Herr de la Rive, Sohn, und starrte errötend auf Madame de Staëls abwesendes Gesicht.

«Nein!» Nach sehr langer Zeit erst kam die Antwort. «Ist er so interessant?» Ein gelbes Rosenblatt fiel langsam aus ihrem Haar und blieb an der Haut haften, die braun hervorschimmerte aus weitausgeschnittenem Spitzenfichu.

Das Mädchengesicht des Herrn de la Rive wurde röter; er öffnete die feuchten Lippen und sprach ein wenig stotternd.

«Wirklich ein heiliger Mann. Er lebt fern von der Stadt in großem Garten, begießt seine Blumen und lobt Gott. Weiße Haare fallen lang und lockig auf seinen großen blauen Leinenkittel. Er lächelt immer; manchmal aber, wenn er ekstatisch zum Himmel blickt, läuft ein silbriger Speichelfaden, zart wie Seide, aus seinem zahnlosen Mund. Die Vögel fliegen auf seine Schultern, setzen sich auf seinen Kopf; er läßt sie ruhig gewähren, rührt sich nicht und lächelt. Manchmal singt er mit hoher reiner Stimme einen alten Psalm, und die Leute bleiben am Gartenhag stehen und lauschen dem Gesang. Man pilgert schon zu ihm hinaus, denn man sagt, er heile die Kranken und mache die Blinden sehend.»

«Aberglauben, nichts als Aberglauben!» knatterte Monsieur de Pequigny in die plötzliche Stille.

Madame de Staël fuhr auf, blickte die Tafel entlang, als suche sie jemanden. Der schlanke Mann mit den Bartkoteletten flüsterte lächelnd ins Ohr der kleinen Marquise. Sie sah auf. Zwei graue Augen suchten die ihren; traurig waren sie und schienen zu bitten. Und das Lächeln verschwand aus den Augen der kleinen Marquise, denn sie fühlte, die große braune Dame leide sehr stark. Sie schwieg und blickte streng in das Gesicht des schlanken Mannes.

Monsieur de Pequigny schnatterte weiter: «Wo man hinblickt, Aberglauben, nichts als Aberglauben! Die Leute werden dümmer und dümmer und lassen sich von der Verrücktheit eines alten Mannes irreführen. O, warum sind die Zeiten Voltaires vorbei, wer wird sie uns wiederschenken? Nun beginnen auch gescheite junge Köpfe an derartigen Verirrungen Freude zu haben.» Das Gesicht Monsieur de Pequignys runzelte sich, wurde wieder glatt, um von neuem Wellen zu werfen. Die lange Nase schwankte bedenklich über dünnen Lippen.

«Aber, Herr Dichter, wer wird so heftig werden!» beruhigte fett und gemütlich Herr Sismondi. «Sie finden jeden Geschmack in der Natur, warum soll nicht auch der Geschmack am Glauben seine Berechtigung haben? Den Lahmen gibt man Krücken, und den Kurzsichtigen setzt man Brillen auf die Nase; warum soll der Geist nicht auch derartige Hilfsmittel gebrauchen dürfen?»

Die kleine Marquise fühlte eine leichte Berührung an ihrem Knie. Ein Schuh legte sich mit sanftem Druck auf den ihren. Und wieder sah sie die großen traurigen Augen bittend blicken, während der junge Mann ihr zuflüsterte: «Sie sind schön, und Ihre Lippen sind sicher weich und duftend wie Erdbeeren!»

«Mein Herr», unterbrach ihn die kleine Marquise, «Sie zeigen sich lächerlich, wenn Sie glauben, daß Ihre Komplimente mir Eindruck machen!» Sie zog Ihren Fuß zurück, rückte ein wenig fort und hörte ihren Vater eben sagen:

«Wir werden alt, Madame; aber die Zeit ist dem gütig, der sich nicht empört gegen sie. Was nützen alle Kämpfe, wenn wir an den Tod denken? Ein wenig Zeitvertreib sind sie, bringen Abwechslung in die Eintönigkeit der grauen wandernden Tage. Mein Leben ist nun bald zu Ende, die Jahre ziehen an mir vorüber wie eine bunte Prozession festlich gekleideter Bauern. Keines sieht auf den ersten Blick dem andern ähnlich, und doch sind sie gleich im Grunde durch den Geist, der sie durchzieht. Ich habe die Ruhe geliebt über alles, die Ruhe der gleichmütigen Seele. Und wenn es schließlich einen Gott geben sollte, was nicht unmöglich ist und durchaus faßbar, so wird er nicht grausam zu mir sein. Ich habe ihn bisweilen gegrüßt von fern, und wenn ich ihn nicht ansprach, so geschah es aus übertriebener Höflichkeit. So viele verfolgen ihn mit Bitten und Klagen; vielleicht ist er mir dankbar, daß ich versuchte zu leben, ohne ihn zu belästigen.»

Herr de Beaumont hatte wieder ein Bonmot zum besten gegeben. In das allgemeine Lachen stach der spitze atemlose Schrei Monsieur de Pequignys. Er hüpfte vergnügt auf seinem Stuhle, piepste durchdringend und trommelte mit knöchernen Fingern auf dem Tischtuch.

Über dem Saal lag ein schwerer Geruch von Speisen und Blumen. Ein Glas zerschellte mit hohem Klang am Rande einer Porzellanplatte. Rot lief der Wein über das glatte Tuch, überschwemmte eine herabgefallene weiße Nelke und färbte sie rosa. Herr Sismondi entschuldigte bedrückt seine Ungeschicklichkeit.

«Es ist so heiß hier!» seufzte Madame de Staël. Herr Sismondi sprang auf und ging knarrend zum Fenster. Der Wind legte die gelben Kerzenflammen auf die Seite.

Leise redete wieder der schlanke Mann zur kleinen Marquise: «Ich habe alles versucht, um meinen Ekel vor der Welt zu vertreiben. Mit Menschen versuchte ich zu reden und ihre kleinlichen Gefühle zu teilen. Aber meine Überlegenheit war ihnen peinlich. Dann versuchte ich, Frauen zu lieben und mich zu demütigen vor ihnen; aber die Frauen lagen vor mir auf den Knien, und bald konnte ich nicht mehr an die so oft besungenen Freuden der Liebe glauben. Dann wollte ich zum Volke sprechen, es zur Freiheit führen und zur Entfaltung seiner Kräfte. Aber ein anderer, gröberer, riß mir die Gewalt aus der Hand. Die Massen jubelten ihm zu, denn er wußte die Peitsche zu führen. Da begann ich zu reisen und besah mir fremde Länder. Überall Langeweile, denn ich suchte mich selbst zu vergessen und fand immer nur mich selbst. Unbekannte Völkerscharen sah ich, die mich anbeteten wie einen Gott. Aber schon meine Landsleute hatten mir zugejubelt und meinen Befehlen gehorcht. Wie unerträglich war es, nun von Wilden angebetet zu werden. Dann suchte ich Gott und verteidigte ihn, weil ich ihn nicht fand. Ich schrieb Bücher, flocht Perioden zu seltsamen Kränzen und schmückte sie mit bunten, papiernen Blumen.

Und die Menschen fanden meine Arbeit schön und liebten mich von ferne. Aber ich bin immer allein in kalter Nacht, über mir der schwarze Himmel, zu dem ich mich fürchte aufzublicken, und unter mir das Gesumme der Menschen, das mich so wenig interessiert. Sie müssen mich entschuldigen für meine frühere Annäherung: aber ich suche verzweifelt das Pochen eines freundlichen Herzens. Hören Sie weiter und kehren Sie sich nicht ab. Einmal habe ich das Nutzlose meines Lebens ganz gefühlt. Es war in Paris, und ich war trauriger als sonst, denn eine johlende Menge hatte mich ausgepfiffen. Da erinnerte ich mich eines Dichters, der fern in einer Vorstadt wohnte, den alle Menschen liebten und dessen Lieder jeder kannte und sang. Ich stieg eine hohe Treppe hinan, an schmutzigen Türen vorbei, und unangenehm roch das Haus, nach trocknenden Windeln und kochendem, schlechtem Fett. Ich klopfte an eine grünbemalte Tür. Ein großer Mann öffnete mir. Sein Gesicht war weich und fröhlich. Die starke Nase war gerade und gerundet das glatte Kinn.

‹Monsieur›, sagte er, ‹ich kenne Sie nicht, aber Sie sind mir willkommen. Was wünschen Sie?›

‹Nichts›, antwortete ich; ‹aber man sagte mir, Sie seien wahrhaft glücklich. Das wunderte mich, und ich bin gekommen, mich davon zu überzeugen.›

Er führte mich in eine kleine dunkle Stube. Eine Violine hing an der Wand. Am Fenster saß eine kleine Näherin in roter Bluse und sang ein Lied, ein Lied des Dichters. ‹Das ist Ninon›, sagte er, ‹sie ist eine Zeitlang mein Glück. Bis ich überdrüssig bin oder sie von dem Glück genug hat. Dann wechsle ich, und eine andere Ninon nimmt ihren Platz ein. Denn Wechsel allein ist Glück. Man muß auch trachten, die Liebe des Volkes zu gewinnen; mich macht es glücklich, auf der Straße gegrüßt zu werden von jedermann.›

Als ich fortging, war ich nicht klüger als vorher. Ich kann keine Lieder fürs Volk schreiben. Auch habe ich versucht, mit kleinen Ninons zusammenzuleben, aber dazu gehört eine Dachstube in ärmlichem Haus. Und das ist mir zuwider. Das Volk stößt mich ab; es riecht schlecht und brüllt immer viel zu laut. Ich bin wahrhaft unnütz auf dieser Welt.»

Die kleine Marquise hörte zu, fast unwillkürlich. Die weichen Sätze verspannen sich zu einem seltsamen Stoff, der wie ein Schleier sich legte über müde Gedanken.

«Sie müssen sehr unglücklich sein», meinte sie aufrichtig. Der schlanke Mann seufzte und strich über seine lockigen Haare. «Vielleicht, daß ich Ihnen später helfen kann, jetzt bin ich noch viel zu jung.» Die kleine Marquise lächelte bei diesen Worten.

Geräuschvoll wurden die Stühle zurückgeschoben, und paarweise gingen die Gäste in den hellerleuchteten Park. Die kleine Marquise hatte ihre weiße Hand auf den schwarzen Ärmel ihres Begleiters gelegt, und stolz schritt sie an Madame de Staël vorüber. Sie wollte zeigen, daß sie kein Kind mehr war.

Und draußen im Garten, der, hellbeleuchtet von gelben Lampions, seltsam matt und verstaubt glänzte, sprach der schlanke Mann weiter.

«Sie wissen nicht, mein Fräulein, wieviel Mut eigentlich zum Leben gehört. Die Leute gehen herum, beschäftigen sich mühselig mit unnützen Dingen, sprechen Worte, die keinen Widerhall finden, sondern lautlos fallen, wie Eisenkugeln auf Sandsäcke. Sie versuchen zu vergessen, daß sie leben, und dies ist gut für sie; wenigstens bleibt Denken ihnen erspart. Ich habe oft daran gedacht, mich zu erschießen, um endlich einmal mich selbst nicht mehr zu fühlen; doch plötzlich weht ein heller Rock vorüber an unsern Augen, und wir lächeln wieder. So ist es mir mit Ihnen ergangen, mein Fräulein. Ich kam traurig hierher, stündlich, stets verfolgt von den Liebesbeteuerungen und Eifersuchtsszenen jener braunen Dame. Und dann sah ich Sie und fühlte Ihre Jugend und bewunderte Ihre Klugheit und ...»

Die kleine Marquise fühlte die heiße Hand auf ihrem Arm. «Und das nennt man Liebe!» dachte sie und mußte lächeln. «Man gebrauchte schönere Worte in den Büchern, die ich las. Wie langweilig ist dieser große Mensch und wie banal.»

«Ich möchte Sie berauschen mit meinen Worten und Ihnen die Größe meiner Liebe zeigen. Verlangen Sie von mir, was Sie wollen. Ich will alles für Sie tun.»

«Wollen Sie in den See springen, bitte!» Ganz ruhig und sachlich hatte die kleine Marquise gesprochen, ohne Zittern in der Stimme. Sie mußte plötzlich an die kalte Brunnenfrau denken, die sich lieben ließ, ohne zu sprechen. Es schien ihr, als habe sie nichts mehr zu lernen, als sei die Liebe, auch ungeteilt, nur ein langer Wortschwall, mit ganz bestimmter Betonung hergeleiert. Auch verachtete sie ein wenig die große Dichterin, die so hoch über den Menschen zu thronen schien und doch dienen mußte der Liebe.

Der schlanke Mann richtete sich auf, blickte erstaunt auf das junge Mädchen, lachte dann leise. «Sie sind die erste, die mir nicht geglaubt hat, wirklich. Und ich dachte, ein vollendeter Schauspieler zu sein.»

Auch die kleine Marquise mußte lachen. «Er ist doch nicht so dumm», dachte sie. Dann verbeugte sie sich schweigend und lief, ihren Vater zu suchen.

Als der Wagen ratternd in der Nacht untertauchte, blickte ihm Madame de Staël glücklich lächelnd nach.

Drittes Kapitel

Ruhig verging ein Jahr in Vandœuvres bis zur Einsegnung im nächsten Frühling. Vor allem war in diesem Jahre die Verwandlung sonderbar, die mit Saul vor sich ging. Struppig und grob war er gewesen, als die kleine Marquise das Haus betreten hatte; sein Mund hatte lümmelhaft laute Worte geformt. Doch nun machte ihn der Anblick des Mädchens allein scheu und stumm. Er sah mit großen fragenden Augen der kleinen Marquise zu, die ihn nicht beachtete und fern von umgebender Welt in Büchern lebte, Verse vor sich hin sprechend mit singender Betonung. Manchmal dachte sie, Saul würde ihr seine Liebe erklären, in schöngeformten Sätzen und wohlgelungenen Perioden, besser als der schlanke Mann, der sich nur über sie lustig gemacht hätte. Es war ihr großer Stolz, ihm nicht geglaubt zu haben, und spöttisch blickte sie auf ihre Kameradinnen, die bisweilen sie besuchen kamen; diese erzählten von großen Erlebnissen, von wahnsinnigen Schmerzen und paradiesischen Freuden, die dem zuteil würden, der an die Macht der Liebe glaube.

«Glauben», schrieb sie in ihr Tagebuch, «glauben muß man, um wahrhaft glücklich zu sein. Sei es an Gott, an die Liebe oder an die Menschen. In jedem Falle würde ich unruhig, denn ich müßte mich zwingen zu glauben. Doch suche ich vor allem die Ruhe. Zuerst berauschen sich die Menschen am Glauben, geben sich hin, vollständig. Doch dann wachen sie auf, sehen sich selbst geringer und ärmer und möchten sterben. Dann hoffen sie auf ein neues Leben nach dem Tode, um den Enttäuschungen zu entgehen, deren man in dieser Welt teilhaft wurde.»

Herr Leblanc schien ihr nach wie vor komisch, wenn er zweimal die Woche mit spitzem Bart und drohenden Fingern über Lieblosigkeit und Verständnislosigkeit der Menschen klagte, mit seinem Sohne schalt und ungeschickt nach langer verworrener Rede sich vor der kleinen Marquise verbeugte.

Der Kommunionstisch der St. Peterskirche war schwarz behangen, als handle es sich um eine Beerdigung. Wieder saßen die alten Damen hinten im Kirchenschiff, violett und wispernd. Nur die Kanzel war geschmückt mit Weidenkätzchen. Links rutschten die weißen Mädchen ungeduldig auf knarrenden Bänken, während die schwarzen Knaben rechts unbehilflich in die Luft starrten, bisweilen sich wanden in zu engen Gewändern. Hinter dem Kommunionstisch saßen langberockte Gestalten in geschnitzten Stühlen; die starren Bäffchen schienen die Bärte fortzusetzen. Herr Pastor Ribeaupierre, klein und bucklig, zeigte gelbe Zähne unter zurückgeschobenen Lippen. Feist und rot saß Herr Lenoir, und zwischen beiden murmelte der Pastor Leblanc unverständliche Worte in seinen Spitzbart. Herr Thomas, ihnen gegenüber, zeigte seidene Strümpfe unter wertvollem Rock. Lang fiel sein brauner Bart auf die Brust, frisiert und parfümiert, und seine wohlgeformte Nase drückte Zufriedenheit aus mit sich selbst und seinem heiligen Amt. Langsam hallten die Orgeltöne in das Geflüster, erstickten es, wurden lauter. Die stillen Steine der Wände schienen zu singen.

Und dann begann Herr Pastor Turettini zu predigen; lang und gelb war sein Gesicht, und der bekannte weiße Knebelbart Calvins machte das knochige Kinn spitzer. Die Sonne hatte versucht, durch die hohen runden Fenster spielende gelbe Lichter zu legen auf die ernste Versammlung. Herr Turettini verscheuchte sie mit strengem Fingerwink. Gemessen sprach er zuerst und hämmerte ernste Vorsätze in die jugendlichen Gemüter. Das Leben sei kein Spiel, wie viele meinten, die wiederum einführen wollten die gottlosen Sitten des Heidentums. Der Mensch sei schwach, da die Schlange in sein Herz geträufelt habe das Gift des Zweifels; Adam habe schon gesündigt, und sein Geschlecht sei verdammt, unglücklich zu sein und das Paradies zu vermissen, aus dem Gott es gewiesen habe. Doch ein Trost sei uns gegeben worden vor bald zweitausend Jahren, der Trost einer baldigen Wiederkehr dieses gesegneten Gottesreiches. Aber wachen und beten müßten die Menschen in Erwartung dessen, das da kommen würde. Freuden seien ihnen versagt, denn Freuden in weltlichem Sinne seien Sünden wider den Geist. Eng und beschwerlich sei der Weg des Christen, doch führe er mit Sicherheit zu unsterblichen Freuden, die nie mehr endeten. Und es prasselten die Worte, schnell und hart wie Hagelschauer auf ein ungeschütztes Glasdach. Schnell und schneller sprach Herr Turettini; es bebte sein Bart auf den weißen Bäffchen, die sich verschoben, ganz langsam, bis sie auf der Schulter lagen. Das Fleisch zu töten sei einzige Pflicht des Christen, den Dornenpfad der Geduld zu wandeln sein einziger Ehrgeiz. Die gespreizten Hände fuhren wie weiße Striche über den schwarzen Hintergrund der Kanzel. Herr Turettini beugte sich vor, schwieg. Er blickte starr in die Augen eines lächelnden Mädchens. Stille. Und plötzlich raffte Herr Turettini sich auf, schleuderte mit magern Händen das Anathema auf die Versammlung, verfluchte das Lächeln, das aus Satans Geist entspringe, verfluchte die Lauen, deren Rede nicht sei «Ja, ja; nein, nein», die zu feig seien, das Kreuz auf sich zu nehmen, weil sie glaubten an die Unvergänglichkeit ihres sündigen Leibes. Er beruhigte sich erst, als er sah, daß die Köpfe gesenkt waren unter ihm. Dann zum Himmel blickend mit ekstatischen Augen, sang seine hohe Stimme einen alten Gesangbuchvers, falsch und rauh, der das Glück pries, in die Herde des guten Hirten aufgenommen zu sein und ihm auf seinem Leidensweg zu folgen. Das Amen, das den Schlußpunkt der langen Rede bezeichnete, war freudig und erlöst.

Herr Pastor Leblanc war plötzlich aufgesprungen, stand klein und fast unsichtbar hinter dem schwarzen Kommunionstisch und rief mit spitzer Stimme durch die Kirche: «Und die Liebe, vergeßt die Liebe nicht!»

Man verstand ihn nicht, denn hustend und Röcke ordnend, tuschelnd und eingeschlafene Beine streckend, atmeten die Zuhörer auf. Herr Lenoir führte seinen Kollegen auf den Platz zurück, ihm mit beruhigender Stimme zusprechend.

Der Reihe nach rief Herr Turettini die Mädchen, das Glaubensbekenntnis aufzusagen. Und da die kleine Marquise in der vordersten Bank saß, als erste am Mittelgang, begann sie, langsam, mit singender Stimme die Worte vorzutragen, sehr bedächtig, als müsse sie ein gutes Gedicht mit all seinen Feinheiten zur Geltung bringen. Herr Benoît nickte lächelnd, wenn seiner Tochter ein Satz gut gelungen war. Dann setzte die kleine Marquise sich wieder und dachte zum erstenmal vielleicht über die Bedeutung der Worte nach, die sie soeben gesprochen hatte. Es war ihr klar, daß sie gelogen hatte, doch beunruhigte sie diese Erkenntnis durchaus nicht. War es nicht auch Lüge, wenn sie ein Gedicht schrieb, das von Göttern und Helden handelte, die niemals gelebt hatten? Wenn es den Leuten Freude machte zu hören, daß sie an Gott den Vater glaubte, den allmächtigen Schöpfer des Himmels und der Erde, so ließ sich diese Freude verstehen; es war gleichgültig, ob sie in Wirklichkeit so dachte. Doch war es ihr hernach unangenehm, am silbernen Kelch zu nippen, den so viele Lippen schon berührt hatten. Sie seufzte erleichtert, als sie am Arm ihres Vaters die sonntäglich kalten Straßen durchschritt. Wässerig blau lag der Himmel über der Stadt, während die Bise böswillig fauchend um die Straßenecken strich.

«Die Dummheit der Menschen», sagte Herr Benoît, «ist unergründlich und für uns der einzige Maßstab der Unendlichkeit. Das Leben sollen wir töten in uns und uns in Trauer hüllen, weil ein verbohrter Jude einst die Idee hatte, seine Märchen aufzuschreiben. Die Bibel hat wohl Schönheiten, auch dichterisches Fühlen. Doch lese ich lieber Lucretius oder Homer, weil niemand den komischen Gedanken haben wird, mir zu sagen, ich müsse an Jupiter glauben und ihm meinen Geist als Opfer darbringen. Darum liebe ich auch die römische Kirche, die keinen Calvin kennt, denn sie gibt uns noch einen Widerschein des alten heidnischen Kults. Zahlreich sind die Götter, und jeder kann selbst den Heiligen aussuchen, der ihm am meisten zusagt. Und besonders für die Jesuiten habe ich eine Vorliebe; sie wußten so gut unsere Schwäche und Genußsucht mit den strengen Forderungen der Kirche in Einklang zu bringen. Sie sind die Erben jener skeptischen Philosophie, die sich nie anmaßt, ein Richteramt zu übernehmen, das ihr nicht zukommt. Aber unsere mageren, schwarzen Gestalten, die von der Kanzel herabbrüllen und sich einmischen wollen in unser Leben, hasse ich sehr, und nur die Liebe zu meiner Tochter hat mich bewogen, heute zwei ganze Stunden in einem kahlen kalten Gebäude zuzubringen und Reden über mich ergehen zu lassen, die meine gute Laune bedeutend getrübt haben.»

Sie gingen durch hohe Gassen. Aus offenen Fenstern hingen die spärlich grünen Zweige der Zierpflanzen. Ein Papagei schwatzte, und traurig sang dazu ein gefangener Zeisig. Die weiße Wolkenwand schwankte über dem Jura, als würde sie in ihrer Ruhe gestört von dem unaufhörlichen Gebrumm der Glocken. Herren grüßten lächelnd die zwei. Monsieur de Pequigny gesellte sich zu den beiden. Sein hoher Stock knirschte kurz und taktmäßig auf dem Pflaster. An einer Straßenecke hob ein fröhlicher Hund die Pfote gegen das Haus und streckte die rote Zunge gegen die Vorübergehenden heraus.

«Nur wir Menschen glauben», sagte Herr Benoît, mit dem Stock auf ihn deutend, «wir seien häßlich, wenn wir den Trieben der Natur folgen. Wir wollen stets mehr sein als diese einfachen Tiere und uns

Pflichten auferlegen, die lächerlich sind und durch nichts bewiesen werden können. Der Mensch ist schlecht, soweit man ihn hindert, in Einfachheit zu leben. Ist es erstaunlich, daß er bisweilen ausschlägt und den Wagen zertrümmert, an dem man ihn so lang ziehen ließ? Doch dann wird er wieder sanftmütig, läßt sich vom ersten besten einen Ring durch die Nase ziehen und an ihm führen wie früher. Er glaubt eine größere Glückseligkeit erlangt zu haben und schläft weiter, bis ein allzu heftiger Peitschenhieb ihm wieder das Bewußtsein seiner Knechtung gibt.»

Und Herr Benoît, zufrieden mit seiner langen Rede, drückte Monsieur de Pequigny abschiednehmend die Hand.

Als Herr Benoît mit seiner Tochter am wohlgedeckten Tisch saß, läutete es; die Pastoren Leblanc und Lenoir luden sich ein, entschuldigten ihr plötzliches Erscheinen mit der Erklärung, sie hätten den schönen Tag nicht in Gesellschaft ihrer Amtsgenossen verbringen wollen und hätten auf die Gastfreundschaft ihres Gönners gehofft, um schwarze Galle und schlechte Laune zu vertreiben. Herr Leblanc wanderte rastlos durchs Zimmer, stellte Stühle gerade mit ruhelos zupakkenden Händen. Dann seufzte er, strich über die spärlichen weißen Haare, preßte die Augenlider mit Daumen und Zeigefinger, blieb stehen; dann schleuderte er wieder die unruhigen dünnen Beine, machte halt vor dem Porträt Voltaires und betrachtete nachsinnend das spitze Gesicht, das ein Knäuel von Runzeln zu sein schien. Endlich setzte er sich, schlug, wippend auf knarrendem Stuhl, ein Bein über das andere, nieste und schneuzte sich geräuschvoll.

Herr Lenoir hatte inzwischen mit Mühe seine dicke Gestalt zwischen Stuhllehne und Tischkante gepreßt, die weiße Serviette um den roten Hals geknotet und wartete, Gabel und Messer in weißen prallen Händen, auf den Beginn der Mahlzeit. Die kleine Marquise stellte zwei Teller vor die Neuangekommenen. Und während Herr Lenoir, wollüstig schmatzend, den Flügel eines Huhnes abzulutschen begann und fett von der Berührung seine rote Nase glänzte, hustete Herr Leblanc trocken und begann zu sprechen. Wie zerreißendes Papier knisterte die Stimme.

«Ich habe heute in der Kirche sprechen wollen, aber man ließ mich nicht. Man hatte Angst, die Wahrheit zu hören. Und vielleicht hätte ich auch gar nicht sprechen können. Eine Kugel sitzt mir stets im Hals, wenn ich unsere Amtsbrüder predigen höre. Was haben die jungen Leute heute gelernt? Nichts, gar nichts. Sie sollen streng gegen sich sein, was heißt das? Das Gegenteil wäre richtiger gewesen. Zuerst sich selbst lieben und dann die andern, wie es in der Bibel heißt: Liebe deinen Nächsten wie dich selbst. Und wenn ich mich nicht selbst schätze, mich nicht selbst kenne, wie soll ich andern gegenüber mitleidig und verständnisvoll sein? Doch die Menschen haben alles vergessen, was früher sie achtenswert machte; sie blicken scheu um sich und schämen sich voreinander. Sie belügen sich selbst zuerst, um besser ihren Nächsten belügen zu können. Die Welt wird schwärzer und schwärzer, als verdunkle ein großes lichtloses Tuch die weiße Sonne. Und kalt ist es überall, weil der dunkle Geist stetig sein Reich erweitert. Blasser und kränker werden die Menschen und fürchten sich voreinander. Warum? Weil einmal ein spitzbärtiger, flackernder Mensch, der nicht gehen konnte und mühsam nur sprach, die Stadt mit seinem Worte vergiftet hat. Er war der Gesandte des alttestamentarischen Gottes, der sich freut, wenn die Kinder seiner Feinde an Felsblöcken zerschmettert werden.»

«Dieses Huhn ist so ausgezeichnet», schmatzte Herr Lenoir, «daß ich deinen theologischen Ausführungen nicht zu folgen vermag, lieber Freund.»

Herr Leblanc schwieg beleidigt. In die Stille schallte das Bellen eines Hundes und die keifende Stimme einer scheltenden Frau.

«Du traust diesem dunkeln Gott viel zu viel Macht zu», sprach langsam Herr Benoît; «indem du an sein Vorhandensein glaubst, gibst du ihm auch Macht über dich. Er verträgt alles, dieser sonderbare, dunkle Gott, alles, nur nicht ruhige Verachtung. Wenn ich mich nicht um ihn kümmere, ist er machtlos gegen mich, denn jedwedes Unglück, das mir zustoßen kann, kommt nicht von ihm, sondern ist einfach dem natürlichen Lauf dieser Welt zuzuschreiben. Sobald ich an ihn glaube, und ich fühle dies mit dir, Leblanc, bin ich ein Teil von ihm und kann mich nicht von dem Gedanken befreien, daß alles, was mir geschieht, von ihm befohlen wurde. Dann beginne ich meine Taten in gute und böse einzuteilen, werde furchtsam und unschlüssig, selbst in den nichtigsten Angelegenheiten nicht mehr wissend, was ich zu tun und was ich zu lassen habe.»

«Wir haben Beweise, untrügliche Beweise, daß er vorhanden ist!» kreischte Herr Leblanc, als wolle er seine Gedanken überschreien. «Wie wäre sonst die Welt entstanden? Wer hat uns aus Lehm gebildet, uns den Atem eingeblasen, uns die Seele geschenkt, wenn nicht ein großer tyrannischer Geist?»

Herr Benoît brach ein Stück Brot ab, zerkrümelte es auf dem Tischtuch, knetete eine Figur aus dem weichen Teig und stellte sie vor sich hin. «Warum soll ich nicht im Gegenteil meinen Gott selbst schaffen?» meinte er lächelnd. «Da er Geist ist, kann ich ihn nicht betrachten; da er unendlich ist, ihn mir nicht vorstellen. Und wenn ich mich selbst überzeugen wollte, er bestehe in Wirklichkeit, in Ewigkeit sogar, übersteigt diese Bejahung die Kraft meines einfachen Geistes. Wir können nichts beweisen, Leblanc. Weder sein Vorhandensein noch das Gegenteil. Darum ist Zweifel der einzig mögliche Schluß. Ich, für mein Teil, fühle mich sehr glücklich, nicht an ihn glauben zu müssen. Und du, Marquise?»

Schweigend betrachtete das Mädchen die drei Männer; Herrn Leblanc, der mit geröteten Augen die Unendlichkeit zu messen schien, Herrn Lenoir, der mit dicken Fingern über den vorspringenden Bauch strich, und ihren Vater, der bewegungslos vor sich hin lächelte.

«Ich weiß nicht», sagte sie, «es scheint mir müßig, derartige Fragen zu stellen. Wenn ich traurig bin, spreche ich leise einen wohlklingenden Vers. Dann bin ich getröstet und brauche nicht die Hilfe eines hohen Unbekannten zu begehren.»

An der Wand lächelte Monsieur de Voltaire, schien zu nicken, mit ein wenig traurigen Mundwinkeln, und sehr zu bedauern, nicht aus seinem Rahmen steigen zu können, um dem kleinen klugen Mädchen in artiger Reverenz die Hand zu küssen.

«So haben meine Stunden dir nichts genützt», ärgerte sich Herr Leblanc. «Ich suchte dir doch die große liebevolle Gestalt zu zeigen, die in weißem Kleid durch die Schar der Armen schreitet, Trost spendend und aufrichtend die Beladenen. Aber das Stolz predigende Heidentum hat dich gefangengenommen, und stets wird dir die Liebe fehlen, die menschliche wie die göttliche, denn du verstehst die Demut nicht.»

«Aber, aber, Leblanc», beruhigte Herr Benoît, «du mußt meine Tochter nicht so abkanzeln. Blicke doch nur einmal in die klare Schönheit ihrer Augen und streiche über die weiße kalte Stirn. Sie wird geliebt werden, und da sie sich abweisend verhält, wird sie weniger zu leiden haben und glücklicher sein; jung wie sie ist, hat sie schon den einzigen unvergänglichen Trost erkannt: die Schönheit.» Herr Benoît stand auf, nahm den Kopf seiner Tochter zwischen kühle Hände und küßte ihn.

Herr Leblanc brummte weiter. «Mein Sohn ist schon ganz verrückt und verliebt. Ich höre ihn des Nachts im Bett seufzen und stöhnen, und, schrecklich ist es zu sagen: er beginnt zu dichten.»

Herr Benoît mußte lächeln. Stolz richtete sich seine gebeugte Gestalt auf. Er sah seine Tochter groß und berühmt, umgeben von einer Schar Anbeter, während sie selbst schlank und unnahbar durch die Reihen schritt, ruhig und ein wenig verächtlich.

Viertes Kapitel

Da seine Tochter ein wenig bleich war, beschloß Herr Benoît, sie noch ein paar Wochen zu Herrn Pastor Leblanc zu schicken, hoffend, daß gesunde Luft und Bewegung im Freien ihr gut tun würden. Auch Herr Leblanc hatte diesen Entschluß gebilligt. Er wünschte die Traurigkeit seines Sohnes zu verscheuchen.

Gleich eintönig gingen die Tage am grauen Pfarrhaus vorüber, und regelmäßig unterbrach der helle Sonntag den lautlosen Zug. Denn nur an diesem Tage schien Herr Leblanc aufzuwachen, und laut schallte seine Predigt, eingerahmt von leisem Harmoniumspiel, aus der offenen Kirchentür. Wenn er heimkam, war sein Gesicht gerötet, heller glänzten seine sonst verschleierten Augen, und es kam vor, daß er bei Tisch Jugenderinnerungen erzählte. Saul lachte dröhnend und hustete, verlegen gemacht durch den ruhigen Blick der kleinen Marquise.

Saul schien sich durchaus nicht wohl zu fühlen. Linkisch schlenkerte er mit magern Armen, stolperte oft, denn er versuchte, seinem ungeschickten Gang Eleganz zu lehren. Auch rieb er seine groben Hände unter dem kalten Wasserstrahl des Brunnens, gebrauchte Seife und feinen körnigen Sand und war verzweifelt, wenn nach wiederholten Waschungen seine Finger krebsrot wurden und aus den Furchen des Handrückens das Blut sickerte. Scheu schlich er um das junge Mädchen, wurde rot bis zu den Spitzen seiner langen Henkelohren, wenn ein Blick ihn traf oder ein wehender Rock ihn streifte.

Eines Tages jedoch nahm Saul allen Mut zusammen, bot der kleinen Marquise stotternd seine Begleitung an, erhielt auch ein gnädiges Nikken. Er folgte mit hängendem Kopf der Vorausgehenden. Zu beiden Seiten der Straße quakten Frösche in lauen Sümpfen, und aufdringlich gelb stachen Löwenzahnblüten aus dem grellen Grün der Wiesen. Vorsichtig schritt die kleine Marquise auf der kotigen Straße, hob den weißen Spitzenrock bis zu den Knien. Aufgeregt trappte Saul in eine Pfütze, und sprühend spritzte graues Wasser auf das Kleid.

«Entschuldige ... bitte ... entschuldige ...» stotterte Saul; feucht war seine Stirn, ein Schweißtropfen rann von seiner Schläfe über die rote Backe.

«Du könntest ein wenig aufpassen, Saul, und nicht immer so ungeschickt sein!» meinte die kleine Marquise schroff, denn man hatte sie gestört in schönen Träumen. Sie dachte eben an den Chevalier de Grammont, dessen Geschichte sie in einem alten verstaubten Buche gelesen hatte. Er hatte die Pompadour geliebt, der alte Chevalier, und nie gewagt, ihr seine Liebe zu erklären. Darum war er froh, in den Krieg zu ziehen, als der König ihm eine Kompagnie gegeben hatte. Doch verwendete er zuerst die Hälfte seiner Einkünfte, um unter seinen Leuten Seife, Puder und Essenzen zu verteilen. Denn er haßte den Geruch der schweißigen Körper. Seine Kompagnie war bald berühmt in den Ländern, die sie durchzog, denn sie führte rührende Schäferstücke auf, die der Chevalier selbst gedichtet hatte. Als er einst gegen die Deutschen kämpfen sollte, verzog die Verachtung seine Mundwinkel. Er ließ die Degen in die Scheiden stecken, die buntbebänderten Schäferstöcke bringen und ritt mit seiner Kompagnie tänzelnd dem Feind entgegen, während die schrillen Flöten ein Menuett spielten. Und als er, der einzige Überlebende, mit roter Schußwunde, die wie ein neuer sonderbarer Orden glänzte, vom Pferde sank, stand er zwei Minuten noch gerade. Er nahm eine Prise, überreichte dem fremden Offizier das kleine feine Äffchen, das sein ständiger Begleiter war, und bat ihn, bei nächster Gelegenheit das seidenweiche Tier nach Versailles zu senden, an Madame de Pompadour, als Zeichen verschwiegener, unsterblicher Liebe.

Die kleine Marquise wollte Saul diese Geschichte erzählen, als dieser stammelnd mitten auf kotiger Landstraße in die Knie sank. «Ich liebe dich, ich liebe dich!» krächzte und mit rauhen Händen das Spitzenkleid an seine tränenden Augen preßte. Die kleine Marquise war erstaunt und wußte nicht, was diese plötzliche Gemütsbewegung hervorgerufen hatte. Dann zogen, sekundenlang nur, Gestalten vorüber auf der grünen Wiese und hoben sich ab wie Schattenbilder auf dem grauen Himmel. Voran schritt Monsieur de Grammont mit rotbeflecktem Jabot und trug das Äffchen in der Hand. Dann folgte der schlanke Mann, den sie bei Madame du Chanteuil kennengelernt hatte. Er nickte ihr zu, lachte. Das Bild verschwand, und zu Boden blickend sah sie struppige Haare, die, Stacheln gleich, von einem runden Kopf abstanden. Saul schluchzte, näherte sich, auf den Knien rutschend, und umfaßte mit beiden Armen die Gestalt des Mädchens.

«Aber, Saul, wer wird sich denn so aufregen?» Sie mußte an die großen Liebeserklärungen denken, die in den klassischen Dramen so ruhig und gemessen von liebenden Lippen fließen, schön klingend die Worte und Verse. Der Knabe vor ihr, der wie ein unartiger Hund sie bedrängte, schien ihr komisch und widerwärtig. «Entweder man spielt Komödie in der Liebe, oder man macht sich lächerlich», ging es ihr durch den Kopf.

«Bitte, Saul, steh auf!» Sie strich über den struppigen Kopf, ein wenig mit Abscheu. Als Saul jedoch hilflos weinend stärker sie umfing, machte sich die kleine Marquise los, mit plötzlichem Ruck, und lief laut lachend dem Dorfe zu. Saul aber fiel mit der Stirn auf die Straße und blieb regungslos liegen; bisweilen nur hoben sich aufschluchzend seine spitzen Schultern. Die Tränen seiner ersten Liebe vermischten sich mit dem grauen Straßenschmutz. Raben zogen krächzend schwarze Striche durch den Himmel, und regelmäßig trommelten die Frösche in unbekanntem Rhythmus auf unsichtbaren Trommeln.

Am Abend schien Saul getröstet und schoß mit einer alten Pistole Schrotkörner nach Spatzen. Dann schloß er sich in sein Zimmer ein und öffnete nicht, als sein Vater nach seinem Befinden zu fragen kam. Wütend stieg Herr Leblanc die Treppen hinunter, rief die kleine Marquise und bat sie, ihm in sein Arbeitszimmer zu folgen.

«Du machst meinen Sohn verrückt», sagte er heiser und erbost, «vollkommen verrückt. Ich weiß nicht, wie die ganze Geschichte enden wird, aber ich habe Angst, große Angst. Es wäre vielleicht besser gewesen, du hättest nie unser Haus betreten, denn nur Unruhe bringst du mir und Sorge ... Ich weiß schon, daß du nichts tust, aber gerade dies ist dein Fehler. Durch deine Ruhe und Unnahbarkeit bringst du die Leute zur Verzweiflung. Ich möchte deinen Kopf manchmal an den langen Zöpfen hin- und herzerren, nur um einen Schmerzensruf von dir zu hören.»

«Das wäre nicht gut möglich», meinte die kleine Marquise, lehnte sich zurück im weichen Stuhl und blickte in das Grün des Lampenschirms. «Ich kann die Zähne zusammenbeißen, wenn es sein muß, aber schreien werde ich nie. Wenn ich Ihnen jedoch zur Last falle, Herr Pastor, will ich morgen schon meinem Vater schreiben, er solle mich abholen.»

«Aber nein, aber nein», weinerlich klang Herrn Leblancs Stimme, «nicht so habe ich es gemeint. Ich bin ein alter Mann, verstehst du, und bisweilen ein wenig sonderbar. Sei nicht hart zu meinem Sohn, ich bitte dich. Er ist so jung und manchmal so still, daß ich Angst habe.»

Herr Leblanc hatte sich gesetzt; müde legte er den Kopf auf knöcherne Hände. Sich aufrichtend wiederum, stützte er die Ellbogen auf die Schreibtischplatte und preßte die Fäuste an magere Wangen. Tränen tropften regelmäßig auf das braune Holz.

Da trat die kleine Marquise zu dem alten Mann, denn Mitleid fühlte sie mit ihm, legte den Arm um seine Schultern und sprach ihm zu, ihn Onkel nennend und «du». Hart schluckte Herr Leblanc auf, und jedesmal zitterte sein magerer Körper.

«Ich bin immer so allein», murmelte er, «so allein, und dann wächst die große schwarze Gestalt des Gottes in der Dunkelheit. Er blickt mich an, drohend, will mich zerschmettern, sich rächen für meine Ausfälle. Ich habe Angst.» Die Stimme zitterte, klang kalt. Ein Fensterladen schlug dröhnend gegen das Haus, einmal, noch einmal, und flackernd tanzte das Lampenlicht auf einförmigen Bücherrücken.

Am nächsten Tage, es war ein Sonntag, predigte Herr Leblanc von brauner Kanzel. Er sprach gegen Sittenlosigkeit, gegen den Geiz, der immer mehr sich breitmache unter den Bauern, und ärgerte sich im stillen über das dicke Gesicht des Gastwirts Raymond, der in der ersten Reihe lächelnd zum Pastor emporsah. Die Worte schienen ihn gar nicht zu erreichen, sein Kopf war rund wie ein elastischer Gummiball. Verspätet drängte sich ein Mann durch den leeren Gang zwischen den Bänken. Er setzte sich neben Herrn Raymond und flüsterte ihm etwas ins Ohr. Herr Raymond beugte sich zu seiner Frau, und weiter ging das Wispern, auf weichen Sohlen, bis in die hintersten Bänke. Herr Leblanc wurde unsicher, versprach sich und fühlte einen Strick, der sich langsam um seinen Hals zusammenzog. Im plötzlichen Schweigen stand der Gastwirt auf, räusperte sich, als wolle er eine lange Rede halten, tastete mit Wurstfingern die Banklehne ab und sagte dann ruhig, mit fetter Betonung: «Ihr Sohn hat mit der Pistole gespielt und hat sich dabei erschossen.» Dann stockte er, denn Herr Leblanc war in die Knie gesunken, als habe er von oben, von unsichtbarer Faust, einen Schlag auf die Stirn erhalten.

«Ja», hörte man ihn flüstern, «ja; ich muß mich entschuldigen. Ich gehe nach Hause.» Die Kanzeltreppe war endlos lang, schien in einen Abgrund zu führen, der schwarz sich öffnete vor Herrn Leblancs Schritten. Er stolperte zehn Stufen hinab und schritt durch die schweigende Gemeinde der Tür zu, einer weißen Wolke entgegen, die faul und träg über dem Dorf lag. Man hörte ihn murmeln: «Und er hat sich doch gerächt.» Niemand verstand, wen er mit diesen Worten meinte.

Saul lag auf seinem Bett, in kahlem Zimmer, ganz oben im Haus. Ein dünner, roter Faden floß aus seiner Schläfe auf das weiße Kissen.

Neben ihm saß die kleine Marquise, weinte vor sich hin und streichelte die rauhe Hand des Toten. Herr Leblanc stolperte herein, fiel auf die Knie neben dem Bett, schluchzte in die Kissen und rührte sich nicht. Dann sprang er auf, lief hin und her, beugte sich aus dem offenen Fenster, atmete tief und fuchtelte mit schwarzbehangenen Armen.

«Er hat sich doch rächen müssen!» Mühsam nur preßten die Worte sich aus den zusammengebissenen Zähnen. «Denn er ist feig, feig und hinterhältig. Er hat gewartet, bis er mich machtlos sah, alt und leicht zu überwältigen. Und dann schlug er zu. Von hinten natürlich, wie immer. Mich fürchtete er nicht mehr, aber meinen Nachfolger wollte er vernichten. O, er ist schlau und grausam, und der Tod bereitet ihm Vergnügen. Die Leute werden sagen, es sei ein Unglück, weiter nichts. Aber ich weiß es besser. Nein, es ist Seine Rache, Er will mich verspotten. Saul!» rief er, kreischend hoch, «Saul!» und weinte wieder, auf den Knien, neben dem Bett.

«Er wäre groß geworden», die Schritte knarrten auf dem Holzboden, «groß und mächtig, er, mein Sohn. Denn er war klug und hätte Ihn von seinem Thron gestürzt, den Mächtigen. Haha, Er hat sich gefürchtet. Natürlich, die Lösung ist einfacher so; man erwartet nicht den offenen Kampf, man tötet von hinten. Feigling, Feigling!»

Als pralle er an harten, unsichtbaren Pfahl in der Mitte des Zimmers, blieb Herr Leblanc stehen, klatschte mit flacher Hand gegen seine Stirne, «Saul!» rufend, «Saul!» Und wieder die Wanderung aufnehmend, schleuderte er Verwünschungen in die Luft, wie Pfeile, bestimmt, den fernen Feind tödlich zu verwunden.

«Denn Er könnte ja nicht leben, eigentlich, ohne uns; wir geben Ihm Stärke und Kraft mit unserm Glauben, mit unserm Gehorsam. Ich habe Ihn verfolgt, all die Jahre, nicht offen, es ist wahr, aber in seinen Jüngern. Er antwortete nicht, blieb ruhig, rührte sich nicht, der Feigling. Er kann warten, natürlich, wenn täglich man Ihm erzählt, die Ewigkeit gehöre Ihm. Aber was brauchte Er meinen Sohn zu töten? Hat Er nicht schon den eigenen gemordet? Was will Er mit meinem? Nur sich lustig machen über mich? So, so. Ich soll mich beugen in Demut vor Seinen Ratschlägen. Das würde Ihm recht sein natürlich. Aber ich will nicht. Ich werde mit Ihm kämpfen bis . . .» Herr Leblanc sank auf einen Stuhl. Steif lehnte sich der Oberkörper gegen die gerade Lehne. Die vorspringenden Augen starrten nach der Tür, als warte er darauf, sie aufgehen zu sehen. Die langen gelben Nägel kratzten auf dem schwarzen Stoff seines Priesterrocks. Zum erstenmal in ihrem

Leben fühlte die kleine Marquise Angst. Sie weinte nicht mehr, sondern sah bleich auf den Pastor, während ihre Finger willenlos auf ihren Knien tanzten.

«Und ein Paulus ist mein Saul trotzdem nicht geworden!» schrie der Pastor wieder aufspringend. «Diesen Triumph hat Er doch nicht gehabt.» Der schwarze Rock fegte über den Fußboden, die aufgescheuchte Luft strich über die Haare des Toten. «Er glaubt vielleicht, Er dort oben, ich sei geschlagen, zu nichts mehr gut, Er könne mich einfach verachten. Ich werde Ihm zeigen, daß ich noch da bin. Kämpfen werde ich, bis Er stirbt. Und wenn die Menschen merken, daß der Himmel leer ist, werden sie aufatmend an festlich geschmückten Tischen sitzen, lachen und scherzen und an ihre eigene Unsterblichkeit glauben.»

Mit ausgebreiteten Armen stand Herr Leblanc in der Mitte des Zimmers; von seinen gespreizten Fingern schienen Strahlen auszugehen. Und wieder war es, als treffe ihn ein Faustschlag mitten auf die Stirn. Er sank auf die Knie, grub den Kopf in die weiße Decke und weinte still und leise, wie ein Kind. Die kleine Marquise aber fühlte, daß nichts trauriger sei als die Tränen alter Männer und nichts untröstbarer als verwundeter Stolz. Saul aber schien zu lächeln über die beiden, als habe er das wirkliche Leben gefunden, die Ruhe im unaufhörlichen Schlaf, und freue sich, befreit zu sein von einem Dasein, in dem es großen Schmerz gab und groteske Tragik auf kotiger Landstraße, die Stirne im Schmutz.

Saul wurde drei Tage darauf im kleinen Dorffriedhof begraben, unter kaltem Regen, der mit Schnee vermischt vom traurigen Himmel fiel. Herr Benoît aber lud seinen Freund zu sich in die Stadt ein. «Es ist nicht gut, daß du jetzt allein bleibst», sagte er zu Herrn Pastor Leblanc, während die gelben Schollen dröhnend auf den weißen Sarg fielen. Schweigend nickte Herr Leblanc, nahm den Arm seines Freundes und ließ sich zum Wagen führen. So kam es, daß Herr Pastor Leblanc in das große alte Haus zog, welches an der Straße lag, die den kürzesten Weg bildet zwischen dem See und der St. Peterskirche. Er sprach in den ersten Tagen sehr wenig, schloß sich in seinem Zimmer ein und antwortete nicht auf wiederholtes Klopfen. Man hörte ihn auf- und abgehen, bisweilen unzusammenhängende Worte schreiend und Stühle umstoßend. Nach und nach beruhigte er sich jedoch und sprach oft bei Tisch mit geheimnisvoller Betonung von einem großen Buch, an dem er schreibe und das den einfachen Titel tragen solle: «Mein Testament».

Die kleine Marquise magerte ab, und blaue Ringe vergrößerten ihre

Augen. Müde schlich sie durch die hohen Zimmer, aß zerstreut und sprach kein Wort bei den traurigen Mittagessen. Sie kleidete sich schwarz, entgegen ihrer Gewohnheit, blickte scheu zu ihrem Vater auf und schrak zusammen, wenn Herr Leblanc lauter als sonst in seinem Zimmer lärmte. Doch eines Tages nahm Herr Benoît seine Tochter bei der Hand, führte sie in sein helles Arbeitszimmer, setzte sie auf seine Knie, strich ihr behutsam über das Haar und redete langsam zu ihr, nach seiner Gewohnheit die treffenden Worte suchend.

«Ich habe geglaubt, kleine Marquise, in dir dies sonderbare Gefühl erstickt zu haben, das uns für die Schmerzen unserer Mitmenschen verantwortlich macht. Ich sehe, daß du unter dem Tode deines jungen Freundes leidest, daß du glaubst, du seiest an seinem Tode schuld. Wenn er auch Selbstmord begangen hat, wie die Leute sich erzählen, so brauchst du dir trotzdem keine Vorwürfe zu machen. Wir sind alle Krisen unterworfen, sonderbaren Steigerungen des Gefühls, die uns aus der Bahn unseres alltäglichen Lebens werfen, uns einen steilen Berg hinantreiben, höher, immer höher, bis zum Gipfel, um uns dann Ruhe zu schenken. Manche Menschen aber haben nicht die nötige Kraft, bis zum Gipfel auszuharren, verzweifeln in der Mitte des Aufstiegs und fallen zu Boden, weil sie zu schwach sind. Ich will dir eine kleine Geschichte erzählen, die ich vor vielen Jahren erlebt habe. Ein Schüler saß in meiner Klasse, der rasch lernte, gescheit war, bisweilen aber sich gehen ließ und mir dann durch seine Faulheit viel Mühe machte. Deshalb sah ich mich gezwungen, ihn manchmal hart anzufassen. Er antwortete in diesen Fällen nichts, wurde rot und schien mit Mühe einen harten Bissen zu verschlucken. Einmal fiel mir sein Benehmen besonders auf. Er war in die Klasse getreten mit zu Boden gesenktem Blick, und Tränenspuren waren auf seinen Wangen bemerkbar. Meine Fragen beantwortete er falsch, sah starr auf die Bank und würgte an hervordringendem Schluchzen. Ich folgte ihm nach Schluß der Schule und sah, wie er sich auf eine Mauer setzte; er zog einen schweren Gegenstand aus der Tasche und legte ihn neben sich. Dann schrieb er eifrig, sich dabei die tränenden Augen reibend. Ich trat zu ihm, sprach scherzend auf ihn ein, fragte ihn nach dem Grunde seines Kummers, erhielt aber keine Antwort. Er war sehr rot geworden und suchte den schweren Gegenstand vor meinen Blicken zu verbergen. Es war eine große Reiterpistole. Ich nahm sie in die Hand, spielte mit ihr und drückte sie dann in die Luft ab. Der Junge fuhr bei dem lauten Knall zusammen. ‹Du könntest sie mir zum Andenken schenken›, meinte ich.

Er nickte. Niemals habe ich verstanden, was ihn zu diesem sonderbaren Entschluß getrieben hatte. Aber der Junge blickte seit dieser Zeit fröhlicher drein, arbeitete besser, zu meiner Zufriedenheit. Verstehst du, was ich meine, kleine Marquise? Ein winziger Zwischenfall kann unsere ernstesten Entschlüsse zum Wanken bringen, kann den gefährlichsten Krisen die Spitze abbrechen. Vielleicht trug Saul schon lange den Entschluß mit sich herum; wir müssen nur bedauern, daß du nicht zu rechter Zeit sein Zimmer betreten konntest. Ein Wort von dir hätte vielleicht in diesem Augenblick seine Verzweiflung in wohltuende Ruhe umwandeln können. Doch daß es dir unmöglich war, dies einfache, rettende Wort zu sprechen, ist nicht deine Schuld; eine lange Kette dir unbekannter Geschehnisse hat dich daran gehindert. Darum mäßige deine Trauer und blicke wieder fröhlich, wie sonst!»

An der Schulter ihres Vaters weinte die kleine Marquise. Dann schien sie erlöst zu sein von bedrückender Last, küßte ihres Vaters Stirne und ging ihren Beschäftigungen nach mit fröhlicherem Gesicht. Nur manchmal, wenn sie das Lied vor sich hin summte, vom König, der seines Freundes Frau begehrt hat, wurde sie wieder traurig und mußte an die hilflose Gestalt denken, die einmal auf kotiger Landstraße vor ihr auf den Knien gelegen hatte.

Herr Pastor Leblanc aber wurde immer sonderbarer. Manchmal lief er ohne Hut aus dem Haus. Weiß wehten die langen Haare im Wind, und sprechend und fuchtelnd mit dünnen Armen eilte er mit großen Schritten durch die Gassen. Er sah zum Himmel empor, stieß an Vorübergehende, ohne sich zu entschuldigen; erregt schrie er Sätze oder unverständliche Laute aus weitgeöffnetem Mund. Bis zum See lief er, hielt an vor weißschäumenden Wellen, die ans Ufer klatschten, und versuchte vorsichtig auf den großen Steinen weit in die Brandung hinauszugelangen. Stundenlang saß er dann, umgeben von erregten Wassern, die der Sturm schwarz färbte, und schien aufmerksam auf laut dröhnende Worte zu lauschen, die ihm von wütenden Wellen zugeschrien wurden. Plötzlich sprang er dann auf und schien zu antworten in unhörbaren Sätzen. Sein Hals schwoll an, und rastlos sprang der Adamsapfel auf und ab unter dem weißen Spitzbart. Mit Mühe nur erreichte Herr Leblanc das Ufer, sah müde zu Boden, schlich heim, bedrückt und kraftlos, bisweilen Halt suchend an den Mauern der Häuser. Nach solchen Ausflügen drang stundenlang kein Laut durch die verriegelte Türe seines Zimmers. Herr Leblanc lag auf dem Bett, sah zur Decke empor, zählte die gemalten blauen Blumen oder starrte lange auf die gelben Nägel seiner Hände, machte mit den Fingern seltsam verrenkende Bewegungen und ließ sie knacken, laut und hart. Die Nächte aber verbrachte er mit Schreiben, schien immer auf eine leise Stimme zu lauschen, die ihm Worte ins Ohr flüsterte; er nickte, wenn er verstanden hatte, und lächelte glücklich oder verzog ärgerlich die Mundwinkel, wenn die Erklärung nicht deutlich genug war.

Eines Abends hörte Herr Benoît einen schweren Fall, der dumpf durchs Haus dröhnte. Herbeieilend fand er Herrn Leblanc am Boden liegend; er hob ihn auf und legte ihn sanft aufs Bett. Weit aufgerissen starrten die Augen durch die Wand hindurch. «Er kommt», flüsterte Herr Leblanc, «er kommt in höchsteigener Person. O, wie kalt er ist! So schwer sind seine Schritte, und steinern ist seine Hand. Es schmerzt, wenn er Faustschläge gibt mit dieser Hand. Sein Körper ist aus schwarzem Marmor. Und seine schweren Füße zertreten die Menschen. Atem, Atem!» Die Stimme wurde leise; schwer schien die leichte Bettdecke auf keuchender Brust zu liegen. «Er wird vorübergehen; aber nun sehe ich eine schwarze Kluft; so tief ist sie!» Weinerlich kamen die Worte zwischen den weißen Lippen hervor. Tränen rannen schillernd die Schläfen hinab auf das Kissen. «Soll ich da hinunter? Ich fürchte mich. Gebt mir ein Licht, eine Kerze, damit ich den Weg erkennen kann. Nein, nicht stoßen», schrie er, «ich will nicht fallen! Halt!» langgezogen, wie ein Hornstoß. Dann Stille. Plötzlich streckte sich Herr Leblanc aus mit lautem Knacken, als reiße ein zu straff gespannter Bogen. «Nicht stoßen . . . ich falle!» Die Arme, die sich an leere Luft geklammert hatten, fielen lautlos herab. Die Hornhaut der weit offenen Augen glänzte wie altes Elfenbein.

Herr Benoît las lange bei unruhiger Kerzenflamme das hinterlassene Manuskript seines Freundes. Seltsam verschnörkelt tanzten die schwarzen Buchstaben auf dem Papier.

«Jean Leblanc, Pastor, führt Klage wider den Gott Jehovah, von den Christen fälschlich gütiger Vater genannt», stand zweimal unterstrichen auf dem Titelblatt. Dann folgten zwei Seiten Verwünschungen, eingerahmt von dicken gekleckten Ausrufzeichen. Es folgten kurze Notizen, Kapitelzahlen und Versziffern mit der Bemerkung «Widerspruch». Und endlich in lang anschwellenden und kurz abbrechenden Perioden eine lange Rede über das Nichtvorhandensein Gottes, nach klassischem Muster verfaßt mit Einleitung, Ausführung und Schluß. Herr Benoît barg das Manuskript in seinem Schreibtisch.

Der kleine Ribeaupierre, Sohn des Pastors, war achtzehn Jahre alt geworden und schien nicht gewachsen zu sein seit der Zeit, da er klein und rothaarig, mit ängstlichem, verweintem Gesicht in Herrn Benoîts Klasse gesessen hatte. Herr Benoît war erstaunt, als er eines Tages von seinem ehemaligen Schüler auf dem Schulhof angesprochen und gebeten wurde, eine Stunde zu bestimmen, in der sein Besuch keine Störung bedeute.

«Heute nachmittag um halb drei», nickte Herr Benoît und fühlte Mitleid mit dem verängstigten Knaben, der scheu um sich blickte.

Jules Ribeaupierre schien aufzuatmen, als er in das helle Arbeitszimmer trat. Er betrachtete den braunen Schreibtisch, der mit den gerippten Beinen auf einem buntleuchtenden Teppich stand. Dunkelrote Wände waren mit Stichen behangen, die Leda zeigten mit dem Schwan und Odysseus im Gespräch mit Nausikaa. Odysseus trug lange lockige Haare, die gepudert waren und schön gekämmt; sonst war er nackt. Nausikaa aber prunkte mit weitem seidenem Rock. Aus einer Ecke lächelte das gescheite Epikureergesicht Saint-Evremonts zu M. de la Bruyère hinüber, der seinerseits zur häßlichen Sokratesbüste auf dem Bücherschrank blickte.

«Nun, wie kann ich dir dienen, mein lieber junger Freund?» Herr Benoît rieb geräuschvoll sein glattrasiertes Kinn. «Hast du daheim etwas Unangenehmes erlebt? Vielleicht einen kleinen Zwist mit deinem Vater, der dich schlimmer dünkt, als er in Wirklichkeit vielleicht ist?»

«Doch, es ist furchtbar», stieß Jules hervor, und seine Augen schwammen in Tränen. «Er schlägt mich jeden Tag, jeden Tag, auch wenn ich nichts getan habe. Und dann blickt er auf mich mit weitaufgerissenen Augen, schwingt noch einmal den Stock, bevor er das Zimmer verläßt, und verspricht mir das Doppelte, wenn ich mich nicht bald bessere. Und doch tue ich alles, was er will, bin nie ungehorsam. Ich weiß nicht mehr, wie ich ihn zufriedenstellen soll. Ich halte es nicht mehr aus und ... und ich möchte in den See springen.»

«Nun, nun, mein junger Freund, so arg ist die Sache noch lange nicht. Laß mich nachdenken, was ich für dich tun kann. Ein Besuch von mir bei deinem Vater wäre durchaus nicht ratsam, er haßt mich und würde mir die Türe weisen.» Nachsinnend stopfte Herr Benoît die lange Pfeife, blies auf den Feuerschwamm, bis er rot glühte, und legte ihn auf den Tabak. Der aufsteigende Rauch tanzte gemessen durchs Zimmer und legte sich als blauer Schleier vor den nackten Odysseus.

«Ich will fort, Herr Professor, weit fort aus dieser dumpfigen Luft, in der man erstickt und sich nicht rühren kann. Man sagt immer, die Welt sei unendlich groß; es muß doch noch andere Städte geben, in denen man leben kann, frei und ohne tägliche Züchtigungen. Daheim sagt man mir stets, ich sei ein Verbrecher, und blickt mich an mit verächtlichen Mienen. Sie kennen nicht die furchtbaren Mahlzeiten zu dritt in dunklem traurigem Zimmer. Kein Wort wird während der Mahlzeit gesprochen, nur zu Beginn murmelt mein Vater ein leises Gebet, Gott bittend, er möge die Speisen segnen und uns mit seiner Gegenwart beglücken. Dann klappern die Gabeln auf den Tellern; mein Vater schielt zu mir herüber, ob ich nicht zu viel aus der Schüssel nehme, und meine Mutter, ganz in Schwarz, zittert mit den lang herabfallenden Bändern ihrer dunkeln Haube. Bisweilen werfe ich verzweifelt ein Glas um, auch wenn es eine Ohrfeige zur Folge hat, nur um aus dem erstickenden Zimmer gewiesen zu werden und mein Brot allein in dunkler Kammer verzehren zu können. Ich kann nicht mehr.»

Und schluchzend versteckte Jules den rotbehaarten Kopf in das weiche grüne Kissen. Sein knochiger Körper schnellte von Zeit zu Zeit auf und fiel zurück.

Herr Benoît schritt auf und ab, der weite Schlafrock schleppte über den Boden. «Ich begreife deine Verzweiflung, mein junger Freund. Du mußt von zu Hause fort, und das so schnell als möglich. Willst du eine Woche bei mir wohnen? Dein Vater wird dich während dieser Zeit suchen, doch nicht auf den Gedanken kommen, du könntest bei mir sein. Nach Ablauf dieser Zeit besorge ich dir einen Paß und versehe dich mit Geld. Dann kannst du reisen, wohin du willst, und dir dein Leben selber einrichten. Wenn du einige Kleider bei dir daheim holen willst, so gehe jetzt und komme dann zu mir. Du mußt nur achtgeben, daß man dein Fortgehen nicht bemerkt.»

Mit offenem Munde hörte Jules der ruhigen Rede zu. «O, wie gut Sie sind!» stotterte er, verschluckte sich und bedeckte hustend die Hand Herrn Benoîts mit feuchten Küssen.

«Aber, ich bitte dich, mäßige deine Dankbarkeit! Für Selbstverständliches sollte man niemals danken.»

Es war das erste Mal in seinem Leben, daß Jules Ribeaupierre sang, mit falscher, krächzender Stimme laut sang. Die Zukunft schien ihm eine unendlich lange sonnige Straße zu sein, auf der freundliche Menschen ihm zunickten, Gaben reichten und mit ihm sprachen, liebevoll und lächelnd.

Die kleine Marquise prallte mit ihrem Vater zusammen, als sie die

Türe seines Zimmers öffnete. Wütend stampfte Herr Benoît über den Teppich, erfaßte ein Papier, zerknitterte es in erbosten Händen und ließ die Fetzen zu Boden flattern.

«Unglaublich», rief er, «unglaublich! Diebe sperrt man ein, weil sie gestohlen haben, um nicht zu verhungern; Mörder köpft man; aber einen Menschen, der in seinem Leben nichts anderes tat, als Seelen zu vernichten, überschüttet man mit Ehren. Diesmal kann ich eingreifen. Es wird ein schöner Kampf. Der Herr Pastor ist nicht zufrieden mit meinem frühern Sieg? Bitte sehr, ich stehe wieder zu Diensten. Du bist hier, Marquise? Bitte, setze dich! Eine Ungeheuerlichkeit ist geschehen. Doch ich muß mich zuerst beruhigen.»

Herr Benoît blieb mit gespreizten Beinen am Fenster stehen, stützte die Hände in die Hüften und blickte hinaus. Ein Mann schrie im gegenüberliegenden Haus; die spitze Stimme einer Frau mischte sich in die tiefen Worte. Senkrecht fielen graue Schnüre vor den Fenstern, und leise wisperte das Pflaster, betropft von rieselndem Regen.

«Du kannst dich glücklich schätzen, Marquise, nicht die Erziehung des kleinen Ribeaupierre genossen zu haben. Du weißt nicht, was es heißt, jeden Tag mit absoluter Regelmäßigkeit geschlagen zu werden, jeden Tag die gleichen Worte zu hören, die gleichen Vorwürfe und deine Machtlosigkeit zu fühlen. Den Geist überdeckt nach und nach eine Hornhaut; er kann sich nicht mehr frei bewegen und verkümmert schließlich. Scheu blicken die Augen, denn sie haben die Kraft verloren, anderen offen ins Gesicht zu sehen. Und der Mut wird müde und brüchig, der Mensch zerfällt und ist tot, während er glaubt, noch am Leben zu sein. Aber ich will ihn erwecken und ihm zeigen, daß es noch Güte gibt auf der Welt und daß Strenge und Dummheit aus gleicher Wurzel entspringen.»

Die kleine Marquise verstand nicht, was ihr Vater meinte; sie fragte, was dem kleinen Ribeaupierre geschehen sei.

«Hör mich an, Marquise. Er ist unglücklich zu Hause, denn er wird geschlagen, ausgehungert und in ein dunkles Zimmer gesperrt. Sein Vater nennt dies christliche Erziehung. Ich will dem armen Jungen helfen, erstens, weil er mich dauert, zweitens, weil ich seinem Vater eine Lektion geben möchte. Er wird eine Woche bei uns wohnen; dann will ich versuchen, ihm weiterzuhelfen. Ich hoffe auf dich, Marquise, um ihn ein wenig zu trösten. Jetzt muß ich ausgehen. Du wirst ihn empfangen, wenn er kommt.»

Als Jules Ribeaupierre nach einer Stunde wiederkehrte, war sein gelbes Gesicht ein wenig röter geworden. Er war außer Atem, und seine mageren Beine zitterten in abgeschabten Hosen. In der Hand trug er ein kleines Bündel, das er schüchtern im Korridor abstellte. Die kleine Marquise führte ihn wieder ins Arbeitszimmer, wo er auf das Sofa sank. «Ich will nur schnell Ihr Zimmer in Ordnung bringen», meinte sie und verließ ihn. Als sie wiederkehrte, war Jules eingeschlafen. Sorgsam breitete sie eine Decke über den Liegenden. Jules aber stöhnte laut im Traum.

Er schritt durch eine hohe Gasse; aus allen Fenstern blickten bucklige Männer, die seinem Vater glichen. Sie bewarfen ihn mit Steinen, die auf seine Schultern, auf seinen Kopf fielen und ihn schmerzten. Er wollte weinen, aber im Chor riefen die Männer: «Das Weinen wird mit dem Tode bestraft.» Und endlos dehnte sich die Gasse, wurde dunkler, und Steine prasselten unaufhörlich auf ihn. Da wurde er in die Luft gehoben von einem schwebenden Mädchen. Er dachte: «Das ist Herrn Benoîts Tochter, wieso kann die fliegen?» Aber die Häuser wuchsen, während er senkrecht in den Himmel flog. Da ließ das Mädchen eine Blume fallen, und die Häuser schrumpften zusammen, zerfielen in faulende Stücke, wie überreife Schwämme nach langem Regen. Und in den Trümmern krabbelten schwarze Würmer mit Menschengesichtern, wurden dicker und dicker, bis die dünne Haut zerplatzte und aus den Häuten Fledermäuse in die Luft flogen. «Wir suchen Gott, wir suchen Gott!» krächzten die Tiere. Alle trugen ein weißes Viereck auf der Brust. Summend umgaben sie das fliegende Mädchen. Näher kamen sie zum Mond, der eine Hornbrille trug und lächelte. «Sie bringt mich zu ihrem Vater», dachte der Knabe. Aber die Fledermäuse schlossen sich zu einer Wand zusammen und verdunkelten den Mond. Dieser zog ruhig eine Tabaksdose aus weitem blauem Rock, nahm eine starke Prise und nieste so laut, daß die Fledermäuse in der Luft zerstoben. Dann verbeugte sich der Mond und sagte, an seiner Brille rückend: «Dankbarkeit ist unnötig.»

Acht Tage lang suchte Herr Pastor Ribeaupierre den verlorenen Sohn. Man sah ihn durch die Straßen laufen, mit erregter weißer Nase im eckigen Gesicht. Er ließ in der Umgebung nachforschen, ohne Erfolg. Dann sah man ihn lange mit Frau Dumontel sprechen, die in violetter Mantille neben ihm schritt.

«Er wird sich schon wieder finden, Herr Pastor, mit Gottes Hilfe!» Frau Dumontel zeigte gelbe Hornhaut zwischen vertrockneten Lidern. «Man darf nicht verzweifeln, vielleicht ist er ganz nah.»

«O, ich bin so unglücklich», sprach weinerlich Herr Ribeaupierre, «ich liebte meinen Sohn so sehr und habe mir Mühe gegeben, ihn mit Strenge den geraden Weg zu führen, ihn Demut zu lehren und Gottesfurcht. Doch ... Dein Wille geschehe!» seufzte er und kämmte mit vier gespreizten Fingern die grauen fettigen Haare aus der Stirn.

«Ja, so müssen wir stets beten; denn seine Güte ist unermeßlich!»

Sie gingen weiter an hohen verschnörkelten Häusern vorbei, die mit verzierten Fenstern und großen braunen Türen auf die sonnige Straße lächelten. Ein Triton auf einem Brunnen hielt eintönige Selbstgespräche.

«Es ist wirklich erstaunlich, den neuen Geist zu beobachten, der die Gemüter unserer Stadt durchdringt!» psalmodierte Herr Ribeaupierre; ein wenig Speichelschaum glänzte in den spitzen Mundwinkeln, und die dünnen Lippen verschwanden, zusammengepreßt, in der gelben Haut. «Eine Zeitlang fürchtete ich einen Sieg des bösen Feindes, denn die Kirchen waren geleert, und in den lachenden Gassen sang das Volk Spottlieder. Doch jetzt beugen die Stolzesten sich wieder vor Gott und beten ihn an, ihre menschliche Schwäche fühlend. Darum müssen wir den Herrn loben von ganzer Seele, denn er ist allmächtig und gütig den Sündern, die ihre Schuld erkennen und bereuen. Und stolz bin ich, zu diesem Erwachen der Gewissen beigetragen zu haben; diese Sicherheit gibt mir Kraft, mit gläubiger Seele die Prüfung zu ertragen, die unser Herr in seiner Allwissenheit mir zu schicken für gut befunden hat. Wir müssen ihn loben und ihm danken, auch wenn wir seine Ratschlüsse bisweilen nicht verstehen. Mein Sohn wäre vielleicht ein Gegner meiner Überzeugungen geworden; er hätte mein mühsam geschaffenes Werk gewaltsam zerstört; so hat Gott ihn in seine gütige Hand genommen, mir zum Leide, doch ihm zum Ruhme.»

«O, wie wahr Sie sprechen, Herr Pastor!» und spitz hackte Frau Dumontels weiße Nase in die laue Luft. «Es ist ein Segen, mit Ihnen sprechen zu können. Meine Seele fühlt sich gekräftigt und kann leichter den täglichen Anfechtungen der Sünde trotzen.»

Frau Dumontel grüßte mit süßem Lächeln, streckte verschämt eine magere Hand aus ihrer Mantille, den Ellbogen an harte Hüfte pressend. Herr Pastor Ribeaupierre aber ging nach Hause, den Blick zu Boden gesenkt. Die dürren Hände lagen verkrampft auf dem Rücken.

Doch als er den Brief gelesen hatte, der daheim auf ihn wartete, drang ein heiserer Schrei aus seinem Halse, so rauh, daß er den Gaumen zu verwunden schien:

Geehrter Herr Pastor!

Ich hatte nach unserem Zusammenstoß gehofft, nicht mehr mit Ihnen verkehren zu müssen. Ein sonderbarer Vorfall hat mich gezwungen, mich neuerdings mit Ihrer Person zu befassen. Ein Mitglied Ihrer Familie hat mich um Beistand gegen Sie gebeten; ich konnte diesen nicht verwehren, da Mitleid es mir zur Pflicht macht, fremde Leiden zu mildern. Jules klagte mir eines Tages die Quälereien, die er von seinem Vater zu erdulden habe, unter dem sicherlich hinfälligen Vorwand einer streng christlichen Erziehung. Ich habe immer mit großer Trauer untätig den zahlreichen Seelenmorden zusehen müssen, die sich vor meinen Augen abspielten. Sie werden begreifen, daß ich in diesem Falle mit Freuden die günstige Gelegenheit eines nützlichen Einschreitens ergriffen habe, um einem jungen Menschen, durch Strenge und Härte verbittert, die Schönheit der Welt zu zeigen. Schlimm genug ist es, daß er sein Leben lang die Erinnerung als schwarze, unabschüttelbare Last mit sich schleppen wird.

Ich halte es für unangebracht, Ihnen das Ziel seiner Reise mitzuteilen; auch zähle ich nicht auf die Rückerstattung der Kosten, die für seine Ausrüstung nötig waren.

Ich bin, mit der notwendigsten Hochachtung,

stets zu Ihren Diensten.

Jérôme Benoît

Herr Ribeaupierre steckte den Brief in die Tasche; laut knirschend preßte er seine wenigen Zähne aufeinander. Die spitzen Knöchel seiner Faust hämmerten auf hartem Holz, röteten sich und lenkten, schmerzend, die unangenehmen Gedanken ab.

Das Konsistorium hatte sich um drei Uhr nachmittags in einem alten Hause neben der Peterskirche versammelt. An dem einen Ende des langen Holztisches lag die dicke Bibel wie ein viereckiger schwarzer Grabstein. Herr Pastor Turettini saß vor ihr und blickte mit vergrabenen Augen, die zwischen wimperlosen Lidern leuchteten, auf die Versammlung. Herr Thomas neben ihm ließ weiße Zähne schimmern, strich mit angelernter Bewegung über weiche braune Haare, um dann interessiert seine Hände zu betrachten, an denen die Nägel schimmerten, rosa, gewölbt. Bisweilen führte er das Taschentuch an die römische Nase, als sei der Geruch ihm unangenehm, den Herr Pastor Gampert ausströmte. Dieser war klein, und dunkle Furchen, gefüllt mit

Schmutz, durchackerten sein Gesicht. Er kaute mit vier gelben Zähnen an eckigen Fingern und lutschte bisweilen an seinem Handrücken. Herr Blanchard hatte sein fettes Gesangbuch neben sich gelegt; dann zog er eine braune Dose stöhnend aus tiefer Tasche, darauf ein graues Taschentuch, das so alt zu sein schien wie er selbst. Spärliche Haare umgaben auf fast kahlem Kopfe eine höckrige braune Warze. Er schnupfte, nachdem er eine runde Hornbrille auf die Nase gepreßt hatte. Die herabfallenden Tabakskörner blieben gleich unbekanntem Ungeziefer an seiner Krawatte hängen. Herr Lenoir gähnte gründlich, ohne die Hand vor die rotschimmernde Höhle zu legen, verzog den Mund versuchsweise zu einem Lächeln und schloß halb die Augen. Hager und lang, wie ein rauher, in der Mitte gebrochener Stock, saß Herr Plantamour auf seinem Stuhl, während der Rock von ihm abstand, steif die Falten, wie scharfe Holzsplitter.

«Im Namen des Vaters und des Sohnes und des Heiligen Geistes. Amen. Wir bitten dich, o Herr, unser Gott, uns mit deinem Geiste zu erleuchten. Wolle mit uns sein während dieser Versammlung und uns helfen, die Wahrheit zu finden. Denn außer dir ist nur Lüge und Falschheit, und die Schwäche unseres Fleisches ist bekannt. Darum segne uns, wir bitten dich darum, im Namen deines heiligen Sohnes!»

Aus flachem, unbeweglichem Gesicht fielen die Worte auf geneigte Köpfe. Schwarze Gestalten umgaben wie eine dunkle schwere Kette den Tisch, hatten die Augen geschlossen und die Lippen zusammengepreßt. Alle schienen blind und stumm zu sein; so lautlos war die Stille, daß deutlich man durch das offene Fenster das leise Rascheln der Blätter hörte, die der Wind auf rauhem Pflaster trieb.

In das Knarren der Stühle rief Herr Ribeaupierre mit hoher Stimme: «Ein unerhörtes Geschehnis! Ich erbitte das Wort.»

Herr Turettini nickte; er hatte den Kopf auf die Hand gestützt, und weiß preßte der Zeigefinger sich auf die gelbe Haut der Wange.

Herr Ribeaupierre erzählte die Flucht seines Sohnes, sprach von den Schwierigkeiten einer streng christlichen Erziehung. Plötzlich riß er einen Brief aus der Tasche, glättete ihn mit hastigen Schlägen auf der Tischplatte und las ihn vor. Seine Augen tränten, rot punktiert; er mußte sie mehrmals klären, mit dem Handrücken über geschlossene Lider streichen. Keuchend drangen die Worte aus seiner Brust, schienen unwillig nur den Mund verlassen zu wollen und kollerten dann ineinander vermengt über die weißen Lippen. Ein feiner Speichelregen begleitete die Rede, des Pastors Kinn war feucht und der Tisch vor ihm mit matten Punkten besät. Herr Blanchard hatte die Hand hinter das Ohr gelegt und interessiert sich vorgebeugt. Die Augenbrauen wölbten sich gleich romanischen Fensterbogen über den erstaunten Augen. Als Herr Ribeaupierre erschöpft sich setzte und die schwitzende Stirn mit dem Ärmel abwischte, schob Herr Blanchard ihm mitleidig sein graues Taschentuch zu, öffnete mit breitem Daumennagel die Dose und bot seinem Amtsbruder eine Prise an.

Herr Ribeaupierre schnupfte, während ein vergnügtes Gurgeln seinem Halse entstieg, sprang nochmals auf und rief, nach jedem Worte mit den Knöcheln auf den Tisch klopfend: «Und dieser Mann erzieht unsere Jugend!»

Die Pastoren murmelten, schüttelten mißbilligende Köpfe.

Leise sprach Herr Turettini: «Hat jemand einen Vorschlag zu machen?»

Herr Thomas stützte zuerst die Hände auf die Armlehnen, wartete einen Augenblick, während seine Stirn sich furchte. Dann schnellte er empor, fuhr kämmend durch seinen Bart, räusperte sich, die gepflegte Hand vor den Mund haltend, betrachtete seine Nägel und sprach: «Ich für meinen Teil, und ich glaube, daß meine Ansicht die richtige ist, halte es für gut, in diesem Falle durchaus mit härtester Strenge einzuschreiten. Zwei Wege stehen uns offen, so meine ich wenigstens. Der eine: vom Syndic und hochwohllöblichen Rat der Stadt Genf die Ausweisung des Herrn Benoît aus den Grenzen unseres Reiches zu verlangen. Wir können es gut, denn wir haben Gründe genug. In diesem Falle würde ich natürlich gerne meinen geringen persönlichen Einfluß in den Dienst der guten Sache stellen. Doch wäre gegen diesen sicher lobenswerten Entschluß einzuwenden, daß Herr Benoît mächtige Freunde besitzt, daß zwei Mitglieder des Rates seine ehemaligen Schüler sind, die vielleicht unsern Wünschen sich entgegenstellen würden.» Spärlich und dickflüssig rann die Rede aus dem duftenden Bartwald, als zerkaue Herr Thomas jedes Wort, prüfe den Geschmack mit schmatzender Zunge und lasse es endlich, widerwillig nur, entschlüpfen. Er blinzelte zur gegenüberliegenden Wand, ohne jemanden anzusehen. Nur die Fingerspitzen der Hände berührten den Tisch, die schwachbehaarten Handrücken wölbten sich hoch unter den weißen Spitzen, die seine Ärmel bekränzten.

«Der andere Weg, der mir ratsamer erscheint und durchaus möglich, will sagen, leichter einzuschlagen, ist das Verlangen, von uns allen ausgedrückt und dem Rat in geheimer Botschaft übermittelt, Herrn

Jérôme Benoît seiner Funktionen zu entheben, ihm für langjährige Dienste zu danken. Ich erlaube mir, diesen meinen persönlichen Gedanken dem Konsistorium warm zu empfehlen.»

Mit beiden Händen ergriff Herr Thomas wieder die Stuhllehnen, bog langsam die Arme, bis seine Schenkel geräuschlos den Sitz berührten. Dann bildten sich zwei tiefe Falten in seinem Gesicht, die von den Nasenwänden an den Mundwinkeln vorbei in den Bart flossen.

«Ich würde für den ersten Vorschlag stimmen!» kreischte Herr Ribeaupierre. «Keine Strafe ist schwer genug für den elenden Ketzer!»

«Es scheint mir aber», Herr Lenoir blieb sitzen, während er sprach, «daß Gott uns befohlen hat, unsere Feinde zu lieben und denen Gutes zu tun, die uns hassen. Wir Pastoren sollten in diesem Falle mit dem guten Beispiel vorangehen und nicht ohne weiteres den Haß unseres Kollegen teilen. Herr Benoît ist alt, und ich fürchte, daß seine Entlassung ihm gesundheitlich schaden wird.» Herr Lenoir blickte jedem seiner Amtsbrüder ins Gesicht, als wolle er deren Zustimmung durch ein Nicken erhalten. Doch die Gesichter beugten sich tief über den Tisch.

«Liebe deinen Nächsten, ja, wie dich selbst, ja!» gluckste Herr Gampert. Sein kleiner Mund zeigte bläuliches Zahnfleisch. Dann begann er zu lachen in kurzen, aufschluckenden Stößen, schüttelte den weißen Kopf, daß die langen strähnigen Haare tanzten. Seine spitzen Schultern hüpften zu beiden Seiten des Kopfes, während ein harter Husten die trockene Brust zerriß.

«Ich will nicht hoffen», drohend stand Herr Ribeaupierre über den Tisch gebeugt und blies aus roten Backen die Mahnung in Herrn Lenoirs erstauntes Gesicht, «daß der gottlose Geist Ihres Freundes auch Sie angesteckt hat. Zwar weiß ich, daß Sie oft mit diesem Gotteslästerer verkehrt haben. Ihre häufigen Besuche in seinem Hause sind durchaus mißbilligt worden, sowohl von mir als auch von meinen Amtsbrüdern. Es tut mir leid, Ihnen dies hier sagen zu müssen.»

Herrn Lenoirs dicke Hand fiel klatschend nieder. Mit lautem Geräusch klappten die Kiefer zusammen. «Aber ich bitte sehr . . .»

«Der Zwischenfall ist erledigt», endete Herr Turettini.

Herrn Lenoirs Kopf fiel auf die schwarze Krawatte; unter dem Kinn drang ein dicker Fettwulst hervor, zerschnitten von einer Falte. Die gepolsterten Schultern hoben sich unter keuchendem Atmen. Das Gesicht wurde weiß, nur die dicke Nase schien bis zum Platzen gefüllt mit bläulich-rotem Blut.

«Will noch einer der Herren sich über die Frage äußern?»

Herr Plantamour stieg kerzengerade in die Luft. Die Knie berührten fast die niedere Tischplatte. Sein glattes Gesicht schien unanständig nackt zu sein; im Profil war die kurze Nase unsichtbar, versteckt von weit vorstehenden Backenknochen. Der große Mund zerschnitt wie eine klaffende Säbelwunde das gelbe Gesicht. «Nicht lange werde ich, o meine Brüder, eure Geduld in Anspruch nehmen. Laßt mich nur ein paar Worte zu euch sprechen; denn ich fühle, daß der Geist des Herrn Besitz von mir ergriffen hat. Er will sprechen zu euch durch meinen Mund. Seine Liebe für uns ist unergründlich, wie ein Brunnen in der Wüste, und klar und erfrischend ist sein Geist, wie kühles, belebendes Wasser. Darum laßt unsern Durst uns stillen an diesem alleinseligmachenden Wasser, täglich, stündlich; denn ein Schwamm ist unsere Seele und kann sich nicht genug füllen mit diesem belebenden Trunk.» Bevor Herr Plantamour einen Satz begann, rundete er trichterfrömig den Mund, zog die Luft mit leise pfeifendem Geräusch ein und leierte die längste Periode ab, in einem einzigen Ausatmen. Sein Kopf lag fast auf dem Rücken, als ziehe eine unsichtbare Hand an seinen langen, schwarzen Locken. «Und somit will ich euch sagen», rieselten die Worte weiter, wie feiner, durchdringender Nebelregen, «daß der Herr mir eingegeben hat, der zweite Gedanke unseres Bruders Thomas sei gut. Wir strafen den Sünder nicht zu hart, lassen ihm Zeit zur Buße, zur Umkehr, bis er dereinst wird abberufen werden, um sich zu verantworten vor hohem Richterstuhl. Darum glaube ich, daß es nicht nötig sein wird, abzustimmen über diesen Beschluß. Ich wiederhole, es wäre eine Sünde, sich aufzulehnen gegen Gottes Ratschluß, den er selbst mir kundgetan hat.» Herr Plantamour zerbrach wieder in zwei Teile. Knakkend entspannten sich die hölzernen Knie, und scharrend glitten die großen Füße unter den Tisch, um auf der andern Seite wieder zum Vorschein zu kommen.

«Ich resümiere», flüsterte Herr Turettini. Mühsam nur schien er sich aufrechtzuhalten, grünlich schimmerte sein Gesicht. Er hielt die Hände auf den schmerzenden Magen gepreßt. «Auf Antrag der Herren Ribeaupierre und Thomas wird hiemit beschlossen, *einstimmig*» – ein spitzer Blick traf Herrn Lenoir – «vom hohen Rat zu verlangen, er solle Herrn Benoît mit gebührenden Ehren in den Ruhestand versetzen. Wir gehen zur Tagesordnung über.»

Aus der Peterskirche klang ein verwelkter Orgelton.

«... es für nötig hält, Herrn Jérôme Benoît auf folgende Punkte aufmerksam zu machen ...» las Herr Benoît eine Woche später im gelben Pergamentbrief, rot versiegelt, den ein Diener im gelbroten Mantel soeben gebracht hatte.

«Siehst du, Marquise, mein Abschied, klar und deutlich, ohne unnütze Phrasen. Ich bin müde und alt; aber ich halte nicht einen Tag länger Schule. Morgen noch nehme ich Abschied von meinen Knaben. Und dann werde ich die Freiheit genießen.»

Herr Benoît trat in die Klasse. Die sitzenden Knaben sprangen auf. Herr Benoît nickte, winkte mit der Hand. Die Körper senkten sich auf die Bänke. Herr Benoît stellte den Zylinderhut auf das Pult, zog umständlich die grauen Handschuhe von den Händen und legte sie in den Hut. Dann hielt er mit leiser, deutlicher Stimme eine lateinische Abschiedsrede, deren lange Perioden sich ineinander verschlangen wie leuchtend farbige Bänder. Er sprach von der Jugend, die der Garten sei unseres Lebens. Mannigfaltige Gewächse begännen zu sprossen, zu wachsen; doch niemand könne sie noch erkennen. Denn klein seien sie und unscheinbar. Es brauche die kundige Hand des Gärtners, um das Unkraut zu scheiden von den edeln Pflanzen, die später blühen würden, Duft verbreitend und Freude. Er habe versucht, ein guter Gärtner zu sein; doch schlecht sei bisweilen seine Mühe belohnt worden. Andere, unkundige Leute, hätten die schönsten Blüten geknickt und sie zum Welken gebracht. Mit langen Schritten ging Herr Benoît auf und ab vor den vielen farbigen Augen, die beweglich glänzten. Ein grüner Zweig drang durchs offene Fenster; leise rieben sich die Blätter am durchsichtigen Glas.

Herr Benoît sprach weiter von der Liebe zum Schönen, die er habe entwickeln wollen, erinnerte an die Quelle, die uns mit ewiger Klarheit diese Liebe schenke. Er sprach von den Griechen, die Weisheit für die köstlichste der Speisen hielten. Sein Finger zeichnete seltene Formen in die Luft, und in weite Fernen schauten seine großen Augen. Die Blicke der Knaben folgten dem klar sich zeigenden Traum. Vor ihnen setzte Herr Benoît ein Mosaik zusammen aus buntesten, farbigsten Worten. Seine Stimme, leise sonst, wurde lauter und schallte durch den Raum. Herr Benoît wuchs, die violette Redingote schien sich zu verwandeln in ein weiß herabfallendes Gewand. Er stand nicht mehr in dumpfer Klasse, sondern auf sonnigem Markt inmitten einer marmornen Stadt. Gemeißelte Säulen trugen den dunkelblauen Himmel. Kreischende Sklaven liefen vor ernsten Männern, die sich umschlungen hielten und wohltönende Worte sprachen. Doch im Schatten des weit vorspringenden Daches saß er, Herr Jérôme Benoît, entlassener Professor, im Kreise seiner Schüler, die, liegend, heiße Körper an Marmorplatten kühlten. Er erzählte die alten, ewig neuen Märchen der Götter, erklärte die Symbole und lehrte Weisheit begierig lauschenden Ohren.

«Wer kennt die Wahrheit, und wer wird je sie kennen? Suchen müssen wir sie unser Leben lang, mit der Sicherheit, sie nie zu finden. Wir wären Götter, könnten wir einen Augenblick nur die Wahrheit erkennen, denn wie könnte unser Leib das Nahen der Sonne ertragen? Dieser stete Zweifel an uns selbst aber ist fruchtbar, er zerstört den häßlich prunkenden Stolz, der doch nur seine Laster zeigt, obwohl er sie Tugenden nennt.»

Die Statue der Pallas Athene glänzte mit goldenem Helm, und auf die Sonne deutend, gab er des Ikaros Schicksal zum Beispiel. Dieser wollte die Wahrheit greifen mit kindischen Händen und verbrannte an ihr.

Rosenblätter fielen in nahen Gärten zu Boden, flogen dann, vom Wind getragen, als blutige Schmetterlinge zwischen den bekränzten Säulen. Es summte das Meer aus tausend Munden, die nur weiße Zähne zeigten in nie enden wollendem Lachen. Fern auf grünen Hügeln hüpften weiße Ziegen, und leise trug der Wind klingende Schellentöne über die heiße Stadt. Lächelnd lauschten die Knaben, meinten die Kühle des Steins zu fühlen, der erfrischend ihre Glieder durchdrang. Weit öffneten sie erstaunte Augen, als fühlten sie auf einmal die Leere ihres Lebens. Wohltönend rauschte weiter die klingende Rede des Lehrers.

Was sei die Vergangenheit und was die Zukunft? Namen nur für Krankheiten unseres nie zufriedenen Gemüts. Aus Bereuen und Hoffen bestehe unser Leben, und niemand habe die Kraft, einfach die Stunde zu kosten, die Gegenwart sei und ewig.

Frauen schritten, schwingend die Hüften in wallenden weißen Gewändern, über den Marmor, der blutig überrieselt war von roten Blumen. Von singenden Sklaven wurde die Stille durchbrochen; ihr meertrauriges Lied tönte von den Feldern, die sie ernteten unter Sichelklang und dem raschelnden Fallen des roten Mohns. Bisweilen warfen sie Kornblumen gen Himmel und lachten, wenn unsichtbar wurden die Blüten, getrunken schier von der Bläue des Himmels. Die Lider der Knaben fielen über müde Augen.

Schrill schallte die gesprungene Glocke der Schule durch den Traum. Erwacht blickten die Knaben um sich. Herr Benoît runzelte ein wenig ärgerlich die Stirn, sah dann dankbare Augen feucht glänzen und dachte: «Wieviel wird in einem Jahre noch von meiner Rede übrig bleiben?» Dann zog er die grauledernen Handschuhe an, strich sie glatt, bis keine Falte mehr sich zeigte, und schritt, leicht winkend mit der Hand, zur Tür, auf einem Sonnenweg, der vom Katheder führte über den staubigen Fußboden. Während er über den Hof ging, senkten Schüler und Lehrer verzerrte Gesichter vor ihm, denn grell spiegelte die Sonne sich in den runden Brillengläsern, die seine Augen verbargen.

Sechstes Kapitel

Der Winter war grausam gewesen für Herrn Benoît. Der lautlose Schnee war über die Stadt gefallen und hatte sogar das singende Schlagen der Glocken erstickt. Herr Benoît liebte die Nacht, viel mehr als den Tag, der leer ihm schien, seit er Abschied genommen hatte von den lernbegierigen Knaben. Er ging an schwarzen Häusern und stummen Türen vorbei und lauschte, ein wenig sich wiegend auf zitternden Beinen, den sonderbaren Klagen der erkälteten Brunnenmänner. Der Herbst war vorübergegangen und das raschelnde Wispern der farbigen Blätter, die langsam grau wurden, wenn lange der Wind sie trieb durch aufgewirbelten Staub. Herr Benoît lauschte den Geschichten, die sie erzählten mit fast unhörbarer Stimme an den Häusern, die der Mond gelb bemalte. Gewöhnlich verließ Herr Benoît erst nach Mitternacht das steinerne Haus, verschloß klirrend das große braune Tor; seine Schritte hallten, dröhnend wiederholt von verschlossenen hohen Steinwürfeln, die nach jedem Tritte nachklangen wie große Resonanzkästen. Und wohlgeübt war Herrn Benoîts Ohr, allen Geräuschen der Stille zu lauschen; dem Summen, das man hört, wenn man lang unter hohem Durchgang steht, ein Summen, das dumpf beginnt, höher und höher steigt, wie das Klingen einer zu straff gespannten Saite, und endlich grell klappert, wie hoher Mandolinenton; dem Schnarchen auch des zufriedenen Bürgers, das komisch erstickt durch geschlossene Fenster dringt; dem wehmütigen Kreischen der kleinen Kinder, die in Wiegen nicht schlafen können, und dem tröstenden Singen der Mütter, die machtlos unbekannten Schmerz zu stillen wünschen. Auch sah er die Bewegungen der Dinge, die frei sich fühlen und die Maske abwerfen, die sie tagsüber tragen mußten, um die Menschen zu täuschen. Die alten

Häuser, traurig und verbohrt in Erinnerungen, entspannten ihre trostlosen Falten, dehnten sich und erweichten die harten Kanten ihrer knöchernen Gesichter. Schwarz und gutmütig blickten sie einander an mit großen grundlosen Augen und schienen dem Menschen zuzunikken, der ihnen Verständnis entgegenbrachte. Besonders aber liebte Herr Benoît die dunkeln Gassen, in denen die Dächer fast sich berühren und den Himmel verbergen, aus Angst, Geheimnisse offenbaren zu müssen. Blau ist die Dunkelheit und warm in diesen Gassen; auch duftet sie seltsam nach unbekannten Blumen, die nur des Nachts blühen. Ein schwerer Mantel legte sich über Herrn Benoît, hüllte ihn ein; er fühlte die Haut nicht mehr und den dicken, schwer atmenden Körper, als schwimme er im Sommer durch laues Wasser, mit regelmäßigen Stößen den wellenlosen See beunruhigend.

Doch kälter wurde der Wind nach und nach, und immer noch spazierte Herr Benoît, unhörbar schreitend über den weichen, weißen Teppich. Er ging am See entlang, dessen Ufer verziert war mit gelbschimmernden Eiszapfen. Ein weißes Tuch lag über den Bergen und ließ noch weicher als sonst ihre Linien sich abzeichnen auf schwarzem Nachthimmel. Herr Benoît fror unter seinem Mantel, er fühlte die Kälte wie nasse Tücher sich um seine Füße legen, um seine Waden, höher steigen, bis es ihm schien, sein ganzer Körper sei durchsichtiges Eis. Er zitterte nicht, sondern liebte sogar dieses Gefühl, denn er dachte, der Tod werde diesem Gefühle gleich sein; nach und nach, nicht plötzlich und unangenehm grob, würden die Glieder steif und hart, nur der Kopf bleibe klar, bis schließlich das Atmen unnötig werde und man ruhig die Augen schließen könne zu endgültigem Schlaf. Eines Morgens kehrte Herr Benoît heim; es war fünf Uhr, und lange hatte er regungslos auf einer Bank am See gesessen, die er gesäubert hatte vom hochliegenden Schnee; die Häuser schienen weiß und zerbrechlich, durchsichtig wie Glas die steinernen Mauern. Ein Lachen klirrte in den winddurchwehten Gassen, und verwundert blieb Herr Benoît stehen vor einem kleinen verschnörkelten Haus. Und so sonderbar sah das Haus aus, menschlich zugleich und koboldhaft, daß er wartete und sich einen Augenblick an die kalte Wand lehnte. Herr Benoît betrachtete die feinen Zieraten des Daches, die wie weiße Haare in die breite Stirne gekämmt waren; rechts und links eines langen Fensters, das mit braunen Läden verschlossen war, sahen zwei glänzende Scheiben zwinkernd auf die Straße; die schwarze Tür unter ihnen schien ein weiter zahnloser Mund zu sein.

«Sonderbar, höchst sonderbar!» murmelte Herr Benoît, während helle Sterne vor seinen Augen tanzten. Und wirklich schien es ihm, als beginne das Haus zu sprechen.

«He, he», meckerte es, «ich errege Ihr Interesse, verehrter Herr Professor! Es scheint Ihnen durchaus unwahrscheinlich, ein Haus sprechen zu hören. Aber ich will Ihnen diese Freude bereiten, denn Sie gingen nicht an mir vorüber, gedankenlos und stumpfsinnig wie die übrigen Menschen. O, wie werden wir verachtet, wir leblosen Dinge! Niemand kümmert sich um uns, man tritt uns mit Füßen, stampft mit groben Schuhen durch unsere Gänge, und niemandem kommt es in den Sinn, uns zu danken für die mannigfachen Wohltaten, die wir spenden. Weil die Menschen uns erbaut haben, glauben sie, wir seien leblos und hätten kein Gefühl. Und doch sind wir Dinge eigentlich der wahrhaftigste Ausdruck der Güte. Verstehen Sie mich wohl, Herr Professor: alle lebenden Wesen sind schlecht, morden, um weiter zu bestehen. Nur die Dinge stehen sanft und ruhig da, ohne je etwas zu verlangen, und schenken täglich unzählige Wohltaten den bedrückten Menschen. Ich spreche nicht von den lächerlichen körperlichen Wohltaten, die selbstverständlich sind und unsere Pflicht, sondern von den andern, seelischen, die unbezahlbar sind und unsichtbar. Wir können lächeln und Tränen trocknen, viel besser als der sanfteste Tröster, viel besser als das klügste Buch.»

Herr Benoît rieb sich die Augen, denn er meinte zu träumen; dann ließ er sich nieder auf eine Stufe und lehnte den müden Kopf an die Mauer.

«Vielleicht träumen Sie», sprach das Haus weiter, «man kann nie wissen, ob man träumt oder wacht. Ich will Ihnen eine kleine Geschichte erzählen, die in mir geschehen ist und die Ihnen zeigen soll, wie mächtig die Dinge sind. Vor langer Zeit lebten eine Frau und ein Mann in meinen Zimmern. Es wird eine ganz banale Liebesgeschichte, jedoch mit sonderbarem Ausgang. Die Frau starb, noch sehr jung, und drei Nächte lang weinte der Mann am Bette der schönen Toten. Meine Mauern waren auch traurig und zeigten in den hellen Tapeten dunkle Flecken, die größer und größer wurden, als könnte ich auf diese Weise meiner Trauer den richtigen Ausdruck geben. Zwei große gelbe Kerzen brannten zu beiden Seiten des weißen Bettes, klagend krachten die Stühle und bequemen Bergères, und schwarze Falten gruben sich in die sonst glatte Seide. Denn alle hatten die junge Frau geliebt. Stolz waren die weiten Lehnstühle gewesen, sie in ihren Armen halten zu dürfen, und der weiche Teppich hatte sich mit Behagen gedehnt, wenn der kleine Schuh ihn betreten. Sie begreifen, wie traurig sie waren, als die junge Frau gelb und regungslos im weißen Bett lag. Und besonders der Mann tat uns leid, der untröstlich schien und unaufhörlich weinte. Das Bett versuchte die Kanten seines Holzes weniger scharf zu machen, um den aufliegenden Armen keinen Schmerz zu bereiten, und der Teppich machte sich weich unter den Knien. Sagte ich Ihnen nicht, die Dinge seien besser als die Menschen? Denn niemand kam den Mann besuchen.»

Leise fielen die Flocken auf die schwarze sitzende Gestalt. Kein Laut sonst in dem milchigen Lichte des Morgens. Herr Benoît hatte den Kopf auf die verschränkten Arme gelegt. Das Haus sprach weiter:

«Dann wurde die Frau in einen schwarzen Kasten gelegt und fortgetragen. Es schneite wie heute, und weiß betupft war der Kranz roter Rosen, der auf dem Sarge lag. Am Abend kehrte der Mann heim. Er wurde das Opfer unseres Komplotts. Die schwarzen Flecke der Mauer nahmen eine bestimmte Gestalt an, die Gestalt der jungen Frau; die Lehnsessel gaben den Duft zurück, den sie behalten hatten, jedesmal, wenn die junge Frau sich auf sie gesetzt hatte. Der Teppich gab den erstickten Takt ihres Schrittes und der Spiegel die Farben, die nötig sind, um Leben vorzutäuschen. Und als der Mann weinend das Zimmer betrat, schloß ich mit Hilfe des Windes die Fensterläden, so daß es dunkel wurde. Dann strömte ich die Wärme aus, die ich aufgespeichert hatte während des langen Sommers. Und als der Mann schluchzend am Tisch niedersank, berührte eine Hand seine Schulter, er sah die Tote, unwirklich und schön, vor sich stehen, stieß einen Schrei aus und fiel in Ohnmacht. Als er erwachte, war seine Freude unbeschreiblich. Er wollte den Traum umarmen, griff aber in leere Luft. Und die Frau sprach, das Echo lieh ihr Stimme. Sie sprach. Der Mann aß nicht, trank nicht, tagelang. Er magerte ab, fürchtete sich, auf die Straße zu gehen, aus Angst, den schönen Traum zu verlieren. Er starb nach einer Woche, lächelnd. Sagen Sie nun, sind die Dinge nicht wahrhaft gütig?»

Schwer fiel Herr Benoît vornüber in den Schnee. Er versuchte aufzustehen, rutschte aus auf glatten Steinen, fiel wieder. Ein rauher Husten zerriß seine Brust, und ein dünner roter Faden floß aus seinem Mund. Dann sank er hin, während seine weißen Haare unsichtbar wurden auf weißem Schnee und sein grauer Zylinderhut hilflos ein Stück weit fortrollte. Herr Benoît wurde bald darauf von mitleidigen Menschen nach Hause gebracht.

Zwei Monate lag er krank, und rot hob sich sein Kopf ab vom weißen spitzenbesetzten Kissen. Die kleine Marquise saß neben dem Bett, nächtelang, ohne sich zu rühren und ohne nach Ruhe zu verlangen. Sonderbar waren die Fieberträume des Herrn Benoît; fremde farbige Länder lernte er kennen. Rote Himmel und grelle Bäume zogen an seinen Augen vorüber, heißer gelber Sand füllte seinen Mund. Wenn er stöhnte und murmelte, legte die kleine Marquise die schmalen Finger auf seine feuchte Stirn und beruhigte ihn mit leisem Wort.

Einmal schwamm Herr Benoît mühsam durchs hochaufgepeitschte Meer, das grün funkelte in wolkenumgebener Sonne. Er schwamm nicht, wie man sonst zu schwimmen pflegt, mit kraftvoll ausholenden Armen. Regungslos lag er auf bergigem Wasser, und Fische halfen ihm vorwärtskommen. Und eine weiße Insel schwamm auf ihn zu mit rosa blühenden Pfirsichbäumen. Die flachen Ufer bedeckten Früchte, rotbeflaumt, mit gelbschimmernden Lichtern. Er glaubte weiterzuschwimmen in weichem Sand, und unmöglich war es ihm, aufrecht zu gehen. Die Hände ausstreckend, erfaßte er die saftigen Früchte. Sie zergingen zwischen seinen Fingern wie schmelzendes Eis. Durchsichtig grün war ihr Fleisch und netzte die Zunge mit bitterer Flüssigkeit. Der Horizont war zum schwarzen faltigen Vorhang geworden. Er begann zu wogen, näher zu schweben, bis er die Insel umgab als hoher, hohler Zylinder. Er steifte sich, wurde hart und dröhnte, als schlage man ihn regelmäßig mit schwerem Hammer. Lauter wurde das Dröhnen und lauter, tönte wie Schluchzen aus Tausenden von Kehlen. Und Worte wurden verständlich, rhythmisch gesprochen von unsichtbarem Chor. «Gott», tönte es, «Gott», hallte es, «wir weinen, wir weinen.» Stille. Ein greller Glockenschlag zerriß das Metall. Und wieder begannen die Stimmen. «Gott, Gott!» schwächer ausklingend, wie Echo in hoher steinerner Kirche: «Niemals, niemals!» Schwarz fliegende Raben krächzten lachend in rotem Licht, das von oben in die dunkle Röhre schien.

«Vielleicht ist dies das Ende der Welt», dachte Herr Benoît und dehnte die müden Arme. Erstaunt hörte er seine Gelenke knacken in der großen Stille. Die schwarze Röhre schrumpfte zusammen, versank, und wieder lag die Insel im endlosen ruhigen See. Weiße Blumen betupften die Fläche, kreischende Möwen senkten sich zum Wasser, schnellten in die Höhe, als seien sie mit elastischen Schnüren an der sternenlosen gläsernen Kuppel befestigt, die leise klingend über dem See lag. Ein schlanker Mann schritt auf dem Wasser und kam langsam näher. Blonde Locken bedeckten die Stirn bis zu den Augenbrauen. Die weiße Haut leuchtete matt, wie faulendes Holz. Er setzte sich neben Herrn Benoît, der sich nicht zu rühren vermochte, und begann mit leiser, singender Stimme:

«Es ist die schlechte Gewohnheit der Götter, stets mit sich selbst zu sprechen, weil verständige Zuhörer ihnen fehlen. Darum habe ich auch, als ich vor langer Zeit auf die Erde kam, so viele unnötige Reden zum besten gegeben, die ein paar meiner Zuhörer so dumm waren aufzuschreiben. Und als ich eines Tages von ihnen fortging, weil sie ungebildet waren und nicht den bildlichen Sinn meiner Worte verstanden, glaubten sie mich wiederzuerkennen in der Gestalt eines Volksaufwieglers, den man ans Kreuz geschlagen hatte. Nun soll ich wiederkommen und Gericht halten über die Menschen. So viele glauben an mich, daß ich nicht den Mut habe, sie zu enttäuschen. Aber wie langweilig ist dies alles!» Der Fremde führte eine schmale weiße Hand vor den gähnenden Mund. «Nach welcher Regel soll ich all diese Leute richten? Sicherlich muß ich die Armen beschützen und ihnen einige Wohltaten erweisen; denn nur die Hoffnung auf mich hat ihnen die Kraft gegeben, geduldig den Tod zu erwarten, ohne ihrem Leben ein zu rasches Ende zu bereiten ... Die Welt ist versunken in diesen großen See vor deinen Augen, und die Seelen schweben über den Wassern und rufen mich mit weinerlicher Stimme. Was soll ich tun, o Freund? Willst du mir raten? Denn weise scheinst du mir.»

«Erlaube mir eine Frage», erwiderte Herr Benoît und bemerkte einen weiten roten Mantel, der bis zu seinen Knöcheln fiel. Er stand neben dem Fremdling, der freundschaftlich den Arm um Herrn Benoîts Schulter gelegt hatte. Langsam wanderten beide am Ufer des lautlosen Sees.

«Sprich!»

«Besteht die Seele in Wirklichkeit?»

«Eine schwierige Frage», antwortete der Fremdling, «meine Erklärung wird lang sein, ohne daß ich hoffen kann, von dir völlig verstanden zu werden. Die Menschen glauben eine Seele zu besitzen, und so stark ist ihr Glauben, daß eine Seele in ihnen wuchs, genährt von täglichen Gebeten. Wir Götter sind mächtig und frei, doch einem Zwang unterworfen: dem Glauben der Menschen. Ich hatte ein kleines strebsames Volk ausgewählt und es beschützt, eine Zeitlang. Doch frecher und unverschämter von Tag zu Tag wurden meine Schützlinge, und nur mit Mühe konnte ich mich ihrer erwehren. Denn gläubigen

Herzens verlangten diese sonderbaren Leute, ich solle mich freuen am vergossenen Blut ihrer Feinde, ich solle die Götter bekämpfen, meine Freunde, die herrschten über andere Völker. Und da ich mich der vielen Gebete nicht erwehren konnte, nahm ich das Volk in meine Hand und säte es mit weitausholender Bewegung über die ganze Erde. In jedes Volk fielen ein paar Samen, wuchsen, vermehrten sich wie Unkraut. Doch war noch ein Häuflein zurückgeblieben im ursprünglichen Land. Ich stieg nun selbst herab, in Menschengestalt, um zu versuchen, meinem Volke bessere Gedanken zu schenken. Ich predigte ihnen Liebe und Verständnis des Nächsten, riet ihnen, nicht übermäßige Strenge zu gebrauchen, weder gegen sich selbst noch gegen andere. Doch warfen sie mit Steinen nach mir, und schnell zog ich mich in meinen Himmel zurück. Und wie ich dir schon vorher sagte, kreuzigte man statt meiner einen Landstreicher. Dann nahm ich den Rest des Volkes und verstreute ihn wie das erste Mal. Die Saat ist aufgegangen, sonderbar genug, und die halbe Erde glaubt nun an einige falsch verstandene Märchen, hat sich um deren Wahrheit bekämpft und gemordet.»

Träumend schritt der Gott weiter. Sein Gesicht war traurig, der schmale Mund bildete einen weichen Halbbogen über dem glatten Kinn.

«Und nun soll ich richten», seufzte er, «was für Strafen soll ich erfinden, um das Vergeltungsverlangen der Armen zu befriedigen? Was glaubst du?»

«Kannst du nicht alle glücklich machen?» meinte Herr Benoît.

«Vielleicht; aber dann wird es endlose Klagen geben, und alle werden meiner Ungerechtigkeit fluchen.»

«Ich will nachdenken, vielleicht kann ich dir einen Rat finden», meinte Herr Benoît; «aber jetzt bin ich müde und möchte ruhen.» Er legte sich nieder auf weichen Sand und schloß die Augen. Leicht fühlte er das Streichen kühler Hände auf seiner Stirn. Als er die Augen öffnete, lag er in seinem Bette und hörte seine Tochter sagen: «Vater, du hast nun kein Fieber mehr, ich hatte große Angst um dich.»

Der Frühling gab Herrn Benoît teilweise Gesundung zurück. Doch schien er verändert. Aus magerem Gesicht blickten die Augen in unbekannten Horizont, die knöchernen Finger kratzten nervös die dicke Decke, die stets seine Füße bedeckte. Bisweilen schlief er mit offenen Augen, was seine Tochter erschreckte. Denn die Pupille versteckte sich unter dem Oberlid, und gelb quoll die Hornhaut hervor zwischen langen Wimpern. Herr Benoît suchte verzweifelt den Traum wiederzufinden, zwang sein Gehirn, an die ferne Insel zu denken, gab sich Mühe, die Gestalt des Fremden vor seinen Augen erstehen zu lassen. Doch leer blieb sein Kopf, und blöde Bilder, die auftauchten, er wußte nicht, woher, machten sich breit.

An einem Junitag fühlte Herr Benoît sich wohler als sonst. Er ließ sich nach Vandœuvres fahren, stieg aus und ging, langsamen Schritts, auf gelber Straße durch farbige Felder. Vor ihm saß ein runder Berg wie ein behäbiger Riese inmitten der Ebene, dehnte zu beiden Seiten die runden Schenkel und lächelte, das bärtige Gesicht auf die Brust gebeugt. Ein Wagen klapperte auf fernem Weg, und kaum bewegt vom Wind seufzten die Bäume bisweilen. Mit schlenkernden Schritten wanderte Herr Benoît auf ein Schloß zu, das im Schatten hoher Bäume ruhte. An einem Kornfeld machte er halt, setzte sich auf einen Meilenstein und betrachtete den gelben See, auf dem Mohnblumen schwammen. Herr Benoît strich den weißen Bart, der seit der Krankheit sich breitmachte auf seiner gehöhlten Brust. Langsam schlossen die Augen sich, das Feld dehnte sich aus, wechselte die Farbe, von ruhigem Winde gestreichelt. Unmerklich rutschte der alte Mann von seinem hohen Sitz auf die warme trockene Erde. Mühsam öffnete er nochmals die Lider, sah sich umgeben von hohen schlanken Halmen, die leise Worte wisperten, sich beugten zueinander, schwankten und wieder sich aufrichteten.

Auf den Spitzen der Halme schritt ein Mann, leichten Fußes, ohne die Ähren zu berühren, schritt auf Herrn Benoît zu und betrachtete ihn lächelnd.

«Nun, hast du nachgedacht seit unserer letzten Unterredung?

«Bist du wiedergekommen, o Herr? So lange habe ich dich erwartet.»

Herr Benoît stand auf und wandelte neben dem schlanken Mann. Warm und dunkel war die Luft und unsichtbar die Sonne. Der schlanke Mann sprach weiter.

«Ich habe von jeher mich gern mit Sterblichen unterhalten, denn ihre Kenntnisse der Menschen ist größer als die unsere. Fern leben wir Götter von den Geschöpfen, die sich auf Erden bewegen, und haben Mühe, uns in ihr Leben einzufühlen. Darum stellte ich dir die Frage: wie du diese Mitmenschen richten würdest; denn ich glaube, deine Gerechtigkeit wird weiser richten als die meine.»

«Herr, ich bin schwach, und mein Gemüt hat Mühe, streng zu sein.

Wäre es nicht besser, alle in die Seligkeit einzulassen, die daran geglaubt haben?»

Hier lachte der schlanke Mann. «Wie unklug du bist. Ich brauchte Millionen von Paradiesen, um alle zu befriedigen. Denn jeder glaubt, nach dem Tode mehr zu verdienen als sein Nächster.»

«Schenke ihnen allen den schwarzen, traumlosen Schlaf, so wirst du zufrieden sein und auch die Menschen.»

Sie schritten auf weicher Wiese einem wolkigen Horizont entgegen, der wie ein Vorhang atmete, Farben wechselte, von Rot zu Blau, und schließlich gelb herabfiel in langen, regelmäßigen Falten.

«Ich habe nie begriffen, warum die Menschen den Tod fürchten. Heute werde ich sterben; ich weiß dies gewiß. Aber die Tatsache läßt mich ruhig und erfüllt mich nur mit stiller Freude, wenn ich an sie denke. Denn du bist selbst gekommen, o Herr, mich abzuholen; neben dir fühle ich keine Furcht, sondern Sicherheit und mutige Ruhe. Auch bin ich erstaunt, daß du mir keine Vorwürfe machst über die Achtlosigkeit, mit der ich dich behandelt habe mein Leben lang.»

Wieder lächelte der schlanke Mann, legte den Arm um die Schulter seines Begleiters und wandelte mit ihm im weichen Licht der umgebenden Luft.

«Ich liebe die Menschen», sprach er mit sanfter Stimme, «die sich nicht um mich kümmern, die einsam ihres Weges gehen, ohne stets mit Bitten mich zu verfolgen. Meine Ohren sind müde von den allzuhäufigen Gebeten, die ununterbrochen zu mir aufsteigen, die ich anhören muß und die mir die beste Muße nehmen. Doch, glaube ich, sind diese Worte unnötig, wir verstehen uns wohl, ohne zu sprechen.»

Eine endlose Straße dehnte sich, rechts und links begrenzt von hohen Pappeln, die, reglose Säulen, das schwarze Dach des Himmels trugen. Schwarze Schwäne schwammen in Weihern zu beiden Seiten der Straße, klapperten mit roten Schnäbeln und wiegten die flaumigen Hälse. Weiße Gestalten lustwandelten auf gleichen Wegen, schweigend und froh. Leuchtende Kränze waren auf die hohen Stirnen gelegt. Auch grüßten die Gestalten mit sanftem Kopfnicken; geregelt war ihr Schritt nach dem Rhythmus unsichtbarer Musik.

«Ein wenig Theaterdekoration!» meinte der schlanke Mann. «Findest du nicht auch, Freund?»

Herr Benoît nickte. Er fühlte große Müdigkeit und mußte sich stützen auf den hilfsbereiten Arm. Dann fühlte er sich in die Luft gehoben, hoch, in schwindligem Flug. Es war ihm, als löse er sich auf in einer warmen Wolke.

Am späten Nachmittag fanden Bauern Herrn Jérôme Benoît, der in gelbem Felde lag. Rote Blutflecken betupften die Ähren. Ihm zu Häupten jedoch saß eine Eule, die sich nicht verscheuchen ließ, ein großer steinerner Vogel.

1917/1920

Der Leidsucher

> Denn nun muß er in die Tiefe des Daseins hinabtauchen, mit einer Reihe von ungewöhnlichen Fragen auf der Lippe.
> *Nietzsche*

Wenn der kleine Mathias von seinem Vater geschlagen wurde, weinte er nicht, sondern blickte, erstaunt die Stirn runzelnd, in glattes, gerötetes Gesicht. Wenn sein Körper schließlich rotgestriemt auf dem Bette lag, schwer atmend, verbissen sich die Zähne in behaarte Wolldecke. Doktor Schuster aber sprach: «Fühlst du nicht, wie ich leide unter den Züchtigungen, die ich dir zufügen muß?» Mathias beantwortete nicht die seltsame Frage, sondern wunderte sich über das gleichgültige Aussehen der Wände, die starr auf seinen gekrümmten Körper blickten, über den verschnörkelten Schrank, dessen Scheiben zitternd spiegelten das Licht der abgeblendeten Lampe.

Dem Fünfzehnjährigen starb die Mutter. Er folgte dem Sarge an der Seite des Vaters, betrachtete nachdenklich die Gräberreihen, die frommen Trostsprüche auf bunten Kreuzen. Als dem Munde des Pfarrers sanfte Trauerreden entströmten, nickte Mathias nur gelangweilt: ein schlechtes Stück, so schien es ihm, werde von mittelmäßigen Schauspielern gespielt. Vor ihm stand Doktor Schuster, dessen Schultern schluchzend hüpften, während der spitze Kopf tanzte auf breitem Hals. Dann sah Mathias ausgebreitete Arme, die ihn umschlangen, eine feuchte Stimme wiederholte: «Unersetzlicher Verlust! Unersetzlicher Verlust!» Tränen näßten verzerrtes Gesicht, kollerten auf schwarzen Rock, der nach Feuchtigkeit roch. Selbst wulstige Hosenknie versuchten übertriebenen Schmerz zu bekräftigen.

Mathias aber fühlte die Leere dieser Trauer, als sein Vater daheim mit genießerischem Schmatzen große Bratenstücke in weitgeöffneten Mund schob und nur von Zeit zu Zeit versicherte nach andächtigem Weinschlürfen: «Ich bin nun ein einsamer, alter Mann. Du bist meine einzige Hoffnung.» Mathias ging früh zu Bett, während der Vater hinter ihm hermurmelte: «Kein Herz! Kein Herz!»

Leo Altschul war Jude und Mathias' einziger Freund. Über gelber Stirn, die klar und faltenlos leuchtete, waren die Haare schwarz. Die Menschen verachtete er, während er die Dinge liebte, die ihm ruhig schienen und anspruchslos. Auch verehrte er sorgsam geschmiedete Verse, die nutzloses Klagen verachten und sich begeistern an gleißend erlogener Schönheit. Mathias liebte es, mit dem Freunde zu schweigen; sie saßen auf jenem Bette, das oftmals den Züchtigungen des Vaters gedient hatte.

«Mein Vater scheint mir zuweilen ein lebloses Ding zu sein, dessen Fall mich erschlagen könnte», sagte Mathias leise in die weiße Dämmerung, die aus verstaubtem Spiegel quoll.

«Beschimpfe die Dinge nicht, indem du sie mit den Menschen vergleichst.» Die lichte Stimme umschleierte die Worte und füllte die harten Winkel der Mauern.

Sie sprachen wenig von der Schule oder vom täglichen Leben, das sie ertragen mußten. Von grauen Männern jedoch, deren Schritte spurlos und stumm sind auf endlosen Straßen, deren leises Murmeln selten nur Gesang wird im tönenden Wind. Die Heimkehr des Vaters wurde stets als schmerzliche Störung empfunden.

Als der Freund nach verfehlter Schulprüfung Gift nahm, hinterließ er Mathias drei Zeilen auf einem Heftblatt:

«Die Kraft fehlt mir, einer verachteten Gemeinschaft Mitglied zu werden. Ich will die grauen Männer suchen. Folgst du?»

Mathias befreite sich aus der Süßlichkeit dieses Verhältnisses durch Verlassen des väterlichen Hauses. Doktor Schusters Augen waren starr, grün schillernd, während er mit erzwungener Ruhe die Auseinandersetzungen seines Sohnes anhörte. Denn Widerstand gegen anerkannte Gewalt schien ihm frevelhaft und traf ihn unvorbereitet. Es schien ihm notwendig, den Widerspenstigen mit einem Fluche zu entlassen. Das verächtliche Lächeln des Sohnes schien diese Maßregel zu verdienen.

Das Dachzimmer, das Mathias in entlegener Stadt mietete, war nur durch dünne Wand von der Wohnung der Wirtin getrennt. Am Morgen wurde er durch schrill keifende Stimmen geweckt. Mutter und Tochter zankten, Heulen gellte. Dann sprang die Tochter auf die Mutter los, Ohrfeigen klatschten. Schimpfworte sprengten das Holz, bohrten sich ein in Mathias' Schädel. Dann kam die Mutter, Mathias ihr Leid zu klagen, verfluchte undankbare Kinder, denen Ehrfurcht fehle vor den Eltern. Durch das Weinen der Mutter schrillte die Stimme der Tochter aus dem Nebenraume: Kranke Eltern müsse man erhalten, weil man von ihnen auf die Welt gebracht worden sei. Mathias nickte nur schweigend. Der Qualm von ranzigem, brodelndem Fett vermengte sich mit dem Kreischen der Frauen und behinderte das Atmen.

Nur kurze Zeit konnte Mathias die Befreiung von väterlichem Zwange als Wohltat empfinden. Dann fühlte er sich versinken in die

Not eintöniger Tage; Privatstunden und Übersetzungen wurden so schlecht und unregelmäßig bezahlt, daß er tagelang hungernd auf seinem Bett liegen mußte. Ihm war, als werde sein Leib von Nägeln durchbohrt, während in seinem anschwellenden Kopfe ein tickendes Uhrwerk taktmäßig hämmerte. In den Muskeln, unter der Haut, trommelte dumpf das Blut: krampfhaft zuckten die Beine.

Eine Frage klang laut durchs Zimmer; das eiserne Bett sprach sie knarrend aus, der schwerfällige Tisch wiederholte sie: «Warum erträgst du Schmerzen und bist nicht leblos gleich uns?» In verworrenem Traume glaubte er, daß sein Mund die Frage laut gesprochen habe; doch hatten die Dinge genickt. Von ihm beseelt?

Einst hatte er drei Tage gehungert. Da weckte ihn ziellose Verzweiflung, trieb ihn die endlosen Stufen hinab auf die Straße. Grell leuchtete ein Wort in seinem Gehirn: «Geld». Er griff nach einem Fahrrad, das an einer Mauer lehnte. Ein Schutzmann hielt ihn auf, führte ihn auf die Wache. Dort sah Mathias sich von einem Kreis roher Gesichter umgeben, die mit höhnischen Fragen ihn bedrängten. Dann wurde er in einen übelriechenden Raum gestoßen, der naß glänzte. An der einen Wand lief eine breite Pritsche bis zum quadratischen Fenster, dessen feinmaschiges Gitter Sonnenlicht siebte auf den schmierigen Boden. Ein körperloser Arm reichte durch den Türspalt einen Topf voll dünner Suppe und ein Stück Brot. Mathias aß gierig, legte sich auf die Pritsche; die Mauern des Gefängnisses schienen ihm genügend Schutz zu bieten gegen die Außenwelt. Die dumpfe Einsamkeit versprach ihm Beruhigung und enthob ihn der lästigen Furcht vor kommendem Tag.

Nach und nach füllte sich der Raum mit schwarzen Gestalten, die kaum den Sonnenfleck berührten, um hinzusinken in Dunkelheit. Schnarchen erfüllte die Luft, regelmäßig unterbrochen vom Rauschen des Wassers, das in ein Loch strömte. Ein Betrunkener versuchte das Unglück seiner Ehe zu erklären: sechs Kinder habe er mit seiner Frau gezeugt; nun aber sei sie alt und unfruchtbar, daher würde er eine Sünde begehen, wenn er mit ihr verkehren würde. Lieber trinken als sündigen ... Zwei Kohlenarbeiter unterhielten sich sachlich. Der Ältere versprach, den Diebstahl eines Sackes auf sich zu nehmen, er sei ja schon vorbestraft. Der Jüngere lachte und stellte ihm eine Belohnung in Aussicht, wenn es gelänge. Neben Mathias lag ein Mann, an dem alles falsch zu sein schien. Die eleganten Kleider waren dünn und schäbig, mit Mühe nur glatt gebügelt; aus dem grellroten Schlips leuchtete verlogen ein großer Diamant aus Straß. Aus den geflickten

Stoffstiefeln ragten dünne seidene Socken, in denen man Löcher vermutete. Die Nägel der viereckigen Finger waren gefeilt und poliert an schmutzigen Händen, bekräftigten die Wirkung der braunen Zähne und des Gesichts, das mit Pickeln übersät war.

«Wenn Sie vor mir hinauskommen», lispelte er, sein Atem roch nach Fäulnis, «so gehen Sie zu Paula; hier die Adresse. Sie soll sogleich zu meinem Advokaten gehen, ich will protestieren gegen die Behandlung hier. Verstehen Sie mich?»

Dann schlief er ein und atmete röchelnd. Die Luft wurde schwer, der Geruch verschwitzter, schmutzharter Kleider löste sich in ihr. In einer Ecke rauschte in stets gleichen Zwischenräumen das Klosett als Begleitung zum hilflosen Erbrechen Betrunkener.

Auf breitem Sonnenweg, der zwischen zwei Häuserschatten leuchtete, schritt Mathias aus dem Gefängnistor der vergessenen Freiheit entgegen. Er betastete die Mauer, die neben ihm herlief. Sie war rauh und grau und tot. Trotzdem erhoffte Mathias Verständnis von ihr und gütigen Trost. Denn puppenhaft tanzten die Vorübergehenden an ihm vorbei, ihr verkrampftes Lachen klang gläsern. Mathias mußte an die Wärter im Gefängnis denken, deren ausdruckslose Gesichter stets stumm waren. Das Schlüsselklirren war ihre Sprache geworden. Der Untersuchungsrichter hatte ihm sanfte Vorwürfe gemacht, da er geständig war. Von Pflichten gegen die Gesellschaft, vom ehrlichen Namen des Vaters und von sühnender Strafe, die bestimmt sei, das schlafende Gewissen zu wecken. Mathias schien es, als seien die Worte allzu oft schon gebraucht worden; sie klangen abgenutzt und verstaubt aus dem verzerrten Munde, der umgeben war von den Falten eines schlecht geheuchelten Mitleids.

Auf stillem Platze stand ein steinerner Brunnen, der zu leben schien, inmitten starrschreitender Automaten. Mathias lehnte sich an das kühle Becken und fühlte einen Zettel in seiner Tasche knistern. Ein Name, eine Straße. Er beschloß, die Frau zu besuchen.

In großem gelbem Zimmer hingen Abbildungen aus französischen Zeitungen über roten Möbeln. Auf dem Bette lag eine breite bleiche Frau.

«Ich komme, um Sie von Ihrem Freunde zu grüßen, der im Gefängnis ist. Er hat mir aufgetragen . . .»

«Pfui!» unterbrach ihn die Frau.

Eine fleischige Hand floß aus dem weiten Ärmel und zog Mathias auf das Bett. Er hörte schluchzende Worte: «Er hat mich stets betrogen, und ich habe ihm verziehen, weil ich ihn liebte. Und jetzt soll ich auch noch den Advokaten bezahlen. Sie sind sehr jung.» Die weiche Hand strich über Mathias' Haare. Er dachte: «Nun bin ich nicht mehr allein», und küßte die zärtliche Hand, die nach Schminke und Puder roch.

Die Frau lud ihn ein, bei ihr zu wohnen; dankbar ließ er sich pflegen und liebkosen, zwang sich, die Verachtung nicht zu bemerken, die ihn umgab. Er glaubte sich unter dem Schutze der Älteren, die äußeres Leben fernhielt; dieses schlug nur bisweilen als mattes Wagengerassel und grölendes Singen an die Fensterscheiben. Vergeblich versuchte Mathias, Brücken zu bauen zu jener Frau und seine Einsamkeit zu erzählen, die dumpfe Sehnsucht auch des toten Freundes nach nikkendem Tode. Doch sie gähnte nur schläfrig. Lärmende Klaviere in dumpfen Schenken liebte sie und straffsitzende Seidenstrümpfe, die bei jeder Bewegung schillern, aufreizend zur Begehrlichkeit. Mathias versank in roten Rausch.

Das Wort Zuhälter traf ihn eines Abends, betäubte ihn zuerst, dann warf er es achselzuckend beiseite. Am nächsten Tage erhielt er die Nachricht vom Tode seines Vaters. Von der kleinen Erbschaft konnte er ein paar Jahre in Ruhe leben. Da beschloß er, das Sklavenverhältnis, das ihn an jene Frau band, zu lösen, denn es schien ihm, als versinke er in grundlosen Sumpf. Sie blieb stumm, als er Abschied nahm; ihr Schweigen war höhnisch, und Befriedigung lag in dem Lächeln, das den Krampf der Lippen löste: Mathias kniete vor dem Bette, flehte um Freiheit, die ihm gewährt wurde durch gleichgültiges Nicken. Bleich schimmerte die Haut des Körpers, und ein wohlbekannter Duft entströmte ihr, der längst vergessene Sehnsucht erweckte. Doch wurde sie sogleich erstickt vom geilen Grinsen der Bilder, vom gelben Spott der Wände. Mathias versuchte aufzuspringen, er wollte der quälenden Lächerlichkeit entfliehen, die ihn umgab und bedrückte. Da lag die Mutter vor ihm (war es ein Traum?), sie war krank und einsam, er durfte sie nicht verlassen. Er taumelte zur Tür und murmelte heisere Worte, die auf den Lippen schmerzten. Unbeteiligt war der liegenden Frau lebloses Lachen.

Mathias versuchte, an gläsernem See seine Einsamkeit zu vergessen. Die Kurven fiebernder Berge waren ihm trostreich, denn stumm war ihre erstarrte Qual. Ein brauner Hund lief neben Mathias, hob sanfte Augen zu seinem Herrn, verständnisvoll fast. Nächtelang wanderten die beiden auf staubigen Straßen, die weiß leuchteten, und erwarteten den Morgen und schwarzen Tau, der auf dürre Gräser fiel. Mathias lauschte dem Schellengeklingel der Pferde, die auf nahen Wegen trabten in ewig gleichem Takt, wunderte sich über die Menschen, die nahe Felder bebauten mit unwilligen Gliedern, und sah in ihre Augen; Müdigkeit hatte sich in ihnen angesammelt und unbefriedigte Sehnsucht nach Ruhe. /

Und die Frage kam zu ihm, die vielleicht unlösbare, warum es wachsende Bäume gebe und grüne betäubende Wiesen. Warum der Wind Wellen grabe in ruhigen See und der glänzende Spaten die Erde verwunde. Und leuchtend nahm die Frage Gestalt an in den spiegelnden Augen des Hundes, deren Farbe wechselte, ohne den wechselnden Schimmer der Trauer zu deuten.

Er hatte stets gefürchtet, sich Menschen zu nähern, denn ihre zufriedenen Augen scheuten Rätselfragen. Sie hatten verdeutete Zerrbilder gefunden und erklärten sie mit eckigen Gebärden. Mathias suchte.

Der Pfarrer des Dorfes war weißbärtig und streng. Er sprach von brauner Kanzel über Sünde und Strafe. Mathias hörte seinen Predigten gerne zu, denn die eintönigen Worte schläferten die Fragen ein, die auf diese Weise einfach getötet wurden. Die Tochter des Pfarrers war blond und schmal – auch hustete sie. Beruhigungsmittel waren ihr verschrieben, die sie gerne nahm. Mathias mußte an die Vorliebe der Romantiker für ätherische Frauengestalten denken. Er fand sich lächerlich, als er beim Pfarrer um die Hand der Tochter anhielt. Mathias heiratete Marie zwei Monate später.

Ihr durchscheinender Körper flößte ihm Furcht ein, und Furcht schien auch durch das Gitter ihrer Wimpern zu brechen, als er leise ihre Hand ergriff. Am Morgen lag der Leib grau und erdig im kalten Licht, die aufgedunsenen Finger waren zur Faust verkrallt, und schmutzig braun starrten die Spitzen der Brüste. Auf dem Bettrande saß Mathias und biß in seinen Arm, um das würgende Schreien zu unterdrücken. «Die Sünde», tönte es in ihm, «die Sünde», lauter, sehr laut, und krampfhaft suchte er, welche Schuld er begangen habe. Auch als er nach einem Jahre ein verrunzelt gelbes Geschöpf in unruhigen Händen hielt, klang das Wort Sünde in ihm, unübertäubbar und stetig anschwellend. Sein Hund blickte auf zu ihm. In den braunen spiegelnden Augen lag eine Anklage, die Mathias erschrecken ließ.

Mathias saß mit seiner Frau in gleichem Zimmer. Müd wimmerte das Kind in einer Ecke. Er sah die Lampe gelbe Flecken auf weißes Gesicht malen. Und schwarze Stummheit verdichtete die Luft des Zimmers. Die Frau schwieg. Das Zimmer veränderte die Gestalt. Die

Wände wankten im Licht, Winkel der Mauer krümmten sich in Windungen, und Dinge bewegten sich, verzerrt von verstummter Qual. Die Frau saß beleuchtet vom gelben Schimmer der Lampe. Nun senkte die Decke sich und greifbar wurde die Luft, wogte wie aufgeblasenes Kissen durch erstickend engen Raum. Zerrann nicht die Form des gläsernen Bücherschranks? Stöhnte nicht laut der knarrende Fußboden und wollte bersten in der Mitte? Und gläsern klirrten von den Fenstern her die Worte: «Nie allein, nie allein.» Die gelbe Frau saß stumm neben der ruhig leuchtenden Lampe. Mathias aber tötete sie in der gleichen Nacht. Er verdoppelte die gewöhnliche Menge des Beruhigungsmittels. Der Hund hatte kurz gebellt, um dann des wimmernden Kindes Hand zu belecken.

Mathias suchte die Menschen. Er empfand die Einsamkeit peinlich, ohne an Schuld zu denken. Sein Kind lag klein und fremd in fernem Bett. Mathias sprach unbekannte Menschen an und ließ sie reden abendelang. Sonderbare Geschichten trafen seine Ohren. Von hoffnungslosem Leben in engen Zimmern, von Sorgen um Erziehung, von schlechten Schulzeugnissen der Söhne. Oder es erzählten hohläugige Dirnen von der ersten Liebesgeschichte und dem wohlfrisierten Verführer. Mathias liebte die Maskenbälle, in denen die Menschen bunte Tuchlappen vor steinerne Gesichter binden, um endlich sich selber darstellen zu können. Und auch die schönen Reden biederer Volksbeglücker liebte er, die in rauchigen Sälen biertrinkenden Menschen das künftige Glück versprechen. Doch neben ihm saß immer sein brauner Hund, legte den Kopf auf gekreuzte Pfoten. Das Schweigen des Tieres tat Mathias wohl.

Der graue, aufgedunsene Mann, den Mathias eines Abends traf, stellte sich vor als Dr. Gerber. Die schwammige Gestalt zersprengte fast die zu engen Kleider. Ächzend zerdrückte er den wackligen Stuhl, tastete mit feisten Händen über die weiße Marmorplatte und schwieg lange. Mathias fühlte sich bedrückt.

«Sie suchen», sagte der dicke Mann endlich.

Mathias nickte. Gereizt dachte er: «Poseur.»

«Wer sind Sie?» fragte er laut.

Dr. Gerber stöhnte, schlug klatschend auf die Schenkel. «Ich heiße Dr. Gerber», betonte er, «Sie interessieren mich. Was arbeiten Sie?»

«Nichts», sagte Mathias.

Dr. Gerber meckerte. «Ich tue auch nichts, gar nichts. Die einfachste Lösung der Lebensfrage. Aber warum begehen Sie nicht Selbstmord?»

«Es wäre das Natürlichste», mußte Mathias zugeben. «Aber ich suche noch immer.»

«Sehen Sie», wieherte Dr. Gerber, während ein Speichelregen aus seinem Munde sich ergoß, «ich sagte es Ihnen ja. Sie wissen nur nicht, was Sie suchen. Soll ich es Ihnen sagen?»

«Lieber nicht. Und übrigens, Sie stören mich.»

Darauf empfahl sich der dicke Mann, während an seinem Körper das Fett wackelte.

In Mathias wuchs unbegreifliche Unruhe. Er sah die Lösung einer Frage nahe und wagte nicht, nach ihr zu greifen. «Vielleicht ist sie noch fern, und ich muß den weiten Weg gehen, sie zu finden. Den weiten Weg, der gekrümmt läuft über endlose Ebenen, daß man das Ziel nicht sieht.»

Es ging eine sonderbare Veränderung in ihm vor. Als sei er lange Zeit im Zirkus gesessen, abseits, hoch oben auf rauher Holzbank, und habe die Vorführungen betrachtet, unbeteiligt und uninteressiert, um plötzlich mitten in der Arena zu stehen, im klatschenden Licht der Bogenlaternen, gezwungen mitzutun.

Sein Kind war krank. Er ging es besuchen, gelangweilt, um sich zu beruhigen. Es lag rot auf weißen Kissen und stöhnte gepreßt aus geschwollenem Hals. Die braunen Augen waren groß und leuchtend, wie die des Hundes, der neben ihm lag. Mathias hielt die Hand des leidenden Kindes, drückte sie und fühlte einen Strom in seine Hand fließen. Der drang in seinen Körper, brauste laut und erfüllte ihn. Als das Brausen verstummt war, fühlte Mathias Angst. Er versuchte das Kissen zu glätten mit ungeschickten Händen, gequält von den wimmernden Augen des Kindes. Auch stieg Angst in ihm auf, Angst, nicht helfen zu können dem fremden Leid, das stöhnte vor ihm und ihn zu Hilfe rief.

Was ließ die Wände des Zimmers durchscheinend aufleuchten in leidensvollem Hellblau? Mathias sank auf den Stuhl und bedeckte die Augen, um blind zu sein. Der schmerzliche Sang gestraffter Saiten zitterte durchs Fenster und beruhigte doch nicht das ächzende Atmen des Kindes. Und müde Stirn auf heiße Hand legend, träumte Mathias vom endlichen Ziel des langen Suchens.

Zwiespältig wurde von ihm der Tod des Kindes empfunden. Plötzliche Befreiung von schwerer Schuld, kaum gedacht, und zugleich Trauer über versäumte Liebespflicht. Der Eindruck durchschrittener Straßen zitterte nach als peinigende Bewegung. Unter glatter Haut trugen Menschen unsichtbare Wunden. Auf den Stirnen sah er das plötzliche Zerreißen zu stark gespannter Falten und das Sich-Ergeben in die Macht des dumpfen Traumes, der die Köpfe niederdrückt und die Zustimmung verlästert.

Er traf einen weißbebarteten Mann, einst in der Nacht, dessen Pelzmantel korrekt, schwarz, der dürren Gestalt Halt verlieh. Trocken schluchzte er und suchte nach längst verbrauchten Tränen. Als Mathias nach der Ursache des Schmerzes frug, ward ihm abweisende Bewegung zuteil, während die Furchen des müden Mundes maskenhafte Linien in verfallenes Gesicht zeichneten. Das schrille Lachen einer fernen Frauenstimme ließ die Gestalt des alten Herrn zerbrechen, die ohne die Stütze des Stocks als leere Luftpuppe aufs Pflaster geklatscht wäre. Mathias ging weiter, achselzuckend, durch die sternig leuchtende Nacht.

Eine dicke Gestalt schlich hinter ihm her. Der Hund an seiner Seite winselte, und aus dem Schatten leuchtete das Gesicht Dr. Gerbers, schmalzig weiß. Meckernd sprach er die seltsamen Worte: «Auch die Seele der Nacht ruft nach unmöglicher Erlösung. Denn ist der Übergang ins Licht für sie wahre Beglückung?» Der lachende Unterton der Stimme verzerrte das aufsteigende Bild. Mathias wandte sich um. Dr. Gerber kehrte den Mann von Welt heraus, aus seinem Mantel leuchtete silbern der seidene Besatz des Smokings.

«Wir wollen nicht billige Mystik treiben», meinte er und ächzte, «genügt die Tatsache nicht, daß auf Nacht Tag folgt, und müssen wir unmögliche Zusammenhänge in alltägliche Vorkommnisse dichten?»

Mathias sah einen hageren Mann neben Dr. Gerber stehen. Der Hund winselte, bis ein Stockhieb Mathias' ihn zum Schweigen brachte.

«Sie sehen hier», pries Dr. Gerber den hageren Mann an, «den ewig bestehenden Prediger in der Wüste. Denn er behauptet, und seine naive Borniertheit ist rührend, daß die Menschheit das Glück finden werde. Ich muß Sie noch darauf aufmerksam machen, daß dieser Herr durchaus keine philosophische Schulung besitzt. Ein Gefühl leitet ihn, wie lächerlich, ein sicheres Gefühl sogar, sagt er.»

Mathias betrachtete den Unbekannten, der ausgefranste Hosen trug und schmierigen Hut. «Ein wahnsinniger Träumer», dachte er. Und doch schien des Unbekannten Gestalt stets sich zu verändern, einer schreitenden Statue steinerner Schritt von den Häusern widerzuhallen. Als Mathias in die Augen des Mannes blickte, sausten seine

Gedanken durch Jahrtausende, und die laute Frage preßte sich aus ihm: «Was ist Ewigkeit?» Das ferne Lachen Dr. Gerbers schreckte ihn auf. Allein starrte er in flimmernden Morgen, der über Dächer flatterte. Eine warme Berührung seines Knies ließ ihn niederblicken in die ruhig-braunen Augen des Hundes, und kaum vergangenes Erlebnis in weite Fernen rücken.

Beim Überschreiten der Straße sah er plötzlich zwei Hufe über seinem Kopf; ein ewig währender Schrei gellte. Und Mathias fiel mit unerträglicher Schnelligkeit in entsetzliche Tiefe.

Ein Kreis neugieriger Masken umschloß den Erwachenden. Eine schleppende Stimme diktierte belanglose Worte. Mathias hörte deutlich das sanfte Schnauben beruhigter Pferde. Auf dem Ellbogen sich aufrichtend, tastete er mit der freien Hand den Boden ab. Ein warmes zottiges Fell glitt durch seine Finger. Dann klebrige Flüssigkeit. Erstaunt starrte Mathias auf braunes, gewölbtes Auge, zur Hälfte schon verdeckt von weißer, undurchsichtiger Haut. «Mein Hund stirbt», dachte er laut und konnte den Blick nicht fortreißen vom braunen, langsam erstarrenden, kleinen Kreis. «Ein Hundeauge ist doch nichts Sonderbares.» Da erweiterte sich der braune Kreis, dehnte sich, wuchs ins Ungeheure, als wolle er die Welt umspannen, ein neuer Ring. Gestalten blickten erstarrt aus dem Ring, der einzwängende Fessel wurde. Der tote Freund wehrte sich gegen die Umklammerung, die ihn an fremde Geschöpfe preßte, an Gefangene, die auf Holzpritschen träumten, an Dirnen, die leuchtende Zähne zeigten in versteintem Lachen, an staubige Zahlenschreiber, die auf glänzend gesessenen Stühlen kauerten, an Greise, die speichelten nach harten, jugendlichen Körpern. «Doch nur ein Hundeauge», mußte Mathias laut sagen, als der Kreis erhärtete, blasser wurde, und, stahlgrau geschmiedet, zu kreisen begann, die Gestalten zwingend zu lächerlich unfreiem Reigen.

Nach langer Zeit hörte er eine ferne Stimme sagen: «Gehirnerschütterung, schwerer Fall.» Zugleich roch er fade Gerüche: Seife, Jodoform, frische Bettwäsche.

«Nehmt das Hundeauge weg!» schrie er.

«Ihr Hund ist tot», antwortete eine Frauenstimme.

Warum umspannte auch ihn der stählern geschmiedete Reif, der aus dem Auge sprang eines verendenden Hundes? Auch in dies Zimmer reichte der Kreis, klang metallen, der Schall schwoll an, von klagenden, wimmernden Stimmen verstärkt.

Und während der klingend metallene Reif enger sich um ihn legte (oder war es nur ein Teil des großen Kreises, der rotglühend sich einbrannte in seine Haut?), wich der Druck von seinem Gehirn, der jahrelange. «Ich habe gefunden», sagte er zu Dr. Gerber, der plötzlich am Fuße seines Bettes stand, «ich habe gefunden», und zum ersten Male lächelte der Mund, während der Körper sich wand in Schmerzen. «Gefunden. Aber der Nutzen des Suchens?» Und während der glühende Reif tiefer und tiefer die Haut versengte, sah Mathias die unwahrscheinlich schlanke Gestalt seiner getöteten Frau, die nahte, lächelnd in Mitleid. Die kühlenden Hände ließen in den Körper gläserne Kälte strömen. Langsam entgleitend auf glatter Bahn, sah Mathias ganz nah das leuchtende Gesicht der Gefährtin, die dankbar ihm zunickte. Und eine letzte Frage klang dunkel aus, nicht Antwort heischend: «Ist dankbar sie, weil einmal ich versuchte zu erlösen?»

1917/19

Der Sozialist

Novelle

Mein Vater war Schneider und Gewohnheitstrinker. Doch nie schlug er mich oder meine Mutter. Der Alkohol sollte ihm nur, so sagte er, die ewige Frage lösen, die stets ihn beunruhigte: Das «Warum er lebe?» Meine Mutter erzählte mir, daß diese Frage stets ihn gequält habe und er sie nur vergessen habe in ihren Armen. Nun sie für ihn keinen Reiz mehr hatte, trank er allabendlich Rum und stolperte heim, hüpfend sein lahmes Bein nachziehend, trat in die Stube mit lächelndem rundrotem Gesicht und grölte nach verstaubter Operettenmelodie: «Haha, die Frage ist gelöst.» Auch weinte die Mutter durchaus nicht, wenn er in diesem Zustande heimkehrte, sondern führte ihn lächelnd zum Lehnstuhl, in den er krachend fiel. Dann begann er zu sprechen: «Denn hier muß man arbeiten, und wenn man nicht arbeitet, hungert man. Wenn man aber arbeitet, hungert man nicht und kann sogar trinken. Wenn man getrunken hat, gibt es keine Fragen mehr. Dann ist die Welt schön, und sogar du, Lina, hast keine Falten mehr. Und ich fühle, daß ich lebe, ohne daß ich zu fragen brauche, warum.» Dann sang er irgendeinen Gassenhauer aus vergessener Jugend und schnarchte laut im Bett, was mich reizte und am Einschlafen hinderte. Wenn er am Morgen auf dem Arbeitstisch saß, an langem schwarzem Gehrock nähte, senkten die roten Lider sich manchmal über die müden Augen, und murmelnd bewegten die blauen Lippen sich, bisweilen die schadhaften Zähne zeigend; oder die aufgequollene Zunge preßte sich aus dem Mund, und ein kindliches Lallen tropfte langsam in die Stille der Werkstatt. Die Worte: «Unnütz, unnütz», müd gestammelt, klingen mir noch jetzt in den Ohren.

In meinem zehnten Jahre las ich in der Werkstatt Stoffreste zusammen, während mein Vater mit der Schere nachdenklich Kurven in braunen wollenen Stoff schnitt; als er plötzlich die Schere wegwarf, auf den Tisch stieg und zu predigen begann, die Arme weit ausgebreitet, das gesunde Bein ein wenig gekrümmt, während das lahme wie ein Stock in seinem Rumpf stak.

«Verehrte Anwesende!» begann er, «Christus lehrt euch euren Nächsten lieben. Also teilet mit ihm. Ich will euch gerne Kleider machen, aber ich will es auch gut haben ... Ihr seid reich, also teilet mit uns. Und wenn ihr Gehröcke tragt aus gutem Stoff, will ich auch schöne Kleider tragen und ein Huhn auf dem Mittagstisch haben. Wir wollen alle schöne Kleider tragen und uns lieben, sonst bleibt immer die Frage: Warum?» Das «Warum» war schon ein Gurgeln, dann fiel er und schlug um sich, lallend von Mäusen, die seine Zehen benagten, und einem Tiger, der an der Wand hinschleiche.

Ich besuchte ihn später mit der Mutter in der Irrenanstalt. Er erkannte uns kaum. Seine braunen Augen waren starr und schienen unergründlich tief, so daß ich furchtsam seinen Blicken auswich. Gefräßig stopfte er die Schokolade in den weitgeöffneten Mund, und brauner Speichel tropfte auf seinen schäbigen Anzug. Von fernher hörte man Stimmen, die wie ein Chor zusammenklangen aus verworrenen Worten, und jede einzelne bewegte sich in gleichmäßig hoher Tonlage, so daß alle zusammen einen seltsam abgetönten, langgezogenen Orgelakkord ergaben. Ich konnte diesen Eindruck lange nicht vergessen, und das rote, mit Zäunen umgebene Haus verfolgte mich oftmals in Träumen.

Ich wurde zwei Jahre lang zu einem Schlosser in die Lehre gegeben. Ein langer Mann, dessen Kinn hartbestoppelt vorsprang; die Augen starrten grau in weiten Horizont. Er war eifriger Besucher jener religiösen Sekten, deren Mitglieder durch Verdammung der Kirche Gerechtigkeit und Tugend als weithin sichtbaren leuchtenden Mantel um sich tragen. Alle Fragen waren einfach gelöst, bestanden nicht mehr, wenn der Ausspruch: «Denn Gott wollte es so» selbst den spitzfindigsten Einwand totgeschlagen hatte. Die Leute beteten laut, mit weitgeöffnetem Mund, von dem die Worte losgeschnellt wurden, abprallten vom öligen Bretterboden und in den Himmel sprangen zu Gott, der sicher dort sich aufhielt, weißbebartet und streng, in geschlossenem schwarzem Rock, die Lippen aufeinandergepreßt. Und neben ihm mußte der Sohn sitzen in weitem Advokatenrock, in dikkem Buche blätternd und bisweilen den Vater aufmunternd, einem wohlgepflegten Gebete Erfüllung zu schenken. Diese Bettler im Geiste flößten mir Ekel ein, die mit weinerlicher Stimme langweilige Wünsche hervorplärrten und mühsam sich durchzwängten zum endlichen Amen. Der Schlosser war betrübt, als ich mich weigerte, die Versammlungen weiter zu besuchen. Ich schloß mich einem Gesellen an, der mir das Glück hier auf Erden verbrieft und versiegelt zu verschaffen versprach.

Er führte mich in einen großen Saal, den eine Bühne abschloß. Auf ihr saßen drei Männer, stumm, mit Wassergläsern vor sich, aus denen sie tranken von Zeit zu Zeit. Sie beachteten die Menge nicht, die vor ihren Füßen summte, sondern betrachteten mit lächelnden Blicken die dicken Frauengestalten, die vom Plafond herab gemalte Blumen aus Füllhörnern auf die Menge schütteten. Nach einiger Zeit begann der größte zu reden, sprach von Judenverfolgungen in Rußland, bekämpfte mit geballter Faust das Wort Autokratie, donnerte mit hohlem schwarzem Mund gegen Übergriffe des Kapitals, wurde freundlich und pries zärtlich, mit gespitzten Lippen, das segensreiche Werk der Internationale, den Beginn eines neuen Reiches, das Gerechtigkeit bringen werde. Als er nachher die Versammlung aufforderte, den Kampf gegen die Übergriffe der Macht aufzunehmen, die Sklavenketten abzuschütteln und nicht für fremde Herren zu arbeiten, fühlte ich mich ruckweise erhoben über platte Alltäglichkeit und mühsame, nutzlose Arbeit. Hätte er den Feind deutlich gezeigt und mich geheißen, ihn zu bekämpfen, wäre ich überzeugt in den Tod gegangen, denn es schien mir unbedeutend, selber zu sterben für ein Werk, das andere glücklich machen konnte. Der Redner schloß jedoch mit der Bitte, die Kollekte reichlich zu bedenken, deren Ertrag bestimmt sei zu zweckmäßiger, energischer Propaganda. Schweigend schritt ich neben dem Gesellen, der mit tönenden Worten von den hohen, menschenbeglükkenden Idealen der Sozialdemokratie sprach. Die schwarzen Fäuste ballten sich, und das Gesicht, klein und mager, zeigte offene schwitzende Poren im kalten Licht der Gaslaternen. Er sprach von vergangenen Revolutionen, von aufgeschlitzten Bürgerbäuchen und der Kommune in Paris, die nur durch Verrat nicht habe gelingen können. Dann wollte er mich die Worte der Internationale lehren, und die müde Melodie des Refrains sickerte eintönig hervor zwischen den angefaulten Zähnen. Ich sah vor mir die roten Bauten der Mietskasernen, Kinder hoben winselnd schorfbedeckte Gesichter zum Himmel, Frauen schalten bellend aus offenen Fenstern; dazwischen klang der heulende Orgelakkord des Irrenhauses. Und unmöglich schien es mir, daß nicht Erlösung blühen sollte aus dieser Hölle; Haß empfand ich gegen das Kapital, das mir als Tier erschien, grauenvoll und herzlos, sich vom Blute der Menschen nährend. Jene aber, die wie ich arbeiten mußten, ohne Erholung, nur um essen zu können, schienen mir göttliche Dulder, die durch eigene Kraft nichts zu vollbringen vermögen, denn zersetzt und zerfressen ist diese Kraft; doch gesammelt in einer

Person würde sie Fesseln sprengen und einer freien Menschheit Frieden und sanften Trost spenden.

Ich begann Bücher zu lesen und Versammlungen zu besuchen. Tolstois Buch *Das Heil ist in euch* ergriff mich stark. Doch stieß es mich ab zu gleicher Zeit, denn es schien mir unabwendbare Notwendigkeit zu sein, stets einen möglichen Kampf zu erwarten, und fast schien mir jene Lehre Feigheit zu sein, die vom Menschen nur Dulden verlangt. Ich redete bisweilen in Versammlungen, hatte Erfolg und wurde bald darauf in den Vorstand der Metallarbeiter gewählt. Auch war ich drei Tage Mitglied eines Streikkomitees, verlangte ruhige Erwägung der Vorkommnisse und war froh, als der Streik ohne Ausschreitungen zu Ende ging. Roheit und Gewalttätigkeit waren den Genossen fremd.

In eine Versammlung hatte ein Kamerad seine Braut mitgeschleppt. Dem großen Manne fielen braune fette Haare in die braungetupfte Stirn, unter der die Augen boshaft rötlich blinzelten. Das semmelblonde Mädchen sah mit dickem unterwürfigem Gesicht zu ihm auf. Leitner warf verächtliche Satzbrocken in die Diskussion, zeigte die Zähne, wenn jemand ihm erwiderte, und trompetete schließlich, stehend diesmal, die beflaumte Hand auf der Schulter seiner Braut, terroristische Phrasen in die Rauchluft. Einige Männer schlossen sich an, als er die Versammlung verließ. Auch ich begleitete ihn, denn ich wollte versuchen, ihn zu friedlichem Zusammenarbeiten zu gewinnen. Er sprach und ließ mich nicht zu Worte kommen, schrie heiser, wenn ich einen Satz begann, und vorwurfsvoll blickte die dicke Braut zu mir auf, wenn es mir gelungen war, ihren Beherrscher zu unterbrechen. Ein buckliger Zwerg hetzte keifend, mit eckigen Gebärden, strich den spärlichen Schnurrbart von den feuchten Lippen und blickte dankbar aus der Tiefe zu dem großen Manne auf, der bisweilen dem Kleinen gönnerhaft auf den Hut klopfte. Wir waren bis vor die Stadt gelangt, auf ein weites Schuttfeld, auf welchem der Mond rostige Eimer und faulende Gemüseabfälle beschien. Wir schwiegen alle.

«Leg dich nieder», kommandierte der Große seiner Braut. Sie gehorchte. Dann besaß er sie, während die Freunde einen Kreis bildeten und Zoten rissen, die Hände tief in den Taschen vergraben. Aus den Mundwinkeln des Buckligen, die von unsichtbaren Schnüren auseinandergezogen wurden, rann Speichel tropfenweise auf die gestärkte Hemdbrust.

«Wer will noch?» fragte der Große. Die Haut der weißen Gesichter tanzte, Augenlider klappten krampfhaft, und heiser hustend warf sich der Zwerg auf die liegende Gestalt. Das Mädchen blieb reglos, mit zitternden Wimpern, der Körper hob sich als hölzerne Puppe vom Boden ab. Stirnfalten zeichneten schwarze Striche auf die Haut. Es ist mir heute unverständlich, warum ich nicht fortlief. Vielleicht freute mich die Erniedrigung der andern, an der ich keinen Anteil hatte. Doch langsam stieg aus dem Magen zum Hals ein dicker Ball, der mich würgte, daß ich mühsam nur die Luft aus weit offenem Munde pressen konnte. Und einer nach dem anderen legte sich über die hölzerne Puppe, und brünstige Schreie verhallten im weißen Mondlicht. Leitner stieß mich in die Seite: «Willst du nicht?» Ich blickte in seine Augen, die feucht schimmerten. Da wandte er sich ab, lachend, und zog Arm in Arm mit den Genossen über das Feld, schmutzige Verse grölend, während der Bucklige hinterherhopste und atemlos die Melodie nachzuquieken versuchte; er hatte einen Rockzipfel erwischen können und klammerte sich daran, während der Körper an unwahrscheinlich dünnem Arme, fast losgelöst von der Erde, hin und her schlenkerte.

«Haben Sie Schmerzen?» frug ich das Mädchen. Sie schüttelte den Kopf und versuchte mit müden Armen, die Röcke glattzustreichen. Dann stand sie auf und versuchte zu gehen, schwer sich stützend auf meinen Arm. Automatisch war der Gang und das Gesicht leblos, so daß ich glaubte, eine aufgezogene Wachsfigur mit mir zu schleppen. Sie dankte bei ihrer Haustür und gab mir die Hand, die kalt war und feucht. Es ist schwer, die Gedanken wiederzugeben, die damals, sonderbar vermummt, durch meinen Kopf schritten. Sie bildeten eine rhythmisch bewegte Gruppe, eine Gestalt tauchte auf aus umgebendem Dunkel, bis zur Brust nur, während der untere Teil des Schattens in Finsternis verschwamm. Die Gestalten änderten die Stellungen, traten vor, verschwanden wieder, während abgehackte Töne die Bedeutung ihrer Bewegungen unterstrichen. Die letzte Gruppe schien ein erkennbares Gefühl auszudrücken, das Gefühl, einer Gewalt untertan zu sein, die nicht von außen kommt, nicht von oben oder aus umgebender Welt, sondern aus den Beziehungen der einzelnen Gestalten zueinander. Sie stellte die Menschen dar als Gruppe von Drahtpuppen; die Glieder der verschiedenen Puppen jedoch sind aneinander geknüpft, und die willkürliche Bewegung eines Gliedes pflanzt sich fort durch die ganze Reihe, flutet zurück, beginnt von neuem in unnatürlichem, unabänderlichem Zwang die verknüpften Glieder zu heben, zu senken. Leitner hatte eine Brutalität gezeigt, die mich anwiderte, doch schien er mir unschuldig zu sein an der Vergewaltigungsszene, einem

Zwang zu gehorchen, der von den anderen ausging, die anderen und ihn selbst zum Handeln trieb und mich zum Zuschauer machte, ohnmächtig, das unabänderliche Geschehen mit Schrei oder Kampf aufzuhalten. Ich glaubte damals, unabhängig vom Handeln der anderen zu sein, Zuschauer nur, der nicht dem Zwang unterliegt, selbst einzugreifen.

Ich verkehrte oft in einem kleinen Café, das von Literaten besucht wurde. Sie lebten als Müßiggänger, standen spät auf, träumten hungrig vor einer halbleeren Tasse und sprachen leise.

Ein grauer Mensch mit glattem Zuchthäuslerkopf und harten Augen stotterte verwickelte Sätze, denen er unwillkürlich durch mühsame Aussprache besonderen Nachdruck gab. Löser war Schlosser gewesen, dann Maler ohne Erfolg, hatte gehungert, geschrieben; ein Roman von ihm war preisgekrönt worden. Die weißen, unbehaarten Hände auf der Tischplatte formten zu den mühsamen Worten die Bilder und redeten deutlicher als der verkrampfte, bleiche Mund. Neben ihm saß eine kleine blonde Frau mit kurzem Knabenhaar, dessen Lockenspitzen den dünnen Hals berührten. Müd blickten Dagnys Augen und glänzten nur vorübergehend, wenn sie die Spitze der klaren Glasspritze in den Arm stach und langsam die Flüssigkeit unter die aufquellende Haut preßte. Dann sprach sie eine Viertelstunde lang fast ununterbrochen von vergangener Bestrafung, zwei Monate Gefängnis wegen Diebstahls; dabei rötete sich die Haut rund um die grauen Augen, während die untere Hälfte des Gesichtes noch blasser erschien um den purpurnen Strich der Lippen. Sie schrieb Gedichte ohne Rhythmus und Reim, die langgezogen gellten wie nie endenwollender Schrei. Farbige Worte überstürzten sich und schluchzten über die Qual der Eingekerkerten, der anderen, die diese Qual mitfühlten in erstikkenden Träumen und dann zurückkehrten, dennoch willig, in das Gefängnis alltäglicher Arbeit.

«Talent», sagte Löser.

Dr. Seligmann, der Jurist, bekam rote Wangen. «Entschieden», meinte er kurz und klappte mit dem falschen Gebiß. «Wir treiben dem allgemeinen Selbstmord entgegen; es ist uns unmöglich, heutzutage, als ganze Menschen zu leben. Jeder ist gespalten und kann sich selber nicht zusammenleimen.» Die Spitzen der Backenknochen stachen fast durch die Haut, da er versuchte zu lächeln. «Betäubung suchen wir und finden Rausch. Und jeder Katzenjammer bringt uns näher, ein Stückchen nur, der endlichen, natürlichen Lösung, dem Tod. Die nicht die

Kraft haben zum letzten Schritt, werden auf andere Art versuchen, zum Ziel zu gelangen. Ein Krieg vielleicht, um noch im Tode eine schöne Lüge zu finden. Weiter reicht die Kraft nicht.»

«Denn wer heute komplexlos wäre, würde uns erlösen», preßte Löser hervor und formte mit den Händen eine weiße Gestalt in nahtlosem Mantel. Abgehackt sprach er weiter.

«Die Verbrecher und Vagabunden befreien die Welt, weil sie die Gesetze zerbrechen. Ohne sie wären Revolutionen unmöglich. Christus war auch ein Vagabund.» Ich mußte an den Sohn denken, der in Kirchen angebetet wird, den korrekten Advokaten, der dem Vater die gefühlvollsten Gebete übermittelt.

Dagnys Augen waren groß. «Ich habe im Gefängnis eine Mörderin gekannt, die gütig war und uns tröstete. Sie hatte häßliche, rote Haare. ‹Ich bin ein wildes Tier›, sagte sie oft, ‹denn ich habe mein Kind erwürgt, als es noch ganz klein war. Aber warum sollte es leben, um zu leiden. Man verspricht uns Glück für kommende Geschlechter, aber es wird immer dasselbe sein.› Sie wird im Gefängnis sterben, langsam verblöden, bis sie zuletzt nur eine Gebärde machen kann: die Hände um einen nichtvorhandenen Hals legen und würgen, würgen.»

Ich begleitete Dagny. «Komm zu mir, ich fürchte mich allein in der Nacht.» Wir haben ein Jahr lang zusammengelebt. Ich liebte sie nicht, doch hatte ich Mitleid mit der Furcht, die sie vor allen Dingen zeigte. Die Häuser schienen schief und feindselig und die Straßen endlos und atemraubend. Auch die Wände des Zimmers drohten sich zu senken auf ihr Bett und langsam sie zu ersticken. Es war ihr Wunsch, gut zu sein gegen alle Menschen, aber sie fürchtete fremde Augen, die glotzen können und unterjochen. Auch behauptete sie, die Vorübergehenden trügen unsichtbare Kleider, die weit sich ausbreiteten, und eine Qual sei es, durch diese Kleider schreiten zu müssen. Im Anfang glaubte ich, es seien krankhafte Einbildungen, wenn Dagny abends mir erzählte, so viele Kleiderfetzen hingen nun an ihr wie Spinneweben und seien nicht abzustreifen. Bis ich die gleiche Beobachtung machte in Versammlungen. Ich sprach zu Beginn ruhig und sachlich, und die Zuhörer verstanden mich. Doch nach und nach stieg aus den Menschen vor mir eine zusammengeballte Wolke, die Gestalt annahm und auf mich zukam, mich ersticken wollte. Als ich weitersprach, schien die Gestalt mir die Worte vom Munde wegzusaugen, um sie dann den Leuten im Saale verändert in die Gehirne zu pressen. Ich verstand die häufigen Mißverständnisse in Versammlungen.

Das äußere unsichtbare Kleid ist nicht zu vernichten. Manchmal können wir es durchlöchern, wenn wir die Menschen begeistern, kurze Zeit nur. Dann blicken sie sich an und fühlen sich Brüder, verstehen nicht ihren Unverstand und ihre Kälte. Dann schließt das Kleid sich wieder zu elastischem Panzer.

Dagnys Seele war nackt. Die Bosheit der blinzelnden Augen tat ihr körperlich weh; eine Art Mitleid war ihr verhaßt. Sie fühlte deutlich, ob Güte man ihr entgegenbrachte oder befriedigten Neid. Doch um nicht wehrlos dem Bösen ausgeliefert zu sein, errichtete sie mit Träumen eine Mauer um sich. Es waren kindliche Träume, in denen sie auf Marmorstufen mit violetten Hyazinthen spielte, während die dunklen Schweife zahmer Pfauen ihre Fächer waren. In der Ferne ragten stachlige Kakteen aus gelbem Sand. Doch wenn die Wirkung des Morphiums nachließ, weinte sie: «Sieh, aus allen Häusern wimmert das Leid von Menschen, die nicht sterben können. Ich bin krank, vielleicht, daß ich die Freude nicht zu finden weiß. Aber sie muß versteckt sein, so tief, daß wir nicht mehr sie finden können.»

Der Krieg brach aus. Ich sprach, auf einem Eckstein stehend, den begeisterten Puppen von Mordverweigerung. Sie glotzten nur und sangen patriotische Lieder. Dann rissen sie mich auf die Straße, spuckten in mein Gesicht, traten meinen Körper, bis ein Polizist mich in den Arrest führte. Dort schliefen Vaterlandsverteidiger ihren Rausch aus. In der Nacht war die Luft dick und tönte vor meinen Ohren, immer auf- und abschwellend, wie ferne Posaunen. Dazwischen paukte auf der Straße eine Militärmusik, und «Hurra!» brüllten heisere Kehlen. Am nächsten Tag wurde ich vor einen glatten blonden Assessor geführt.

«Anarchist, he?» bellte er.

Ich schwieg.

«Sie haben zu antworten. Name, Alter, Konfession, vorbestraft?»

Ich antwortete.

«Na, Sie werden noch Ihre Wunder erleben.»

Damit wurde ich ins Gefängnis geführt. Die rein äußerlichen Erlebnisse während der nächsten vier Monate sind uninteressant. Gerichtssaal und Gefängniszelle, Fragen, die bestimmt sind, aus einem Menschen ein Tier zu machen, ein Tier, das nicht einmal die Hilfe des Tierschutzvereins genießt. Ich erfuhr, daß Löser mit Dagny ins Ausland gereist sei, Leitner erschien mit seiner blonden, vergewaltigten Braut, und beide sagten aus, ich sei ein Schlappschwanz und ein Feigling. Parteiführer kamen und nannten mich einen gefährlichen Idealisten und Schwächling. Es gebe keine Parteien mehr, wenn das Vaterland in Gefahr sei. Für diesen Ausspruch wurden sie vom Präsidenten warm belobt. Da er nickte, drangen die Spitzen des Stehkragens tief in das feiste Doppelkinn.

«Und nur der Güte unserer allergnädigsten Majestät des Kaisers haben Sie es zu verdanken, daß wir nicht kurzen Prozeß mit Ihnen machen und sie vor die Gewehre unseres sieghaften Heeres stellen. Verräter können wir nicht brauchen. Es soll Ihnen jedoch Gelegenheit gegeben werden, darüber nachzudenken, daß Sie sich schwer vergangen haben gegen unser glorreiches Vaterland.»

Zuchthaus. Einzelhaft. Tisch, Stuhl, Bett, das gegen die Mauer geklappt wird jeden Morgen. Ein vergittertes Loch hoch oben, das verschieden sich färbt: blau, rötlich, grau. Kein Geräusch als Schlüsselklirren, Schritte. Vogelstimmen ganz fern. Die Nacht ist endlos. Ich bin zu müde, die dumpfen Schläge der Uhrtürme zu zählen. Und die Zelle ist nicht leer. Auf der Wand ziehen Bilder vorüber, flach, ohne Perspektive.

Die Mutter in braunem Rock sitzt unter der Lampe. Das dünne fettige Haar glänzt. Ich bin müde und lege den Kopf in ihren Schoß, weiß, daß sie gestorben ist, schon lange, und niemand hinter ihrem Sarg geschritten ist. Nun bin ich allein.

Der Mond spiegelt sich in gelblichem See. Ich schwimme im Wasser auf das leuchtende Bild zu. Erreiche es nicht und werde müde. Und wie ich die Hand nach dem goldenen Spiegelbild ausstrecke, fließt es in mich, ein schmerzliches Brennen loht gelb, und zischend zergeht mein Körper im Wasser, während ich selbst zum Himmel schwebe.

Ein purpurnes Roß trabt über graue Ebene. Zwischen den gespitzten Ohren blinkt ein grüner, platter Kopf mit grellen Augen; um den keuchenden Körper des Tieres ringelt sich als grünes Tau die Schlange. Und blutrot wird die Ebene, Blut spritzt auf die Schlange, und Schädel zerplatzen am Boden wie Seifenblasen. Größer wird das Roß und größer, und schneller sein Lauf. Nur die Hufe sinken ein in blutigen Brei. Höher reckt die Schlange das Haupt, strebt starr zum Himmel, und gelb flackern die Augen als Kerzenflamme auf dem gestreckten Körper. Die Flamme gleitet herab, ergreift das Roß, entzündet den blutigen Boden und breitet sich aus als rotflammendes Tuch. Ein schrillend falscher Akkord wird leiser, weicht dem posaunten Grundton, der anschwillt, dröhnend, und nie mehr endet.

Meine Gedanken sind Bilder. Was ich erlebte und erkannte, ist nur in Bildern wiederzugeben. Auch taugen philosophische Systeme nicht für mich. Nur eins ist mir klargeworden. Das Leben muß sterben auf Erden, sonst stirbt das Leid nicht. Und wünschen wir nicht alle, leidlos zu sein?

Ich erfuhr nicht, was draußen vorging. Die Wärter stampften in die Zellen, mit dem kleinen irdenen Topf, der Kaffee enthielt am Morgen, Gemüse am Mittag, Suppe am Abend. Der dünne Geistliche stach mit spitzen Fragen nach mir, erklärte mich für verstockt, und hinterließ einen Geruch nach Eau de Cologne und Schuhwichse. Der Arzt sprach einmal lange mit mir, glaubte mir beweisen zu können, ich sei geistig nicht normal, mein Vater sei Trinker gewesen. Er stellte mir psychiatrische Untersuchung in Aussicht. Später sprach er nicht mehr davon. Ich sollte arbeiten, unter Aufsicht, Granaten drehen, denn ich sei Mechaniker. Als ich mich weigerte, wurde ich eine Woche in Dunkelarrest geführt: Wasser und Brot. Nach einer Ohnmacht brachte man mich wieder in die Zelle zurück. Im dritten Jahre wurde die Kost schlechter. Rüben in Wasser gekocht, graue Suppe, Häckselbrot. Es schien mir, als sei das Vaterland in Gefahr. Die roten Gesichter der Wärter wurden weißer, öfter als früher spielten die Militärkapellen in der fernen Stadt die «Wacht am Rhein». Schließlich mußten wir unter Aufsicht auf den Feldern arbeiten, die rund um das graue Gebäude sich ausdehnen, stets schweigend. Schmale schwarze Weiber schlichen auf den nahen Wegen und zogen bleiche Kinder nach sich an dünnen Armen.

Bis einmal aus der Stadt ein Lastautomobil mit dumpfem Hupenklang vor dem Zuchthaus hielt. Aufgeregt trampelten die Wärter durch die Gänge, die Türen der Zellen öffneten sich weit, und gedämpftes Murmeln klang in ein Wort zusammen: Republik. Die Befreier trugen rote Binden. Ein großer bärtiger Mann sprach auf mich ein: «Wegen Dienstverweigerung? Nicht möglich. Wir brauchen so stahlharte Charaktere, wie Sie einer sind; die sich nicht einschüchtern lassen. Sein Kreuz auf sich nehmen, wie jener sagte. Wie? Sie meinen, es sei sonderbar, daß ich die Bibel zitiere? Nun, wissen Sie, ganz vergessen kann man so oft gehörte Sprichworte nie.» Sein Schwatzen ermüdete mich. Er führte mich in die Stadt und stellte mich eine Viertelstunde lang einer Versammlung vor. Es bereitete ihm Freude, mich entdeckt zu haben.

«Rußland muß uns als Vorbild dienen. Es hat die Bourgeoisie überwunden. Es steht auf dem einzig möglichen Standpunkt, den man heutzutage einnehmen kann. Bei uns ist nicht alles nur damit gewonnen, daß eine blutrünstige Autokratie nun glücklich beseitigt ist. Die vor allem sind zu bekämpfen, die gestern den Kaiser hochleben ließen und uns heute zujubeln.» Sein falsches Pathos erregte Beifall. Ich stand auf, um ein paar Worte zu reden. Schon fürchtete ich, das Gespenst auftauchen zu sehen, das mir früher immer die Worte vom Munde saugte. Doch ich sah nur klare menschliche Augen auf mich gerichtet, fühlte, wie meine Worte leicht eindrangen in empfangsbereite Gehirne.

«Wir sind alle von Verrätern betrogen worden. Darum müssen wir trachten, uns zu schützen. Ihr habt das Morden geübt, draußen im Felde, für ein falsches Ideal. Warum sollt ihr nicht weiter morden für ein besseres Reich hier auf Erden, in welchem alle gleich sein werden? Wenn ihr seht, daß einer nicht einverstanden ist mit euch, erschießt ihn, dann kann er nicht mehr schaden. Scheut nicht Straßenkämpfe, plündert die Banken, denn Geld ist Macht. Und wenn ihr die Macht habt, so verwirklicht euren Plan.»

Ich wurde Anführer der extremsten Richtung, beteiligte mich an allen Kämpfen. Die große Macht der Liebe, von der Tolstoi spricht, der Liebe, die stärker sein soll als die brutale Gewalt, schien mir ein wenig lächerlich. Weil sie leidet und duldet und das Blutvergießen scheut, wird sie selber geschlachtet, und nutzlos ist ihr Tod und ihr Leiden. Mich rief die Schlange zur Erlösung der Welt. Doch nur Vernichtung war wirkliche Erlösung. Feuer mußte die blutgetränkte Erde reinigen. Nur durch den Tod war den Menschen Heilung zu bringen, und nutzlos war es für sie zu dulden. Sie wollen nicht Liebe, sondern Vergewaltigung, nicht freudiges Leben, sondern Tod. Und mit schönen Lügen mußte man sie führen zur endlichen Selbstvernichtung.

Graue Häuser blicken streng und ruhig auf die Straße, die mit Lärm bedeckt ist. Weiße Gesichter tanzen krampfhaft auf mageren Körpern. Aus rasselnden Autos schießen verkrampfte Hände Löcher in bleiche Stirnen. Auch aus den Fenstern knallen unsichtbare Gewehre, als wollten die Dinge sich beteiligen am großen Untergang. Und ich träume mit brennenden Augen von der toten Stadt, durch die ich gehe, mit ruhigem Schritt, um zu sehen, ob alles Lebende gestorben ist. An den Häusern faulen grünliche Leichen, wirr durcheinander, und Blut rieselt in roten Rinnen zwischen den Pflastersteinen, stockt, bildet Seen und schlüpfrige, purpurne Schwämme. Ich erwürge einen Hund, der eine Leiche benagt. Und als letzter Lebender bete ich die flammende Schlange an, die als Feuersäule zum Himmel ragt.

1919

Der Kleine (II)

Der Kleine kannte zwei Götter, den Vater und die Gouvernante. Groß waren sie beide, rot und gewaltsam, und starke Bewegung durchzitterte das Zimmer, wenn sie sprachen.

Des Kleinen Reich war das Bett, das im Zimmer des Vaters stand. Der Vater sprach laut klagend zur Nacht im Traum undeutliche Worte, die zart waren, leise verhallend über den Boden hinschlichen, während die Worte des Tages quer durchs Zimmer sausten, die Stirn trafen und sie zwangen, sich zu beugen. Fern aber schwebte auf grünem Wandhintergrund das Bild der verstorbenen Mutter, und Schluchzen verwehte durchs Fenster an gläsernem Rahmen vorbei.

Das Reich des Kleinen war angefüllt mit Gestalten, die sprangen und Grimassen schnitten. Die Götter selbst wurden unscheinbar, waren untertan den lachenden Gefährten des Kindes.

Ein alter Mann mit glattem rotem Gesicht befehligte die Schar der Tänzer, lächelnd und flötenspielend. Nur das Heben der weichen Hand gab die Richtung des Tanzes; im Reigen hüpften mit spitzen Mützen Zwerge, die gläserne Schellen schüttelten. Die träumenden Märchen beginnender Nächte waren voll erfüllter Wünsche; und ferne, fast schon unhörbare Musik unterstützte das langsame Schreiten verhüllter weißer Frauen. Der Kleine stand wohl bisweilen auf heller, schon gilbender Wiese, barfuß, und langsam entschleierte weit eine Gestalt sich, welche die Züge der Mutter trug. Warum hatte man dem Kleinen von Sarg, Tod und Verwesung gesprochen? Immer noch stand die Mutter da, umdunkelt von verdämmernden Wolken, breitete weiche Arme aus dem Kinde entgegen, das rief, schrill und freudig: «Ich kann fliegen!» und wirklich flog zu jener Gestalt, [die] eingehüllt wurde in weißen Nebel.

Die Zwerge tanzten nun den Reigen im Mondlicht, der graue Mann spielte weiter auf leiser Flöte, Singen schwoll an über den Bäumen, die mürrisch sich schüttelten, aus tiefem Schlafe erweckt. Hinter der braunen Eule flatterte der Schleier der Dunkelheit, und abgerissen verstummte die Weise der Flöte.

Mit knarrendem Schritt ging der Vater durchs Zimmer. Feindlicher Hauch zerblies den Wald; die Gestalt der Mutter war nur ein Bettlaken gewesen.

Am Morgen lernte der Kleine mit rotgefrorenen Händen neben dem Bette des Vaters. Würgte heißen Kaffee durch brennenden Schlund. Ging zur Seite des Vaters der Schule zu. Quälte den Kopf in erstickenden Räumen. Aß daheim und betrachtete das Gesicht der Gouvernante, das nickend sich bewegte neben dem starren Antlitz des Vaters. Nächtliche Spiele verblaßten im Licht, und nahe Stimmen, scharf klirrend, übertönten den blassen Gesang in der Dunkelheit.

Die Gouvernante sprach von Sünde und Strafe. Und betete leise, verhalten, mit Überzeugung zu unsichtbarem Wesen, das alle Gewalt haben solle. Doch welche Gewalt, fragte der Kleine, da die Götter des Tages alle Gewalt an sich gerissen hatten.

Es kam die Zeit, da der nächtliche Flötenspieler verstummte und ausblieb. Da tanzende Zwerge fernab kicherten, und nur die Eule noch flog mit braunwehendem Schleier, [der die] fern entschwindende weiße Gestalt verdeckte. Leer waren beginnende Nächte, nur der Schritt des Vaters knarrte laut durch leblose Stummheit.

Der Kleine ging, die Gestalten des Traumes zu suchen. Den flötenspielenden Mann vor allem, dessen glattes Kinn weich sich legte auf das rote, faltenreiche Gewand.

Auf schmalem Weg, an hohen Felsen entlang, schob er sich auf ein Tor zu, das in den Berg führte. Der Schacht war erleuchtet, ein sonderbarer Zug, auf Schienen laufend, betupft mit grellen Lichtern, fuhr an ihm vorbei. Verzerrte Gesichter blickten, klein und verrunzelt, aus den Fenstern der Wagen und winkten mit verdorrten Händen. Waren es die Freunde des Tags, die nun in die Nacht fuhren? Eine Drehorgel dröhnte mit lauter Melodie gegen die gewölbten Gänge. Die Lichter tanzten grün, gelb, blau, sausten vorüber, verschwanden. Von gleißenden Schienen geführt, lief der Kleine weiter.

Da, plötzlich, nahe an seinem Ohr, gellte die Stimme des Vaters: «Trink und träum' nicht.» Ein Blitz beleuchtete grell ein Zimmer, den gedeckten Tisch, die Gestalten der Götter, beleuchtete grell den gläsernen Rahmen, erlosch . . .

Der Berg war tief. Und enger wurde der Gang. Unhörbar tasteten die Schritte sich vorwärts. Trocken und heiß waren die sandigen Wände, in der Ferne posaunte dumpfes Brausen. «Nun muß ich zur Kirche gehen», dachte der Kleine und trat in hohen Saal, dessen Decke weißgestrichene Säulen aus Holz trugen. Vor blauem Vorhang stand eine Statue aus rotem Ton. Ein süßlich bärtiges Gesicht, erhobene Handflächen. In weiß- und schwarzgestreiften Kleidern saßen gebeugte Gestalten auf den Holzbänken, murmelten, fielen auf die Knie und küßten den steinernen Boden. Und der Kleine schritt auf die tönerne Statue zu, klopfte an den wohlgebildeten Fuß. Die Statue klang hell, schrill stach der Ton durch den Chorgesang, und endlich zum Leben erwacht, senkte der segnende Starre die erhobenen Arme. Stieg vom Sockel herab, während das Klingen lauter hervorbrach aus ihm, schritt durch die betende Menge und stieß mit ärgerlichem Fuß gegen die anbetenden Gestalten. Die Orgel schwieg.

Eine Stimme sprach: «Sie passen nicht auf.» Schüler rutschten auf Schulbänken. Der Lehrer stand vor dem Kleinen. «Wenn es so weitergeht, werden Sie am Schlusse des Monats einen Tadel erhalten.» Wieder zerging die Klasse.

In schwarzem Bett, dessen Betthimmel wie Rauchglas glänzte, lag der Kleine und wurde gequält von lallender Stimme. Hände betasteten das Holz, zwei Paar Hände. Die Finger der Gouvernante, die Finger des Vaters, weiß und kurzbehaart. Sie kratzten, zerrten an der Decke. «Rette mich», schrie der Kleine der tönernen Statue zu, die in Luft zerging. Leuchtendes Weiß verschlang das Zimmer.

«Noch einmal nicht genügend», endete der rotbärtige Lehrer und kritzelte in sein Buch. Feixende Gesichter umgaben den Kleinen, dessen Augen hilflos auf zerschnitzelte Schulbank starrten.

«Der sanfte, flötenspielende Mann ist fern», mußte er denken und sah ihn doch, in fernschwebendem Nebel, auf einer Syrinx blasend, umgeben von rotwelken Farnkräutern.

Ein Buch lag offen vor dem Kleinen. Die Zwischenräume der Wörter zogen seltsam weiße Wege durch die Schwärze der Buchstaben. Die Wege weiteten sich, feiner gelber Sand bedeckte sie, und feuchter Rasen, kurzgeschoren, lag blumenlos zu beiden Seiten. Nie endeten sie, verwirrend durchkreuzten sie die Ebene ohne Grenze. Bis plötzlich ein Haus aufwuchs aus regloser Pappeln Umzäunung. Auf dem Türschild stand: «Sherlock Holmes. Privatdetektiv.» Der Kleine läutete mit zitternder Hand. «Sie wünschen?» quetschte der hagere Mann hervor zwischen gelben Zähnen.

«Sie sind doch der Helfer der Unterdrückten und Bedrohten», meinte der Kleine weinerlich. «Mein Vater will mich töten mit weißen Fingern, die er um meinen Kopf schlingt, wie … wie Ranken einer

Schlingpflanze. Das ist doch nicht erlaubt. Ah», rief er freudig, «da ist ja Winnetou. Du sollst mich mitnehmen auf weite Prärie, dort sollst du mich lehren, im gelben Mondlicht Lassos nach wilden Büffeln zu werfen. Und später dann, an leuchtendem Feuer, sollst du in kalter Sternennacht meinen Arm ritzen, wie ich deinen ritzen werde. Unser vermischtes Blut werden wir trinken, und du wirst mein Bruder sein.» Der rote Mann im bunten Kopfputz lächelte, nahm den Kleinen auf die Arme. Kupfern und warm war die Haut und sanft das Wiegen schreitender Füße. «Ihr müßt den Vater nicht töten, es wäre nutzlos, käm er nicht wieder?» murmelten die schläfrigen Lippen.

«Aufstehen», krächzte die heisere Stimme des Vaters. Graues Licht stieg aus dem schwacherhellten Hof ins Zimmer. Teppichklopfen, dumpf, prallte, Bällen gleich, gegen die Fenster. Im Bett schnarchte der Vater, riß manchmal die Augen auf, die glanzlos starrten, und ächzte: «Du mußt lernen. Das Leben ist kein Kinderspiel.»

Nun saß der Kleine auf der Truhe, die vor dem Fenster stand; er wußte, drei Kleider lagen darin, die Kleider der verstorbenen Mutter. Das weißseidene Brautkleid, das nach Mottenpulver roch, das lila Hauskleid, aus dickem Wollstoff, mit breitem Bändergürtel, und eins aus hellgelbem Leinentuch, das die Mutter getragen hatte, an einem Sommertag nur, während der Kleine in hochaufgeschichtetem Heu gelegen war, und sie neben ihm.

Sie tanzten durchs Zimmer, die drei Kleider, körperlos. Schwarz und leer war oben der Ausschnitt der Bluse, vergeblich suchte der Kleine den Kopf, die langen schwarzen Haare, mit denen er gespielt hatte, wann? Die Kleider steiften die Ärmel, die leeren, handlosen Öffnungen berührten sich, und die drei aufrechten Verstaubten tanzten den Reigen, während gelber Staub sie umgab. Dieser ballte sich zusammen, stets noch verwehend.

Über gemähte Wiese wehte heißer Wind. Heublumen legten sich auf feuchte Stirne, drangen in den Hals, blieben kleben an strähnigen Haaren. Eine Trommel wirbelte dumpf auf naher Landstraße, Schritte stapften, von weichem Staube gedämpft. Ein Hornklang verhallte. Mit mattem Ton, als halle die Erde, fiel ein Apfel zu Boden. Die Stimme der Mutter erzählte ein Märchen.

«Drei Prinzessinnen lagen unterm Apfelbaum, dicht hinter ihres Vaters Haus, und sprachen von den Prinzen, die sie liebten. ‹Ich habe ihm eine Rose gegeben, eine rote Rose, als er in den Krieg zog. Er soll siegen und sie mir wieder heimbringen›, sagte die erste. ‹Er soll König werden und eine weiße Nelke mir bringen, eine weiße Nelke aus durchscheinendem Porzellan. Diese soll mein Szepter werden.› Die dritte aber schwieg. Der, den sie liebte, war ein Faun im nahen Walde, der auf Ziegenfüßen lief und aus häßlichem Gesicht grinste. Wie sollte sie ihn heiraten, ins Schloß führen? Da brachten zwei Träger den Bräutigam der ersten. Als sie den Rock ihm öffneten über der Brust, lag die Rose in der Herzgrube und schwamm in Blut. Doch war sie welk. Die Prinzessin ließ ihr Roß satteln und ritt, verächtlich den Mund verziehend, allein in den Krieg, um zu siegen. Zwei andere Träger brachten den Bräutigam der zweiten. Er lag vergiftet auf einer Bahre. Weißes Porzellan war sein Gesicht, starr der Körper, dünn in enganliegendem grünem Kleid. Da lachte die Prinzessin schrill, rufend: ‹Nun hab ich mein Szepter, mein Szepter.› Die jüngste Königstochter aber floh in den Wald und betete zum großen Gotte des Mittagsschweigens. Der stand vor ihr, plötzlich, in langwallendem rotem Mantel, schwang einen Büschel welker Farnkräuter über ihrem Kopfe, daß sie zur Nymphe wurde und wohnen durfte im hohlen Eichbaum, der am Waldrand stand. Der kleine Faun aber tanzte tagelang, sehr hoch springend, voll Freude über sein Glück. Er schnitzte viele Flöten und blies tagelang eintönige Lieder, die durch die Blätter raschelten. Dies ist die Geschichte der drei Königstöchter.»

Der Heublumenduft verwehte, als der Vater aufstand, rasselnd hustete. Der endlose Tag begann.

Der Kleine stand vor verschlossener Tür. Er wußte, noch immer tanzten im Zimmer die leeren Kleider. Die Hochzeitsseide knisterte, es strich das Wollkleid, doch nicht ganz unhörbar, über den Teppich. Da rief eine Stimme im Zimmer: «In die Truhe, in die Truhe.» Ein Schloß wurde eingehakt. Da gingen knarrende Schritte über den Boden. Zwei Stimmen sprachen.

«Nichts mit ihm anzufangen.»

«Ein hoffnungsloser Fall.»

«Korrektionsanstalt.»

«Dann haben wir Ruhe.»

Eine abgebrauchte Stimme meckerte heiseres Lachen. Die Truhe knackte. «Sie haben sich auf den Sarg der Mutter gesetzt», dachte der Kleine, während seine Zehen sich in die Strümpfe verkrampften. Er stieß gegen die Türe, sie gab nicht nach. Das Geräusch schmatzender Küsse drang durch die Ritzen. Verzweifelten Anlauf nahm er, die Türe sprang auf. Die Götter saßen auf der Truhe und hielten sich umarmt.

Der Kleine schrie: «Die Mutter erstickt im engen Sarg!» Die Götter lachten, sangen kreischend: «Wir lieben uns! Wir lieben uns!» und tanzten, umschlungen sich haltend, eng aneinandergepreßt, durchs Zimmer. Da sprang zum Bilde der Mutter er, der Kleine, eine Hand betastete den grünen Rahmen, krallte sich fest, zerrte. Glas zerklirrte auf dem Fußboden. Die Götter wurden kleiner, schrumpften zusammen und tanzten weiter, Zwerge nun. «Das sollen Götter sein», höhnte der Kleine laut. Er riß die Schnur vom Rahmen, dem grünen, leeren, schwang sie wie eine Geißel und peitschte die verzwergten Götter zum Zimmer hinaus.

Ein Boot aber schwamm auf grünem Fluß. Durch raschelndes Schilf stieß es hindurch, um dann zu gleiten, träge, auf weißglänzendem Wasser. Ein weißbärtiger Greis saß im Boot und las in uraltem Buche. Die Mönchskutte lag gelb und faltenlos über den gewölbten Schultern. Er winkte dem Kleinen, der am Ufer stand, unter rotverdorrter Tanne, die Nadeln rieselten auf den Darunterstehenden. Nun saß der Kleine im Boote und lauschte den Erklärungen des Weißbärtigen. Grelle Bilder zeigten die Seiten des Buches, streng die Linien, die zwischen kämpfenden Farben sich hinzogen.

«Dies ist die Armut», sagte der Alte und wies auf eine braune Frau, die ein Kind in Armen hielt. Es wanden sich die Gestalten wie gequälte Flammen, die der Rauch erstickt, zu einem hellblauen Himmel, der unbeteiligt über den beiden lag. «Doch Armut ist Leid.»

«Dies ist Hunger», wies er auf einen gipsweißen Mann, der starr vor schwarzer Häuserwand stand. Die Knochen schimmerten durch die dünne Haut des Gesichtes. «Doch Hunger ist Leid.»

«Und dies ist Tod», wies er auf einen gelben Leib, der zu schimmern schien auf grünem Rasen. Schwarze Würmer krochen über zerfließende Haut. Im grauen Himmel jedoch breitete ein lächelnder Gott segnende Arme aus.

«Dies ist das Buch des endlos fließenden Flusses. An seinem Spiegeln malte ich diese Bilder. Er träumt sie manchmal und vergißt sie dann. Aber ich male sie und halte sie fest, denn wir sitzen zu Gericht, wir Alten, Haßlosen, und wägen auf Waagen das ewige Gleichgewicht.»

Der Kleine trat in hohen Saal, drin weißgekleidete Männer saßen, um einen schwarzen glatten Marmortisch. Der Greis des Bootes saß am oberen Ende des Tischs. Zwischen gerippten Säulen hingen Tücher, bunt bemalt wie die Blätter des Buches. Die Greise standen auf, traten vor die Malereien, rollten ab die abgebildeten Gestalten: Schwarze

Priester und buntgekleidete Dirnen, Mörder, die ihren Kopf an langen Haaren trugen, und Richter in langen Talaren, Mönche auch in brauner Kutte und wimmernde Tiere, Götter, die strahlend stolz einherschritten. Nur die Weiße des Tuches hing noch zwischen den Säulen. Die Greise hielten Goldwaagen in Händen. Sie legten die kleinen, zusammengerollten Gestalten auf die Waagschalen, die sich hoben und senkten.

Die Greise sahen auf die endlich beweglosen Schalen, nickten. Nahmen die Rollen und warfen sie zu Boden. Die ausgebreiteten Bilder wurden Körper und standen klein vor dem Marmortisch, kaum die Höhe der Platte erreichend. Zur Türe drängte die bunte Prozession, der Priester hielt die Dirne umfangen, der strahlende Gott den geköpften Mörder. Im Saale blieb zurück das weise Lächeln der starren Greise.

Und als letztes Paar, aufstehend vom Boden, sah der Kleine sich selbst am Arme des Vaters, beide Gestalten gleich groß. «Nun bin auch ich ein Gott», dachte der Kleine und ging der Türe zu, während der neben ihm Schreitende schwer keuchte. Die gelbe Landstraße führte in blutigen Horizont. Die vorauseilende Prozession wirbelte Staubwolken auf, die den Kleinen umgaben, in seinen Mund drangen und als knisterndes Papier sich legten auf seine Zunge, seinen Gaumen. Weit vor ihm schritt der Vater, der Kleine keuchte, um ihn einholen zu können. Endlich kehrte der Vater sich um, sprach: «Wir haben einen weiten Weg gemacht, ich bin müde.» Er streckte sich aus auf dem Boden, spärliche Gräser umgaben seine dunkle Gestalt, die ein Flecken in heller Waldlichtung. Ganz nah pickte ein bunter Vogel an glühendem Beerenbusch. Seltsam veränderte sich das Gesicht des Schlafenden; aufquollen die Augäpfel unter den gesenkten Lidern. Die Haut der Wangen wurde schlaff, tiefe Falten durchzogen sie. Langsam schälte sie sich von den Knochen, zerfloß wie Nebel. Zwei weißglühende Bälle sprangen die Augen aus den Höhlen, tanzten auf und ab, als spielten unsichtbare Hände Fangball mit ihnen. Dann rollten sie fort auf schmaler Strahlenbahn.

Ein Totenkopf lag zwischen zitternden Halmen. Im Takte einer fernen, eintönig gepfiffenen Melodie begann der Kopf zu tanzen, klappte mit den Kiefern und krächzte: «Einst war ich ein Gott, ein großer, mächtiger Gott, doch nun bin ich der Mächtigste.» Und während der Schädel höher hüpfte, lauter krächzte, lauschte der Kleine dem fernen Pfeifen.

«Ist dies das Flötenspiel des Mannes im roten Gewande, der mit lächelnden Händen den Tanz der Zwerge leitete?» fragte er laut. Und lief dem Klange nach, der stetig vor ihm floh.

Die Häuser der Stadt waren geschwärzt von der Feuchtigkeit, die durch die Straßen sich wälzte, Nebel und Rauch war sie. Klebrige Flüssigkeit bedeckte fingerdick die quadratischen Steine der Pflasterung. In der Ferne hörte der Kleine das Klatschen unzähliger Füße, die schwer ausschritten in zähem Schlamm. Die spitzen Töne einer schrillen Pfeife pfiffen den Takt des Marsches. Und angetan mit den bunten Kleidern eines Gauklers schritt vor endlosem Zuge ein hagerer Musikant. Die grauen Augen starrten auf unsichtbaren Punkt, den der Nebelvorhang verbarg. Der Gaukler zog hinter sich her einen langen Zug von Kindern. Alt waren all diese Gesichter, greisenhaft faltige Haut umgab die glasigen Augen. Ein verzerrtes Lächeln riß die Mundwinkel in die Wangen und entblößte die Zähne. Die silberne Pfeife des Gauklers gab mit hohen Tönen den Takt. Dünne Beine knackten in den Gelenken, die roten Finger der Kinder krallten sich an unsichtbare Schnüre, die vom Gaukler ausgingen.

Die Melodie des Marsches klang einschläfernd und riß doch die müden Beine vorwärts. Sie erfüllte die Gasse wie höhnender Ruf, kroch an den Häusern empor und drang in die Köpfe der Menschen, die an den Fenstern hingen, ausgebrannte Papierlaternen. Der Kleine erkannte seine Lehrer, den Vater, die Gouvernante, die ihm zuriefen zu bleiben. Auch die anderen Knaben wurden gerufen. Aus allen Fenstern schrien zuckende Köpfe Namen und Beschwörungen.

Doch taub war die stumme Kinderschar.

Nun klang der Marsch in tiefen, traurigen Tönen. Klang wie Wind, der aus straffen Drähten stets nur zwei Töne zerrt. Die Gesichter der Kinder entspannten die verzerrten Münder. Und mutvoller wurden die Schritte, da sie trappten auf trockener Landstraße. Sie führte hinab zum Fluß. Froher lockten die Töne der silbernen Pfeife. Nun schritt der Kleine dicht hinter dem Gaukler. Der hatte sein Gesicht halb zur Kinderschar gewandt. Knöchern stach die Nase aus der gelben glatten Haut der Wangen. Die herabfallenden Strähnen der Haare durchschnitten senkrecht die Falten der Stirn. Und riesengroß leuchtete das große graue Auge aus dunkler Wölbung, schien gläsern erstarrt. Inmitten des Flusses schwamm ein Boot, der weißbärtige Greis saß darin, malte, tauchte den Pinsel in kleine Schalen aus Porzellan, die mit grellen Farben gefüllt waren.

«Alles wird gemalt in das große Buch», drang seine Stimme in das Schrillen der Pfeife. Um das Boot schritten Gestalten auf dem Wasser. Die tönerne Statue breitete segnende Hände aus, Winnetou blickte lächelnd auf die lauschende Kinderschar, und bunte Federn umrahmten das kupferne Gesicht. Des Gauklers Pfeife schwieg. Der Fluß hielt den Atem an. Die Kinder lagerten sich. Fern auf erhöhter Uferböschung winkten Menschen mit verzweifelten Armen, wurden zurückgehalten von unsichtbarer Schranke.

Wieder hob der Gaukler die silberne Pfeife zum Munde. Aufrecht schreitend ging der Spieler dem Flusse zu, zog die Schar nach sich im schillernden Netz eines Tanzes. Des Gauklers Schnabelschuhe sanken nicht ein in das gründunkle Wasser des Flusses. Doch mit geschlossenen Augen folgten die Kinder, sanken ein, tiefer und tiefer. Das Wasser berührte die herabfallenden Hände und brachte sie nicht zum Zucken; berührte das Kinn, doch starr blieb der Kopf, lächelnd der Mund, als stehe endlich erfüllter Traum deutlich gemalt auf dem Inneren der Lider. Das Wasser bedeckte den Mund, verschloß die Nase, legte als letztes sich auf nie getröstete Köpfe.

Da riß der Kleine die Augen auf und sah den grünen Schleier des Wassers durchsichtig vor seinen Augen wogen. Ein Schrei quoll auf und zerplatzte als Luftblase auf der Oberfläche. Er fühlte zwei Hände die seinen ergreifen, flog durch die Luft und lag auf übertauter Abendwiese. Stumm rieb unten der Fluß weiches Fell an sandige Ufer. Das Boot trieb stromabwärts, der malende Greis sprach mit der tönernen Statue, die neben ihm schritt. Metallen, scharf glitten die Worte über die Wasserfläche:

«Alles ist gemalt in das große Buch des Flusses.»

Die tönerne Statue sprach darauf:

«Was nützt es?»

«Es muß so sein. Alles, was im Spiegel sich zeigt, darf nicht verschwimmen. Der Traum der fließenden Ewigkeit ist sonderbar. Der Traum träumt weiter in sich selbst.»

Das Boot zerrann, die Stimmen verklangen.

Der Kleine saß neben dem bunten Gaukler. Der hielt nicht mehr die silberne Pfeife in Händen. Aus kurzen und langen Schilfrohren war die Flöte gefügt, auf der er spielte. Ab fielen die bunten Kleider von ihm, in leuchtendem Rot saß er auf grünbemoostem Baumstamm. Mit lächelnder Hand wies er auf ferne Berge, die gegen die Sonne sich auftürmten.

«Bist du froh, daß du mich im Abendrot gefunden hast?» fragte er leise.

Der Kleine nickte. Am nahen Waldrand winkte verwehend das weiße Gewand der Mutter.

Und neben dem Flötenspielenden (langsam und feierlich schritten die Klänge über welke Wiese) stand ein weißer Vogel, mit hohem Federbusch auf langbeschnabeltem Kopf.

«Wo sind die Kinder?» fragte der Kleine.

«Bei ihren Eltern. Sie müssen lernen, lernen; denn das Leben ist kein Kinderspiel.» Der Rotgewandete lächelte, und laut mußte der Kleine lachen. Es war ihm ungewohnt, drang nur in harten Stößen aus der Kehle.

«Sie kehrten fast alle um, als das Wasser ihnen in den Mund drang. Ich glaube auch, Winnetou hat einige in die Prärie entführt. Du aber sollst der untergehenden Sonne entgegenfliegen.»

Es fielen Blätter von den Bäumen, raschelten, wenn sie die Spitzen der Büsche berührten.

Und ausbreitend die Flügel, flog der silberne Reiher der purpurnen Sonne zu, die hinter den Bergen verschwand. Auf seinem Rücken saß der Kleine und lauschte dem leiserwerdenden, dem verwehenden Flötenspiel. Doch lauter klang die Weise, als beide unter tanzenden Sternen flogen, der Knabe und der Vogel, der fernen, versinkenden Sonne zu folgen. Ein hoher Ton schwoll an, füllte die aufsteigende Nacht und schwang, nie enden wollend, in beginnender Finsternis.

1919/20

Mattos Puppentheater

Für Bruno von Klaus

Eine chromgelbe Stoffmaske bildet den Vorhang. Die Löcher der Augen sind groß und leer. Eine schrille Stimme spricht:

Unzählige Träume singen dunkle Worte, spielen verdeutete Bilder. Durch unzählige Träume zieht der trommelnde Rhythmus. Auf offenen Händen tragen sie Bauten seltsam verschnörkelt, oder sie umgeben sie mit fernen, grauen Tagen. Was sind ihnen Namen und Gesetze, und was die heutige Stunde? Durch lautlose Hallen gleitet ihr Schritt, und die Verachtung, die sie fühlen, macht ihn schwebend. Sie preisen mit stummem Mund den einzigen Herrn, der die Maske zerriß.

Der Vorhang zerreißt in zwei Teile.

Drei bärtige braune Männer stehen hölzern in abgetragenen Anzügen. Eintönig im Chor:

Ich bin Christus Jesus.

DER ERSTE: Und er ergriff mich auf offener Landstraße und warf mich ins Gras, das Gesicht in die Erde gepreßt. Da erkannte ich, daß ich Er war. Er ist auferstanden in mir, ich bin Er. Nun muß ich an den Eisenstäben rütteln, aus denen mein Kreuz geschmiedet wird. Er starb am Holz, nun muß ich am Eisen sterben.

DER ZWEITE: Ich bin der erste Wassertropfen. Ich drang bei der Taufe in einen Kopf. Ich löste und ward Erlösung. Nun zergeht das Gehirn langsam in mir. Wachsend zersprenge ich den Kopf, taufe Umgebende, löse, erlöse nach und nach die Welt. Bin ich nicht wahrhaft der Heiland?

DER DRITTE: Ich bin der ewige Mörder. Mein Beispiel wird nachgeahmt. Ich ließ mich töten, um den Menschen das Morden zu lehren. Den Tod bringe ich und befreie die Seele. Bin ich nicht der Erlöser?

ALLE DREI: Ich bin Christus Jesus.

Ein Wärter in weißer Schürze klirrt mit dem Schlüsselbund, rufend, sehr rauh:

Ins Bett, ins Bett.

Eine schwarze Maske verhüllt die Öffnung der Bühne. Man hört von ferne ein Horn blasen. Die schrille Stimme:

Die Töne des fernen Hornes verweben sich im Zimmer zu stachligem Schleier, der müde Köpfe peinigt. Das Schluchzen singender Stimmen auf nahen Straßen übertönt die Schwermut des träumenden Schlafsaals. Sie haben vergessen, daß heute einsamer gelber Sonntag ist. Sie sollen nicht klagen unter rotgesprenkelter Decke.

Die Maske zerreißt.

Ein Schlafsaal. Fünf Betten an der Hinterwand, die von zwei vergitterten Fenstern durchbrochen wird.

Ein weißbärtiger Mann richtet sich auf im ersten Bett. Weinerlich:

Sie ist tot, sie ist nicht tot. Also lebendig. Ich soll sie wiedersehen, hat der Pfarrer am Grab gesagt. Wiedersehen im Paradies. Nun bin ich im Paradies und suche, suche. *(Er wühlt unter der Bettdekke, zieht sein Taschentuch hervor.)* Hier ist sie, hier ist sie! *(Er lacht leise und fällt zurück.)*

Ein kräftiger junger Mann steht aufrecht im zweiten Bett. Zwei Narben, blutrot, am Hals:

Fort, fort! Ich bin keusch. Nein, nicht fangen, niemals! Glaubst du, ich wolle schmutzig werden? Glaubt ihr das wirklich? Nicht küssen, nein! Oh, der Geschmack im Mund! Ich muß ein Gänseblümchen essen, um den Geschmack zu vertreiben. Fort, fort, nie wieder, nein! *(Er fuchtelt mit den Armen, fällt aufs Bett, sucht unter dem Kopfkissen, steht auf.)* Lieber tot als unrein. *(Er schneidet mit dem Messer in die roten Narben. Blut zieht zwei rote Streifen über das kurze weiße Nachthemd. Erstarrt bleibt er stehen.)*

Der graue glatte Mann im dritten Bett bleibt ruhig sitzen, die Augen auf nahen unsichtbaren Punkt gerichtet. Er spricht sachlich, als müsse er einen wichtigen Punkt deutlich erklären:

Ich bin so gescheit, wissen Sie, daß ich den Neid meiner Schwiegermutter erregte. Sie mischte mir Gift ins Sauerkraut. Aber ich war klüger als sie. Soda schlucken, einzige Rettung. Dann riß ich das Fenster auf und erklärte der lauschenden Menge meine Rettung. Sie haben gejubelt. Aber der Neid. *(Er nuschelt weiter.)*

Im vierten Bett liegt ein rothaariger Kopf wie abgeschlagen auf dem Fußende. Ein roter Schnurrbart fällt über den Mund:

Sie quälen mich täglich. Ein Hurenhaus, dieses Haus. Raffiniert eingerichtet. Fernkinematographie. Sehen Sie auf der Wand die schamlosen Liebesszenen? Natürlich der Direktor. Unglaublich. Ich habe das Glück gesucht, kommt es jetzt zu mir? *(Der Kopf verschwindet, Schluchzen.)*

Auf der Kante des fünften Bettes sitzt eine blonde Gestalt, die Ellbogen auf die Knie gestützt:

Nun haben sie mich eingesperrt, weil meine Träume ihre Welt verengten. Sie konnten nicht mehr atmen, denn meine Träume drückten die Menschen gegen die Mauern der kantigen Häuser. Meine Träume waren Netze, in denen ich zappelnde Menschen fing. Man hat es mir polizeilich verboten. Doch meine Träume kannten keine Polizei und wuchsen gegen die Menschen. Nun flattern sie hinter Gitterstäben und zerreißen die Flügel an fremden Träumen.

Eine Tür öffnet sich. Der Nachtwärter tritt ein mit der Laterne, sieht den blutgestreiften Mann aufrecht stehen. Zuckt die Achseln, geht hinaus. Eine Telefonklingel schrillt. Im Schlafsaal Schluchzen, Lachen, Murmeln durcheinander.

Der Arzt tritt ein mit dem Nachtwächter. Beide reiben sich die Augen.

DER ARZT: Messer sind verboten. Selbstmordversuche sind eine schwere Pathologie, die bis zur Unheilbarkeit sich auswachsen kann. Chloral geben Sie ihm, morgen Bad. Gute Nacht.

Eine grüne Maske senkt sich.

Vor dem Puppentheater steht eine lange spitze Gestalt, deren Umrisse stetig wechseln, von farbigen Lichtern umspielt. Das Gesicht ist undeutlich, wird dünn, schmal, bläht sich auf, nimmt vielgestaltige Formen an, während es langsam spricht, mit schriller Stimme wie früher:

Der Kulissenschieber und Regisseur hat das Vergnügen, sich vorzustellen. Gute Komödien sind selten, man versteht nicht mehr, Tragik und Komik in sympathischen Dosen zu mischen. Ich erlaube mir, einige Träume darzustellen, die in meinem Kopf spielen. Daß die Schauspieler, die meine Träume spielen müssen, lebende Menschen sind, ist nebensächlich. Ich nehme mein Material, wo ich es finde. Ich war erstaunt über die Fülle der freiwilligen Schauspieler. Auch bitte ich, die unwillkürliche Mystik geistig entschuldigen zu wollen, ich werde versuchen, sie bisweilen durch den wissenschaftlich geschulten Inspizienten zu korrigieren. Vielleicht klatschen Sie, wenn der Psychiater durch eine gescheite Erklärung einen Traum deutlich macht. Die Maske, die meinen Kopf bedeckt, den Schauplatz meiner Träume, zerreiße ich hiemit zum dritten Male und bitte um gütigste Aufmerksamkeit.

Nachdem die spitze Gestalt verschwunden ist, zerreißt die grüne Maske.

Papierene Bäume wachsen in eingezäuntem Hof. Grelles Sonnenlicht zeichnet die deutlichen Schatten gestikulierender Gestalten auf dem Boden ab. Einige tragen seltsame Gebilde auf weit ausgestreckten Armen. Der dicke rote Mörder trägt eine festverschnürte Schachtel auf zitternden Händen. Er ist dick und behaart. Murmelt:

Ich bin Milliardär. Dies ist meine Schatzkammer. In ungeheurem Gewölbe glänzen Karfunkel, Diamanten und rotes gemünztes Gold. Ich mußte töten, um leben zu können. Dann war ich im Kerker. Aber ein Geist hat mich beschenkt. Nun bin ich reich und lebe von meinen Zinsen. *(Er streichelt die Schachtel.)*

Ein kleiner spitzer Mann fuchtelt mit dünnen Armen, hält dann seine Hosen fest, die rutschen. Plappernd:

Je parle toutes les langues, ich spreche deutsch, ma si signore, la lingua di Dante, surely, I speak English very well. Und noch anderes. Ah oui Monsieur, la tour de Babel, je suis professeur de langues à l'école polytechnique de Bienne, mais oui, certainement. *(Er plappert weiter, plötzlich ein lauter Ruf:)* Der Turmbau zu Babel ist gelungen, nur wegen mir.

Ein zitternder Greis geht langsam, mit müden Schritten, über den knirschenden Kies; eintönig:

Ich bin, der von Anbeginn die Schuld brachte auf Erden. Ich muß leiden, und die Menschheit wird wegen mir gestraft. Ich habe den Krieg verursacht, die Soldaten morden, um meine Schuld zu tilgen. Ich trage Berge von Schuld auf meinen Schultern, nur Blut kann sie lösen.

Grinsend tritt ein Mann zu ihm, der ein rotes Taschentuch als Turban um die niedere Stirn geschlungen hat:

Verehrtester, nur Ihr Vorname ist an dieser Angelegenheit schuld; Sie heißen Wilhelm Offergeld, zwei Namen, die durchaus nicht zusammenpassen. Hießen Sie Karl, wäre die ganze Angelegenheit verschoben. Angelegenheit ist das richtige Wort.

Durch die Gruppen schiebt sich ein bebrillter Herr mit weit vorstehendem Spitzbauch. Bestoppeltes Kinn, dicke rote Hände, deren Finger wurstartig angeschwollen sind.

Na, wie geht's? Schuldig sind Sie am Krieg? Warum sind Sie so starrköpfig. Das sind fixe Ideen.

Ein hagerer, ebenfalls bebrillter Herr in weißem Mantel hat sich zum ersten gesellt.

DER SPITZBAUCH: Beachten Sie bitte. Sehr interessantes Motiv. Hypertrophiertes Schuldgefühl als leicht erkennbarer unabreagierter Minderwertigkeitskomplex einerseits, und hier typische Paraphrenie als Folge von Trunkenheit und entsetzlicher Heredität.

DER HAGERE: Frappant, frappant.

DER SPITZBAUCH *(deutet auf den Mörder, der eifrig in seiner Schachtel sucht):* Sehr sonderbarer Fall, Herr Kollege. Freiheitsberaubung hat bei ausgezeichneter Kost und adäquater Beschäftigung eine sonderbare Form der Megalomanie hervorgebracht, die bisweilen zu manischen Depressionen sich steigert. Zwölf Jahre Zuchthaus, es ist nicht zu glauben, haben diesen Zustand hervorgebracht.

DER HAGERE: Frappant, frappant.

DER SPITZBAUCH: Die Nerven der Leute sind nicht mehr sehr widerstandsfähig. Hier brachen, bei diesem Fall, nach einigen Tagen der Beobachtung Tobsuchtsanfälle aus, die eine Unterbringung in gedeckeltem Bad nötig machten. Nun ist Ruhe in seinem Geiste eingetreten, er besitzt Schätze und setzt uns Renten aus.

DER HAGERE: Uns Renten aus. Uns Renten aus. *(Er rückt an der Brille, die bis zur Nasenspitze vorgerutscht ist.)*

Beide lachen, gehen weiter. Der kleine spitze Mann fuchtelt wieder mit dünnen Armen, plappert:

Herr Direktor, Monsieur le directeur, je parle toutes les langues. Vous aussi? Ah, très bien. Wir zerstören, wir zerstören, langsam, aber sicher, die Sätze der Sprache. Alle Sprachen sprechen, schwatzen, schwatzen. Wir können endlos reden, n'est-ce pas, Monsieur le directeur?

Der Hagere und der Spitzbauch zucken gleichzeitig die Achseln; zusammen:

Lalomanie.

Eine violette Maske senkt sich.

Matto steht wieder, von Lichtern umspielt, vor dem Theater, verbeugt sich.

Ich wollte dich, verehrtes Publikum, vom Ernst der Wissenschaft überzeugen. Vielleicht genügt diese Probe dir nicht. Ich schalte eine kurze Szene ein, zur Belehrung, denn mein Theater wurde zu diesem Zwecke gebaut.

Matto verschwindet, der Vorhang zerreißt.

Der Spitzbauch sitzt in braunem, kahlem Zimmer einem jungen Menschen gegenüber, der traurig auf den Boden starrt. Der Spitzbauch hält ein schwarzes Notizbuch in der Hand, schreibt, den Bleistift bisweilen an feuchten Lippen benetzend.

DER SPITZBAUCH: Sie wissen, wo Sie sind?

DER JUNGE MANN: Im Irrenhaus.

DER SPITZBAUCH: Sehr gut. Warum im Irrenhaus?

DER JUNGE MANN: *(schweigt)*

DER SPITZBAUCH: Das wissen Sie doch. Weil ... nun, weil ...

DER JUNGE MANN: Weil ich Schulden gemacht habe.

DER SPITZBAUCH: Warum haben Sie Schulden gemacht?

DER JUNGE MANN: Weil ich kein Geld hatte.

DER SPITZBAUCH: Ausgezeichnet. Weil Sie kein Geld hatten. Warum hatten Sie kein Geld?

DER JUNGE MANN: Weil ich von zu Hause fortlief.

DER SPITZBAUCH: Merkwürdig klar geantwortet. Nun will ich Sie untersuchen.

Der Spitzbauch tritt an den jungen Mann heran, legt ihm die eine Hand aufs Auge, nimmt die Hand weg, wiederholt die Bewegung. Nickt: Pupillarreflex ausgezeichnet. Epilepsie ausgeschlossen. Syphilis nicht wahrscheinlich, sagen wir lieber, fast unwahrscheinlich. *(Klopft mit einem kleinen Hammer auf die Kniescheibe des Patienten. Der Fuß schnellt vor.)* Ausgezeichnet, ausgezeichnet. Das Rückenmark durchaus normal, sehr gut, sehr gut. Nun sagen Sie mir, was fehlt Ihnen eigentlich?

DER JUNGE MANN *(trocken)*: Nichts.

DER SPITZBAUCH: Ich bitte Sie, nichts! Das ist keine Antwort. Ihr Vater hat Sie hergebracht. Er wird wohl wissen, weshalb.

DER JUNGE MANN: Rufen Sie ihn doch.

Der Spitzbauch drückt auf die Klingel, worauf der Vater in der Tür erscheint, groß, weißbebartet. Er wendet sich nie an den Sohn, ignoriert ihn. Ausschließlich zum Direktor.

DER SPITZBAUCH: Also, Herr Nationalrat, wollen Sie mir vielleicht in Gegenwart Ihres Sohnes mitteilen, warum Sie seine Internierung wünschen.

DER VATER *(dumpfe Stimme)*: Weil er ein verkommenes Subjekt ist.

DER SPITZBAUCH: Verkommenes Subjekt könnte man vielleicht unter die Krankheitsform ‹moral insanity› – moralischen Schwachsinn – rubrizieren. Haben Sie Belege?

DER VATER *(zieht ein großes Bündel Papier aus der Tasche, entknotet die Schnur, breitet große Bogen vor sich aus)*: Hier, der Polizeirapport *(liest eintönig vor)*: «... Daß man es in ihm mit einem vollkommen verbummelten Studenten zu tun hat, der seine Tage in Wirtschaften verbringt, die Nacht zum Tag macht und alle Leute um Geld angeht. Behauptet, malen zu können. In seinem Zimmer fanden wir gemalte Bilder nackter Weiber und ein Buch, betitelt ‹Geschlecht und Charakter›. Es schien uns unsittliche Themen zu behandeln. Auch lagen verschiedentlich Haarnadeln, von weiblichen Personen herrührend, auf dem Boden, was auf Konkubinat und außerehelich unverheirateten Verkehr schließen läßt, welche Handlung verstößt gegen § –, Absatz – des Bundesgesetztes von 1898. Infolgedessen wurde ... usw.» Genügt das?

DER SPITZBAUCH *(zum jungen Mann)*: Kennen Sie nicht die moralischen Gesetze?

DER JUNGE MANN: *(schweigt)*

DER SPITZBAUCH: Ihr Schweigen ist beredt. *(Zum Vater)* Haben Sie andere Belege?

DER VATER: Hier das Maturitätszeugnis, hier das Impfzeugnis, hier eine Expertise des Nervenarztes Dr. Stralo Wasser *(liest wieder)*: «... welche Eigenschaften auf eine gewisse Infantilität des Charakters schließen lassen, und, um Schädigungen verschiedener Drittpersonen vorzubeugen, unbedingt baldmöglichste Internierung wünschen lassen.»

DER SPITZBAUCH: Das genügt, Herr Nationalrat.

DER VATER *(drückt dem Spitzbauch die Hand, ab.)*

DER SPITZBAUCH *(läutet, zum Eintretenden)*: Oberwärter, Patienten auf Abteilung fünf. *(ab)*

DER OBERWÄRTER *(Lichter spielen um seine Gestalt)*: Ich will dir flammende Rosse auf dunklen Hügeln zeigen und grelle Farben in einsamen Zimmern. Du sollst vergessen, daß jahrelang du in Zerrspiegel geblickt hast, sollst lernen zu schlafen, den tiefen, traumlosen Schlaf. Ich will die Gespenster verscheuchen, deren faulig schimmernde Gesichter dich quälen könnten zur Nacht, sitzend an deinem knarrenden Bett.

Eine rote Maske fällt. Näselnde Oboentöne spielen einen sonderbaren Tanz. Unter den Klängen zerreißt die Maske, die drei Heilande tanzen auf der Bühne, singend:

Wir preisen den Herrn, der uns schenkte den Traum, wir preisen den Herrn, der grüne Sterne trägt auf metallener Stirn. Wir preisen ihn, wir preisen ihn. Die Erde ist traurig und leer, und die Menschen lachten schrill und falsch unserer allumfassenden Liebe. Der Herr heilte uns vom Verstand, wir predigten der Einsamkeit, die lautlos uns lauscht. Wir beten zur leuchtenden Lampe, wenn sie erlischt, zur Nacht, wenn sie dunkelt, zu den Bäumen, denen der Mond schwarze Schatten anzeichnet. Der Herr herrscht über die Nacht und den Tag, wir spielen und tanzen.

Der junge Mann tritt ein am Arme des Oberwärters.

DIE HEILANDE *(singen weiter)*: Er besucht uns zuweilen in unkennbaren Gestalten. Die Sonne ist fern, und die Sterne fallen, ziehen Kreise, fallen. Wir lieben den Herrn, der die Sprache der Blitze versteht.

MATTO *(als Oberwärter)*: Mein Reich ist von dieser Welt. Wir wollen nicht philosophieren. Wer den Tanz verlernt hat, draußen, in grauer Staubluft, lernt ihn zwischen farbig leuchtenden Wänden. Ich könnte sagen, der Tanz sei heilig, doch was ist Heiligkeit. Ich möchte nicht pathetisch sein, sondern unverständliche Märchen erzählen. Schlafe!

Der junge Mann liegt ausgestreckt auf dem Boden, während die Heilande um ihn tanzen. Ein schwarzes Tuch verhüllt das Puppentheater. Auf diesem schwarzen Hintergrund hebt eine weiße Gestalt sich ab, in langem Mantel. Sehr einfach sprechend:

Selig sind, die arm am Geiste sind, denn das Himmelreich ist ihrer. *(Pause. Mit sanfter, klangloser Stimme.)* Es zog ein Mann aus, das Heil zu suchen, und kam in graue Städte. Sein Kopf stieß hart an die scharfen Häuser und schmerzte. Sein Herz verwundete sich an den sterbenden Augen der Hunde, am hungrigen Blick verblödeter Kinder. Er suchte das Heil im Rascheln grüner Blätter, im Knallen springender Knospen. Doch es waren Geräusche, leere Geräusche. Dann sprach er zu den Menschen: ‹Liebet euch untereinander!› Da ward er gefesselt, und endlose Fragen stachen durch sein Gehirn. Da entdeckte er ein nahes Reich in seinem Kopfe, mit samtenen Hallen, in denen lautlose Tänzer sprangen. Da sprach er: ‹Das Himmelreich ist in euch›, und versank in stummes Wasser.

Die weiße Gestalt verlöscht wie eine Kerzenflamme. Die Stimme, leise und fern:

Das Himmelreich ist in euch. *1919/20*

Ein Dieb

Erzählung

Der Gepäckler zog den Leinenkittel aus, den er während der Fahrt stets trug, um den dunklen Sonntagsrock zu schonen. Er stand einen Augenblick in Hemdsärmeln und lauschte dem Stöhnen, das aus einer dunklen Ecke des Gepäckwagens drang.

«Geht's nicht besser?» fragte er.

Ein Gemurmel war die Antwort, in dem kein Wort deutlich zu verstehen war. Der Zug schlenkerte hin und her, da er über Weichen fuhr.

«Wir sind bald in Bern», sagte der Gepäckler tröstend. Dann zog er endlich den blauen Tuchrock an, strammte den Rücken, während er die Silberknöpfe vorne schloß.

«Ach Gott, ach Gott», klang es nun deutlich aus der dunklen Ecke. Leise war die Stimme. «Hoffentlich werde ich in ein Spital gebracht. Ich kann nicht mehr.»

Eine Tür knallte. Mit kleinen Schritten näherte sich der schmale Kondukteur. Ein langausgezogener brauner Schnurrbart fiel weich über die weißen Lippen. Er stand nun neben dem Gepäckler, suchte eifrig nach Papieren in der roten Ledertasche auf seinem Bauche. Der Gepäckler ereiferte sich:

«Also, das muß ich sagen. Eine solche Schinderei ist mir noch nicht vorgekommen.»

«Wirklich, pas possible!» erwiderte der Kondukteur, dem das Deutsche noch immer Mühe machte.

«Ja, die Polizei ist einfach unglaublich. In Genf schon ist er ihnen auf der Straße umgefallen, und doch ... und doch wird er in den Schubkasten gesperrt. Zweimal hat er da drinnen», der Gepäckler wies mit dem Daumen nach der kleinen Zelle im Hintergrund, «eine Ohnmacht bekommen und hat mit den Füßen gegen die Türe getrommelt. Bis ich ihn herausgenommen habe.»

«Non, vraiment?»

«Vor Freiburg habe ich ihn herausgeholt. Tragen hab ich ihn müssen. Er konnte ja nicht mehr gehen. Dann ihn auf zwei zusammengestellte

Koffer gelegt. Was ihm fehlt, weiß ich ja nicht. Aber der Kantonspolizist in Freiburg hat mir recht gegeben, jawohl hat er mir recht gegeben. Und dem armen Typen Schokolade gebracht. Alle Achtung vor dem Mann, muß ich sagen, alle Achtung. Aber die verfluchten Welschen ...»

«Oh, bitte sehr, verfluchte Welschen ... nimm Sie sich in acht ...» Der Waadtländer wurde böse.

«Na, na. War nicht so gemeint», beruhigte der Gepäckler und klopfte dem Kondukteur auf die Schulter.

Der Gepäckler kratzte nachdenklich in seinem Bürstenschnurrbart. Das braune Gesicht zerrissen Falten. Dann steckte er die Hände in die Taschen und sah auf den Regen, der rötliche Ziegelbauten schräg schraffierte. Pfiffe gellten fern, öde Straßen stießen gegen die Schienenstränge, das Gerassel des Zuges prallte ab von grinsenden Mietskasernen. Der Gepäckler ließ die Eisenstange los, die in Brusthöhe die offene Waggontüre verschloß, ging in die Ecke, wo immer noch etwas stöhnte, und setzte sich auf einen Koffer.

«So, jetzt sind wir ja bald da», sagte er wieder tröstend.

Ein gelbliches Gesicht tauchte auf, plötzlich; es lief von einer breiten Stirn in spitzes Kinn aus. Durch das Aufschnellen fielen die langen Haare nach vorn; eine Strähne berührte den weißen Mund. Nun warf sie eine Hand mit zuckender Bewegung zurück. Und atemlose Worte überstürzten sich.

«Ich kann nicht mehr, ich kann nicht mehr! Ich bin so allein, niemand hilft mir.»

«Und ich?» brummte der Gepäckler. «Ich bin doch auch noch da!»

«Sie sind gut, sehr gut. Aber Sie gehen fort. Und ich muß wieder ins Arrest, wieder ins Arrest, wie in Genf. Und ich habe doch eigentlich nichts getan. Ich bin doch unschuldig.»

«Jetzt müssen Sie ruhig sein, ganz ruhig sein. So.» Der Gepäckler hatte Mühe, Hochdeutsch zu sprechen. Es trocknete ihm den Hals aus.

Der Zug fuhr in die Halle ein. Die Eisenstange vor der Waggontür wurde in die Höhe geklappt; bevor noch das Quietschen der Bremsen aufgehört hatte, sprang der Gepäckler auf den Bahnsteig. Aufgeregt sprach er auf einen Polizisten ein.

«Ob er gehen kann, weiß ich nicht. Ich glaube kaum. Aber eine Schande ist es. Wenn einer noch so viel verbrochen hat. Wenn er krank ist, so ist er krank ...»

«Vielleicht simulantet er nur», meinte der bockbärtige Polizist. Rot glänzten Wangen und Nase. Dann hob er seinen dicken Bauch mühsam drei Stufen hinauf in den Gepäckwagen, knarrte auf dicken Stiefelsohlen in die finstere Ecke.

«Aufstehen!» schnaufte er. «Aufstehen! ... Wie? ... Ins Spital? ... Wollen sehen.»

Ein magerer Körper erhob sich, zitterte auf dünnen Beinen; dann knickte das eine Knie ein, berührte den Boden. Der Polizist zerrte die Gestalt wieder in die Höhe.

«Keine Faxen», grunzte er, «Sie haben mitzukommen!»

Der Oberkörper schnellte vorwärts, zurück, während Husten das Blut in das bleiche Gesicht trieb.

«Wird schon gehen», sagte der Polizist freundlicher.

Der Zitternde machte ein paar Schritte.

«Ich danke Ihnen vielmals», streckte er dem Gepäckler die Hand hin.

«Also, ist schon gut. Hoffentlich geht's besser. Aber ich werde mich noch beschweren. Eine solche Menschenschinderei ...», wandte er sich zum Polizisten. Der unterbrach ihn:

«Was wollen Sie noch machen. Gar nicht nötig. Bei einem Simulanten! Ich glaub ihm doch die Krankheit gar nicht.»

Der Gepäckler schüttelte den Kopf. Der Polizist drehte sich um zum Taumelnden, faßte ihn fester unter der Achsel.

«Wie heißen Sie eigentlich?»

«Adolf Ruhn.» Atemlos die beiden Worte. Dann Husten.

«Beruf?»

«Student.»

«Natürlich; ein verbummelter. Na, kommen Sie schon. Ich sehe, was Sie sind. Hat der Vater genug bekommen von Ihnen, endlich, ha?»

Schweigen. Sie schritten den langen Bahnsteig entlang. Menschen stießen gegen sie. Begrüßungen, laute, freudige, und Küsse, schallende, vermischten sich. Dazu das Trappeln vieler Schuhe und das Keuchen Schwerbeladener. Irgendwo das Zischen einer Lokomotive. Scharfer, gelber Rauch fiel als Schleier auf die Köpfe der Menschen, deren Gesichter verschwammen. Deutlich sprach eine Frauenstimme:

«Da bist du ja wieder, mein Kleiner. Und es geht dir gut?»

Die Worte hörte Ruhn dicht hinter seinem Rücken. Er wandte den Kopf. Eine junge Frau hielt ein vierjähriges Kind in den Armen, küßte es auf das kreisrunde Gesicht. Der Knabe trug eine Matrosenkappe mit langen Bändern, die auf der gelben Jacke der Frau lagen.

‹Ich sehe alles so deutlich›, dachte Ruhn. ‹Wann war ich klein? Mich hat die Mutter auch einmal von der Bahn abgeholt. Und dann ist sie gestorben . . .› «Gestorben», wiederholte er laut. Der Polizist sah ihn an.

«Wer ist gestorben?» fragte er mißtrauisch.

«Niemand.»

«Dann reden Sie keinen Blödsinn.»

Ruhn schwieg. Die Gedanken rollten weiter ab. ‹Blödsinn ist es, daß meine Mutter gestorben ist. Sicher. Aber ist Blödsinn der richtige Ausdruck? Blödsinn.› Er klammerte sich an das Wort. Es wurde größer, war es der Klang, der anwuchs? Nun nahm es Gestalt an. Es wurde jener dicke Herr, der einen Koffer schleppte, der Rücken dieses Herrn. Der war Blödsinn. Und dann der Kopf des Polizisten. Das Wort wandelte sich. Nun saß es in Ruhns Kopf und war er selber. Die Augen flimmerten. Schwarze Buchstaben tanzten. Ein ‹B›, groß, wuchtig, dann ein ‹l›, kleiner. Andere Buchstaben noch, die nicht deutlich zu erkennen waren. Sie flossen ineinander zu dunklem, sehr breitem Viereck, das sich ausdehnte, finsteres Tuch wurde und Ruhn einhüllte. ‹Warme Dunkelheit›, dachte Ruhn und lächelte . . .

«Er ist doch ein Simulant», hörte er plötzlich wieder die Stimme des Polizisten. «Gelächelt hat er, wie er umgefallen ist. Wenn es einem wirklich schlecht ist, lächelt man doch nicht.»

Ruhn öffnete die Augen. Sein Kopf lag auf einer Stuhllehne, die schiefen Absätze seiner Schuhe hatten auf öligem Fußboden Halt gefunden. Der Nacken schmerzte. Die Spannung ließ nach. Er stützte den Kopf in die Hände.

«Jetzt ist er aufgewacht. Was ist mit Ihnen?» fragte ein alter Herr. Der weiße Schnurrbart sträubte sich über dünnen Lippen.

«Was war mit mir?» Ruhns Stimme war kaum verständlich.

«Das wissen Sie geradesogut wie ich. Oder?» Der Polizist schüttelte den Kopf, ungläubig.

Der alte Herr schnarrte: «Umgefallen sind Sie. Jetzt wissen Sie es. Epileptiker, was?»

«Ich glaube nicht. Aber ich bin schwach.»

«Was hat er denn eigentlich getan?» wandte sich der alte Herr zum Polizisten.

«Auf dem Begleitschein steht . . .», der Polizist blätterte. «Ja, Diebstahlsversuch, ohne Subsistenzmittel. Und Student soll er auch sein. Natürlich verbummelt. Hat wahrscheinlich in der letzten Zeit nichts gegessen.»

«Das sind traurige Existenzen», schüttelte der alte Herr den Kopf. «Na, das wird ja alles vorübergehen», seufzte er, es sollte tröstend klingen.

Ruhn hatte protestieren wollen. Was konnte er dafür, daß die Redaktionen nie zahlten. Er wollte nach Deutschland, sobald er frei war. Dort würde er vielleicht hungern müssen, wie bisher; aber das machte nichts. Seit einem Jahr hatte er nicht mehr studiert; sein Vater hatte sich abgewandt von ihm. Er wollte sprechen, erklären. Nur ein Mißverständnis, seine Verhaftung in Genf. Dann sah er den Polizisten gleichgültig in der Fahndungsliste blättern. Der alte Herr rollte eine Zigarette. Gelb waren die Finger, die das dünne Seidenblättchen hielten. Da schien es Ruhn nutzlos, ein Wort zu sprechen. Er atmete tief.

«Sie werden wohl einen Wagen holen müssen», sagte der alte Herr jetzt gleichgültig.

«Ja, Herr Professor. Wird wohl nichts anderes übrigbleiben. Soviel Faxen um einen solchen ... solchen ...»

Der Polizist telephonierte. Der alte Herr ging.

‹Also ein Professor ist das›, dachte Ruhn, sonderbar sachlich. ‹Nun ja, er hat ja auch das nötige Mitleid gezeigt, das ein sogenannter Gebildeter in derartigen Situationen verpflichtet ist zu fühlen.›

Eine Gasflamme sang, immer zwei Töne, hoch, tief. Es war heiß in dem kleinen Zimmer. Immer noch saß Ruhn, das Kinn in die Hände gestützt.

‹Er sieht mich ja gar nicht, der dicke Polizist›, dachte er, ‹wo habe ich nur den Satz gelesen. Wo? Ah, Rimbaud. Ich hatte den Blick so verloren und eine Fassung, so tot, daß sie mich vielleicht gar nicht sahen, die mir begegnet sind ...› Ruhn murmelte den Satz vor sich hin, um den Klang der Worte zu hören. Der Polizist rührte sich nicht. ‹Er ist doch auch ein Mensch, dieser Polizist. Für mich ist er ein Mensch. Aber für ihn bin ich nur ein Ding, ein Koffer, den man in Empfang nimmt und fortträgt. Der Inhalt ist uninteressant.›

Ein zweiter Polizist trat ein. Nasser Rauch flog ins Zimmer, und fremde Augen glotzten in der Türöffnung.

«Der Wagen ist da», sagte der Eintretende, die Klinke in der Hand. «So, na dann kommen Sie.»

Rechts und links griffen zwei Hände unter Ruhns Achseln; er wurde hinausgetragen. Die Blicke der Gaffer streiften schmerzhaft die Haut seines Gesichtes.

Der Wagen hielt vor grauem Steinbau. «Kantonspolizei», stand über farbigem Wappen. Wieder ein Zimmer, eine Bank. Hinter dem hohen Pult ein uniformierter Mann. Goldene Streifen glänzten auf seinen Ärmeln.

«Herr Wachtmeister ...», der Polizist erstattete Bericht. Der Wachtmeister gähnte. Dann blätterte er in den Papieren.

«Wegen Diebstahlsversuch ... ausgewiesen ... Rücktransport in die Heimatgemeinde ... Na ja ... sehr schön ... Und Sie sind krank?» Zwickergläser ließen die Augen nicht erkennen.

«Ja, ich bin krank.»

«Was fehlt Ihnen denn?»

«Herzkrämpfe ... die Nerven ... Unterernährung», stotterte Ruhn.

«So, so, die Nerven. Das ist wohl eine Berufskrankheit? Wie?»

Der Polizist lachte lauten Beifall. Der Wachtmeister verzog kaum den Mund.

«Ich möchte gern einen Arzt sehen», murmelte Ruhn.

«Wozu, mein Lieber; Sie sind in Genf, wie ich hier lese, schon vom Gefängnisarzt untersucht worden, der Sie transportfähig erklärt hat. Müssen Sie zwei Ärzte an einem Tag haben? Und übrigens, der Doktor ist fort, heut ist nämlich Samstag. Ist es nicht so?» wandte er sich zum Polizisten.

«Jawohl, Herr Wachtmeister.»

«Sehen Sie. Und Montag werden Sie ja frei. Sie kommen in Ihre Heimatgemeinde. Dann können Sie ins Spital.»

«Und jetzt ...?» Angst machte die Worte klanglos.

«Jetzt kommen Sie hinunter in ein Arrest, aber in ein ganz helles, luftiges Arrest. Dort können Sie ausschlafen. Und morgen ist es dann schon viel besser.»

Ruhn schrie:

«Nicht Arrest, nicht Arrest! Ich kann nicht mehr.»

Aber der Wachtmeister sagte ruhig:

«Führen Sie hier kein Theater auf. Ich kann nichts machen. Sprechen Sie unten mit dem Aufseher.»

Es ging durch lange Gänge, Stiegen hinab, an Türen vorbei, mit Aufschriften. Die Fenster in diesen Gängen waren nicht vergittert. Dann kam tief unten (Wie viele Stufen waren es gewesen? fragte sich Ruhn), ein einziger großer Gang. Eiserne Stäbe waren hinter den Fensterscheiben. Kein Mensch war da. Holz lag aufgestapelt an der einen Seite. Der Gang zerbrach an einer Ecke; der feuchte Geruch des

Holzes war nicht mehr da. Braune Türen in der Mauer, mit breiten eisernen Stangen, die sich darüberlegten, als Riegel.

Ein grauer Bärtiger schlürfte heran.

«Der sieht aber nicht gerade gut aus», wies er auf Ruhn.

«Er soll krank sein ... Wenigstens behauptet er's ...» Der Polizist grinste.

«Kennen wir schon. Will der Herr den Arzt?»

«Ja, bitte», antwortete Ruhn. Er verstand die Ironie des anderen erst, als die beiden Worte schon gesprochen waren.

Der Bärtige meckerte.

«Kennen wir, kennen wir.»

Dann ging eine Türe klirrend auf, und Ruhn stand in grauem Raum, sah Zeichnungen, schwarz, auf Kalkwänden sich abheben; plump waren sie und obszön, tanzten verzerrt. Eine Platte aus Holz lag vor ihm, die dreiviertel des Raumes einnahm, ihm bis zu den Knien reichte und ein wenig anstieg in der Richtung der drei vergitterten Fenster. Schlafsäcke standen darauf, gegen die Mauer gelehnt.

Die Tür schlug zu, der Riegel kreischte, und Schlüssel klapperten.

«Wie ein Kammermädchen sieht der aus!» gluckste eine Stimme.

Ruhn wandte sich um.

Am anderen Ende des Raumes wölbte sich ein Bauch auf schmierigem Schlafsack. In der Dämmerung war das Gesicht des Liegenden kaum sichtbar. Nun stand der auf, und hinter ihm, an die Wand gekauert, saß ein schmaler dürrer Mensch in elegantem braunem Anzug.

«Mein Name ist Knoll», dienerte der Dicke. «Knoll, jawohl. Sehr erfreut», verbeugte er sich wieder, als Ruhn seinen Namen genannt hatte.

Das Gesicht war bedeckt mit pfeffergrauen Bartstoppeln. Ein schmieriges blaues Hemd starrte in vielen Falten. Die Hosen hielt ein brauner Riemen fest, über dem der spitze Bauch vorsprang. Knoll roch nach Schweiß und Ruß.

Der Hagere blickte traurig vor sich hin; er war jung und blond. Die Hosen mit der Bügelfalte ließen rostbraune Socken sehen über schmalen Knöcheln. Die kleinen Füße steckten in Lackhalbschuhen.

«Mir ist schlecht», sagte Ruhn. Da sprang der Dicke auf die Pritsche, stürzte einen der Schlafsäcke um, schüttelte ihn, strich ihn glatt und lud Ruhn mit einer Handbewegung zum Liegen ein. Der fiel darauf.

«Mich friert», sagte er und dachte sogleich: ‹Warum spreche ich so gewählt? Das muß auffallen.› Laut: «Es ist mir entsetzlich kalt.»

«So, so», meinte der Dicke nur. Brachte Decken und legte sie sorgfältig über den Zitternden.

Dann ging er an seinen Platz zurück und warf sich wieder auf seinen Schlafsack.

«Ja, und?» fragte er den Hageren. Der wies mißtrauisch auf Ruhn.

«Ich kenne meine Leute», sagte Knoll. «Glaubt Ihr denn, ich bin das erste Mal im Käfig? Stammgast bin ich, jawohl.»

«Das ist so eine Sache», begann nun der Hagere. «Ich habe mich nämlich freiwillig gestellt. Ich hätte ganz gut fliehen können. Es war wegen einer Schlägerei. In einer Wirtschaft. Ein paar Freunde und ich haben Krach angefangen. Und dann ist die Polizei gekommen. Alle haben wir uns gedrückt. Aber mich kannte man in Olten. Und wußte, daß ich dabei war. Da hab ich halt für die anderen ausbaden müssen.»

«Aber nein, so eine Gemeinheit.»

«Zwei Monate Witzwil.»

«So viel?» Die Stimme des Dicken war mitleidig. «Und so ein feiner, junger Mann.»

«Ja, das bin ich», klang deutlich die Stimme des anderen in die Dunkelheit. Die Gesichter waren nicht mehr zu erkennen. «Denk dir, wir haben eine Fabrik in Olten; also feine Uhren machen wir. Das kann ich dir schon sagen; und nie etwas mit den Gerichten zu tun gehabt. Meine Mutter – der Vater ist tot –, bei jeder Kollekte für Spitäler und für die Armen gibt sie fünfhundert Franken oder noch mehr. Aber die Richter, es ist nicht zu glauben, keine Rücksicht haben sie darauf genommen. Na, die Leute werden sich wundern, in Olten mein ich, von jetzt an. Das vergessen wir ihnen nicht.»

«So ein feiner, junger Mann», klagte der Dicke. «Wenn Ihr einer wie ich wäret, dann wär's gleich. Ist noch schön in Witzwil. Essen ist gut. Und die Arbeit. Na ja. Ein Erholungsheim fast, kann ich Euch sagen.»

«Ja», die Stimme des Hageren wurde flüsternd, «wenn ein anderer die Strafe auf sich nehmen könnte, bereuen würde er's nicht.»

Knoll schwieg. Ruhn keuchte in der dicken Luft. Regentropfen fielen von Zeit zu Zeit durchs offene Fenster. Das Gitter wurde zu Kreuzen, zu Kreuzen, seltsam geformt, die ineinanderliefen.

Der Riegel quietschte draußen. Die Tür ging auf. Knoll sprang auf den Aufseher zu, nahm hilfsbereit ihm aus den Händen das Brett, das drei metallene Suppentöpfe trug.

«Wenn er unruhig ist», der Aufseher deutete auf Ruhn, «braucht ihr nicht gleich zu klopfen. Er ist nervös!» sagte er noch höhnisch, knallte die Türe zu.

Knoll zuckte die Achseln.

Ruhn empfand das Wort «nervös» als Beleidigung. ‹Warum bin ich nicht wie die anderen›, dachte er, ‹denen ist es gleichgültig, eingesperrt zu sein. Aber mir! Ich leide.›

Er fühlte Mitleid mit sich selbst; fing an, sich zu bedauern. Hatte er dies verdient? Wie roh waren doch die Menschen. Dann kämpfte er gegen Tränen. Wie schwach war er doch.

Die beiden anderen schlürften die heiße Suppe. Ruhn stützte sich auf den Ellbogen und führte einen vollen Löffel zum Munde. Die Suppe war heiß. Er verbrannte die Lippen, auch schmeckte sie metallisch. In großem glänzendem Blechgefäß sah er Kartoffelstücke schwimmen.

Knoll fragte schmatzend: «Was hast du denn ausgefressen?»

«Ich weiß selbst nicht, Diebstahlsversuch, sagen sie. Ich bin jetzt auf dem Schub von Genf hergekommen.»

«So, auf dem Schub; dann kommst du Montag in deine Heimatgemeinde. Wo bist du daheim?»

Die Frage verwirrte Ruhn. Wo war er daheim? In Graz geboren. In Wien in die Schule gegangen. Jetzt war sein Vater in Italien, wo er ihn nur zweimal besucht hatte. Eigentlich war er Schweizer. Nach Gümligen zuständig. Laut antwortete er:

«Eigentlich in Gümligen.»

Knoll grinste, der wußte nicht einmal, wo er daheim war! Dann sagte er:

«Ist eine reiche Gemeinde, das Gümligen. Mußt nur ordentlich auftreten, der Präsident gibt dir eine Unterstützung. Fünfzig Franken vielleicht.»

«Glaubst du wirklich, daß ich frei werde?»

«Warum nicht. Wenn du auf dem Schub bist und in die Gemeinde zurück sollst. Die ist froh, wenn sie dich vom Hals hat. Du», wandte er sich an den Hageren, «wollt sagen, Ihr, hört einmal. Der wird am Montag frei. Der hat Schwein!» sagte er neidig.

Ruhn konnte die Suppe nicht mehr essen, obwohl er hungrig war. Er kaute an dem Stück Brot. Der Dicke machte sich über die Suppe her. Dann kam der Aufseher, nahm die leeren Töpfe hinaus, wünschte «Gute Nacht». Knoll zog sich aus, ganz nackt schlüpfte er unter die rauhen Decken. Der Hagere behielt Hemd und Unterhosen an. Ruhn machte es ihm nach.

Es war stumm in der Zelle. Die Glockenschläge verscheuchten den Schlaf. Knoll schnarchte, der Hagere atmete gepreßt. Dann schliefen sie wieder lautlos. Die Gitterstäbe lösten sich auf in der Dunkelheit, die Mauern zerflossen, die Türe verschwand im Schwarzen. Schritte, die näher kamen, sich wieder entfernten, waren angstvolle Geräusche. Woher kamen sie? Im Brausen des Schweigens verklangen sie, hallten lange nach.

Ruhn dachte: ‹Schlaf. Schlaf.› Aber immer stachen, Blitzen gleich, grelle Bilder durch die Ruhe, die er zwingen wollte. Sie mehrten sich, wurden größer, füllten sein Hirn, das Vergessen suchte hinter geschlossenen Lidern.

Züge pfiffen fern. Und Straßenbahnen läuteten.

Wieder liegt er im Gepäckwagen, auf Koffern gebettet, will weinen und kann nicht. Er gleitet die Strecke zurück, die er auf dem Schub gefahren ist.

Er steht in Genf, in seinem Zimmer, aus dem die Schutzleute ihn geholt haben.

«Warum?» fragt er. Keine Antwort. Dann liegt er im Gefängnis. Klein ist die Zelle, mit einem Bettgestell nur, und einem Tisch an der Wand. Die wollenen Decken, unter die er in der Nacht kriecht, haben einen starken, beißenden Geruch.

Nun wurde der Geruch wieder unerträglich stark. Woher kam er? Er lag ja wieder im Gefängnis, und die Decken, die auf ihm lagen, rochen schwer.

Nach jener Nacht in der Zelle in Genf wird er am Morgen vor den Kommissär geführt. Ein Herr mit weißem aufgedunsenem Gesicht, an dem ein langer roter Bart hängt. ‹Wie eine Coiffeurpuppe›, denkt Ruhn. Der Kommissär spricht gemessen, fettig. Ein blauer Polizist steht hinter Ruhn. Groß ist er, ein Riese fast. Und Ruhn steht gebeugt, stützt die Hände auf ein Holzgitter, das ihn vom Kommissär trennt.

«Name?»

«Ruhn.»

«Vorname?»

«Adolf.»

«Geboren?»

«1896.»

Der Kommissär kontrolliert auf einem Blatt, das er in rotbeflaumten Händen hält. Nickt.

«Sie haben versucht, eine alte Uhr, gehörend Ihrer Zimmerfrau, der

Frau Duchêne, Adèle, Rue de Carouge 5, beim Uhrmacher Cortaud, Eugène, Cité 13, zu verkaufen. Der Uhrmacher, der Verdacht schöpfte, hieß Sie warten. Sie aber verließen den Laden, begaben sich in Ihr Zimmer, wo Sie am nächsten Tage von zwei Geheimpolizisten verhaftet wurden. Man fand die Uhr Ihrer Zimmerfrau auf Ihnen. Sie wurde von der Frau als die ihrige erkannt.» Der Kommissär liest mit eintöniger Stimme. Er hebt die Lider nicht von den glanzlosen Augen.

«Herr Kommissär, ich hatte Hunger. Ich wollte die Uhr nicht verkaufen, nur versetzen. Der Uhrmacher hat mich mißverstanden. Ich warte auf Geld. Eine deutsche Zeitschrift ...»

Der Kommissär hat die Lider aufgeklappt. Sie bilden weiße wulstige Falten über den Porzellanaugen.

«Bemühen Sie sich nicht» (‹Er hält es nicht einmal mehr für nötig, zu lächeln›, denkt Ruhn), «wir kennen all Ihre Ausreden schon auswendig.»

«Aber es war doch so ... Herr Kommissär.»

«Führen Sie ihn ab.»

Da bricht Ruhn zusammen ...

Plötzlich war er wieder in der Zelle in Bern. Er warf die Decken zurück, sprang auf und lief hin und her im winzigen Gang neben der Pritsche. Knoll erwachte, fluchte laut.

«Kannst du nicht liegenbleiben, verrückter Kerl? Wir wollen schlafen.»

Auch der Hagere fuhr auf und flüsterte böse:

«Bleiben Sie liegen, stören Sie uns nicht!»

Ruhn stöhnte:

«Ich kann nicht schlafen.»

«Was geht das uns an.»

Ruhn lag wieder auf dem knirschenden Schlafsack. ‹Womit mag er gefüllt sein?› dachte er, tastete mit den Fingern. Dann unvermittelt: ‹Warum trennt eine Mauer mich auch von diesen? Wir sind doch sogenannte Leidensgefährten. Und doch hassen sie mich.› «Ja, sie hassen mich», wiederholte er flüsternd.

Wieder schwoll das Dunkel an, und Ruhn suchte den Schlaf in der Finsternis. Die Zelle in Genf war erdrückend klein. Aber man hatte keine Gesellschaft. Auf und ab gehen, die ganze Nacht auf und ab gehen; dann übertönen die Schritte die langweiligen Glockenschläge der Turmuhren. Nur nicht liegen! Ruhn wickelte sich in die Decken, obwohl die Haut seines Körpers brannte.

‹Was wird aus mir?› dachte er. Verzweifelt, wie ein inbrünstig Betender, flüsterte er: «Herr, bleibe bei mir, denn es will Abend werden.»

‹Denn es will Abend werden.› Der Satz schwang weiter in seinem Kopf. Immer die gleichen Worte. Es wurde Abend, war es einmal Morgen gewesen? Er fragte es, stumm zuerst, flüsterte es dann. Er wollte es schreien, legte die Hand vor den Mund. Er mußte schweigen. Die anderen schliefen.

‹Der Abend naht, und Frührot nie
War an des Tages Beginn.
Nacht? Tag? Nur Dämmerung.
Ewige dämmernde Dämmerung.›

‹Wie häßlich sind diese Sätze. Ist alles häßlich, was man, selbst erlebt, laut sagen will?›

Da waren wieder die Bilder der Reise.

Nach zwei Tagen kommt er vor einen Richter. Ein alter Mann ist es, der ein seltsam gewähltes Französisch spricht.

«Da wir bemerkt haben, es sei Ihnen unmöglich, durch eigene Kräfte Ihren Unterhalt zu verdienen, haben wir beschlossen, Sie nach Ihrer Heimatgemeinde zurückführen zu lassen, die weiter über Sie Verfügungen treffen wird.»

Seit Tagen schon zittert Ruhns Körper. Es macht ihm Mühe, aufrecht zu gehen. In seinem Kopfe dröhnen Glocken. Manchmal wollen die Mauern der Zelle auf ihn fallen und ihn begraben. Er verlangt den Arzt zu sehen. Ein kleiner Buckliger hopst an sein Bett, mit wirrem Schnurrbart über gesprungenen Lippen. Die Nase ist weiß und lang. Er fühlt den Puls des Kranken.

«Der hat ja kein Fieber, dem fehlt nichts.»

Ein Polizist in Zivil geht mit Ruhn zum Bahnhof. Durch die Straßen, immer neben ihm. Ruhn zieht den Kopf zwischen die Schultern. Die Füße sind schwer. Am Molard, auf dem Markt, stehen Blumen. Es freut ihn, daß die Blumen farbig sind; auch der Himmel ist blau. ‹Der Himmel ist blau›, denkt er. ‹Wie kann mir dies auffallen. Nur weil er farbig ist und die Mauern der Zelle grau waren?› Der Polizist bietet ihm eine Zigarette an. ‹Guter Kerl›, denkt Ruhn. ‹Nun werde ich bald frei.› Wie farbig die Kleider der Frauen sind. Sogar der feuchte Asphalt glänzt bläulich, fast violett.

Da steht Ruhn auf dem Bahnhof. Ihm wird plötzlich schwindlig. Halb ohnmächtig wird er in den Gepäckwagen gehoben. Eine Tür geht auf. Eine kleine viereckige Kammer, kaum ein Quadratmeter Bodenfläche. Zwei schmale Bänke, ein vergittertes Fenster. Es riecht nach kaltem Pfeifenrauch. Er sitzt. Von draußen wird die Türe abgeschlossen. Er ist allein.

Er kennt die Landschaft. Auf dieser Strecke ist er schon oft gefahren. Nun erkennt er nichts mehr. Alles ist anders geworden. Die Bäume zerbrechen im Vorübergleiten an den dünnen Eisenstäben des Fensters. Die grünen Wiesen werden grau, und die Strahlen der Sonne zersplittern, erreichen ihn nicht mehr. Alles ist dunkel.

An jeder Station hält der Zug. An jeder kleinen Station. Bauern steigen ein, dicke Silberketten glänzen auf ihren Bäuchen. Frauen tragen Körbe. Karierte Tücher verbergen den Inhalt. Ruhn hat Durst, Hunger. Es ist so heiß. Dann wieder schüttelt ihn Ekel, und der Hals ist zugeschnürt, trocken der Gaumen. Die Zunge ein staubiger Papierfetzen. Draußen, im Gepäckwagen, grunzt ein Schwein. Dann sieht er, das Gesicht an die Stäbe gepreßt, wie ein Käfig voll Hühner verladen wird. Und er blickt auf den weißen Bahnsteig; da gaffen Menschen gegen sein Fenster, stoßen sich mit den Ellenbogen, grinsen. «Auf dem Schub», hört er sie zischeln. Er fällt auf die Bank zurück, preßt sich an die Türe, damit niemand ihn durchs Fenster sieht.

Der Zug fährt, fährt. Die Felder sind gelb, und rote Blutstropfen, denkt er, sind die Mohnblumen. ‹Wo habe ich diesen Vergleich gelesen?› Dann hallen Tannenwälder laut den Schall des fahrenden Zuges zurück. Ihr Geruch dringt in die kleine Zelle.

‹Wann werde ich wieder durch den Wald gehen›, denkt er . . .

Plötzlich schreckte er auf. Knolls lautes Scharchen hatte Ruhn aus den Wachträumen geweckt. Eine Glocke schlug. Die Töne dröhnten im dunklen Raum, füllten ihn aus.

Und ein Bild sieht Ruhn, das ihn zurückreißt in vergessen geglaubte Vergangenheit. Ein Zimmer sieht er, schwach erhellt vom Leuchten einer Straßenlaterne, deren Schein durch das hohe Fenster fällt. Er erkennt das Zimmer sofort: zwei Betten stehen darin, hintereinander, mit der Längsseite gegen die Wand. Er liegt im Bette, nahe dem Fenster, seines Vaters Kopf ist deutlich erkennbar auf dem Kissen, das über das Fußende glänzt. Der Vater schnarcht laut. Nun weiß Ruhn, woher dies Kindheitsbild kommt. Knoll schnarcht wie der Vater früher. Und graue Vergangenheit steigt auf, vermehrt den Druck der schweren Luft.

Die dämmernden Morgen im Schlafzimmer des Vaters, wenn das Kind [wach]liegt und angstvoll auf die gesträubten grauen Haare vor ihm blickt. Der endlose Weg zur Schule, an der Seite des Vaters. Die Schläge, die er bekommt, und die roten Striemen auf seinem Körper, im Lichte der Lampe. Die stummen Mittagessen und das weiße Gesicht der Großmutter, das steinerne. Wie immer schwerer die Luft wird daheim, wie langsam er zerdrückt wird, langsam und stetig, vom schwarzen Drucke des Vaters. Wie er flieht schließlich, und eingefangen wird von der Polizei. Doch vorher, vor dem Einfangen: die Rast am Grabe der Mutter und der rote Sonnenuntergang auf weiter Ebene.

Ruhn verbarg die Augen unter der stinkenden Decke. ‹Nichts mehr sehen›, dachte er, ‹nichts mehr sehen. Dunkel ist überall und Hoffnung gibt es keine.›

Knoll schnarchte wieder laut, der Hagere stöhnte.

Da stand Ruhn auf, behutsam, damit kein Lärm entstehe. Riß den Ärmel vom Hemd. Drehte ihn zum Strick und befestigte ihn oben an den eisernen Stäben des Fensters. Er steckte den Kopf in die Schlinge, mit den Händen sich stützend auf den Sims. Dann ließ er los. Er fühlte das Blut in seinen Kopf strömen, der anschwoll; sein Körper verschwand. Nur der Kopf war noch da, der wuchs und den Raum ausfüllte. Gestalten tanzten darin, einen traurigen, hoffnungslosen Tanz, in abgeschabten Gewändern; die Gesichter waren verbraucht, grau und staubig. Dann schwoll ein starkes Brausen an, das die Musik, die sanfte, des Tanzes übertönte. Ruhn sank.

Nun fiel er. Laut dröhnte das Holz der Pritsche vom harten Aufschlagen des Kopfes. Ruhn öffnete die Augen, die ihm groß schienen, unsäglich groß, als müßten sie alles sehen, als müßten sie alles beweinen. Die Tränen der Menschen waren in ihnen zusammengeflossen; für alle mußte er schauen, für alle mußte er weinen. Und eine unendliche Klage sprengte seinen Hals, füllte seinen Mund, brach hervor als nie endenwollender Schrei.

Die Tür wurde aufgerissen. Licht fiel in die Zelle. Ruhn sah sich selbst im Hemd, ohne Kleider (Wann hatte er sich ausgezogen?) im Lichtstrahl stehen, der durch die Öffnung fiel. Wütend warf er die Arme von sich, unsichtbaren Feinden entgegen, die ihn bedrängten. Nun sah er sie plötzlich, mit denen er kämpfen mußte. Dies war Knoll und ein unbekannter glatter Mann, um den zwei Wolfshunde kläffend sprangen. Sie rissen ihn auf die Pritsche zurück, an den Haaren. Sie knieten auf seiner Brust. Ruhn schrie, schrie immer.

«Er ist verrückt geworden», sagte jemand.

Klar und deutlich ging die Frage durch Ruhns Kopf. ‹Bin ich wirklich verrückt geworden?› Er wollte sie aussprechen, vergeblich mühte sich sein Mund, die Worte zu formen. Er mußte schreien, ohne aufhören zu können, die lange Qual, die nie endenwollende.

Da rissen ihm Hände das Hemd vom Leib. Und der stets noch Schreiende wurde am Arme fortgezerrt. Seinen nackten Körper schleiften sie einen langen Gang entlang (so kalt war der Stein).

Ein Riegel kreischte, ächzend ging eine Tür auf. Und während die beiden Wolfshunde um ihn bellten und sprangen, er fühlte die Krallen auf seiner Haut, wußte nicht, ob es Traum war oder Wirklichkeit, wurde er in Finsternis geschleift, ein Fußtritt rollte ihn vom Lichte fort. Die Tür fiel zu.

Ruhn schrie noch immer. Sein nackter Körper zitterte in der Kälte. Schritte entfernten sich, Murmeln wurde schwächer. Ruhns Kehle schmerzte.

Er stand auf. Tastete sich an den Mauern entlang zum Fenster. Mit zwei Brettern war es vernagelt, die in der Mitte eine kleine Ritze hatten. Er tastete weiter. Wieder griff Holz seine Hand. Eine Pritsche. Er schlotterte, daß seine Knie zusammenschlugen. Hatte es Decken? Er stieg auf die Pritsche. Fäulnisgeruch. Dann fand er ein paar Tuchfetzen, nicht größer als Taschentücher. Halb verfault waren sie und zerfielen in seinen Händen. Die Finsternis schien greifbar fest.

Ruhn fror.

Er kauerte sich in eine Ecke der Pritsche, legte die Fetzen der Decken über seinen zusammengekrümmten Körper, die Knie mit den Armen gegen seine Brust pressend. Ein Satz hallte laut in seinem Kopf, mit sonderbar näselnder Schauspielerbetonung. Immer der gleiche.

«Armer Thoms friert, armer Thoms friert.»

Wo hatte er diesen Satz gelesen? Wo?

«Armer Thoms friert.»

In welchem Stück hatte er ihn gehört?

«Armer Thoms friert.»

‹Ich werde verrückt›, fühlte Ruhn. ‹Ich kann das nicht mehr ertragen.› Laut sagte er:

«Armer Thoms friert.»

Er suchte verzweifelt. Da kam die Lösung. König Lear. Auf der Heide. Der Narr und Edgar, der den Verrückten spielt. Der irrsinnige König. ‹Der König wurde vom Irrsinn geheilt›, dachte Ruhn weiter. ‹Aber der Irrsinn ward für ihn Erlösung aus unerträglicher Qual. Ich darf nicht irrsinnig werden.› Laut sagte er:

«Ich darf nicht.»

Und die Frage kam: ‹Die Wahnsinnigen sind erlöst. Sie wissen nichts mehr von der Welt. Sie sind wahrlich erlöst.›

Erlöst. Das Wort klang nach. Was war Erlösung? ... Liebe? ... Mitleid? ... Arbeit? ... Pflicht? ... Die Worte tanzten an ihm vorbei, in bunten Verkleidungen, und schnitten Grimassen aus bleichgepuderten Gesichtern. «Waren das Gesichter?» fragte Ruhn. «Nicht eher bewegliche Masken?» In mildem Blau schritt die eine auf ihn zu. Ihre bleichen Hände waren kühl und weich.

«Soll ich dich trösten, armer Mensch? Du leidest und willst es nicht gestehen. Gib nach. Weine dich aus. Ich bin so mütterlich.»

Und Ruhn weinte. Die Zelle warf das Schluchzen auf ihn zurück.

«Ich will dich trösten, wenn jene dich genug erweicht hat», sagte die zweite, in weißer Tunika. Das Gewand war geöffnet an der Seite und zeigte elfenbeinglatte Schenkel.

«Doch wenn du bei ihr Trost finden willst, mußt du mich anhören», sprach ein ernster Mann; in schwarzem Gehrock ging er einher, eine schwarze Masche unter den Spitzen des Umlegkragens. «Liebe kostet Geld. Das muß man verdienen.»

Der letzte näherte sich gemessenen Schritts. Aus dem bärtigen Gesicht glotzte strenge Amtsmiene. Ein grauer Gehrock war staubig. Er ergriff des Vorgängers Hand: «Wir sind Freunde und wirken zusammen.»

Doch als Ruhn, aufspringend, sich den Gestalten nähern wollte, wichen sie zurück, ruckweise; nur leere kopflose Körper tanzten um ihn, die in Nebel zergingen.

Da lächelte Ruhn. Sein Lächeln war traurig.

«Es will Abend werden», sagte er, «und ich bin allein.»

Er hätte den Kopf auf die Knie einer Frau legen mögen, wehrte sich gegen diese Sehnsucht, die ihm sentimental schien.

‹Warum ist alles, was man sich wünscht, als sentimental verpönt?› dachte er noch. Dann schlief er ein, zusammengekauert, in die Ecke gedrückt, auf der harten Pritsche.

Er stand auf grauer Insel. Unter ihm tönte, von wimmelnder Erde, langgezogener Klageruf. Beten erscholl und nie endenwollendes Weinen. Und aufmerksamer schauend gewahrte er sehnsüchtige Arme, nach einer Richtung gestreckt, nach fernem, verheißenem Land. Das lag über ihm. Als er blickte in die Richtung der ausgestreckten Arme, sah er blumige Wiesen; Gestalten wandelten dort, Harfen in Händen, und rhythmisch bewegten sie sich um stummes, greises Götterbild, das schlief. «Das Paradies», dachte Ruhn. Die Seligen schlugen begeistert die Harfen und sangen. Doch nach und nach wurde müder ihr Gesang, Gähnen ergriff sie und Sehnsucht nach Schlaf. Sie fielen zu Boden, Augen schlossen sich. In Traumlosigkeit lösten die Wiesen sich auf, und die Liegenden, und der graue schlafende Greis.

Da hörte Ruhn eine Stimme:

«Ich bin gekommen, zu weisen den Weg nach der Insel, die liegt zwischen Diesseits und Jenseits.»

Eine Figur aus buntem Porzellan sprach diese Worte, die Hände gefaltet über den verschränkten Beinen, ein unsichtbares Lächeln auf dem vollen Gesicht.

«Der Buddha», dachte Ruhn.

Und auch sein Gesicht durchdrang dies Lächeln, das Lächeln, das weiß und nimmer begehrt.

Als Ruhn erwachte, sah er einen hellen Streifen zwischen den beiden Brettern, die das Fenster verbargen. Er machte eine Bewegung, fuhr zusammen. Das Holz der Pritsche war feucht und kalt. Immer noch mußte er des Traumes gedenken.

«Das Leid, das ewige Leid, das erlöst ...», und: «Wunschlosigkeit predigte jener als Weg zu der Insel. Alles ertragen, wenn es zur letzten Erlösung führt, die vollkommenes Auflösen ist.»

Da packte ihn Husten. In schweren Stößen warf es den Körper vorwärts. Eine sonderbar schmeckende Flüssigkeit füllte den Mund. ‹Das ist Blut›, dachte Ruhn, ‹Blut. Vielleicht kann ich sterben.› Der Husten hielt an. Ruhn öffnete den Mund. Das Blut floß über seine Brust, stockte. Die Haut wurde klebrig.

Der Streifen am Fenster wurde weißer. Das Gefängnis erwachte. Pfeifen schrillte, gedämpft von unzähligen Mauern. Und Schritte hallten im Gange. Verzweifelt warf Ruhn sich gegen die Tür. Seine nackten Sohlen fühlten nicht die Kälte des steinernen Fußbodens. Er hämmerte gegen das Holz, das stumme, bis die Fäuste schmerzten. Schrie laut: «Zu Hilfe! Zu Hilfe!»

«Der ist noch geradeso verrückt wie vorher», hörte er eine Stimme draußen sagen. Dann öffnete sich ein kleines viereckiges Loch oben an der Tür. Ein Gesicht erschien. Nur die wäßrigen Augen waren sichtbar und die knollige bleiche Nase.

«Was gibt's?»

Ruhn keuchte:

«Blutsturz ... hab ich gehabt. Ich kann nicht mehr. In dieser Zelle. Mich friert. Ich will ruhig sein.»

«Will's dem Aufseher sagen», brummte das Gesicht, verschwand.

Ruhn preßte sich gegen die Tür, um den Augenblick des Öffnens nicht zu verpassen. ‹Keine Sekunde länger›, dachte er. Wie die Schritte verklangen, hörte er. Und wie sie verstummten, ganz. Dann weit, weit entfernt begann Gemurmel, näherte sich; Worte wurden verständlich, unterbrochen von trappelnden Schuhen. Die Tür ging auf. Der Aufseher stand darin. Ruhn atmete erleichtert auf. Er wäre gern auf die Knie gesunken und hätte die Hände des Mannes geküßt. Der war doch gekommen, ihn zu befreien. «Nicht in der Zelle lassen, bitte», ächzte er noch.

Der Aufseher war erschrocken. Er sah Blut auf dem nackten Körper.

«Ich glaub, Sie sind wirklich krank», die Stimme war freundlich und mitleidig. Ruhn hätte am liebsten geweint. «Aber ich kann Ihnen nicht einmal den Arzt holen. Heut ist Sonntag. Ich geb Ihnen dann ein wenig Phenazetin. Kommen Sie. Hier ist ein alter Mantel. Setzen Sie sich hier auf die Bank. Ich hol Ihnen die Kleider.»

Ruhn fiel schwer auf den Boden. Er hörte den Aufseher noch sagen: «Wieder eine Ohnmacht. Der arme Kerl.» Die letzten Worte rissen Ruhn zurück in die Helle. Er schlug die Augen auf, stützte sich auf die Handballen.

«Es ist nichts», keuchte er.

Dann wurde er auf die Bank gehoben. Der Aufseher brachte die Kleider, half ihm, sich anzuziehen, führte ihn den Gang entlang.

«Warum haben Sie heut nacht so geschrien?»

«Nervenkrise. Hab ich schon ein paar Mal gehabt.»

«Ja, Sie gehören in ein Spital. Wissen Sie, ich war es nicht, der Sie in die Dunkelzelle gesperrt hat. Das war mein Stellvertreter. Der mit den beiden Hunden.»

«Oh, die Hunde», sagte Ruhn zitternd.

«Haben Ihnen Angst gemacht, was? Wahrhaftig, *ich* hätte Sie nicht dorthinein gesperrt.»

Zum ersten Male betrachtete Ruhn das Gesicht des Aufsehers. Auf braunlederner Haut klebte ein langer grauer Bart, der die Wangen hinauf in volles weißes Haar lief. ‹Er hat eine Stimme wie der Gepäckler›, dachte er. Und er mußte an die blaue Frau denken, die ihm erschienen war, zur Nacht im Traum. ‹Ist Mitleid vielleicht doch anders?› frug er.

Er mußte an den Gefangenen vorbei, die sich an der Wasserleitung wuschen. Dann war er wieder in der großen Zelle, und Knoll stand vor ihm, mit dem Hageren.

«Kommt der Verrückte wieder in unsere Zelle?» brummte Knoll.

«Halt's Maul», schnauzte ihn der Aufseher an. «Der ist krank.»

«Herr Aufseher», rief Ruhn, als der andere schon in der Tür stand, «ich habe, glaub ich, noch ein wenig Geld. Könnte ich Milch haben, und ein Stück Schokolade?»

«Ja, ja», schlug der Aufseher die Tür zu, als bereue er schon die früheren Worte.

Knoll und der Hagere schwiegen, glotzten zu Ruhn, der auf dem Schlafsack keuchte. Die Blicke der beiden wurden unerträglich. Neugierig waren sie und spöttisch. Ruhn wollte ihnen zuschreien: «Was glotzt ihr mich an? Ich bin doch kein wildes Tier. Ich bin doch nicht irrsinnig.» Aber er wagte es nicht.

Da erklang Musik vor den Fenstern. Ein Ruck ging durch die drei. Es war Gesang mit Begleitung einiger Gitarren.

«Die Heilsarmee!» spottete Knoll. Der Hagere meckerte laut.

«Denn nur durch Jesum
Denn nur durch Jesum
Werd ich geheilt»

erscholl es laut und deutlich, im Rhythmus eines Militärmarsches.

Ruhn blickte durch die Gitterstäbe: an jedem Fenster der gegenüberliegenden Hauswand klebte ein Kopf. Er sah Frauengesichter, junge, mit wirren Locken auf der Stirn. Und alte, rote Gesichter mit grinsend verzerrtem Mund. Sie riefen unverständliche Worte sich zu, die sich kreuzten, vermengten zu dumpfem Gemurmel. Auch grüßendes Nicken gewahrte er, wenn Freundinnen sich erkannten.

Plötzlich gellten Pfiffe durch den Choral. Sie kamen aus demselben Bau, in dem auch Ruhns Zelle lag. Da verstummte der Gesang, die unsichtbaren Musizierenden entfernten sich. Man hörte das Getrappel ihrer Füße im Hofe.

Die Frauengesichter verschwanden von den Fenstern; das Gemurmel wurde schwächer. Pfiffe gellten noch. Dann Schweigen. Feiner Regen rieselte mit schwachem Geräusch in den Hof, lispelte auf den Steinen. Irgendwo, ferne, begann eine rauhe Stimme ein trauriges Lied zu grölen. Die Melodie war eintönig und hoffnungslos. Zaghaft versuchte jemand, sie mitzupfeifen. Ein langer Sonntag begann.

Der Aufseher hatte Ruhn Milch gebracht und Schokolade. Diese teilte er mit Knoll und dem Hageren. Darauf wurden beide freundlicher.

«Was hast du getan, Knoll?» fragte Ruhn dann zaghaft. Er wollte die Mauer durchbrechen, die unsichtbare, die ihn von den anderen trennte.

«Es ist von wegen Kleidern und Überröcken», begann Knoll vertraulich. Das Lächeln seines Mundes war boshaft, zerlief in den grauen Stoppelbart. «Nichts Wichtiges eigentlich. In einer Wirtschaft, weißt du», Knoll hatte sich auf den Rand der Pritsche gesetzt und kratzte seine behaarte Brust, «hab ich ein paar Kleider vom Wirt geliehen», er machte eine raffende Handbewegung, «und dann ... ja dann sind mir die Tschucker auf den Hals gekommen. Vier Wochen Untersuchungshaft», er zählte an den Fingern, «vielleicht noch einmal so viel, dann bin ich frei.»

Knoll stand auf, reckte die behaarten Arme zur Decke.

«Frei!» wiederholte er. «Aber dann wird gesoffen. Wein und Schnaps. Und Schinken gefressen.» Knolls Augen leuchteten. Plötzlich wurde er traurig. «Das wär ganz schön alles. Aber woher Geld?»

Da schnellte der Hagere auf und rief:

«Du, Knoll, hör einmal.»

Knoll sprang auf ihn zu, kauerte sich auf die Pritsche. Sie flüsterten so leise, daß Ruhn nichts verstand. Nach und nach aber wurde die Stimme des Hageren lauter:

«... ob es geht? Früher hat man's oft gemacht. Ob jetzt noch? Ich weiß nicht. Aber zu bereuen hättest du es nicht. Ich würde während der Zeit ins Ausland gehen und meinem Fürsprech die nötigen Weisungen geben. Du kriegst Geld und einen Paß, sobald du ...» Die Stimme wurde wieder leise.

Ruhn wälzte sich ruhelos auf dem Schlafsack. Warum waren die beiden so mißtrauisch? Meinten sie, er würde sie verraten? Laut sagte er:

«Warum sprecht ihr so leise? Ich bin doch kein Schuft.»

Erstaunt blickten die beiden auf.

«Du», stieß Knoll den Hageren an, «das ist nicht schön von uns. Er kann auch hören. Vielleicht weiß er einen Rat. Und wenn er uns verrät, können wir immer sagen, er habe Stimmen gehabt.»

Ein merkwürdiges Gefühl ergriff Ruhn nach diesen Worten. Gab es denn keine Menschen, zu denen er gehörte, die ihm glichen, die ihn verstanden? Wenn er mit Menschen zusammen war, fühlte er ein Band, das mühelos die andern verknüpfte und ihn allein ließ, ausgestoßen. Er verstand, was die anderen zusammenhielt und wußte doch nicht, was ihn einsam machte, stets.

Der Hagere hatte mißtrauisch zu ihm geblickt, dann genickt und sprach nun weiter, zu Ruhn gewandt.

«Glauben Sie, daß es möglich wäre, einen anderen die Strafe für mich absitzen zu lassen? Wissen Sie, ich habe mich freiwillig gestellt, ich bin nicht verhaftet worden, ich hätte geradesogut fliehen können. Aber ich hab ja nicht gewußt, wie das Zeug ist. Und jetzt hab ich schon genug. Übergenug. Was meinen Sie?»

Ruhn war geschmeichelt von dem plötzlichen Vertrauen des Hageren. Er war zornig gegen sich selbst, nicht Jurisprudenz studiert zu haben, um hier nützliche Auskunft erteilen zu können. Er hätte den anderen so gerne gezeigt, daß etwas hinter ihm steckte, mehr als sie glaubten.

«Es tut mir leid», stotterte er, «ich weiß nicht ... habe mich nie mit diesen Fragen beschäftigt.»

«So ein Dummkopf», zischte der Hagere. Er schien erbost, durch eine Frage sich eine Blöße gegeben zu haben. «Der tritt auf, als wisse er alles, und wenn man etwas erfahren möchte, entschuldigt er sich.»

Auch Knoll brummte, und schweres Schweigen fiel wieder in die Zelle, das leise Worte nicht verscheuchen konnte, geflüsterte, in langen Pausen.

Und langsam schlichen die Stunden vorbei, zeigten die Gesichter grauer Namenloser, Gleichgültiger, die man vergißt, sobald man sie gesehen hat.

Ruhn fühlte sich schwach, er konnte die Arme kaum bewegen. Die Decken waren vom Schlafsack gerutscht; die feuchte Luft, die durchs Fenster floß, durchdrang Ruhns Körper. «Knoll, deck mich zu», bat er. Der kam, widerwillig, legte die Decken glatt über den Liegenden. Sein Gesicht wurde zufrieden, als Ruhn ihm den Rest der Schokolade gab.

Es wurde Mittag. Durch die stillen Stunden schritt Hoffnungslosigkeit. Der Regen plätscherte, grau war der Himmel. Die Fratzen an den Wänden der Zelle schliefen. Ruhn begann die Worte zu lesen, die seine Vorgänger auf die Wand gekritzelt hatten. «Mutter, nun mußt du weinen», stand neben einer Zote. ‹Ob der Schreiber dies ernst gemeint hat?› dachte Ruhn. ‹Ob er vielleicht geweint hat?› Er besah die Schrift. Sie war kindlich, ungeschickt. ‹Vielleicht hat er bereut, weil er an seine Mutter dachte. Bereuen, wie kann man bereuen. Was man getan hat, ist vollendet, unabänderlich. Was kann Reue daran ändern? Warum kenne ich dies Gefühl nicht? Vielleicht bereut man nur, weil man als Kind durch Vortäuschen dieser Regung der Strafe entgangen ist. Und dann ist Reue eine Gewohnheit geworden, ein Schutzmittel gegen fremde Gewalt, und wird angewandt, instinktiv, auch dort, wo es nutzlos ist.›

Der Aufseher brachte Suppe und Kartoffeln. Ruhn versuchte zu essen. Er konnte wieder nicht. Der Hagere hatte Geld. Der Aufseher besorgte ihm Fleisch und Gemüse. Knoll aß die Reste.

‹Man sollte doch den Menschen näherkommen, wenn man mit ihnen eingeschlossen ist. Wie oft habe ich dies schon gedacht?› fragte sich Ruhn.

Knoll schlief wieder. Der Hagere hatte die Arme hinter dem Kopf verschränkt und starrte zur Decke. Plötzlich stand er auf, setzte sich neben Ruhn.

«Sie müssen nicht böse sein, daß ich Sie vorhin Dummkopf genannt habe», meinte er. «Ich bin aufgeregt. Denken Sie, zwei Monate soll ich eingesperrt sein. Und ich weiß, daß die Mutter daheim Sehnsucht hat. Sie hat mir keine Vorwürfe gemacht. Sie hat alles gut verstanden. Wissen Sie, ich habe doch schon gut verdient und bin erst zwanzig. Und gearbeitet habe ich. Also wirklich, mit Freuden. Und die Arbeiter bei uns in der Fabrik, die sind immer zu mir gekommen, wenn sie etwas wollten, denn sie haben gemerkt, daß ich ein feiner Kerl bin.»

Der Hagere sagte dies stolz. Ruhn fand ihn nicht lächerlich. Auch er fühlte das Bedürfnis, von sich zu erzählen, von seinen Arbeiten, die ihn berühmt machen würden, bald.

‹Man ist so wertlos›, dachte er, ‹wenn man eingesperrt ist. Darum muß man sich selbst loben und übertreiben, um wenigstens beim anderen Achtung zu erzwingen. Der Aufseher behandelt uns ja alle wie Hunde.›

Wieder ging die Türe auf.

Ein aufgedunsener gelber Mann trat ein, brachte Ruhn ein Pulver.

«Der Aufseher schickt das.» Er sprach ein ungeschicktes Deutsch, mit stark französischem Akzent. Er sah zur offenen Tür, lauschte einen Augenblick, nickte. Zog eine Zigarette aus der Tasche, gab sie Ruhn.

«Pauvre diable», sagte er, «das beruhigt die Nerven.» Ein Streichholz flammte auf.

Ruhn sprach ihn französisch an. Da wurde der Aufgedunsene gesprächig.

«Ich bin Bolschewist, jawohl. Aus Lausanne. Untersuchungsgefangener, seit sechs Monaten. Aber wenn der Aufseher fortgeht, gibt er mir die Schlüssel zu den Zellen. Sie haben Vertrauen zu mir, die Leute.» Er schwieg, dann fuhr er fort: «Ja, ich habe Reden gehalten, hier in Bern. Und Lebensmittel an die Sowjets geschmuggelt. Es ist eigentlich nur Schutzhaft, hier im Gefängnis.»

Er fragte Ruhn aus. Der war glücklich, antworten zu können. Einmal wieder sich auszusprechen. Der Mann hatte eine angenehme Art, still zuzuhören. Er nickte nur bisweilen, ohne allzu aufdringlich sein Bedauern auszudrücken. Er ging, versprach, bald wiederzukommen.

Wieder schleppten die trägen Stunden sich dem Abend zu. Das ferne Schlagen jeder Viertelstunde war Erlösung. Doch manchmal zögerte die Turmuhr allzu lange. Ruhn dachte, er habe das letzte Schlagen überhört, freute sich, daß die Zeit so schnell vergangen war. Und groß war die Enttäuschung, wenn er beim Zählen der Schläge den Irrtum erkannte.

Knoll hockte mit verschränkten Beinen auf der Pritsche. Stumm. Auch der Hagere sprach kein Wort. Und im Halbschlaf, der sich senkte, sanft und tröstend, glaubte Ruhn, der Dicke wandle seine Gestalt. Wieder stand vor ihm das bunte Götterbild aus Porzellan, das Götterbild, das erst im Tode das wahre Sein gefunden hatte.

‹Warum ist es mir versagt, Ding zu sein? Warum muß ich handeln, mißhandelt werden? Warum nicht Stein sein oder Lehm? Bestehen, kurze Zeit nur, um zu zerfallen alsdann, schmerzlos.›

Die Nacht war lang. Ruhn konnte nicht schlafen. Er nagte an den Knöcheln seiner Fäuste, um nicht zu schreien. Furcht umgab ihn. Gestalten stürzten auf ihn zu, der Vater, die Lehrer, die längst vergessen geglaubten. Sie schlugen mit Stöcken. Oder sie setzten sich auf seine Brust, klein und unscheinbar von Wuchs, und drückten auf ihn mit der steinernen Schwere ihrer Körper. Bis der Morgen kam und ihm den Schlaf schenkte, den farblosen.

«Ruhn, Adolf», hörte er eine Stimme rufen. Ein Polizist in Zivil stand in der Tür. Ruhn richtete sich mühsam auf, während Knoll brummte:

«Der soll frei werden und rührt sich nicht, ist nicht einmal aufgestanden.»

Ruhn nickte ihm und dem Hageren zu, stand im Gang dann. Wieder ging er durch endlose Gänge, die Fenster verloren ihre Gitter nach und nach. An der großen Pforte stand der graubärtige Aufseher.

«Also, leben Sie wohl, Ruhn. Und gute Besserung.»

Dann ging Ruhn mit dem Polizisten. Durch Straßen, die hell schimmerten in der Sonne. Der Polizist pfiff einen verstaubten Walzer.

«Wohin führen Sie mich?» fragte Ruhn.

«In Ihre Gemeinde natürlich. Zum Präsidenten.»

«Und der läßt mich dann frei?»

«Weiß ich nicht. Der hat über Sie zu verfügen.»

Sie gingen über eine Brücke. Die Menschen starrten Ruhn ins Gesicht, prüften seinen Begleiter.

‹Sie ahnen, daß ich mit einem Polizisten gehe›, dachte Ruhn. ‹Oder sehe ich so schlecht aus?›

Dann stiegen die beiden in die Tram. Der Polizist saß Ruhn gegenüber. Rauchte und schwieg. Die Landstraße wogte weiß in der Sonne. Ein Park rauschte vorbei, von Gittern umzäunt, verschwand. Felder dehnten sich weit zu fernem Waldrand. Die Tram hielt.

«Sie brauchen nur den Weg da hinaufzugehen», sagte der Schaffner, «links das erste Haus.»

Der Polizist dankte. Dann trabte er mit Ruhn auf dem gewiesenen Weg.

Sie traten in den Gang eines Bauernhauses. Die Frau kam aus der Küche, dick, rund, klein, mit spitzen roten Backen. Ihr Lächeln war verächtlich, als sie Ruhn sah.

«So ein Landstreicher!» sagte sie mit herabgezogenen Mundwinkeln.

Der Herr Gemeindepräsident arbeitete im Garten. Er kam herangezottelt, eine grüne Schürze spannte über dem prallen Bauch. Die roten Trinkeraugen tränten beständig.

«Vater», sagte die Frau. «Da ist einer, der auf dem Schub kommt.»

«So, so», brummte der Herr Gemeindepräsident. Zog die Brille aus der Schürzentasche, putzte sie, setzte sie auf die Knollennase und betrachtete Ruhn lange. Schweigend und zwinkernd. Dann schielte er an den Brillengläsern vorbei zum Polizisten, nickte, zwinkerte wieder, streckte die Hand aus. Immer schweigend. Der Polizist verstand, zog Papiere aus der Tasche, die er in die ausgestreckte Hand des anderen legte. Der Gemeindepräsident entfaltete sie, blickte noch einmal auf Ruhn, las dann, halblaut.

«Ruhn, Adolf ... Ausgewiesen ... Diebstahlsversuch ... Heimatgemeinde.»

Er faltete die Papiere wieder zusammen, sah den Polizisten ratlos an. Der zahnlose Mund war weit geöffnet, schweres Atmen keuchte.

«Und was soll ich jetzt mit dem da», er wies auf Ruhn, «anfangen?»

«Herr Gemeindepräsident, ich weiß nicht. Hab den Befehl, ihn hier abzuliefern.»

Der Gemeindepräsident fluchte.

«Glauben Sie vielleicht, hier sei ein Asyl für Landstreicher? Was soll ich mit dem Kerl anfangen? Führen Sie ihn nach Bern zurück. Er soll zum Teufel gehen. Korrektionsanstalt wäre wohl das beste.»

«Ich bin krank», sagte Ruhn sachlich. ‹Ich hätte es flehender sagen müssen›, dachte er gleich nachher, ‹so glaubt mir's ja kein Mensch.›

Doch der Polizist unterstützte ihn.

«Ja, im Arrest hat er getobt. Auch einen Blutsturz gehabt.»

«So, so», brummte wieder der Gemeindepräsident. «Kommen Sie ins Zimmer. Ich muß mit Ihnen sprechen. Und Sie», zu Ruhn gewandt, «können auf der Bank vor dem Hause warten, bis wir fertig sind. Er springt doch nicht fort?» fragte er noch den Polizisten. Der schüttelte den Kopf.

Ruhn setzte sich auf die Bank vor dem Hause.

Er sah den Garten vor sich. In den schwarzbraunen Beeten standen Kohlköpfe, eingehüllt in zartgelbe Blätter. Den Zaun entlang wuchsen Astern, bunte, und Blumen, purpurne, mit gekräuselten Blütenblättern, deren Namen Ruhn nicht kannte. Ein Huhn gackerte irgendwo, Pferdehufe stampften auf den Holzboden eines Stalles, ein schwarzer Vogel flog krächzend übers Haus. In der Küche klapperten Töpfe. Dann näherten durch den Gang sich Schritte, ein junges Mädchen trat zu Ruhn, brachte ihm einen großen Teller Suppe und ein Stück Brot. Ihr Gesicht war sanft und bleich. Knöchern wölbte sich die Stirn unter schwarzen Zöpfen, die den Kopf umkränzten.

«Sie sind hungrig», sagte sie. «Vielleicht essen Sie ein wenig.»

«Danke.» Ruhn blickte in große Augen, die braun waren, fast ausdruckslos. Er schämte sich seiner schmutzigen Hände, seiner befleckten Kleider. Er hätte sich am liebsten versteckt. «Danke», sagte er nochmals.

Das Mädchen zeigte keine Teilnahme. Es stellte den Teller auf die Bank, legte das Brot daneben, wartete noch einen Augenblick, bis Ruhn den Löffel zum Munde geführt hatte, und wollte wieder ins Haus zurück.

«Fräulein», stockend sprach Ruhn, «Fräulein, ich bin kein Landstreicher. Ich habe ...»

«Ich weiß schon», sagte das Mädchen mit müder Stimme. «Man kann Unglück haben.»

«Ja», versicherte Ruhn. «Ich habe Unglück gehabt. Aber ich bin kein Verbrecher.»

Das Mädchen lächelte kaum.

«Sie brauchen sich nicht zu entschuldigen. Es geschieht so vieles mit uns, was wir nicht begreifen können.»

Ruhn fühlte sich getröstet durch diese Worte. Das Mädchen ging ins Haus. Sein Gang war automatisch. Nur die Beine bewegten sich, während der Oberkörper steif blieb.

Ruhn hörte die Stimme des Gemeindepräsidenten durch ein geöffnetes Fenster. Dann das Schrillen einer Telephonklingel. Deutlich waren Worte zu verstehen:

«Hier Gemeindepräsident. Ja, guten Tag. Eine Frage nur. Ein gewisser Ruhn, Adolf, 1896, ist hier. Sie kennen ihn? So? Was soll man machen? Vater Professor? Italien? Ja, ja. Geistesgestört. Irrenhaus, meinen Sie? Die Gemeinde wird gutsprechen. Danke.»

Ruhn schrak zusammen. Sein Körper wurde kalt, leer der Kopf, den ein Wort dann ausfüllte, mit lang nachhallendem Klang: «Irrenhaus». Er zitterte. Eingesperrt sein, wie lange? Konnte er niemanden um Hilfe bitten? Er war allein. Und immer unter Aufsicht.

Immer?

Ruhn sah um sich. Der Gemeindepräsident sprach drinnen mit dem Polizisten.

Das Mädchen kam aus der Haustür.

«Fräulein», flüsterte Ruhn. «Ich soll ins Irrenhaus. Ins Irrenhaus! Helfen Sie mir.»

Die braunen Augen blickten erstaunt, weit geöffnet. Dann bewegten sich die bleichen Lippen:

«Die Straße hinunter, erster Weg rechts, dann in den Wald. Heut abend bring ich Ihnen Brot. Die Waldlichtung, links vom Weg. Ich rufe. Laufen Sie schnell.»

Ruhn sprang auf. ‹Warum hilft sie mir?› dachte er noch. Auf den Zehen schlich er bis zur Ecke des Hauses, dann lief er auf der Straße. ‹Erster Weg rechts›, dachte er. Schon sah er ihn. Keuchend lief er dem Wald zu. Lief in den Wald hinein. Immer weiter. Er meinte, Schritte zu hören hinter sich. Wandte den Kopf, sah nichts. Ein Buntspecht pickte an einem Baum. Es klang wie Geräusch trappender Füße.

Nun ging Ruhn langsamer. Da war die Lichtung. Gestrüpp umgab sie. Ruhn warf sich auf den Boden, drückte das Gesicht ins Gras.

Halme berührten seine Lippen. Er biß sie ab. Der Geruch des feuchten Grases beruhigte ihn.

Er mußte laut lachen. Er sah den Bauernhof vor sich, aus dem er geflohen war. Der dicke Gemeindepräsident trat gemessen aus der Tür, blickte gar nicht auf die Bank, sondern sagte in die leere Luft:

«Ruhn, Adolf. Die Gemeinde hat beschlossen, Sie zu versorgen.»

Der Gemeindepräsident mußte auf Antwort warten. Er stand sicher mit offenem Munde da. Der Polizist hinter ihm. Und dann sah Ruhn den Polizisten aus der Türe kommen, hörte ihn laut sagen:

«Er ist fort.»

Ruhn lachte. Er sah die Gesichter der beiden. Die roten Augen des Gemeindepräsidenten schielten, neben der Brille vorbei. Der Polizist fluchte.

«Wenn der mir wieder unter die Finger kommt.»

Dann telephonierte er sicher nach allen Richtungen, um den Gemeingefährlichen wieder einzufangen.

Ruhn warf sich auf den Rücken. Er mußte noch immer laut lachen. Er war gemeingefährlich. Er sprach das Wort laut aus: «Gemeingefährlich.» Das hieß, es sei gefährlich, ihn frei herumlaufen zu lassen. Warum? Weil er gehungert hatte? Eine Uhr versetzt hatte, die ihm nicht gehörte?

«Eigentum ist Diebstahl», sagte er laut, schämte sich dann, eine abgedroschene Phrase als Entschuldigung gebraucht zu haben.

Zweige verflochten sich grün über seinen Augen. Lautlos bewegten die Blätter sich. Pendelten hin und her, während ein leiser Wind Wellen grub in die grünen Gräser der Wiese. Noch immer hämmerte der Specht, unsichtbar jetzt. Ein Nußhäher kreischte im Wipfel einer Tanne. Dann breitete Stummheit sich aus.

Baumkronen verdeckten die Sonne. Strahlen rieselten nieder, zwischen den glitzernden Nadeln der Fichten. Und lautlos lag die Lichtung in schwerem Licht.

Ruhn grub die Nägel in die feuchte Erde. Sie war lau und kühlte doch die fiebernden Spitzen der Finger. Von unsichtbaren Händen wuchtig geschleudert, schossen große Fliegen vorbei, mit schillernden Flügeln. Dann fielen sie zu Boden.

Eine graue, zottige Spinne schleppte mühsam den schweren Leib auf zackigen Beinen über Ruhns Hand. Sie kollerte auf den Boden, schleifte sich weiter zu einer rötlichen Gerte, bestieg sie. An der Spitze ließ sie sich herab, an langem silbrigem Faden.

Ruhn regte sich nicht. Die Stummheit des Waldes schien zu warten. Ein dürres Blatt fiel als farbiger Schmetterling zu Boden.

Ruhn schloß die Augen. Rot schimmerte das Licht durch die gesenkten Lider. Er wehrte den Ameisen nicht, die über sein Gesicht liefen. Das Summen der Hummeln schwoll an zu lautem Gesang, der das Nahen kündete des großen Gottes, des totgesagten. Er nahte schweigenden Schrittes, und das Schlagen sanfter Taubenflügel umgab ihn. Die schwere Luft, golden bestickt, hüllte ihn ein in zitternden Mantel. Auf bronzenem Körper, jugendlich war er und glatt, atmeten rhythmisch die Muskeln, bei jedem Schritt. Lang wallte silbernes Haar über den gebeugten Nacken. Welk war das Gesicht, unbewegt, ein Lächeln, verachtend, preßte den weißen Mund in Falten des Hohns. Und nur die Augen leuchteten groß, das Staunen erfüllte sie mit einer nie gestillten Sehnsucht. Gefurcht waren Stirne und Wangen von ewiger Trauer, alles zu wissen, alles sehen zu müssen. Das große Heupferd auf dem rechten Handgelenk leuchtete, ein grüner Edelstein, bewegte die Fühler und raschelte mit den trockenen Flügeln.

«Der Gott des Mittagschweigens», wußte Ruhn.

Die Gestalt stand inmitten der Lichtung, wuchs ins Ungeheure, und ihre Stimme schwoll an und ward der Vögel Gesang und das Krächzen der Raben, das Rauschen der Bäume und das Rascheln der Käfer im dürren Laub, das Zirpen der Grillen in welkem Gras. Der Gott breitete die Arme aus, als wolle er umspannen den Wald und die Ferne der Hügel, als wolle er pflücken die Sonne, die große leuchtende Blume. Doch nur die Leere war um ihn, die Stummheit fesselte ihn. Müde sank er zu Boden, verschwand.

Und an seiner Stelle saß wieder die Statue aus buntem Porzellan. Glatt waren die Wangen und still die Augen, halb geschlossen. Das leere Lächeln glänzte auf dem runden Gesicht.

Als Ruhn erwachte, war die Lichtung leer. Der Wind wehte über ihm in den Baumkronen, ohne die Erde zu berühren. Und schräg fielen die Strahlen der Sonne durch die Säulen der Stämme.

Ruhn stand auf und ging tiefer in den Wald, auf einem schmalen Weg, den rote Nadeln bedeckten; zu beiden Seiten wuchs weißliches Moos, und zwischen den glänzenden Blättern der Heidelbeerstauden funkelten rötlich die unreifen Früchte.

Auf dem Wege kam ein kleines Mädchen auf Ruhn zu. Die nackten Beine waren braun; das Röckchen war bedeckt mit bunten Flicken, daraus mager die Arme ragten; auf dem dünnen Hals zitterte der Kopf.

Das Kind trug einen Korb in der Hand, schlenkerte ihn im Takte einer seltsam verträumten Melodie. Es sah auf, als es dicht vor Ruhn stand. Fragend waren die blauen Augen, geöffnet der Mund.

«Guten Tag, Kleines», sagte Ruhn.

«Grüetzi», flüsterte das Kind die Antwort, wand sich verlegen, versteckte den Korb hinter dem Rücken.

«Hast du Beeren gepflückt?»

«Jawohl.»

Dann schwiegen beide.

«Willst du ein Stück mit mir gehen?» fragte Ruhn und streckte die Hand aus nach des Kindes Arm.

«Ich muß heim.»

«Du hast noch Zeit.»

Der Wald war einsam, kein Mensch war zu sehen. Und Ruhn hatte das Bedürfnis, die Einsamkeit zu verscheuchen. ‹Sonst kommt die Angst›, dachte er, ‹daß sie mich wieder einfangen. Wenn man mich allein im Walde trifft, weiß man sofort, wer ich bin. Aber mit dem Kind faßt man vielleicht keinen Verdacht.›

Da gab das Kind seine Hand, legte sie in die ausgestreckte Ruhns.

«Ich komm mit Euch. Aber nicht weit.»

Ruhn war froh. Er umklammerte die kleine Hand, die fiebrig heiß war, klebrig auch vom Beerenpflücken.

Wortlos schritten die beiden durch raschelndes Laub. Wieder summte das Kind ein Lied vor sich hin, ein unbekanntes Lied. Dann bot es Ruhn den beerengefüllten Korb an. Er steckte eine Handvoll in den Mund. Der Saft kühlte den trockenen Gaumen; ein Geschmack von Wiese und dürren Blättern blieb zurück. «Wolltest du heim zu den Eltern?» fragte er das Kind.

«Zur Mutter, ja», unterbrach es den Gesang. «Der Vater ist fort, wißt Ihr, er hat geschrien daheim. Einmal, als er zuviel getrunken hatte. Da haben sie ihn geholt. Ins . . .», das Kind stockte, «ins Spital», endete es.

‹Es hat sagen wollen: ins Irrenhaus›, dachte Ruhn. ‹Der Vater war Säufer. Delirium tremens.› Laut:

«Und wann kommt er wieder zurück?»

«Ich weiß nicht», sagte das Kind zerstreut und trällerte weiter.

Ruhn besah das Gesicht des Kindes. Runzlig schien es und greisenhaft. Nur die Stirn war glatt über den großen Augen.

«Der Lehrer hat gesagt», plapperte es, «daß Trinken schlecht ist. Und man wird krank davon. Der Vater aber hat gelacht, wie ich ihm das gesagt habe, und: Das ist nicht wahr, hat er gebrummt. Ich möchte gern wissen, wer recht hat.»

Ruhn wußte keine Antwort. Er hatte nie an solche Dinge gedacht. Man trank, wenn man traurig war. Wenn man zuviel trank, zuviel Schnaps besonders, konnte man wahnsinnig werden. Das war klar. War es also schlecht, zu trinken? Das Kind plapperte weiter:

«Es ist, wie der Lehrer gesagt hat. Ich weiß es. Der Vater hat die Mutter geschlagen, wenn er betrunken war, und mich auch. Also ist Trinken schlecht.»

Ruhn nickte. Nun ging das Kind unbeteiligt neben ihm. Es sah manchmal auf zu den Kronen der Bäume, zählte die Stämme, die neben dem Wege standen, mit aufgerecktem Zeigefinger.

«So, jetzt muß ich heim», sagte es plötzlich, «lebt wohl.»

«Leb wohl.» Ruhn sprach leise und drückte die kleine Hand. «Und weißt du, Trinken ist doch schlecht.»

Das Kind nickte.

«Wollt Ihr noch Beeren?» fragte es.

Als Ruhn den Kopf schüttelte, ging es davon, und bald verschlang das Schweigen den Gesang, der sich entfernte.

Ruhn schritt weiter auf dem kleinen Weg. Dann ging er zur Seite, durch Gebüsch und Dornenranken, aus denen er sich mühsam befreien mußte. Das Gebüsch verschwand nach und nach, Tannen ragten auf, ästelos und rund die Stämme, bis zur Spitze, die in dunklem Grün glänzte. Das Astdach wehrte der schwülen Hitze das Entweichen. Sie lagerte am Boden, drückend.

Als er nach der Sonne sah, gewahrte er nur einen rötlichen Schimmer zwischen den Bäumen. Auf diesen ging er zu. ‹So muß ich die Lichtung wieder erreichen›, dachte er.

Er war allein. Fast glücklich war er gewesen, die kleine Kinderhand zu halten. Er sehnte sich nach einem Tier, nach etwas Lebendem, denn tot schienen die Bäume, die regungslosen.

«Auch das Kind muß schon leiden», sprach Ruhn vor sich hin. «Der Vater im Irrenhaus. Es ist sonderbar, daß mir das heute begegnen muß. Im Irrenhaus, vor dem ich geflohen bin. Er ist auch nicht freiwillig gegangen. Man hat ihn geholt und eingesperrt.»

Er war müde. Es war so nutzlos, sich gegen die Gewalt zu wehren. Er war ihr ausgeliefert. Unzählige Arme waren bereit, ihn einzufangen, ihn festzuhalten. Die Flucht war unmöglich. Im Wald sich zu verbergen war aussichtslos. Einmal wurde er doch wieder eingefangen. Doch was tat dies? Ihm war, als könne ihm nichts mehr geschehen, als hätte er das Leid erkannt, das Leid, dem man nicht entrinnen kann, nicht entfliehen. Doch wenn man es gesehen hatte und den Feind, der es bekämpfte und überwand, schmerzte es nicht mehr. Es war ein Zustand nur, über den man lächeln konnte. Und dennoch sehnte sich Ruhn nach fernen Inseln der Südsee, nach fremden Göttern, die gütig waren und lebten, den Menschen gleich.

Er trat auf die Lichtung. Die Sonne war untergegangen. Ein feiner Nebel lagerte dunkelgrau über den Gräsern.

«Nun kommt meine Retterin bald», lächelte Ruhn. Er überlegte, was er ihr sagen sollte.

Eine Glocke läutete von unsichtbarem Kirchturm, zerbrach die Stille der gläsernen Luft. Dann schwoll Singen an von ferne, Mädchenstimmen, die wieder verklangen. Auf dem nahen Waldweg klapperten Schritte. Dann hörte Ruhn:

«So, jetzt geh ich allein weiter. Adieu.»

Mädchen kicherten, Abschied nehmend.

«Gehst du deinen Schatz besuchen?» höhnte die Antwort.

«Nein, ich hab keinen Schatz.»

Dann entfernten sich die Schritte auf dem nahen Weg.

Das Mädchen stand vor Ruhn. Es zog aus der Schürzentasche ein Stück Brot, in Papier verpackt. Ruhn aß.

Das Mädchen setzte sich neben ihn ins Gras. Dunkelheit umgab die beiden, die Sichel des Mondes schimmerte hinter Wolken. Glühende Flecken lagen auf der Wiese. Auch die Stämme der Bäume waren hell betupft. Zitternd neigten die Spitzen der Büsche sich.

«Wie geht's Ihnen?» fragte das Mädchen. «Haben Sie Angst gehabt?»

Ruhn hatte sich auf den Rücken gelegt, starrte in den Himmel, wo dunkle Tücher bisweilen über die Sterne strichen, die dann glänzten, wieder heller als vorher.

«Nein», sagte Ruhn zögernd. «Ein kleines Mädchen habe ich getroffen, im Wald. Das hatte Beeren gepflückt. Es erzählte mir, ihr Vater sei ein Trinker. Er hat seine Familie geschlagen. Dann haben sie ihn ins Irrenhaus gesperrt. Und vorher habe ich geträumt. Mit offenen Augen.»

«Träumst du auch?» fragte das Mädchen. Ruhn wunderte sich nicht über das ‹Du›. Es kam ihm selbstverständlich vor. Er richtete sich ein wenig auf, legte den Kopf auf die Knie des Mädchens, sah große Augen glänzen über seinem Gesicht. Er senkte die Lider. Die Hand, die über seine Stirne strich, war rauh, ein wenig, aber sanft.

«Ja, ich habe ein Märchen geträumt.» Leise war Ruhns Stimme.

«Erzähle.»

Da begann er, zögernd zuerst, dann lauter und sicherer.

«Die Götter in früheren Zeiten lebten auf hohem Berg, von dem sie niederstiegen zu den Menschen. Denen brachten sie Trost und Hoffnung und lehrten sie die Schönheit und hießen sie verachten die Grausamkeit und den Krieg. Doch als die Menschen nun leben konnten, sorglos, begannen sie die Götter zu verachten und jagten sie fort mit Spottreden und Hohn, wenn sie von ihrem Berge herabstiegen. Da wurden die Götter traurig, hielten sich ferne. Doch der Kummer übermannte die Götter über den erlittenen Undank und machte sie krank, so daß sie welkten und starben. Nur einer von ihnen, ein Jüngling, blieb auf Erden, denn nicht nur die Menschen liebte er, sondern auch die Pflanzen, die Tiere, die Steine. Von ihnen allen empfing er Leben, das eindrang in seinen Körper, ihn stark machte und ewig jung. Die Menschen aber kannten ihn nicht, denn stets lebte er im Walde und stieg nicht herab zu den Menschen. Diese verrohten, die Lehren der Götter wurden mißdeutet, wandelten sich, und also gewandelt, wurden sie starre Gesetze, die das Unglück brachten. Die Menschen sehnten sich nach Göttern. Bis einer unter den Menschen, ein suchender Seher, in den Wald ging. Dort war Stille, heilige Stille, wie nie er sie erlauscht hatte in Tempeln. Und er ahnte den lebenden Gott und betete zu ihm. Der antwortete im Rauschen der Wipfel, im Wispern der Gräser. Und der Seher ging hin, den Menschen zu verkünden den großen Gott, den Gott des lebendigen Schweigens. Die Menschen aber hatten aus ihrer Mitte einen erhöht, den ließen sie leiden und banden ihn an zwei gekreuzte Holzstücke, bis er starb unter Qualen. Dann beteten sie zu ihm und riefen, dieser habe all ihr Leid gesühnt, nun werde das Glück kommen. Als dies der Seher hörte, der im Walde den letzten Gott erlebt hatte, sprach er zu sich:

‹Unwert sind diese, daß ich ihnen den ewigen Gott verkünde. Denn sie werden seine Größe nicht fassen können.› Darum rief er laut:

‹Es gab noch einen Gott, den großen Pan, doch den sah ich sterben im Walde. Der große Pan ist tot.›

Und die Menschen wiederholten freudig:

‹Der große Pan ist tot. Wir beten zum Gekreuzigten.›

Und auf der ganzen Erde wurde der Ruf gehört:

‹Der große Pan ist tot.›

Selbst die Schiffe auf dem Meere vernahmen den Ruf.

Der Seher aber, der den Gott erkannt hatte, ging in den Wald zurück. Dort lebte er hinfort und sah den Gott von Angesicht zu Angesicht. Lebte in seiner Nähe. Dann starb der Seher. Und lange Zeit verstrich, doch kein Mensch betrat den Wald, um den großen Gott zu erkennen. Der blieb ewig jung, denn kein Leid berührte ihn. Er sah die Hirsche zur Brunstzeit sich bekämpfen, er sah die Wölfe, die hungrigen, Tiere töten, um sich zu nähren. Er sah den Falken sich niederstürzen auf die Taube, die sich krümmte in seinen Fängen. Doch waren es nur Bilder für den Gott, die er schaute; nicht häßlich waren sie, noch schön. In ewigem Lauf schritten Geschehnisse an seinen weitoffenen Augen vorbei, den unwissenden. Da, nach langer Zeit, trat er herab aus dem Wald in die Niederungen der Menschen. Und sein Fuß schritt durch Städte, vorbei an wandelnden Menschen, die müde Gesichter trugen auf gebeugten Nacken. Und alle weinten sie. Die Kinder, weil die Eltern sie schlugen, Jünglinge, weil sie sich beugen mußten unter dem Joch freudloser Arbeit, da ihre Sehnsucht doch reichte weit in fernen Horizont. Und Mädchen, weil der Geliebte sie verlassen hatte, und Männer, weil sie den Tag verbringen mußten in dumpfen Kammern, hinter den Gittern der Gefängnisse, Frauen, weil Kinder ihnen gestorben waren, Greise und Greisinnen ob ihrer Nutzlosigkeit. Und mit Haß war die Luft geschwängert. Jeder freute sich an des anderen Weinen und Klagen, weil nicht seine Tränen allein flossen. Gen Westen aber ragte, groß und gewaltig, der Schatten eines Kreuzes am Abendhimmel. Nur der Gott sah diesen Schatten. Denn als der Gott frug, was dieser Schatten bedeute, konnte niemand ihn sehen.

‹Ein Kreuz siehst du?› antwortete ihm einer. ‹Wir sehen nichts. Doch beten wir zum Kreuz des Menschensohnes. Der hat all unser Leid auf sich genommen.›

‹So betet ihr zum Leid?› frug der Gott.

‹Nein›, antwortete mürrisch der Mann. ‹Das verstehst du nicht, denn du bist ein Fremder.›

Da ging der Gott heim in den Wald. An einer Quelle spiegelte er seine Gestalt. Da sah er, daß er gealtert war, verrunzelt war die Haut seines Körpers, seines Gesichtes. Da weinte der Gott, bis seine Augen wieder klar wurden. Doch die Tränen gruben Furchen in sein Gesicht. Der Körper genas, doch der Kopf blieb unverändert, ein greises Antlitz auf jugendlichen Gliedern. Bis er lernte, alles zu wissen, ohne Klagen. Bis der Schmerz ihn fühllos machte und unverwundbar. Heut soll er als Götterbild weiterleben, aus buntem Porzellan besteht sein Körper, und das Gesicht lächelt.»

Ruhn hatte geendet.

In der Stille hörte er ganz in der Nähe das Knacken von Zweigen.

Eine rohe Stimme rief:

«Hier ist er, und einen Schatz hat er auch gefunden.»

Der Polizist packte Ruhn an den Handgelenken.

«Sie kommen mit. Gleich», und versetzte dem Wehrlosen Faustschläge.

Das Mädchen sprang auf und lief in den Wald.

«Wer war das?» fragte der Polizist.

«Das geht Sie nichts an.» Ruhn schritt neben dem Polizisten.

«Ich komme also ins Irrenhaus?» fragte er.

Der Polizist gab keine Antwort. Nach einer Weile sagte er:

«Ein Lump sind Sie, weiter nichts. Noch Mädchen zu verführen.»

Ruhn schwieg. Lächelnd ging er mit dem Polizisten.

1920

Der Skeptiker

Monsieur de Nédonchel war der einzige gewesen, der in einer Gesellschaft bei der alten Marquise de Rabutin laut erklärt hatte, er glaube nicht an den magischen Schwindel Cagliostros.

«Dieser hergelaufene Landstreicher», hatte Monsieur de Nédonchel mit leiser, spitzer Stimme erklärt, «beutet nur unsern Mangel an wahrer Religion aus. Er schenkt uns, was wir verdienen, nämlich niedere Gaukeleien. Ich mache nicht mit.»

Dieser Ausspruch hatte besonders die alte Marquise erregt, die sonst eine zarte Freundschaft mit diesem Skeptiker verband.

«Aber, lieber Freund», hatte sie ein wenig ärgerlich geantwortet, «mundus vult decipi ... Lassen Sie uns doch dieses harmlose Vergnügen. Wir sehen die Seelen unserer verstorbenen Lieben, wir hören sie sprechen, und dies gibt uns Trost. Wie Herr Cagliostro seine Wunder zustande bringt, kann uns doch gleichgültig sein!»

Ein beiläufiges Murmeln der übrigen unterstützte diese Rede.

Sogar der Chevalier de Grandfort, ein junger, blonder Mann, dem weiche Crème-Spitzen über den purpurnen Rock rieselten, hob die glitzernde Hand: «Monsieur de Nédonchel würde seine Skepsis verlieren», sagte er nachlässig durch die Nase, «wenn eine längst begrabene Jugendgeliebte zu ihm sprechen würde.»

Monsieur de Nédonchel wollte gereizt erwidern. Er sprang vom Stuhle auf, sein gelbes Gesicht war ärgerlich verzerrt.

«Mein Herr», begann er ...

Plötzlich sprang die Tür des Zimmers auf. Kein Diener war zu sehen draußen auf dem Gang. Durch die Öffnung sahen alle, zwanzig Schritte von der Türe entfernt, einen Mann stehen. Er war schlank und groß, in weiße, glänzende Seide gekleidet. Mit bedächtigen Schritten kam er näher, setzte, einem Tänzer gleich, einen Fuß vor den anderen.

«Cagliostro! Wie hat er die Türe öffnen können?» flüsterten die Damen.

Der Mann trat ein, verbeugte sich kaum, schwieg. Im ernsten, faltenlosen Gesicht glänzten grüne Augen. Bleich war die Haut, gleichfarbig mit dem Gewand, den seidenen Strümpfen, den weißen Schuhen, die auf roten Talons ruhten.

«Eine Stimme sagte mir», begann er flüsternd, und jede Unterhaltung erstarb, «immer noch zweifle jemand, daß die Seelen zu ihm sprechen könnten. Ich bin gütig, ich will ihn überzeugen.»

«Er ist allwissend», lispelte Madame de Rabutin ihrem Freunde zu.

Monsieur de Nédonchel meckerte: «Er hat hinter der Türe gehorcht, sie aufgerissen und ist zurückgesprungen. Und diese Geschicklichkeit nennt man Zauberei!»

Cagliostro fuhr auf den Sprecher los: «Mein Herr, Sie sind der ewige Geist der Verneinung.»

«Sehr erfreut . . .» der Angegriffene verbeugte sich lächelnd.

«Die Geister sind gütig», fuhr der Magier salbungsvoll fort. «Sie wollen gerne den Ungläubigen bekehren.»

«Zu liebenswürdig von Ihren Geistern», murmelte Monsieur de Nédonchel.

Cagliostro ließ das Zimmer verdunkeln. Die Damen stürzten zu den Fenstern, um die Gardinen herabzulassen. Dann wurde von einem Diener ein siebenarmiger Leuchter gebracht. «Er stammt aus dem unsichtbaren Tempel der Genien», erklärte Cagliostro.

Die Stühle bildeten einen Kreis. Cagliostro befahl den Anwesenden, eine Kette zu bilden. Monsieur de Nédonchel hielt die Hand der alten Marquise.

«Adonai, Elohim, Jaoh», betete Cagliostro, fügte unverständliche Worte bei, die bald in ein zischendes, pfeifendes Geräusch übergingen.

Der Vorhang vor dem Fenster hob sich, bis er ins Zimmer flatterte, wie eine riesige Fahne. Dann fiel er zurück. Auf dem dunklen Hintergrunde stand eine weiße Gestalt.

«Fragen Sie», flüsterte Cagliostro Monsieur de Nédonchel zu.

«Wer bist du?» fragte Monsieur de Nédonchel widerwillig.

«Kennst du mich nicht?» klang eine Stimme, die aus fernen Welten zu kommen schien.

«Nicht, daß ich wüßte», meinte Monsieur de Nédonchel trocken.

«Ich bin Anna, die Tochter deines Pächters, die unglückliche Liebe in ein frühes Grab warf», klagte nun die weinerliche Stimme. «Erinnerst du dich nicht mehr, Unglücklicher, der süßen Stunden, die wir verlebten am Rande des Weihers. Unsere Küsse . . .»

«Genug», rief Monsieur de Nédonchel. Die weiße Gestalt verschwand. Die Vorhänge wurden aufgezogen. Licht strömte ins Zimmer.

Monsieur de Nédonchel saß bleich auf seinem Stuhl. Plötzlich entspannten sich die schmerzlichen Lippen. Ein Lächeln grub Falten in die Wangen, die Stirne furchte sich. Er stand auf.

«Verehrtester», sagte er, «nehmen die Seelen im Jenseits Deklamationsstunden bei verstorbenen Schauspielern?»

Cagliostro starrte den Sprecher an. «Warum?» stotterte er.

«Weil meine erste Liebe in der Normandie gelebt hat. Sie war die Tochter eines meiner Pächter, jawohl, und drückte sich kurz und bündig aus, derb auch bisweilen. Diese Seele aber spricht ein gewähltes Französisch, so gewählt, daß ein Mitglied der Comédie Française sie darum beneiden könnte.»

«Die Seelen reinigen sich von allen Schlacken», dozierte Cagliostro.

«Glückliche Seelen», parodierte Monsieur de Nédonchel und ging, ohne Abschied zu nehmen, zur Tür, während das verstohlene Kichern der Damen ihm das Geleite gab.

1920/21

Der kleine Schneider

Eine Erzählung aus der Fremdenlegion

Der Adjutant Cattaneo trat aus seinem Zelt und führte zwei Finger zum Mund. Der Pfiff gellte durch den kalten Morgen, stieß an rote Berge, prallte ab an der weißen Mauer des Postens, dort oben, auf nahem Hügel. Kaum, daß der Pfiff verhallt war, begann der Adjutant zu fluchen, in italienischer, französischer und arabischer Sprache durcheinander. In den kleinen braunen Zelten, die um sein eigenes großes aufgestellt waren, im Viereck, hörte er Rascheln und Gähnen. Verschlafene Stimmen riefen: «Auf!» höhnisch und gereizt. Da die Zelte sich nicht rasch genug leerten, riß der Adjutant einige Zeltpflöcke aus dem Boden. Unterdrücktes Gemurmel drang unter den Tüchern hervor. Der Adjutant teilte einige Fußtritte aus und ging schließlich zur Küche, um Kaffee zu trinken. Sein rotes Képi stach leuchtend ab vom gelben Khakianzug, der sich eng an seine groben Glieder schmiegte. Ein borstiger Schnurrbart bedeckte den Mund.

«Bonjour, mon adjudant», sagte der alte Kainz, ein Wiener, der es stets verstand, die besten Druckposten zu besetzen, und lächelte mit zahnlosem Mund.

«Gut, gut», der Adjutant winkte mit der Hand gnädig ab, hielt die Metalltasse hin, ließ sie halb füllen, stellte sie auf einen Stein, zog eine kleine Feldflasche aus der Hosentasche und goß Rum in den Kaffee.

«Mezzo e mezzo», sagte er dabei, denn er war Italiener.

Im bläulich-weißen Morgenlicht lag das Zeltlager vor ihm, in welchem die dritte Sektion der Compagnie Montée vom dritten Fremdenregiment kantoniert war, abkommandiert zum Kalkbrennen. Er aber fühlte sich als kleiner Alleinherrscher über die vierzig Mann und war stolz auf die Macht, die er uneingeschränkt besaß.

Die Maulesel zerrten klirrend an den Ketten, mit denen sie an ein dickes, eisernes Tau angebunden waren, und schrien, denn sie kannten die Futterstunde.

Im Posten, der auf dem nächsten Hügel lag, waren Gums einquartiert, marokkanische Kavallerie; graue Gestalten in weiten Kapuzenmänteln putzten wiehernde Pferde an der Umfassungsmauer. Hinter dieser sang eine Frauenstimme ein eintöniges Lied.

Der Adjutant beklopfte seine Schenkel, ruderte mit den Armen in der Luft.

«Wird's bald?» krächzte er heiser und sah höhnisch den Ankommenden entgegen, die sich scheu an ihm vorbeidrückten.

Der Sergeant Schützendorff schlenkerte heran, Hosen, Rock und Stiefel geöffnet, kratzte mit schwarzen Fingern an einem gelben Punkt, der seltsam grell auf seiner roten Nase glänzte. Der Adjutant schrie ihn an: «Können Sie sich nicht anziehen?» Schützendorff grinste nur und zog mit einem Ruck die Hosen höher.

Nach ihm kam Korporal Dunoyer, zwanzig Jahre Dienstzeit, davon fünf Jahre gut, der Rest in Arbeitsbataillonen in Tunis und Nordmarokko. Über die Halshaut zogen sich, blau tätowiert, die Worte «Immer durstig», wogten auf und ab bei jeder Bewegung des länglichen Adamsapfels. «Ein Märtyrer der Freundschaft», war im Halbbogen auf der Stirne zu lesen. Zwei Schlangen ringelten sich rot von den Schläfen herab, waagrecht über die Wangen; die platten Köpfe öffneten die Mäuler auf den Nasenflügeln. Auf die Lider waren zwei offene Augen punktiert, glanzlos starrten sie in die Ferne, wenn Dunoyer die Lider senkte. Auch unter den spärlichen grauen Haaren des Schnurrbarts schimmerte es bläulich. Als er die Hand grüßend an den Mützenschirm legte, zeigte sich auf der Fläche in großen Buchstaben das Wort «Merde». Gönnerhaft grinste ihm der Adjutant zu.

Dann zogen die anderen vorbei, braune Gesichter, die grau schimmerten, gepudert mit Staub. Leer die Augen, mager die Wangen. Pfiffen zwischen den Zähnen oder spuckten in weitem Bogen braunen Saft, husteten auch, die Köpfe gesenkt zur gelben Erde. Als letzter schlürfte Stefan vorbei, der Liebling des Adjutanten, ein praller, plumper Nordfranzose, mit blondgestoppeltem Affengesicht, und grölte fröhlich:

«C'est à Paris, dans une boîte de nuit Place Pigalle.»

Der Adjutant schrie ihn an:

«Immer der letzte, Stefan?»

«Immer, mein Adjutant. Beim Saufen aber der erste.»

Da lachte der Adjutant und streckte ihm die Schnapsflasche hin. Stefan trank in gierigen Zügen, bis die kleinen grünen Augen unter den faltigen Lidern aufquollen: «Danke, mein Adjutant.» Er versuchte schwerfällig, rechtsumkehrt zu machen, streckte Kainz die Blechtasse hin und schlürfte dann den heißen Kaffee, wobei er weiterbrummte:

«C'est à Paris, dans une boîte de nuit . . .»

«Hafer», gellte plötzlich eine schrille Stimme. Inmitten des Zeltvierecks stand der klapprige Sergeant Veyre in voller Ausrüstung, resedagrün, den Repetierstutzen quer über dem Rücken, die grünen Wickelgamaschen eng um die dürren Waden gelegt.

«Hafer», keifte er noch einmal. Ein dumpfes Getrappel ward hörbar von Hufen und vielen eisenbeschlagenen Schuhen. Die Tassen flogen klirrend in die offenen Zelte. Trésor, das braune Pferd des Adjutanten, wieherte laut der aufgehenden Sonnenscheibe entgegen, die müde hinter öden Bergen hervorkroch. Plötzliche Stille. Neben der Feldküche auf dem runden Kalkofen stand breitbeinig der Adjutant, blickte ins Tal hinab, aus dem deutlich das Rauschen des kleinen Oued drang. Ein Geruch von Schweiß, verfaultem Holz, Nahrungsmitteln und Pferden drang in die Nase. «Cazzo», fluchte er laut. Als er die Hand vor die Augen legte, war plötzlich ein Bild aus seiner Jugend da. Eine Straße bei Mezzano, grau in der Po-Ebene, grüne Bäume in weiter Ferne, Maisfelder, die eine kleine Schenke umgaben. Sein Fuhrwerk stand davor, beladen mit Po-Sand, den er in Parma abliefern sollte. «Cazzo», hatte er auch damals gesagt, weil ein Leitseil gerissen war.

«Antreten», rief er, zog den Revolver aus der Seitentasche und knallte in die Luft.

«Ho-o-o», heulte es von allen Seiten, die Sektion trat zusammen auf zwei Reihen.

«Ausrichten», heulte Sergeant Veyre. «Achtung.»

Da standen sie alle wie Puppen, den leeren Blick geradeaus gerichtet.

«Ruhen.»

Füßescharren, gedämpftes Murmeln.

«Caporal Baskakoff», las Veyre von einem schmutzigen Zettel ab.

«Hier», antwortete der rundliche Russe, sein kahler Kalmückenschädel glänzte.

«Caporal Dunoyer.»

«Hier.» Die roten, irren Augen verschwanden unter den tätowierten Lidern, und die gemalten Augen gaben dem Gesicht einen unnatürlich kindlichen Ausdruck.

«Legionär Schneider.»

«Hier.» Ein blasses, trauriges Gesicht. Die Augen zuckten, die Ohren waren glühend rot.

Der Adjutant unterbrach heiser: «Steh gerade, Schneider. Wie ein nasser Wollappen steht er da.»

«Melde mich krank», stieß Schneider mühsam hervor.

«Ich kenne keine Kranken.» Der Adjutant rötete sich wolkig. Sein verdorrter Schnurrbart sträubte sich. Schneider tauchte unter, verschwand hinter dem Rücken seines Vordermannes.

Der Appell ging eintönig weiter.

«Wird das Ehepaar endlich ruhig stehen?» schrie wieder der Adjutant.

Alle lachten, gezwungen schier, wie man zu schlechten Vorgesetzten-Witzen zu lachen hat. Am äußersten Flügel rechts duckten sich zwei Gestalten.

«Ich hab euch schon gesehen, zeigt euch nur.»

Zuerst tauchte ein volles Mädchengesicht auf, mit blauen Augen, deren Blicke würdevoll und erhaben über die lachenden Gesichter schweiften. Der Mund war klein, ein wenig offenstehend, daß die weißen Zähne glänzten zwischen den sehr roten und geschwollenen Lippen. Die Haut der Wangen schien alt, zermürbt von zu vielem Schminkegebrauch. Der fette Körper mit den vorstehenden Hüften wand sich. Dies war Fritz Bruns, früherer Damenimitator an Variétébühnen. Neben ihm, klein und unscheinbar, mit magerem, blassem Apachengesicht, stand Karl Obrowsky aus Berlin, ehemaliger Gelegenheitsspartakist. Sie beide standen nun aufrecht, ohne zu erröten, den spöttischen Blicken ausgesetzt, die über sie herfielen.

Dann begann er die kurze Front abzuschreiten.

«Zwei, vier, sechs, zehn. Caporal Dunoyer, Sergeant Veyre: Holz holen. Zwei, sechs, zehn, zwölf. Sergeant Schützendorff – ah, Sie sind endlich angezogen – Caporal Baskakoff . . . Steine holen.»

Er zählte den Rest.

«Diese bleiben im Lager, den Kalkofen herzurichten.»

Das eintönige Getrappel begann wieder. Die Maultiere schrien. Der braune Jagdhund des Adjutanten bellte laut einigen Arabern nach, die mit kleinen, schwerbepackten Eseln auf der nahen Straße vorbeizogen. Die Berge zu beiden Seiten des Tales röteten sich dunkel, und schwer leuchtete die Sonne auf das tiefe Grün der Oleanderbüsche, die den Oued zu beiden Seiten einsäumten. Doch war die Luft noch feucht und kalt; Reif schimmerte auf den Alfabüscheln. Es war Dezember.

Der kleine Schneider mühte sich vergebens, seinem ausschlagenden Maulesel den Sattel aufzulegen. Seppl, ein graues kleines Tier, das der alte Kainz getauft hatte, war unruhig und schlecht gelaunt. Obrowsky sattelte das Pferd des Adjutanten, warf schnelle Blicke nach Bruns, der mit Fuad, dem kleinen Türken, schäkerte. Er wollte drohend «Fritz!» rufen, doch fiel ihm ein, daß er dem Türken noch fünf Francs schuldete. Darum ließ er die Sache auf sich beruhen.

Sergeant Schützendorff balancierte endlich auf seiner Lisa, einem braunen, schläfrigen Tier, hielt die Steigbügel nach vorne gepreßt und zog die Zügel scharf an.

«A-a-aufsitzen», schrie er. Dann kehrte er die Lisa und ritt auf einen Bergsattel zu, der deutlich aus dem aufsteigenden Nebel auftauchte.

Hinter ihm ordnete sich der Zug. Als letzter fuhr Stefan mit der Araba, einem zweirädrigen Karren, bespannt wie eine russische Troika, drei Maulesel nebeneinander. Der Zug kreuzte die breite Straße, die von Bou-Denib nach Midelt führt.

Der kleine Schneider saß ganz zusammengeschrumpft auf seinem Esel. Vor drei Tagen hatte ihn ein Fieberanfall gepackt. Das Chinin, das er am Morgen geschluckt hatte, dröhnte nun in seinen Ohren. «Reiten, reiten», sprach er vor sich hin. Und bunte Bilder waren in seinen Augen. Der graue Weg war ein schmaler Läufer, die graugrünen Alfabüschel und ihre Schatten warfen bunte Muster in seine flimmernden Augen.

«Der Adjutant hätte mich liegen lassen sollen», rollten die Worte mühsam durch seinen leeren Kopf. «Er weiß gar nicht, was Krankheit ist. Ist keine Kunst, immer gesund zu sein, wenn man beständig säuft. Schnaps saufen den ganzen Tag, das wäre gut, dann ginge alles von selbst. Aber wir haben ja nie Geld. Wenn ich nur die Prämie noch hätte. Aber die ist schon längst beim Teufel. Ich könnte ja bei den Gums einige Sattelriemen verkaufen, aber der Adjutant brächte mich aufs Kriegsgericht. Vielleicht wäre das besser. Aber der neue Capitaine würde mich sicher nur in die Disziplinarkompagnie schicken. Und das wäre ärger.» Er sah ganz deutlich den Steinbruch in der Nähe von Colomb-Béchar, wo Senegalneger mit geladenem Gewehr und Gummiknütteln magere Legionäre zur Arbeit antrieben. Dann griff er in den Umschlag seiner Policemütze, fand darin eine alte Kippe, und begann zu rauchen. Nach zwei Zügen jedoch zerdrückte er behutsam den Zigarettenstummel und legte ihn zurück an seinen Aufbewahrungsort.

Wieder flimmerten die Farben vor seinen Augen, und dumpfe Glokken dröhnten an seinen Ohren, ganz nahe, unterbrochen von gellem Schellengeklingel. Wieder fielen die Worte tropfenweise in seinen Kopf: «Komisch, wie das Chinin wirkt. Und letzte Nacht habe ich geträumt vom großen Krieg. Wahrscheinlich weil ich fror, träumte ich von Rußland und dem dicken polnischen Mädchen, das gut zu uns war. Aber die Araberinnen – schmutzig sind sie ... Pfui.» Ekel schüttelte ihn. «Der Krieg ist wohl an allem schuld. Wir Jungen sind ja doch alle verloren. Was haben wir eigentlich vom Leben gehabt? Ich war fünf Jahre Soldat in Deutschland. Dann sollte es wohl Frieden geben. Vielleicht hatte auch ich das Recht, glücklich zu sein. Aber dann versprach man uns den ewigen Frieden, für den sollten wir kämpfen. Und ich habe wirklich an ihn geglaubt. Da kam der Sturm auf den Bahnhof. Warum gerade auf den Bahnhof? Das verstehe ich heute noch nicht. Im Grunde hab ich nichts getan, als wieder anderen gehorsam zu sein. Es sollte zwar für mich sein. Dann ging alles unter, und ich hatte Angst vor dem Gefängnis. Lieber noch Fremdenlegion. Wenn ich damals gewußt hätte, was ich heute weiß! Jetzt muß ich noch vier Jahre aushalten.» Ein Schauer ging durch seinen Körper, eine unsichtbare Hand zog ihn an den Haaren nach rückwärts. Alle Muskeln strafften sich schmerzlich. «Vielleicht findet man im Tode Ruhe. Ich habe ja Patronen. Man kann den Lauf in den Mund stecken und mit der großen Zehe abdrücken.» Er lächelte plötzlich freudig und still. Der Zug hielt an.

In weitem Bogen schwang sich Sergeant Schützendorff zur Erde. Die Wickelgamaschen waren von seinen Waden auf die Schuhe gerutscht. Er blickte sich mit schläfrigen Augen um, dann rief er: «Absitzen.»

Durch die Schlucht lief ein einsamer Bach, träge, versickerte dann im gelben Erdreich. Rechts und links stiegen graue Felsen auf, büschelweis bewachsen mit verrunzelten Nadelhölzern. Ein Rudel Gazellen verschwand, lautlos hastend, fern in der Ebene. In der großen Stille dröhnten die Hufe der Tiere auf dem feuchten Erdreich. Mühsam stieg der kleine Schneider ab. Als er zur Erde blickte, drehten sich die Grasbüschel in kleinen grünen Wirbeln.

An der Araba teilte Stefan Pickel und Schaufeln aus. Schützendorff hatte sich nahe an den Bach in den glitzernden Sand gelegt und war eingeschlafen. Der kleine Schneider rüttelte ihn wach: «Ich bin krank, Sergeant, und kann nicht arbeiten.»

Schützendorff räkelte sich empor, gähnte, blickte den kleinen Schneider an.

«Achtung», brüllte er heiser in deutscher Sprache.

Der kleine Schneider stand straff. Er fühlte das Zittern in seinen

Knien schmerzhaft deutlich. Im rechten Schenkel klopfte ein Hammer.

«Na, ruhen», sagte Schützendorff gemütlich. Er zog ein Paket Job aus der Tasche. Schneider blickte mit hungrigen Augen darauf.

«Gib mir die Kippe dann, Schützendorff, ich hab nichts mehr zu rauchen.»

«Da, nimm ein paar.» Der Sergeant hielt ihm das Päckchen hin. «Ich bin ja im Grund kein schlechter Kerl. Hab früher auch mein Brot für Zigaretten verkauft. Also, krank bist du. Kannst oben auf dem Berge Wache stehen, wenn du noch hinaufkommst.»

Dem kleinen Schneider tat es wohl, daß man deutsch zu ihm sprach. Er hängte sein Gewehr schräg über den Rücken, wog die vollen Patronentaschen in seinen Händen und stapfte die Felsen hinan.

Oben setzte er sich auf einen großen Stein, den die Sonne erwärmt hatte. Er legte das Gewehr über die Knie und blickte um sich. Fern glänzte weiß der kleine Posten. Die Berge zu seiner Rechten lagen in schwarzem Schatten. Ein leiser Wind schliff die Gräser mit feinem Sand. Spärliche müde Fliegen zogen klingende Kurven durch die Luft. Über den Schneebergen in weiter Ferne sonnten sich gelbe Wolken.

Der kleine Schneider schlief ein. Vom Dom der Heimatstadt am Rhein läuteten die Glocken den Krieg ein, läuteten stärker und verfolgten die vielen Männer, die zur Kaserne gingen. Auch der kleine Schneider sah sich unter ihnen. Nun brannte die neue Uniform auf seinem Körper, ein Feldwebel verfolgte ihn, wollte ihm einen Fußtritt geben. Es ging alles entsetzlich langsam vor sich, als halte eine unbekannte Macht alle Bewegungen auf.

Plötzlich erwachte der kleine Schneider und stürzte vornüber. Ein laut klatschender Schlag brannte auf seinem Rücken. Als er den Kopf vom Boden erhob, sah er den Adjutanten vor sich, mit erhobener Reitpeitsche. Der sah nicht böse aus, eher schien er sehr belustigt.

«Mein Trésor hätte den Schlag kaum gespürt, und du fällst gleich um. Das sind mir Soldaten.» Er rümpfte die Nase. «Auf Wache geschlafen. Darauf steht Kriegsgericht.» Nun brüllte sich der Adjutant in Wut. «Ich sollte dich dahin schicken. Da würde man vielleicht das Mittel finden, aus dir einen Soldaten zu machen.»

Der kleine Schneider lächelte schwer. Er dachte an das eiserne Kreuz, das er nach der Somme-Schlacht erhalten hatte. Er wollte etwas erwidern, doch der Mund war ihm ausgetrocknet und die Zunge hing darin wie ein schwerer hölzerner Klöppel.

«Du gehst jetzt zu Fuß heim», des Adjutanten Stimme wurde sachlich und kühl, «und baust dein Grab auf. Weißt du, was das ist? Du nimmst deine Zeltplane und baust sie allein auf. Keine Decken, verstanden? Legst dich darunter und kriechst nicht heraus, bevor ich dir die Erlaubnis dazu gebe. Abtreten.»

Der kleine Schneider stand vor dem dicken Mann und sah ihn an wie ein großes, fremdes Tier.

«Aber ich bin doch krank», sagte er weinerlich.

«Krank, krank», grölte Cattaneo. «Ich bin kein Arzt, und der Major kommt doch nicht hierher.» Doch als er die Tränen sah in des anderen Augen, war er erfreut über die starke Wirkung seiner Worte und die Furcht, die er einzuflößen imstande war. Freundlich fuhr er fort: «Also Fieber hast du. Dann geh ins Lager zurück und leg dich ins Zelt. Ich bring dir dann Chinin. Na, wird's bald?»

Der kleine Schneider zottelte lächelnd den Berg hinab. In ihm war nur eine Sehnsucht: sich niederzulegen und zu schlafen, lange, lange Tage hindurch, womöglich niemals mehr aufzuwachen.

Unten waren die anderen damit beschäftigt, die abgebröckelten Kalksteine auf die Araba zu laden. Stefan stand vor seinen drei Eseln und sprach angeregt auf die nickenden Köpfe ein:

«Bald gehen wir alle vier nach Paris, dann werde ich aufrecht auf euch dreien durch die Champs-Elysées reiten. Die Köchinnen und die Kindermädchen werden uns anstarren. Dann gehen wir in ein Nachtlokal, wo ich Portier war. – – Ach, es war so schön vor dem Krieg», fügte er hinzu. Dann sang er wieder mit rauher Stimme:

«C'est à Paris, dans une boîte, dans une boîte de nuit Place Pigalle.»

Seppl hatte sich losgerissen und rupfte magere Grasbüschel aus, die er samt der daranhängenden Erde verzehrte. Als der kleine Schneider die offene Hand hinhielt, kam er mißtrauisch heran, ließ sich dann aber ohne weiteres packen. Dabei schüttelte er unzufrieden den Kopf und schwang die großen Ohren wie Fächer.

Schneider sah durch das braune Zelttuch die Sonne als winzigen grellen Punkt. Sieben Decken hatte er sich um den Leib gewickelt, und dennoch fror ihn. Draußen hörte er die Gamellen klappern, denn es war Essenszeit. Doch ihm war übel.

«Willst du etwas, Schneider?» fragte Caporal Baskakoff vorne am Zelteingang und rollte das letzte ‹r› langgezogen.

«Nur meinen Wein, sonst nichts.»

Der Adjutant brachte selbst ein paar Chinintabletten.

«Laß dir's bessergehen», sagte er freundlich.

Den ganzen Nachmittag lag der kleine Schneider regungslos im Halbschlummer, ihm war wohlig warm, und abgerissen zogen Träume vorbei. Er sah sich daheim im Rhein schwimmen als zwölfjährigen Buben. Er wußte, die Mutter wartete auf ihn. Große grüne Bäume waren an den Ufern, und die kleinen Motorboote ratterten tutend stromaufwärts. Dann war er wieder mitten in der Somme-Schlacht, in einem Granattrichter. Regen mit Schnee vermischt fiel herab und durchnäßte ihn bis auf die Haut. Dann wieder war er auf dem Heimweg in seine Vaterstadt. Im Zuge predigte ein zorniger roter Mensch von der nahen Befreiung, vom Siege des unterdrückten Proletariats ... Eine lange Leere ... Dann mußte er fliehen. In Mainz ließ er sich anwerben. An der Wand des Büros hing eine große Tafel mit leuchtenden Buchstaben: «Liberté, Egalité, Fraternité.» Er ließ sich die fremden Worte übersetzen: «Freiheit, Gleichheit, Brüderlichkeit.» Das war sehr schön. Aber auch diese Worte waren nur Lügen wie alles frühere, wie die Wacht am Rhein, der Haß auf England. Fast schien es ihm, als sei auch die soziale Revolution nur ein großes Wort ... Nun aber diente er bei jenen, die ihm an der Somme gegenübergestanden hatten. Er hatte sich verkauft – für fünfhundert Franken – und 25 Rappen täglichen Lohn. Auf fünf Jahre. Wie viele Fünfen es in dieser Rechnung gab. Er lächelte verwundert. Doch die ihn gekauft hatten, brauchten ihn nicht zu schonen. Es gab ja noch so viele, die sich anwerben ließen. Ein ganzes Menschenkapital, von dem man zehren konnte und das dennoch stets sich vermehrte. Nun mußte er Straßen bauen, Kalk brennen, Posten aufrichten. Man sah gar nichts mehr vom Krieg. Und er war doch als Soldat eingetreten. Und nicht als Arbeiter ... «Freiheit», lachte er. «Gleichheit, Brüderlichkeit. Es geschieht uns schon recht. Wir haben ja nichts mehr zu erwarten. Was sollen wir noch? Wir können nur gehorchen, und das noch schlecht.» Plötzlich war er ganz wach. Eine Melodie war in seinem Kopf und summte darin, wollte nicht mehr aufhören, eine Melodie, die er in den Revolutionstagen oft gehört hatte. Während der Überfahrt nach Oran hatte ihn ein Spahi die französischen Worte gelehrt. Und mit hoher Stimme sang der kleine Schneider das Lied, das ihm auszudrücken schien, besser als alle anderen, was in ihm war:

«C'est la lutte finale
Tous en rang et demain ...»

Da stand schon der Adjutant vorne am Zelteingang und brüllte: «Was, du singst bolschewistische Lieder? Ein Bolschewik ist nicht krank. Ich werde dich schon kurieren. Heute abend kannst du Wache stehen. Das wird dich singen lehren.»

Aber hinten an der Küche griff eine rostige Stimme den Vers auf:

«C'est l'Internationa-aale ...»

Stefans Stimme verstieg sich zu hohem Kreischen. Doch dies störte den Adjutanten nicht. Er lächelte bloß. Nur vor den deutschen Spartakisten mußte man sich in acht nehmen, so lautete der Befehl von oben. Die konnten wohl aus reinem Nationalgefühl eine Revolte anzetteln.

Um sechs Uhr wurde zu Nacht gegessen. Kainz schleppte zwei große Kessel in die Mitte des Zeltvierecks. Rings um die Kessel standen die 38 Aluminiumgamellen. Die beiden Sergeanten aßen mit dem Adjutanten im Zelt. Caporal Dunoyer klatschte mit breitem Schwung das Fleischragout und den Käsereis in die Eßschalen.

Die Sonne war ein gelber Halbkreis, der langsam hinter den Bergen verschwand. In den letzten Strahlen schimmerte der Oued kupfern. Zwei Sterne waren weiße Leuchtkugeln auf dem grünen Himmel. Ein kalter Wind rüttelte an den Zelten und ließ den braunen Jagdhund des Adjutanten erzitternd winseln. Aus einem fernen Dorf hallte deutlich der näselnde Ruf eines Priesters. Und oben hinter den Mauern des Postens (auch sie schimmerten grünlich) wimmerte es eintönig zur klappernden Zupftrommel:

«Ay, ay, ay, la moulay dschiroua ...»

Aus dem hohen Kalkofen drangen scharfduftender Rauch, der über das Lager wirbelte, und einzelne dunkle Flämmchen. Unten, im langen Gang, der zur Feuerstelle führte, stand Stefan und stieß frisches Holz in die Glut. Im Gang saß die ganze Sektion beisammen und ließ die Feldflaschen herumgehen. Der Adjutant hatte doppelte Ration Wein austeilen lassen. Das feuchte Holz summte mannigfache Töne, die in sonderbarem Akkord zusammenklangen.

«Drei Lilien, drei Lilien,
Die pflanzt ich auf mein Grab, fallera.
Da kam ein stolzer Reiter
Und brach sie a-a-ab ...»

Die Deutschen sangen, zaghaft und furchtsam schier. Als sie schwiegen, tönte stärker der Vielklang des brennenden Holzes. Dann sang Caporal Baskakoff ein trauriges Lied. Die Töne stiegen hoch, traurig und verzweifelt. Niemand lachte. Das Ehepaar rückte dichter zusammen.

Aber ganz am Ende des Ganges, die Brust noch warm beschienen, doch den Rücken im kalten Abendwind, saß einsam der kleine Schneider in voller Ausrüstung. Die resedafarbene Capotte fiel herab bis zu den Knöcheln. Der gelbe Tropenhelm verdeckte die Hälfte des Gesichts und ließ nur den Mund sehen, dessen rote Lippen weinerlich geschürzt waren.

«Appell», zerriß Sergeant Veyres Stimme die Dunkelheit.

Der Gesang am Feuer brach ab. Schneider erhob sich, hängte das Gewehr an die rechte Schulter, und begann mit unsicheren Schritten das Zeltviereck abzuschreiten. Er mußte den Helm auf den Kopf pressen. Der Wind wehte stärker von den Bergen herab.

Veyre ging von Zelt zu Zelt. Die kleinen Prismen schimmerten braun, von Kerzenflammen im Innern schwach erhellt.

«Zum Appell.»

«Fehlt niemand. Ausrüstung und Waffen vollständig», kam die Antwort.

Der Adjutant saß in seinem Zelt. Auf dem niedrigen Tisch brannte eine Acethylenlaterne. Neben ihr, halbvoll, stand eine Flasche Rum. Als Schneider am offenen Eingang vorbeiging, sah er die Etikette bunt aufleuchten: «Rum Negritos» stand darauf, und ein wollhaariger Negerschädel grinste ihn an.

«Mein Adjutant, mir ist kalt», flüsterte der kleine Schneider. Cattaneo rührte sich nicht. Lauter wiederholte Schneider die Worte.

«Schnaps willst du? Na, komm.» Der Adjutant goß eine Zinntasse voll Rum und schob sie Schneider hin ... Cattaneo saß in Hemdsärmeln auf dem niederen Feldbett, dessen Latten sich bogen unter dem Gewicht des schweren, plumpen Körpers. Die behaarten Arme schimmerten rötlich im Licht. Die Bridgeshosen fielen auf die braunen Sandalen, und auch der Flaum am Fußgelenk schimmerte rötlich.

«Merci, mon adjudant», sagte der kleine Schneider mit fester Stimme und stand straff.

«Na, so ist's besser», war die Antwort. «Schnaps ist die beste Medizin, nicht wahr?» Er winkte gönnerhaft mit der Hand. Und Schneider schritt weiter, während ein schier unbekanntes Glücksgefühl seinen Körper ergriff und frohe Bilder in seinem Kopfe tanzten.

Der Mond war aufgegangen. Eine Wolke glänzte wie ein runder wächserner Gott auf dem schwarzen Altar des Berges.

«Ich werde sicherlich noch Korporal», dachte der kleine Schneider, «und dann werde ich verlangen, nach Fez in die Unteroffiziersschule zu kommen.» Alles schien leicht durchführbar. «Vielleicht finde ich auch einen guten Major, der mich auf die Reform schickt.» Ein ganz neues Leben stieg vor ihm auf bei dem Worte Reform. Rückkehr zu Menschen, die seine Sprache kannten, zu blonden Mädchen, die sauber waren und gesund. Es würde vielleicht schwer sein, Arbeit zu finden, aber doch nicht unmöglich. Dann konnte man doch wandern, wohin man wollte. Und dann hatte es ja auch in Deutschland wohl eine Amnestie gegeben.

Drüben schimmerte die Straße weiß zwischen den schwarzschraffierten Feldern, auf denen Grasbüschel wedelnde Straußenfedern waren. Stumm lagen die Zelte da, ersticktes Schnarchen drang daraus hervor. Die Maulesel klirrten unruhig. Nun löschte der Adjutant seine Lampe. Der Wind vermischte den ätzenden Karbidgeruch mit dem feuchtriechenden Rauch des Kalkofens.

Der kleine Schneider setzte sich an die Ecke des Zeltvierecks, die steil zum kaltrauschenden Oued abfiel. Die Luft war still. Nur aus dem nahen Posten näselte es noch:

«Ay, ay, ay, la moulay dschiroua . . .»

Da plötzlich schüttelte den kleinen Schneider die Verzweiflung. Sie brach in seinen Kopf ein (hatte sich der Rum verwandelt?), peitschte Schauer durch den müden, schmerzenden Körper, zerrte an allen Muskeln so heftig, daß die Beine schlotterten. Zitternd öffnete die rechte Hand die Patronentasche, legte eine Patrone auf die Erde. Sie war eingefettet und glitschte. Dann nahmen die beiden Hände das Gewehr auf, entriegelten klappend den Verschluß. Und zitternd schob wieder die Rechte die Patrone in den Lauf. Dann wollten die beiden Hände die Wickelgamaschen aufreißen, um den Fuß zu befreien. «Mit der großen Zehe, mit der großen Zehe», flüsterte unaufhörlich der trockene Mund. Bei einer heftigen Bewegung des rechten Armes entlud sich das Gewehr. Der Knall erstickte im dicken Stoff der Capotte. Der kleine Schneider fühlte einen heftigen Schlag am rechten Schenkel. Zugleich spritzte ihm ein roter Springbrunnen ins Gesicht. Nun fühlte er plötzlich wieder seinen Körper; nicht mehr losgelöst von seinem Willen waren die Glieder. Dann aber rollte er den Abhang hinab. Der Mond drehte sich rasend schnell. Er verschwand, und der Oued glänzte ganz nahe. Der kleine Schneider fühlte eine kalte Hundeschnauze, die das Blut von seinem Gesicht leckte. Er erkannte den Hund des Adjutanten. Dann wurde die Nacht dunkel und rot.

Um Mitternacht machte der Adjutant die Runde und fand den Toten. Er drehte den Körper mit der Fußspitze um, ließ ihn dann liegen bis zum Morgen. Da suchte er einen alten Hafersack hervor, preßte selbst den starren Körper in den Sack und ließ ihn im Bled verscharren. Er beaufsichtigte selbst das Zuschaufeln des Grabes. Eine Erdscholle blieb an seinem Stiefelabsatz hängen. «Merde», sagte er und schleuderte unwillig den Fuß nach vorne.

1925

Mord

Aus der französischen Fremdenlegion

Im engen Gang vor dem Bureau des Colonel stieß Sergeant Vanagass mit der Ordonnanz zusammen, entschuldigte sich und fragte höflich: «Haben Sie vielleicht Cleman gesehen, Charles?»

«Nein», antwortete der alte, fettleibige Legionär, zog die Bauchbinde breit, die sich weiß um seine Hüften runzelte. «Es ist jetzt Siesta, er wird wohl schlafen.» Vanagass blieb stehen, in verlegener Stellung an die Wand des Korridors gelehnt, die Finger in den Seitentaschen seines Waffenrocks. Auf den Ärmeln, die bis zur Mitte der Handrücken fielen, glänzten die goldenen Winkel seines Grades. Im blassen Gesicht war einzig die Nase rot und dick; der blasse Mund schien über die abstehenden Ohren zu spotten. Die Augen blickten müde geradeaus.

«Dann ist es ja gut.» Vanagass wollte weitergehen, als die hohe Stimme des Kommandanten Constant ihn zurückrief aus der halbgeöffneten Tür.

«Warten Sie, mein Lieber, warten Sie!» Constants kleine Gestalt hüpfte im Stuhl vor dem großen, mit Papieren bedeckten Tisch, als der Gerufene eintrat. Ein Altweibergesicht versteckte sich hinter großer Hornbrille, der winzige Mund verschwand unter dem weichen, weißen Schnurrbart. «Ein Fall von Desertion noch, ich werde nicht recht klug daraus.»

Müde beugte Vanagass seine hagere Gestalt über die Papiere. Er las sie durch, während er seine Nase knetete. Mit eintöniger Stimme tat er sein Urteil kund: «Es handelt sich um eine ungesetzliche Abwesenheit von sieben Tagen. Als erschwerender Umstand ist die Flucht nach Marokko anzusehen, welche als Desertion ins Ausland aufzufassen ist.» Der gelbe Fingernagel unterstrich die wichtigen Sätze. «Es ist daher Klage an das Kriegsgericht in Oran einzureichen, da in diesem Falle der Brigadegeneral keinen Strafbeschluß fassen darf.»

«Schade, daß Sie Russe sind», bedauerte Constant, zog eine längliche Metallbüchse aus der Tasche, entnahm ihr die glänzende Spritze, die er aus einem kleinen Fläschchen füllte, prüfte die Nadel und stach sie in den Unterarm. Sein Schnurrbart zitterte, während die Flüssigkeit die

Haut aufblies. Er wartete eine Minute, schwere Seufzer ausstoßend. Die Ordonnanz und Vanagass blickten gleichgültig zur Decke. Plötzlich rasselte Constant los, mit glücklich gerötetem Gesicht:

«Ach, unser Metier ist doch langweilig, langweilig, langweilig. Und daß Sie es aushalten können, Vanagass, ist mir unbegreiflich. Ich weiß wohl, daß Ihnen nichts anderes übrig blieb, als die Bolschewisten in Odessa einmarschierten. Ihr wahrer Name hat Sie gehindert, sich mit diesen Leuten zu verständigen. Sonst hätten Sie es doch getan. Diese Leute haben ja recht mit ihren Forderungen, unglaublich recht. Sie wissen, wie ich über diese Sache denke. Denken Sie sich, mein bester Freund, ein Hauptmann, der eine diplomatische Mission für die Sowjetregierung erhalten hatte, ist zu ihnen übergetreten und leitet jetzt die revolutionäre Propaganda in Frankreich vom Ausland aus. Und mich, ich bitte Sie, was gehen *mich* Frankreichs Kolonien an? Können Sie mir das sagen? Die Araber sollen doch für sich sorgen. Nein, ich bin für die endliche Freiheit aller Unterdrückten [und] gegen den Krieg. Das hat man wohl im Ministerium gemerkt und mich deshalb in ein Bureau eingesperrt. Aber die Freiheit des Wortes ist stärker als alle Bureautüren. Was meinen sie dazu, Vanagass? Habe ich nicht recht?»

«Ich finde diese Diskussionen sehr unfruchtbar», war die lächelnde Antwort, «und bin mehr für die innerliche Freiheit als für die rein äußerliche.»

Der Kommandant breitete beide Handflächen gegen den Sergeanten aus. «Natürlich, Sie Mystiker», klatschte sie dann auf den Tisch und stemmte den zierlichen Körper in die Höhe. «Ich gehe jetzt zum Essen. Wissen Sie was, am 14. Juli gründen wir hier die Räterepublik von Algerien, die Fremdenlegion wird zur roten Garde und Kommandant Constant der Konkurrent Trotzkis. Ha, ha.» Er hüpfte hinaus.

Die Ordonnanz brummte verärgert. Vanagass schritt zur Tür, zögernd und beunruhigt. «Sie bringen hier alles in Ordnung, Charles. Ich muß unbedingt sehen, was mit Cleman los ist.»

«Wenn der Alte Morphium hat, schwatzt er immer so viel, nicht?» meinte Charles sachlich. Vanagass hob die spitzen Schultern, daß sie die Ohren berührten – und ging hinaus.

Der Kasernenhof von Bel-Abbès war bis zu den Dächern mit weißem Licht gefüllt. Vanagass taumelte in die dunkle Tür zurück, die ein wenig Kühle vortäuschte, entschloß sich aber endlich und durchdrang die zähe Hitze mit wiegenden Kavalleristenschritten und rudernden Armen. Einige Bäume warfen durchsichtig graue Schatten auf die Erde.

Die schwere Stille wurde von keinem Laut unterbrochen. Es war Mittagszeit. Schlafend lagen die drei Bauten, ließen eine Seite des glühenden Vierecks frei, das eine niedere Mauer von der Straße abschloß. Im gelben Tropenhelm stand am Tor eine einsame Gestalt, die einen dunklen Stab mit weißglühender Spitze in Händen hielt – das Gewehr mit aufgepflanztem Bajonett.

Als Vanagass das Zimmer der Korporalsschüler betrat, zischte es ihm aus allen Betten entgegen.

«Die Leute sind müde und wollen jetzt schlafen», verwies ihn Korporal Ackermann, ein blondhaariger Deutscher mit scharfem Seemannsgesicht.

«Entschuldigen Sie, Korporal», Vanagass verneigte sich leicht und führte zwei Finger zur Polizeimütze. «Ich muß unbedingt mit Cleman sprechen.» Er blickte im Zimmer umher. In die Stille tönte das laute Gesumm der Fliegen, die sich in Knäueln an der Zimmerdecke drehten. Über die niederen eisernen Bettstellen waren gelbliche Leintücher gespannt, die von den würfelförmigen Paquetagen oben auf dem Brett über dem Kopfende festgehalten wurden. Braune Punkte liefen auf den hellen Tüchern – Wanzen. Aus einem Bett nahe beim offenen Fenster sprang eine nackte Gestalt, dürr, mit spitzem, kahlem Gesicht. Die Knochen der Schultern spannten die Brusthaut, daß die Rippen wie Faßreifen vorsprangen.

«Was willst du?» fragte Cleman, das gerötete Gesicht wurde plötzlich weiß; Schweißtropfen legten einen schimmernden Reif auf die Stirn.

«Da bist du also», Vanagass seufzte beruhigt. «Komm ein wenig mit, ich muß mit dir sprechen.»

«Ssssss», tönte es unter den Tüchern hervor, die wogten und nackte, nasse Glieder sehen ließen.

«Ich muß aber sehr bitten», ließ Ackermann sich wieder mit dürrer Kommandostimme vernehmen. Er konnte Bureauangestellte nicht ertragen.

«Wir gehen schon, reg dich nicht auf», beschwichtigte ihn Cleman auf deutsch. Er zog die langen Khakihosen über die sehnigen Beine, das blaugestreifte Hemd über den Kopf, nahm den Helm vom Brett und folgte Vanagass.

Die beiden blieben unten im Gang stehen. An den Wänden zu beiden Seiten floß Wasser aus glänzenden Messinghähnen. Cleman nahm den Helm ab und ließ seinen Kopf berieseln.

«Wo warst du gestern abend?» fragte Vanagass und legte dem Freunde die Hand auf die Schulter. «Ich hab auf dich gewartet.»

Cleman wandte sich so hastig um, daß sein Kopf an einen der Messinghähne stieß. Die Mundwinkel zogen sich herab, die Nase ward bleich. Die Augen blickten starr und grau auf die gleißende Platte, die vor der Tür zum Hofe zu stehen schien.

«Ich war ... nur im Village nègre», meinte er stockend und blickte an Vanagass vorbei.

«Brrr», schüttelte sich der. «Das ist schier ein Verbrechen.»

Cleman zuckte zusammen, unmerklich. Der andere betrachtete ihn neugierig. «Aber heute abend bist du frei.»

«Frei», griff Cleman das Wort auf und schob die mageren Schultern zurück. Das Hemd klaffte und ließ die schmale Brust sehen, an deren spärlichen Härchen Tropfen zitterten. «Frei ... Ja, ich glaube, daß ich jetzt frei bin.»

Als Vanagass den Freund noch immer prüfend betrachtete, rieb dieser das Gesicht mit den Handflächen, schleuderte die Arme von sich. Schimmernde kleine Kugeln flogen durch die Dämmerung.

Sie traten unter die Tür. Noch immer lag der Hof in glühender Stille. Vorn beim Wachtposten schlenkerte der Clairon, ein kleiner bärtiger Zwerg, sein gelbes Horn und schien mit den gebrochenen Sonnenstrahlen zu fechten. Als er das Instrument an den Mund setzte, mit angelernter Bewegung, brüllte der Posten am Tor: «Aux armes!» Helle Gestalten stürzten aus dem Wachtposten, klappernd fuhren die Bajonette auf die Gewehre.

«Habt acht!» brüllte der rotbärtige Sergeant, «präsentiert Waffen!»

Ein rundlicher Mann rollte durchs Tor. Von ferne sah Vanagass nur den dicken, grauen Schnurrbart, der mit dem schwarzen Schild des Képis ein dunkles Viereck über der weißen Kugel des Körpers bildete. Eine Hand winkte ab. Gewehrschäfte knallten auf die Steine. Verspätet drang der Ruf «Abtreten» zu den beiden unter der Türe. Der Colonel Troulet-Ducarreau rollte weiter durch den Staub, den ein fauler Mittagswind aufwirbelte. Die Arme waren an den Körper gepreßt, ein dünner Spazierstock wippte in der Achselhöhle. Aber hinter ihm, am Tor, brüllte wieder die Stimme des Postens: «Achtung!»

Ein Spahi und ein Sanitätssoldat, die feuchten Gesichter hochrot, trugen eine Bahre am Wachtlokal vorbei, stellten sie ab und wischten mit dem Handrücken über die Stirne. Um die Bahre aber hüpfte mit grotesken Sprüngen der kleine Kommandant Constant und krähte mit erstickender Stimme:

«Vanagass, Sergeant Vanagass. Herrgott, schlafen Sie? Ein Mann von der Wache! Hol mir den Sergeant Vanagass! Aber sofort! – Da, nimm eine Zigarette.»

Der Mann stürzte sich in die Hitze. Doch schon trat der Gesuchte aus der Tür hervor, grüßte den Colonel, der im Mittelbau verschwand, und schritt auf die Bahre zu. Er war bleich, und seine Hände fingerten am Kragen des Waffenrocks. Hochaufgereckt hob sich Cleman vom dunklen Gange ab. Sonderbar kalkig war sein Gesicht, in dem die Zähne zwischen lächelnd verzerrten Lippen gelb schimmerten. Der Körper zerbrach, hielt sich mühsam aufrecht, schritt dann automatisch dem vorangeeilten Vanagass nach.

«Heute morgen ist er gefunden worden», deutete der Kommandant auf die Bahre. Er schlug das Tuch zurück. Als summender schwarzer Rauch stiegen Fliegen in die Höhe, senkten sich wieder auf die klaffende rote Halswunde, aus der die Luftröhre weiß hervorstach. Das runde Knabengesicht war mit braunen Plättchen aus geronnenem Blut bedeckt.

«Heute morgen», wiederholte Constant, «unten beim kleinen Bach am Village nègre, ein Spahi hat mich vom Essen fortgeholt. Was wollen Sie da, Sie . . .», er wies auf Cleman, der mit strenggefurchter Stirn, die Hände in die Seiten gestemmt, auf den Toten starrte. Plötzlich zuckte Cleman in die Höhe, blieb mit zitternden Knien stehen. Hinter ihm stieß der Clairon ins Horn. Die gellenden Töne fielen als schmerzhafte Schläge auf seinen Kopf. Aber auch die andern waren aufgefahren.

Nur Vanagass blieb still über den Toten gebeugt. Er begann zu sprechen, als kaum der letzte Ton verhallt war:

«Es ist sicherlich ein Neuer. Wie Sie bemerken können, ist keine Nummer auf dem Waffenrock. Heute ist Freitag – gestern wurden die Prämien ausbezahlt. Es ist wohl ein einfacher Raubmord – mit einem Rasiermesser verübt.»

Cleman atmete gepreßt unter den ängstlichen Blicken Vanagass', die starr auf ihn gerichtet waren. Die Haut über den spitzen Wangenknochen rötete sich stoßweise. Constant fuhr ihn an:

«Machen Sie, daß Sie weiterkommen. In Hemdsärmeln im Kasernenhof zu stehen schickt sich nicht für einen Soldaten, besonders, wenn ein Vorgesetzter in seinem Waffenrock dabeisteht und schwitzen muß.»

Cleman grüßte steif. «Heute abend um halb sechs», rief er Vanagass zu, der erleichtert aufatmete und fortfuhr:

«Wir werden die Sache schon aufklären, mein Kommandant. Es ist gar nicht erstaunlich, daß derartige Verbrechen hier vorkommen. Die Hefe aller europäischen Staaten gärt in diesem Kessel», mit weit ausgreifenden Armen zog er einen Kreis um sich. «Sie denken wohl, daß Sie ein Plädoyer vom Stapel zu lassen haben?» unterbrach ihn Constant. Unbeirrt fuhr der andere fort. «Es wird schwierig sein, den Täter zu finden. Besser wäre es vielleicht, wir würden einen Geheimpolizisten aus der Stadt zuziehen. Was meinen Sie, mein Kommandant?»

Vanagass deckte das Tuch über das Gesicht des Toten. Wütendes, dumpfes Gesumm dröhnte darunter. Er vermochte kein Mitleid aufzubringen für dieses dumme Jungengesicht mit den weißen, halbverdeckten Augäpfeln.

«Nein, nein», wehrte sich Constant, «die Armee soll ihre schmutzige Wäsche en famille waschen. Tragt ihn nach hinten in die Infirmerie, ihr beide», wandte er sich an die Träger, die am Boden kauerten und wie abgehetzte Hunde mit offenem Munde stoßweise atmeten.

«Der Colonel ist schon oben», bemerkte Vanagass trocken und deutete auf den Mittelbau, über dessen Tür eine verfärbte Fahne hing.

«Wir gehen zusammen hinauf.» Constant setzte sich hüpfend in Bewegung, während der Sergeant mit wiegenden Schritten ihm folgte. Ein sonderbares Lächeln war auf seinem Gesicht, als er den kleinen Kommandanten von der Seite betrachtete. «Ein Plädoyer ist gut, wenn es die Aufmerksamkeit von den wichtigen Verdachtsgründen ablenkt», murmelte er.

Zwischen dem neugierigen Brummen der antretenden Kompagnien schwankte die Bahre auf das Lazarett zu.

Das Peloton der Unteroffiziersschüler war fast vollzählig. Mit klappernden Gewehren, die sie auf den Steinfliesen nachzogen, trotteten verschlafen vier Russen heran und stellten sich in die letzte Reihe.

Lieutenant Castani, ein biederer Korse mit falschen Augen, blinzelte zum Mittelbau empor, ob nicht der Colonel am Fenster stehe. Plötzlich bellte er: «A-a-u.» Stiefelabsätze klappten zusammen. In der ersten Reihe links, mit gespannter Brust, stand Cleman. Neben ihm, ohne Hintermänner, Korporal Ackermann. «E-e-po», sagte Castani leise. Die linken Füße in den Viererreihen fielen nach vorn. Murmeln ging durch die Reihen.

«Ich habe euch eine traurige Mitteilung zu machen», begann Castani. «Es sind Verbrecher unter euch, die selbst ihre eigenen Kameraden nicht schonen. Heute früh wurde in der Stadt ein Mord entdeckt, der sechste seit zwei Monaten. Die fünf ersten sind aufgeklärt worden. Der neue wird es auch. Gestern erst hat sich ein Mörder im Gefängnis erhängt, weil man ihn langsam verhungern ließ. Ich weiß, daß einige von euch seine Leiche gesehen haben.» Verzweifelt versuchte er, eindringlich und überzeugend zu werden. «Ihr wißt also, was euch bevorsteht. Wenn ihr Lust habt, euch als Räuberbande zu benehmen, so tut es nur. Wir werden bald mit euch fertig sein. Und wenn wir Mitrailleusen hier im Kasernenhof aufstellen und euch alle niederknallen sollten. Übersetzen Sie, Cleman.»

Der trat mit zuckenden Mundwinkeln vor das Viereck neugieriger Gesichter. Die Tropenhelme vor ihm waren ein Beet gelber Pilze.

«Sie haben ernst zu bleiben», schrie ihn Castani an, «wir sind hier nicht auf dem Jahrmarkt!»

«Zu Befehl, mein Lieutenant!» Cleman klappte die Absätze zusammen und wurde Holzfigur mit leeren Augen.

«Strammheit haben Sie ja. Nur sollten Sie die Ironie bleiben lassen. Nehmen Sie eine Zigarette.» Castanis Wurstfinger öffneten mühsam die blecherne Dose, in der die Sonne sich spiegelte. Geblendet schloß Cleman die Augen, verbeugte sich eckig und langte mit gespreizten Fingern ins Etui. «Übersetzen Sie jetzt», nickte Castani. Zwei dicke Wülste quollen unter seinem Kinn hervor.

«A-a-u!» Wie dreimaliges Peitschenknallen flog der Ruf über das Viereck. Die Deutschen zuckten zusammen. Sie waren plötzlich wieder im Kasernenhofe des Vaterlandes. Die vier Russen in der hintersten Reihe grinsten angeekelt. Bonamico, der italienische Ingenieur in der dritten Reihe, feixte mit kalten Augen durch den Klemmer. Aufgereckt, mit angespannten Armen, die gestreckten Finger an die Hosennaht gepreßt, stand Cleman da. «Ruhen», sagte er auf deutsch. Näselnd, mit hochmütiger Stimme sprach er auf die gesenkten Gesichter hinab:

«Der Lieutenant meint, daß ihr eine Verbrecherbande seid. Ihr müßt euch zusammenreißen und trachten, daß im Regiment kein Mord mehr vorkommt. Ihr sollt unter euch selber Polizei machen und die Schuldigen selbst herausfinden. Ihr habt den Ermordeten hier vorbeitragen sehen. Richtet euch danach. Wenn alles nichts mehr nützen sollte, werden Maschinengewehre im Hof aufgestellt und ihr alle niedergeknallt. A-a-u!»

So scharf knallte das Kommando zum zweiten Male durch die Luft, daß selbst der Lieutenant mit dem ganzen Körper zuckte und die Absätze zusammenschlug, als sei er wieder Rekrut. Cleman verzog kaum die Mundwinkel. «Schultert Gewehr! Präsentiert Waffen!» Mit weit ausholendem Schritt trat er dann vor Castani. «Mein Lieutenant, Befehl ausgeführt.» Gnädig klopfte ihm der auf die Schulter: «Sie werden es noch weit bringen, vielleicht bis zum Adjutanten. – Ruhen!» kommandierte er kurz. Gewehrläufe fuchtelten in der Luft. Der Befehl kam verfrüht. Dann rasselten die Schäfte auf den Kies.

«Ich bin mit Ihnen sehr zufrieden, Cleman. Übernehmen Sie das Kommando des Pelotons. Richtung Tor von Maskara. Ich komme nach. Sie können disponieren.»

Korporal Ackermanns Seemannsgesicht furchte sich angewidert.

«So ein Streber», murmelte er.

In kurzem, schnellem Schritt-Takt marschierte das Peloton dem Tore zu. Die grünen Wadenbinden stachen von den hellen Khakianzügen ab. Im dunklen Waffenrock zottelte Castani hinterher, ein gelangweilter schwarzer Schäferhund.

In einer dichten Allee, deren Blätterdach die Sonne nicht durchließ, machten die Unteroffiziersschüler Freiübungen. Schwül lag der Nachmittag auf der Mauer, die um die kleine Garnisonsstadt lief. Da pfiff Castani ab. In Hemdsärmeln, die Gesichter mit Schweiß überströmt, lagerten sich die Legionäre in Rudeln auf dem Boden. In einer Gruppe redete Ackermann, eindringlich, mit strenger Stimme.

«Ich kann mir denken, wer den Mord begangen hat; einer, von dem es niemand glauben würde. Aber ich freue mich auf die Überraschung, wenn ich mit meinen Beweisen hervortreten kann.»

«Wer ist's? – Hast du die Beweise schon? – Das wird fein . . .», unterbrachen ungeduldige Stimmen.

Ackermann stemmte die Fäuste in die Hüften und wiegte sich auf gespreizten Beinen. Er warf aus den Augenwinkeln einen Blick nach Cleman, der an einen Baum gelehnt mit Bonamico schwieg.

«Einer von uns hatte gestern abend Permission und hat in der Nacht seinen Khakianzug gewaschen, mehr sage ich nicht.»

«Ach was, Ackermann, is ja allens Quatsch.» Clemans Stimme kam hochmütig näselnd herüber. Doch auf der bleichen Stirn lagen wieder die Schweißtropfen als schmaler Perlenreif. «Du willst mich wohl verdächtigen. Ich habe zuviel Rotwein gesoffen gestern abend. Da mußte ich wohl waschen diese Nacht.»

«Warum verteidigst du dich, Cleman?» fragte Bonamico in gebrochenem Deutsch. Er rückte den Klemmer gerade mit eingelernter Bewegung und ließ die polierten Fingernägel schimmern. «Wenn so etwas . . .», die Achsel zuckte verächtlich in der Richtung nach Ackermann, «Korporal ist und rote Streifen auf den Ärmeln trägt, meint es gleich, allwissend zu sein.»

Cleman zündete eine Zigarette an und sah hinten in der Allee drei Pferde auftauchen; mit langen Sprüngen lief er zu Castani: «Der Colonel, mein Lieutenant.»

«Lassen Sie schnell antreten.» Castani zog seinen Waffenrock straff. Verwirrt sprangen die Liegenden auf und kämpften mit den widerspenstigen Ärmeln der Khakiröcke. Dann stand das Peloton mit geschultertem Gewehr. Als das Pferd des Colonels stillhielt, klappten die Gewehre vor. Waagrecht lagen die linken Arme in der Luft. Nachlässig grüßte Troulet-Ducarreau mit der Reitpeitsche. Doch schon purzelte der kleine Kommandant von seinem Schimmel, rückte das verschobene Képi zurecht und drückte die feuchten Nüstern seines Pferdes an die Wange.

«Lassen Sie ruhen, Lieutenant Castani», rang es sich tief aus der Brust des Colonels.

«Lassen Sie ruhen, Cleman», gab der Lieutenant den Befehl weiter.

«E-e-po am», klatschte es zu den Baumwipfeln. Bewundernd wiegte der Colonel den ergrauten Schnurrbart.

«Ein Deutscher zwar», erläuterte Castani diensteifrig, «aber dennoch einer meiner besten Soldaten.»

«Das ist ja mein Verbrecher in Hemdsärmeln», kreischte Constant, und Cleman zuckte. «Na, da Sie ein so ausgezeichneter Soldat zu sein scheinen . . ., nehmen Sie eine Zigarette.»

Cleman verbeugte sich geziert. Nichts war steif an ihm.

«Ja, man erkennt sie gleich, die Männer von Welt», flötete Constant und verneigte sich, als sei ihm soeben in einem Pariser Salon ein Graf aus altem Geschlecht vorgestellt worden. «Vanagass läßt Sie grüßen, er wartet auf Sie», fügte er hinzu. «Sie brauchen nicht rot zu werden, die Ordonnanz hat es mir erzählt.» Dann, sein Pferd liebkosend, zum Colonel: «Wir können wohl weiterreiten.» Er schwang sich in den Sattel. Auf seiner Brust leuchtete rot das Band der Ehrenlegion.

Das Peloton trabte in die Kaserne zurück.

Kaum im Zimmer angelangt, warf Cleman die Ausrüstung aufs Bett, schnalzte ungeduldig mit den Lippen, da ein Haken der Patronentasche in einem Knopfloch hängengeblieben war. Es roch stark nach Fußschweiß und Soldatenküche. Geekelt sah er auf die Fleischklumpen im schwarzen Kessel, der inmitten des Zimmers stand. Von begehrlichen Augen beobachtet, zündete Cleman des Kommandanten Zigarette an.

«Adieu», sagte er laut unter der Tür.

«Gott sei Dank, jetzt kann man in Ruhe essen», seufzte Ackermann erlöst.

In der Luft hing glänzender Staub, als Cleman mit Vanagass die breite Straße hinunterschritt, die Bel-Abbès in zwei ungleiche Teile schneidet.

«Du hast deinen Khakianzug frisch gewaschen», bemerke Vanagass plötzlich.

«Ja», war die hergeleierte Antwort, tonlos, wie auswendig gelernt. «Ich habe mich mit Rotwein beschmutzt, da mußte ich diese Nacht waschen.»

«Du bist ein gewissenhafter Soldat. Und was machen wir heute abend?» Vanagass sprach geradeaus, ohne den Freund anzusehen.

«Ich habe Mahmoud versprochen zu kommen. Er hat gestern frischen Kif gehäckselt. Ich soll das neue Kraut probieren. Du brauchst keine Angst zu haben, es ist nur leichter Hanf und berauscht gar nicht. Es ist zuviel Tabak daruntergemengt.»

Vanagass nickte schweigend. Braune Jungen blickten mit Hundeaugen zu den beiden auf, klapperten mit Schuhbürsten an Holzkästen und bettelten: «Cirer, Cirer.» In einer Schenke kreischte ein Grammophon. Davor starrten Legionäre mit stumpfem Blick in halbgeleerte Weingläser, versuchten die Melodie mitzubrummen, während blasse spanische Juden, auf den Schanktisch gelümmelt, Zigarettenrauch durch die Nasenlöcher auf ihre unanständig bunten Krawatten bliesen. Geschminkte Offiziersfrauen führten ihre Männer spazieren.

Die zwei bogen links zum Markte ein, wo Melonen, Tomaten und rote Pfefferfrüchte farbige Kleckse aufs graue Pflaster malten. Als sie das Tor durchschritten, das zum Exerzierplatz führt, glänzte weiß ein Minarett auf sammetblauem Himmel. Ein Bettler rief: «Sidi Bel-Abbè-ès» mit hoher weinerlicher Stimme. Cleman warf ihm ein 10-Cts.-Stück in den Schoß.

«Du hast ja viel Geld», meinte Vanagass wieder, ohne den Freund anzublicken.

«Brauchst du vielleicht etwas?» Cleman sprach mit kühler Höflichkeit, er schlenkerte dabei seine Beine und klimperte mit Münzen in der Hosentasche.

«Nein, danke.» Wieder lag das Schweigen zwischen den beiden. Plötzlich legte Vanagass seine Hand auf die Schulter des Freundes und sagte gütig: «Warum willst du eine Wand zwischen uns aufrichten?»

Da lachte Cleman fröhlich und zog mit einem Ruck die Schultern zurück.

«Das will ich gar nicht. Meinst du, ich hätte Angst vor dir? Ich weiß, daß du alles verstehst und dir schon lange das ‹Richterspielen› abgewöhnt hast. Wenn du schon alles erraten hast, dann ist es ja gut. Ach so, die Erklärung interessiert dich, du Literat. Später ... Aber nun bin ich befreit», fügte er unvermittelt hinzu. Er nahm die Hand, die auf seiner Schulter lag, und drückte sie. «Glaub mir, ich hatte mehr Angst, als ich in Toulon Spionage trieb. Aber hier», er lachte befreit, wie ein Kind, «sind die Leute so dumm ... Nur du hast es gleich gemerkt – und hast geschwiegen.»

Vanagass sah plötzlich das Gesicht des Jungen vor sich mit den braunen Plättchen aus geronnenem Blut – und die Fliegen summten dumpf. «Ich habe nie richten können», sagte er leise und dankbar, «aber wieso bist du jetzt befreit?» fragte er zusammenhanglos.

«Das erklär ich dir nachher. Ich kann jetzt nicht ruhig sprechen. Erst muß ich Kif rauchen, das beruhigt.»

Sie gingen durch das Araberviertel, an knienden Gestalten vorbei, die einen unsichtbaren Gott mit geschwungenem Körper grüßten. Feiste Judenweiber in geblümten Röcken, mit mehligen Gesichtern, krochen niederen Lehmmauern entlang.

Und nun begann das Village nègre. Eine Menge schmutzige Gassen mit bunten Spielschachtelhäusern zu beiden Seiten, geöffnete Türen, in denen Weiber kauerten von allen Rassen. Grell bemalt waren sie und lockten mit müden Augenlidern. Hinter ihnen, im dunklen Zimmer, sah man das schiefe Bett. Araberinnen waren da, klein, mit roten kreisrunden Farbflecken auf den hellbraunen Wangen und blauen Zeichen auf der Stirne. Negerinnen, die den Bauch wiegten, den Kopf an den Holzpfosten der Türe gepreßt. Französinnen auch, alt und aufgeblasen, mit dünner Gummihaut über den geblähten Backen. Alle winkten sie dann und wann, kreischten auf bisweilen, drängten sich an die Soldaten, die schwerfällig vorbeitappten und aus feuchten Augen blinzelten. Aus einem größeren Haus, giftig rosa bemalt, drang eine schrille Weiberstimme. «Moulin Rouge» stand in großen Buchstaben ob der Tür. Am Boden hockte ein dicker Mann mit räderförmigem rotem Turban und lockte mit eintöniger Stimme, während er mit drei Karten jonglierte. «Die Rote gewinnt, setzen Sie auf die Rote. Fünf Franken auf die Rote. Hier ist sie und wieder hier.» Er warf die drei Karten auf den Boden, mit dem Rücken nach oben. Kleine Jungen trugen verstaubte Kuchen auf flachen Holztellern. Ein dürrer Neger briet auf Draht gespießte Leberstückchen. Die glühenden Kohlen im Becken waren weiß in der roten Dämmerung.

Die Gasse mündete auf einen kleinen, stummen Platz. Rechts lag ein halbeingesunkener Lehmwürfel, dessen Tür halb geöffnet war. Mattes Licht schimmerte durch die Spalte. Cleman trat ein. Vom Boden an der hinteren Wand stieg eine riesige Gestalt in die Höhe, deren braunes Gesicht im Licht der einzigen Kerze fett glänzte.

«Salam, Chuya», grüßte Cleman.

«Hamdullillah», trompetete Mahmoud und schürzte die dicken roten Lippen. Er breitete die Arme aus. Cleman ging ruhig an ihn heran. Die Körper preßten sich gegeneinander, die Wangen berührten sich. Dann streckte Mahmoud die Hand nach Vanagass aus, berührte die Dargereichte nur, führte den Zeigefinger an die Lippen, als ob er Schweigen gebieten wolle, und wies nach oben. «Hamdullillah», sagte er ernst und überzeugt. Und Vanagass grüßte mit gleicher Bewegung: «Den, der da schweiget in Ewigkeit.»

«Dein Freund, Bruder?» fragte Mahmoud.

«Ja. Hast du Kif?»

«Gewiß, Bruder. Hast du das Geld?» Mahmoud blinzelte schlau, mit wulstigen Augenlidern. Cleman warf ihm eine Banknote zu. Vanagass sah gelangweilt zur Seite. «Morgen früh, Bruder, in der Dämmerung.» Die Oberlippe des Mohren klappte zurück bis zur platten Nase und entblößte breite Zähne. Dann sank die hohe Gestalt im weißen Burnus zusammen. Die glatten, braunen Hände mit den rosigen Fingernägeln an den schmalen Fingern wühlten unter dem Teppich, der die Hälfte des Gemaches bedeckte. Während die Freunde an der Türe die Schuhe auszogen, stopfte Mahmoud die kleinen roten Tonpfeifen mit dem grünen Kraut. Er setzte sie an der Kerzenflamme in Brand, nahm aus jeder einen tiefen Zug und gab sie weiter. Mit verschränkten Beinen hockten die beiden Weißen an der Wand. Der graue Rauch tanzte durch die Luft. Es roch nach Asthmazigaretten und weiten Ebenen, auf denen dürres Gras in der Sonne verbrennt. Noch einmal reckte Mahmoud sich auf, schloß die Türe, kam zurück mit erzenen Schritten, kauerte sich nieder und schwieg. Aus halbgeschlossenen Augen blickte er zur Decke. Sein weißes Kleid ward Stein, die Füße wurden schwere Kupferklumpen.

«Du kannst das Kraut ruhig rauchen, Alter. Du bekommst keinen Rausch. Man schläft nur vorzüglich nachher.» Clemans Stimme klang dumpf und beruhigt.

Schweigen. Die grüne Weinflasche, in der die Kerze steckte, war mit silbernen Lichtplatten belegt. Die Flamme deutete regungslos zur Decke. Hunde bellten irgendwo. Eine schnatternde Stimme stieg an zu gellendem Ruf und verhallte wieder. Mahmoud schien zu schlafen.

Da begann Cleman zu sprechen, in deutscher Sprache. Seine spitze Nase leuchtete als heller Fleck zwischen den matten Dreiecken der Wangen. Und Vanagass hatte das Kinn auf die Brust gesenkt. Durch sein spärliches braunes Haar schimmerte die Kopfhaut braun.

«Mich interessiert nur, *warum* ich es getan habe, und nicht, *daß* ich es getan habe.» Mit einem Ruck riß Cleman die gefalteten Hände auseinander und stieß den gestreckten Zeigefinger gegen die Kerzenflamme. «Ich hatte kein Geld mehr, und ohne Geld kann man nicht desertieren. Mahmoud will hundert Franken für eine Arabertracht. Er hat sie jetzt. Mahmoud ist ein Ausbeuter und ein Dieb», sagte er französisch und lächelte der versteinten Form zu.

«Wenn du glaubst, Bruder», Mahmoud klopfte die Tonpfeife aus und schürzte die Lippen. «Gib deine Pfeife, sie ist leer, und auch dein Freund will noch rauchen.»

Er füllte die roten Fingerhüte, behielt die Röhren im Mund, bis das Kraut leise knisterte, und gab sie den Freunden. Im Dufte des Rauches schlummerte die Ruhe der fernen Berge. Die nahe Stadt sank ins Vergessen.

«Alles ist in diesem Rauch, alles, was wir brauchen.» Cleman sprach sanft und wie im Traum. «Alles, was wir vergessen haben. In die Wunschlosigkeit fliehen der kahlen Ebenen, auf denen der Wind in Alfabüscheln singt. Und der Tag gehört uns und die Nacht. Es ist dumm, romantisch, wirst du sagen. Aber es ist doch wahr. Und notwendig. Es ist das Bedürfnis in uns, die Sehnsucht zu töten. Es ist wichtiger, die Sehnsucht zu töten, als einem kleinen Jungen den Hals abzuschneiden.»

Vanagass hob plötzlich den Kopf und blickte den anderen an: «Aber die Ausführung . . . Die Bewegung machen, die notwendig ist ... und das Blut.» Es war Staunen in seiner Stimme und etwas wie ehrfürchtige Bewunderung.

Cleman hörte nicht und redete weiter im Traum.

«Es ist mehr noch das Bedürfnis nach einem Leben, das uns fremd ist, scheinbar, aber doch in uns ist. Ich bin auf Mord trainiert worden, seit meiner Jugend. Es ist dies eine Tatsache und keine Entschuldigung. Ich habe zwei Duelle gehabt als Offizier. Dann sollte ich in Toulon französische Kriegsschiffe sabotieren; da ich gut Französisch sprach, wurde ich eben hingeschickt, wo man mich brauchte. Das war doch auch feiger Mord. Und dann im Krieg ... Und weiter während der Revolution, im Freikorps. Wie viele Unschuldige habe ich da niedergeknallt. Nicht aus der Ferne etwa, nein, aus der Nähe, mit dem Revolver. Aber all das war ja doch kommandierter Mord. Ich hatte keine Verantwortung. Schließlich konnte ich immer noch die Schuld auf andere wälzen. Eigentlich habe ich nie eine Tat begangen, die mir irgendwie persönlich genützt hätte. Dann weißt du ja, daß ich in Wiesbaden alles verspielt habe. Da ging ich in die Legion. Ich habe früher nie viel nachgedacht, und die Sehnsucht nach etwas Unbekanntem schlummerte nur in mir ... Nun möcht ich auf Pferden reiten, ohne zu denken, bis ich müde bin, und dann alles vergessen im Schlaf. Hier habe ich plötzlich begriffen, daß es eine Art von Leben gibt, das ich gar nicht kenne. Und nach diesem habe ich Sehnsucht. Was ich gewollt habe, habe ich erreicht. Es ist mir gleich, was jetzt kommt.» Die Stimme ward scharf.

(«Der deutsche Offizier erzählt seinen Kameraden eine Anekdote», dachte Vanagass und lächelte. «Jetzt, jetzt kommt der Schluß ... der erwartete.»)

«Ich gehe nach Marokko zu den Aufständischen», fuhr die starre Stimme fort, «vielleicht kann ich dort meinem Vaterlande noch nützlich sein.»

Da lachte Vanagass los, in kurzen heftigen Stößen, die seinen Körper vorwärts warfen und wieder zurück gegen die Wand.

«Kleiner Junge», gluckste er, «kleiner Junge, der ein großer Mann sein wollte und Abgründe überbrücken. Du fingst wirklich an, mich zu interessieren, und ich begann mich klein und schwach zu fühlen neben deinem Mut und deiner Stärke. Aber du bist im Grunde doch weiter nichts als ein kleiner deutscher Lieutenant mit einem chronischen Patriotenkoller. Eigentlich sollte ich dich anzeigen, denn dein Mord ist nicht nur politischer Hochverrat, sondern Hochverrat an dir selbst.

Na, ich will Nachsicht üben. Geh Aufstand spielen zum Nutzen des großen Vaterlandes.»

Cleman verharrte schweigend. Seine Lippen und die Furchen auf seiner Stirn waren waagrechte Striche. Er schloß die Augen und sah einer abgenutzten Puppe gleich.

«Du hast recht, Van», sagte er traurig, «wir können nicht mehr frei sein, weil wir erzogen wurden, uns stets selbst zu belügen.»

«Ich verwahre mich gegen das Wir.» Vanagass' Körper wuchs in der Dunkelheit, als er sich erhob. «Was weißt du von mir?» Verächtlich fielen die Worte auf den Kauernden. «Du wirst daheim noch den Helden spielen und deine Memoiren veröffentlichen. Du erwartest noch viel vom Leben. Aber was brauche ich?»

Die Kerze versank laut knatternd im Halse der Flasche. In die Finsternis schallte Mahmouds Stimme:

«Wir gehen nun ins Hammam, Bruder. Meine Freunde werden auf dich warten morgen in der Frühdämmerung.» Er riß die Türe auf. Im Mondlicht lag der weiße Platz. Klappernd, mit Holzpantoffeln lief eine gebeugte Frau vorbei. Von der Stadt her tönten die abgerissenen Töne der Regimentskapelle wie aus einem Leierkasten.

«Laß dir's gutgehen», sagte Vanagass müde und enttäuscht. Er drückte dem anderen die Hand. Spöttisch ein wenig legte er den Zeigefinger vor die geschlossenen Lippen und wies gen Himmel, murmelnd: «Gelobt sei der, welcher nie redet.»

Dann ging er mit wiegenden Schritten den Heimweg durch die Straße der verstummten Wollust.

«Es fehlt wieder einer, Sie werden Arbeit bekommen, Vanagass», begrüßte ihn Constant am nächsten Morgen und wies auf den Morgenappell. «Ein Deutscher, dem ich gestern vorgestellt wurde. Sie kennen ihn auch: Cleman. Vielleicht ein uneheliches Kind Clemenceaus. Nur der ‹Sot› fehlt am Namen. He he. Wissen Sie etwas von diesem interessanten Flüchtling?»

Vanagass drückte die Augen mit Daumen und Zeigefinger.

«Erst nach drei Tagen kann man von Desertion sprechen. Früher kann die Klage nicht eingereicht werden.»

«Er war doch Ihr Freund, Sie sollten Anhaltspunkte haben, wo wir ihn zu suchen haben. Wußten Sie nicht, daß er beabsichtigte, sich aus dem Staub zu machen?»

«Wenn auch», sagte Vanagass und blickte ruhig über den Tisch in die geweiteten Augen des Offiziers. Plötzlich mußte er lächeln. «Die Proklamation der Räterepublik am 14. Juli ist doch viel wichtiger.»

«Sie sind der richtige Advokat, Vanagass. Immer finden Sie die verwundbare Stelle des Gegners.»

Troulet-Ducarreau schob sich durch die Tür und ging ins Nebenzimmer. «Nichts Neues, Vanagass?»

«Eine Desertion, mein Colonel.» Vanagass klappte in die Höhe.

«Gut, gut. Bleiben Sie nur sitzen. Nichts über den gestrigen Mord?»

«Nein, mein Colonel.» Fest und bestimmt klang die Antwort.

Die Tür zum Nebenzimmer schloß sich.

«Wir werden einen Geheimpolizisten zuziehen», spottete Vanagass über den Tisch zum kleinen Kommandanten. Die gläserne Spritze klirrte gegen die Wände des Fläschchens.

«Sie können nie ernst sein, Vanagass.» Pause. Stoßweises Atmen. Endlich: «Na, schließlich hat der dumme Junge die Folgen seiner Ermordung selbst zu tragen.»

Den weichen Schnurrbart des Kommandanten durchzitterte ein lautloses Lachen.

Papier raschelte. Fliegen summten.

1925

Die Hexe von Endor

1 Am 31. März 1925 zog Adrian Despine, zweiter Kassier an der Banque Fédérale in Genf, in ein möbliertes Zimmer im dritten Stocke des Hauses Nr. 23 der Rue de Marché. Amélie Nisiow, die Zimmervermieterin, hatte ihm drei Tage vorher erzählt, sie sei Witwe und lebe von ihren Renten. Ihr Mann habe sie vor zehn Jahren verlassen und sei verschollen; ihr 18jähriger Sohn studiere in Paris an den Arts et Métiers und wolle sich zum Kunsttöpfer ausbilden. Despine war an jenem Tag ein sonderbarer Geruch aufgefallen, der die ganze Wohnung erfüllt hatte. Der Geruch war nicht unangenehm: Kampfer und frisches Nußöl ließen sich deutlich erkennen, dazu der ein wenig giftige Duft einer blühenden Pflanze. Despine hielt den Ausspruch der Wirtin: «Ich leide an Beklemmungen» für eine Erklärung.

Am Abend des 31. März war Despine bis um elf Uhr nachts mit dem Einordnen seiner Sachen beschäftigt. Sein Zimmer ging auf einen kleinen Hof. Vor dem Fenster lief eine Holzveranda von der Treppe zur Eingangstür der Wohnung. Nach und nach gingen die Abendgeräusche zur Ruhe. An der gegenüberliegenden Hauswand wehte Wäsche im Mondlicht. Um 11 Uhr 15, Despine lag im Bett und starrte auf das schwere Rechteck des Fensters, läutete die Flurglocke unangenehm hell. Und doch hatte Despine keine Schritte auf der Holzveranda gehört. Die schwammigen Schritte der Wirtin ließen den Fußboden erzittern, leises Flüstern raschelte, dann waren die zurückkehrenden Schritte schleichend, aber es war auch diesmal der Tritt nur *eines* Menschen; es schnappte gedämpft. Despine schlief ein. Später gab er bei einem Verhör an, er sei einmal in der Nacht erwacht: ganz deutlich hätte er von St. Pierre die Melodie des «Allons danser sous les ormeaux» gehört, darauf die zwei dunklen Stundenschläge.

In der Wohnung summte ein Lied auf. Das Summen kam näher, dröhnte laut, so laut, daß er meinte, das Holz der Türfüllung mitklingen zu hören; es war eine Melodie, leicht zu behalten: zwei Töne tief, drei eine Quart höher, wie das Hornzeichen der Wiener Feuerwehr; dann zwei Töne eine Oktav höher als die ersten. Despine lauschte; Erinnerungen an den Gesangsunterricht in der Schule halfen ihm; er zählte mechanisch: zweimal die Einheit, rechnete er, dreimal die Vierheit, zweimal die Achtheit; zwei und zwölf und sechzehn ist dreißig. Die Rechnung stimmte, das Summen hörte auf. Dreißig, dachte Despine. Drei Nullen hüpften vorüber. Dreißigtausend, dreißigtausend...

Es war nicht ein Erwachen aus dem Schlaf. Das erste war, daß die Haut des Körpers wieder fühlte: warmes Wasser; die Hand strich an der Blechkante, der gewölbten Blechkante einer Badewanne entlang. Dann hörten die Ohren wieder, eine seltsam hallende Stimme: «Der *Bund*, der *Bund*, verlangen Sie die letzte Ausgabe des *Bund*.» Endlich sahen die Augen wieder. Sie waren schon lange offen, so starr aber, daß sie schmerzten. Und die feuchte Hand strich über die Augen, die Stirne war auch feucht. Die Hand strich weiter über den kahlen Kopf; da kam der erste Gedanke: «Wo sind meine Haare?» Nun klappten die Lider hoch, und der Kopf drehte sich von links nach rechts; die Augen sahen drei Badewannen nebeneinander. In der einen stand ein bärtiger Mensch, der Mensch schrie: «Der *Bund*, der *Bund*, neueste Ausgabe, kaufen Sie mich», und schlenkerte freundschaftlich die Hand im Gelenk. In der zweiten Wanne lag ein Skelett, ganz dünne Haut war noch über die Knochen gespannt, der Mund hatte keine Lippen. Er stotterte leise: «Zehntausend Pferde, zehntausend Rinder, dreißigtausend Schafe.»

Dreißigtausend, dachte Despine. Zweimal die Prim, dreimal die Quart, zweimal die Oktav, macht dreißig, und drei Nullen. Dreißigtausend. Das Zimmer, das er gemietet. Der Geruch nach dem Kampfer, dem Nußöl und der blühenden giftigen Pflanze. Bilsenkraut, Tollkirsche? Er beschnupperte seinen Arm.

Das einzige Fenster des Badraumes hatte Milchglasscheiben, davor war ein einfaches Eisengitter. Die Stäbe warfen Schatten auf den Boden, der aus Holzlatten bestand. «Die Zwischenräume lassen das Wasser ablaufen», dachte Despine mechanisch. Da sagte eine Stimme aus einer Ecke hinter ihm: «Geht es besser?» Er wandte den Kopf mit einem Ruck, spürte ein Reißen im Hinterkopf, so schmerzlich, daß ihm die Augen tränten. Als sie wieder klar waren, sahen sie einen Mann in weißer Uniform mit einer großen roten Kautschukschürze. Der Schnurrbart des Mannes war von derselben stumpfen Röte wie die Schürze. Der Mann stand auf und war groß und hager. Mit demselben Zögern auf allen Lippen- und Gaumenlauten, mit schwerrollendem

Zungen-R fuhr der Mann fort: «Sehr aufgeregt letzte Nacht, hat der Nachtwächter gemeldet. Sehr aufgeregt die beiden letzten Nächte. Jetzt geht es besser, nicht wahr?» Despine wollte aufstehen. «Nur liegenbleiben», der Mann trat näher, drückte Despine in die Wanne zurück. Es war eine schwere Hand, mit roten Härchen bis an die Nägel, schimmernden roten Härchen. Bei der Berührung dieser Hand erkannte Despine, daß er nackt war, und er schämte sich. Er sah die Haut seines Körpers, die weiß war, die Haut an den Fingerspitzen war faltig wie bei den Waschweibern. Der *Bund* rief seine Abendausgabe aus.

«Wieviel Uhr ist es?» fragte Despine.

«Das wird Ihnen der Doktor sagen.» Der Mann mit dem roten Schnurrbart streifte die weißen Ärmel bis über die Ellbogen zurück und hob Despine aus der Wanne, trug ihn in einen großen Saal und legte ihn sorgfältig auf ein Bett. Hier hatten die Fenster keine Gitter, aber auf den zwölf, nein dreizehn Betten lagen rotgegitterte Plumeaus. Der Boden war braunglänzendes Parkett, über das Filzpantoffeln, sechs Paar, lautlos glitschten. Despine konnte die dazugehörenden Körper nicht unterscheiden, denn ein dichtbelaubter Ast vor dem Fenster, seinem Bette gegenüber, gab die weiße Sonnenscheibe frei, und er mußte die Augen schließen. Er fühlte noch, daß man ihm ein Hemd aus grobem Stoff anzog, eine sanfte Decke wurde über ihn ausgebreitet.

Das Zimmer war rötlich, als er die Augen wieder aufschlug. Ein runder, glattgeschorener Kopf war kaum eine Spanne weit von seinem Gesicht entfernt, und braune Augen betrachteten ihn wissenschaftlich und teilnahmslos. Dann stieg der Kopf in die Höhe und stand still. Der Mund sprach gemessen die Worte:

«Wie heißen Sie?»

«Despine. Und Sie?»

«Ich bin der Doktor Metral.»

Despine versuchte im Bett eine Verbeugung, die mißlang. Die folgenden Fragen nach Alter und Stand beantwortete er klar. Die Frage nach dem Datum war schwieriger, nach einigem Zögern: «1. oder 2. April 1925.»

«Nein», sagte Metral streng. Despine wurde schüchtern, die Augen zwinkerten. Auch konnte er den Ort, an dem er sich befand, nicht nennen.

«Spital?» fragte er zögernd.

«Tun Sie nicht so naiv», verwies ihn Metral. Was er in den letzten Tagen gemacht habe?

«Nichts», sagte Despine erleichtert, «das heißt, meine Arbeit», und lächelte, Einladung zum Mitlächeln, die der Doktor ablehnte. Er solle sich aufsetzen, verlangte Metral. Das gelang mit einiger Mühe. Die nackten Beine baumelten über dem Bettrand. Metral schlug mit einem kleinen Kautschukhammer auf die weiche Stelle unter der Kniescheibe. Das erstemal blieb das Bein unbeweglich, das zweitemal (Metral schlug energisch) schnellte es sehr träge ein wenig vor. Metral zog eine Stecknadel aus dem Ärmel seines langen weißen Kittels, fuhr mit der Spitze kreuz und quer über den nackten Oberschenkel des Sitzenden, über den nackten Bauch; es zeigten sich schwache rote Linien, eine Zickzackzeichnung. Die Linien verdickten sich, blieben.

«Patellar gehemmt, Dermographie», diktierte der Doktor einem Unsichtbaren. Dann pochte er Rücken und Brust ab, preßte das kalte Ohr auf die Herzgegend (Despine klapperte ein wenig mit den Zähnen; «das Bad», entschuldigte er sich). Mitleidlos diktierte Metral weiter: «Lungen o. B., Herz o. B.»

«Schauen Sie meinen Zeigefinger an», sagte er streng. Der Zeigefinger kam bis zur Nasenspitze Despines, entfernte sich, kam wieder näher, Metral brummte Unverständliches. Der Zeigefinger fuhr von rechts nach links, hinauf, hinunter. Despines schmerzende Augen folgten verzweifelt. Eine Hand legte sich auf das rechte Auge, ließ das Auge wieder frei.

«Pupillarreflex verlangsamt.» Ein Seufzer beendete die Untersuchung.

«Niemals geschlechtskrank gewesen?» fragte Metral strenger, überhörte das indignierte «Nein». «Alle sagen sie nein, und dann ist der Wassermann doch positiv!» Wieder ein Seufzer.

«Machen Sie ein Fragezeichen. Blut und Liquid abzapfen.»

«Natürlich trinken Sie», er starrte Despine wieder an. «Strecken Sie Hände aus ... Tremor», bestätigte er sich selbst befriedigt. «Schnaps, Wein, Bier? Nicht wahr? Und wo ist das Geld?» fragte er und stemmte die Fäuste in die Seiten. «Wieviel war es?»

«Dreißigtausend», sagte Despine.

«Aha», Metral nickte, «man fängt sie doch alle», sprach er befriedigt zum Unsichtbaren hinter seinem Rücken. «Das wissen Sie also doch noch, und der Rest war wohl Theater, wie?»

«Aber nein», Despine wehrte sich, ließ sich zurückfallen und zog die

Decke bis ans Kinn. «Das war doch nur ein Traum. Zweimal die Prim, dreimal die Quart, zweimal die Oktav, das macht dreißig und drei Nullen, das sind dreißigtausend, und das kann doch nur Geld bedeuten, denn ich bin Kassier, wie ich Ihnen doch sagte.»

«Verstellen Sie sich nicht», sagte Metral väterlich, «es fehlen in Ihrer Kasse 30 000 Franken, die Sie im Beisein von Zeugen am 2. April um 2 Uhr 30 Ihrer Schalterkasse entnommen haben, worauf Sie sich unter dem Vorwand, sich zu Ihrem Direktor zu begeben, entfernt haben. Wo sind diese 30 000 Franken?»

Nun stand auch der unsichtbare Diktataufnehmer neben dem Fragenden. Es war eine kleine Gestalt. Als Despine seine Blicke hilfesuchend durchs ganze Zimmer schickte, blieben sie schließlich auf dieser unscheinbaren Gestalt kleben, wanderten zum Gesicht, das bleich war; in den weißen Ohrläppchen schimmerten goldene Reißnägel, und Despine erkannte, daß er eine Frau sah.

«Sie müssen ihn nicht mehr quälen», sagte die Frau.

«Fräulein Vigunieff, lassen Sie mich in Frieden.»

«Ich werde ihn morgen fragen», sagte Fräulein Vigunieff, klemmte Papiere unter ihren Arm und schraubte die Füllfeder zu.

«Gut.» Metral zog die Lippen zwischen die Zähne. Er schnalzte mit den Fingern, worauf der rote Schnurrbart herbeigeschlichen kam. «Geben Sie ihm Chloral diese Nacht. Ich werde es aufschreiben.» Er ging zur Tür. Das kleine Fräulein Vigunieff zog ein rot und braun gestreiftes Taschentuch aus der Tasche ihrer Arztbluse und wischte die großen Schweißtropfen von Despines Stirne.

2 Frau Nisiow machte dem Untersuchungsrichter Vibert in einem schwarzseidenen Kleid einen Besuch. Sie nannte es Besuch, obwohl es eine Vorladung war. Herrn Viberts Gesicht bestand aus einem riesigen blonden Bart, mit einem Streifen Haut darüber; Mund, Nase und Augen hatten sich nur mühsam den Platz darein geteilt, doch für die Stirne war nichts übriggeblieben.

«Anastasia Nisiow, geborene Petroff, 3. März 1860, Petersburg, verwitwet, Rentnerin, Rue du Marché 23. Stimmt?» Die Worte wurden durch die Barthaare filtriert, so daß sie sauber zu dem Schreiber hinüberrollten, der sie nur nachzuschreiben brauchte.

Frau Nisiow ächzte ein Nicken. Sie wollte Einzelheiten über ihr Leben erzählen, aber ein «Unnötig, wir wissen alles» unterbrach sie hart. Die Augen des Herrn Vibert gingen im schmalen Hautstreifen auf und verdrängten die Haut nach allen Seiten. Dann flutete die Haut wieder zurück, und die Augen gingen unter, verschwanden wieder, wie Sterne 13. Größe.

«Erzählen Sie, was am Abend des 2. und am Morgen des 3. April vorgefallen ist.»

«Er ist gekommen heim um elf Uhr. War noch sehr unruhig in seinem Zimmer. Ich kann nicht gut schlafen, und er hat mich gestört. Am andern Morgen ist er nicht aufgestanden. Ich habe gedacht: komischer Angestellter, er hat sich verschlafen am Vortag schon, er verschläft sich wieder. Habe geklopft an seine Türe.» Frau Nisiow schlug dreimal mit der prallen rechten Faust auf die Fettpolster der linken Handfläche. «Er hat nicht geantwortet. Da habe ich die Türe aufgemacht. Herr Despine ist gelegen nackt auf dem Bett, ganz nackt, ich habe mich geschämt. (‹Na, na›, sagte Herr Vibert, ohne die Augen aufgehen zu lassen.) Ich habe ihn gerütttelt, er ist nicht aufgewacht. Die Augen waren halb zu. Man hat nur gesehen das Weiße. Da habe ich Frau Courvoisier, welche wohnt auf dem gleichen Stock, zum Doktor und zur Polizei geschickt. Und der Doktor und die Polizei . . .»

«Weiß ich», sagte Herr Vibert. «Es fehlen dreißigtausend Franken. Wo ist diese Summe hingekommen?» Da Frau Nisiow schwieg, wiederholte er leise und filtriert: «Wo sind diese hingekommen?»

«Also, ich habe seine Sachen nicht durchsucht», wehrte sich Frau Nisiow. Daß ihr Gesicht rot war, braucht wohl nicht erwähnt zu werden, aber sie schwitzte krachend in ihrem Mieder.

«Wer war, oder besser, was ist die Hexe von Endor?» fragte Herr Vibert, und die Augen gingen wieder auf am bleichen Hautfirmament.

«Was wissen Sie von diesem Buch?» fragte Frau Nisiow sehr leise. Der Untersuchungsrichter zog eine Schublade auf und hielt einen dünnen Pergamentband in die Höhe, auf dem schwarze russische Buchstaben gemalt waren.

Frau Nisiows Mieder krachte stärker. «Es ist mein Buch», sagte sie, «wo haben Sie es gefunden?»

«Im Bett von Adrian Despine.» Die Augen gingen wieder unter.

«Er hat es gestohlen, wie er hat gestohlen das Geld.»

«Ja, aber er weiß nichts von dem Geld, sagt er. Ich habe ihn noch nicht verhört. Ich wollte zuerst Ihre Ansicht wissen. Sie haben keine Ansicht?»

«Er hat gestohlen das Geld.»

«Aber wo hat er es hingebracht?»

«Vielleicht», sagte Frau Nisiow, zog einen geöffneten Brief aus dem Mieder (auf dem Kuvert war ein roter Zettel, «Expreß», deutlich sichtbar) und reichte ihn über den Tisch. Dem Untersuchungsrichter saß plötzlich ein Hornkneifer rittlings auf dem Vorsprung, der die Nase vorstellen sollte. Die Augen gingen wieder auf. Herr Vibert las:

> «Deine Wirtin gefällt mir nicht, mein Lieber. Nimm Dich vor ihr in acht. Ich werde am 2. April, abends acht Uhr, auf der Place du Molard auf Dich warten. Wir können bei mir Tee trinken, denn mein Mann ist verreist.
>
> Leb wohl inzwischen. N.»

«Akten», sagte Vibert und warf dem Schreiber den Brief mit abgezirkelter Bewegung hin. «Zuerst dem vereidigten Graphologen zeigen. Einiges ...» Vibert kämmte seinen Bart, stockte. «Notieren Sie: elegante Frau, Dilettantin in Malerei, leichtes Schielen auf dem linken Auge, kurze Finger, unglückliche Kindheit, Geldheirat, verschwenderisch – erlauben Sie», er nahm den Brief wieder an sich, «zwei Geburten. Wird nicht schwer zu finden sein.»

«Despine ist also am 2. April, elf Uhr nachts, nach Hause gekommen?» fragte Herr Vibert.

«Ganz sicher, um elf Uhr.» Frau Nisiow stotterte ein wenig.

«Warum ist Despine am 2. April erst um zwei Uhr nachmittags ins Geschäft?»

Frau Nisiows Mund wurde breit: «Habe Ihnen schon gesagt, er hat sich verschlafen.»

«Verschlafen?» Die ersten zwei Silben tief, die letzte hoch gesprochen, dann war die Rede wieder eintönig. «Warum sollte er sich in der ersten Nacht bei Ihnen verschlafen haben? Ihre Technik ist mangelhaft, Frau Nisiow. Ihr letzter Mieter hieß doch Arthur Abramoff? Und ist noch immer verrückt? Oder? War da nicht auch ein verschwundenes Portefeuille? Ja, ja, die Hexe von Endor.» Als Herr Vibert geendet hatte, war der Hautstreifen zwischen dem blonden Haupthaar und dem rechteckigen Bart ein unbeschriebenes Stück elfenbeingelbes Pergament.

Die Witwe Nisiow zog sich zurück.

3 Dr. Metral: Blau.
Despine: Rot.
Dr. Metral: Baum.
Despine: Ast.
Dr. Metral: Adler.
Despine (kurzes Zögern): Schlange.
Dr. Metral: Mutter.
Despine (zögert fünf Sekunden): Hexe.
Dr. Metral: Geld.
Despine (ohne Zögern): 30 000.
Metral: Geliebte.

Despine (zögert acht Sekunden): Frau (zögert nochmals, als ob er noch etwas zu sagen hätte, Dr. Metral wartet, den Finger an der Stoppuhr, endlich sagt Despine nach neun Sekunden): Tanz.

Es ist das Ende des Assoziationsexperimentes.

«Wir machen das ganze noch einmal», sagt Dr. Metral. Die Stoppuhr knipst wieder, Dr. Metral spricht das Reizwort. Eintönig und folgsam, wie man es von ihm verlangt, sagt Despine das erste Wort, das ihm in den Sinn kommt. Manchmal muß er warten, bis ihm etwas einfällt; es scheint ihm gefährlich, zu warten, während er das Ticken der Stoppuhr hört. Er bemüht sich, das Wort, das ihm einfällt, ohne Betonung auszusprechen; es gelingt ihm manchmal, zuweilen jedoch wird es ein Aufschrei oder eine weinerliche Klage.

«Was sehen Sie da?» fragte Dr. Metral und gibt Despine ein Blatt in die Hand. Darauf hat die Tinte sonderbare ungewollte Formen gezeichnet, eine Klecksographie. Und Metral hat noch sechs derartige Blätter vor sich. Vor dem Blatt, das er in der Hand hält, erschrickt Despine, er stottert: «Ein ... ein Hexenritt»; die Augen verdrehen sich, er wird steif, hölzern, fällt dann hintenüber auf den Diwan.

Metral telephoniert auf die Abteilung. Der rote Schnurrbart schleicht nach einigen Minuten ins Zimmer, nimmt die hölzerne Puppe auf seine Arme und schleicht wieder lautlos zur Türe hinaus.

«Wenn er aufwacht, zur Vorsicht ins Bad. Ich komme noch einmal, später, auf die Abteilung.»

Dann geht Dr. Metral zu Fräulein Vigunieff. Sie sitzt in ihrem Zimmer am Fenster und liest in einem abgegriffenen Schmöker: *Fantômas*, 14. Band, *Der Gehenkte von London*. In der Ecke spielt das Grammophon ganz leise: *Aases Tod*. Dr. Metral stellt das Grammophon ab, nimmt den Schmöker aus Fräulein Vigunieffs Händen und gruppiert seine magern Glieder auf einen Lehnstuhl am Tisch.

«Was soll ich mit diesem Despine machen?» fragt er. «Ich habe das Assoziationsexperiment gemacht. Komplexempfindlichkeit bei Mutter, Adler. Wie ich den Rorschach mit ihm versuchen will, sieht er einen Hexenritt und fällt um. Vielleicht eine verspätete Reaktion auf Mutter. Mutter hat Hexe ausgelöst; Geliebte: Frau und plötzlich Tanz.»

«Irgendein Trauma», sagt Fräulein Vigunieff traumhaft und sehnt sich nach *Fantômas*.

«Trauma, Trauma! Das ist alt, uralt, abgetan, unbrauchbar. Ich brauche ein Gutachten. Und ein Untersuchungsrichter braucht kein Trauma, sondern Verblödung, Tobsucht, Paralyse oder Alkoholdelir. Auch mit Hypnose kann man ihn schließlich hinter dem Ofen hervorlocken. Aber Trauma. Überhaupt dieser Despine. Rekapitulieren wir: Ein 32jähriger Mann, solid, kleine Liebschaft mit einer verheirateten Frau, die zwei Kinder hat, sehen Sie den niedlichen Mutterkomplex? Ist seit zehn Jahren in der gleichen Bank beschäftigt und bleibt plötzlich an einem Morgen ohne Entschuldigung aus. Er kommt erst am Nachmittag, versieht seinen Dienst sehr zertreut und scheint auf etwas zu warten. Sowie das Telephon auf dem Pult des ersten Kassiers läutet, stürzt er drauf zu und reißt den Hörer ans Ohr. Die Umstehenden hören ihn sagen: ‹Jawohl, Herr Direktor, 30 000 in Hunderternoten, sofort.› Er geht zu dem ihm zugeteilten Geldschrank und nimmt sechs Päckchen zu je 50 Hundertfrankenscheinen, steckt sie in seine Aktenmappe und stolpert zur Tür. Der Direktor weiß nichts, beschließt, bis zum nächsten Morgen zu warten, glaubt, Despine sei einer Mystifikation zum Opfer gefallen. Am nächsten Morgen ist Despine bei uns. Nackt, mit Schmutz bedeckt auf seinem Bett gefunden. Haben Sie seine Wirtin, diese Frau Nisiow, schon gesehen?»

Fräulein Vigunieff schüttelt den Kopf.

«Erinnern Sie sich an Abramoff auf D III, der alle drei Wochen ins Dauerbad muß?» fährt Dr. Metral fort. «Der hat auch bei dieser Nisiow gewohnt. Hier hat er ja in der ersten Zeit auch von einer Hexe halluziniert. Jetzt lallt er nur noch. Kein Wunder, bei *der* Paralyse. Aber ein auslösendes Moment muß doch auch hier vorhanden gewesen sein.»

«Was ist das für eine Frau, diese Nisiow?» fragt Fräulein Vigunieff und blättert wieder zerstreut in *Fantômas*.

«Groß, rot und fett, sehr fett», sagt Dr. Metral und knetet in der Luft unsichtbaren Teig. «Grüne schläfrige Augen, ein vierfaches Kinn, eine Brust, auf der man bequem Tee für vier Personen servieren kann. Eine Landsmännin von Ihnen, glaub ich. Und sonst? Zweifellos eine Hysterika. Hat eine Zeitlang bei dem Medium Helene verkehrt, das Kreuzigungen mit den Zehen malt. Unter Despines Körper hat man ein russisches Buch gefunden, der Titel soll übersetzt heißen: *Die Hexe von Endor . . .*»

«Die Hexe von Endor –» Fräulein Vigunieff ist plötzlich interessiert. «Das kenne ich. Der vereidigte Übersetzer hat wohl nichts verstanden. Haben Sie die Übersetzung gelesen? Ja? Erinnern Sie sich: Wer das Blut des weißen Ritters vermählt mit dem Schweiße des Tieres, das geduldig drischt, und gibt dazu den Duft des Baumes, höher schlägt das Herz alsdann, wenn dein Leib umgeben ist von Pflanze, Tier und brennender Luft. Der Herr des Fliegens und der summenden Welt ist um dich, bei dir und in dir. König bist du dem andern im Blau des aufgehenden Mondes.»

«Ja, ich erinnere mich», sagt Dr. Metral sachlich und wundert sich über die Begeisterung des Fräulein Vigunieff.

«Wissen Sie, welche Wirkung Skopolamin in großen Dosen hat?» fragt Fräulein Vigunieff ironisch.

«Hoffentlich.» Dr. Metral ist gereizt.

«Und Kampferöl kennen Sie auch? Auch Rindsschmalz?»

«Machen Sie sich nicht lustig über mich.»

«Nun, der weiße Ritter klingt doch schöner als Hyoscyamus niger. Wissen Sie was? Überlassen Sie mir den Herrn Despine. Es wird vielleicht drei Monate dauern. Aber dann kann ich Ihnen wohl einen interessanten Beitrag zur Wirkung der Rauschgifte auf den Mutterkomplex liefern.»

Fräulein Vigunieff zieht das Grammophon auf, läßt *Mary Lou, I love you* von Negern singen und vertieft sich in das sonderbare Abenteuer Fantômas', der einen Kautschukschlauch verschluckt, bevor er gehängt wird, was dem Detektiv Juve erlaubt, ihn von den Toten wiederzuerwecken, um ihm furchtbare Geheimnisse zu entreißen.

4

«Haben Sie diesen Brief geschrieben, Madame?» fragte der Untersuchungsrichter Vibert die elegante Dame, die vor ihm saß. Sie schielte auf dem linken Auge, hatte kurze Nägel an den breiten Fingern, und es entströmte ihr ein leichter

Terpentingeruch, den Herr Vibert als Beweis seiner graphologischen Fähigkeiten befriedigt feststellte.

«Wir werden Sie nicht belästigen, Madame», Herr Vibert filtrierte sorgfältig seine Worte. «Wir wollen nur eine Bestätigung. Haben Sie Despine um acht Uhr getroffen?»

«*Herr* Despine ist ein Freund meines Mannes und auch ein Schulfreund von mir», sagte die Dame ärgerlich, «ich habe eine Stunde auf ihn gewartet, aber er ist nicht gekommen.»

«Das wäre alles, Madame. Tiefe Trauer ergreift mich, daß ich Sie habe belästigen müssen. Ich bin deshalb Ihr untertänigster Diener», sagte Herr Vibert und geleitete die Dame zur Türe hinaus. «Wenn ich nur wüßte, ob sie eine unglückliche Kindheit gehabt hat», fragte sich Herr Vibert und läutete, um die Witwe Nisiow hereinführen zu lassen.

Die Witwe Nisiow (es war ihre fünfte Vernehmung) hatte schon beim zweiten Mal das schwarze Seidenkleid verschmäht und trug sich mausgrau, in einem schlampigen Wollkleid. Und auch das Mieder hatte sie daheim gelassen. Daher sickerte sie über den Stuhl, wenn sie saß. Es war ein erstarrtes Sickern.

«Wir haben jetzt erfahren», sagte Herr Vibert mit untergegangenen Augen, «daß Adrian Despine am 2. April, um acht Uhr abends, die bewußte Dame nicht getroffen hat. Außerdem hat sich bei mir ein Chauffeur gemeldet, der am 2. April, um drei Uhr nachmittags, vor dem Hause Nr. 21 gehalten und einen Betrunkenen ins Nebenhaus hat torkeln sehen. Der Betrunkene sei ihm aufgefallen, weil er gegen die Hausmauer getaumelt ist und dabei eine Aktentasche hat fallen lassen. Der Chauffeur hat den Mann angerufen und ihm die Tasche wiedergegeben. Dabei hat er bemerkt, daß der Taumelnde gar nicht nach Schnaps oder Wein roch. Er hatte starre, glänzende Augen mit kleinen Pupillen. Dicke Schweißtropfen rollten die Wangen herab, aber der Mann schien das gar nicht zu fühlen. Die Beschreibung, die der Chauffeur von diesem Manne gab, paßt genau auf Adrian Despine.» Herr Vibert hielt inne. Frau Nisiow hatte die Lider über die Augen gesenkt und murmelte Unverständliches.

Das Fenster im Rücken des Herrn Vibert stand weit offen. Plötzlich schlug sich Herr Vibert klatschend auf die Wange; auf dem Schreibtisch krabbelte hilflos eine halberschlagene Bremse. Frau Nisiow murmelte ungestört weiter.

«Eine Bremse im April, sonderbar», wunderte sich Herr Vibert; im Fenster hinter ihm entstand ein Summen, das anschwoll. Schwarze

Striche zogen sich durchs Fenster. Herr Vibert fuchtelte um sich, auch der Schreiber wehte mit den Aktenblättern. Das Zimmer füllte sich mit Fliegen, Mücken, Wespen, Bienen, fliegenden Ameisen, Libellen. Sie krochen auf dem Schreibtisch herum, fielen klatschend auf den Boden. Das dumpfe Gebrumm großer Hummeln war deutlich zu unterscheiden vom hellen Weinen der Mücken und dem leisen Orgelton der Bremsen und Bienen. Unwillkürlich mußte Herr Vibert an den Satz denken, den laut Protokoll des Dr. Metral Adrian Despine so oft wiederholt hatte: «Erst zweimal die Prim, dann dreimal die Quart und zweimal die Oktav.»

Um Frau Nisiow war ein leerer Raum. Herr Vibert wehrte sich verzweifelt gegen das Ungeziefer, das sich in seinem Bart verfangen hatte. Der Hautstreifen darüber schwoll rot an, und von der Stirne liefen Blutstropfen und färbten die blonden Haare an manchen Stellen. Das Händefuchteln war nutzlos. Die Handrücken waren schwarz, dicht bedeckt mit surrenden Leibern. Der Schreiber hatte die Arme verschränkt auf den Tisch gelegt und den Kopf darauf, auch seine weißen Haare waren unsichtbar unter einer surrenden schwarzen Perücke.

Frau Nisiow stand auf, ging zur Tür. Ein eintöniges Summen kam von ihren Lippen. Das Summen im Zimmer wurde stärker. Sie wechselte die Melodie, pfiff mit gespitzten Lippen Quint und Septim, den ganzen Dominantseptakkord, hinauf und hinunter. Das Ungeziefer sammelte sich zu einer Wolke, als habe es ein Signal gehört, und folgte Frau Nisiow zur Türe hinaus, durch die Gänge des Justizpalastes, in denen die erschrockenen Schutzleute Spalier bildeten, um die schlampige alte Frau mit ihrer sonderbaren Leibgarde passieren zu lassen. Die Wolke folgte ihr auch, als sie durch den besonnten Hof schritt, auf die Gasse hinaus und die steile Rue Verdaine hinab. Das Pfeifen hatte sie eingestellt, dennoch folgte ihr der Schwarm, folgte ihr auch in das Haus, die Holztreppe hinauf und in ihre Wohnung.

«Verstehen Sie das?» Herr Vibert wandte seinem Schreiber einen verschwollen Hautstreifen zu. Vergebens versuchten die Augen aufzugehen. «Insektenschwärme im April? Gibt es das? Nein, bitte kein Zitat», wehrte er ab, als sein Schreiber den Mund öffnen wollte.

Ein kleines, kupferhaariges Männlein, glattrasiert, trat ins Zimmer und kam, schwingend das gewölbte Hinterteil, auf den Untersuchungsrichter zu. Er legte ein mit braunem Packpapier umhülltes Paket auf den Schreibtisch und flüsterte Herrn Vibert etwas ins Ohr, während die Umhüllung von den Gegenständen fiel. Herr Vibert nickte und diktierte dann laut:

«Die Haussuchung bei der Witwe Nisiow, Rue du Marché 23, am 10. April, 15 Uhr, von dem Kommissär Vachelin und den Polizisten Sandoz und Corbaz vorgenommen, hat ergeben:

Das Beklopfen der Wand hinter dem ungemachten Bett vorerwähnter Witwe einen Hohlraum, verbergend ein Wandkästchen, das unter der Leitung von Kommissär Vachelin mit einem zu diesem Behufe mitgeführten Stemmeisen gesprengt wurde. Der Inhalt bestand aus: 1 Glasflasche, enthaltend zirka 200 Gramm Schwefeläther; 1 Steinguttopf mit einer nach Kampfer riechenden Salbe; 1 roten Zierkürbis, enthaltend fein zerriebene Blätter einer unbekannten Pflanze; 1 Pravazspritze, Marke Record; 1 Schachtel mit 3 Ampullen mit einer 2prozentigen Morphiumlösung; 1 schmutzigen Lederbeutel, enthaltend eine Münze mit griechischer Aufschrift auf der einen Seite, auf der andern die Abbildung einer nackten männlichen Gestalt mit vier ausgebreiteten Fliegenflügeln, die in der rechten Hand eine sogenannte Pansflöte hält, in der Linken ein Insektenei.

Haben Sie das, Grandjean? Sie verstehen wohl auch nichts? Nein, nein, bitte keine Zitate.»

Dann ging Herr Vibert an den blechernen Wasserbehälter, drehte den kleinen Hahn auf und ließ das Wasser in ärmlichem Strahl in das emaillierte Waschbecken stottern. Er kühlte sein Gesicht mit dem Handtuch, das, laut ungeschriebener Vorschrift, nur für die Hände bestimmt war.

«Was wollen Sie hier, Sandoz?» flüsterte da der Kommissär Vachelin, als sich ein breiter hoher Waadtländer auf schweren Nagelschuhen zur Tür hereinschob und eckig salutierte. Er wischte den braunen Schnurrbart beiseite und sagte:

«Sie hat sich aufgehängt, und die dreckigen Viecher fressen sie auf.»

«Wir wollen hingehen», sagte Herr Vibert ganz ruhig, «diesen Anblick darf ich mir nicht entgehen lassen.»

In der Wohnung fanden sie an der Innenseite des krachenden Mieders (es hing über dem Bettende) wohlverteilt 300 Hundertfrankenscheine. In der Küche fand der Polizist Corbaz in einer mit Mehl gefüllten Schublade ein rotes Portefeuille, das drei Tausendfrankenscheine enthielt, Visitenkarten aus Büttenpapier mit dem Namen: Mr. Douglas Tennyson, Connecticut, und einen Paß, lautend auf Arthur Abramoff, maître d'hôtel.

5

In seinem Gutachten über den Fall Despine spendet Dr. Louis Metral dem Fräulein Vigunieff ein verdientes Lob über die Resultate der von ihr gehandhabten Behandlungsweise und gibt den Bericht dieser talentvollen Anfängerin wieder:

Ich versuchte bei Despine die sogenannte analytische Behandlung und ließ ihn frei assoziieren, das heißt, jeden Einfall wiedergeben. Bei vollkommener Ehrlichkeit seinerseits könne ich ihm vollkommene Genesung versprechen. Nach der Aufdeckung des ganzen Sachverhalts ließ ich mir von ihm die Erlaubnis geben, den Sachverhalt dem Untersuchungsrichter mitteilen zu dürfen. Despine war von seiner Mutter abhängig. Sie erzog ihn nach dem Tode seines Vaters und blieb bei ihm bis zu ihrem Tod, der 1915 erfolgte. Despine fühlte sich die folgenden Jahre sehr einsam, es war, wie er sagte, eine große Leere in ihm. Er nahm das Zimmer bei der Witwe Nisiow in einem unbewußten Zwang, weil diese seiner Mutter glich. Die kluge Frau merkte sofort den Einfluß, den sie auf diesen Mann gewinnen konnte. Am Abend des 31. März zog Despine bei ihr ein. Sie fand erst spät Gelegenheit, sich ihrem neuen Mieter zu nähern. Nach elf Uhr empfing sie den Besuch ihres Sohnes aus Paris, der ihr seine Geldnöte klagte. Sie entschloß sich, ihren Mieter zu wecken und ihn um ein Darlehen anzugehen. Um ihn nicht zu erschrecken, summte sie eine Melodie vor sich hin und klopfte an seinem Zimmer, bat ihn dann auf einen Augenblick in ihr Wohnzimmer. Despine kam. Um das Darlehen angegangen, weigerte er sich: er habe kein Geld. Die Witwe ließ das Thema fallen. Despine sprach von seiner Mutter, wie sehr er sie vermisse und wie sehr er sich nach ihr sehne.

Ich möchte hier einen Traum wiedergeben, den mir der Patient erzählte und der es mir erst ermöglichte, das ganze Erlebnis aus der Verdrängung ans Licht zu ziehen. Er träumte, er stehe auf einer Bergwiese im Mondschein. Um einen aufgestellten Stein tanzten nackte Frauen im Kreise. Eine von ihnen dreht sich plötzlich um und winkt ihm, der abseits steht. Er fürchtet sich, die Gebärde befiehlt ihm, Verbotenes zu tun, er weiß nicht, was, aber es ist verboten. Er weigert sich, hat Angst, das Gebotene auszuführen, Angst, es zu unterlassen. Diese Angst läßt ihn erwachen.

Nach diesem Traum bedurfte es zweier Tage schwerer Arbeit, um den Zusammenhang mit dem eben Erlebten zu finden. Dann erzählte Despine, schon das Summen vor seiner Zimmertür habe ihm wie ein

Befehl geklungen. Von der Mutter habe er die Noten gelernt. Damals seien ihm die Intervalle wie Zahlen vorgekommen, er habe mit ihnen gerechnet, sie addiert, wenn sie aufsteigend, subtrahiert, wenn sie absteigend gewesen seien. Diese Erinnerung an 30 000 sei ihm hartnäckig geblieben. Ich erklärte ihm, das sei eine Deckerinnerung, die das Unterbewußte brauche, um sich unangenehme Erlebnisse fernzuhalten. Über einen kleinen Diebstahl, den er als Knabe begangen hatte, kamen wir endlich zum Kern der uns beschäftigenden Angelegenheit.

Frau Nisiow (Despine assoziiert auf ihren Namen stets den der Giftmischerin Voisin, und sonderbarerweise ist Nisiow die Umkehrung dieses Namens, mit ein wenig geänderter Orthographie) schlägt ihm vor, seine Mutter sehen zu lassen; sie verfüge über geheime Kräfte und könne ihn an den Ort führen, wo die Seele seiner Mutter, an den Körper gebunden, jede Nacht tanze. Despine glaubte dies. Frau Nisiow redet von dunklen Gewalten, über die sie Herrin sei, murmelt Worte dazu, das Zimmer ist erfüllt mit Fliegengesumm. Es sei hier nur bemerkt, daß das Mittelalter den Teufel als Fliegengott kannte. Die Beschwörung sollte am nächsten Tag vor sich gehen. Despine ist ein wenig betäubt. Es ist spät. Am nächsten Morgen verschläft er sich. Am Abend des 1. April, um zehn Uhr schon, beginnt die Beschwörung. Der Sohn ist abgereist. Despine wird mit einer Salbe eingerieben, die wohl Belladonna oder sonst ein Alkaloid enthalten haben mag, wird langsam berauscht, hat die typischen Flugträume, in denen er mit der dicken Nisiow durch die Lüfte fährt, die Bergwiese sieht und den Befehl seiner Mutter empfängt. Er hat dies Erlebnis während meiner Behandlung in dem vorher erwähnten Traum reproduziert. Vor dem Erwachen bekommt er von der besorgten Witwe noch eine starke Morphium-Kampfer-Einspritzung. Die Witwe erklärt ihm, er müsse 30 000 Franken stehlen und ihr bringen, damit sie durch ihre Künste seine Mutter aus dem höllischen Tanz befreien könne. Despine ist noch nicht ganz mürbe, er wehrt sich. Die Witwe bringt ihn zu Bett, legt ihm ein mit Äther getränktes Tuch auf die Nase. Am nächsten Morgen schläft Despine bis um zwölf Uhr. Er erwacht mit schwerem Kopf, bekommt irgendeinen betäubenden Blätteraufguß und wird nach der Bank geschickt. «Ich werde dich rufen, damit du deine Pflicht nicht vergissest», ruft ihm die Nisiow nach. Er wartet auf den Ruf. Soll man Telepathie annehmen, daß er den Ruf durch das Telephon erwartet? Ich glaube nicht. Auch daß er einem nicht vorhandenen Direktor antwortet, ist wohl leicht durch Suggestion zu erklären. Er bringt der Witwe das Geld. Sie hat Angst, verraten zu werden, überzeugt den Halbbetäubten, nochmals auf die Bergwiese zu fliegen. Sie benutzt den Rausch zu hypnotischer Beeinflussung und befiehlt ihm, alles zu vergessen. Als der Betäubte gegen Morgen in eine Art Starrkrampf verfällt, wird die Witwe ängstlich, läßt einen Arzt und die Polizei rufen und atmet auf, als sie erfährt, daß Despine im Irrenhaus interniert worden ist.

Es ist mir unmöglich, auf alle noch vorhandenen Unklarheiten einzugehen. Ich möchte nur bemerken, daß ich das Buch *Die Hexe von Endor* aus Rußland kenne, wo es von Kurpfuschern und abergläubischen Leuten benutzt wird, um durch die Rezepte, die es enthält, mit dem Teufel in Verkehr treten zu können. Es ist mir natürlich unmöglich, die Macht dieser Frau auf Fliegen und andere Insekten erklären zu können. Aber ich kann über den Gesundheitszustand des Adrian Despine nur Gutes berichten und seine baldige Entlassung aus der Anstalt befürworten.

Sign.: Vera Vigunieff
Eingesehen: Adrian Despine

1928

Die Begegnung

Eine Erzählung

Und Jesus sprach nicht zu ihm: «Er stirbet nicht», sondern: «So ich will, daß er bleibe, bis ich komme, was geht's dich an?»
Joh. XXI, 23

Es war eine kleine Station, an welcher der junge Mann den Zug bestieg. Mit gesenktem Blick schritt er durch den Gang des Wagens. Er blickte auch nicht auf, als er sich mir gegenüber ans Fenster setzte. Die Haut der gelblichen Lider war körnig; sie zitterten, und auch die Hände, die er in den Hosentaschen hielt, bebten. Nach einiger Zeit zog der junge Mann eine Zigarette aus der Hosentasche, ohne das Paket zu zeigen, zündete sie an, streifte die Glut nach einigen tiefen Zügen in den Aschenbecher und steckte den Stummel in die Westentasche. Sonderbar war während dieser Zeit der ängstliche Blick, der in allen Ecken nach einem Beobachter zu spähen schien. Plötzlich zuckte er zusammen, holte vorsichtig das gelbe Zigarettenpaket aus der Hosentasche, überlegte lange und wählte schließlich die obere Westentasche als geeignetes Versteck. Als er beim Aufblicken meinen verwunderten Blick wahrnahm, versuchte er, den Mund zu einem Lächeln zu verziehen; es mißlang, und er stotterte: «Wissen Sie, dort ...» (er zeigte mit dem Daumen über die Schulter), «dort war das Rauchen verboten.» – «Wo denn?» frug ich erstaunt. Er fühlte sich zu einer Erklärung verpflichtet; er gab sie in jenem singenden Tonfall, den man einem Kinde gegenüber gebraucht, das eine einfache Sache durchaus nicht verstehen kann, aber doch im Grunde an dieser Verständnislosigkeit unschuldig ist. «In der Strafanstalt nämlich.» Dann schwieg er und schien auf die Wirkung seiner Worte zu warten.

Ich sah ihn auch weiterhin nur ruhig an; da entspannte sich sein Gesicht, und er nickte mir fast freundlich zu. Das Zittern ließ nach, er streckte seine langen Beine neben den meinen aus («Pardon») und fragte: «Fahren Sie weit?» Ich nickte und nannte ihm das Ziel meiner Reise. Das schien ihn zu freuen. «Dann fahren wir ja ein großes Stück zusammen!» Er überlegte. «Wissen Sie», sagte er stockend, «mir ist nämlich dort ein Erlebnis zugestoßen» (er gebrauchte diese sonderbare Wendung), «ich bin jemandem begegnet, und diese Begegnung möchte ich gerne erzählen.» Er fuhr wieder zusammen, als der Zugführer sein Billett zu sehen wünschte, beruhigte sich aber, sobald die Uniform verschwunden war. «Wenn es Sie erleichtern kann», sagte ich höflich und ärgerte mich über den konventionellen Ton, den ich gebraucht hatte. Aber er hatte den Blick wieder zu Boden gesenkt. Zerstreut suchte er den Stummel aus der Westentasche, zündete ihn an und tat ein paar tiefe Lungenzüge. Dann begann er zu sprechen, leise zuerst, lauter dann, begeistert schier, um am Ende wieder so leise zu werden wie zu Anbeginn:

Ein Jahr hab ich dort gemacht. Nicht gerichtlich, administrativ nennt man das. Für liederlichen Lebenswandel. Heut hat der Direktor noch mit mir gesprochen, sehr freundlich, dann hab ich 25 Franken bekommen und einen Anzug. Dieser Direktor ist schon alt, und wir hatten ihn gern, weil er uns freundlich gesinnt war. Er kannte uns alle beim Namen. Und mit den Wärtern war er strenger als mit uns. Die Stirn und der Schädel bildeten bei ihm eine glattpolierte Fläche; der untere Teil des Gesichtes war mit Bartstoppeln bedeckt, aus denen nur die Nase hervorragte, weiß und ein wenig knollig an der Spitze. Wir arbeiteten das ganze Jahr auf den Feldern, das war manchmal schwer, besonders im Winter, aber man gewöhnt sich an alles.

Am Sonntag spielte ich in der Kirche die Harmoniumbegleitung zu den Chorälen, und damit fing das ganze eigentlich an. Vier Pfarrer waren es, die abwechselnd predigten. Ein wenig muß ich sie Ihnen wohl schildern. Der eine war ein noch junger Pfarrer aus dem Waadtland. Er trug einen Spitzbart, hatte ein rötliches Gesicht und gesunde Zähne. Begeistert predigte er, betete auch rührend, und die kleine Kapelle war stets überfüllt, wenn er sich ansagte. Es kamen auch solche, die kein Französisch verstanden. Aber das Abendmahl hat er nie gegeben, und meine Geschichte hängt mit dem Abendmahl zusammen. Der zweite, der auch französisch predigte, kam aus der benachbarten Stadt. Er trug viel graue Haare um die Lippen, und ein Gehrock beschattete seine Knie. Er sprach durchaus korrekt, bestieg nie die Kanzel, sondern lehnte sich an das Harmonium. Wenn er kam, war das Wetter immer schlecht, und im Winter schien die Zentralheizung bei seinen Ansprachen auszugehen. Das war vielleicht nur ein Eindruck. Auch den Kapuzinerpater muß ich noch erwähnen, der alle vier Wochen eine stille Messe zelebrierte. Ich spielte dann immer alte französische Liebeslieder: «Plaisir d'amour ne dure qu'un instant» oder

«Ého, ého, ého les moutons sont aux plaines». Dieser Pater war sehr freundlich, und ich war ihm dankbar, weil er mein Spiel lobte.

Und endlich war da noch der deutsche Pfarrer, bei dem mir eben dies Erlebnis zustieß. Er kam aus dem nahen Dorf, gewöhnlich von einer Jaßpartie, roch unter dem weißen Schnurrbart stark nach Wein, wenn er mir die Nummern der Choräle gab, die ich zu spielen hatte. Ich hatte einen Lieblingschoral, den ich ihm stets aufdrängte. Das Lied war lebhaft (die Melodie von Haydn) und handelte von einem Weizenkorn, das sterben muß, bevor es wieder zum Lichte kann. Bei dieser Melodie schien sich die Starrheit der Gesichter zu lösen, ich sah es deutlich, wenn ich von den Noten aufblickte. Aber ich tat dies nicht gerne, denn ich sah dann auch die Inschrift an der Wand gegenüber: «Kommet her zu mir alle, die ihr mühselig und beladen seid, ich will euch erquicken.» Was hätte der Galiläer wohl dazu gesagt, wenn er seine Worte auf einer Gefängniswand gelesen hätte.

Während der Predigt dieses alten Pfarrers mußte ich oft das Lachen verbeißen. Er predigte zwar hinter meinem Rücken von der Kanzel, so daß ich ihn nicht sehen konnte, aber er hatte eine Art, das Wort «Geist» auszusprechen (er sagte «Geischt»), die komisch wirkte. Meistens gab er das Abendmahl. Dann stand ein weißgedeckter Tisch neben dem Harmonium, darauf zwei zinnerne Becher und eine Platte mit langen Streifen Weißbrot. Der Pfarrer teilte das Brot, die beiden Becher wurden vom Direktor und dessen Sohn gehalten. Beide sahen genau hin, daß niemand einen zu tiefen Schluck aus den Bechern nahm. Die Sträflinge drückten sich scheu am Tisch vorbei. Wie war es wohl damals, als der Herr am Osterfest den Wein verteilte und das Brot brach?

Knapp vor Weihnachten wurde ich beim Rauchen erwischt. Der Sommer war gnädig vorbeigegangen, und die Ernte auf den weiten Feldern hatte mich wahrhaft glücklich gemacht. Aber dann kam der Winter mit seinen grauen Regenwolken und den düsteren Sonntagen in der Zelle. Die Bücher waren ausgelesen, und eine süßliche Stimmung aus Velhagen & Klasing-Romanen zersetzte die Luft. Das Mittagessen lag schwer im Magen. Man aß ja nur aus Langeweile, und der gefüllte Körper begann erwartungsvolle Angst zu produzieren und bedrükkende Traurigkeit.

Wieviel nutzlos vergeudete Sehnsucht bringt solch ein Nachmittag hervor. Die tiefstehende Sonne nimmt das Eisengitter im Fenster und wirft es als schwarzes Kreuz auf die Wand dem Bette gegenüber.

Draußen trippelt ein Kind vorbei und singt Vokale, nur Vokale; diese «A» und «O» machen die kalte Luft schneidend.

Kennen Sie die Sehnsucht, die Sie manchmal ergreift, wenn Sie zufällig in einer großen Stadt niemanden kennen und zur Zerstreuung ins Kino gehen? Sie sind allein, niemand kümmert sich um Sie, Sie sehen die berühmte Filmdiva auf der Leinwand ihre Faxen machen. Da beginnen Sie von diesem Weib zu träumen, das vielleicht herzlich unbedeutend ist, aber alles ist um sie: Luxus, Reichtum, Leidenschaft. Sie malen sich aus, daß Sie von dieser Frau geliebt werden; und diese Liebe gibt Ihnen jenes Selbstvertrauen zurück, das Ihnen die Einsamkeit, das Unbeachtetsein in dieser großen Menschenmenge geraubt hat. Nun, sehen Sie, eine ähnliche Sehnsucht plagte mich. Nicht von einem berühmten Weibe geliebt zu werden, o nein, ich sehnte mich nach dem «Meister», nach dem unverstandenen Meister, der sicher irgendwo auf dieser Welt leben mußte, und diesem zu dienen konnte meinem Leben erst den richtigen Sinn geben. Ich malte mir aus, daß nur ich den Meister richtig verstehen würde, daß ich mein Leben für ihn hingeben würde; nie wäre ich so feig wie die Jünger des Galiläers, eher würde ich mich auspeitschen, mich kreuzigen lassen ... keine grobe Hand sollte den Meister berühren. Wirklich, ich sehnte mich nach diesem Zustand des Dienens, nach diesem Opfer meiner selbst.

An jenem Sonntagnachmittag klappten die Riegel der Zellentüren wie gewöhnlich um halb sechs. Die Blechgefäße mit dem Kakao, den Pellkartoffeln und dem Stückchen Käse standen auf einem Holzbrett. Den Käse tauschte ich gegen Tabak um. Um acht Uhr ging das Licht aus, wie gewöhnlich; dann drehte ich mir noch eine Zigarette – als Papier benutzte ich, wie alle andern, ein Blatt des Neuen Testaments, weil dies Papier dünn war und beim Verbrennen nicht allzusehr stank. Aber ich hatte nicht lange genug gewartet. Ein Schlüssel klapperte im Schloß, die Nase eines Wärters schnupperte herein. Kein Wort wurde gesprochen. Die Türe flog wieder zu. Ein paar Minuten nur vergingen, dann war der Wärter in der Zelle, der Sohn des Direktors begleitete ihn. Meine Zelle wurde ausgeräumt: Die Bücher aus der Bibliothek verschwanden, ein paar Hefte «Verbreitung guter Schriften», zerfetzte Kriminalromane, durchgeschmuggelte. Dann knallte die Zellentüre wieder zu. Vorher hatte der Sohn noch höhnisch gesagt: «Zwei Tage Arrest, verschärft.» Das hieß: Zwei Tage eingesperrt bleiben, ohne jemanden zu sehen, Einzelhaft also, mit einer dünnen Suppe am Mittag und einem Achtel Brot dazu, sonst nichts. Im Grunde ja nichts Furchtbares.

Plötzlich schien mir die Arbeit im Freien, in der Kälte, die Arbeit, die mir oft verleidet gewesen war, außerordentlich begehrenswert. Nur nicht allein sein, allein, den ganzen Tag. Ich fühlte mich wieder ganz klein, wie damals: Der Vater hatte mir Prügel versprochen, aber er schob die Exekution zwei Tage auf, um auch die Angst wirken zu lassen. Gegen diese Angst, die aus der Vergangenheit aufstieg, war ich machtlos. Schlug ich Lärm, so wurde ich in Dunkelarrest geführt. Ach, Sie wissen eben nicht, was es heißt, der Macht ausgeliefert zu sein. Unter mir im Dunkelarrest lärmte ein Verrückter. Ich legte mich aufs Bett und versuchte einige Methoden der Ablenkung. Das laute Sprechen von Versen: Es war nutzlos. Das Herunterleiern des Rosenkranzes in verschiedenen Sprachen: Deutsch, Lateinisch, Französisch.

Dann war ich gar nicht mehr in meiner Zelle. Ich schlich mit dem baltischen Baron, einem kahlen Männchen (Hochstapelei), durch die Gänge, befreite die Gefangenen. Der Direktor wurde überfallen, seine Frau, dann die Dienstmädchen. Sie mußten uns entschädigen für die vielen leeren Nächte. Die Telephonleitungen wurden durchschnitten. Wir organisieren. Ein Sträflingsrat wird gebildet, der baltische Baron und ich, wir kommandieren. Nur wir tragen Waffen, die Revolver der Wärter.

Ein Festmahl. Schweine werden geschlachtet. Der Direktor hat viel Wein im Keller. Und die Dienstmädchen müssen vor uns tanzen.

Infanterie rückt an. Eine Kompagnie nur. Wir überfallen sie. Der Baron hat in der weißen Armee gekämpft. Er weiß Überfälle ohne Waffen zu organisieren. Wir siegen, ziehen weiter, auf die Hauptstadt zu, besetzen die Kasernen, plündern, der Sträflingsrat hat die Herrschaft.

Nein, glauben Sie mir, ich habe nicht geschlafen, während ich all dies sah. Ich war wach, ganz wach. Meine Füße waren kalt, meine Arme gefühllos; jetzt erst merkte ich, daß ich die Hände unter dem Kopf gefaltet hatte. Nun warf ich sie auf die Bettdecke. Langsam füllten sie sich wieder mit jenem Blut, das sich alles in meinem Kopfe gesammelt zu haben schien.

Wie soll ich Ihnen deutlich machen, was es heißt, «in Verzweiflung zu versinken»? Stets ist die Verzweiflung grundlos, obwohl wir meinen, sie klar begründen zu können. Aber diese Gründe wirken einfach nicht, wenn unser Ich sich verkriecht und sich taub stellt. Ich gab mich auf. Um solche Wachträume zu haben, mußte ich schlecht sein, rettungslos verloren (so dachte ich damals, heute ... doch das ist etwas anderes). Ich wünschte den Tod, der eine graue, sanfte Frau war, die mich rief, als wäre sie meine Mutter. Habe ich Ihnen gesagt, daß meine Mutter gestorben ist, als ich vier Jahre alt war?

Ich schlief dann ein, das heißt, ich tauchte unter. Es war heller Tag, als ich erwachte. Die Sonne stand schon im Süden. Da kam auch der Wärter und brachte mir eine dünne Suppe. Ich durfte meinen Kübel leeren, Wasser holen. Dann fiel die Türe wieder zu. Ich aß. Das eiserne Fensterkreuz war sehr verlockend. Ich probierte die Festigkeit meiner Hosenträger. Sie waren breit und gaben nur wenig nach. Es würde nicht weh tun. Wissen Sie, ich bin sehr feig und habe große Angst vor körperlichen Schmerzen. Stimmen klangen im Gang. Dann weiß ich von nichts mehr.

Verstehen Sie, ich erinnere mich auch heute noch nicht, wie ich es gemacht habe. Manchmal scheint es mir, als sei es gut, wenn manche Erlebnisse ganz ausgelöscht werden. Der Griffel versagt wohl, der unsere Erinnerungen einzugraben hat. Denn was würde aus uns, wenn vor unseren Augen stets der Film der Vergangenheit abrollen würde? Wir verstehen nicht mehr zu beten. Statt «Erlöse uns von dem Bösen» sollte es heißen: «Erlöse uns von der Vergangenheit». Nicht wahr? Aber vielleicht meinte der Zimmermann das gleiche.

Ein lautes Poltern weckte mich auf. Ich lag im Krankenzimmer, und aus dem Bett, das mir schräg gegenüberstand, dröhnten dumpfe Schläge. Ich richtete mich auf, um zu sehen, was das Poltern zu bedeuten hatte. Das Bett war auf allen Seiten mit Brettern umgeben. Und der baltische Baron schlug seine Glieder mit aller Kraft gegen das Holz. Dann lag er wieder ruhig. Mund und Augen waren fest geschlossen, und auf dem fast nackten Körper waren die Muskeln derart angespannt, daß ich Angst bekam, die Haut könne jeden Augenblick Risse bekommen. Immer mehr spannten sich die Muskeln, der Krampf wuchs, in der Stille hörte ich die Zähne des Besessenen knirschen. Da hob sich sein Körper plötzlich, bildete einen schönen flachgewölbten Bogen und ruhte nur noch auf Hinterkopf und Fersen. Dann zerbrach der Bogen. Der Kopf wurde hin und her geschleudert, prallte ab von den Holzwänden, die Ellbogen dröhnten gegen die Bretter, die Fäuste hämmerten gegen das summende Holz. Und trotz des Lärms hörte ich den Atem durch den schmalen Spalt der Lippe pfeifen.

In der Türe stand der Direktor mit dem Wärter. Beide sahen dem Kranken eine Zeitlang zu. Der Krampf löste sich, der Baron blieb ruhig liegen, nur der Mund prustete noch leise. «Gehen Sie», sagte der Direktor zu dem Krankenwärter; der schloß die Türe hinter sich.

«Wissen Sie, was Sie getan haben?» fragte mich der alte Mann. Ich schüttelte den Kopf. Dann erblickte ich den Kalender:

Dezember
22
Mittwoch

stand dort. «Aber ich bin doch am Montag ...» weiter kam ich nicht.

«Sie wissen es also nicht?» fragte der Direktor noch einmal. Ich schüttelte den Kopf und schluckte den Speichel. Das tat weh. «Angina und Fieber», dachte ich, «nun ja, ich bin krank, und Kranke bestraft man nicht.»

Der Direktor nahm einen Spiegel von der Wand und hielt ihn mir vor. Dabei tupfte sein kalter Zeigefinger auf meinen Hals. Ich sah zwei rote Striemen rechts und links, die schräg nach oben liefen.

«Ja, ja, mit den Hosenträgern», sagte der Direktor. «So etwas sollten Sie nicht machen.» Er schüttelte den Kopf. Ich erwartete eine Predigt. Aber er schwieg. Langsam rollte sein gesenkter Kopf über die gestärkte Hemdbrust, und ich hörte das Knistern der Barthaare auf der glatten Fläche. Er legte den Spiegel auf die rote Tischdecke und ging im Zimmer auf und ab.

«Ich will schauen, daß ich Sie im Hause irgendwo beschäftigen kann. Wollen Sie die Bibliothek in Ordnung bringen? Gut. Am Sonntag können Sie wie gewohnt Harmonium spielen ... Warum haben Sie das gemacht?»

«Die Zelle, Herr Direktor, in der Zelle ... ganz allein ... und dann die Angst, ich konnte nicht mehr ...»

«Natürlich.» Er nickte. «Das, was Ärzte Haftpsychose nennen. Aber was heißt das? Es haben so viele Leute vor Ihnen in dieser Zelle gewohnt. Die Zelle muß ja ganz voll sein von ...» er stockte. «Nun, Sie bleiben jetzt eine Zeitlang im Krankenzimmer. Schlafen Sie sich aus. Wie alt sind Sie eigentlich? Neunundzwanzig?» Er öffnete seinen Mund, und starke gelbe Zähne wurden sichtbar. «Immerhin also», der Direktor war ein wenig verlegen, «Sie werden ja nicht immer hier bleiben. Und draußen gibt es ja noch Ziele. Man muß sie nur suchen. Und nicht nur so ... herumtorkeln.»

Er ging hinaus, ich fühlte große Zuneigung zu ihm, als ich seinen gebeugten Rücken sah. Hatte ich mich nach einem Meister gesehnt? Der Gedanke ging mir wieder durch den Kopf. Aber dieser alte Mann? Nein, der war nicht der erwartete Meister, von dem ich träumte.

Mitleid ist manchmal wohltuend, aber der Meister zeigt kein Mitleid, der Meister zeigt den Weg.

Der Krankenwärter, auch ein Sträfling, der wegen Betrug zu sieben Jahren verurteilt worden war, erzählte mir, was geschehen war. Der Missionar, der jeden Montag die Sträflinge besuchte, war auf seinem Rundgang zufällig in meine Zelle gekommen. Er hatte mich leblos am Fensterkreuz hängend gefunden, hatte Hilfe herbeigerufen. Eine Stunde lang war künstliche Atmung gemacht worden. Die zerschnittenen Hosenträger hatte der Missionar eingesteckt, denn er war abergläubisch.

Am Heiligen Abend lag ich noch zu Bett. Ich war sehr schwach und hatte andauernd Kopfschmerzen. Aus der Kapelle drang gedämpftes Singen und der Geruch von angebranntem Tannenreisig.

Am Weihnachtstag sollte ich wieder Harmonium spielen. Um acht Uhr ging ich in die Kapelle, um noch ein wenig zu üben. Es war kalt. Dampf zischte eintönig in den Heizungsrohren. Gegen neun Uhr kam eines der Dienstmädchen des Direktors und deckte den Tisch für das Abendmahl. Sie brachte zwei Becher, eine große Kanne mit Wein, stellte alles auf den Tisch und wandte sich wieder zur Tür. Erst dort nickte sie mir ängstlich zu. Vielleicht sah ich sehr schlecht aus. Ich spielte dann das Lied vom Weizenkorn: War ich nicht auch gestorben, und sollte ich nun zum Lichte emporwachsen? Mein Kopf war leer und finster. Die Töne des Harmoniums quäkten unangenehm, meine Beine waren zu schwach, um die Blasbälge kräftig zu treten. Auf dem Tisch stand eine Kanne voll Wein. Der Geruch drang bis zu mir. Ich stand auf und trank aus der Kanne, nicht viel, niemand sollte es merken. Ob das wohl Gotteslästerung sei, dachte ich noch. Dann war nur noch Freude und Kraft in mir. Der Wein war gut und wirkte stark. Meine Gelenke wurden geschmeidig, das Harmonium bekam Klang, und ich griff nicht mehr daneben. Auch mein Hals verlor die Steifheit. Ich übte: «Tochter Zion, freue dich!» Das Lied wollte ich als Einleitung spielen und während des Abendmahls ein leichtgesetztes «Ave verum» von Mozart.

Die Predigt war auf zehn Uhr angesetzt. Einige Minuten vorher wurden meine Kameraden hereingeführt. Sie schwatzten laut im Gang. Sobald sie eingetreten waren, verstummten sie. Ich begann zu spielen und wandte mich auch nicht um, als der Direktor mit seiner Frau und seinem Sohne eintrat. Es war noch jemand bei ihnen. Irgendein Besuch, dachte ich.

Ich spielte weiter, begleitet von Hüsteln, Schneuzen, Bankrücken. Die Familie des Direktors hatte hinter meinem Rücken auf einer Bank neben der Kanzel Platz genommen. Dann trat der Pfarrer ein, der alte mit dem weißen Schnurrbart, der so gern jaßte und Wein trank. Es war eine unbekannte Freudigkeit in mir. Ich fand den Pfarrer gar nicht mehr komisch. Da fühlte ich einen Blick auf meinem Rücken, einen Blick, der mich zu rufen schien, und ich wandte mich um.

Der Direktor, seine Frau und sein Sohn saßen an dem einen Ende der Bank. Am anderen Ende saß eine einsame Gestalt. Einsam schien sie zu sein, obwohl sie mitten unter uns war. Ein ganz gewöhnlicher Mensch, dachte ich. Er war ziemlich jung, glattrasiert, mit nach hinten gekämmtem Haar, das die Ohren frei ließ, aber den Nacken verdeckte und den Kragen des grauen Rockes berührte. Graue Pumphosen (Knickerbocker nennt man sie, glaub ich), graue Wadenstrümpfe, graue Wildlederschuhe mit Gummisohlen. Ich nahm das alles mit einem Blick auf, denn ich fühlte, für mehr als einen Blick blieb mir keine Zeit: Die Augen mußte ich suchen. Suchen? Sie waren auf mich gerichtet. Die Augen grüßten mich, der Fremde nickte, nicht mitleidig, nein, so als wolle er sagen: «Ich weiß, ich weiß.» Natürlich mußte er wissen.

Während der alte Pfarrer oben auf der Kanzel das Weihnachtsevangelium las, mußte ich immer wieder zu diesem fremden Mann hinüberschielen. Er hatte das Kinn auf die Brust gelegt (sein Hemd stand vorne offen, er trug keine Krawatte), die Hände um das linke Knie gefaltet. Der Fuß pendelte leicht auf und ab. Während des Gebetes blieb er in derselben Haltung sitzen. Ich spielte sehr schlecht und war froh, daß es bekannte Lieder waren. Die lauten Stimmen übertönten meine falsche Begleitung.

Gewöhnlich blieb ich während der Predigt auf dem Stuhl sitzen. Heute stand ich auf und setzte mich auf einen freien Platz in der ersten Bank, um den Fremden sehen zu können. Er blickte nur einmal auf, und ich erkannte sein Gesicht kaum wieder. Es war verzerrt, so als müsse er einen unerträglichen Schmerz erleiden.

Die Predigt war zu Ende. Ich spielte das Schlußlied:

«Wenn alle untreu werden ...»

Dann stand der Oberaufseher vor den Bänken und sagte laut: «Die Sträflinge, die am Heiligen Abendmahl teilnehmen wollen, mögen sitzen bleiben. Die anderen sollen aufstehen und ruhig hinausgehen.» Ich hörte noch das Knarren der Kanzeltreppe unter den schweren Schritten des Pfarrers.

«Halt!» rief plötzlich eine Stimme. Der Fremde stand aufrecht vor der Bank. Die bleichen, entblößten Hände schimmerten neben seinem Kopf. Doch er ließ die Arme herabfallen und ging wieder an seinen Platz zurück. Die Kapelle leerte sich. Etwa zwanzig Mann blieben in den Bänken sitzen. Der Pfarrer las die Liturgie. Die Frau des Direktors nahm ein Stück Brot aus der Hand des Pfarrers, ergriff den Kelch, nahm einen Schluck. Der Direktor hob den einen Kelch auf, sein Sohn den anderen. Beide stellten sich an der Schmalseite des Tisches auf. Ihre Gesichter waren ausdruckslos.

Die ersten Sträflinge schlürften scheu heran. Der Fremde hatte sein Gesicht in seine Hände gelegt. Ich sah, daß er zitterte. Vielleicht war es die Kälte.

Leise begann ich das «Ave verum» zu spielen, zog die Töne in die Länge, denn nach jeder Note, die ich abgelesen hatte, wandte ich mich um. «Er kann das alles doch nicht dulden!» dachte ich. Die Freude von vorher hatte sich in Angst verwandelt. Aber es war eine Angst, die ich noch gar nicht kannte.

«Halt!» sagte da wieder die Stimme hinter mir. Mit weit ausholenden Schritten trat der Fremde an den Tisch.

«Gehen Sie!» sagte er zum Pfarrer. «Sie auch.» Er winkte dem Direktor. Auch der Sohn stellte seinen Becher ab. Die drei gingen nach der hintersten Bank, setzten sich dort und blieben starr. Der Fremde winkte mir, und ich trat zu ihm. Dann stützte er die beiden weißen Hände auf das Tischtuch und blickte mit weit geöffneten Augen in den Raum. Er schien jeden einzelnen zuerst forschend zu betrachten. Sein Kopf bewegte sich kaum merklich. Er begann zu sprechen, ein sonderbar fremdländisches Deutsch. Die Sätze waren durchaus richtig, aber die Betonung der einzelnen Silben war ungewohnt, und die Vokale sprach er wie ein Engländer.

«Ich sagte nicht, daß ihr Knechte seid, denn ein Knecht weiß nicht, was sein Herr tut. Ihr aber wißt, was ich von euch will. Euch habe ich gesagt, daß ihr Freunde seid. Kommt, einer soll dem andern den Becher reichen. Wir wollen trinken. Ist nicht der Wein mein Blut? Und das gebiete ich euch, daß ihr euch untereinander liebet.»

Die Männer starrten ihn an. «Kommt!» sagte er ungeduldig. Da verließen sie die Bänke und sammelten sich im Kreise um den Tisch. Er aber überragte sie alle. Denn er stand aufgerichtet unter ihnen, die sich vor ihm beugten. Ich hatte meinen Kopf an die Schulter des Fremden gelegt, und er duldete es schweigend. Ich dachte an das Märchen vom

Demantberg: Er ist eine Meile hoch, eine Meile breit, eine Meile lang. Und alle hundert Jahre wetzt ein Vöglein seinen Schnabel am Berg. Und wenn der ganze Berg abgewetzt ist, so ist die erste Sekunde der Ewigkeit vorbei ... Da kam die Trauer über mich und die gleiche Verzweiflung wie in jener Nacht. Dann sah ich den baltischen Baron, der mit seinem Kopf gegen das Holz schlug. Aber vor mir war eine hohe Mauer aus grauem Stein. Gegen die stieß ich mit dem Kopf, und sie wich nicht ... Da sah ich wieder die Kapelle, der Fremde ließ den Becher herumgehen, füllte ihn wieder, wenn er geleert war. Wer füllte die Kanne stets von neuem?

In der hintersten Bank stand der Direktor und kam näher. Bevor er dazwischentrat, mußte ich meine Antwort haben. Ich packte des Fremden Ellbogen und fragte laut: «Herr, was soll aber ich?» Wer hatte diese Worte schon früher einmal gesprochen?

Er wandte mir das Gesicht zu. Die Stirnhaut hatte tiefe, waagrechte Falten, und auch um den Mund waren Falten ... Das Antlitz schien uralt und traurig. Dann wurde es wieder glatt und jung, und mit einem Lächeln sprach der Mund:

«So ich will, daß du bleibest, bis ich komme, was geht's dich an?»

Ich wollte schreien: «Nicht zu viel, verlang nicht zu viel!» und schloß wieder die Augen. Es war still in der Kapelle. Selbst der Direktor schien stehengeblieben zu sein. Aber unter meinen Lidern sah ich nicht den rötlichen Schimmer, den das Tageslicht gibt, wenn es durch die blutgefüllte Haut dringt, sondern einen blendend weißen Schein, der schmerzte.

«Jetzt ist's genug», sagte die Stimme des Direktors. Ich schrak auf. Der Fremde hob die Achseln, stellte den Kelch, den er in der Hand gehalten hatte, auf den Tisch und ging mit lautlosen Schritten zur Tür hinaus. Ein Wärter führte die Zurückgebliebenen ab.

Der Direktor sprach mit dem alten Pfarrer. «Der Sohn eines englischen Kollegen», hörte ich, «sehr religiös. Aber ...» dabei klopfte er mit einem Fingerknöchel auf seine Stirn, «ein wenig überspannt.»

Ich habe den Rest meiner Strafe abverdient. Es war nicht schwer. Aber ich suche immer noch eine Erklärung. War der Fremde wirklich verrückt, oder hat er gesehen, was in mir ist? Etwas Unvergängliches? Was soll ich tun? Ich habe eine Stelle bei einem Gärtner angenommen. Früher war ich, was man eine «gescheiterte Existenz» nennt. Aber was soll ich tun? Ich kann doch nicht nach England fahren und den Fremden fragen, ob er nur seinen Spaß mit mir getrieben hat. Vielleicht ist er auch schon längst interniert. Aber wer kann beweisen, daß nicht ein anderer aus diesem modern gekleideten Jüngling gesprochen hat, ein anderer in mir war, dem diese Worte galten? Ich will warten. «Was geht's dich an», hat er gesagt. Ich bin doch damals gerade durch den Tod gegangen. Meinen Sie, das sei bedeutungslos?

Der junge Mann zog seine langen Beine an sich, suchte mit ungeschickten Fingern nach seinen Zigaretten. Er fand sie endlich in der oberen linken Westentasche. Während er eine anbrannte, zitterten seine Hände. Sein Blick war wieder furchtsam wie bei seinem Eintreten. Und dann stieg er aus, ohne Gruß.

1927/29

Der Besuch der Königin

Ponchon, der dicke Portier des Spitals von Charleroi, ließ die Tropfen des Frühlingsregens über seinen Handrücken rieseln und freute sich über den kühlen Fäustling, den die Tropfen im Herunterfließen bildeten. Er fühlte sich wohl: Es war ein Genuß, an der ausgelutschten Zigarette zu saugen, und auch die Tabakskörner, die ihm dabei in den Mund kamen, ließ er auf der Zunge zergehen – wie einen Leckerbissen – und blies sie dann sanft von sich. Im kleinen Garten zwischen der Eingangstür und dem eisernen Zaun war der Rasen schon hellgrün und dicht, die Ziegelmauern der gegenüberliegenden Häuser waren von der Feuchtigkeit rot angelaufen, und die Kastanienbäume der fortlaufenden Allee trugen an den Spitzen ihrer Äste schlappe, zarte Handschuhe.

«Eh», sagte Ponchon verärgert, als er das Telephon in seiner Loge scheppern hörte. Wiegend auf seinen kurzen Beinen, doch ohne schädliche Eile, ging er an den Apparat, hob den Hörer von den Zinken und gähnte: «Ja?»

Aber er hatte kaum die ersten Worte verstanden, als seine kleine Gestalt sich straffte, auf seinen Schläfen bildeten sich Schweißtropfen, die in mannigfachen Windungen über die gerundeten Wangen durch die Bartstoppeln rollten, um sich schließlich in einem Grübchen unter dem Kinn zu sammeln. «Gut, gut», sagte er leise, warf mit Schwung den Hörer in die Zinken und lief zur Tür hinaus.

Nicht allzu weit von dieser Tür, in dem Gang, der in das Innere des Spitals führte, kanzelte Fräulein Pestiaux, die Oberschwester, eine blonde Elevin ab, die am Abend vorher mit dem Nachtwärter Mortaval ausgegangen war. Als Hugenottin verurteilte Fräulein Pestiaux weltliche Freuden und eitlen Putz. Sie trug stets Wollstrümpfe und lange Röcke, deren Saum den oberen Rand der hohen Schnürstiefel erreichte.

Ponchon unterbrach geräuschvoll die Moralpredigt: In Marcinelle habe es ein Grubenunglück gegeben, zehn Leichen seien geborgen, zwölf Schwerverletzte würden auf das Spital dirigiert. «Zwölf Verbrannte!» wiederholte Ponchon und blies einen Seufzer in Fräulein Pestiaux' Gesicht.

«Pfui!» rief diese und streckte abwehrend die flachen Hände aus – doch dann ertrank ihre Entrüstung über Ponchons Unhöflichkeit in den aufflutenden Sorgen. «Mein Gott! Und die Chirurgie ist voll! Kein Bett frei ... Wir brauchen einen ganzen Saal! Was soll ich machen? Der Herr Direktor ist bei einer Sitzung in Brüssel. Ich will schnell mal ...»

Sie rannte den langen Gang entlang, die Stufen hinauf in den ersten Stock; ihr weißer Schleier stand waagrecht in der Luft.

Schier sprengte sie die Tür zum Operationssaal in ihrer Eile und stand dann verwirrt vor Dr. Deton, dem Chirurgen, dessen Gazemaske nur einen Streifen brauner Haut freiließ rings um die sehr hellblauen Augen. «Bellot!» sagte er zu seinem Assistenten, «deine Dummheit, mein Freund, stinkt zu den Himmeln.» Mit pathetischer Gebärde wies er auf einen japsenden Greis, dessen Herz er soeben mittels einer Coffeineinspritzung wieder in Gang gebracht hatte. «Diese jungen Mediziner», er wandte sich an Fräulein Pestiaux, und seine Stimme war dozierend vorwurfsvoll, «sind nicht einmal imstande, eine Narkose richtig zu beaufsichtigen. Und glauben Sie mir, es fehlt nicht viel, so würden sie den Pulsschlag an der Nase und die Atmung an der Ferse kontrollieren.» Einsam und schuldbewußt stand das lange Fräulein Frère in einer Ecke, hielt die Kugel der neuen Äthermaske wie einen Pokal und ließ ihre Augen fließen.

«Grubenunglück», sagte Fräulein Pestiaux atemlos. «Wir müssen einen Saal räumen. Hören Sie, Frère, oder schlafen Sie?»

«Ei, ei», sagte Herr Deton. Dann begann er mit hoher Stimme zu singen: «Schlaf, Kindlein, schlaf», und schlug dazu den Takt mit ausgestrecktem Zeigefinger. Plötzlich hielt er inne, klopfte sich mit dem Knöchel gegen die Stirne, nahm die Arme des Operierten, schwang sie auf und ab im Takte seines Liedchens und pumpte damit Luft in den reglosen Brustkasten des Liegenden.

Fräulein Frère blickte Dr. Deton furchtsam an und schob sich vorsichtig zur Türe.

«Ein schwarzes und ein weißes – und wenn das Kind nicht schlafen will ...», sang Dr. Deton, ließ die Arme des Alten fallen, beäugte den Verband, den sein Kollege angelegt hatte, und begann seine Vermummung abzuschälen. Sein blondes Haar stand aufgezwirbelt um seinen runden Kopf.

Inzwischen wehten in der Chirurgie viele weiße Schleier durcheinander. Der Nachtwärter Mortaval, ein gedrungener Franzose mit einer schwarzen Apachenlocke in der Stirn, trug mit Desmeth, dem Saaldiener, der nach Schnaps roch, die weißen Eisenbetten aus einem Saal in den andern. Die kleinen Wägelchen, auf denen sonst das Essen geführt wurde, zogen vorbei, hochbepackt mit Leintüchern, Flanellpyjamas und Kissenbezügen. Das Gesumm vieler Stimmen schwoll an, zerplatzte dann plötzlich, wenn Fräulein Pestiaux' Keifen es durchstach. Mortaval wand sich durch die eng zusammengestellten Betten, teilte freundschaftliche Klapse aus und gelangte schließlich an das Ende des Saales, wo vor den Türen zu den Toiletten ein Tisch sich eingezwängt hatte. Für die dazugehörigen Bänke war kein Platz mehr vorhanden gewesen, aber die vier, die sich vor einer Stunde zu einer Whistpartie zusammengetan hatten, setzten das begonnene Spiel trotz der äußeren Schwierigkeiten fort. Zwei «Abondancen» und eine «Misère» waren schiefgegangen, dreißig Franken standen im Pott, das nächste große Spiel mußte die Entscheidung bringen. Und Trinquiot, der langweilige Fall, der Dr. Bellot stets zur Verzweiflung brachte durch Aufzählung geheimnisvoller Schmerzen im Schienbein und in der Leistengegend (er war aus der medizinischen Abteilung zu Besuch gekommen), Trinquiot wollte eine «Abondance» spielen. Aber Vandevelde, der ihm gegenübersaß und dessen linker Arm einer gebogenen Warmwasserröhre im Souterrain des Hauses ählich sah und der die Karten nur zwischen Zeige- und Mittelfinger halten konnte, meckerte soeben durchdringend (das Spiel war in Gang und Vandevelde hatte die Karokönigin zu dritt, was dem Trinquiot die «Abondance» vermasselte): «Und wer hat nicht an die Königin gedacht? Die Königin, die der Vandevelde aufgespart hat? Willst du die stechen? Haha. Die Königin kommt, aufgepaßt! Die Königin kommt. Bald ist sie da.» Seine Stimme war so scharf, daß der Satz: «Die Königin kommt . . .» einen Augenblick aus dem Gesurr auftauchte und dann wieder unterging.

Aber vor seinem Untertauchen drang dieser Satz in viele Ohren ein und setzte sich fest in zahlreichen Köpfen; doch dann, nachdem ihn das Gesumm wieder verschluckt hatte, überdeckten ihn sofort die augenblicklichen Sorgen. Aber er lebte weiter und versuchte sich durchzubohren zur Oberfläche.

Er war sogar in den leeren Saal hinübergedrungen, wo alte Matratzen jahrelang aufgesparten Staub in die Luft spuckten. Er hatte dort auch die harten Ohren des Fräulein Frère getroffen, die darauf zur blonden Elevin (Juliette Melon hieß sie und stammte aus Courcelles) sagte: «Haben Sie schon die Neuigkeit gehört? Die Königin Elisabeth hat versprochen, die Verunglückten zu besuchen.»

«Aber wieso? Wie kann die Königin in so kurzer Zeit schon einen Entschluß gefaßt haben?»

«Doch, doch», beharrte die lange Frère auf ihrer Meinung. «Ich hab's gerade gehört. Übrigens, meine Liebe, ist solch ein Krankenbesuch eine Selbstverständlichkeit. Die Königin kann gar nicht anders.»

Und der versoffene Desmeth, der Saaldiener, vertraute Mortaval an, als die beiden endlich in einer Ecke heimlich einen Mund voll Rauch einziehen konnten: «Also, weißt du, etwas wird bei der ganzen Schinderei doch herauskommen: Trinkgeld nämlich – für dich und mich. Glaub mir's, ich bin schon länger da als du. Und wenn die Königin kommt . . .»

«Die Königin? Woher weißt du denn das?»

«Na», sagte Desmeth und ließ seine entzündeten Lider klappen. «Hast du's denn nicht gehört? Die Pestiaux hat es laut genug durch den Saal gebrüllt.»

Mortaval zog die Spitze seiner Apachenlocke bis zu den Lippen und saugte einen Augenblick gedankenvoll daran. Dann lachte er, als er an die Whistspieler dachte, puffte Desmeth in die Seite, daß dieser seine Zigarette fallen ließ, und platzte los:

«Die Pestiaux hat's gesagt: ‹Die Königin kommt›? Jaja, sie ist schuld, daß eine ‹Abondance› in die Binsen gegangen ist, da muß sie doch etwas springen lassen. Erzähl das nur draußen, heut abend, wenn du saufen gehst. Du kannst sogar sagen, daß ich das Telegramm gesehen habe, das die Ankunft der Elisabeth auf übermorgen festsetzt.»

«Wirklich?» wunderte sich Desmeth. «Du bist eben immer auf dem laufenden. Man versteht dich manchmal nicht ganz. Was hast du mit der ‹Abondance› gemeint?»

«Das war nur ein Witz», tröstete Mortaval. Und beruhigt knipste Desmeth die Glut von seiner Zigarette, steckte den Stummel wie eine Delikatesse in den Mund und kaute ihn mit Behagen.

In den beiden Sälen, in dem frisch eingerichteten mit den zwölf leeren Betten und in dem anderen, in dem die Kranken so nahe nebeneinander lagen, daß sie, aufrecht sitzend, sich untergefaßt halten und, hin und her schaukelnd, ein Lied summen konnten, waren die weißen Schleier ein wenig zur Ruhe gekommen. Sie standen beieinander, hielten die Hände gefaltet und flüsterten spärliche Worte. Aber ein ungeduldiges Hupen unten auf der Straße trieb sie wieder auseinander. Fräulein Pestiaux bestimmte die Trägerpaare für die Bahren; Mortaval drängte sich vor, zwinkerte der blonden Elevin zu, die, ohne einen Befehl abzuwarten, zupackte. Beide rannten davon.

Im untern Gang war es still. «Weißt du», flüsterte Juliette, «die Alte hat mich ganz gemein behandelt.» Sie hielt die Bahre ein wenig zurück.

«Laß sie doch schimpfen», sagte Mortaval laut und wurstig. «Sie hat dir doch nichts zu befehlen, und in deiner freien Zeit kannst du doch tun, was du willst, oder?» Er riß an den Tragstangen und lief weiter. Und dieses plötzliche Zerren empfand das Mädchen wie eine stürmische Liebkosung. Sie wurde rot, lehnte sich im Laufen nach rückwärts und zog mit allen Kräften an den Stangen, um dadurch ihre Zärtlichkeit zu beweisen. Aber gerade, als die beiden die Bahre abstellen wollten, um sich wenigstens die Hände zu reichen – auf die Dauer war das Holz kein guter Liebesleiter – fegte Dr. Deton um eine Ecke. Der weiße Arztmantel stand offen über einem Hemd aus Khakiflanell, und eine blaue Seidenkrawatte zog einen breiten Strich über seine Brust.

«Hopp, hopp, vorwärts! Die Leute warten, Mortaval, du kannst dann später liebeln.» Und neben den beiden einhergehend, fuhr er fort, schlechte Witze über «Hahn im Korb» und übermäßige Beanspruchung zu machen, rief den heiligen Voronoff an und seine Schimpansen und prophezeite Mortaval die baldige Notwendigkeit einer Verjüngungskur.

Aber als sie vor's Portal traten, verstummte Deton; und es war wirklich Grund, hier zu verstummen, denn der Gestank, der aus den Autos strömte, war dick und verschlug den Atem.

In jedem der drei Wagen standen vier Bahren, aus glänzenden Aluminiumröhren gefügt – auf diesen Bahren lagen menschliche Glieder, vermengt mit verkohltem Zeug; die Köpfe waren mit schon verschmutzten Binden umwickelt, und dort, wo die Nase sein mußte, klaffte ein schmaler Schlitz. Es stank nach verbrannten Haaren, nach glimmenden Lumpen, ungenügend gelöschten. Eine bescheidene Sonne verbarg sich hinter zerzupften Wattebüscheln. Der Wind war vielleicht eingeschlafen. Und niemand dachte daran, ihn zu wecken.

Das Ausladen begann. Dr. Deton zankte sich mit Fräulein Pestiaux über die Prärogativen; als das alte Fräulein sich weigerte nachzugeben, schob er es einfach beiseite.

«Was verstehen Weiber vom Ausladen, ich bitte Sie!» Damit packte er selbst zu, nachdem er Ponchon seinen weißen Mantel zugeworfen hatte. Die Chauffeure standen auf einem Bein gegen das Gitter gelehnt und hatten die Arme verschränkt. «Hopp, Desmeth», sagte Deton leise, so als wollte er einen Hund antreiben. Desmeth nickte grunzend, sprang los, packte zwei Nacken und stieß zwei Köpfe zusammen.

«Hopp, hopp!» sagte er dazu im Takt. «Wollt ihr mithelfen? Meint ihr, wir schuften hier allein? Aber wartet nur, wenn die Königin kommt, der will ich etwas erzählen!»

«Aha», sagte die lange Frère, «hören Sie, Juliette, ich hatte doch recht. Desmeth hat es auch schon in der Stadt erfahren.»

«Königin? Was Königin?» brummte der eine Chauffeur.

«Helfen sollt ihr!» schrie Deton und bekam dabei eine hohe Stimme. «Oder soll ich nachhelfen?»

Er langte mit zwei Fingern nach dem Ohr des Chauffeurs und führte ihn zum Wagen. «Und vorsichtig arbeiten, ja? Sonst! ...» Viel unbekannte Schrecken lagen in dem «Sonst».

«Du, Frédéric?» fragte in einer kurzen Pause der dicke Ponchon ganz außer Atem. Er war herumgelaufen wie der dumme August im Circus, um überall Hand anzulegen und zu helfen, aber überall war er zu spät gekommen. «Was ist das mit der Königin?»

«Ja, hast du's denn nicht am Telephon gehört?» fragte Mortaval zurück und tat erstaunt.

«Am Telephon?» Ponchon wurde unsicher. «Vielleicht ... vielleicht, aber es ist so viel dazwischengekommen, daß ich es vergessen habe. Und heute nachmittag war es noch so schön ruhig!»

Nun hatte ein Unsichtbarer den Wind endlich geweckt, die Luft roch nach feuchter Erde, und dieser Geruch mischte sich mit der Spitalluft, die aus dem geöffneten Tor drang. Die Autos fuhren davon, mit offenem Auspuff. Dr. Deton fluchte ihnen laut nach, zog den Mantel über seine aufgekrempelten Ärmel und verschwand im Hause. Auf der Straße blieb Mortaval mit Ponchon stehen, die beiden unterhielten sich langsam.

«Guter Kerl, der Deton», sagte Herr Ponchon und blies seinen Schnurrbart gegen die dicke Nase. «Gibt manchmal ein Trinkgeld. Und scharf auf Weiber ist er ... Ich will ja nichts gesagt haben, er soll verheiratet sein. Hm. Aber denk dir, niemand hat noch seine Frau gesehen. Komisch, nicht? Und dabei geht er mit zweien hier aus dem Spital. Ich will nicht sagen, mit wem.»

«Du kannst gut beobachten», nickte Mortaval und klopfte auf Ponchons fettgepolsterte Schulter. Der Portier wiegte sich geschmeichelt in den Hüften.

«Wenn ich wollte, könnte ich dir erzählen, warum noch niemand Detons Frau gesehen hat», fuhr Mortaval nach einem Schweigen fort. «Denn ich habe sie gesehen. Jawohl. Aber es ist ein Geheimnis, das ich nicht verraten kann. Es ist eine ganz mysteriöse Geschichte, weißt du, aber ich muß schweigen, das verstehst du doch?»

Sie sahen sich bedeutungsvoll an, fühlten sich wichtig; schließlich sagte Ponchon und drängte seinen Bauch an Mortavals Seite: «Aber einmal wird es an den Tag kommen, ja, ja. Verdammter Frédéric. Auch ohne dein Zutun, mein Alter.»

Es war sieben Uhr geworden, und der Tagesdienst ging zu Ende. Die erste Pflegerin verließ das Spital. Bei der Loge hatte sich Fräulein Pestiaux aufgepflanzt, um die Fortgehenden zu mustern. Da sie sich für den guten Ruf des Spitals verantwortlich fühlte, prüfte sie stets die Röcke auf ihre Länge und die Blusenausschnitte auf ihre Tiefe.

Nun zogen die Wärterinnen der Nacht zum Tore herein. Die schwere Frau Vanrossom, Frau Dubois, verrunzelt und schwarzhaarig, mit bleichem Gesicht und schleichendem Gang. Auch die kleine Cromelinckh, die behauptete, ihr Onkel sei der größte Dichter Belgiens, und die aussah wie eine streunende Katze mit zerzaustem Fell.

Mit diesen drei Frauen aß Mortaval zu Nacht unten im Speisesaal der Pflegerinnen. Die Aufregung über den Grubenbrand vermischte sich in der Luft mit dem abgestandenen Speisegeruch. Auch die vier, die sonst stumm beisammensaßen, waren schwatzhaft geworden und redeten durcheinander, mit den Stimmen, die das Schicksal ihnen gegeben hatte.

Die gewichtige Frau Vanrossom konnte ihre Sätze nie zu Ende führen, denn was sie zu sagen hatte, interessierte niemanden, und stets wurde ihr zähes Wortausziehen durch die gekränkte Stimme der Frau Dubois abgeschnitten.

«Mein Mann hat heute morgen zu mir gesagt, Luise, hat er gesagt, nicht wahr, Luise, das Wetter sieht ganz so aus, als ob . . .»

Hier endete der Satz mit einem Schlucken, wie es hartleibigen Frauen eigen ist. Dann, wie ein klagendes Oboenmotiv, ganz hoch und weich, aber so unentrinnbar und aufdringlich, daß jeder andere Laut davon überdeckt wurde, tönte Frau Dubois' Stimme dazwischen:

«Ihr Mann! Wollen Sie uns nicht einmal mit Ihrem Mann in Ruhe lassen? Wir wissen zur Genüge, daß Sie verheiratet sind. Interessiert das jemanden, ich erlaube mir die Frage? Ich glaube nicht, Sie vielleicht, Herr Mortaval?»

Es war eine stille Feindschaft zwischen dem Nachtwärter und Frau Vanrossom. Mortaval hatte sie aus ihrer Stelle in der Männerabteilung verdrängt. Sie mußte jetzt den Kindersaal beaufsichtigen, und das paßte ihr nicht. Bei Erwähnung des Namens Mortaval zog Frau Vanrossom die eine Backe in die Höhe und versteckte in der entstehenden Falte das Äuglein, das ohnehin nur wenig Platz beanspruchte.

«Viel Wichtigeres habe ich zu besprechen», sang die Stimme klagend weiter; «ich hoffe, Herr Mortaval, daß Sie mich heute nicht im Stich lassen werden. Ich als arme schwache Frau kann nicht alle die schweren Kranken betreuen, so gerne ich es auch möchte. Ach, meine Gesundheit habe ich schon für meine Mitmenschen geopfert, den Schlaf langer Jahre dazu, und wer wußte mir Dank dafür?»

«Natürlich», sagte Mortaval und spülte irgend etwas mit einem Schluck Bier hinunter. «Aber wissen Sie die größte Neuigkeit? Die Königin wird wahrscheinlich die Kranken besuchen kommen. Jawohl. Man wird es Ihnen verheimlichen, denn Sie haben ja doch nur die Nachtwache und zählen eigentlich nicht mit. Sie gelten auch nicht als gelernte Pflegerinnen, und Sie wissen gut, wie sehr Sie Fräulein Pestiaux über die Achsel ansieht ...»

Auch dieser Satz wurde nicht beendet, denn wieder begann die Oboe mit einem langgezogenen Ton, der bei aufmerksamem Lauschen aus merkwürdig vielen Silben bestand.

«So ist es nun immer. Verachtung, stets Verachtung. Ich habe es stets gespürt, und mich hat sie nicht aus Mitleid aufgenommen, wie sie immer sagt, weil ich ein Kind habe von einem Deutschen, einem von diesen Barbaren.» (Frau Dubois war die einzige im Spital, die noch mit Haß von den Deutschen und vom Kriege sprach.) «Aber ich werde mir dies nicht länger gefallen lassen. Ich werde mich bei der Königin beschweren, der guten, großen Königin, die unsere Soldaten so liebevoll gepflegt hat und viele schmerzende Wunden geheilt hat, und sie wird mich anhören, die gute Königin.»

«Fred, hast du eine Zigarette? Dann gib mir eine», sagte Fräulein Cromelinckh mit scharfer Stimme. Und Frédéric Mortaval gehorchte lächelnd, zündete die beiden Zigaretten mit dem gleichen Streichholz an, stand auf, sagte, indem er sich verbeugte: «Auf Wiedersehen!» und begab sich auf seine Abteilung, um verschiedene Schlaftränke zu brauen, die in seinen Sälen beliebt waren; sie bestanden hauptsächlich aus Äthersyrup, Opiumtinktur und Atropintropfen. Die alten Asthmatiker liebten Mortaval um dieser Tränke willen.

Die Nacht ließ ihre zähen Stunden sickern wie dickflüssigen Leim. Mortaval hatte einen Roman gelesen, es mochte bald Mitternacht sein.

Frau Dubois hatte ihn noch nicht gerufen. Mortaval beschloß, eine Runde zu machen. In der Medizin schliefen sie fast alle. Selbst Trinquiot schlief, und Mortaval betrachtete ihn mit stiller Wut. Dieser hatte ihn bei Fräulein Pestiaux verklatscht wegen einer Morphiumeinspritzung, von der Trinquiot behauptete, sie habe ihm den Arm «polarisiert». Auch Carrara schlief, der feiste Italiener, der sich im Spital wohler fühlte als in den Kohlengruben und darum jeden Abend Rizinusöl verlangte, um am andern Tag wahrheitsgemäß über Durchfall klagen zu können. Mortaval gab das Öl gerne, er wußte, wie wohl es tat, einmal ausruhen zu können, wenn man keine Lust mehr hatte, schwer zu arbeiten. Und der Italiener verriet nichts. Er wachte auf, als Mortaval vor seinem Bett stand, und seine Augen waren klar und traurig.

«Na, wie geht's, Alter?» Mortaval setzte sich, bot eine Zigarette an und rauchte mit. Der Schein des Hölzchens weckte noch einige andere, sie wußten schon alle von dem baldigen Besuch der Königin und sprachen davon wie von einem Märchen. Nur Trinquiot, der auch erwacht war, fluchte auf die Majestät, die anderen verboten ihm diese Reden, die Stimmen wurden lauter, fast wäre es zu einer Schlägerei gekommen, aber Mortaval stand auf, wie ein Dirigent hob er die Arme, man sah es deutlich gegen die hellerleuchtete Tür. «Die Pestiaux kommt!» rief er. Da schwiegen sie alle gehorsam, denn ihre Furcht vor dem grauhaarigen Fräulein war groß, und flüsterten weiter auf Trinquiot ein, zischend und erbittert.

Mortaval ging weiter. In der Ferne hörte er das Streiten zweier Stimmen. Als er an der Treppe stand und sich über das Geländer beugte, verstand er die Worte, die eine Männerstimme sprach:

«Aber ich will ihn sehen, will ihn sehen, in der Grube haben sie mir gesagt, daß mein Bruder hier ist. Ich weiß, daß es ihm ganz schlecht geht, und kein Arzt ist im Spital, und sicher ist niemand bei ihm.» Fräulein Pestiaux sagte etwas Beruhigendes, das Mortaval nicht verstand.

Er beugte sich noch mehr über das Geländer, doch konnte er nur zwei schwarzbehaarte Hände erkennen, die sich um das Geländer spannten. Auf den Stufen, deutlich sichtbar, standen zwei Frauen, deren gesenkte Köpfe und verkrümmte Körper bebten. Die verregneten Federn auf den Hüten bebten mit. Jetzt drangen die Hände vor, die Unterarme wurden sichtbar, die in verknüllten braunen Ärmeln steckten. Fräulein Pestiaux stieg auf die Stufen und versuchte, die Frauen fortzuziehen. Dies schien den Sprecher in Wut zu versetzen, die Hände lösten sich vom Holz, packten Fräulein Pestiaux an den Schultern, ein ängstlicher Schrei schrillte auf, in eiligen Sätzen rannte ein Schatten die Stufen hinauf und mit dem Kopf gerade in Mortavals Magengrube. Weiter stürmte der Läufer durch die leeren Gänge, die zuckenden Kohlenfadenlampen bewarfen ihn mit Licht, vorbei an Frau Dubois, die dem Eindringling nachschlich und geheimnisvolle Beschwörungen zu murmeln schien, die ihn aufhalten sollten, vielleicht. Fräulein Pestiaux folgte in langem Abstand, eingerahmt von den beiden verregneten Federhüten. Ganz zum Schluß kam Mortaval, der die Fäuste auf seinen Magen gepreßt hielt und leise in arabischer Sprache fluchte.

Im grellerleuchteten Saal wollte der Läufer stillstehen, aber er glitt noch ein gutes Stück weiter auf den glatten Fliesen, in einer Stellung wie ein Knabe auf einer Rutschbahn. Dann blieb er mit einem Ruck stehen. Auf dem Kissen lagen kugelförmige Gebilde, die sich langsam von ihren Unterlagen hoben und sich langsam um eine unsichtbare Achse drehten. Sie schienen mit verborgenen Augen den Wartenden zu beschauen; unerhört fremde Wesen waren diese Gebilde, sie leuchteten weiß im Licht der Birnen, die Gazeverbände schienen zu ihnen zu gehören, sie waren die Haut dieser seltsamen Wesen und machten sie geheimnisvoll, schauererregend und fremd.

«He, Charles, wo bist du?» fragte der Eindringling leise und setzte eine verzögernde Pause zwischen jedes Wort. Da keine Antwort erfolgte, wandte er sich Fräulein Pestiaux zu, die schweigend nach einer Ecke wies. Der Mann ging mit langsamen Schritten auf das bezeichnete Bett zu, kniete nieder und faltete die Hände. Er schien die weiße Form, die reglos im Bette lag, inbrünstig anzubeten, und wie ein Gebet klangen die Worte, die er sprach:

«Willst du wirklich sterben, Charles? Du hast heute morgen deinen Kaffee vergessen; ja, ich habe es mir gleich gedacht, daß etwas nicht stimmt; in zehn Jahren ist das nie vorgekommen, daß du deinen Kaffee vergessen hast. Sprich, Charles, was ist los? Hast du Schmerzen? Ich bitte dich, Charles, antworte doch.»

Die beiden Frauen waren nähergekommen. Nun knieten auch sie zu Häupten und zu Füßen des Bettes und murmelten dunkle Worte, aus denen bisweilen ein helles «Marie» hervorklang.

Aber auch die sterbende Gottheit im Bett schien ihre eigene, zu ihrer Fremdheit passende Sprache gefunden zu haben. Es waren zequetschte Laute, unheimlich, aber doch voll tiefen Sinns. Fräulein Pestiaux' Gesicht bekam Falten, sie machte eine Bewegung mit den Armen, als wolle sie die Hände zu den Ohren führen, die Arme fielen wieder herab und blieben leblos zu beiden Seiten der Hüften hängen. Der Kniende wimmerte. Es war eine Antwort auf die unverständlichen Laute des Liegenden, aber dieses Wimmern wirkte erlösend; es war ein diesseitiger Laut, wenigstens, und nicht Schwingungen aus erfrorenen, qualerfüllten Welten, wie sie der schneeigen Form entströmten. Dann war einen Augenblick sehr tiefe Stille.

In diese Stille klangen plötzlich aus der Gazekugel statt der fremden Laute menschliche Worte, vom Stoff ein wenig erstickt, aber doch verständlich: «Wann kommt denn die Königin?»

«Bald kommt sie, bald . . .» sagte Mortaval; seine Stimme war heiser. Da rollte die Kugel auf dem Kissen hin und her, hielt still, hob sich ein wenig, fiel wieder zurück, hob sich wieder, so als wolle sie ein Kopfschütteln und ein Nicken versuchen; dann blieb sie in der tiefsten Lage liegen. Und in dieser Neigung der weißen Kugel gegen den Körper lag eine Art Lauschen, das heftig und angespannt wirkte.

«Natürlich kommt die Königin, natürlich kommt sie, Charles», sagte der Bruder unnötig laut, so laut, daß nun auch die Kugeln auf den andern Betten ihr mechanisches Rollen begannen.

«Gegrüßet seist du, Maria voller Gnaden . . .» begann die Frau am Kopfende zu leiern, die am Fußende fiel sogleich ein. Der Bruder aber schwieg, er suchte mit zitternden Fingern in all dem Weißen nach einem Stückchen menschlicher Haut, fand es auch und seufzte erleichtert: «Er ist noch warm.» Aber Fräulein Pestiaux trat näher, fand den Puls mit geübter Hand, legte den Arm auf die Decke zurück und schüttelte so langsam den Kopf, daß ihr Schleier reglos blieb. Erst schien es, als wolle der Kniende aufspringen und wieder beginnen mit Schreien und Anklagen – aber ein Blick über die andern Betten, in denen die weißen Kugeln wie auf verbogenen Scharnieren mühsam hin und her rollten, ließ ihn verstummen; langsam ging er zur Tür, während die beiden Frauen wie traurige, durchnäßte Tiere ihm folgten.

«Und nichts für ungut, junger Mann», sagte der Bruder zu Mortaval, blieb vor ihm stehen, hob die Hand, wie um ihm auf die Schulter zu klopfen. Aber es wurde nur ein verlegenes Streicheln, das sich Mortaval, der abgebrühte Mortaval, verlegen gefallen ließ. «War eben ein wenig aufgeregt.»

Sie standen alle sechs verknäuelt mitten im Gang, der leer und kalt war. Der Regen klatschte mit kleinen Geißeln draußen vor den Fenstern.

Die sechs standen und schwiegen, wippten hin und her, ein Schirm ließ langsam Tropfen fallen auf die Fliesen. Da riß der Mann, der vor kurzer Zeit noch so unternehmend gewesen war, den Mund auf und gähnte. Es klang wie das Heulen eines Kettenhundes. Die beiden Frauen gähnten auch, Fräulein Pestiaux legte die Hand vor den Mund. Mortaval biß die Zähne aufeinander, daß ihm die Tränen in die Augen traten.

«Jaja», sagte der Anführer. Die anderen nickten. «Der arme Charles wird also die Königin nicht mehr sehen.»

«Was hätte er auch viel davon?» Mortaval steckte die Hände in die Taschen und tat teilnahmslos. «Sie würde ihn auch nicht gesund machen.»

«Führen Sie lieber die Leiche in die Kapelle», befahl Fräulein Pestiaux und verschwand, stählern wippend.

«Recht hast du! Was hätte er davon, auch wenn er das Weibsbild gesehen hätte! Ganz recht hast du. Also, wenn du Ausgang hast, mußt du mich besuchen kommen. In Marcinelle. Frag nach Vergauven. Jeder kennt mich. Ich hab den letzten Streik gemacht, und er dort hat geholfen. Soll ich dir sagen: Die Königin ...? Na, ich will lieber vor diesen Betschwestern schweigen. Aber, das merk dir: Die Leiche», er stockte, «die Leiche ... Lange bleibt sie nicht in der Kapelle, wir kommen sie morgen holen, wir, die ‹Ritter der Arbeit›, und ein Senator ist auch bei uns.»

Er legte die Fäuste an die Brust, so daß die Ellbogen spitz vom Rücken abstanden, ganz als wolle er einen Dauerlauf beginnen. Dann ging er ruhig davon und verschwand in der Dämmerung.

«Keine letzte Ölung hat er bekommen», seufzte die eine Frau, nahm ihre Gefährtin bei der Hand und ging dem Manne nach ...

Nun bleibt der Gang leer bis zum Morgen. Im großen weißen Saal ist Stille; Frau Dubois hat sich neben ein Bett gesetzt, das Kissen hat Platz für zwei, sie legt ihren Kopf mit dem verdrückten Schleier neben eine weiße Kugel und schläft. Ihre Lider zucken, wenn eine klagende Welle durch den Saal rollt. Nach langer Zeit beginnt graue Helligkeit durch die triefenden Scheiben zu sickern.

Charleroi ist ein kleines Städtchen, doch besitzt es drei Zeitungen: eine katholische, eine sozialistische und eine parteilose; sie werden wenig gelesen, denn der Brüsseler *Soir*, der zu den gleichen Stunden erscheint, ist umfangreicher, und sein Papier eignet sich besser zum Einpacken von Aufschnitt und zum Feueranzünden.

Dennoch fanden die drei Zeitungen am nächsten Morgen guten Absatz. Sie hatten eine Extraausgabe drucken lassen mit den Namen der Verunglückten mit verschwommenen Photographien, auf denen die Leser mit Mühe Nasen und Augen erkennen konnten. Das Grubenunglück selbst wurde unter dicken Überschriften betrauert, teils als Strafe Gottes für das spärliche Resultat der sonntäglichen Kollekte und die zunehmende Kürze der Röcke, teils als neuer Beweis der Unfähigkeit kapitalistischer Herrschaft, teils als betrübliches Unglück, das die Solidarität des tapferen belgischen Volkes wieder einmal aufs glänzendste gezeigt habe. Aber die drei Zeitungen waren einmütig im Rahmen des hohen Entschlusses: Die Königin hatte versprochen, die Verwundeten zu besuchen; gestern, gleich nach dem schrecklichen Unglücksfall, sei die Kunde schon durch die Stadt gewandert und heute morgen, in frühester Stunde, die Bestätigung von Brüssel eingetroffen.

In den Gängen des Spitals wurden die Zeitungen wie Fahnen geschwenkt. Schon vor der Visite war alles auf, was gehen konnte, und Fräulein Pestiaux machte sich unsichtbar, um nicht einschreiten zu müssen. Nur im stummen Saal der Versengten herrschte Stille. Frau Dubois war lautlos davongeschlichen, in einer Ecke saß Juliette Melon mit ihrer Schwester; die beiden schienen sich nicht zu kennen, denn sie waren sich feindlich gesinnt. Sie nähten. Das Summen des großen Hauses beunruhigte sie nicht.

Der Direktor, ein trauriger Spitzbart mit einem speckigen Cut, war mit dem ersten Zug aus Brüssel zurückgekehrt. Schon um Mitternacht hatten dort, so erzählte er Fräulein Pestiaux, Extraausgaben nicht nur das Grubenunglück, sondern auch den bevorstehenden Besuch der Königin gemeldet.

«Es muß alles in Ordnung sein, wenn Ihre Majestät uns die Ehre Ihres Besuches erweist», sagte er und balancierte dabei einen verbogenen Stahlkneifer auf dem Rücken seines Zeigefingers. «Die peinlichste Sauberkeit hat in den Sälen zu herrschen, ich bitte sehr, darauf zu achten, daß nur neue Gazebinden Verwendung finden. Die gewaschenen Verbände machen einen zu schlechten Eindruck, und ich glaube, daß ich die daraus entstehende Mehrausgabe den Herren des Aufsichtsrates schon begreiflich machen kann. Weiter ist es zu empfehlen, die Besuche der andern Säle möglichst abzukürzen. Bedauerlicherweise ist ja eine Ausbreitung der kommunistischen Bewegung in letzter Zeit entschieden festzustellen, und diese Leute begreifen einfach nicht die repräsentative Rolle Ihrer Majestät. Einige zweifelhafte Elemente sind in den Sälen verteilt, die sich vielleicht zu einer unliebsamen Demonstration ihrer Überzeugungen würden hinreißen lassen. Dies ist zu vermeiden. Auch wäre es mir lieber, wenn Dr. Malengros die Führung übernehmen würde; Dr. Deton ist ja ein ausgezeichneter Arzt, aber ein wenig paradox veranlagt, und niemand kann wissen, welche Bemerkungen er plötzlich von sich geben könnte. Nun, diese Sache werde ich selbst erledigen. Geben Sie nur acht auf das Personal, wählen Sie die höflichsten unter den Mädchen aus, alles muß klappen, damit Ihre Majestät einen guten Eindruck von unserem Unternehmen empfängt!»

Der Herr Direktor ließ den Kneifer um seinen Zeigefinger rotieren, hustete gegen seine linke Hand. «... und ich werde telephonisch im Schloß anfragen, wann wir den hohen Besuch erwarten dürfen. Bitten Sie Dr. Deton, er möge mich in meinem Bureau aufsuchen.» Der Kneifer kam zur Ruhe, dafür setzte sich Fräulein Pestiaux in Bewegung, und der Direktor blieb, in Denken eingehüllt, auf den roten Fliesen des Ganges stehen, in denen sich sein Bild, seltsam verkürzt, spiegelte. Dann erlaubte er seinen etwas steifen Beinen, ihn in das Bureau zu führen, wo er an seinen Sohn, Hauptmann bei der königlichen Garde, telephonierte, um die genaue Zeit der königlichen Ankunft zu erfahren. Der Sohn hatte nur vage Gerüchte vernommen, Klatschereien, die durch die Gänge des Schlosses liefen, wie im Spital; der Direktor nickte gedankenvoll, als er diesen Vergleich zog, und hängte den Hörer mit einer genau berechneten Bewegung in seine Zinken.

Ein grauer Regen bedeckte den ganzen Morgen die Scheiben mit dünnen Tüchern. Die Gazekugeln lagen geduldig auf ihren Kissen und warteten. Sie wußten nicht genau, auf was, auf eine Veränderung – auf den Tod? Sie konnten das Summen und Getrappel, das immer lauter anschwoll, draußen in den Gängen, nicht hören, und kaum bewegten sie sich, als Dr. Deton mit aufgekrempelten Ärmeln in den Saal gejagt kam. Sein Bubengesicht sah verbissen aus, er glich einem kleinen Jungen, der von den Großen schwere Unbill erlitten hat und nicht verstehen kann, womit er diese Ungerechtigkeit verdient hat. Fräulein Pestiaux folgte ihm und wartete auf einen ruhigen Augenblick, um ihm die Vorladung des Direktors mitzuteilen.

«Einer weniger», sagte Deton durch die zusammengebissenen Zähne. «Warum bin ich nicht gerufen worden? Der Bruder hat ganz recht gehabt, Krach zu schlagen. Schade, daß er unsere Directrice nicht ein wenig gerupft hat.»

Fräulein Pestiaux wurde böse und ihre Nase langsam blaß. «Der Direktor wünscht Sie nachher zu sprechen», sagte sie und ließ durch die Betonung der Worte einen drohenden Hintergrund aufleuchten.

«Mich ... sprechen ... soso. Wird etwas Wichtiges sein.» Detons Lachen klang falsch. Etwas wie Angst war in seiner Stimme. Der Verwundete winselte leise, weil der Arzt ein Stück Verband brüsk abgerissen hatte. «Na, keine Angst ... Ich will dir nicht weh tun.» Er arbeitete schweigend weiter, von Zeit zu Zeit blies er die kurzen Haare in die Luft, die auf seiner Stirn lagerten. Seine unbehaarten Hände arbeiteten nun rasch und sanft. Sein verkrampfter Mund löste sich während der Arbeit, die faltige Stirn wurde glatt, und vor die Augen legte sich ein Ausdruck gläserner Aufmerksamkeit. Dieser sonderbare Ausdruck, der wie eine Brille wirkte – eine unsichtbare –, verließ die Augen nicht; erst als er den letzten Verband mit einer Sicherheitsnadel befestigt hatte, ließ er diesen Ausdruck durch ein zweimaliges Blinzeln wieder verschwinden. Dann sah er die Umstehenden böse an, fragte gereizt, was denn eigentlich los sei, daß sie ihn alle so anstarrten, ihn treffe doch keine Schuld, wenn einer gestorben sei. Er wartete keine Antwort ab, sondern entfernte sich in schlankem Trab.

«Und ich sage Ihnen, Melon», wisperte Fräulein Pestiaux, «es ist nur seine Frau, die ihn so irritiert. Ich will Ihnen sagen, was los ist: Er braucht gar nicht so stolz zu tun. Er hat seine Frau geheiratet, weil er Geld brauchte, um sein Studium zu vollenden, und sie ist – denken Sie! – fünfzehn Jahre älter als er. Weißhaarig und ganz, ganz mager. Eine Dänin noch dazu, und war deutschfreundlich während des Krieges. Jawohl. Ich weiß es aus guter Quelle. Ist es ein Wunder, daß er mit allen hübschen Mädchen hier flirtet? Aber warten Sie, ich werde ihm seinen Hohn und seine Unhöflichkeit schon heimzahlen. Was gehen mich seine Familienangelegenheiten an?»

Eine Viertelstunde lang lief Dr. Deton auf den Fliesen des Ganges auf und ab. Da er sich stets in der Mitte hielt, wickelte sich der notwendige Verkehr den Mauern entlang ab. Furchtsam wurde diese stumme Gestalt im weißen Mantel betrachtet und gemieden. Vielleicht fühlten sie alle unbewußt die Verwirrung, die in diesem Körper zitterte und eine Entladung suchte.

Und wirklich, Dr. Deton wurde von Wünschen und Befürchtungen gequält, die grelle Bilder aussandten, Bilder, die durcheinanderwirbelten wie Papierfetzen an zugigen Straßenecken. Ein Anlaß war der Tod des Verunglückten und die niederdrückende Überzeugung, auch den Lebenden nicht helfen zu können. Vielleicht auch ein dumpfes Schuldgefühl, daß er die Nacht nicht im Spital verbracht hatte. Hätte er doch...? Eine Kampferspritze zur rechten Zeit? Oder Coffein? ... Und ein anderer Anlaß, der ihn verstimmte und ängstlich machte, war die Aufforderung, zum Direktor zu kommen. Er hatte die Zeitungen nicht gelesen, und überall in den Gängen schwenkten die Leute die Blätter mit dicken Überschriften. Ein Skandal? Ein Skandal, der vielleicht ihn betraf? «Spital von Charleroi», las er. Das bezog sich doch auf ihn. Und darum sollte er zum Direktor. Nicht einen Augenblick dachte er an den angekündigten Besuch der Königin. Es ging gegen ihn. Sicher. Und nun noch dieser eine, der in der ersten Nacht abkratzen mußte. Wie hatte der Bruder gesagt? Kein Arzt ist im Spital? Also hatte er seinen Posten verlassen. War es da nicht besser, gleich alles hinzuwerfen? Und es lockte: ein Schiff, das aus dem Hafen fuhr und dann in stillen Gewässern im Mondschein lag, ohne Zeit, ohne Ziel; ja, Schiffsarzt. Das wäre schön. Dann sah er eine Rekordspritze mit einer starken Morphiumlösung. Schluß, dachte er, großes Schweigen, nichts mehr wissen. – Oder seine Frau um die Ecke bringen, er sah den Satz gedruckt, wie eine Zeitungsüberschrift, mit zwei dicken Fragezeichen dahinter: «Arzt ermordet seine Frau??» ... Ich bin ihr einziger Erbe, dachte er, wer wird etwas merken, dachte er, dann bin ich auch frei! Und Trauer werde ich wohl zeigen können. «Das geht nicht, das geht nicht!» sagte er halblaut. «Aber etwas muß geschehen. So geht es nicht weiter.» ... Plötzlich kam eine große Stille über ihn, die sich äußerlich dadurch zeigte, daß er seinen Mantel von oben bis unten zuknöpfte. Er hatte plötzlich die verbrannte Haut gesehen, die er mit Verbänden bedeckt hatte. «Die armen Teufel», sagte er leise. «Wie wird sie ein anderer behandeln?» Er ging in den Operationssaal, nahm aus einem kleinen Privatschrank eine Whiskyflasche, trank das scharfe Zeug, das nach Desinfektionsmittel roch, und zählte dann an den Fingern laut vor sich hin: «Die lange Frère, eins, die kleine Melon, zwei, die große Latour, drei, die Kellnerin vom Olympia, vier ...» Er schüttelte den Kopf. «Es geht nicht weiter. Ich gehe vor die Hunde. Und dann, nicht zu vergessen, der Skandal ist schon in der Zeitung, der Direktor will mich sprechen. Am besten, ich gehe. Verschwinde von der Oberfläche.» Er trank noch einen langen Schluck aus der Flasche. Das Schütteln, das ihn durchdrang, schien auch in seinem Kopfe Ordnung zu schaffen.

Eine ölige Ruhe breitete sich über ihn, er zog jeden Finger einzeln aus, bis er knackte, setzte sich auf einen Stuhl und schloß die Augen. Ihm war traurig zumute, er hätte über sich und über die Verbrannten weinen können. Auch über seine Frau, die sich nie beklagt hatte, die ihm nur die Wohnung in Ordnung hielt und ihn behandelte wie einen kleinen Jungen, ihn, der einen Ruf nach Nancy und einen andern nach Lyon abgelehnt hatte. Diese Gedanken kräftigten ihn wieder, aber nicht für lange. Als er die Augen aufschlug, tanzte ein Sonnenkringel vor ihm auf dem Boden. Er starrte ihn an, und seine Augen schienen ihm aus Glas zu bestehen, kalt und gefühllos. Der Operationssaal war leer, diese weiße Einsamkeit bedrückte ihn. Mit steifen Knien floh er vor dem tanzenden Sonnenkringel, nachdem er vergeblich versucht hatte, ihn mit dem Fuße zu zertreten. Er tanzte weiter auf seiner braunen Schuhspitze.

Als er durch die Gänge schritt, bemerkte er wieder die wehenden Zeitungsblätter. Alle, denen er begegnete, schienen ihn anzustarren. Gehetzt floh er zurück. Er sah Mortaval auf sich zukommen. Aber er winkte ab – keine Zeit zum Spaßen! –, winkte ab mit pendelnder Hand. Als er dann über seine Stirne strich, blieben Tropfen auf dem Handrücken zurück. Fünf Minuten später betrat er mit einer kleinen Reisetasche das Bureau des Direktors. Der Spitzbart kam gar nicht zu Worte. Deton forderte Vorschuß, er müsse dringend verreisen. Er erhielt ihn.

An diesem Abend ging es den Verbrannten besser. Dr. Bellot hatte die Behandlung übernommen. Er untersuchte die Verbände, fahndete nach Fetzchen unverletzter Haut, die sich für Einspritzungen eigneten. Und dann kam der lange, traurige Abend.

Denn traurig sind die Abende in den großen Sälen, wenn es dämmert, die Lichter noch nicht brennen und zusammen mit dem Abendwind die Dämmerung durch die offenen Fenster strömt. Dunkel nur kommt das ferne Trommeln der Wagen zu den Liegenden, die einsam sind. Und stets mischt sich in das eintönige Trommeln und Summen der nahen Stadt der Klang eines Hornes, der wie die Stimme der Traurigkeit selbst ist, die keine Worte zu finden weiß. Und um den Sang der Traurigkeit nicht zu stören, denn er ist trotz allem erhaben und tröstlich zugleich, wagen die Kranken kein lautes Wort, und auch die Wärterinnen flüstern nur mit scharfen s-Lauten in den Winkeln. Und sonderbar, wenn die Stimme des fernen Hornes erklingt (niemand glaubt, daß ein müder Mensch diese Töne hervorbringt in irgendeiner Dachkammer), lassen die Schmerzen nach, und die Wunden brennen nicht mehr, das Herz schlägt wieder ruhiger, und die Lungen rasseln weniger. Nicht Priester mit nutzlosen Worten bringen den wahren Trost und auch nicht die Hände der pflegenden Frauen. Nein, einzig das Singen des Hornes gibt Linderung – denn weit reißt es auf die Tore der Erinnerung, und Kirschbäume blühen inmitten gelber Wiesen.

Am andern Tage wurde die Königin von neun Uhr morgens an erwartet.

Um zehn Uhr gab es falschen Alarm. Eine hochgewachsene Frau entstieg einem Privatautomobil. Zehn Pflegerinnen, ihnen voran Fräulein Pestiaux, traten aus dem Portal, um die Dame zu empfangen. Über deren Gesicht spannte sich ein grauer Schleier, der die Züge nur undeutlich erkennen ließ. «Fräulein Pestiaux?» fragte die Dame. Fräulein Pestiaux machte eine steife Verbeugung und schloß die Augen. Die Dame stützte sich auf einen Stock, der mit einer Lederschlaufe an ihrem Handgelenk befestigt war. «Wohl ein Mißverständnis?» fragte die verschleierte Frau. «Sie scheinen mich für eine Königin zu halten. Ich bin nur Frau Deton und wollte erfahren, ob Sie etwas von meinem Manne wissen. Er ist gestern nicht heimgekommen.» Ein spitzer Schrei platzte oben auf den Stufen, Fräulein Pestiaux sah die lange Frère wanken, der eine Elevin etwas ins Ohr geflüstert hatte.

«Bitte, bitte», sagte Fräulein Pestiaux, und ihre Handflächen arbeiteten segnend. «Nur keinen Skandal. Wir erwarten einen hohen Besuch. Es ist nicht an der Zeit, Krisen zu bekommen.»

Frau Deton knüpfte ihren Schleier los. Dabei verhakten sich ihre Nägel in einem grauen Haarknoten. Ungeduldig riß sie sich los. «Was wissen Sie von meinem Manne? Wieso Skandal?» Ihr Gesicht war noch jugendlich, einzig das Kinn hatte eine verschwommene Linie.

Fräulein Pestiaux war beleidigt.

«Ich bin kein Auskunftsbureau», sagte sie spitz. «Deton», sie betonte verächtlich den Namen, «wird wohl wissen, warum er spurlos zu verschwinden geruhte. Mich geht das nichts an. Ich habe nur mit den Schmerzen der Leidenden zu tun, aber keine Zeit, schmutzige Geschichten zu verfolgen.» Und sie erstieg die Treppen mit verächtlichen Altjungferbewegungen.

Langsam stieg Frau Deton ins Auto. «Zum Bahnhof, François», sagte sie leise.

Die Königin kam, als niemand sie mehr erwartete, um fünf Uhr nachmittags, nur von einer Ehrendame begleitet. Sie wußte nicht, daß die Ankündigung ihres Besuches durch ein Mißverständnis einen Mann vertrieben hatte. Sie sprach sehr wenig, erwähnte ihren Vater, der Arzt gewesen war und vielen Leidenden das Augenlicht wiedergegeben hatte. Sie kenne die Kranken, jawohl. Sie nahm den Blumenstrauß von Fräulein Pestiaux entgegen, dankte leise, dann unterhielt sie sich, zum Schrecken aller, mit Mortaval, der in seinem weißen Kittel wie ein Arzt aussah.

Die Königin lächelte und blickte auf Fräulein Pestiaux. Mortaval war wohl witzig gewesen. Dann ging sie durch den Saal der Verunglückten. Sie sprach nichts, streichelte zaghaft die Schultern eines jeden und legte auf jedes Deckbett einen verschlossenen Briefumschlag, den sie der Aktentasche ihrer Begleiterin entnahm. In jedem war ein Tausendfrankenschein.

Dann ging sie mit Mortaval zurück, der sich an ihrer Seite hielt. Sie drückte ihr Erstaunen darüber aus, daß ihr Besuch mit derartiger Sicherheit in den Zeitungen gemeldet worden sei, noch bevor sie überhaupt von dem Unglück erfahren habe. Daran sei nur die «Abondance» schuld, die Vandevelde vermasselt habe, erklärte Mortaval, und Vandevelde sei der einzige, der darüber Auskunft geben könne. Die Königin wollte diesen Whistspieler sehen. Aber der hatte sich gedrückt und war unauffindbar.

Der Direktor aber war untröstlich, den Besuch versäumt zu haben. Er war kurz vorher zu seiner abendlichen Whistpartie gegangen. Er entließ dann Mortaval nach vierzehn Tagen unter einem geringfügigen Vorwand. Er konnte es dem Mann mit der Apachenlocke nicht verzeihen, daß er den Führer der Königin gespielt hatte.

1929

2 *Französische Texte*

«Ce qu'en pense Potterat», de M. Benjamin Valloton

M. Louis Debarge, homme de lettres, directeur de *la Semaine Littéraire*, a découvert un philosophe. En effet, une copieuse analyse du dernier chef-d'œuvre de M. Valloton: *Ce qu'en pense Potterat*, remplit quatre colonnes de cet estimable journal. La partialité de Potterat et de son sosie, M. Valloton, est chose connue. Nous ne voulons pas faire ici le procès des idées personnelles de M. Valloton (si idées personnelles il y a), mais bien celui de ses tristes conceptions patriotiques et de sa conception, plus triste encore, de la littérature. Un francophile se devrait d'écrire en français. Son œuvre prétend refléter l'âme vaudoise. Après M. Prud'homme et M. Bergeret, le commissaire Potterat fait triste figure, car si Bergeret fit penser et Prud'homme rire, Potterat, lui, nous endort.

Dans les premières œuvres de M. Valloton: *Le sergent Bataillard*, *Portes entr'ouvertes*, *Potterat se marie*, on pouvait trouver, à défaut d'art et d'imagination, une certaine gaîté ronde et facile. Il est vrai qu'à ce moment M. Valloton ne prétendait pas encore à la philosophie.

C'est d'une inspiration toute chrétienne que jaillirent les œuvres capitales de notre compatriote (par «capitales» nous n'entendons pas leur assigner un surcroît de valeur, mais simplement marquer qu'elles le résument parfaitement): *La moisson est grande*, *Il y a peu d'ouvriers*, *Leurs œuvres les suivent* ... Ces titres suggestifs, ces titres seuls nous font apprécier la haute spiritualité de leur auteur. Essayons maintenant d'examiner ce qui se cache sous ces relents bibliques savoureux.

C'est l'histoire d'un pasteur vaudois, dont la constance et la fécondité morale échouent devant les turpitudes de notre société moderne. M. Chardonnay, son héros, est l'Homme de l'Evangile. (Nous n'osons pas dire: surhomme, car *la Semaine Littéraire* nous en voudrait de comparer Nietzsche à son philosophe préféré.) Ce M. Chardonnay élève sa famille selon Dieu, hélas avec peu de succès, car son fils Bernard devient un viveur et un faussaire. Comme tous les vaudevilles finissent bien, ce même Bernard, régénéré par le souvenir de son père, redevient un homme vertueux. L'atavisme est vaincu; tout le monde est content.

Taine eût peut-être hésité à compter M. Valloton au nombre de ses disciples, malgré la nouvelle attribution que celui-ci confère au déterminisme. Mais Taine est mort; sa grande voix ne protestera pas contre les incursions chrétiennes de M. Valloton dans son domaine. Heureux M. Valloton.

Il n'y a pas dans ces ouvrages d'autre fond qu'une sorte de charité compliquée de philosophie bonasse et pot-au-feu. Au style maintenant! Quelques citations nous paraissent nécessaires:

Ce qu'en pense Potterat (page 161):

> *Il est bon de réagir quand, durant deux longues nuits, on a touché le Silence, cohabité avec l'Infini et l'Invisible...*

Nous félicitons sincèrement l'auteur pour les relations distinguées qu'il entretient avec l'Infini et l'Invisible. Seulement, «quand durant» est inharmonieux, «longues nuits» est un cliché, «cohabité avec», un pléonasme vicieux, etc., etc.

Un peu plus loin (page 265):

> *Tous deux se gonflaient de mots, grimpaient à l'échelle de l'enthousiasme, dégringolaient soudain et se cassaient les reins sur le sol des réalités.*

Décidément, le style du commissaire détient sur celui du romancier. Continuons (*Potterat*, p. 248):

> *A la poursuite des souvenirs son cœur se ratatinait d'ennui.*

Quelle trouvaille! A défaut de nouveauté, nous nous permettons de souligner l'originalité de cette phrase. Parfois (*Potterat*, p. 104) des bouffées de réalisme viennent obscurcir subitement sa belle âme mystique. Citons, pour finir, l'air «Saturé de prières mortes». M. Valloton ne se lasse jamais de nous fournir une abondante moisson de ces fleurettes. Là, cueille, critique!

Mais ce qui fait la caractéristique la plus vivante de ce «poète» et de son style, c'est sa lourdeur, sa lourdeur incomparable, la lourdeur dont il ne se départ jamais.

Dès le début de la guerre il a manifesté hautement ses sympathies alliées. Nous ne l'en blâmons pas, mais il nous semble que l'art devrait donner à l'écrivain, l'écrivain qui fait œuvre de créateur, une largeur d'idées qui le place, comme Romain Rolland, *au dessus de la mêlée*. Vouloir exploiter l'actualité au profit d'un ouvrage dit «roman», c'est trahir le Beau, flatter le mauvais goût populaire. Involontairement nous songeons au vers d'Albert Samain:

> *Ses rêves engraissés paissent parmi les foules.*

M. Valloton, écrivain suisse, est-il un patriote? De quoi lui sert-il de ressasser pour la millième fois les arguments que nous trouvons chaque jour dans tous les journaux? C'est lâche de rester neutre, dit M. Valloton dans «Potterat». Comment appeler ceux qui cherchent à propager les haines fanatiques que l'on commençait à oublier? Son sosie Potterat écrit même une lettre au Conseil fédéral *pour lui indiquer la politique à suivre*, et l'on sent que l'auteur approuve, applaudit des deux mains au geste héroïque du commissaire.

Ce roman contient aussi le couplet indispensable des réfugiés belges, français et autres. C'est vrai: La Suisse a fait preuve de charité, c'était son devoir. Que les écrivains étrangers nous remercient, mais que M. Valloton oublie de se glorifier.

Nous n'avons pas fait beaucoup; nous n'avons pas pu faire assez; ne crions donc pas que nous avons fait trop.

Enfin, enfin le commissaire Potterat est mort; entre nous soit dit, c'est ce qu'il pouvait faire de mieux. Amen. Nous souhaitons seulement ne pas assister à sa résurrection.

C'est ainsi que M. Louis Debarge, homme de lettres, directeur de *la Semaine Littéraire*, critique éminent, très écouté dans les cercles artistiques de Genève, a découvert un philosophe, un grand philosophe. Nous osons à peine citer la phrase d'un autre sage, allemand celui-là, qui distinguait deux sortes principales d'écrivains: ceux qui écrivent pour l'idéal et ceux qui travaillent pour l'argent. Nous laissons à nos lecteurs le soin de ranger M. Valloton dans l'une de ces catégories.

«Valloton est grand et Debarge est son prophète!»
Brave Monsieur Debarge!

1915

Hedda Gabler à la Comédie

Le mardi 16 novembre, les artistes de la Comédie ont présenté au public genevois *Hedda Gabler*, drame en 4 actes d'Henrik Ibsen.

Hedda, la fille du général Gabler, est la femme de Georges Tesman, érudit consciencieux, qu'elle n'a pas épousé par amour mais pour avoir un intérieur.

Dès le début de la pièce nous sentons qu'elle a fait fausse route, qu'elle s'est fourvoyée dans un intérieur bourgeois qui ne correspond en rien à ses goûts de liberté et d'art. On voit déjà qu'elle étouffe entre son mari, amateur de pantouffles et de parchemins; la tante Julie, dévouée et pot-au-feu, la vieille bonne Berthe, et, l'ami de la maison, l'assesseur Brack, qui recherche les douceurs du ménage à trois.

Hedda Gabler a connu, dans sa jeunesse, Ejlert Lövborg, génie auquel il manque la volonté, et qui l'avait pervertie par le récit de ses fredaines d'étudiant. Ejlert lui-même a passé trois années comme précepteur chez le juge de paix Elvstedt, c'est là qu'il a rencontré Théa. Sous l'influence apaisante de cette femme il a quitté sa vie de débauche. Elle est devenue son soutien, son énergie. C'est grâce à elle qu'il a pu écrire un livre qui fait sensation et préparé un manuscript, dont la publication le rendra célèbre.

L'action s'engage entre Hedda Gabler et Théa Elvstedt; Hedda veut recouvrer son empire sur l'âme d'Ejlert et Théa le lui dispute. L'hypocrisie d'Hedda l'emporte: Ejlert redevient un viveur. Au cours d'une orgie il perd le manuscript de l'œuvre que lui avait inspiré Théa. Tesman le retrouve et le confie à sa femme; Hedda le brûle pour se venger de Théa dont elle jalouse l'influence sur Ejlert. Celui-ci est aux prises avec la police, il vient se confesser à Hedda qui lui donne un des pistolets du général Gabler et lui dit: «Meurs en Beauté!»

Ejlert disparaît ridiculement, Hedda se tue.

Cette pièce est avant tout une analyse psychologique, il n'y faut pas chercher de fond «moral», Hedda agit logiquement. Elle veut être libre. Elle est écœurée du manque de beauté qui l'entoure. Tout ce qu'elle touche devient ridicule et laid. Elle se tue, entre une valse et un bon mot, d'un coup de revolver dans la tempe parce qu'elle veut être libre et qu'elle préfère au «Triangle» avec l'assesseur Brack une mort originale.

1915

Thomas Mann

Une figure pâle et allongée, des yeux très tristes, bleus, une moustache coupée à l'anglaise, blasé, résigné, toujours élégant, distingué, froid dans ses œuvres, dans sa personne, il regarde les hommes vivre, les observe, amusé de les voir se démener; jamais il ne s'apitoie sur leur sort. Il est lui-même artiste, et s'étonne de rencontrer des confrères dans les cercles bourgeois.

Il observe ces déclassés, leurs envolées vers quelque idéal, leur chute enfin.

L'artiste pour lui n'est pas un homme du commun, il n'est pas un «natürlicher Mensch». Les hommes se laissent vivre, sentent, aiment, s'enthousiasment, ont des élans généreux. L'artiste se sent seul; il n'est pas de la même race que ceux qui l'entourent; il réfléchit, il analyse, il comprend. Et, parce qu'il a compris, il souffre. Il envie ces hommes aux yeux bleus, grands et forts, pleins de vie, qui travaillent, aiment, luttent, il les admire et les plaint.

Les *Buddenbrooks*, son premier roman, le rendit célèbre en Allemagne. Il plut au gros public par le sujet, aux lettrés par la finesse du style. C'est l'histoire d'une famille de commerçants, dans la ville libre de Lübeck. La famille est puissante, riche; elle s'épuise peu à peu pour s'éteindre après une courte période de splendeur. Des types défilent devant nous: le vieux Johann Buddenbrook, très XVIII. siècle, jovial et rond; son ami, le poète Hofstedte, grand amateur de polissonneries françaises; son parent, le consul Kröger, mince et glabre, qui hait le peuple, cette «canaille». Le consul Buddenbrook lui succède, homme probe, vertueux, dévot: Thomas Buddenbrook, son fils, tâche d'apporter du renouveau dans les affaires. Il veut faire preuve de génie commercial. C'est un sensitif avant tout, un déclassé dans cette société bourgeoise. Il aime Gerda Arnoldsen, une musicienne artiste. Leur fils Hanno, petit, chétif, sensible, meurt, à dix-huit ans, d'une fièvre typhoïde. Mais le roman est évocateur comme peinture de milieu. Nous apprenons à connaître cette singulière aristocratie commerciale; les fêtes de Noël avec l'immense sapin, le plum-cake et les vieux chants. Les mariages, les baptêmes et la chronique de la maison, qui remonte jusqu'en 1600, année où l'ancêtre, tailleur de son métier, fonda la dynastie.

Roman curieux, sans passion, sans «haute portée morale», œuvre objective où l'auteur narre les faits sans commentaires, les grotesques et les tragiques, détaché, supérieur. Œuvre d'artiste, dans le sens de Thomas Mann, où le fond n'est là que pour la forme, impeccable, sans passion, sans sentimentalité.

Les types des *Buddenbrooks*, nous les retrouvons dans ses nouvelles, dans d'autres circonstances, d'autres milieux. Le *Bajazzo* est un dilettant en sentiments, en art. Il aime, sans grande passion, parce qu'il analyse. «L'amour malheureux», écrit-il, «est une attitude qui présente bien». Et l'on sent avec ce raté qu'il n'y a qu'un grand malheur au monde, celui de perdre l'admiration pour sa propre personne. Tout le reste est pose; dans toute autre douleur, on se trouve intéressant, on est fier de sa douleur.

Tonio Kröger est écrivain. Tout jeune, il se sent incompris; seul, il aime *Don Carlos*, tandis que ses camarades se passionnent pour les chevaux, la gymnastique. Il aime une petite fille, bruyante, tapageuse, qui se moque de lui. Ce premier amour lui fait déjà comprendre la différence qu'il y a entre lui et les hommes qui vivent, agissent, aiment sans réfléchir, sans analyser. Il écrit des nouvelles appréciées par les gens de goût, devient célèbre. Mais il n'est pas heureux.

«On travaille mal au printemps, en effet; mais pourquoi? Parce que l'on sent. L'amateur s'imagine qu'il suffit de sentir pour créer. C'est une naïveté de croire au sentiment. L'artiste sincère sourit de cette erreur pardonnable. Il en sourit mélancoliquement peut-être.»

«L'histoire qu'on raconte, les faits ne doivent jamais être au premier plan, elle ne doit être qu'une matière neutre, dont l'artiste fait sortir l'œuvre esthétique; lui-même reste supérieur à la matière. Votre cœur bat-il pour un idéal, vous pouvez être sûr de fausser complètement vos idées; vous devenez pathétique, sentimental, une lourdeur, un sérieux ennuyeux, un manque d'ironie, de sel, s'introduit dans votre œuvre.»

Les idées de Thomas Mann sur l'art, telles qu'il les expose dans *Tonio Kröger* sont discutables. Pour lui, l'artiste est avant tout le ciseleur, l'ouvrier habile qui travaille à faire ressortir les détails d'une œuvre, à rendre une pointe plus fine, à combiner agréablement l'ironie et le tragique. Tous les artifices qui rendent un style pittoresque, évocateur, lui sont connus. Il ne veut pas émouvoir, bouleverser les esprits. Il se contente de faire penser; il connaît France. Comparez l'impression que vous ressentez après la lecture du *Crime de Sylvestre Bonnard* et des *Buddenbrooks;* deux livres qui n'ont rien de commun quant au sujet et qui pourtant laissent tous deux la même impression de mélancolie indéfinissable, de tristesse.

On sent: France et Mann ont tout compris, ils excusent tout, ils sont infiniment las de tous les imbroglios de la comédie humaine: les passions, la gloire, la justice. Il n'y a que le Beau, l'œuvre d'art qui compte. Non pas l'œuvre d'art passionnée, qui pétrit la vie pour la rendre telle qu'elle est, haletante, incompréhensible, mais la vie ramenée à l'harmonie où les passions mêmes deviennent paisibles, correctes . . . artificielles.

Une œuvre géniale n'est jamais soutenue, elle ne recherche pas la perfection, elle se borne à jeter devant nous tout ce que la vie a de beau, de noble, de grand, mais aussi tout ce qu'elle a de bas, de vil. Le génie ne se fait pas une philosophie abstraite sur tous les phénomènes vitaux, il sent, il vit.

Et je ne sais lequel des deux nous préférons, celui qui a compris la vie sans la sentir, qui l'a adaptée à son petit système personnel, qui a fait œuvre d'artiste et non de créateur, ou le génie, vraiment humain, qui a puisé plus profondément dans le cœur des hommes à la source éternelle des sentiments?

Thomas Mann est un amateur passionné de musique. Dans sa petite nouvelle *Tristan*, il dépeint mieux qu'aucun critique musical (l'incompétence des critiques musicaux allemands est connue) l'impression profonde de *Tristan et Yseult*, de Wagner:

«L'amour peut-il mourir? l'amour de Tristan? l'amour d'Yseult, la blonde aux cheveux d'or? Les coups de la mort restent impuissants devant l'éternité! Peut-il perdre quelque chose, sinon ce qui le choque, ce qui le sépare d'elle, son corps? Mystérieusement un double chant unit leur espérance, la nuit monte; l'espoir d'une mort d'amour, d'une présence éternelle au pays enchanté de la nuit. Et plus haut que l'entendement humain, les violons chantent. Nuit douce, éternelle nuit d'amour. Ceux qui te connaissent ne peuvent revoir sans trembler le jour banal et quotidien.»

La traduction est incapable de rendre l'impression que laisse ce petit morceau en allemand. Mais pour exprimer ainsi des sentiments purement subjectifs, pour faire résonner par le mot banal et froid la musique d'un maître, il faut être un artiste doué d'une compréhension singulière de la langue musicale. Là encore, nous retrouvons le ciseleur impeccable de la langue allemande.

Thomas Mann appartient encore à la génération passée, à celle qui doute, qui a peur d'être dupe. On sent cette peur d'être dupe dans toute son œuvre. C'est à cause de cela que nous ne rencontrons aucune grande passion humaine dans ses écrits. Car la passion peut être jouée, elle peut être factice, comédie, attitude qui fait bien. La douleur est intéressante, rend intéressant, fait-elle vraiment souffrir? Mais la forme est belle, elle seule peut être accomplie, sublime. La vie elle-même est laide, elle fait sourire, et nos enthousiasmes meurent le plus souvent ridicules et grotesques. Comme dit un vieil adage: Tout est mauvais, point n'est besoin d'espérer.

1915

Les possédés par H.-R. Lenormand

H.-R. Lenormand appartient à la plus jeune école française. Son drame *les Possédés* fut interprété lundi par la Comédie. Je tiens à féliciter M. Fournier qui, s'il est obligé de sacrifier trop souvent au public, a néanmoins réussi à faire représenter des œuvres de valeur. C'est dans cette catégorie qu'il faut ranger *les Possédés*.

L'auteur nous introduit dans une famille géniale. Le vieil Heller est un physicien célèbre, son fils Marcel est un grand musicien, il n'est pas jusqu'à son neveu, Jean, qui ne se prenne pour un poète unique. Ils sont des surhommes, selon Nietzsche, et ne reconnaissent qu'un devoir: celui de créer. Ils ne sont pas des hommes «humains», mais des êtres qui contiennent une idée. Le vieil Heller a poussé la confiance en son génie jusqu'aux plus extrêmes limites. Il ne fait pas partie de la société des hommes; il a rompu tous les liens qui l'unissaient à elle; il a sacrifié à la science sa fortune, ses sentiments et son honneur.

Marcel Heller, son fils, est, lui aussi, convaincu de la grandeur de son génie, mais il n'a pas su se détacher du monde. Par pitié, il a reçu chez lui son jeune cousin, Jean Heller, il lui donne même l'argent qui devait lui servir à l'exécution de sa symphonie. Il croit aimer la fille d'un peintre sans fortune, Adrar, qui, lui aussi, a eu des heures de génie, mais il a plié devant la vie, il a renoncé, il a vécu misérablement de leçons mal payées. Marcel Heller épouse Suzanne Adrar, ils vivent à Paris de privations et de tristesses. Marcel, obligé de travailler pour vivre, n'a plus guère qu'une partie de la nuit pour composer. Dans cette atmosphère de pauvreté et de fatigue, son génie se révolte; il aime sa femme, mais il sent l'implacable besoin de créer, il lui faut de l'argent à tout prix. Il se sert alors d'un moyen vil pour arracher à son vieil oncle les quelques milliers de francs qui lui sont nécessaires pour achever son œuvre.

Le surhomme qu'il est a détruit son honneur d'homme; l'œuvre était en cause. Autrefois, une cantatrice russe, Sonia Dombrowsky, l'a poursuivi de ses avances, Marcel Heller s'aperçoit qu'il aime, ou plutôt qu'il la désire. Il croit que cet amour, s'il se réalise, élargira la beauté de son œuvre. De même qu'il lui a donné ses scrupules, à cette œuvre, lui sacrifiera-t-il son seul devoir?

Oui, rien n'existe plus pour lui, l'idée de l'œuvre le possède, elle est en lui, il n'y a qu'elle en lui. Sa personnalité s'est affirmée au-dessus de toutes les règles juridiques ou morales. Pour son travail il commettrait un crime. Et, lorsque Jean Heller est surpris par lui, forçant son secrétaire, Marcel n'hésite pas un instant à lui donner la mort.

Il ne faut pas voir de thèse dans la pièce de H.-R. Lenormand, il a cherché, scruté, dépeint l'âpre lutte psychologique d'égoïstes sublimes et forcenés. Certes, Marcel Heller passe au premier instant pour un monstre, mais H.-R. Lenormand pense, et je crois que c'est avec raison, qu'il faut, avant tout, voir dans le génie une folie, qui entraîne un déséquilibre mental complet. Par le fait même qu'un homme est un génie, il se soustrait aux lois des hommes que sa folie ne reconnait pas. Êtres merveilleux, prédestinés, qui tiennent à la fois de l'idéal et du démon.

Cette psychologie ne souffre aucune faiblesse. Le seul déshonneur que peut connaître l'artiste c'est, dit-il, de manquer à son devoir de créateur. C'est une action plus nécessaire encore que les fonctions premières de la vie. Dût-il être tué, il veut exprimer le génie qui est en lui. Ils souffrent tous de cet état d'égoïsme, mais ils savent que toute œuvre veut des nuits de veilles, des heures de découragement, des désespoirs et des lassitudes. Seuls les petits créent facilement, parce qu'ils imitent.

A côté de ces caractères, une figure intéressante, celle du peintre Adrar, pour lui la vie n'est qu'un tissu de sacrifices, l'un après l'autre, il a donné, voire même vendu, ses rêves. Il meurt conscient de la beauté qu'il n'a pas pu créer, et de l'intense clarté morale qu'il a donné en se sacrifiant. Sa doctrine se résume en deux phrases: Il faut aimer; il ne faut pas faire souffir. Entre ces idées opposées, M. Lenormand ne se prononce pas, et s'il décrit avec complaisance l'orgueil génial des deux Heller, il met sur les lèvres d'Adrar des leçons simples de vérité claire et douce.

Le style est vigoureux, presque musclé parfois, mais trop uniformément violent, car les crises ne sont plus que de simples accidents au cours de ces trois actes, qui sont un perpétuel conflit. Les héros français de M. Lenormand ont des noms scandinaves (Heller, Adrar), faut-il y voir une intention ibsénienne? Je ne crois pas car *les Possédés* sont une œuvre terminée et claire, l'auditeur ne peut guère la prolonger à sa fantaisie comme il le ferait pour un drame d'Henrik Ibsen. Malgré les gaucheries de forme et de légères invraisemblances, la pièce demeure intéressante. Je ne sais si de tels hommes existent, mais qu'ils soient les génies qui façonnent nos idées ou les héros sympathiques de M. Lenormand, leurs caractères ne manquent pas de grandeur.

1915

Nouvelle

Le piano ne disait plus rien. Le petit Yann, assis sur un fauteuil, ses bras serrant ses genoux contre sa poitrine, écoutait toujours. Il regardait sa maman et il trouva qu'elle était belle. Elle avait les cheveux noirs, la peau très brune et brillante; elle ne ressemblait guère aux autres dames que Yann connaissait.

Malicieusement elle lui dit:

– Eh bien, petit, on vient voler un peu de musique?

Yann aimait la musique et les vers. Il n'avait que treize ans, mais en lui les mots chantaient comme les cordes d'un violon sous l'archet. Et tout faisait chanter ces mots qui n'avaient l'air de rien: une jolie figure rencontrée par hasard, un sourire sur un visage inconnu. Son rêve était de mettre Mozart en vers. Mais il n'y arrivait pas et cela le rendait triste. Il n'écrivait jamais ce qui chantait en lui; les mots écrits lui rappelaient ces fleurs fanées que l'on presse entre les feuillets d'une bible.

M. Ricordon, le père de Yann, était professeur. Il avait une grande barbe brune, bouclée, qui cachait sa cravate. Il était un professeur dont l'opinion était très écoutée dans la petite ville. M. Ricordon n'aimait pas la musique, ou plutôt elle lui était indifférente. Il ne l'entendait pas plus que la grosse mouche qui bourdonnait dans sa chambre de travail et tapait de temps en temps sa tête contre la vitre.

M. Ricordon était sévère pour son fils. Il le trouvait trop rêveur et le grondait souvent. Mais Yann avait vite fait d'oublier les remontrances quand sa mère lui jouait, le soir, le prélude de *Tristan*. Yann ne comprenait pas bien cette musique singulière, ces harmonies bizarres, mais il sentait sourdre en lui un espoir dans ces crescendos qui montent et se brisent, parce qu'ils n'en peuvent plus. Cette musique le faisait trembler d'une fièvre très douce et le laissait sur sa chaise, moite de sueur, les membres rompus et la langue sèche. Puis sa mère venait lui caresser bien doucement les cheveux. «Vois-tu, Yann, celui qui pensa cette musique fut très malheureux parce qu'il était seul et que personne ne la comprenait comme il l'aurait voulu. Toi aussi tu le comprendras mieux un jour et tu sentiras qu'il est doux de souffrir pour ceux qu'on aime.»

Yann avait quinze ans. Il ne portait plus de culottes courtes; il avait des cravates de soie, des manchettes. Il soignait ses ongles, car il voulait plaire. Chaque matin il rencontrait une petite fille, blonde, au petit nez retroussé. Yann rougissait en la voyant; il se sentait troublé et ne savait pourquoi; un frisson, les lèvres sèches, et les yeux qui faisaient mal. Une fois il songea à Tristan, aux crescendos pleins d'espérance. Mais la petite fille le regardait innocemment avec un peu d'admiration au fond de ses yeux.

M. Ricordon était devenu fantasque. Il ne disait rien à table, jouait avec son couteau, renversait son verre. Quand on lui parlait, il regardait autour de lui avec des yeux absents. Et Yann avait peur. Il entendait parfois, la nuit, son père qui marchait à grand pas dans son cabinet de travail, monologant. Qu'est-ce que son père avait donc à marcher ainsi sans cesse comme une bête enfermée? Yann aurait voulu le consoler, mais il n'osait pas.

Quelquefois un jeune homme venait faire de la musique avec sa mère. M. Leopardi était grand, mince, avec une petite moustache blonde, qui lui chatouillait le nez. Il jouait du violon avec beaucoup de sentiment. Trois fois par semaine M. Leopardi montait dans la chambre de Yann et lui donnait une leçon. Puis il descendait au salon, s'inclinait devant Mme Ricordon, accordait son violon, attaquait une sonate de Beethoven. Ses cheveux blonds s'agitaient sur sa tête et son ample redingote flottait autour de lui.

Un jour, M. Ricordon entra pendant qu'il jouait. Il bougronna quelque chose dans sa barbe, et s'en alla en faisant claquer la porte. Mme Ricordon cessa brusquement de jouer, regarda le violoniste avec un air désespéré.

Alors M. Leopardi comprit vaguement que cette dame avait du chagrin. Il mit un genoux à terre et baisa la main qu'on lui tendait. Il avait l'air un peu ridicule avec sa grande redingote noire qui s'étalait autour de lui. Puis il partit ...

Yann voulut montrer son certificat à son père. Il le trouva dans son cabinet, la tête entre les mains. Il l'appela doucement. M. Ricordon se retourna et Yann vit qu'il pleurait.

– Qu'est ce que tu as, papa?

Alors Yann entendit une voix brisée, une pauvre voix qui sortait avec peine de la poitrine:

– Voilà deux heures, Yann, que le violoniste est avec ta mère.

Yann ne comprit pas. Il s'assit sur les genoux de son père et doucement lui caressa la barbe. Et longtemps ils restèrent ainsi, pleurant tous deux à petits sanglots.

Le soir, au diner, M. Ricordon se comporta d'une façon singulière. Il éclata tout à coup de rire, s'étrangla, toussa, riant toujours. Il hoquetait, gesticulant, voulant dire quelque chose de très drôle, puis redevenu calme, il caressa la nappe comme une main très douce, moelleuse au toucher. Il se leva enfin, renversa sa chaise et sortit. On l'entendit parler longtemps, à haute voix, dans sa chambre.

Yann était monté. Sa mère était loin. Il resta seul, dans l'obscurité; assis sur le rebord de son lit, il joua doucement des airs sur son violon. C'était un chant grave et triste, plaintif parfois. Yann songeait à la petite fille aux cheveux blonds qu'il voyait chaque matin. Il aurait voulu se réfugier auprès d'elle, cacher sa tête sur ses genoux et se laisser caresser doucement. Son violon sanglotait sa douleur d'être seul, de n'avoir personne à qui donner sa vie.

Yann entendit des pas monter dans l'escalier et le violon, peureux, se tut. La porte s'ouvrit; d'une voix très basse M. Ricordon appela:

– Yann.

– Oui, papa.

– Viens.

Yann le suivit. Dans son cabinet de travail M. Ricordon assit son fils devant le secrétaire.

– Yann, je vais mourir.

– Oh, papa!

– Tais-toi; ne dit rien. Je veux faire mon testament. Tu écouteras, je te donne mes idées; je suis un sage. Personne ne m'a compris; tu me comprendras parce que tu es mon fils et parce que je t'aime.

Il parlait d'une voix saccadée maintenant. Ses yeux grands ouverts lisaient là-bas, sur la muraille, un texte inconnu en lettres de feu.

– Ecris, Yann. On me croit fou, je ne le suis pas. Je suis grand, je suis fort. Je suis l'homme, l'homme. Eternellement humilié par la femme, je redresse et je frappe celle qui devrait être notre servante, celle qui est notre maîtresse. La femme est mauvaise, elle est pire que le serpent qui range dans les broussailles. La femme est fausse. Elle veut nous humilier. Tu écris, Yann? N'aie pas peur de moi. Ecris ... plus vite. Je serais devenu célèbre, grand et fort. Mes idées auraient révolutionné le monde. Ta mère ne l'a point voulu. On dira que j'étais fou. Je suis plus sage qu'eux tous, car j'ai compris une chose: La femme est l'ennemie de l'homme, elle veut son écrasement et sa ruine. Ecris Yann ... Ceci est mon testament.

«Tu es un rêveur; sois fort pour lutter contre l'amour ... Venge ton père.

«Je ne vois plus rien. Pense à moi, Yann; j'ai été bien malheureux. Je tombe ... aide ... au secours ... La femme ... La femme.

M. Ricordon tomba. Son grand corps restait immobile. Sa longue barbe grise s'agita d'un frisson, ses yeux grands ouverts avaient une expression de haine. Il hoqueta; deux grandes larmes se perdirent dans sa moustache. Silence. Yann restait sur sa chaise, incapable de bouger. Devant lui une feuille griffonée. Il regardait son père.

Il éteignit la lampe et resta seul avec le mort pour le veiller. Il réfléchissait. Son père avait dû souffrir beaucoup et la souffrance l'avait terrassé, l'avait abattu là; peut-être souffrait-on trop lorsqu'on luttait sans relâche et mieux valait se laisser aller au gré des vents qui nous poussent.

L'amour. Yann voyait Line devant lui. C'était donc un danger l'amour, quelque chose qui faisait souffrir, qui humiliait, qui ne rendait pas heureux? Pas heureux? Son père l'avait dit ... mais son père, son père était fou. Yann songeait aux romans qu'il avait lus; ce ne devait pas être l'amour véritable. L'amour et la souffrance avaient tué son père, l'avaient rendu fou ... rendu fou ... rendu fou. Ces mots revenaient toujours dans la tête de Yann sur une mélodie drôle: rendu fou. Son père était là, tout près de lui, mort. Yann n'avait pas peur de la mort; il lui semblait que son père n'était que malade, d'un mal profond. Il fallait le distraire. Il alla chercher son violon, doucement, pour ne pas réveiller celui qui dormait là, tout près. Et, longtemps encore dans la nuit, il joua, joua tout ce qui lui passait par la tête, des airs triomphants de force et de jeunesse et d'autres plus tristes aux trémolos bien doux.

Quand Mme Ricordon revint, elle trouva son fils endormi sur son violon à côté de son père mort.

Le lendemain, dans l'après-midi, Yann sortit. Il alla se promener dans la campagne. Derrière une haie il entendit des chuchotements. Doucement, il écarta les branches. Il vit un grand garçon, aux cheveux rouges, qui embrassait Line. Et Line lui rendait ses baisers.

– La femme est fausse; elle est l'ennemie de l'homme.

Yann rentra chez lui. Dans sa chambre il écrivit des vers, les premiers qu'il osait écrire. Ils étaient âpres et amers, pleins de dégoût pour la vie et l'amour.

Yann était marqué.

1915

Un poète philosophe M. Frank Grandjean

Or voici le solitaire, l'homme aux longues paupières, le Dieu, le Voyant, Hélios, fils de Maya, celui qui tient l'univers dans sa pensée immense, et vaticine, le *front s'azurant*. Poètes adorez, le nez dans la poussière, l'élu d'Apollon, le choisi du Bouddha, le contempteur de la femme et de la félicité humaine; priez, pauvres mortels, craignez le courroux de Celui qui fut, qui est, qui sera, le Messie de la pensée moderne, le disciple de Bergson, l'émule de Zarathustra.

M. Frank Grandjean écrivit dans le temps un «poème» de 229 pages: *L'Epopée du Solitaire*. Sous-entendez, pauvres ésotériques, que ce solitaire, Hélios au clair regard, n'est autre que M. Frank Grandjean, professeur de latin et de littérature au Gymnase de Genève, gros petit bonhomme court, au regard vague et bleu. En une infinité de vers, il nous explique l'évolution de sa pensée, de sa personnalité. Si je dis *sa pensée*, c'est façon de parler; il faut y voir plutôt la philosophie humaine tout entière (je n'exagère pas) telle qu'elle se reflète dans le cerveau d'un pédantesque professeur. Jamais je n'aurais cru que la philosophie put être aussi ennuyeuse. Penseurs de tous les âges, Platon, Bouddha, Nietzsche, si vous aviez vu quelle forme biscornue, amphigourique, métaphorique, votre philosophie prendrait dans le cerveau étroit de M. Grandjean! Et toi, pauvre Schopenhauer, tu fus pessimiste pour permettre à certain petit écrivicule de faire de mauvais vers. Même toi, Pascal, génie tourmenté, on ne t'épargne pas. M. Grandjean place en tête de son ouvrage une de tes pensées qu'il n'a pas comprise: «Toute notre dignité consiste en la pensée.»

Lorsque le poète Spitteler vint à Genève, M. Frank Grandjean se crut obligé de faire un sonnet dans lequel certaine «Grèce dorée» donna lieu à de fâcheuses allusions. Notre écrivicule connait donc Spitteler, il ne le connait que trop. Hélios, le grand Solitaire aux paupières hautaines est maudit par Maya; vous souvenez-vous peut-être de certain passage du *Prometheus et Epimetheus*. Le Héros est maudit par sa déesse, mais, tout en le maudissant, elle lui annonce un grand bonheur. Et Spitteler termine: «Elle dit; mais Prometheus resta à terre, ému profondément; il entoura les genoux de la déesse pour rendre grâce, couvrit ses mains et ses pieds de baisers chauds.» Cette scène est belle et j'aimerais vous en parler plus longuement, mais M. Grandjean attend.

Je voudrais attirer votre attention sur cette première affinité inquiètante. Il y en a d'autres. La façon de présenter les philosophies par des images concrètes rappelle les *Extramundana, Le printemps Olympien*. Certe je ne reprocherais pas à M. Grandjean d'imiter Spitteler; on permet bien aux perroquets de répéter des maximes; mais intolérable est la manie de l'écrivicule genevois de rabaisser des images fort belles à la taille de son cervelet.

Les idées sont à tout le monde, respectons au moins les paraboles que les grands esprits employèrent pour traduire leur pensée. Le nain «vêtu d'écarlate, de bonnet et collerette» ressemble au fou du *Zarathoustra*. La scène est presque identique; le fou raille et Zarathoustra le fait taire; le nain pousse trois ha, ha, ha, ha (quatre pied, un tiers d'alexandrin!) et explique un peu gauchement, longuement une sorte de scepticisme *mal cuit*. L'Apollon fait penser au Dieu du *Printemps olympien*, quand au Bouddha je doute qu'il ait professé de son vivant les âneries que M. Grandjean met dans sa bouche.

Résumons: Les images de Spitteler, la religion du Bouddha, le pessimisme de Schopenhauer, le surhomme de Nietzsche, l'idéalisme de Platon mélangé dans le cervelet de M. Grandjean en un met monstrueux, truffé, salé, cuit, recuit et mijoté dans un petit jus de bourgeoisie frottée d'art – un met indigeste.

Les parents de M. Grandjean ont une grande responsabilité; ils n'ont pas assez surveillé les lectures philosophiques de leur fils; je conseillerai à M. Grandjean de relire un peu le *Discours de la Méthode* et peut-être *L'art poétique* de Boileau. C'est un peu démodé, mais il y a quand même quelques idées, qui profiteront, je l'espère, au crépusculaire Hélios.

M. Grandjean dédaigne tout. Il méprise les femmes, et son ouvrage abonde en mots désobligeants pour le beau sexe. Je sais bien qu'en cela il imite encore le *Zarathoustra* (quand tu vas trouver la femme prends le fouet), mais ce n'est pas une raison suffisante pour manquer de galanterie.

«La femme est comme un bain où l'on s'ouvre les veines» dites-vous quelque part, très honorable professeur. Vous montrez, à n'en pas douter, une certaine culture latine (Pétrone ne s'est-il pas ouvert les veines dans un bain), mais la métaphore est bien tirée par les cheveux.

La femme est encore, dites-vous, «comme un bouquet plein de mortelles pâmoisons». (Cet alexandrin ne boite pas tout à fait, mais Dieu qu'il a les jambes raides). D'abord les «mortelles pâmoisons» ne sont pas de vous, pas plus que les «crépuscules pâmés». C'est un poète français, décadent Stéphane Mallarmé, qui employa ces locutions. Nietzsche et Spitteler ne vous suffisent donc pas, cher maître, et vous venez faucher dans les jardins de France? Vous insultez les poètes parce qu'ils pleurent sur des seins et qu'ils se pâment comme des chats sur des coussins (quelle trouvaille que la rime seins – coussins) vous haïssez (bis) ces androgynes, paresseux, voluptueux, débiles, pervers aux louches passions, vous crachez sur eux tous le plus parfait de vos dédains, vous demandez ce que vous avez de commun avec ces petits faunes, vous l'aigle parmi les hiboux, qui méprisez tant les «papiers-journaux»? Vous demandez sérieusement votre point de contact? Oh, c'est bien peu de chose: c'est que les poètes écrivent en vers et que vous n'écrivez pas en prose. Et notez que les poètes ont généralement pitié de nous; ils écrivent de gentils petits sonnets, rondels ou ballades, pas bien longs, harmonieux et doux à l'oreille, tandis que vous nous donnez 229 pages de vers lourds et plats.

Encore un petit conseil, M. Grandjean: Critiquez les poètes efféminés, percez leur frêle écorce, lorsqu'ils arrondissent leurs fines lèvres roses. Traitez les, puisque vous aimez l'invective, d'eunuques et de laquais, mais dites cela en prose, brièvement. Ne vous imaginez pas qu'il faut des avalanches de vers rhumatisants pour conquérir le public, pour faire œuvre d'artiste. Tâchez d'être bref, et du même coup on vous proclamera grand poète philosophico-épico-lyrique. Et peut-être qu'à la mort de M. Henri Spiess, vous deviendrez prince des poètes romands, titre que je ne vous envierai pas. Puis ne dites pas trop de mal des «papiers-journaux». Ils ont du bon et vous permettent de publier mensuellement vos petits excréments poétiques. N'avez-vous pas publié un poème *Eté*, où vous accusez les grillons de scier l'herbe. Pauvre science! Inutile d'ajouter l'influence de la scène des faucheurs dans *Anna Karénine* sur le poète original.

Ce qui m'étonne et me navre dans l'épopée profondément ennuyeuse et par cela philosophique, c'est la multitude des rapts inavoués, des plagiats manifestes. Tous les poètes y passent, les uns donnent un hémistiche, les autres une locution, les troisièmes un vers entier. Musset, châtré, y coudoie Vigny, le sanglot des jets d'eau de Regnier cotoie le parfum de cinname et de l'ambre de Samain. Verlaine et Mallarmé, débarrassés de leur mélodie effeminée sont épinglés comme de pauvres papillons méconnaissables et desséchés. Les vers n'en sont pas meilleurs. Le réalisme bouffon marche la main dans la main avec le pessimisme, et la «radicale douleur» embrasse le Chat-Noir.

L'embryon de pensée de M. Grandjean aime à graviter autour d'une sommité intellectuelle. C'est ainsi qu'il composa *Une révolution dans la philosophie*, ouvrage pédant sur la philosophie de M. Bergson. M. Bergson est un des psychologues qui joint à l'acuité de la psychologie le souci de la forme pure et simple. Quel que soit le sujet qu'il aborde, il reste clair, sa phrase évite les définitions nébuleuses et les tirades grandiloquentes. Point n'est donc besoin de vulgarisateur. Si d'une part nous voulons connaitre le titre des ouvrages de M. Bergson, nous nous adresserons à un libraire quelconque, d'autre part si c'est M. Bergson lui-même que nous voulons connaître, nous ne le lirons pas à travers M. Frank Grandjean, professeur de latin au Gymnase de Genève, poète à ses heures réellement perdues.

Poète. Philosophe. Penseur. Professeur. Cher bonhomme, gros et court. Epargne ta pensée, fais silence.

Lorsque *L'épopée du Solitaire* parut, M. Henri *von* Ziegler (depuis la guerre *de* Ziegler) le salua dans le *Journal de Genève* pompeusement, gravement comme «l'aurore d'un nouveau jour». M. *de* Ziegler (avant la guerre *von* Ziegler) est poète patriotique, national genevois. Il ne peut que saluer un confrère nouveau venu.

Assez de ces mulets brailleurs qui paissent dans le jardin de la poésie, qui broyent entre leurs mandibules, qui écrasent sous leurs sabots les fleurs les plus pures de la langue française. Nous ne tolérerons plus ces cris discordants, même venant de la bouche d'un solitaire. Justice doit être faite, justice se fera.

Peut-être qu'une poésie plus grande, plus vraie, plus forte naîtra sur les pourritures des solitaires, des vaines jeunesses, des masques d'ironie et autres platitudes écœurantes de ce genre.

Suite et fin

Dans un interview que M. Grandjean, poète et professeur, voulut bien nous accorder, il nous fit sentir l'indélicatesse, le manque de tact, la frivolité, la méchanceté qu'il y avait dans nos attaques de la semaine passée. M. Grandjean nous demande réparation des torts inconcevables que nous avons infligé à sa réputation de poète, de professeur. Le solitaire, loin de considérer nos critiques accerbes du haut de sa philosophie, tremble pour son nom; donnons-lui satisfaction.

Nous avions trouvé dans *L'Epopée d'un Solitaire*, ouvrage de longeur inaccoutumée, série d'analogies décevantes.

Quelques réminiscences de Nietzsche, de Spitteler; quelques vers de Samain, de Regnier, de Verlaine, de Mallarmé.

Nous nous sommes trompés, hélas! M. Grandjean est un poète original, tout coule de source chez lui, tout est le fruit d'un travail ardent et passionné. Dix ans d'inutile labeur lui ont à peine suffit pour édifier l'œuvre originale, nouvelle, personnelle: *L'Epopée*.

Les philosophies que M. Grandjean développe, il les a inventées lui-même. Vous disais-je que Schopenhauer était pessimiste? Non pas. M. Grandjean ignore le premier mot du philosophe allemand. C'est le fils de Maya, seul, sans secours aucun, qui a découvert la solitude. Nietzsche a peint un fou, qui ressemble à celui de M. Grandjean. Croyez bien que c'est Nietzsche qui a imité le poète genevois. L'anachronisme vous choque? Il n'est pas d'anachronisme en philosophie. M. Grandjean ne connaît Spitteler que par des extraits; il le connaît à peine. Ce qui ne l'empêche pas d'écrire des sonnets sur son compte. Que voulez vous, le comble du génie est de connaître les œuvres de ses contemporains sans les lire. M. Grandjean est certe un génie.

Notre belle ville de Genève possède un collège, ce collège possède des professeurs, ces professeurs sont des poètes. Heureuse jeunesse qui peut boire à la source même les éternels enseignements des génies. Quelle race nouvelle va sortir des murs de l'édifice trois fois saint du vénérable Calvin, quelle floraison de littérateurs, de penseurs va venir se greffer sur le tronc sévère de l'austère cité. Ceux qui ont eu le bonheur d'entendre M. Grandjean, d'écouter ses préceptes admirables, se retireront loin du monde, dégoûtés à jamais de la vile multitude qui grouille sur les places. Nous avions osé prétendre que la *Révolution dans la philosophie* était une compilation pédantesque. Loin de là. Cet ouvrage si précis, si clair, si limpide, vient d'être traduit en allemand, en russe, en italien, en tchèque. Un célèbre mandarin de première classe (bouton de corail, M. Tchéou-Péi), va faire connaître la philosophie de M. Bergson (expliquée par M. Grandjean) sur les bords du Yangtse-kjang. M. Rousillon, le missionnaire connu, le traduit en bassouto.

Les Miam-Miam apprennent la philosophie de M. Grandjean en même temps que l'Evangile. Alors, de Yokahama jusqu'aux bords du Tanganyika, nul n'ignorera le nom de notre gloire locale, du solitaire, fils de Maya, aux paupières oblongues. Genève réjouis-toi, fille de Calvin pousse des rugissements de joie, M. Grandjean te fait connaître, M. Grandjean te rend immortelle!

O solitaire invincible, poète ineffable, nous t'avions méconnu. Et nous avions osé nous attaquer à sa grandeur limpide. Nous regrettions nos méfaits, nous allons à Canossa.

M. Grandjean aime à invectiver les poètes . . . en vers. Nous l'avions déjà dit. Celà ne l'empêche pas de professer une sympathie paternelle pour les essais timides des petits auteurs, qui publient parfois des rimes. M. Grandjean est l'indulgence même. Il nous fit part de son admiration pour M. Tavan, M. Spiess, M. Abaire. Il trouva des mots touchants à l'adresse de notre jeunesse littéraire, qui n'a pas encore atteint la hauteur de vue du philosophe épique. Ce trait charmant, digne d'une âme élevée, ravira tous les cœurs sensibles.

M. Grandjean n'est pas rancunier. Le dernier article que nous avions publié, sans connaître sa personnalité sympathique, avait navré l'esprit hautain du philosophe. Sentant vaciller sa réputation de poète, de penseur, de professeur il prit un parti que nous pouvons qualifier, sans exagération, d'héroïque. Il déposa une plainte en mains de nos autorités scolaires, je veux dire le département de l'Instruction Publique. Le Conseil des Maîtres fut saisi de l'affaire et le lâche agresseur d'une gloire inamovible expulsé à jamais du lieu sacro-saint où la sagesse coule à flot.

Vous m'objecterez peut-être que M. Grandjean aurait pu se venger d'autre façon? Non. Pensez, il y allait de sa réputation de professeur! Et que ne fait-on pas pour sauvegarder sa réputation. Par ce geste, M. Grandjean s'élève au-dessus des médiocrités de la foule, il devient le héros rêvé, le sage antique. Nous n'ignorons pas les moyens qu'il avait à sa disposition. Il aurait pu nous demander réparation par les armes. La chose s'est vue. Musset, Puschkin se battirent en duel. Il est vrai que Musset était un gentilhomme et que les vieux préjugés délabrés étaient encore vivaces en lui. Il y avait aussi la réponse littéraire, satirique à la manière de P.-L. Courrier, de Rochefort, de Barbey d'Aurévilly. Mais M. Grandjean méprise la réplique, méprise l'esprit.

Trois journaux se seraient empressés de lui ouvrir leurs colonnes: la *Semaine Littéraire, Pages d'Art(?)* et le *Journal de Genève*. Il y avait encore le mépris hautain d'Alfred de Vigny, la solitude acharnée de Romain Rolland. Mais il n'est pas donné à tout le monde de mépriser, d'ignorer la canaille qui aboie.

M. Grandjean est avant tout professeur. Il n'est pas gentilhomme, malgré la particule qu'il pourrait ajouter à son nom et qu'il dédaigne (M. Grandjean de Valengin), il n'est pas homme d'esprit, il n'est pas un homme qui méprise.

M. Grandjean est un ami de l'ordre, de la bienséance. Il est pédagogue avant tout, l'ami de ses élèves, leur directeur de conscience. Et notre attaque inconsidérée s'est attirée la seule réponse digne d'un solitaire, d'un poète, d'une gloire accepté par tous.

Nous avions aussi accusé M. Grandjean de se servir de cliché. Certaine *Grèce dorée*, certains *monts bleuissants dans la brume*, entre autres, nous avait choqués. Ce ne sont pas là des clichés, pas même «des arbres de théâtre», comme les aurait appelé Péguy. Remarquez plutôt la concision de l'expression. Pouvait-on mieux dire? Exposer en cinq mots un tableau éternellement vrai, éternellement vivant. Vous me direz que vous avez souvent vu ces monts bleuissants dans la brume, que c'est de la poésie imitée. Non pas. L'intérèt de l'image réside dans le participe présent, qui vient, comme à souhait, donner une nouveauté au symbole, nouveauté qui pourrait choquer au premier abord, mais dans laquelle se révèle une âme de poète candide et fière, dédaigneuse des vils contacts.

Nous avions trouvés des crépuscules pâmés, des mortelles pâmoisons dans Stéphane Mallarmé. Nous ignorions alors la valeur personnelle de M. Grandjean. Un génie n'imite jamais, ne copie jamais. *Il réinvente*, il crée à nouveau, en lui se manifestent les âmes artistes venues avant lui, qui ont vécu, qui ont écrit, qui sont morts pour lui. M. Grandjean n'imite pas, ne copie pas. Il reste original, personnel, il se silhouette dans le ciel comme les arbres dont il parle, ces arbres qui se dressent comme des statues.

Nous avions aussi fait des allusions déplacées sur la personnalité physique du poète. Nous avions cru suivre en cela Mécène, qui appelait son ami Horace *jusculus* (petit tonneau). Mais qu'il y a loin d'Horace-le-Satirique à M. Grandjean-le-Solitaire; que d'espace parcouru, que de sagesse conquise. M. Grandjean, en sa grande mansuétude, nous pardonnera d'avoir osé le comparer au poète latin.

M. Grandjean, vous êtes un homme, vous êtes un philosophe, vous êtes un poète. Croyez que nos attaques éphémères ne pourront pas vous toucher longtemps. Vite, vous reprendrez votre sérénité enviable et retiré dans votre désert particulier ou dans votre caverne significative, vous vous fortifierez l'esprit par une cure appropriée, une purge spirituelle adaptée à la circonstance. Les jours ne sont pas loin, où fils de Maya, où la gloire de votre nom resplendira au milieu des peuples. Et l'Helvétie entière s'associera au cantique de louange entonné par notre cité. En de nombreux banquets vous serez fêté, applaudi et, quelque jeune talent, influencé par votre front auguste, vous dédiera le fruit de ses longues heures de travail. Mais nous autres, pauvres publicains, relégués loin du festin, nous grincerons des dents, en répétant avec contrition: *Mea culpa, mea maxima culpa.*

Pointe-Sèche
Charles-Frédéric Glauser

1916

Réalité et Idéal par M. Jules Dubois

M. Dubois, profeseur au Collège, a réuni sous le titre: *Réalité et Idéal*, une série de conférences faites à Zofingue. C'est un ouvrage, destiné «aux jeunes».

Il est difficile de nos jours de dire du bien d'un livre. Chaque petit poète, chaque écrivailleur, veut être salué par des hourras, des cris d'allégresse, comme l'annonciateur d'une nouvelle ère littéraire et parce qu'il fait généralement partie d'un clan, d'une société, d'une coterie, proclamé génie par quelques-uns, il veut être porté aux nues par tous. Les œuvres qui veulent affirmer une idée, une pensée, sans charmer l'oreille ou exciter la sensibilité, passent inaperçues. On craint d'en dire du bien, le public méfiant pourrait croire à un nouveau canard littéraire, hausserait les épaules: «On connaît ça.»

M. Dubois n'est pas un littérateur, n'est pas un petit poète ajoutant avec peine quelques rimes d'une pauvreté sordide, il dédaigne les grandes épopées philosophiques, il pense et se permet d'écrire en prose, en bonne prose française. Vous trouverez certe étonnant, qu'un professeur du Collège, de ce temple des Muses, où chaque pion est versificateur et chaque surveillant barde patriotique ose écire en prose, exprimer des idées. La pensée se fait rare au Collège (qu'il est donc fatiguant de penser par soi-même!) et pour tenir lieu de pensée, on se sert de clichés et de préjugés, d'idées toutes faites, puisées par ci, par là dans quelque manuel mal digéré. Saint-Simon était de piètre noblesse, Molière et Corneille écrivaient des vers de carton, enseigne le doyen de la section classique; des idées pareilles rabâchées par tout le monde, fausses dans leur fond, doivent être crues sur parole, par le fait seul d'une autorité professorale, puisée dans Pt. de Julleville.

Le livre de M. Dubois est une réaction contre ces idées toutes faites, cette «littérature» au sens péjoratif, ces «principes qui claquent au vent comme des drapeaux». Toute personnalité est étoufflée par une pédagogie aussi mal comprise. L'éducation méconnaît son rôle, puisqu'elle tend à produire, non des hommes capables de penser, de se former une opinion personnelle, mais des citoyens pouvant participer décemment aux menées électorales, festoyer aux banquets artistiques et devenir machines à écrire, machines à parler, dignes soutiens d'une société – «bien pensante». En aucun temps, les professeurs n'ont parlé autant du développement de la personnalité. Mais ils ne savent point ce que signifient ces mots: Liberté, – travail individuel, – éducation personnelle, – idées généreuses, – tous ces termes éclatent journellement du haut de la chaire professorale. Mais l'autorité reste intangible et sacrosainte. Le militairisme de l'enseignement restera toujours l'idéal pédagogique.

Logiquement, les parents veulent élever leurs enfants à leur image. Ils ont acquis durant leur vie une certaine quantité d'expériences. Ils ont assimilé des idées et veulent les inculquer telles quelles à leurs descendants. Ils ne veulent pas en faire des individus, mais des images fidèles de leur esprit.

Dans sa brochure, M. Dubois s'adresse avant tout à la jeunesse qui veut avoir un idéal, qui veut aspirer à quelque chose de grand, de beau, à la vérité. M. Dubois a beaucoup réfléchi, il communique ses expériences sans vagues discours moralisateurs. Il veut avant tout que la jeunesse ait un caractère. Elle ne peut l'acquérir que par la maîtrise de la raison sur la sensibilité, sur les sentiments.

«Ce qui fait de l'individu une personnalité, c'est la culture ou le développement de l'esprit; c'est l'excercice de la raison, le développement de la conscience, c'est la pratique de la pensée, c'est la maîtrise de cette raison et de cette pensée sur les sensations et sur les sentiments. ... Se posséder pour pouvoir se donner dans la mesure d'un idéal, se former et se conquérir pour arriver à se posséder, voilà ce qui résume tout le problème individuel.» M. Dubois conclut à une éducation de l'individu par lui-mème, par la pensée, par le travail, par l'harmonie intérieure. Il termine: «Nous nous efforcerons d'être des hommes et non de le paraître, c'est-à-dire de vivre en tendant vers un idéal.»

Involontairement, nous pensons aux paroles de Roger Martin du Gard, dans *Jean Barois.*

«Le devoir strict de chaque génération est donc d'aller dans le sens de la vérité, aussi loin qu'elle peut, à la limite extrême de ce qui lui est permis d'entrevoir et de s'y tenir désespérément comme si elle prétendait atteindre la vérité absolue. La progression de l'homme est à ce prix.»

1916

Les muses ingrates

... Monsieur, si cette Muse à qui vous n'êtes rien,
Vous connaissait si gros et bète comme une urne ...
(Ed. Rostand,
Cyrano de Bergerac, acte 1er)

Nous apprenons que l'incorrigible M. Grandjean assumé la direction d'une soirée littéraire, théâtrale et musicale.

Autrefois, déjà, cet honorable professeur avait dit à la *Muse Erato* l'amour qu'il ressentait pour elle, – notre conscience nous force d'avouer qu'elle ne répondit jamais aux avances passionnées du latiniste.

– Hélas! –

Plus tard, il adressa ses hommages à Polymnie, la Muse aux blanches épaules, – mais celle-ci, non plus, ne rendit pas à l'écriviculet de la rue Saint-Léger, son étreinte désespérée.

– Hélas!!

Aujourd'hui, le «Solitaire» s'est épris violemment de Melpomène-la-Tragique, – mais nous devons confier à nos lecteurs nos craintes de le voir (une fois de plus) rester «*Grandjean comme devant*».

– Hélas!!!

Pointe-Sèche
(Charles-Frédéric Glauser)

1916

Actualités

Voilà trois siècles déjà que *Scarron*, par un matin gris, tandis que défilaient dans les rues les mousquetaires empanchés de Monsieur de Vivonne, écrivait en observant les premiers indices de la guerre civile:

Un vent de fronde
A soufflé ce matin,
Et je crois qu'il gronde
Contre... etc. ...

Je ne prétends pas continuer de citer Scarron, car ce burlesque français, ce burlesque classique ferait pousser des hauts cris à nos burlesques genevois, nos burlesques décadents. Et pourtant, ce vieux couplet badin redevient d'actualité. Une guerre littéraire éclatera dont nous voyons, même ici, les signes avant-coureurs.

Quel dommage que Péguy n'ait pas connu notre Genève littéraire, je veux dire cette fausse Genève, cette Genève qui n'est pas Genève, cette Genève pseudo-intellectuelle, cette Genève pseudo-artistique, cette pseudo-Genève. En quelques pages, en quelques lignes, il aurait appris aux professeurs poètes que le silence est le plus grand des biens pour qui n'a rien à dire. De sa prose noueuse, il aurait vertement rabroué les incartades de M. Chantre et les polissonneries épiques de M. Franck Grandjean.

Pauvres professeurs-poètes, pauvres petits garçons. Ou plutôt Charles Péguy ne les aurait pas même puni ces petits garçons. Il aurait eu le dédain sobre du vigneron pour les moustiques désagréables, du vignerons qui, de temps à autre, d'un geste large de sa main solide se débarasse des insectes gênants.

Pauvres petits insectes.

Ce que nous n'avons (malheureusement) pas pu voir à Genève, nous l'avons trouvé en Allemagne et en France. *M. des Lourdines*, le premier livre d'Alphonse de Châteaubriant, nous a donné la voix large et vibrante de la terre; Arnavielle nous a fait partager sa joie claire et simple. Pierre Lavergne nous a fait sentir, avec *Jean Coste*, les misères misérables. Nous avons appris à connaître des poètes profonds, des poètes terriens, des poètes vrais.

A Genève, si nous exceptons M. Henri Spiess et *quelquefois* M. de Ziegler, nous ne voyons que des disciples de François Coppée, des traducteurs inavoués, des compilateurs consciencieux et même (et c'est bien là le plus terrible), des adaptations désastreuses de Baudelaire. Un Baudelaire calviniste, – *Horribile dictu.* –

Comme nous luttons contre les tendances que mon vieil ami G. H. appelait si justement *l'art politique*, nous luttons contre cette poétaillerie de coussins, de crépuscules pâmés et de langeurs affectées. Un de ses échantillons les plus marquants, M. Marcel Abaire, intitulait ces tristes vers (car ce ne sont pas des vers tristes): «Sous un masque d'*ironie*». En supprimant ce mot d'*ironie*, qui s'est fourvoyé là bien à tort, nous aurons la caractéristique de cette malencontreuse école:

Sous un masque,

Masque de sentiment, masque de finesse, masque de beauté, masque partout. Rien n'est franc dans cette petite littérature, rien n'est vrai. La faillite de la spéculation intellectuelle en poésie s'affirme de plus en plus. Nous pouvons croire à un avenir littéraire débarrassé de ces émanations suspectes et nonpareilles. Des hommes se sont révélés, qui sentent, qui veulent et qui créent, c'est en eux que nous croyons.

Professeurs dramatiques et poètes ventriloquents, petits garçons, petits insectes, encore quelques frasques et vous disparaîtrez sous la poussière qui vous attend.

Pointe-Sèche

1916

Le Gong.
No. 1

Ce que nous voulons

L'œuvre d'action comme l'œuvre d'art blesse le plus violemment par ce qu'elle contient de vérité. Sa raison, son unique raison d'être. Ceux qui dominèrent le passé, ceux qui demeurent dans nos mémoires, sanglants et calmes, ce sont ceux-là qui furent sincères.

Pour être sincères, nous avons fondé notre revue. Pour cela seulement. Nous l'ouvrirons à tous ceux qui parlent selon leur cœur.

Que le poème soit un cri de vie, un rêve ou un blasphème, nous ne lui demanderons que d'être vrai.

Et puisque nous sommes nés dans un monde qui meurt, nous vivrons du moins notre agonie. Simplement.

Les rires peuvent s'ouvrir et la canaille clamer.

Nous garderons la volonté de n'écrire que la vie.

Car il est un vent qui souffle du large, fermant les rires, coupant les cris.

La solitude est vaine quand elle ne contient pas le monde en elle.

Ils ont fait de la solitude un métier, une réclame dont ils ont peur autant que de la mort. Pourquoi la craindre?

Il est vrai que nous sommes seuls, il est vrai que nous sommes des gouttes de néant cristallisées. Pourquoi le taire?

L'homme seul existe qui vit son amour et sa mort.

Pourquoi faire des fleurs de papier? Et des guirlandes?

Puisque l'homme est ce génie qui peut créer ses dieux. La solitude est son plus grand pouvoir car la passion d'amour est la solitude exprimée.

Sur la grève d'une mer, les rochers aux arêtes vives, les rochers de la vie, brisent l'élan des vagues. Et chacune d'entre elles rend diversement le même son grave. Ainsi les sentiments des hommes.

Nous dirons ces chants d'eau violente.

Georges Haldenwang
Frédéric Glauser

Le Gong.
No. 1

Poètes genevois

«J'apelle un chat un chat…»
Boileau.

L'art sincère est la raison de notre journal. Nullement une raison commerciale. Différencier le vrai du faux. Les relents m'écœurent, qu'ils viennent du bar ou du salon. Et de même cet abcès littéraire de bourgeoisie fétide. Il doit être crevé. Car la patrie de Petit-Senn, d'Amiel, de Marc et Philippe Monnier, de Gaspard Valette surtout mérite qu'on la défende contre la «poétaillerie» de leurs fils, qui la galvaudent aux carrefours sous prétexte de la chanter.

Ce sont des gens respectés ou respectables qui je critique, des gens arrivées et près d'arriver; peu me chaut leur couleur politique, leur vie familiale. Ce sont leurs ouvrages de littérature qui m'ont révolté. Contre eux seuls je m'exaspère. Au lecteur de vérifier mon jugement. Cette écrivaillerie pseudo-poétique semble pêchée en eau trouble ou détourné frauduleusement des grands poètes de France. La chanson douloureuse que Verlaine souffla dans ses pipeaux devient un tango frénétique, le blasphème âpre de Baudelaire se change en muflerie rimée.

Edouard Tavan

Je trouve le maître dans ses disciples. Dans la coupe d'Onyx, j'ai bu la tristesse frelatée d'un ennui morne. Ses amours slaves, auprès du papyros e Cogoulou et du samovar que la rime oblige à faire glouglou furent pour moi le sujet d'une douce hilarité. Je retiens de ses *Conseils à une élève* un ingénieux art poétique. Dans ce morceau de trois cent vers, E. Tavan prouve entre autre qu'il s'agit d'être bref en poésie. Les strophes de ce rimeur consciencieux tintent tel un grelot fêlé; le maître ignore la musique des mots, le son grave des syllabes. Penseur sans pensée, poète sans âme, il s'est affirmé par le goût carameleux de son style rappelant Coppée et Rostand. La sensiblerie remplace le sentiment et la prolixité le talent.

Elle file ses *fuseaux d'ivoire* au pied du maître. Le fil en est gris. Bonne ménagère, elle a l'habitude des longues sauces.

Elle file et file . . .

Omphale aux pieds d'Hercule.

Heinrich von Ziegler

Je l'ai connu jadis à Vienne. Il dînait souvent chez mon père. Le café pris, adossé à quelque guéridon, il lisait ses vers, le poing sur la hanche, Don Juan sans épée devenu familial. Il laissa là-bas d'inoubliables souvenirs pédagogiques et l'impression grotesque d'un rimeur orgueilleux.

Le genre «patriotard» est le plus accessible. Heinrich von Ziegler le choisit. Des critiques firent connaître son nom. La traduction feuilletonniste d'une œuvre de Spitteler mit le comble à sa popularité. Dès lors, il fut Henri de Ziégler. Cette mentalité d'arriviste littéraire visant à la notoriété fait penser à quelque sémite artistement commercial. Craignant pour sa réputation, il me pria, lors de mes articles sur Frank Grandjean, d'épargner son talent. Je ne m'engageai alors à rien, aujourd'hui je tiens à lui rendre justice.

Son volume de poèmes *L'Aube* (pourquoi cette reminiscence de Romain Rolland?) contient un soporifique intense, à vrai dire le seul apanage dont les muses aient doté cet aède genevois. L'éternel *ciel insondable*, le sempiternel *regret résigné, l'amour* qui, vous le devinez, est toujours *inassouvi, le désir* qui *brûle sans jamais s'éteindre,* la *voix du lac* qui berçait jadis Lamartine, *berce* encore Henri de Ziégler. Ne croyez-vous pas que *les yeux sont toujours plein de rêves* et les cœurs *pleins d'amour?*

Il aime sa ville natale à la façon d'un valet. Il constate que:

La science en ses murs s'ingénie et se plaît.

Digne adage d'un conseiller à la veille des élections. Mais un poète qui

attend qu'avec les ans croisse son envergure

doit avoir d'autres visées.

Henri de Ziégler est aussi poète religieux. Qu'il y a loin du mysticisme d'un Péguy à la divinité prédicante de ce pasteur ès lettres. Ce Dieu bénisseur n'est là que pour permettre au poète des vers complimenteurs tels qu'on les adresse au fonctionnaire républicain. Religiosité de petit mécréant qui voudrait bien entrer par quelque escalier de service dans le paradis dont il rêve. Coquetterie douloureuse au lecteur, mièvre.

La qualité de sa douleur fait le poète. Chaque homme différemment la ressent, doit l'exprimer sous une forme autre. Elle reste antiquement cruelle. L'optimisme tragique existe; on sent l'effort surhumain de l'esprit pour vaincre le malheur. Le pessimisme trahit une lutte. Mais le bourgeois médiocre, jouant et coquettant avec la douleur, le singe, faisant la grimace devant le miroir, est exécrable.

L'artiste influencé par autrui plagie, il n'est pas homme. Et *L'Aube* rappelle le phonographe antique aux rouleaux faussés. Ou plutôt quelque bloc gélatineux doucereusement idéaliste, affecté de «patriotarderie», arrosé de pensées sans goût; le collégien imprégné de calvinisme aride promène son regard plein de suffisante incompréhension sur le beau. Le type de l'artiste moderne, salonnard et poncif, à la voix mâle, tout de moustache. Le sentiment, à défaut de le trouver soi-même, se prend facilement chez ceux qui l'ont eu; Henri de Ziégler a cueilli nombre de mots rares dans quelque Larousse illustré, le dictionnaire de rime fut le compagnon assidu de ses heures d'insomnie.

De tout ce qu'ici bas je professe et je pense,
Nul ne peut m'adresser de blâme au nom des cieux.

L'affirmation pêche. Ziégler professe au Collège de Genève. Je doute qu'il pense. Et même penseur, ses idées m'inspireraient méfiance; les autres, les grands, dont il se sert, s'y montrent ridiculisés et méconnaissables.

La qualité de sa douleur fait le poète:

C'est toi Douleur, larve néfaste,
Sordide excrément de la nuit
Dont l'œil souille et la main dévaste
Qui de ta haine me poursuit.

Ce commis voyageur du beau déblatère sur ce qu'il ne peut atteindre. – L'art patriotique flatte l'instinct des masses, la haine des foules. Il détruit l'idée grande et falsifie le goût. Il est passager et décevant, il manque de grandeur. Il sert aux arrivistes. La haine d'un peuple contre son voisin peut être un sentiment fort; l'imprécation qu'elle fait jaillir en alexandrins, devient risible. Et la béate admiration des ruelles tortueuses et du lac bleu n'est que petitesse.

La place de barde patriotique était vacante. Henri de Ziégler l'accapara. La politique l'attend.

Je renvoie le lecteur aux articles parus sur cet éminent solitaire.

Von Gunten – Jean Violette

Viens ma chérie et donne une caresse
A ton amant qui toujours l'aimera.
J'ai du chagrin, viens ma belle maîtresse
Et ma tristesse
S'envolera.

Et bien non, ces vers ne sont pas d'Alfred de Musset. L'inévitable *maîtresse* qui *caresse* son amant, lequel est accablé d'une tristesse légère et qui d'ailleurs s'envolera, ce baiser de carte postale esquisse en quelques mots le sentiment faux et la détestable niaiserie de ce rimeur compilatoire. Rien de personnel, jugez.

Le *frais sourire* et les *baisers impurs* que la *lèvre en fleur* de Jean Violette donne à la Muse, l'*amour profond* qu'il *ressent pour sa noble patrie* s'égrènent sur une clarinette nasillarde au fil des pages: *les fleurs de la vie.* Poète pour rire, il s'indigne contre l'*infâme luxure* qui l'a plongé dans un vide cérébral, surnommé tristesse.

Plein de simplicité sans talent et sans art.

Dans le second hémistiche de cet alexandrin, l'auteur eut une révélation singulièrement nette de sa valeur personnelle.

Il a beaucoup lu Coppée. Mais au travers des strophes de Violette, vaguement s'esquisse la silhouette caricaturée d'un autre poète genevois, sincère et passionné, Louis Duchosal. La nerveuse sensibilité du *Rameau d'or* exploitée commercialement.

La pléiade genevoise, chantre de la majuscule, est vaguement classique, sagement symboliste, décadente avec pudeur. Rêves d'eau tiède. Dans chaque volume je trouve une élaboration recherchée, sentimentale à divers degrés, pompeusement appelée: Idéal. En les comparant chacune à chacune, j'eus la définition de ce que peut être l'âme des masses. Un poète français les eut assaisonnés d'esprit, un écrivain du Nord les eut poinçonnés d'humour, mais nos malheureux compatriotes n'en ont fait que petites laideurs moites.

Jean Violette est encore l'auteur d'une piècette malencontreuse et d'une plaquette criarde: *Le Roseau sonore.* Le prétentieux s'acoquine au burlesque. Cet auteur oublia qu'il faut être personnel pour manier la prose rythmée. Car, dépouillé des rimes qui soutenaient ses ailerons, son tour de phrase étale un lyrisme sucré.

S'il tient à gaver le public de son style, il serait bon que Jean Violette – von Gunten – relut Boileau. Il serait mieux encore qu'il fit graver en lettres d'or sur son établi:

Avant donc que d'écrire, apprenez à penser.

Marcelle Rueff-Eyris

Dans un tiède jardin sucré de réséda
la poétesse blonde chuchote ses vers aux sanglots des jets d'eau. *L'adamantin* sourire de ses yeux *smaragdins* distille *des rêves dissemblants.* Elle baise *d'un baiser d'adhérence infinie* dans un parfum de *jusquiame* le *convolvulus* (liseron). Des sentiments étranges pourtant, des douleurs vraies, submergées d'un flot d'expressions grandiloquentes, qui veulent passer à force de recherche, pour décadents et vicieux. Les ors amoncelées et le clinquant des pierreries trahissent l'origine sémitique de ces vers.

Afféterie et cosmétiques.

Je ne saurais oublier l'*Ami Chantre.* Sa *Vaine jeunesse* est la tendre fadaise d'un bourgeois falot. Je me serais dispensé de le mentionner ici. Mais l'attaque inconsidérée qu'il conférencia sur Claudel rappela certaine grenouille de La Fontaine; celle qui était en mal de grosseur.

Henri Mugnier ne m'occupera pas.

Charles d'Eternod (né Charles Eternod) donna quelques teintes mineures.

Belles Lettres oblige . . .

Marcel Louis René Abaire-Piachaud

Une autre forme des mêmes pensées. Le bouge rouge où bougent des gouges. Sectaire de Baudelaire, Piachaud, etc., n'a vu que le côté grotesque du blasphème. Une passion inutilement obscène se vautrant parmi des parfums visqueux. La cigarette des chercheurs d'inspiration côtoie le rhum des alcooliques. Poésies décevantes d'un esprit maladif imbu de déliquescence mal comprise.

Des vers d'un rythme ardent, de beaux vers même, rompent l'ivresse monotone de son masque d'ironie. Il se distingue de ceux que j'ai cité par le sens musical de certains poèmes et par une hardiesse originale d'expressions.

1916

Le Gong.
No. 1

Essais de méthode

Du pseudonyme

«L'anonyme en littérature est identique au chenapan dans notre société bourgeoise.»
Schopenhauer.

Manque de franchise, cachotterie, peur de scandale, terreur de la vérité: les fondements de notre société. En littérature plus que partout ailleurs, l'habitude du paravent qui masque l'auteur.

Les œuvres non signées, étiquetées d'un nom parfois noble sans noblesse héraldique, ne sont qu'absence de probité intellectuelle. Avoir le courage du nom reçu des ancètres, affirmer l'attache au passé, à ceux qui nous ont crées, nous ont fait ce que nous sommes. Sans eux, sans le long labeur de leur vie saine, leur renoncement à toute part cérébrale, nous ne pourrions exister, ni rêver. Ils furent parcimonieux pour nous rendre riches.

La valetaille a pris le dessus. Elle renie le passé. Honteuse du vieux nom rigide, au son peu harmonieux, mais vivant, elle choisit un autre parfumé de violette, sucré d'hypocrisie. Et l'ancètre la condamne; l'âme des foules, le nom faux se glisse en eux, empoisonne leur cœur, médiocre devient leur nature. L'artiste semble démériter en signant de son nom. L'opinion trouve honteux de penser. L'art est besogne malpropre dont il faut se cacher. L'opportunisme alors remplace le courage, la crainte du qu'en-dira-t-on détruit l'œuvre, pourrie de lâcheté en son fondement.

Israël, des siècles durant, conserva pure sa race. Ses fils en rougissent aujourd'hui. Ils veulent s'ennoblir, sembler chrétiens, appartenir au pays de France. Franz Wiener devient Francis de Croisset, Isaac Greggenheimer, Fernand Gregh. Edmond Flegh renie sa terminaison, et la poétique femme de lettres Marcelle Rueff devient Marcel Eyris. Georges de Porto-Riche affectionne le pseudonyme exotique. Le dégoût monte aux lèvres devant tant de lâcheté.

Peu nous appartient en propre.

La pensée seule est véritablement à nous. Affirmons ce que nous avons. Attaquons ouvertement ce que nous trouvons mauvais. Le pamphlet anonyme est le nain, coiffé du bonnet qui rend invisible; il donne les coups, sans moyen de défense pour l'adversaire. Mail il pleure quand il est démasqué, il crie grâce et grince des dents. Se battre, sans peur des coups, où la bataille est nécessaire. Ecraser le moustique qui pique dans l'ombre.

Que de pseudonymes à Genève.

De la critique

Encenser, enguirlander poliment, arroser d'eau de senteur, sans idées comme sans but, la critique moderne chante le long des routes poudreuses sa ritournelle d'opérette. Elle se croit positive, parce qu'elle branle le chef affirmativement. Elle exprime le sentiment des foules pour flatter; et, de son encensoir, montent des nuages fleurant bon, qui falsifient le goût et troublent l'esprit. Son rôle est inutile puisqu'elle ne guide pas; elle se borne à suivre le troupeau. La pensée qu'elle affirme est hybride car elle jette un pont entre la valeur commerciale et la valeur artistique. Elle se complaît dans le rôle du charlatan donnant louanges pour se faire admirer. Elle traque le client. A grands cris, elle demande la sincérité et prétend la voir fleurir à chaque pas.

Le vrai rôle de la critique positive et subjective me semble tel: Chercher dans l'œuvre d'autrui l'idéal de beau que nous portons en nous-mêmes. Le vers classique chantant, la poésie libre rythmant la danse plastique des images, la prose couvrant d'une tunique harmonieuse la pensée révélée; l'idéal que se dévoile en marbre nu dans l'aphorisme vainqueur. Sentir cela dans les œuvres d'autrui, faire vibrer ceux qui ne comprennent pas, en disant l'émotion ressentie, rendre accessible à la foule les trésors entrevus. Quand tous verront, la critique aura terminé son œuvre.

Ecarter le banal qui abonde impitoyablement. Et ceux-là surtout, les épiciers d'art, qui proprement vous empaquettent une pensée étrangère en des phrases prud'hommesques. Ceux qui écrivent à seule fin de gagner, ceux qui se servent des muses pour la traite des blanches. La banalité se sent, ne se définit guère. Elle n'est pas le cliché proprement dit. Elle délaie le pourpre en des teintes mineures d'aquarelle fanée. La banalité est le ballon gonflé de lieux communs qui fait monter le poète au succès de la centième édition. Brusquement il crève et s'abat.

1916

Le Gong.
No. 1

Divers

Nous n'avons pas voulu, dans l'article intitulé «Poètes genevois», englober M. Henri Spiess, artiste original, aux sensations nerveuses et affinées. Nous consacrerons une étude détaillée à l'œuvre de ce poète. Mais, dès aujourd'hui, nous prions M. Henri Spiess d'accepter l'admiration, parfois partielle, mais toujours sincère de ses livres.

Mlle Berthe Vadier, auteur de *Entre Chien et Loup* (pensées), de *Déjanire* (tragédie classique) et d'*Alkestis* (id.) mène à Genève une vie de philosophe désabusé. Jadis, elle eut son heure de célébrité. Elle cisèle son vers et sa phrase pour exprimer des pensées souvent mièvres et fanées, des myosotis séchés dans les *Essais* de Montaigne. Loin des clans qui assourdissent le public de leurs cris, elle vit, seule et âgée, occupée de livres, entourée de pastels. Une figure d'antan.

1916

Avis

Le Gong a trouvé nécessaire, dans son premier numéro, de faire *tabula rasa* des petits roquets poétiques qui aboient leurs vers à la lune. Le travail est fait, le sujet épuisé. Le prochain numéro contiendra des poèmes, des critiques, une nouvelle.

Sous le titre général, *«Les vivants du passé»*, *Le Gong* publiera successivement des portraits sous forme de sonnets, qui plus tard, paraîtront en volume.

Sous le titre d'*Essais de Méthode* nous offrirons à nos lecteurs de courtes réflexions littéraires en forme de pochades.

Nous avons cru devoir mettre à la disposition du lecteur des abonnements de propaganda pour toute la Suisse (2 fr.). Dans quelques mois, nous élèverons le prix des abonnements tout en laissant à nos premiers abonnés le prix de faveur auquel ils auront contracté le leur. Pour toute question d'abonnement s'adresser à l'Imprimerie Jent, Boulevard Georges-Favon, 11 et 26.

Disposant de plusieurs collaborateurs suisses à l'étranger, nous pourrons donner une vue d'ensemble de la marche des idées contemporaines d'art et de littérature. Dans un des prochains numéros, nous comptons analyser l'œuvre de littérature moderne allemande, celle-là seulement qui sut ne pas mêler la haine à l'art.

Pour suivre la bonne tradition du *Forum* de *Wilhelm Herzog*, *Le Gong* ouvrira une rubrique dans laquelle il recommandera des ouvrages qui lui paraîtront dignes de lecture. Cette rubrique dépendra uniquement de la direction et ne pourra, en aucun cas, être affectée à l'annonce payante.

La Direction.

1916

Le Petit

Conte

Voilà ce qui est arrivé ... non je ne comprends pas encore le pourquoi; mais le fait est qu'il s'est enfui, loin, bien loin de moi; il a quitté la maison paternelle et je ne sais pas où il couche maintenant; peut-être sous un pont et il meurt de froid, et de faim aussi probablement. Vraiment je ne comprends pas. Qu'est ce que je t'ai fait, mon Dieu, pour que tu me rendes si malheureux. Je l'ai élevé tant bien que mal; est-ce ma faute si sa mère est morte lorsqu'il avait cinq ans, que des institutrices l'ont élevé ensuite, des coquettes qui voulaient m'épouser? Je ne me suis pas laissé tenter, j'ai pensé à lui, qui me laisse seul maintenant, tout seul. Pourtant j'ai fait ce que j'ai pu. Je l'ai surveillé, je l'ai sermonné et je l'ai fait prier aussi. Je ne comprends pas. Il va rentrer maintenant, d'un moment à l'autre je suis sûr. Il pleurera beaucoup je pense et moi je resterai froid. Il n'est que huit heures. Depuis midi je n'ai rien mangé. Je n'en peux plus. Hein? vous disiez? Ah, c'est vrai, je suis seul; il m'a semblé pourtant que quelqu'un causait, là, près de moi. J'ai peur de devenir fou. C'est ce piano là en bas qui m'énerve, qui ne me laisse pas penser tranquillement, retrouver mes idées. Cela s'est passé ... attendez donc que je me souvienne. Oui, hier ma mère m'a raconté qu'il avait volé deux francs à la femme de ménage. Il n'a que douze ans et il vole. Mais que deviendra-t-il plus tard? Je ne lui ai pas dit adieu ce matin lorsqu'il est parti pour l'école. Il a bien dû penser que je savais tout. Il m'a regardé avec de grands yeux étonnés. Pourtant, s'il n'avait pas volé, si ma mère s'était trompée, non, ce n'est pas la première fois qu'il vole. Ah! si c'était la première fois! je ne l'aurais pas jugé, comme ça, sans réflexion! Je lui aurais parlé, je me serais expliqué. Non pas d'explication, celà rabaisse l'autorité paternelle; quand on veut élever un enfant on le fait obéir, on le punit s'il n'est pas sage. Ma mère m'a encore répété cette règle de conduite l'autre jour. Moi-même, j'ai été élevé de cette façon, j'ai pourtant ma situation aujourd'hui. Mon père me menait à la dure, il avait raison. La Bible prescrit également: «Punis tes enfants ...» comment déjà? Je ne me rappelle plus. J'ai le cerveau vide comme un tonneau soufré. Et le catéchisme est si loin. Ce piano va me rendre fou. Vous ne voulez pas vous taire? Je me plaindrai. Vous disiez? Que j'ai été trop dur avec lui, que je ne l'ai pas aidé à surmonter la tentation? Mais qui prétend ça? Il me semble toujours que quelqu'un parle à côté de moi. C'est le surmenage, certainement. Huit heures de classe aujourd'hui, quatre le matin, quatre l'après-midi. Quel plaisir de donner des cours l'angoisse au cœur. C'est un cliché ce que je dis là. Et cet infâme petit juif, ce Hofmiller qui vient réclamer à propos d'une erreur de chiffre. Je l'ai envoyé promener. Il m'a regardé avec des yeux tellement étonnés, comme l'autre ce matin. Où peut-il bien être maintenant? J'ai passé à la police pour avertir. Dieu sait où il est. Dieu? Ah, est-ce qu'il sait quelque chose celui-là. Il ne dit jamais rien, il reste muet là-haut dans son ciel. Tandis que nous ... Et pourtant j'ai toujours fait mon devoir, je me suis sacrifié pour mon enfant. Je les lui ai fait comprendre maintes fois, tous les sacrifices que je faisais pour lui rendre la vie plus facile. Après la mort de sa mère ... oui quel beau temps. C'est curieux je l'aimais, oui, beaucoup. Un jour, j'avais vingt-quatre ans, je lui ai mis les patins, je l'ai regardée, elle m'a regardé – il fait froid ici. La femme de ménage n'a pas allumé le feu. Je la mettrai à la porte dès que l'occasion s'en présentera. Accuser mon fils de vol. Ce n'était certes pas vrai, elle voulait se venger peut-être, il aimait à lui jouer des farces le petit ... le petit. J'aurais dû lui demander une explication ce matin? Vous croyez? Mais je ne pouvais pas. J'avais si mal à la tête. Voilà qu'ils commencent à jouer du Strauss maintenant, la Chauve-souris, oui; abominable. Il aime la musique le petit. A Noël il m'a fait la surprise d'apprendre par cœur une sonatine. Il joue bien déjà pour son âge. Noël il y a trois semaines et maintenant ... Tiens des pas dans la rue; il va rentrer; bien sûr c'est lui. Non, les pas sont trop lourds. Ils s'éloignent ... rien. Ma mère devrait être rentrée. J'aime autant qu'elle ne rentre pas. Elle me ferait encore la morale «punition de Dieu parce que je n'ai pas été à l'église depuis trois ans». Mais je ne peux plus y aller, depuis cette dernière fois quinze jours avant mon second mariage. Brr, il fait terriblement froid ici, et dehors il pleut, pleut toujours. Pardon? Vous disiez? Ce que le pasteur a dit? Mais qui me pose des questions? Personne ... C'est curieux; hallucination auditive. Le pasteur avait pris pour texte: «elle n'est pas morte mais elle dort». L'inscription sur le tombeau de ma pauvre Minne. J'ai sanglotté, je suis sorti de l'église. J'étais sur le point de rompre mes fiançailles. Et puis, je ne l'ai pas fait; j'ai pensé à lui, à lui qui me laisse seul maintenant. Oh, quand il rentrera il apprendra quelque chose. La seule manière d'élever les enfants c'est encore de les fouetter. Jamais je ne l'ai fouetté – ou bien rarement, seulement quand il avait fait de trop grandes bêtises, des crimes presque. Il était pervers cet enfant. Il n'était pas franc. Moi je n'ai jamais menti, j'ai été loyal toute ma vie. Avec lui particulièrement. Quelques fois j'ai dû lui mentir naturellement, mais au fond on ne peut pas appeler cela mentir. On ne peut pas tout dire aux enfants. Heureusement que ma femme ne rentre pas aujourd'hui. Il vaut mieux qu'elle reste chez ses parents. Non, je n'aurais peut-être pas dû me marier une seconde fois. Peut-être qu'il était jaloux le petit. Hum, jaloux. On n'est pas jaloux à son âge. On ne pense pas encore, c'est à peine si l'on sent. Moi, à douze ans je travaillais aux champs. Le mouvement corporel chasse les idées malsaines. Mais il n'est pas fort, pas du tout. Il avait été malade à six ans, une méningite. Voilà, je n'ai pas tâché de le comprendre, de le soutenir au moment de la tentation. Il était tellement seul toujours. Tiens, huit heures et demie. Et toujours rien. Je transpire maintenant et j'ai froid. Vous prétendez que le père doit être l'ami de son fils? Mais vous ne connaissez rien à la vie. Vous, là près de moi, qui ricanez et qui m'agacez avec des réflexions idiotes. Vous n'avez pas besoin de vous cacher, on vous entend assez. Seulement je ne sais pas qui vous êtes, montrez-vous que l'on puisse vous reconnaître. Mais vous êtes lâche et vous me calomniez là dans l'obscurité. Je ne sais pas avec qui je parle; il n'y a personne. Mais vous dites que mon fils, qu'est-ce qu'il fait le petit, qu'est-ce qui lui est arrivé, il est quoi? qu'est ce qu'il est?

Tiens, on frappe. Une grosse voix. Ce n'est donc pas lui. Un homme de la police. On me demande? Je viens. Bonjour Monsieur. Triste nouvelle? Ah vraiment. Il s'est noyé dites-vous? Dans le lac? Un accident, certainement, certainement. Personne n'a pensé au suicide? Naturellement, on ne se suicide pas à son âge. Voilà pour votre peine. Vous ne pouvez rien accepter? Alors un verre de vin à la cuisine ... De rien, de rien. Vous l'apportez, dites-vous? Bien ... Maintenant je reste seul, tout seul.

1916

Littérature Romande

Le Mystère d'Abraham tiré de la Bible par F. Chavannes

La jeunesse littéraire genevoise, qui fleure la sensiblerie tisannée, submerge les librairies sous un flot d'élucubrations poétiques. On en diagnostiquerait la mort à bref délai de toute littérature romande. Pourtant le canton de Vaud continue à donner des œuvres qui méritent l'attention du public. Fernand Chavannes écrivit outre *Guillaume le Fou*, que l'on connait à Genève pour ne l'avoir pas compris (cela sortait un peu trop de l'habituel *Contrôleur des wagons-lits*, du mélodramatique Bataille et de *Quaker Girl*) un *Mystère d'Abraham* intéressant.

Le protestantisme, comme forme de pensée, a perdu, depuis Frommel, l'habitude de prendre une place dans la littérature. Les doux sirops orgeatés et les potions calmantes que M. Frank Thomas déverse hebdomadairement sur un cercle de fidèles, peuvent plaire à certaines âmes doucereuses, habituées aux décoctions outrageusement sucrées. Réunis en périodique ils portent au loin, sous le titre de «bonne nouvelle» des pensées peut-être excellentes, mais bien croûtes de fromage religieuses; ces écrits bégayés dans un jargon de salutiste parlant le patois de Canaan, me semblent dénués de tout sens mystique même rudimentaire. Je veux croire à la sincérité de M. Thomas; il ne pourra jamais prétendre à quelque gloire mystique ou littéraire. Sa personne est pour moi le symbole de l'esprit religieux qui anime les petits traités suaves d'âmes médiocres. Du haut de leur piédestal argileux ils méprisent le pauvre troupeau humain qui se fatigue le cerveau pour en extraire quelque pensée neuve. Il est facile de dédaigner, de se contenter de moules bien façonnés, où l'âme se sent à l'aise. Les Bernards-l'Ermite de la religion.

Le Mystère d'Abraham, religieux de par son inspiration, s'oppose aux fadaises enbaumées d'une religiosité en décadence. Je dis cela pour les gens qui ont l'habitude de confondre religiosité avec religion. Il est éloigné de même des mystères esthétiques de Claudel. Les personnages de l'*Annonce faite à Marie* s'aiment, se détestent, croient ou blasphèment un peu falotement. La beauté de l'œuvre est faite d'une simplicité qui sent l'effort.

Chavannes s'inspire du terroir. C'est là la grande qualité de son œuvre, ce n'est pas l'unique. Les hommes chez lui vivent, ils sont des types de paysans, depuis Abraham jusqu'au moindre serviteur. Les femmes ne sont pas des saintes ou des démons, elles sont humaines, primitives. Tous parlent une langue dénuée d'artifices, la langue du peuple, enrichie d'images simples, qui rythme ses phrases en danse harmonieuse. C'est un tour de force. Les expressions vaudoises donnent une saveur de terre mouillée à la pièce. Je ne vois que des paysans pour jouer les rôles de cette pièce, les cabotins y seraient bien mal à l'aise.

L'idée principale, l'abdication absolue de la raison devant la foi, est concrétisée en la personne d'Abraham. Je voudrais immédiatement faire une réserve sur le caractère de cette foi, insister sur la différence fondamentale de la foi du croyant et de celle du mystique. Le caractère d'Abraham se dégagera plus clair des constatations faites. La foi du croyant est uniquement utilitaire; elle est matérielle et pour cela même dénuée de toute métaphysique. Les bienfaits que Dieu veut accorder au croyant, en retour de son obéissance, sont tangibles, ici-bas et dans l'au-de-là. Lui seul croit posséder la paix véritable, pouvoir condamner l'ignorance des humains qui l'entourent au nom de ce préjuge. Il juge dogmatiquement de toute manifestation, son orgueilleuse assurance trouve inutile tout essai de compréhension. Il a pétrifié les paroles vivantes pour en faire des pièces de condamnation. La vie ne l'intéresse pas, tant qu'elle ne peut se plier à son doctrinaire schéma. Une fois pour toutes, il a souloué une partie de la félicité éternelle et, régulièrement, le dimanche, il paie son terme en allant à l'église. Dieu par contre lui doit assistance en conseiller prudent. Le croyant journellement marchande, critique, fait des reproches. Donnant – donnant, sa maxime.

Le mystique, au contraire, ne cesse jamais d'être en contact avec Dieu. Il se sent humble et petit, il voit son abjection grande et s'en pénètre, durement. Fort de son incertitude, il abdique toute révolte. Dieu et lui sont solidaires, ils ne font qu'une seule et unique personne. Le mystique tout entier passe en la divinité choisie et Dieu entre en lui. Le croyant et son conseiller sont tout à l'opposé. Ils conversent comme deux personnes fort différentes, liées par un contrat commercial. Le croyant ne lutte jamais pour un idéal; il est satisfait. Sa foi ne saurait transporter des montagnes, puisqu'elle n'arrive pas même à transformer son être. Le mystique jamais ne lutte *contre* Dieu, il lutte *avec* Lui; c'est la différence fondamentale de ces deux mentalités.

Deux exemples, qui feront peut-être mieux comprendre ces conceptions différentes. Pour Jean Christophe *(Le Buisson ardent)* Dieu combat; il n'est pas dans son ciel, omnipotent et rigide; d'après Baudelaire:

Comme un tyran gorgé de viandes et de vins.

Il doit, tout comme nous, lutter pour son existence. Ce n'est que par la lutte continuelle qu'il peut exister. Ceux qui s'attachent à lui, ceux qui croient en lui, sont des aides qui bataillent sans relâche contre son principe contraire. Ils paient de leur vie pour conquérir leur droit d'existence. Nulle part il n'est parlé de récompense matérielle. C'est en nous-mêmes que nous portons les bienfaits de Dieu. Cette conception divine bannit toute dévotion servile; elle est refusée aux églises dogmatisées, qui ont cessé de chercher la vérité individuelle, dans chaque homme, qui veulent schématiser toute conception spirituelle en la faisant devenir machinale. La religion n'est plus un événement psychique d'une grande portée intérieure, elle reste sèche à l'état de cliché bien appris. Moïse fut un croyant, toute sa religiosité reposant sur des bienfaits matériels immédiats, a dû répugner aux grands prophètes, qui eux n'ont pas eu cette âme sémite. Nos églises formées en sont là maintenant. Elles ne savent plus combattre, n'ayant jamais appris à connaître la religion et le mysticisme personnel. Nous sommes loin de Léon Bloy qui veut consoler Dieu dans son affliction et dans sa solitude et de Verlaine

Mais donnez-moi la force et l'audace sereine
De vous être à jamais fidèle comme un chien.

Abram concrétise l'âme du croyant. Abraham, le mystique qui cherche Dieu et qui l'a compris. Abram personnifie l'esprit de l'ancien testament. Jamais il n'envisage un Dieu abstrait; toujours Elohim ou Jehovah est personnifié, il a les traits essentiels de l'âme juive. Chavannes s'est pénétré de cet esprit marchandeur. Puis sur ce caractère sec vient se greffer la confiance mystique, le besoin de sacrifice tout chrétien. Il s'agit d'offrir Isaac en holocauste à l'Eternel.

Les bêtes des champs, les oiseaux de l'air, les poissons de la mer.
Nous mêmes, il nous anime de son souffle. Qu'il ôte son souffle et nous redevenons pareils à cette cendre du chemin...
Il est donc juste et raisonnable que nous fassions sa volonté en toutes choses
Que nous acceptions sa volonté, si dure soit-elle, que nous fassions sa volonté jusqu'à la mort.

Puis:

Non pas ce qui je veux, Seigneur, ce que tu veux.

Chavannes a voulu faire d'Abraham le père véritable de Jésus et non le patriarche de la nation juive. Il ne pouvait faire autrement, ayant lui-même un esprit mystique. Il est intéressant qu'il ait pris pour descendants d'Abraham les figures les plus poétiques de l'ancien testament. Booz, nouvel Abraham, et Ruth, nouvelle Agar.

Moissonnant où il a semé et semant à leur tour, fidèles, confiants et purs.

David, plein de foi et Bethsabée, Salomon, pleins de sagesse et la Sulamite.

Abraham sent la mort venir, il a peur de l'Ange sombre.

Voici que j'ai peur! j'ai peur en entendant venir l'Ange de la Mort;
Sans doute que son aspect est effrayant et son pas m'épouvante.

L'Ange d'autrefois s'approche:

Est-ce toi?... Ainsi donc l'Ange de la Mort est le même que l'Ange de la Vie!

Je te reconnais bien... Voici qui j'ai déjà moins peur et je t'ai assez connu pour ne plus avoir peur.

Abraham est un croyant d'abord, est un mystique ensuite. A vrai dire, très peu mystique. Mais sa foi est belle par les accents simples qu'elle prend parfois; c'est un Abraham qui connaît déjà Jésus, un patriarche sémite vu à travers le nouveau testament. L'idée première de Chavannes a dû être une reconstitution exacte, suivant la bible. Mais en écrivant le vieux juif peureux qui donne sa femme aux rois des pays par lesquels il passe, est devenu un type de nos jours, un paysan qui aime simplement lorsqu'il voit celle qu'il aime. Il a des affections paternelles et il en parle. Saraï, l'acariâtre mégère, parfois le fait souffrir, il ne s'en plaint pas. Il reste identique à lui-même, sans se développer; l'âme, un peu rapace, a parfois des élans de grande envolée. Il a rusé, il a trompé pour acquérir des richesses et pour échapper aux dangers, mais il a cru. Bien matériellement, mais il a eu la foi. La foi du croyant presque toujours, qui lutte et marchande avec son Dieu, mais une foi sincère, primitive. Et c'est là le grand mérite de Chavannes. Avoir écrit un mystère aux qualités dramatiques et lyriques, sans développement psychologique, dans lequel on doit chercher des pensées profondes, cachées. Puis d'avoir greffé là-dessus l'amour pur et simple du grand patriarche pour sa servante égyptienne Agar.

ABRAHAM: *J'ai pris une biche du désert, j'ai pris une gazelle sauvage.*
Je tiens mon amie par la main, par le petit doigt je tiens mon amie.
Et tantôt à moi je l'attire, comme une branche chargée de fruits,
Et tantôt de moi je l'écarte, comme un bouquet pour mieux voir.
Un bouquet de marjolaine, un bouquet de thym fleuri.
Et quand elle est loin, j'ai envie de la vie, et quand elle est près, j'ai envie de mourir...
Comme une fleur que j'ai cueillie sur mon chemin aride, une fleur foncée de violette et je l'aspire;
Comme un fruit dans la bouche, dans la journée de soif,
Et comme la fraîcheur de nuit après la chaleur du jour.

Il faut réserver les compliments laudatifs aux médiocres. Il faut comprendre les forts. J'insulterais Chavannes en le louangeant à la façon des journaux pseudo-littéraires.

De Seize à Vingt
Poésies, par P.-L. Matthey

Quand je suis obligé de me salir les mains dans l'eau de relavure que secrètent les cerveaux des versificateurs d'aujourd'hui, quand je vois la Muse qu'ils invoquent chaque jour à chaque heure, revêtir une robe délavée par les pluies de soixante saisons, calcinée par toutes les fanges du plagiat, j'aime à relire les poèmes de P.-L. Matthey. Je ne chanterai pas un dithyrambe et ne découvrirai pas un génie nouveau, auréolé de grâce printanière, je voudrais tout au plus faire connaître un talent que le grand public condamne pour ne pas le comprendre et que les petits cuistres parnassiens surbaveront de fiel envieux. Trois points essentiels, trois points négatifs qui seuls déjà devraient montrer la personnalité de Matthey. 1. Manque absolu de *patriotarderie*. 2. Manque absolu de petites maîtresses midinettes, de bar, de gouge, de fange. 3. Manque absolu d'école littéraire, point de dédicaces aux maîtres de cénacles. Un poète, qui une fois, ôse être lui-même.

Cela montre trois dégoûts chez ce poète. Le dégoût du public, du gros public, du public des assemblées électorales et des banquets cantonnalement admiratifs, le dégoût plus profond encore de la bohême littéraire, le dégoût enfin des admirations respectivement laudatives que l'on se concède mutuellement de vieux poètes à jeunes rimailleurs pour entrer par la grâce des noms connus (pour s'infiltrer) dans l'estime du public bien pensant, ami de la tradition. Ce sont les trois grands dégoûts pour lesquels on peut admirer un poète. Matthey a des qualités plus positives.

Il n'est pas parnassien, il n'est pas symboliste. Il est lui. Il est sincère. Il est pécheur et le sent. Il a compris la tragique existence du poète. «Les poètes ne sont pas des corps glorieux.» Une citation de Suarès en tête du volume montre l'état d'esprit.

Ces vers s'avancent d'un pas lourd en criant bien haut leur souffrance. Il sont grands ces vers et mal dégrossis. Mais leurs yeux sont pleins d'images recueillies. Tous ont une âme cachée, faite de beauté incomprise et de courage inutile, de courage d'un *«tiers de chandelle»*. Ils s'en vont humblement sans le secours des grands mots à majuscules, parfois blasphémant sans conviction (il fait si triste aujourd'hui) parfois pleurant ingénûment sur le péché qu'ils portent en eux. Et devant leur procession désabusée l'homme marche, qui leur a donné une âme de souffrance. Il marche très lentement le long des ornières trop parallèles, un mort sur les épaules. Le cadavre devient plus lourd à chaque pas nouveau et plus dur à porter, car la déception le nourrit et le péché le grandit. Le mort grimace «Il me ressemble, mais il n'est pas moi puisqu'il est né du vice qui me consume. Il n'est pas même mon frère, il est mon moi mauvais.» Les joies qu'ils rencontrent sur sa route, il n'osera les goûter, le baiser sera trop fleuri. La volupté trop grande demande le suicide.

Le goût du péché originel est de cendre amère et toute nourriture portée à la bouche possède ce goût de fiel. La beauté n'existe pas quand l'âme est triste et la vilenie assombrit les couleurs. Il faut laisser chanter seulement la voix intérieure et la guider de temps en temps. La douleur fait désirer la solitude, elle répugne aux contacts journaliers de l'humanité trop commune. Pourquoi le poète s'occuperait-il aussi de ceux qui l'entourent, lorsqu'il porte l'humanité en lui? Je n'ai jamais compris les poètes sociaux; leur personnalité doit être médiocre pour ne pas oser la chanter. Ils devraient déborder d'eux-mêmes. On a toujours méconnu le lyrisme. L'idéal de poésie pour le public a toujours été l'anecdote rimée à la Coppée, ou le drame historique en pompeux alexandrins à la Victor Hugo. Verlaine est venu, ils n'ont pas compris sa douleur, et Laforgue est mort à vingt-sept ans inconnu, parce qu'il avait sangloté trop ironiquement.

Matthey a délibérément choisi le chemin de l'impopularité, qui mène loin des pensionnats de jeunes filles et des prix Valette et Rambert vers la considération de quelques pauvres dilettantes, à jamais inconnus.

Peut-être ce chemin-là vaut-il mieux que la grande route du journalisme.

Egalité constante du commencement à la fin du livre. Une fausse note seulement, le *divertissement*, dont je n'ai pas compris l'utilité. Un grand élan d'ironie nocturne dans la pollution tragique du triptyque amoureux. Et le merveilleux «art poétique» confession, manifeste lyrique, programme, événement intérieur, profession de foi.

Me voici, affalé, ouvrant en vain mes doigts,
Ayant pris mon parti d'être plus seul qu'un arbre
Que la nuit charge de grèle, d'espace et de nuages
Me voici plus glissant que l'air entre mes doigts
Et sentant étiré tel que la corde tendue
A me peindre un décor pour qu'il restitue.

Je ne sais pas faire de réserves et je serais ridicule de vouloir critiquer Matthey. Je me borne à l'aimer en entier pour m'avoir procuré quelques émotions profondes, non pas esthétiques, mais intérieures.

Et comme le soir, ayant remis sa veste, courbant la tête
Les poings pendants, l'air absorbé,
Parcourait lourdement les sentiers embourbés
Vers les fermes où les vaches qui rentrent sonnent la retraite
Je suis reparti sur le fuyant chemin
O toi qui m'écoutes – et je suis déjà si loin
Qu'il est bien inutile de me faire des signes avec la main...

1916

Curiosités

M. R. Piachaud nous avait adressé à l'occasion de notre premier numéro une lettre fort grossière que nous laissâmes sans réponse. Ce Monsieur s'étant avisé de faire courir sur notre revue des bruits suspects de manœuvres politiques, nous lui avons nettement signifié l'impression fâcheuse que nous suggérait sa conduite. M. R. Piachaud ne répondit pas à notre mise en demeure et nous croyons que sa *prudence* le fait agir ainsi pour le mieux de ses intérêts. Nous ne reviendrons pas sur sa rancune de collégien fouetté.

M. Charly Clerc a monopolisé la demi littérature suisse-allemande à Genève. Quelques amis de Zurich nous signalent ses adaptations fâcheuses qui méconnaissent l'esprit véritable du *Schweizerland* et certaines critiques témoignant de la complète incompréhension picturale de ce pion-doctrinaire.

Le comité directeur de la fondation Schiller a décidé l'achat de cent exemplaires de *l'Epopée du Solitaire* de M. Grandjean. Encore quelques années et l'édition s'épuisera peut-être.

La rédaction de *Pages d'Art* félicite ce même Frank Grandjean du succès inespéré de son «beau poème». Nous voulons croire à une erreur d'impression.

La Direction.

1916

3 *Fragmente*

[Aus einem Essay über Léon Bloy]

Nur großer Schmerz kann große Werke schaffen. Erst wenn die Seele zerfleischt ist, kann sie ihren letzten Tropfen Blut in ein Kunstwerk verwandeln. [...]

Dirnen werden zu Heiligen, nur im Volk findet man wahre Größe. Man muß mit jenen leben, die nur ein Kleid haben, das verwaschen ist von unzähligen Regengüssen, steif ist von jahrelangem Schmutz, um Menschen zu finden. [...]

Der einzige moderne Dichter Frankreichs, der hinuntergestiegen ist und gelebt hat im Elend, Jéhan Rictus, hat die Mystik der Armut verstanden. [...]

Bestehen bleibt nur das ewige Gesetz des Mitleids mit den Verkommenen, die größer sind als alle Ruhmvollen dieser Welt, weil sie erkannt haben ihre eigene Schlechtigkeit. [...]

Mystiker und Katholik, nicht ästhetisch wie Claudel, sondern überzeugt, durchdrungen kämpft Bloy. Die einzige Sicherheit dieser Welt sind überlieferte Prophezeiungen: die der Apokalypse und die, die noch heute gegeben werden von reinen Jungfrauen (Notre Dame de la Salette). [...]

Die Skepsis Anatole France' war Tradition. Léon Bloy ist eine Ausnahme, ein Anachronismus. Seine Sprache ist die Rabelais', er gehört ins Mittelalter, das er liebt. Sogar nach Byzanz. In ein Mittelalter, wo man betete und das Land pflügte, stetig in Angst, Christus könne auf die Erde wiederkehren. Wo noch Mitleid war und selbst die Blutigsten vor Gott sich beugten. [...]

Den bissigen Hohn hat er von seinem Lehrer, dem letzten Aristokraten, dessen große Gestalt den Himmel ausfüllt, Barbey d'Aurevilly. Von ihm hat Bloy den Haß gegen Bourget. D'Aurevilly war der letzte Kritiker Frankreichs, der noch verstand, mit Worten zu peitschen und mit Sätzen zu töten. Er spielte den Satanisten, um den Bourgeois zu ärgern, war gläubig, die letzte Stütze der Kirche. [...]

1917

Der Märtyrer

Herr Geiermann rasierte sich; da er nervös war, schnitt er sich ins Ohr. Blut rann in rotem Faden auf das geblümte Nachthemd, und auch der Seifenschaum färbte sich rot. Herr Geiermann fluchte laut, schämte sich aber hernach, denn seit kurzem erzog er sich zu Sanftmut und Dulden.

«Herein», rief er und betrachtete die runden Formen der eintretenden Wirtin mit Wohlgefallen. Dann zog er sich eilig hinter den Tisch zurück, denn er wollte die nackten, behaarten Waden verbergen, die sehr lächerlich aus dem kurzen Hemde ragten.

«Ein Brief für Sie», Frau von der Lunds Stimme war schlecht geölt; mit ihren feuchten Blicken aber schien sie den staubigen Tisch sorgfältig abzuwischen.

«Oh, vielen Dank», Herr Geiermann war verlegen. «Sie haben vielleicht die Güte, ihn auf den Tisch zu legen. Sie sehen, ich bin noch ganz ... noch ganz ... im Négligé.» Er hatte einen Mantel erhaschen können und hüllte sich eilig in ihn.

«Vor mir brauchen Sie sich nicht zu genieren», die krächzende Stimme versuchte mütterlich sanft zu schmeicheln. «Denken Sie doch, ich habe ja einen erwachsenen Sohn, den habe ich lange pflegen müssen ... und überhaupt, ich war doch verheiratet, da weiß man mit manchem Bescheid.»

«Schon gut, liebe Frau», lehnte Herr Geiermann weitere Erklärungen ab, «legen Sie nur den Brief auf den Tisch, und lassen Sie mich meine Toilette beenden.»

Frau von der Lund schob sich zur Tür hinaus, und alles wogte an ihr: die fetten Schultern spannten den Stoff der schmutzharten Nachtjacke, der Rock bauschte sich, faltenlos und grün, eine lautlose Glocke.

Herr Geiermann öffnete den Brief mit großer Hast, besah den Inhalt und stützte sich dabei auf den wackligen Tisch; der quäkte wankend. Doch dies drohende Geräusch störte Herrn Geiermann nicht. Sein Blick war gläsern, als er folgendes las:

Geliebeter Bruder in dem Herrn!

Vor allem weiteren, der Herr sei mit Dir!

Große Kümmernis ist kommen über die Menschen, und verdunkelt ist ihnen der Weg des Himmels. Denn der Herr unser Gott hat nommen von ihnen die Klugheit und sie getaucht in die schwärzeste Finsternis. Nun ist Trübsal eingezogen in ihre Herzen, schwach ist worden ihr Wille. Dich aber, viellieber Bruder, hat Gott begabet mit Stärke, wie einstens er dem Simson gegeben hat fliegenden Haarwuchs und große Kraft, auf daß er werde ein Schrecken den Philistern und Ungläubigen. Du nun bist ausersehen, den Streit zu beginnen gegen den Widersacher, Du sollst der Schwamm sein, der reinigt die Tafeln der Seelen und auslöscht die Schrift, die Satanas hat daraufgeschrieben mit roter Kreide. Dann erst wird Gott Seinen Willen daraufschreiben können mit weißer Kreide.

Vielleicht, Bruder, als ich Dich sah zum ersten Male, tat mein Herz einen lauten Schlag, als wolle es sagen zu mir: «Dieser ist des Herren Auserwähleter.» Und starke Liebe ist in mir gewachsen für dich. Unscheinbar scheinst du zwar, sündhaft bist Du wohl noch und zuweilen kleinmütig. Doch der Herr wird Dich groß machen, denn sein Wille ist es, daß Du große Dinge verrichtest. Gar oftmals hat der Herr mir dies im Traume eingegeben. Darum sei stets bereit, sein Streiter zu sein, verzage nicht und fliehe den feigen Wankelmut.

Der Herr sei mit Dir, mit uns allen. Also sei es. Mit großer Liebe schließe ich Dich in meine Arme und drücke Dich innig an meine Brust. Empfange den Bruderkuß Deines

Tobias Walz

Nachschrift: Zwar nähret sich mein Geist von Gottes Wort, doch mein Leib ist schwach geworden in letzter Zeit, da stets Hunger meine Nahrung war. Darum spende mir etwelches aus Deinem Überflusse und sende mir eine kleine Gabe. Fürchte nichts, denn Gott wird es Dir wiedergeben tausendfach, nach seinem Worte, so geschrieben steht.

Herr Geiermann faltete das Blatt zusammen, weiß wurde seine Nase und seine Augen klein, die blutleere Unterlippe hing schlaff aufs Kinn: Herr Geiermann dachte nach. «Eigentlich ist Gott ja ein sehr schlechter Bankier, vor allem ein sehr unsicherer.» Doch kaum hatte er diesen Gedanken klar begriffen, als seine Ohren glühend und seine Hände feucht wurden: Er bereute die verborgene Sünde, die Gotteslästerung in seinem Herzen, kniete nieder neben dem Bett, vergrub den Kopf tief in die noch warmen Leintücher und betete zu Gott um Vergebung. Eine kühle Hand fühlte er über seine Haare streichen. Das Wunder erstaunte ihn nicht; freundlich lächelnd nickte er seinen Dank zur Zimmerdecke. Dann besah er seine Füße, die weiß und platt waren; Hühneraugen glotzten auf den beiden Daumen. Schwach und mager waren die Waden, schwärzlich behaart; nie hatten die widerspenstigen Knie sich berühren wollen, so daß die Beine sich in Kurven nach außen wölbten. Darüber sprang der Bauch unvermittelt und spitz vor. Herr Geiermann wunderte sich, daß Gott gerade ihn ausersehen hatte, Großes zu tun; Gott war doch mächtig, konnte Länder vertilgen und Berge versetzen. Millionen Jahre waren Ihm nur ein Tag. Wie sollte Er ein so geringes Werkzeug gebrauchen können wie ihn, den kleinen Postbeamten Geiermann, der selbst kleine Pakete nur mit Mühe trug, dem ein Bureautag schon ewig zu währen schien. Doch gedachte Herr Geiermann, im übrigen verheißener Hilfe zu vertrauen, und eilte in sein Bureau auf verschnörkeltem Weg, der sich faul an alten Häusern rieb.

Auf Herrn Geiermanns Pult lag eine Vorladung. Der Vorgesetzte wünschte den Untergebenen zu sprechen. Herr Geiermann wunderte sich, daß er keine Furcht empfand. Früher war er derartigen Aufforderungen zitternd nur gefolgt, mit trockenem Mund. «Gottvertrauen stärkt», murmelte er, nahm den abgegriffenen Hut vom spitzen Kopf, um Stirn und spärliche Haare zu trocknen. Dann folgte er dem erhaltenen Rufe.

Er mußte sich mühsam durch den Briefträgersaal winden, wo an hölzernen Tischen nacktarmige Männer saßen, die nach Schweiß und schmutziger Wäsche rochen. Einige erkannten Herrn Geiermann und grüßten ihn mit lautem Zuruf und kräftigem Handwinken. Schüchtern antwortete dieser; dann erfuhr er, sein Gesuch um Pensionierung sei angenommen, er dürfe sich nun zurückziehen und ein ruhiges Alter leben nach fünfundzwanzigjähriger treuer Dienstzeit. Oberflächlicher Dank wurde ihm zuteil, dann erlaubte man ihm, sich zurückzuziehen. Als er den Raum verließ, war die Haut seiner Wangen zu den feuchten Augen gezogen: dies war Herrn Geiermanns Lächeln.

Langsam schritt er durch breite Straßen, vergrub die eine Hand in faltenreicher Hose, während die andere mit der dicken Silberkette spielte, die über gewölbtem Bauche hing. Herr Geiermann betrachtete die Auslagen und erwog bei sich, ob er nicht etwas kaufen wolle. Da er allein war, ohne Verwandte oder Freunde, liebte er es, sich selbst zu beschenken, um des Gebens Befriedigung und des Empfangens Freude auf diese Weise zu vereinigen und beides zu genießen. Ein Bild zog ihn vor allem an; ein Kornfeld stellte es dar, bärtige Männer durchwanderten es. Voran schritt der Führer, den ein kleiner Vorsprung nur von den Folgenden trennte, in altertümlich biblischer Tracht, das Haupt umgeben von einem Heiligenschein. Herr Geiermann kaufte das Bild, ließ es sorgfältig in braunes Papier packen und trug es beglückt nach Hause.

Es roch nach Fett und gebräunten Zwiebeln, als er die Wohnungstür aufschloß. Am Küchentisch saß Frau von der Lund und nähte Krawatten; dies war ihr Hauptverdienst. Nebenbei wickelte sie auch farbenreiche Bonbons in durchsichtiges Papier. Da sie schlecht bezahlt wurde, war sie Sozialistin.

«Der Herr Geiermann», sagte Frau von der Lund, und ihr Erstaunen ließ die begonnene Krawatte zu Boden fallen. «Der Herr Geiermann», murmelte sie nochmals.

«Ich bin pensioniert», erwiderte Herr Geiermann und steckte den Zeigefinger zwischen Kragen und Hals, denn er wollte sich Haltung geben.

«Da darf man wohl gratulieren»; Frau von der Lund stand auf und schüttelte kräftig, mit roten Wurstfingern, Herrn Geiermanns zarte weiße Hand.

«Ich danke Ihnen, liebe Frau», meinte dieser und ging in sein [Zimmer.]

[Textlücke]

[. . .] Herrn Geiermann nach einiger Zeit die Stammbank des Tobias Walz wurde. Einmal nun sagte Tobias Walz, auf einen Sperling deutend:

«Sie säen nicht, sie ernten nicht, sie sammeln nicht in Scheuern, und ihr himmlischer Vater ernähret sie doch.»

Nach diesem Ausspruch glaubte Herr Geiermann, sein Nachbar müsse ein heiliger Mann sein; und obwohl Tobias Walz schmutzige Kleider und zerrissene Schuhe trug, bezeugte Herr Geiermann ihm Ehrfurcht. Tobias Walz riet seinem neuen Jünger, ein leeres Leben mit Nächstenliebe und Gottvertrauen auszufüllen. Herr Geiermann versuchte dies, und der Glaube wurde eine Stütze für ihn, an dem er sich aufzurichten vermochte; die stets gleichen Tage waren weniger hoffnungslos und schienen ein Lächeln zu versuchen.

«Die Liebe des Herrn ist allgegenwärtig», sagte Herr Geiermann und schloß die Tür des kleinen Zimmers. Dann wischte er beide Hände am Taschentuch ab, denn die Klinke war mit einer Fettschicht überzogen gewesen.

«Sie sei auch in deinem Herzen», erwiderte Tobias Walz mißmutig und nagte geräuschvoll an einer Wursthaut. «Ich reiche dir nicht die Hand, viellieber Bruder, denn augenblicklich verlangt mein sterblicher Leib nach Sättigung.» Damit nahm Tobias Walz eine andere Wurstschale und zeigte weiße Zähne. Groß war die Nase, weit vorspringend und schnabelförmig. Zurückgekämmte schwarze Haare und fünf breite Furchen ließen die gewöhnliche Stirn hoch und bedeutend erscheinen.

Herr Geiermann setzte sich aufs Bett, das schmutzig und zerwühlt war. Schmerzhaft stieß er mit dem Schädel an schiefe Wand.

«Soll ich Ihnen vielleicht einige Nahrung holen, Herr Walz?» Herrn Geiermanns leise Stimme zerbrach fast vor Ehrfurcht.

«Es ist nicht nötig, viellieber Bruder; mein Leib zwar ist herrisch, doch will ich ihn zwingen mit dem Geist.»

Herr Geiermann fühlte Gewissensbisse. Er hatte reichlich gespeist, obwohl er dem Herrn weniger eifrig diente als Tobias Walz. Und dieser treue Knecht mußte kümmerlich sich nähren von Wurstschalen. Herr Geiermann öffnete in der Tasche eine alte Lederbörse, zog mit zwei Fingern ein Silberstück heraus und legte es auf den Tisch, dicht neben Tobias.

«Der Herr wird es dir lohnen dreißigfach», sagte dieser. Dann knüllte er das fette Papier zusammen und warf es durchs kleine Fenster. Klatschend fiel es in dunklen Hof.

«Lasset uns danken dem Herrn für Seine Güte.» Tobias legte den Kopf auf gefaltete Hände. Aus dem Treppenhaus schalt eine schrille Frauenstimme in die Stille der Kammer. Herr Geiermann faltete auch die Hände, doch der Trost des Gebetes war ihm versagt, denn ihn quälte die Furcht vor kommenden Dingen.

«Und nun, viellieber Bruder», sprach Tobias, «habe ich dir zu verkünden große Freude, die uns beiden widerfahren ist.» Die Reden des Apostels waren stets breitausholend, die hohlen Hände an den wogenden Armen schöpften aus der Luft die überzeugenden Worte. «Unser Herr, welcher da ist der Christus, der Gesalbete, hat mich besucht heut zur Nacht und mir Bedeutsames mitgeteilt, welches auch dich betrifft, o Bruder.» Viel zu klein war das Zimmer für die lautschallende Stimme des Propheten. «In Seiner Gnade hat unser Herr mir mitgeteilt, *du* solltest, obgleich klein und unscheinbar, Sein Heil und Namen künden vor aller Welt.»

Herr Geiermann saß blaß und erfüllt von Furcht auf dem Bett und entfernte einen Kerzenflecken von seinem Rockärmel. Er konnte stets nur zwei Worte denken: «O Gott, o Gott!» Doch Tobias sah gar nicht mehr auf seinen Jünger, starr hingen seine Augen an einem kleinen Kruzifix, das einsam fror auf grauer Wand.

«Du bist unscheinbar und gering, schuldlos ist dein Geist, wie der eines Kindes.»

«Das stimmt», dachte Herr Geiermann und hörte nicht mehr zu. Still zogen die einsamen grauen Jahre seines Lebens vorbei. Stets war er zu schüchtern gewesen, die Liebe eines Weibes zu begehren. Nur einmal – und wieder begannen Herrn Geiermanns Ohren zu glühen – hatte er spätabends auf der Straße eine weinende Frau getroffen. Mitleidsvoll war er stehengeblieben und hatte versucht zu trösten mit ungeschickter Rede. Die Klagende hatte erzählt, sie sei ausgewiesen und wisse nicht, wo sie schlafen solle. Herr Geiermann hatte sie in seine Wohnung geführt und ihr sein Bett angeboten; er selbst verbrachte die Nacht auf dem Sofa wachend und lauschte mit unbekannter Freude den Atemzügen, die grauen Staub jahrelanger Einsamkeit zu vertreiben schienen. Als am nächsten Morgen Frau von der Lund gegen verderbte Sitten predigte, wies ihr Herr Geiermann mit ausgestrecktem Zeigefinger die Tür. Noch einmal mußte er die Frau trösten, die wieder schluchzte; er hatte ihr blondes Haar gestreichelt mit furchtsam zitternder Hand, ihr dann Geld gegeben und sie gebeten wiederzukommen, wenn es ihr schlecht ginge. Aber auch heute verstand er noch nicht das sonderbare Lächeln, mit dem die Frau von ihm Abschied genommen hatte. Spöttisch war es gewesen und verachtend.

«Und nächsten Sonntag», rief Tobias aus, aufspringend, «wirst du Zeugnis ablegen vor versammeltem Volk. Viele Herzen wirst du wiedergewinnen, die verloren waren oder verirrt, und sie wieder zuführen dem guten Hirten.» Hart krachte die Faust auf den wackligen Tisch, als Schlußpunkt der langen Rede. Tobias stand aufrecht, die Brust gewölbt, und gesträubte Haare berührten die niedere Decke.

«Wenn Sie denken, Herr Walz, daß ich unserem Herrn etwas nützen kann, bin ich natürlich gerne bereit ...» zaghaft stotterte Herr Geiermann und zog die blauen Socken straff, die über die Schuhe geglitten waren.

«Der Herr hat mir's eingegeben im Traum», sagte Tobias sehr streng. Nach dieser Bekräftigung verstummte Herr Geiermann.

«Nun wollen wir einen Psalm anstimmen zur Ehre Gottes.» Tobias überreichte Herrn Geiermann ein beschriebenes Blatt. «Von mir selbst in Reime gebracht», schmunzelte er stolz. Dann stimmte er an:

«Wie der Hirsch nach Wasser schreit
Wenn er fühlet Durstigkeit
Also rufet täglich, fromm,
Meine Seele: Herr, o komm.»

Wie tiefer Orgelton, voll und dröhnend, sang Tobias Walz. Die falsche Okarinastimme des Herrn Geiermann pfiff seltsam dazwischen.

Eigentlich fühlte Herr Geiermann Stolz, als er das schmutzige Treppenhaus verließ, sein Gang war unnatürlich steif. Er fühlte eine niegekannte Kraft; diese zwang ihn, den Blick gen Himmel zu heben. Er sah sich schon stehen auf hoher Kanzel, von der er die zahllos versammelte Menge überblicken konnte; Worte sprach er zu ihr, die weise wären und bedeutungsvoll. Das Volk war aus weiten Fernen herbeigeeilt und lauschte lautlos, atemlos erwartend die verheißenen Wunder. Denn er würde auch Wunder verrichten, er, der kleine Postbeamte, ihm würde der Herr borgen Seine Allmacht; Sein Geist würde durch seinen Mund sprechen und durchschüttern die Menschen. Doch plötzlich wieder schämte sich Herr Geiermann und murmelte, ob seines Hochmuts Reue fühlend: «Dein Wille geschehe.»

Herr Geiermann zog seinen besten Anzug an. Der bestand aus einem alten Gehrock, der in steifen Falten bis zu den Knien fiel, aus einer grauen Weste und engen Beinkleidern von gleicher Farbe. Zu gestärktem Hemde trug er Umlegkragen, an denen man fertige schwarze Krawatten bequem befestigen kann durch bloßes Hineinschieben. Die Manschettenknöpfe trugen ein weißes Kreuz auf rotem Grunde; dies war Herrn Geiermanns Art, Patriotismus zu zeigen. Dann las er in der Bibel, sitzend vor neuerworbenem Bild, zur Stärkung der Andacht. Er wäre gerne zur Kirche gegangen, mehr aus Neugier denn aus Frömmigkeit; er hätte beobachten wollen, wie man predigen muß, um Seelen zu erwecken aus langem Schlaf. Doch Tobias hatte stets nur mit Verachtung von den Kirchen gesprochen: Heuchler seien dort zu finden und Lügner. Darum beschloß Herr Geiermann, nach Beendigung seiner stillen Andacht in den Wald zu gehen, um dort über seine Sendung nachzudenken.

Es war heiß und staubig; der neue Strohhut bedrückte Herrn Geiermanns Stirn, die Hühneraugen schmerzten in den engen knarrenden Stiefeln. Auch war er mißmutig, weil nur alltägliche Gedanken sich träge schleppten durch seinen Kopf. Frau von der Lund sah er vor sich, die mit spöttischen Blicken sein neues Bild gemustert hatte, es ein Zeichen des uralten Aberglaubens nennend. Denn sie war stolz auf ihr Freidenkertum. Dann mußte er seines Freundes Tobias Walz gedenken, der gekommen war, um Geld zu fordern für verschiedene Anschaffungen. Herr Geiermann aber fürchtete diese Anschaffungen. Endlich war er wütend auf sein Rasiermesser, das ihn geschnitten hatte dicht unterm Mund. Ein Pflaster klebte auf der Wunde und würde am Nachmittage vielleicht seine Zuhörer reizen zu billigem Spott.

Herr Geiermann faßte einen plötzlichen Entschluß. Er wollte versuchen, hier in der Einsamkeit zu sprechen. Bäume sollten seinen Worten lauschen, Gräser auch, stumme Ameisen und surrende Käfer. Er richtete sich auf und versuchte die Brust zu wölben; doch gelang ihm dies nicht, die Rundung seines Rückens preßte die Schultern nach vorn. Da stellte Herr Geiermann sich auf die Fußspitzen und begann seine Rede; es kostete ihn viel Mühe, die Worte deutlich zu formen und sie kraftvoll dann gegen ein Ziel zu schleudern. Drei Sätze vermochte Herr Geiermann hervorzupressen zwischen ungeduldigen Lippen; dann stockte er und vermochte nur noch abgehackte Silben zu stottern. Beschämt schwieg er, denn er fühlte großes Mißfallen an sich selbst. Doch tröstete er sich schließlich: Mangel an Publikum allein sei der Grund seiner Schwäche. Regungslos standen die Bäume um ihn, stumm, und zeigten kein Interesse für welterlösende Gedanken. Dem bekümmerten Herrn Geiermann ward es klar, daß ihm jene Gewalt des Wortes fehle, die vor Zeiten die Tiere des Waldes zu den Füßen eines Heiligen gezwungen hatte. Doch jener Heilige (traurig dachte Herr Geiermann an ihn) hatte alles verkauft, was er besessen hatte, und den Erlös unter die Armen verteilt. Da schämte sich Herr Geiermann seines Gehrockes und seines Guthabens auf der Bank; freudig faßte er den Entschluß, morgen noch das Geld der Armut als Opfer darzubringen. So stark war in ihm der Drang, selbst ein Heiliger zu werden. Nachdem er jedoch die Stadt wieder erreicht hatte, speiste er in einem vornehmen Restaurant, denn er fühlte, stark müsse der Leib sein zur Vollendung der heiligen Sendung.

Tobias Walz hatte nur dürftige Anschaffungen gemacht: einen weißen Küchenstuhl. Die Enttäuschung des Herrn Geiermann war groß; er hatte von tuchbehangener Kanzel geträumt, im Schatten einer hohen Linde. Von duftendem Blütenregen, der als milder Schleier seine kantige Gestalt sanft verhüllen würde, [...]

1919

[Text bricht mit Seitenende ab.]

[Ohne Titel]

Denn ich bin gekommen, den Menschen zu erregen wider seinen Vater ...
Matth. Kap. 10, 35
Der Vater wird den Sohn dem Tod überantworten, und die Kinder werden sich empören wider die Eltern und ihnen zum Tode helfen.
Matth. Kap. 10, 21

1. Nacht

Sie meinen, ich sei alt, sehr alt sogar? ... Sie täuschen sich, mein Herr. Mein Körper ist dreißig Jahre alt, genau dreißig Jahre. Ihr Lächeln ist unnötig. Denn selten ist der Geist jünger als der Körper; ich aber fühle, daß ich schon gelebt habe seit dem Beginn der Welt, falls man von einem Anfang und von einem Ende überhaupt reden kann. Betrachten Sie die Symbole bitte, den Kampf Satans mit Gott, des Lichtes mit der Finsternis. Nicht alte Gemeinplätze will ich Ihnen erzählen. Ich bin die Finsternis, mein Herr, darum kleide ich mich schwarz. Ich schlafe des Tags, weil das Licht mich stört, weil der Tag die Heimat ist der zufriedenen, ordentlichen Geister, der Berufsmaschinen, die nicht kräftig genug sind, zu keuchen unter strenger Arbeit. Ich aber wache des Nachts. Denken Sie nicht, ich wolle Sie belästigen mit Exkursen über unbekannte finstere Mächte, die des Nachts ihr Spiel treiben. Ruhig ist die Nacht und schwarz; kennen Sie eine größere Gewalt als die Ruhe, eine stärkere Farbe als das Schwarz? Sie lächeln beständig, ist dies Ihre Gewohnheit, oder belustige ich Sie? Wer sind Sie eigentlich, daß ich mich gezwungen fühle, Monologe zu halten vor Ihnen? Mir scheint, Sie seien gar nicht vorhanden, ich sei allein hier im Zimmer und säße vor einem goldumfaßten Spiegel. Mein Lächeln ist Ihr Lächeln, nicht wahr? So oft spricht man vom zweiten Ich, und Höflichkeit ist nötig auch gegen sich selbst.

Wenn Sie ein Fremder wären, würden Sie manchmal nicken? Das scheinbare Verständnis, das andere uns entgegenbringen, ist doch meist nur ein Mißverständnis. Ich paradoxiere, meinen Sie. Das Paradox ist eine verwerfliche Gewohnheit. Die Wahrheit sollte man suchen, immerwährend, vielleicht findet man sie einmal, durch Zufall nur, wahrscheinlich. Aber nie bei Tag, wenn die Augen zwinkern in hellem Licht. Die Wahrheit ist ein Punkt, starren Sie darauf, wenn er grell beleuchtet ist ... er verschwimmt, wird undeutlich. Doch lassen Sie den Punkt leuchten in schwarzer Finsternis, er wird einen Strahl aussenden, stechend, der Sie trifft mitten zwischen den Augen. Er durchbricht ihr Gehirn, spießt es auf, und Ihre Augen blicken starr. Dann langsam drehen die Augen sich, bis nur die weiße Hornhaut noch hervorschimmert zwischen langen Wimpern. Und Sie betrachten Ihr Gehirn, sehen lange verschlungene Gänge, die größer werden, Schritte hallen darin, und Gestalten sprechen zueinander. Nicht Gespenster, o nein. Korrekt bekleidete Leute in langen Gehröcken, Zylinder sitzen auf kahlen, gefurchten Stirnen. Und alte Frauen, weißhaarig, die falsche Zähne zeigen und dünne Lippen verschieben, zwischen denen das Zahnfleisch glänzt, rosa Porzellan.

Sehen Sie den Herrn dort am Boden. Das Gehirn hat möblierte Zimmer. Lächeln Sie nicht immer. Ich habe Sie zu keiner spiritistischen Sitzung eingeladen. Das Zimmer, ich sehe es genau, ist sehr geschmacklos. Ein grünes Sofa spreizt sich in der Ecke, und der verschnörkelte Schreibtisch ist braungelb, ganz neu. Sehen Sie das rote Löschblatt? Ein zerbrochener Federhalter liegt darauf, dick, aus weißem Rohr. Und der Tintenfleck auf dem weißen Papier hat kleine Ausläufer, die nach den Ecken deuten. Wie? Einen Bartzipfel sehen Sie auch? Ein Kopf liegt auf dem Schreibtisch. Nun bemerken Sie auch einen runden Rücken, gelb gekleidet in weichen Schlafrock. Oben ringelt sich ein braundunkler Rand. Ein wulstiger Hals, rot, mit gelben Pickeln besetzt. Der Anblick ist durchaus nicht schön. Sie möchten wissen, wer dieser Mann ist?

Dies ist mein Vater. Darf ich vorstellen: Herr Professor Dr. Eugen Huber, ehem. Rektor der Handelshochschule Köln – Herr ... wie ist doch Ihr Name? Sie möchten ungenannt bleiben? Wie Sie wünschen. Herr Professor – ein guter Freund von mir. Vater, so hör doch. Er rührt sich nicht. Er war immer unhöflich, zeit seines Lebens. Nun, er wird uns nicht stören. Eine kleine Zwischenfrage, bevor ich weiterspreche. Glauben Sie, daß Mord unter keinen Umständen erlaubt sei? So, nur Notwehr lassen Sie gelten. Ich möchte Ihnen nämlich einen Fall zur Begutachtung vorlegen, einen schwierigen Fall. Diesen Mann dort habe ich getötet; der Kürze halber will ich ihn Vater nennen, obwohl diese fünf Buchstaben so sinnlos sind wie alle Worte, an die sich festverankerte Begriffe klammern. Sie denken sofort, nicht wahr:

«Ehre Vater und Mutter, auf daß es dir wohlergehe.»

Sie lernten noch nicht, daß man Begriffe auflösen kann. Ehren sollen Sie die Eltern, dankbar ihnen sein, wofür? Für Ihre Geburt? Für das zweifelhafte Glück, Sauerstoff einzuatmen ein paar tausend Mal im Tag? Für das noch zweifelhaftere Glück, mitzugrunzen in einer großen Versammlung unreiner Schweine? Um für diese Beschäftigung den Titel Professor oder Doktor zu bekommen? Wenn ich solche Ansichten äußerte, in höflicher Rede, glauben Sie mir, sagte mein Vater, auch er war Professor: «Du bist zynisch.» Nun ist jeder, der die Wahrheit sucht einfältigen Geistes, ein Zyniker. Man darf nicht laut sagen, was leise man denkt. Auch wenn die Wahrheit Ihnen die Augen ausbrennt, schweigen und lächeln müssen Sie, knien vor althergebrachten Götzen, denn Friede soll sein auf Erden.

So lange riefen sie Frieden, bis das Morden kam; Sie glauben wohl, meine Absicht sei, Ihnen pazifistische Vorträge zu halten. Im Gegenteil. Krieg will ich, für die Wahrheit, falls es eine gibt, für die Wahrheit und nicht für abgegriffene Gemeinplätze.

Doch hören Sie mir zu. Eine Geschichte, so banal wie möglich, die Geschichte meiner Jugend. Nur die Kraft fehlte mir, sie hinauszuschreien, sehr laut, [um] andere zu werben, die geschwiegen haben, umlernten und ihren Geist vergewaltigten im Dienste der Majorität. Kennen Sie das große steinerne Grab, weißgetüncht, nach Fäulnis stinkend, das die Erde bedeckt? Von Menschengehirnen erbaut, nach neuesten Gesetzen der Statik, unsprengbar feststehend, bis die Zeit erfüllt wird. Alles haben die Gehirne brauchbar gemacht, um den Mörtel anzurühren, der unverwüstbar die Steine zusammenhält. Und wenn verzweifelt ein großer Prophet anrennt gegen diesen Bau, sein Blut verspritzt, kommen die Gehirne angekrochen, verdünnen mit gelbem Schleim das rote Blut – und gebrauchen es für ihren Bau.

Ich habe eine Methode gefunden, diesen Bau zu sprengen, gewiß, in die Luft zu sprengen, daß Bauchfetzen fliegen, schwartig, weißfett, daß Papier wieder zu Leim wird und auf ewig verstummt die menschliche Sprache. Mein Herr, Sie sind unwissend über die Maßen, wenn Sie jetzt lächeln. China mit den raffiniertesten Marterinstrumenten ist ein Paradies. Wir haben diese Tortur des Wortes erfunden, des ewig geplapperten Gemeinplatzes, wir haben die *Familie*, mein Herr, den Hühnerstall, in dem Millionen nützliche Mitglieder der Gesellschaft ausgebrütet werden. Dort wird der «denkende» Mensch erzogen, der Titeljäger, die Majorität wird dort gezüchtet und der Vaterlandsverteidiger. Wissen Sie, was Ihnen bevorsteht, wenn Sie nicht mitgackern in diesem Hühnerhof? Das Irrenhaus, mein Herr.

Verworren ist meine Rede, und Sie fragen sich, ob ich es nicht verdient hätte, eingesperrt zu werden mit verkannten Königen, unverstandenen Propheten und sonstigem Gesindel. Demütig soll man sein, nicht wahr, eingestehen, man sei ein armer Sünder, und zu Gott flehen um Mitleid. Ich beuge mich gern, mein Herr, aber nur vor Großen. Und einem gebührt meine Ehrfurcht, dem, der sagte vor zweitausend Jahren:

«Ich bin gekommen, den Sohn zu erregen wider den Vater.»

Denn Er allein erkannte die Wurzel des Übels, an dem wir leiden. Doch, wahrlich ich glaube, wir sind nicht mehr fähig, Schmerz zu empfinden, denn allzu mitleidig sind wir gegen uns selbst.

Es dämmert draußen, hören Sie Schritte hallen? Nicht auf der Straße. In Ihnen. Sie entfernen sich, und ich möchte schlafen. Ich sagte Ihnen schon, mein Vater wird uns nicht stören. Er rührt sich nicht mehr, kann sich nicht mehr rühren, he, he, und warum? Doch schweigen Sie lieber. Ich werde Ihnen erzählen, warum ich ihn tötete.

2. Nacht

Pünktlich sind Sie gekommen. Warten Sie noch einen Augenblick, bis die Väter schlafen. Die Luft ist gesättigt von den Ausdünstungen ihrer Leiber. Sie haben die Sonne verdunkelt mit dem falschen Glanz ihrer Augen. In Dörrkammern verwahrten sie ihre Seelen, bis sie einschrumpften, klein wurden und bequem unterzubringen waren in Briefordnern.

Warum ich gegen die Väter spreche die ganze Zeit? Weil mein Vater mich töten wollte. Also doch Notwehr, meinen Sie? Aber nicht im gebräuchlichen, rohen Sinne. Nicht handgreiflich, verstehen Sie wohl. Durch Gehirnsekretionen, wie ich Ihnen schon andeutete. Und andere Väter schleimten mit, bis ich mich nicht mehr rühren konnte. Da wurde ich spitz und dünn wie die Schlange. Und tötete meinen Vater. Sie sind der erste, dem ich dies erzähle, und Ihrer bin ich sicher. Sind Sie doch ein Teil meiner selbst.

Meine Geschichte? Ich beginne. Noch eins: Das Gegenständliche meiner Erzählungen hat keinen Wert. Es sind Anekdoten, die etwas beweisen sollen. Ich sei schwatzhaft? Entschuldigen Sie, wenn man Selbstverständlichkeiten erklärt, ist man immer weitschweifig.

Ich war sechs Jahre alt, als ich zuerst an überkommenen Begriffen zu zweifeln begann. Wir wohnten in der Nähe von Linz, in einem Bauernhof. Der Besitzer des Gutes hieß Heidenschwung, war groß, mit rundem

Tomatenkopf und Henkelohren. Er hatte zwei Söhne. Der eine war klein und kalkweiß, mit nachschleppendem Fuß und braunen tränenden Augen, der andere dürr, mit nassen roten Lippen und blauen Onanistenringen unter den Augen. Diesen liebte der Vater. Der andere, kalkweiß, jedoch wurde gequält, täglich fünf- bis sechsmal. Der Vater ergriff die beiden Ohren seines Sohnes wie gewöhnliche Topfhenkel, hob den Jungen in die Luft, schüttelte ihn, bis er schrie mit hoher Mädchenstimme. Die Ohrläppchen aber waren vom Kopfe losgetrennt durch diese sonderbare gymnastische Übung und baumelten, roten Wollappen gleich, blutig zu beiden Seiten der strohblonden Haare.

«So muß man Kinder erziehen», sagte mein Vater und strich seinen Bart. «Du mußt dankbar sein, daß ich nicht so mit dir verfahre. Dies zeigt meine große Liebe zu dir.» Ein wenig erstaunte ich ob solcher Aussprache und meinte, er scherze. Nur seine Augen schienen mir sonderbar. Hart und starr die Iris, wie geöltes Pergament.

Eines Nachmittags jedoch fand meine Stiefmutter in der Küche ein angebissenes Stück Fleisch. Ganz deutlich erkannte man die Spur breiter Zähne. Man brachte meinem Vater den Teller zur Begutachtung. Er sah auf mich, und ich errötete, wie immer, wenn er mich anstierte mit leblosen blauen Augen. Im Blick lag der Ausdruck einer gewissen Tyrannei, unbewußt vielleicht und ihm selbst nicht deutlich, der einschüchterte und zu Geständnissen trieb unbegangener Vergehen. «Das hat Karl gemacht», räusperte er sich, schnalzte mit weißen Fingern. «Nicht wahr?»

«Nein, ich bin's nicht gewesen», sagte ich, und es war auch tatsächlich so. Meine Augen aber wichen aus, denn die gelbe Hornhaut, besetzt mit roten, grellplatzenden Punkten, war unschön und mir unangenehm.

«Jetzt lügst du schon wieder», knisterte seine Stimme. «Du bist es gewesen, sag es doch, man muß offen sein gegen die Eltern, keine Geheimnisse vor ihnen bewahren und vor allem ...» sein Zeigefinger, braunbeflaumt, stach auf mich ein, «... vor allem darf man nicht lügen.»

Das Zimmer war unerträglich erfüllt von jener Atmosphäre, die ich «Väteratmosphäre» genannt habe. Über brauner, bösartig verschnörkelter Kommode starrte grell eine Jägerlithographie auf mich, grüngelb mit verzeichneten roten Hunden. Die beblümte Tapete war gallengrün, besät von schwarzen Tupfen.

Meine Stiefmutter saß aufrecht neben meinem Vater, mit rotem, spitzem Gesicht, und ruckweise schnellte sie von Zeit zu Zeit den Kopf zurück. Die hohe schwarze Frisur schwankte über braungesprenkelter Stirn.

«Du mußt auf deinen Vater hören, der es gut mit dir meint», sang sie mit trauriger Stimme, «und ein guter Junge sein, der nicht lügt.» Ihre spitze Stimme überschlug sich, wenn sie zu hoch sang.

«Ich kann doch nicht sagen, daß ich etwas getan habe, wenn ich es nicht getan habe», meinte ich. Doch war ich überzeugt, innerlich, von meinem baldigen Geständnis, denn Ruhe brauchte ich, und Flucht schien mir nötig aus bedrückender Umgebung.

«Du mußt bedenken, mein lieber Sohn», milde und gütig flossen die Worte unter dem Schnurrbart hervor, so süß, daß ich erwartete, die Haare würden zusammenkleben von allzudickem Syrupfluß, «daß wir, deine Eltern, die Dinge, wie sie liegen, viel besser beurteilen können als du; jung und unerfahren, wie du bist, kannst du ja nicht wissen, daß meine Behauptung, du seist schuldig, auf ganz sicheren Gründen ruht. Sage uns deshalb offen und ehrlich, warum du dies Fleischstück genommen hast; ich werde dich weniger streng bestrafen, wenn du ein Geständnis ablegst.»

Sehr ruhig betrachtete ich meinen Vater; zwischen den Knöpfen der Hemdbrust sah man ein Stück Haut, braun behaart. Ein Knopf des Hosenladens war abgerissen; ein weißer Hemdzipfel starrte aus der Öffnung. Runzlig fielen blaue Socken auf goldbetreßte Pantoffeln. Weiß war sein Gesicht, mit geöffneten tropfenden Poren; und grau klebte eine fette Locke auf der welligen Stirn. «Groß muß das Gehirn sein, ungeheuer, mit Saugkraft ausgestattet. Ich darf mich nicht rühren, sonst werde ich verschluckt, hoffnungslos. Schlauheit ist nötig. Eingestehen muß ich den Diebstahl, um frei zu werden. Was sind Worte? Niemand aber kann mir die Sicherheit rauben, im Recht zu sein meinem Vater gegenüber.» Noch einmal sagte ich ruhig, versuchsweise nur und die Wirkung meiner Worte beobachtend:

«Ich habe es wirklich nicht getan.»

Doch meine Stiefmutter nickte rot und spitz, ärgerlich den Kopf schleudernd, während mein Vater mit dem langen Daumennagel der rechten Hand die Nägel seiner Linken putzte.

«Das Leugnen nützt dir gar nichts, ich bin informiert.» Dann schlug er mit flacher Hand auf den Tisch. Doch als er, nach augenblicklichem Schweigen, wieder beginnen wollte mit Drohungen und lächerlichen Himbeerphrasen, fühlte ich Überlegenheit und absolutes Recht, mich über ihn lustig zu machen. Denn komisch schien er und wenig ehrfurchterweckend, besonders da er überzeugt schien, recht zu haben und Macht der Verurteilung.

«Nun ja», klanglos schien mir meine Stimme, «nun ja, ich habe es also getan.»

«Siehst du nun, daß ich recht hatte mit meinen Vermutungen. Was hat das Lügen dir genützt? Einmal mußte es ja doch an den Tag kommen. Nun fühlst du dein Gewissen erleichtert, nicht wahr, du fühlst dich frei und ungebunden und denkst, dein Vater sei ein Mann, der alles durchschauen könne. Ist es nicht so?»

«Natürlich», antwortete ich, «willst du mir vielleicht noch meine Strafe diktieren?»

«Du wirst die Zehn Gebote dreimal abschreiben, damit du weißt, was gut und böse ist.» Damit stand Herr Professor Huber auf, gewichtig und schwer, und ging vornehm knarrend mit neubesohlten Pantoffeln zur Tür.

Ich ging ihm nach; sehr sonderbar war es, die breiten Schultern meines Vaters (sie spannten das blaue Tuch seines Rockes) die enge Treppe hinunter verschwinden zu sehen. Er war ein Gegenstand geworden, dick und auffällig wie eine Kommode. Eine Locke des Bartes besonders schien mir komisch; sie war eingeklemmt zwischen dem dicken Hals und dem schweißberänderten Stehkragen.

Im Hofe traf ich den kleinen kalkweißen Sohn des Bauern. Er warf unbehilflich mit winzigen gelben Steinchen auf den aufgeblasenen Truthahn. Ein roter Streifen eingetrockneten Blutes lief bis zum Kinn. Er sah mich an und zeigte gelbe Zähne. Denn wir hatten uns gern.

«Nun», sagte ich. Er begann zu weinen. «Was hast denn?»

«Der Vater hat mich wieder gebeutelt.»

«So; und das nimmst du ernst?» Ich klopfte ihm auf die Schulter, denn erwachsen fühlte ich mich und hoch über den anderen Menschen stehen. «Er kann dich beuteln, gut; er kann schimpfen, gut; aber kann er dich ändern? Na, also; du bleibst doch du.» Das schien mir sehr klar, deshalb lächelte ich auch, als stöhnend und knarrend mein Vater vorüberging; am Hoftor blieb er stehen, vergrub beide Hände in den Hosentaschen und schien sich umständlich zu kratzen. Ich fand ihn sehr komisch.

Sie meinen, es sei unmöglich, daß ein Kind logisch denken könne? Es sei unmöglich, mit sieben Jahren derartige Gedanken zu haben? Warum? Gedanken sind so nutzlos, zerfallen in sich selbst, wenn sie mit Wirklichkeiten in Berührung kommen. Immer ist der Sohn wertvoller als der Vater – wenn nicht der Sohn selber schon als Vater auf die Welt gekommen ist. Und die scheinbar neuen Gedanken? Gemeinplätze, mein Herr, höherer Art vielleicht, aber durchaus Gemeinplätze. Gefühle, die jeder in sich trägt, jeder unterdrückt, weil er sich ihrer schämt. Ich bitte Sie, wenn der Haß am stärksten ist, die Wut losplatzen möchte, was tun Sie? Sie versuchen zu lächeln. Vielleicht gelingt es Ihnen nicht, aber Sie versuchen zu lächeln. Der Versuch ist die Hauptsache. Und die Gewalt ist machtlos Ihrem Lächeln gegenüber; es ist der kleine Nadelstich, der den aufgeblasenen Luftballon in sich zusammensinken läßt. Beachten Sie bitte den Mangel an Selbstironie, nicht nur meines Vaters, nein, aller «überzeugten» Menschen. Sie strömen Komik aus, die unverwüstlichste, die es gibt. Sie dozieren ... wie ich; immer sind wir komisch, sobald wir uns ernst nehmen. Die Vaterschaft ist vielleicht der ridikülste Ausdruck aller Gewalt, weil alle Gewalt von ihr die Kraft nimmt, überhaupt bestehen zu können. Ein Gottesgnadentum, ein Unfehlbarkeitsgedanke durchströmt sie, der recht hat einzig durch das Bewußtsein, recht zu haben. Sehen Sie den Kreis, die Katze, die mit ihrem Schwanz spielt und dabei meint, das Rätsel der Welt gelöst zu haben. Oh, ich bin allein, so plötzlich gingen Sie, und nicht einmal die Türe hörte ich Sie schließen. Es pfeift jemand laut zwischen den Zähnen. Hier im Zimmer, draußen auf der Straße? Es ist spät, und ich will schlafen. Doch eines, Herr Professor Huber, Sie bemühen sich nicht, bitte, ich gönne Ihnen schwer erkämpfte Ruhe; ein Besuch von Ihnen würde mich nur stören ... und wirklich, ich möchte schlafen ... traumlos.

3. Nacht Sie kommen, Sie gehen, wie es Ihnen beliebt. Sie sprechen nicht, und ich antworte auf selbstgestellte Fragen. Und meine Geschichte erzähle ich Ihnen mit viel Geschick ... damit Sie nicht einschlafen. Hören Sie weiter.

Ich war elf Jahre alt und lebte in Wien mit meinem Vater und meiner Großmutter. Da meine Stiefmutter, ständig aufheulend, unter Weinkrämpfen das Haus verlassen hatte, schlief ich mit meinem Vater in einem langen Zimmer, das mit zwei Fenstern in einen Hof blickte. Quäkende Stimmen und rasselnde Gitarrenbegleitung schlugen gegen die Fenster, prallten ab. An einem Tag im Januar, es war der zwanzigste, saß ich vor dem einzigen Tisch des Zimmers, der wachstuchüberzogen neben meinem Bett stand. Mein Vater zog sich um, denn er war vielbeschäftigter Professor und mußte zu einer Konferenz. Sein Portefeuille lag auf dem Tisch; es war aus braunem gepreßtem Leder mit Arabesken, die schwarz und banal ineinander übergingen. Ich fuhr den Linien nach mit dem Nagel des Zeigefingers, dann öffnete ich es ganz langsam. Drei rote Zwanzigkronenscheine steckten darin. Mit Ruhe und einer gewissen Gleichgültigkeit nahm ich einen Schein heraus, besah gedankenlos eine Photographie meiner Mutter, die zufällig herausgefallen war, und schloß die Brieftasche. Hinter mir plätscherte Wasser, und stöhnend wusch mein Vater den nackten Oberkörper. Er prustete, sagte: «Mein Gott, mein Gott.» Klatschend fiel die Seife in die Waschschüssel. Er hatte durchaus nichts gemerkt. Das Geld verbrauchte ich am gleichen Nachmittag.

Das Arbeitszimmer meines Vaters sah auf einen Garten. In gläsernem Bücherschrank standen dicke, schwere Werke mit roten und blauen Rücken. Schief stand am Fenster der Schreibtisch, darüber hing in grünem Rahmen die Photographie meiner Mutter, langweilig puppenhaft im Aussehen. Blöde Studentengesichter hingen neben ihrem Bild, umgebend wie eine unsterbliche Dummheitsgarde den Kopf meines Vaters, der inmitten dieser Gesellschaft schulmeisterlich korrekt, mit wohlgekämmtem Bart und klebrigem Scheitel professoral gutklingende Reden zu halten schien.

Das Portefeuille meines Vaters lag auf dem Schreibtisch, am Samstag abend, und so sonderbar sahen die Arabesken in der Dämmerung aus, einladend zugleich und liebenswürdig lächelnd. Im Speisezimmer, das, braun und bürgerlich, mit Glasschrank und Lehnstühlen, neben dem Arbeitszimmer lag, strickte meine Großmutter an langem schwarzem Strumpf. Um neun Uhr ging ich ins Bett und hörte bald darauf meinen Vater, trocken hustend, in die Küche gehen. Im Nachthemd schlich ich ins Arbeitszimmer, mit nackten Füßen vorsichtig auftretend, bisweilen erschreckend, wenn laut eine Latte des Parketts krachte. Eine Laterne unten auf der Straße beleuchtete meine Mutter, die lächelnd auf die braune Brieftasche zu deuten schien. Ich nahm einen blauen Zehnkronenschein, besah einen Augenblick die darauf abgebildete blaue Frau und lief zurück in mein Zimmer. Deutlich hatte ich durch die geschlossene Tür das Klappern der Stricknadeln gehört.

«Schläft der Kleine schon?» rief draußen mein Vater.

«Gute Nacht, Vater», antwortete ich aus meinem Bett heraus. In diesem Augenblick liebte ich meinen Vater sehr.

Sie verziehen das Gesicht, mein Herr? Sie finden dieses Gefühl verderbt und verachten mich? Wer schon als Kind so ungeheuer schlecht ist, muß sich zum Mörder entwickeln, meinen Sie, und keine Entschuldigung läßt sich denken für einen so durchaus verbrecherisch fühlenden Menschen. Aber haben Sie nie auf innere Stimmen gelauscht? Lachen wir nicht bisweilen in den heiligsten Augenblicken, innerlich natürlich? Ist es nicht eine Lüge sich selbst gegenüber, an hohe Gefühle zu glauben? Ich war in diesem Augenblick durchaus ehrlich.

Am anderen Morgen stand mein Vater auf, um sieben Uhr. Es war Sonntag, und er wollte arbeiten. Um neun Uhr frühstückten wir, dann blieb ich im Speisezimmer, denn meine Großmutter hielt mit mir Andacht zur Feier des Tages. Sie las ein paar Verse der Bibel, betete dann mit mir, ich aufrechtstehend vor ihrem Stuhl, die Hände gefaltet, von Zeit zu Zeit ein Gähnen unterdrückend.

Plötzlich fiel im Arbeitszimmer ein Stuhl um. Mein Vater tappte durchs Zimmer, riß die Türe auf. «Mutter, komm einmal.» Beide sprachen aufgeregt und leise, lange Zeit. Meine Großmutter ging darauf in die Küche, wo sie mit der Köchin zankte. Da mich niemand beachtete, trat ich an den Schreibtisch. Mein Vater schrieb, ruhig scheinbar. Offen lag neben ihm die Brieftasche.

«Vater», sagte ich leise.

«Ja, was willst du?»

«Ich muß dir etwas sagen.»

«Ja.» Gleichgültig schrieb er weiter mit kleiner pedantischer Schrift. Es war mir unangenehm, daß er meinen Worten so wenig Beachtung schenkte, ich wollte ihn durchaus interessieren; deshalb sagte ich schnell, und es schien mir, als spräche ich durch die Nase:

«Ich habe dir zehn Kronen gestohlen.»

Die Stahlfeder zerknallte auf dem Papier, blieb zerbrochen liegen, einen großen Klecks machend. Zerdrückt fiel der Rohrfederhalter auf die Erde. Die braunbeflaumte Hand hing von der Lehne, und fast berührten die Fingerspitzen den dicken Teppich.

«Du», sagte mein Vater, «du», noch einmal mit zerbrochener Stimme. Gedankenlos fuhr ich mit dem Zeigefinger eine Rinne nach, die an der Lehne seines Stuhles hinlief. Auf sprang mein Vater, und ich wich zurück. Groß stand er da und breit, mit aus der Hose quellendem Hemd; geöffnet war der blaue Schlafrock, und die weiße Schnur, die ihn zusammenhielt um die Hüften, war zerrissen. Auf und ab lief er, den rotbraunen Teppich entlang, schneller und endlich so schnell, daß ein Pantoffel abfiel von seinem Fuß und hilflos lag beim gerundeten Tisch. «Oh», stöhnte der große Mann, «oh», als sei Weinen versagt. «Mutter», rief er dann, «Mutter», und fuchtelnd schwangen die Arme in langen wehenden Ärmeln. «Er hat gestohlen!» schrie er ganz laut und riß die Türe auf zum Gang. Mit ganz weißem Gesicht und gelblich getönten Haaren trippelte zitternd meine Großmutter herein. Klein war sie, mit harter Brust, die spannte unter schwarzer, faltenloser Bluse. Hinkend auf grauem Strumpf, stürzte mein Vater auf sie zu.

«Er hat gestohlen, gestohlen!» Er sprach nicht mehr, sondern gluckste feucht. Dann warf er sich aufs Sofa und weinte in kurzen aufschluckenden Stößen. Die Großmutter hielt in der Hand ein feuchtes Tuch, weiß, mit leuchtend rotem Monogramm. Damit schlug sie mein Gesicht, «Dieb» sagend, «Dieb, Dieb», mit harter, vertrockneter Stimme.

Auch ich wollte weinen, weil die Situation es erforderte, nicht aus innerer Notwendigkeit. Denn meine Tat schien mir weder gut noch schlecht, ein Versuch, um einmal Geld mein eigen zu nennen. Geld ist ein Idol für Kinder, das wissen Sie ja. Nicht so sehr das Geld, als die Möglichkeit, es ausgeben zu können wie die Großen. Ich fühlte Mitleid mit meinem Vater, da er so hilflos lag und gebrochen, mit zitternden Fingern. Sein herabhängendes Bein wippte auf und ab, ein großes rundes Loch der grauen Socke zeigte die schwarz bestrickte Ferse. Meine Großmutter saß beruhigt, nur trommelten knöchern die Finger auf glatter Tischplatte.

«Du mußt nicht weinen, Vater», sagte ich leise und strich ungeschickt über seine Haare, die in Bündeln aufstanden. «Ich habe ja nicht gewußt, daß es dir so weh tun würde, wirklich nicht gewußt.»

«Laß, laß» – weinerlich feucht diese beiden Worte und dann ein langer Satz, unterbrochen von Aufstoßen. «Du bist ... schlecht ... ganz, im Grunde ... schlecht und mit ... dir ist nichts mehr ... zu machen ... denn wenn deine verstorbene ... Mutter dies gewußt hätte, daß ... ihr Sohn so schlecht ist ... hätte sie noch viel mehr ... geweint.»

Zum ersten Mal fühlte ich damals, mein Vater sei ein Mensch wie ich, nicht göttlich und tyrannenhaft, aufgeblasen von unwirklichem Autoritätsgefühl, auch kein Ding, das man beiseiteschieben konnte. Doch unverständlich schien mir dieser große Schmerz wegen so kleiner Ursache. Erst später erkannte ich, daß nichts so tyrannisch ist wie ein moralisches Gesetz, daß der Gläubige leidet unter der Verletzung dieses Gesetzes, weil er dessen Haltlosigkeit einsieht und dort mit größter Gewalt sich selbst belügen möchte.

Und als mein Vater später, ruhig werdend, mit trockenen Augen, ein Verhör versuchte, mir sagend, ich müsse geradestehen, wenn er mich ausfrage, antwortete ich ihm und zeigte keine Reue über begangene Schlechtigkeit, denn immer hatte ich Angst, er könne wieder liegen auf dem Sofa, aufschluchzend und hilflos, der große, bärtige Mann.

Daher kam es auch, daß ich Angst hatte vor ihm und zu glauben anfing an jene starren Gesetze, die Lüge verbieten und Diebstahl. Und einzig mein Vater schien sie zu kennen und richtig auszulegen, er hatte die Macht, in ihrem Namen zu richten, in ihrem Namen zu strafen.

Glauben Sie mir, mein Herr, diese wunderbare Szene, das Weinen und [...]

[Text bricht ab]

(Undat.)

Die Bekehrung

Großer, kahler Saal. Steinboden, hie und da sind Mosaiken eingelegt, banale grellfarbige Muster. Marmorplatten bekleiden die Wände. Links hohe und breite Türe, über die ein bunter Vorhang fällt. Soldaten stehen davor. Im Hintergrund ebenfalls verhangene Tür. Durch die offenen, niedriggelegenen Fenster rechts und links von dieser Tür kann man das Geländer einer Terrasse erkennen, auch ist ein von dort sprechender Mensch leicht erkennbar. Gemurmel eines Volksauflaufs ist zu hören, das zu Geschrei wird, manchmal. Rechts ein breiter Steintisch, dahinter bequemer Armstuhl, der mit vielen bestickten Kissen gefüllt ist. An der Hinterwand, in den Zwischenräumen von Fenstern und Tür niedere Holzbänke. Zerlumpte Gestalten sitzen darauf. Dem Tische am nächsten, auf dem äußersten Ende der Bank sitzt Barrabas, mit verschränkten Armen, ein Bein über das andere geschlagen. Er schnarcht laut, das Kinn auf der Brust.

1. Akt

1. Szene

1. SOLDAT: *(geht mit einem anderen auf und ab; bleibt vor Barrabas stehen)* Heute soll er gekreuzigt werden!

2. SOLDAT: Scheint ihn ziemlich kalt zu lassen.

1. SOLDAT: Er verachtet das Leben, sagt er, weil er das Sterben zu oft geübt hat. Er war Schauspieler.

2. SOLDAT: Aber warum soll er ans Kreuz?

1. SOLDAT: Verspottung des Kaisers, glaub ich. Dann hat er gestohlen und behauptet, einen Mord begangen zu haben. Er *will* sterben.

2. SOLDAT: Na ja.

Barrabas erwacht, gähnt, steht auf und will die Arme strecken; eine Kette hindert ihn, die an den Handgelenken befestigt ist. Er besieht sie, spannt sie ein paarmal, lächelt, setzt sich, nickt den Soldaten zu.

BARRABAS: Hübscher Klang; warum müssen die Menschen Fesseln aus dem tönenden Erz schmieden statt Glocken und Zimbeln und

Schellen. Ich höre gern vielstimmiges Läuten, Glockenspiele. Aber Fesseln klirren …

1. SOLDAT: *(grob)* Halt's Maul, du Aff. Hast nie die Schellenbimmeln gehört nach Märschen, die Tag und Nacht dauern; wenn man grad am Krepieren ist und über jeden Stein stolpert, dann glauben die reitenden Idioten vorn mit Musik unseren Hunger, Durst und Schlaf zu vertreiben. Ich sag nichts gegen Pfeifen, Trommeln, das geht. Aber der Schellenbaum lacht einen aus.

BARRABAS: *(kämmt mit der rechten Hand den struppigen schwarzen Bart; da die Kette zu kurz ist, muß er die linke Hand in Schulterhöhe halten)* Ich glaub, du bist ein Aff, nicht ich. Warum bist du so dumm und läufst Tag und Nacht?

1. SOLDAT: Man muß leben!

BARRABAS: Blödsinn. Leben! Sterben müßt ihr, wofür? Sold ist gering, Plündern wird rar, was bleibt?

2. SOLDAT: *(wartet ungeduldig auf das Wort)* Für das Vaterland zu kämpfen! *(pathetisch)* Roms Größe liegt auf den Spitzen unserer Lanzen, hat einmal unser Hauptmann gesagt. Und dann *(er denkt nach; eintönig)*: Süß und ehrenvoll ist es, für das Vaterland zu sterben. *(Stolz richtet er sich auf, wartet auf die Wirkung)*

BARRABAS: *(schweigt eine Weile. Dann trauriges Kopfschütteln)* Ich hab den Affen unrecht getan. Die Menschen … sie lassen sich nicht mit Tieren vergleichen. *(Stützt das Kinn auf die Fäuste)* Die gehorchen nur, wenn man sie schlägt. Wir aber leisten einigen Worten Gehorsam; wenige sind es und sinnlose Worte, die wir selbst erschaffen haben. Die brauchen wir nur einmal in den Mund zu nehmen, dann quellen sie auf, wachsen und saugen den Schädel leer und wohnen darin. *(Seine Stimme wird lauter, pathetisch auch)* Menschen sind tot. Leichen laufen herum, von Worten bewegt, zerfressen von Worten.

1. SOLDAT: *(Achselnzuckend zum zweiten, der aufgeregt trippelt)* Laß ihn plappern. Er soll bei den Philosophen geendet haben. In welcher Sekte bist du?

BARRABAS: Ich will Tier werden, am liebsten ein Hund. Drum hab ich erst bei den Schülern des Diogenes Wahrheit gefunden.

2. SOLDAT: *(beleidigt; stößt ihn mit dem Lanzenschaft in die Seite)* Du Hund, wart nur, die Nägel werden dich zum Bellen bringen. *(Will ihn ohrfeigen, wird vom ersten zurückgehalten)*

BARRABAS: *(lacht laut. Natürliches, fast kindliches Lachen)* Was nur bist du bös? Weil ich dein Gedächtnis nicht bewundert habe? Oder weil ich nicht für Roms Größe kämpfe und deine Vaterlandsliebe nicht gelobt habe? Sag? *(Schweigen. Der 2. Soldat wendet sich ab, geht fort. Zum ersten)* Setz dich zu mir. *(1. Soldat setzt sich)* Er ist ganz erzürnt. Das tut mir leid. Ich habe mir Mühe gegeben mein Leben lang, den Frieden zu üben, nicht aus Güte oder aus Angst. Doch wenn einer mir zürnte, weil er eine spöttische Rede von mir auf sich bezog, statt sie zu betrachten als Versuch einer Feststellung, als Anmerkung laut zu mir selbst gesprochen, hab ich stets versucht, den Beleidigten einzuholen und zu versöhnen. Bei manchen war es leicht, das schlummernde Lachen zu wecken und die Zustimmung. Andere brauchten lange Vorträge und Beweise, ließen aber sich doch überzeugen. Doch manche ließen mich nicht zu Worte kommen, lächelten mir sogleich zu und hatten einen kräftigen Händedruck in Bereitschaft. Aber ich konnte ihre Augen nicht packen. Die Lider waren gesenkt. Vor denen hatte ich Angst, vor denen floh ich. Denn sonst traf ich in der folgenden Nacht unbedingt mit einer Tracht Prügel zusammen. Die lieb ich nicht. Verzeih mein Geschwätz, war's langweilig? Also geh zu deinem Kameraden und sag ihm, ich sei betrübt, ihn gekränkt zu haben, und nur die Fesseln hinderten mich, selbst zu ihm zu kommen, um Abbitte zu leisten. Er gehört zur zweiten Sorte, glaub ich. Wirst ein wenig lang brauchen. Wenn dich's langweilt, schick ihn her.

1. SOLDAT: *(hat aufmerksam zugehört)* Du, wirklich, das ist komisch. Warum schimpfst du nicht, wenn er grob ist? Kannst du nicht böse werden? Die anderen Gefangenen spucken uns ins Gesicht, schimpfen, wenn wir ihnen nichts tun. Aber du ...

BARRABAS: Geh jetzt ... Es ist so. Vielleicht bin ich nur feig. Diese Erklärung kannst du verstehen.

1. Soldat steht auf. Der Vorhang links wird zur Seite geschoben; zwei Soldaten stellen sich zu beiden Seiten auf. Pilatus tritt ein; groß, breitschultrig, dick, kurzes graues Haar, volles bleiches Gesicht; Toga praetexta. Er geht auf den Armstuhl zu, legt die Kissen zurecht, bedeckt einen Augenblick die Augen mit der Hand. Hinter ihm sind die Advokaten Titus Cimber und Flavius Rhetor eingetreten. Bunte Togen, gleichgültige verlebte Gesichter. Sie winken Pilatus zu, gehen auf die Terrasse. Ein Schreiber tritt ein, Papyrusrolle, kleines Tischchen unter dem Arm, stellt es ab, setzt sich auf den Boden.

PILATUS: *(zum 1. Soldaten)* Ruf den Centurio. *(1. Soldat ab. Zum Schrei-*

ber) Ein widerwärtiger Fall. Heut nacht hat die Priesterbande einen unbequemen Propheten ergreifen lassen, ihn zum Kreuze verurteilt, und ich soll das Urteil bestätigen. Der Kerl soll sich für den Sohn des Judengottes halten, und dafür soll er sterben. *(Achselzucken)*

FLAVIUS RHETOR: *(tritt ein während des letzten Satzes)* So, so. Den kenn ich. Hab ihn predigen gehört. Ganz gut. Nicht übel. Sprach griechisch, der Mann. Ohne Dialekt, sehr angenehme Stimme. Demosthenesperioden.

PILATUS: Du weißt, wen ich meine? Je ... Ju ...

FLAVIUS: Ischa ben Mariam heißt er, nennt sich Jesus Christos. Ja, ich kenn ihn. Bin sogar hier zu seiner Verteidigung.

PILATUS: *(ablehnend)* So, so. Freut mich. Wir sprechen nachher noch. Du erlaubst?

FLAVIUS: Aber bitte. *(Er geht zu den Gefangenen, betrachtet jeden eingehend, bleibt vor Barrabas stehen)*

BARRABAS: *(nickt ihm zu)* Hier findest du deinen Lehrer.

FLAVIUS: *(erstaunt)* Kerdon, bist du's?

BARRABAS: Jetzt heiße ich Barrabas der Kyniker. Nun ja. Geht's gut?

FLAVIUS: Langweilig in dieser Judenstadt. Sonst nicht übel. Man zankt sich gerne hier.

BARRABAS: Ich würde gerne meine Arme um dich legen, nicht weil du mir lieb bist, sondern weil dies einen guten Eindruck auf die Versammlung machen würde. Aber dies hier hindert mich, sie auszubreiten; sonderbare Leute. Sobald meiner Freundschaftsbezeugung nichts mehr wird im Wege stehen, werden sie mich zwingen, bis zum Tode jedem Vorübergehenden die Umarmung anzubieten, ohne sie ausführen zu können.

FLAVIUS: Kreuz? *(Barrabas nickt)* Keine Angst? *(Barrabas schüttelt den Kopf)* Kann ich helfen? *(gleiche Bewegung)* Schade. Aber du scheinst dich zu freuen. Begreife das. Ich ließe mich manchmal gern kreuzigen. Abwechslung möcht ich. Schmerzen sind hin und wieder erholend.

BARRABAS: Warum langweilt ihr euch? Ich könnte das nicht. Wenn die eigene Haut zu eng ist, zieht man sie aus. Du kannst jeden Abend ein anderer sein. Darum ging ich ja in der Jugend unter die Histrionen. Bald war ich Mann, bald Weib. Dann wieder Gott oder Mönch. Du erfährst auf bequeme Art, wie es Königen zumute ist und Bettlern, du lernst Gefühle kennen, die dir sonst ewig fremd geblieben wären, du weißt, was man Gewissen nennt und fühlst die Qualen, die es bereitet. Verwundert begreifst du, daß es Menschen gibt, die über Taten trauern, die sie in ihrem [...] begangen haben, und stolz sind auf diese Trauer, Reue sie nennend. Wenn du dann wieder in deine alte Haut kriechst, siehst klarer du: die Fäden, welche unsichtbar von den Menschen ausgehen, siehst nicht mehr du verwirrt; zu kunstvollem Netz sind sie geknüpft, und jene Netze der Tragödien scheinen dir kunstlos und kindisch einfach. Jetzt hab ich genug den Netzknüpfer gespielt und meine Fäden sorgsam abgeschnitten. Ich *darf* mich langweilen, auch bin ich müde. Doch will ich nicht sanft entschlummern. Auch der Tod soll abwechslungsreich sein.

PILATUS: *(ist herzugetreten)* Ist dieser Wunsch dir erfüllt worden?

BARRABAS: Du hast ihn noch nicht erfüllt, doch scheinst du den Entschluß schon gefaßt zu haben.

PILATUS: Es ist so sinnlos, urteilen zu müssen. Nutzlos auch. Wenn einmal mein Urteil beglücken kann, so will ich es gern erfüllen. Doch bis dahin, Barrabas, vertritt den Schreiber wieder, damit ich einen Menschen in meiner Nähe habe, der mich aus wenig Worten versteht.

BARRABAS: *(verneigt sich tief, besinnt sich jedoch auf seinen Kynismus, läßt die Kette klirren und sagt trocken)* Glaube nicht, daß ich deine Schmeichelei zurückzahlen werde, denn es war keine Schmeichelei.

PILATUS: *(zu den Soldaten)* Ihr könnt ihm wieder die Fesseln abnehmen.

BARRABAS: *(weigert sich)* Ich will gefesselt schreiben, was von Fesseln handelt.

PILATUS: *(lächelnd, lehnt sich zurück, stopft ein Kissen hinter seinen Kopf)* Du solltest warten, bis mehr Publikum dich hört.

BARRABAS: *(sein Benehmen ist gezwungen. Er kauert am Boden, finster, gerunzelte Stirn)* Ich säe mein Korn auch auf steinigen Boden.

FLAVIUS: Nun macht er gar den jüdischen Propheten Konkurrenz. Dies Gleichnis stammt von ihnen.

BARRABAS: *(will erwidern. Doch der Centurio tritt ein)*

CENTURIO: Der Hohepriester ist angekommen, gefolgt von Tempeldienern, die den Propheten führen.

PILATUS: Sie sollen warten, die Gefangenen. *(Winkt den Soldaten, durch die Reihe der zerlumpten Gestalten auf den Bänken im Hintergrund geht eine Bewegung. Der 1. Soldat beginnt die Vorführung mit einem Neger)* Verstehst du Griechisch?

NEGER: *(glotzt schweigend)*

PILATUS: *(zu Barrabas)* Was tat er?

BARRABAS: *(sucht, murmelt)* Seine Herrin vergewaltigt in Abwesenheit des Gatten, des Befehlshabers der syrischen Flotte. *(Darauf entfaltet sich sein finsteres Gesicht, lächelt, unterdrückt lautes Lachen, das in stummen Stößen seinen Körper vorwärtsschleudert)*

PILATUS: *(wagt nicht, auf Barrabas zu schauen, er blickt vor sich nieder, auch ihn will das Lachen ergreifen. Er bezwingt es, fragt mit heiserer Stimme)* Von wem die Klage?

BARRABAS: *(stoßweise, schluchzend vor Lachen)* Vom Mann, der ihn ertappte. *(Blickt auf, begegnet Pilatus' Blick. Schweigendes Lächeln)*

PILATUS: *(nickt)* 100 Peitschenhiebe. Ausweisung aus der Stadt. *(Nimmt Geld aus seinem Beutel)* Reisegeld. *(Winkt den 1. Soldaten zu sich; leise)* Für ihn, in mein Landhaus, ich will ihn behalten. Keine Schläge.

Der Neger grinst, der Soldat versteht plötzlich, wiehert laut.

PILATUS: *(abweisend, gleichgültig)* Genug. Abführen. Weiter. *(Der 2. Soldat führt einen alten Syrer vor, einfach gekleidet, mager, drohend)*

PILATUS: Sprichst du Griechisch?

SYRER: Ja, du Hund.

PILATUS: Du irrst dich; jener dort *(auf Barrabas weisend)* ist der Kyniker. Ich strebe nicht danach, Tier zu werden; es ist ein Teil von mir, braucht's das Ganze zu sein?

SYRER: *(speichelnd)* Römisches Schwein, was brauch ich deine Weisheit? Hin werden sollst du, das versprech ich dir. Es hat noch andere als mich.

PILATUS: *(sich vorneigend, lächelnd, ohne Pose)* Vater, warum erregst du dich; es wird dir schaden. Denk an deine Enkel.

SYRER: Die habt ihr ermordet.

PILATUS: *(zornig)* Ich nicht, mein Vorgänger vielleicht.

SYRER: *(kreischend)* Vor zwei Monaten!

PILATUS: Wer?

SYRER: Soldaten.

PILATUS: Römische?

SYRER: Weiß ich's? Denk wohl.

PILATUS: Wie sahen sie aus?

SYRER: Lange weiße Gewänder, alte Lanzen, vergoldete Helme.

PILATUS: *(wütend)* Verfluchtes Judenpack. Die Tempelwache natürlich. Wart hier. Ich will dir beweisen, daß du mir unrecht tust.

SYRER: *(blickt erstaunt auf, nickt, setzt sich an den Platz, den Barrabas vorher eingenommen hatte)*

PILATUS: *(zu Barrabas)* Was noch?

BARRABAS: *(freundlich)* Das war der Syrer, Mordanschlag gegen dich. Noch zwei Anschläge, eine Majestätsbeleidigung, fertig.

PILATUS: *(zum Soldaten)* Anschläge auf mich entlassen, Majestätsbeleidigung hundert Stockhiebe. Centurio, den Priester. *(Centurio geht ab. Schweigen)*

BARRABAS: *(ohne Bissigkeit)* Soll ich nun deinen Großmut bestaunen, oh Pilatus, Gütiger, Weiser, gerechter Richter! Auch du begnügst dich mit wenig Publikum!

PILATUS: *(im gleichen Ton)* Gib dir keine Mühe, Philosoph, dein Einverständnis hinter Spott zu verbergen. Nur zeih mich nicht der Güte! Morgen, falls ich schlecht geschlafen habe, lasse ich vielleicht alle Angeklagten ungehört blutig prügeln. Billig richten nach starrem Gesetz ist Widerspruch. Laß mich die Willkür preisen; sie ist mir gestattet von der Moira, da sie mir Macht gab.

BARRABAS: Ich sehe, noch manches verehrst du. Moira, Macht, Leben, Genuß. Du solltest arm werden.

PILATUS: *(stützt den Kopf in die Hand; nachdenklich)* Vielleicht.

2. Szene

Centurio schlägt den Vorhang zurück. Hoherpriester Kaiphas tritt ein. Mageres gelbliches Männchen, spärlich weißer Bart unter gelbem Gesicht. Das prunkvolle Gewand, das er trägt, scheint seinem Alter schwer zu werden; Oberkörper nach vorne gebeugt, unruhig gestikulierende Hände. Hinter ihm führen sechs Tempeldiener, bekleidet wie der Syrer sie geschildert hat, in ihrer Mitte den Propheten Jesus Christos. Er gleicht auffallend dem Barrabas, Gestalt und Gesichtszüge unterscheiden sich kaum. Nur ist der Prophet fast elegant gekleidet, das weiße Gewand ist aus schwerer Seide, das Haar fällt bis auf die Schultern, dunkelbraun, wie der gekräuselte Bart. Er macht zuerst den Eindruck eines Schlafwandlers, seine Antworten klingen einstudiert, unnatürlich, pathetisch. Sobald Pilatus den Hohepriester erblickt, springt er auf, läuft auf ihn zu, scheint ihn ohrfeigen zu wollen. Kaiphas kreischt, verschwindet hinter der Tempelwache.

BARRABAS: *(hält Pilatus am Saume der Toga zurück. Flüstert, wie zu einem unartigen Kinde)* Aber, aber. Du bist doch kein Gassenbub. Wer wird sich denn so aufregen.

PILATUS: *(muß über den Ton lächeln, kehrt zu seinem Stuhl zurück, beginnt, übertrieben höflich)* Edler Kaiphas, weiser Priester eines Volkes, das Rom mit Stolz zu seinen Freunden zählt, warum flüchtest du und verbirgst dich, wenn ich mit Willkommgruß dir nahe? *(Blickt fragend zu Barrabas, der lächelnd nickt: Sehr gut)*

KAIPHAS: *(tritt hervor, furchtsam; ist erstaunt, über die Höflichkeit, wo er Schläge erwartet hat, wird mutig, kreischt los, Fistelstimme, hastig, mit zuckenden Armen)* Schönredner, mich kannst du nicht fassen mit Schmeicheleien. Nicht Freund sind wir Rom, nein, unverlangt hat es uns Knechtschaft aufgedrängt und es Schutz genannt. Ungern komm ich zu dir, ungern betret ich dein Haus, Ungläubiger, denn lange wird es dauern, bis ich vom Makel mich befreit habe, der an mir haftet, seit ich dies Haus betreten habe. Und wenn du kannst mich willkommen heißen, so brauch ich deinen Gruß nicht. Denn ich kann ihn nicht erwidern, ohne zu heucheln, kann dir nichts Gutes wünschen, sondern muß beten zum Herrn, meinem Gott, welcher ist der einzig wahre Gott, daß er seinen Fluch sende auf dich und deine Kinder und Kindeskinder bis ins vierte Glied. *(Atemlos schweigt Kaiphas. Pilatus ist ganz ruhig geworden, betrachtet ihn neugierig, nickt Barrabas zu, kneift die Augen, als wolle er ein sonderbares Tier eingehend betrachten. Kaiphas richtet die Blicke gen Himmel, während er spricht, läßt sie erst nach dem letzten Wort auf Pilatus fallen, zieht sich zurück, ängstlich ein wenig, wartet)*

PILATUS: *(nach einer Pause)* Du solltest unbedingt zu einem Rhetor gehen, um dir ein paar unangenehme Sprechfehler abzugewöhnen. Ich bin überzeugt, Barrabas wäre bereit ...

BARRABAS: *(kettenklirrend)* Niemals, niemals, ich ziehe den Tod vor.

KAIPHAS: *(zornig, daß sein Gekeif nicht erwidert wird, spuckt aus)* Pfui, mich ekelt vor dir.

PILATUS: *(winkt einem Soldaten)* Bringt ihm ein Brechmittel und eine Schüssel. *(Lachen der Soldaten. Kaiphas kehrt sich ab.)* Nun, Hoherpriester, sag mir nur, was dich zu mir führt.

KAIPHAS: *(heiser)* Dieser da, der falsche Prophet, der Lügenmessias, der Magier, der Hundesohn, der uns beschimpft hat, den Unaussprechlichen gelästert hat und sich genannt Gottes Sohn. Wir Priester haben heute nacht in besonderer Sitzung ihn zum Tode verurteilt, zum Tode durch das Kreuz. *(fauchend)* Leider ist es uns nicht erlaubt, das Urteil zu vollziehen ohne deine Einwilligung.

PILATUS: Ischa ben Mariam, tritt vor.

Die Tempelwache geht auseinander; Jesus rührt sich nicht.

PILATUS: Verzeih, ich brauchte den falschen Namen. Jesus der Gesalbte, willst du meine Fragen beantworten?

JESUS: *(tritt vor)* Meine Rede wird nur sein: Ja, ja; nein, nein. Denn was darüber ist, ist von Übel.

PILATUS: Gut so. *(Kaiphas anblickend)* Schwatzhaftigkeit scheint dir fremd, mir auch. Ich denke, wir werden uns verstehen.

Jesus steht allein in der Mitte des Raumes, starr, die Hacken geschlossen; die mit Stricken umwundenen Handgelenke zwingen ihn, ohne Gesten zu sprechen. Die Arme sind krampfhaft gestreckt, kreuzen sich an der Fesselung, enden in ausgestreckten, bewegungslosen Fingern. Er unterdrückt jede Natürlichkeit. Sprache, Haltung gezwungen. Hinter ihm, vor dem linken Terrassenfenster Kaiphas, geifernd, unaufhörlich murmelnd, mit zuckenden Armen. Vor der Türe links, vier römische Soldaten, leise miteinander schwatzend und unterdrückt auflachend, sobald sie zu der Tempelwache hinüberblicken. Diese steht im Vordergrund links, eng aneinander gedrückt, schweigsam, ängstlich.

FLAVIUS: *(eilig durch die Terrassentür)* Warum benachrichtigt mich niemand, daß mein Klient gekommen ist?

PILATUS: *(antwortet nicht. Zu Jesus)* Ich glaube, du wirst einen Verteidiger nicht brauchen; bist du nicht selbst wohlerfahren in allen Feinheiten der Redekunst?

KAIPHAS: *(zu Flavius)* Wer hat dich gerufen, beauftragt?

FLAVIUS: *(blickt verächtlich sich um, erkennt den Hohepriester, übertrieben höflich)* Edler und Weiser, welch Glück, dich hier zu sehen, Befindest du dich wohl?

KAIPHAS: *(grob)* Das geht dich nichts an. Antworte.

FLAVIUS: Du bist erregt, und ich verstehe nur zu gut, weshalb. Darum will ich sogleich dir Auskunft geben: Eine Courtisane, bekannt in der ganzen Stadt, Maria Magdalena, kam heute morgen um die erste Stunde in mein Haus gestürzt, ließ mich von meinen Sklaven wekken; kaum hatte sie mich erblickt, bestürmte sie mich mit Bitten, beschwor mich, die Verteidigung eines jüdischen Propheten zu übernehmen, den der Priesterrat zum Kreuzestod verurteilt habe in verflossener Nacht und dessen Verurteilung heut morgen der römische Statthalter bestätigen solle. Da sie das gewöhnliche Honorar verdoppelte und im voraus bezahlte, nahm ich gern an. Der Prophet scheint Glück bei Frauen zu haben.

BARRABAS: Wie alle Propheten.

PILATUS: Schweigt. *(Er hat den Blick während des ganzen vorherigen Gesprächs nicht von Jesus gewandt, der regungslos geblieben ist, taub scheint)* Jesus Christos, deine Glaubensgenossen haben dich verurteilt wegen Gotteslästerungen und falschen Behauptungen, mit denen du das Volk irregeleitet und aufgewiegelt hast. Du seist Gottes Sohn, du seist der ... der ... Wie hieß das Wort, Priester?

KAIPHAS: Der Messias, das ist der Befreier der Juden, der Erlöser, den verkündet haben die Propheten, der sein wird unser König. *(freudig)* Ja, das hat er auch gesagt, er sei der König der Juden. Dann hat er dem Volk gepredigt, sie sollen nicht Steuern zahlen den Römern. Auch euch ist er gefährlich.

DER SAMARITER: *(ist ungeduldig aufgestanden, zu den Tempelwachen gegangen, ruft, auf einen von ihnen zeigend)* Der hat meine Enkel erschlagen, ich erkenn ihn, und der war auch dabei, hat mein Vieh fortgeschleppt.

PILATUS: *(alles vergessend, wirft aufstehend den Stuhl um, stürzt vor, packt die beiden Bezeichneten am Nacken, schüttelt sie, stößt ihre Köpfe gegeneinander; heiser)* Ihr seid's gewesen also, ihr. Wer hat's befohlen? Ihr antwortet nicht? Greift sie. *(Die Soldaten rufen durch die Tür um Verstärkung, führen die Wachen ab)* Jedem so lange Stockhiebe, bis sie den Auftraggeber kennen.

KAIPHAS: Ich war's. *(boshaft)* Willst du mich auch prügeln?

PILATUS: *(will wieder auf ihn stürzen, besinnt sich, geht auf seinen Platz)* Nein. Dich richte ich nicht; das sollen andere tun. Glaubst du mir nun, Samariter?

SAMARITER: *(fällt auf die Knie)* Verzeih, Herr!

PILATUS: Geh. Du weißt nun, wem die Strafe zukommt. Sag dies daheim.

SAMARITER: Herr, wir wohnten einsam in den Bergen; nie bin ich in die Stadt gekommen. Wanderer sprachen von den neuen Herren, den Römern, von ihrer Grausamkeit. Als nun Krieger das Haus überfielen, während nur Frauen darin waren, Kinder und ich Wehrloser, wollte ich an den Römern mich rächen, die ich für die Räuber hielt. Erst heute erkannt ich meinen Irrtum. Verzeih, Herr. *(Steht auf, spuckt vor Kaiphas aus, schreitet zur Tür)*

JESUS: *(ruft ihm zu)* Mein ist die Rache, spricht der Herr!

SAMARITER: *(lacht höhnisch. Ab)*

JESUS: *(zu Pilatus)* Selig sind die Sanftmütigen, denn sie werden die Erde besitzen.

PILATUS: Sind all die schönen Sprüche von dir?

JESUS: *(starr wie früher, schweigt)*

Volksgemurmel schwillt an im Hintergrund; einige schrille Pfiffe, Rufe: Jesus, kreuzigen!

PILATUS: *(zu Kaiphas, der mit zufriedenem Lächeln lauscht)* Warum mißbrauchst du deine Macht, warum mußt du stets auf Mord sinnen? Hassest du das Leben?

KAIPHAS: Der Herr hat gesagt: Ich bin ein strenger Gott, der sich freut über das Blut seiner Feinde. *(Kopf im Nacken, Fäuste gen Himmel)* Seine Feinde sind meine Feinde. *(Zu Pilatus)* Doch dies verstehst du nicht.

PILATUS: Verstehst du es, Prophet?

JESUS: *(schüttelt den Kopf)* Liebe deine Feinde, tu Gutes denen, die dich hassen.

PILATUS: *(zu Kaiphas)* Hörst du? So spricht ein Jude.

KAIPHAS: Er ist ausgestoßen aus unserer Mitte. Ein Abtrünniger. Ein Bastard.

PILATUS: Laß. *(Zu Jesus)* Bist du ein Jude?

JESUS: *(Pathos, das sonderbar gegen die Unbeweglichkeit des Körpers absticht)* Jerusalem, Jerusalem! Du steinigst deine Propheten. Wie eine Henne ihre Kücklein unter den Flügeln versammelt, habe ich dich schützen ... du hast es nicht gewollt.

KAIPHAS: Gestehst du nun, daß du das Volk betrogen hast? Wer hält noch zu dir? Wo sind deine Gläubigen?

PILATUS: Schweig, Priester. *(Zu Jesus)* Einem Hauptmann, erzählt man mir, ist durch deine Hilfe ein Sohn erhalten geblieben; auch sollst du andere Wunder vollbracht haben. Ist das wahr?

Da Jesus schweigt, beginnt Flavius, der ungeduldig auf- und abgegangen ist, plötzlich eine Rede zu halten.

FLAVIUS: Edler und gerechter Richter! Wie nutzlos wäre es und wie verfehlt, mit Hilfe rhetorischer Feinheiten und sophistischer Begründungen von dir die Freisprechung meines Klienten erlangen zu wollen. Kennt nicht jeder Bewohner dieses Landes deine Unbestechlichkeit, deine Unabhängigkeit? Dennoch scheint es mir notwendig, einige Bemerkungen einzuflechten, dir einige unbekannte Tatsachen mitzuteilen, die auf die Handlungen des Angeklagten ein neues Licht werfen. Dieser Mann, dieser edle Mann kann ich getrost sagen, ist von parteiischen, beschränkten Richtern verurteilt worden. Warum? Den Hauptgrund haben sie geschickt zu verbergen gewußt unter zahllosen Beschuldigungen: Neid, nichts weiter als Neid, Neid, der die Furcht gebar, jener Prophet könne die Macht an sich reißen, gestützt auf die Liebe des Volkes, die Macht, die sie nur mit großer Mühe bewahren können durch grausame Gewalttätigkeiten; einzig [durch] die Furcht, die sie dem Volke einzuflößen wissen durch Anwendung härtester Strafen bei dem geringsten Zeichen des Ungehorsams, der Auflehnung gegen ihre Herrschaft, vermögen sie sich zu halten. Darum müssen sie den Propheten hassen.

Sein Tun war milde; Mitleid, Güte erfüllte ihn; er durchzog das Land, gefolgt von seinen Jüngern, und säete Wohltaten, ohne zu geizen, ohne Lohn zu fordern. Blinde wurden sehend, Taube vernahmen plötzlich die Stimmen der Vögel, Lahme zerbrachen ihre Krücken, sobald er sie berührt hatte. Dämonen flohen kreischend vor seinem Anblick. Und Tote, die drei Tage schon unter der Erde gelegen hatten, deren Körper schon deutliche Merkmale der Verwesung trugen, folgten seinem Ruf, standen auf und priesen ihn.

Während der letzten Sätze haben sich zwei Frauen durch die Türe links gedrängt; von den Soldaten zurückgehalten, winkt die erste, hagere Pilatus zu, der zuerst ärgerlich den Kopf schüttelt, auf die flehenden Gebärden der beiden Frauen endlich verdrießlich nickt; die Soldaten haben auf ihn geblickt, gehorchen der Bewegung, lassen die Frauen. Beide setzen sich auf die von Pilatus entfernteste Holzbank links von einem Terrassenfenster. Der ersten knochiger Körper wirkt durch die Magerkeit, den steifen Gang übertrieben groß, auch durch den langen sehnigen Hals, der einen kleinen Eierkopf trägt. Das rote Gesicht ist im Gegensatze zum Körper rund und voll; rote Backen glänzen, führen zum fetten Doppelkinn, unterbrochen von länglichen Grübchen, die beim Lachen sich mit den Mundwinkeln vereinigen zu einem geraden Schnitt, der das Gesicht in zwei ungleiche Teile zerhackt. Unter der hohen faltenlosen Stirn sind die weitgeöffneten Augen dunkel, schillernd, beschäftigen sich nur mit unsichtbaren Dingen, während alles Sichtbare ihnen entgeht. Angenehme Stimme, die reich an Modulationen ist, den Worten (unbewußt natürlich) abwechslungsreiche Betonungen zu geben weiß, ohne angelernt zu wirken. Sie flüstert aufgeregt mit ihrer Gefährtin, einer sogenannten reifen Schönheit, bläulich-schwarze, reiche Haare, regelmäßige Züge, über die sie selbst im Schmerz nicht die Herrschaft verliert, Resultat langer Übung. Ihren Körper vergleichen Verehrer mit der Venus von Milo. Flavius hat sich flüchtig umgeblickt, die zweite Frau vertraulich gegrüßt, die erste mit Ehrfurcht; Barrabas ist aufgesprungen, geht auf die Frauen zu, stockt, kehrt um, blickt ratlos auf Pilatus, der den Kopf gesenkt hält, will nochmals sich nähern, stockt abermals, blickt fest auf die zweite Frau. Diese ignoriert ihn. Die erste nickt einen Gruß, den Barrabas zerstreut beantwortet.

BARRABAS: Herrin, dein Sklave wünscht dir Wohlergehen.

FLAVIUS: Gemahlin eines edlen und gütigen Richters, Porcia, sei gegrüßt.

PORCIA: Keine Geschichten. Sprich weiter, mache deine Sache gut. Ave, Barrabas!

KAIPHAS: *(schrill, auf die zweite Frau deutend)* Was soll die Hure im Gerichtssaal.

PILATUS: *(mit der Handfläche auf den Tisch schlagend)* Schweig endlich; ich habe hier zu befehlen, nicht du. Verstanden? *(Zur zweiten Frau)* Als Gefährtin meiner Gemahlin sollst du willkommen sein, Maria Magdalena.

MARIA MAGDALENA: *(hat seit ihrem Eintreten die Augen nicht von Jesus gewandt, der steifer noch dasteht, hölzern, die Lider gesenkt)* Dank dir, oh Konsul. *(Unvermutet lautes Schluchzen, das sich steigert zu lauten langgezogenen Klagetönen. Sie stürzt vor, bricht vor dem Tisch zusammen, schluchzend)* Rette ihn, rette ihn! Ich will alles geben, was ich habe: er darf nicht sterben.

KAIPHAS: *(gellend)* Siehst du nun, welch ein Subjekt das ist? Ein Bastard, der Zuhälter wird. Nichts weiter. Schau ihn doch an! Seidenkleid, Pomade im Haar, gebrannt die Locken des Bartes, die Augen untermalt, die Brauen gefärbt, die Wangen geschminkt. Und die Nägel, seht die gefeilten Nägel. Henna hat er gebraucht. Braucht's andere Beweise, was antwortet Flavius? Keuschheit predigt er und beschuldigt uns des Wuchers; er aber lobt die Ehebrecherinnen, speist bei den Zöllnern, wohnt bei Dirnen und läßt von ihnen sich salben. Nun? Was sagt ihr?

MARIA MAGDALENA: *(hat die Hände vors Gesicht geschlagen, immer noch kniend. Springt auf, dringt vor gegen Kaiphas, ebenfalls schrill)* Du lügst, du lügst! Nie nahm er das geringste von mir, nie hätte ich gewagt, ihn mit meiner Gegenwart zu belästigen. Er ist rein! Ich schwöre es! Er ist rein! *(Sie hat Kaiphas an den Schultern gepackt, schüttelt ihn, immer diese drei Worte wiederholend. Kaiphas wehrt sich, kann sich nicht befreien, winkt der Tempelwache. Diese nähert sich; da springt Barrabas wieder auf, trennt die beiden, nimmt Maria*

Magdalena bei der Hand, zu ihr sprechend im gleichen Ton wie vorher zu Pilatus)

BARRABAS: Aber, aber. Die Exaltation ist dem Teint nicht zuträglich. Beruhige dich, glänzender Stern am Himmel der Schönheit. Dein Prophet wird gerettet.

MARIA MAGDALENA: *(läßt sich führen, blickt auf; erstaunt läßt sie die Blicke von Barrabas auf Jesus gleiten, wiederholt dies, vergleicht. Ihr Gesicht hellt sich auf)* Dank sei dir, Unbekannter. *(Leiser)* Du solltest mehr Sorgfalt auf dein Äußeres verwenden, denn es ist nicht unangenehm.

BARRABAS: *(grob, forcierter Stolz)* Verweichlichung ist mir verhaßt. Ich bin Kyniker.

MARIA MAGDALENA: *(lächelnd, Barrabas lange die Hand drückend, Augenliebkosung)* Wir sehen uns.

Während dieser Szene ist Porcia an Pilatus herangetreten, flüstert gestikulierend. Pilatus' Gesicht verzieht sich zu gelangweilter Grimasse. Porcias Stimme wird lauter. Nach Maria Magdalenas letzten Worten kann man Porcia verstehen.

PORCIA: Ich sage dir, ich sage dir, du wirst es bereuen. Weißt du noch, damals, zwei Monate nach unserer Hochzeit, hast du auch nicht an meinen Traum glauben wollen, und was ist dir passiert? Nun? Weißt du's noch? Deine Börse hast du verloren. Und weißt du noch vor zwölf Jahren, am dritten Tage vor den Iden des März, als Cäsars Geist mir erschien und mich warnte vor etwas, das ich nicht verstand. Hab ich dich nicht damals gebeten, den Simon Magus zu [holen], der gerade in der Stadt weilte, um seine Weisheit zu gebrauchen? Bat ich dich nicht flehentlich, dich zu eilen? Aber was tatest du? Nun? Hast du's vergessen? Wie? Saufen gingst du, ja, saufen. Und was geschah? Unser Kind erkrankte und wäre fast gestorben, wenn nicht im letzten Augenblick mir die Todesbeschwörung eingefallen wäre, die meine Amme mich gelehrt hatte. Nur meinem ausgezeichneten Gedächtnis verdanken wir also das Leben unseres Kindes. Und vor fünf Jahren, weißt du noch?

PILATUS: *(ruhig, doch mit Nachdruck, ihr Handgelenk fassend)* Ich weiß alles, erinnere mich an alles. Deine Zunge hat sich nun genug Bewegung verschafft, so daß ich nicht zu fürchten brauche, sie könne von lähmender Gicht befallen werden, falls sie ein Weilchen ruht. Darum stör nicht diese ernste Verhandlung. Schweigend kannst du zuhören, geh!

PORCIA: *(nicht wütend, erregt, besorgt)* Nein, nein, ich kann nicht schweigen, wenn es sich um dein Leben handelt. Hör mich an. Mir träumte, eine Taube falle vom Himmel auf den Rasen meines Gartens. Ich wußte, ohne es gesehen zu haben, daß ein Stern sie beim Zerplatzen auf die Erde geschleudert hatte. Die Taube wuchs, wuchs. Sie war weiß, schneeweiß. Plötzlich quoll Blut aus den Spitzen ihrer ausgebreiteten Flügel, auch aus ihren Füßen, die menschliche Füße waren, quoll Blut. Ein roter Tropfenkranz lag auf dem Kopf. Ich hörte eine Stimme aus der Höhe, laut schallend: «Ihre Augen sind trübe geworden von Schuld, darum erregt die Reinheit Ärgernis. Doch des Schuldlosen Tod wird fallen auf seine Mörder, und Ruhe werden sie nicht mehr kennen, noch Schlaf, noch Glück.» Da erwachte ich. Nun, ist der Traum nicht deutlich?

PILATUS: *(gähnend)* Ja, ja. Wir werden eine Woche lang keine weiße Taube schlachten. Dann werden wir dem Unheil wohl entgangen sein.

PORCIA: *(geht schweigend, beleidigt, an ihren Platz, setzt sich neben Maria Magdalena, die gespannt der Erzählung des Traumes gelauscht hat)* Ihnen wird stets das Verständnis fehlen für jene Geschehnisse, die nicht mit groben Sinnen wahrnehmbar sind, sondern das Auge des Geistes brauchen.

JESUS: *(hat während Porcias Erzählung ein wenig Starrheit verloren. Er sagt)* Wahrlich, oh Weib, ich sage dir, wer suchet, der wird finden, und wer klopfet, dem wird aufgetan.

PORCIA, MARIA MAGDALENA: *(stürzen vor ihm auf die Knie)* Herr, segne uns, segne uns.

JESUS: Was brauchet ihr *meinen* Segen, da ihr den Segen in euch tragt? Das Wort, das schlummert in euch, müßt ihr finden, dann habt ihr den Segen tausendfach.

PILATUS UND BARRABAS: *(die gleichgültig waren, blicken erstaunt auf Jesus, zur gleichen Zeit fast)* Bist du Ägypter?

JESUS: *(ist wieder starr, schweigt)*

FLAVIUS: *(kann die Ungeduld nicht mehr bezähmen)* So höre mich zu Ende, oh Richter. *(Pilatus fällt resigniert in den Stuhl zurück)* Schwere Anklagen hat der Priester gegen diesen Propheten erhoben, doch falsch sind sie. Nie hat er bei jener Frau gelebt. Alle haben ihre Beteuerungen gehört. Nun frage ich, welche Verbrechen hat dieser Mann begangen, die seinen Tod fordern? Er hat die Priester beleidigt, er hat seinen Gott gelästert. Wohl. Doch meine ich, diese Vergehen kann ein irdischer Richter nicht bestrafen. Götter brauchen nicht menschliche Hilfe, um sich Genugtuung zu verschaffen. Wenn der Judengott mächtig ist, wird die Strafe nicht lange auf sich warten lassen. Und nun zur letzten Anklage, er habe das Volk aufgehetzt, um es zu verführen, keine Steuern mehr zu zahlen. Willst du die Worte wiederholen, oh Jesus, die du sprachst, als Juden dir die Frage stellten, ob man Rom tributpflichtig sei?

JESUS: *(automatisch)* Gebet dem Kaiser, was des Kaisers ist, und Gott, was Gottes ist.

BARRABAS: *(aufspringend, begeistert)* Ausgezeichnet, wunderbar. Ich hätte keine bessere Erwiderung gefunden. Sehr gut. *(Er ist vor Jesus stehengeblieben, legt ihm die Hände auf die Schultern, schüttelt ihn sanft)* Wach auf, Jesus, wach auf! Wehre dich. Was lähmt deine Kräfte, daß du ohne Kampf den Tod auf dich nimmst? Wer hat deinen Geist in Schlaf versenkt? Sprich.

PILATUS: Barrabas, wenn auch du den Gang der Verhandlung störst, wird dieser Fall wohl nie erledigt werden.

Die Anklage ist unbegründet, die Verteidigung hat volle Unschuldsbeweise erbracht. Das Urteil kann nicht bestätigt werden.

KAIPHAS: *(zeigt unauffällig mit dem Daumen gegen die Türe; zwei Tempelwächter schleichen hinaus, unbemerkt von allen, die nur für Jesus Augen haben. Dieser spricht wieder, den Blick gen Himmel)*

JESUS: Vater, ich bat dich, daß der Kelch an mir vorüberginge. Doch als sie mich fingen, glaubte ich, dein Wille sei ein anderer, und ich beugte mich. Nun soll ich leben, oder versteh ich dich nicht?

Stille. Pilatus murmelt bedauernde Worte, kopfschüttelnd. Da bricht vor den Fenstern ein Tumult aus. Ein Chor von vielen Stimmen brüllt im Takt: Kreuzige, kreuzige, kreuzige! *Der Centurio stürzt ins Zimmer.*

CENTURIO: Herr, sie wollen in den Palast und den Propheten ergreifen, um an ihm das Urteil zu vollstrecken.

PILATUS: *(verächtlich zu Kaiphas)* Für dich wäre selbst der Kreuzestod zu ehrenvoll. Nicht einmal meine Muränen möchte ich mit dir füttern.

KAIPHAS: *(grinst schweigend)*

Pilatus geht ruhig durch den Saal, nimmt Jesus am Handgelenk, führt ihn auf die Terrasse. Soldaten schlagen den Vorhang zurück, so daß der Blick die Plattform übersehen kann. Hinter Pilatus folgt Flavius, dann Soldaten, Porcia, die Tempelwache, hinter der sich Kaiphas verbirgt. Im Saal bleiben Maria Magdalena und Barrabas. Barrabas hockt am Boden, Maria Magdalena im Winkel links. Auf der Terrasse spricht Pilatus.

PILATUS: *(ohne Anstrengung vermag seine klingende Stimme den Lärm zu übertönen)* Schweigt; ich will sprechen!

Zischen im Volk, das Geschrei flaut ab, hin und wieder sticht grell ein Kreuzige! *durch das Murmeln; der Schreier wird von den übrigen zum Schweigen gebracht.*

PILATUS: *(mit gleichmäßiger Stimme)* Warum wollt ihr den Tod dieses Mannes? *(Er wartet. Totenstille)* Warum? Ihr wißt es nicht?

EINE STIMME KREISCHT: Er sagt, er ist unser König! Wir wollen Herodes treu sein!

DIE MENGE: Es lebe Herodes! Kreuzigt den falschen König!

PILATUS: Ist dies die einzige Schuld an ihm?

DIESELBE STIMME: Der Herr unser Gott ist zornig und hat uns Mißernte gebracht, weil jener gelästert hat.

DIE MENGE: Gotteslästerer! Kreuzige! Kreuzige!

Nun beginnt Flavius zu sprechen, weit vorgebeugt, mit leiserer Stimme, so daß er nicht von den Zuschauern gehört wird. Im Saale hat Maria Magdalena oft zu Barrabas geschielt, weggeblickt, sobald Barrabas zu ihr schielte. Barrabas seufzt, Maria Magdalena auch, Barrabas steht auf, nähert sich der Bank. Maria Magdalena schließt die Augen, als wolle sie schlafen. Barrabas zieht sich leise zurück. Maria Magdalena, ärgerlich, öffnet die Augen. Barrabas nähert sich, setzt sich ans andere Ende der Bank. Schweigen. Sobald Flavius zu sprechen beginnt, sagt Barrabas:

BARRABAS: Niemand wird meine Sehnsucht nach dem Tode verstehen.

MARIA MAGDALENA: *(fährt zusammen)* Du willst auch sterben?

BARRABAS: Am Kreuz!

MARIA MAGDALENA: *(mit tadelloser Betonung und Mimik)* Entsetzlich.

BARRABAS: *(lächelnd)* Ausgezeichnet!

MARIA MAGDALENA: *(verständnislos)* Was ist ausgezeichnet?

BARRABAS: Die Betonung deines ‹Entsetzlich›.

MARIA MAGDALENA: *(schweigt gekränkt. Dann neugierig)* Warum willst du sterben?

BARRABAS: Weil ich mich plötzlich langweile und dieses Gefühl nie gekannt habe. Weil ich keine Abwechslung mehr finde, sondern alle Gegenstände, alle Menschen, alles, alles einfarbig, staubgrau ist. Auch fühle ich meinen Körper nicht mehr: aus Spinnweben besteht meine Haut, sie ist mit Staub durchsetzt und mit toten Fliegen. Innen hohl, trostlose Leere in der …, ein Zugwind, der bisweilen Fetzen herumwirbelt, von Motten zerfressene, farblose Lumpen; so gut aber ist noch mein Gedächtnis, daß ich jeden Lumpen wiedererkennen kann und mich schämen muß: Dies sind die Überbleibsel der reichen Verkleidungen, die ich trug, die Menschen zu täuschen. Wie glücklich war mein Geist, mit ihnen zu prahlen. Stolz hüllte er sich in das buntschillernde Gewand des Witzes und wollte die zahllosen fremden Flicken nicht sehen, die er gestohlen hatte. Oder er prunkte mit dem schweren Goldpurpur der Gelehrsamkeit und machte sich blind, wenn das unechte Gold abblätterte und die gefälschte Farbe im Lichte der Wahrheit verblich. *(Wieder ist er in den pathetischen Ton verfallen, als Maria Magdalenas boshaft höhnisches Lachen ihn unterbricht. Sie kann nicht mehr aufhören, krampfartig wird sie von unbeherrschbarem Gelächter geschüttelt. Barrabas springt auf, wütend, läuft auf und ab, immer mehr reizt ihn das Lachen, endlich versteht er, daß es nicht natürlich ist, wird mitleidig, nähert sich)* Wie kann ich dir helfen?

MARIA MAGDALENA: *(die weiche Stimme als Beruhigungsmittel empfindend)* Warum hast du zwei Stimmen?

BARRABAS: *(pathetisch-dozierende Stimme)* Ich habe viele Stimmen.

MARIA MAGDALENA: *(hält sich die Ohren zu)* Nicht die Stimme, nicht die Stimme! *(Bricht in konvulsivisches Weinen aus)*

BARRABAS: *(mit der weichen Stimme)* Kann ich dir keinen Trost bringen, keine Hilfe?

MARIA MAGDALENA: Den Propheten mußt du retten.

BARRABAS: Warum? Liebst du ihn?

MARIA MAGDALENA: *(böse)* Dummkopf. Man liebt doch keinen Gottessohn. *(Bissig)* Gottessöhne verabscheuen das Weib, ob seiner Fruchtbarkeit. Ihr göttlicher Samen soll nicht sterbliche Kinder zeugen, denen die Göttlichkeit des Vaters brennende Sehnsucht schenkt, die sie verzehrt unter Qualen. Nein, ich liebe ihn nicht. *(Backfischhaft schwärmend)* Ich verehre ihn, ich bete ihn an.

Pause, in der man das Geschrei des Volkes hört. Während Flavius' Rede war der Lärm kaum zu vernehmen gewesen; nun braust er plötzlich über die Terrasse, scheucht die beiden auf aus ihrer Selbstvergessenheit.

PILATUS: *(draußen; Stimme wie vorher)* Ich wiederhole: Meine Einwilligung verweigere ich: der Mann scheint mir unschuldig, ich kann ihn nicht verurteilen.

VOLK: *(Johlen, Pfeifen, Rufe)* Zum Sturm! Kreuzige!

II. Akt

1. Szene

Pilatus sitzt wieder im Stuhl, Barrabas vor ihm. Jesus in der Mitte des Raumes, fessellos.

PILATUS: So, jetzt schweigt das Judenpack endlich. Die Prügel meiner Soldaten sind als Volksberuhigung doch nicht zu verachten. *(Streckt sich gemütlich zurück, die Hände unter den Kopf verschränkt)* Ein entsetzliches Klima hier. Ich liebe die Ruhe, denn Nachdenken schenkt sie mir und die Fähigkeit, über die Ruhelosen zu lachen. Doch hier könnte selbst ich bisweilen zum Volksredner werden, zum Prediger, und ganz vergessen, wie nutzlos es ist, Lehren zu erteilen. Der Plebs würde mir zujubeln einen Tag, eine Woche, einen Monat. Und dann «Kreuzige!» Sag, Prophet, du bist doch sonst klug, was trieb dich dazu, dem Volke Gutes zu tun?

JESUS: *(immer pathetisch)* Liebet eure Feinde, tut Gutes denen ...

PILATUS: *(ungeduldig)* Das hab ich schon einmal gehört. Antworte mir gut griechisch und befreie dein Hirn von sibyllinischer Redeweise.

JESUS: *(gleicher Ton)* Sie haben Ohren, aber sie hören nicht; sie haben Augen, aber sie sehen nicht. Doch des Menschen Sohn wird kommen in einer Wolke, zu richten die Gerechten und Ungerechten.

PILATUS: *(zuckt die Achseln)* Ich möchte dich gern retten, Jesus, aber du mußt mir dabei helfen. Sprich vernünftig.

JESUS: *(starrt vor sich hin. Schweigt)*

BARRABAS: *(streift die Fesseln von den Gelenken, steht auf, wirft sie auf Pilatus' Tisch, legt Jesus den Arm um die Schultern, freundlich)* Schau, wir sind nicht deine Richter; wir wollen dir helfen. Du hast Gutes getan, die Frauen lieben dich, ich habe Maria Magdalena versprochen, dich zu retten. Aber du darfst nicht trotzig sein. Willst du sterben?

JESUS: *(mühsam das Pathos beibehaltend)* Der Gottessohn wird auferstehen am dritten Tag.

PILATUS: *(gähnend)* Laß ihn; die Sagen haben ihm den Kopf verwirrt.

BARRABAS: *(wie zu einem Kranken)* So, so. Der Sohn Gottes bist du? Und richten wirst du? Sehr schön. Die Geister der Toten, ja, ja. Trittst an Hades Stelle. Jawohl. Aber jetzt bist du aufgeregt. Erst ein wenig beruhigen. Lebst noch in deinem Traum, wie? Und die bösen Juden haben dich ganz verwirrt. Komm, wir setzen uns. *(Führt ihn zur Bank, streichelt ihn zärtlich)*

JESUS: *(wie im Traum)* Die Dinge dieser Welt werden zu Staub zerfallen, doch der Geist ist ewig. Das Reich Gottes ist nahe.

PILATUS: *(interessiert)* Kennst du Plato?

JESUS: Ich kenne nur einen Gott, den einzigen wahren Gott, der mich gesandt hat, sein Reich zu verkünden. *(Die Worte quellen immer mühsamer aus seinem Munde; plötzlich schüttelt ihn Schluchzen. Er fällt mit dem Oberkörper auf die Bank)*

PILATUS: *(mitleidig)* Laß ihn ruhn.

Schweigen. Barrabas stützt das Kinn auf die Hände; Pilatus träumt, die Augen zur Decke; Jesus schluchzt, laut zuerst, nach und nach leiser, schließlich lange Seufzer.

JESUS: *(gänzlich veränderte Stimme, tieftraurig, vor sich hin)* Das Land war schön vom Berge Tabor. Endlos waren weiße Straßen in der Ebene und grüne Wellen waren ferne Hügel. Da trat ein Mann zu mir. Er sagte: «Bist du Gottes Sohn?» Sein Lächeln war mitleidig, nicht spöttisch. Ich sah ihn lange an und glaubte, mich selbst im Spiegel zu sehen, so sehr glich des Fremden Antlitz und des Fremden Wuchs meinem Antlitz, meinem Wuchs. Ja, war meine Antwort. Da wurde des Fremden Gesicht traurig. «So mach aus diesen Steinen Brot», sagte er. Ich weigerte mich; «der Mensch lebt nicht von Brot allein», sagte ich zu ihm, «sondern vom Geiste Gottes. Den will ich verkünden den Menschen, damit sie glücklich werden.» Der Fremde hatte sich neben mich gesetzt. Klug war sein Mund, doch fürchtete ich ihn. «Glaubst du, daß Gottes Geist die Menschen beglücken kann?» «Ja, denn er ist Wahrheit. Er ist Güte. Er erlöst vom Bösen.» Da ging der Fremde von mir, kopfschüttelnd und rief von ferne mir zu: «Die Menschen werden dich töten, denn sie hassen den Geist und die Wahrheit und die Güte. Sie lieben es, Macht zu fühlen, zu knien vor dem Prunk und vor der Gewalt.» Sein Gesicht schimmerte hell von stillem verhaltenem Lachen. Ich aber fluchte ihm, denn ich erkannte den Bösen, der aus mir selbst mir entgegengetreten war.

PILATUS: *(in die Stille)* Träumtest du?

JESUS: Ich weiß nicht mehr. Ich habe Gutes getan, Kranke geheilt, denn mein Vater war in mir. *(Plötzlich laut, als wolle er innere Stimmen übertönen)* Ich bin gewaltig, denn Gottes Geist lebt in mir. *(Wieder mit Schlafwandlerstimme)* Herr, vergib ihnen, denn sie wissen nicht, was sie tun.

BARRABAS: *(steht auf, geht hin und her, den Kopf zu Boden gesenkt)* Es ist schade um ihn. Man muß ihn retten. Ich liebe ihn wie einen Bruder. *(Nachdenklich hin und her; zu Pilatus)* Glaubst du, daß er wieder zu Verstand kommt?

PILATUS: *(zuckt die Achseln)* Warum hängst du an diesem verrückten Propheten?

BARRABAS: *(ärgerliches Achselzucken)* Weil …

Der Vorhang wird beiseite geschoben, ein grinsendes Gesicht schiebt sich herein, ein buckliger Körper folgt. Mit kleinen Schritten trippelt Judas herein, sieht sich scheu um, erblickt Jesus. Barrabas bemerkt ihn zuerst, faucht ihn an:

BARRABAS: Was willst du hier? Warum haben die Wachen dich hereingelassen?

PILATUS: *(schreckt zusammen; geekeltes Mienenspiel)* Was willst du?

JUDAS: *(kriechend)* Was macht mein Schützling, der große Prophet? *(Kichert)* Wie geht es dem Sohn Gottes? *(Trippelt zu Jesus)* Kennst du mich nicht mehr?

JESUS: *(im Zorn)* Er verriet mich.

JUDAS: *(beschwichtigend)* Zu deinem besten, nur zu deinem besten. Es geht doch nicht an, daß Götter auf die Erde steigen. Wir wollen unter uns sein. *(Verächtlich)* Die Menschen brauchen keine Götter. Die Götter bringen Unglück auf die Welt. *(Heftig aufstampfend)* Die Götter muß man töten.

PILATUS: *(verständnisvoll lächelnd)* Du hast recht. Was wissen die Götter von unseren Leiden. Sie sind längst an ihren Freuden gestorben.

BARRABAS: *(aggressiv)* Kennst du das Leid?

PILATUS: Ich sehe es bisweilen, aber ich will es nicht. Freud – Leid? Nur die an diese Dinge glauben, fühlen sie auch.

BARRABAS: *(spöttisch)* Welche Weisheit!

JUDAS: *(tritt zu Jesus; eindringlich)* Ich wollte dir helfen. Ich wollte dir helfen. Du wandertest in einem Traum, du mußt zur Erde zurückfinden und zu den Menschen. Du hast den Tod vergessen. Du willst unsterblich sein wie die Götter. *(Judas' Gesicht ist zornig gerötet, er kreischt)* Peitscht den Propheten, bindet ihn, er führt die Menschen ins Traumreich; wir sind Wache, wir sind Menschen, peitscht den Propheten.

JESUS: *(sieht Judas lange an)* Glaubst du an mich?

JUDAS: *(geifert)* Nein, ich glaube nicht, ich glaube an nichts. Du lügst und weißt es nicht, du bist nicht der Gottessohn. Du bist ein Bastard, ein Bastard … *(keucht)*

PILATUS: Sei ruhig, Jude, Du hast wohl an ihn geglaubt, und der Zweifel schenkt dir Haß. Sei ruhig, Jude.

JUDAS: *(zitternd)* Er predigte die Liebe, die unfruchtbare. Er sprach gegen die Verachtung, die fruchtbare Verachtung, und nahm sie mir, die allein mir Kraft gab zu leben. Ich lebte nur durch sie. Nun mußt ich durch ihn leben. Aber er hat die Menschen betrogen. Er sprach vom Gottesreich; dort seien alle schön und gut. Auch ich, der ich bucklig bin. Aber *(atemlos)* es gibt kein Gottesreich ... es gibt keins. Die Toten verfaulen. Es gibt Erde, nur Erde. *(Wirft sich auf Jesus, schüttelt ihn)* Lügner, Lügner!

JESUS: *(macht sich frei, sehr sanft)* Mein Reich ist nicht von dieser Welt.

JUDAS: *(stürzt auf die Knie, weinend)* Herr, gib mir Glauben.

JESUS: *(sanft, die Hand auf seinem Haupt; einfach)* Vater, schenke ihm den Frieden.

JUDAS: *(weinend)* Herr, vergib.

JESUS: Dir ist vergeben.

JUDAS: *(aufspringend, ekstatisch)* Wahrlich, du bist Gottes Sohn. Denn du kannst vergeben.

PILATUS: *(kopfschüttelnd)* Es gibt sonderbare Menschen. Sie geifern, wenn sie nicht glauben können, sie jubeln, wenn sie an Worten Halt finden. Auf und ab, auf und ab. Welch lächerlicher Tanz.

BARRABAS: Ergötzt dich dieser Tanz nicht?

PILATUS: Nein. Er langweilt mich.

BARRABAS: Er ist interessanter als der Tanz der Schauspieler.

JESUS: *(die Hand auf Judas' Scheitel)* Du begannst mich zu hassen, weil du dich häßlich meintest. War es Neid auf meine Schönheit? Sieh, ich bin nicht schön, denn in menschliche Gestalt mußt ich kriechen. Du glaubtest, ich sei vollkommen. Ich bin es nicht. Der Geist Gottes allein ist es, der in mir wohnt. Doch wird er diesen Körper vollkommen machen, *(stark)* vollkommen, ja, *(zögernd, zu sich selbst)* im Tode? *(Jesus schweigt, träumend)*

BARRABAS: *(immer auf und ab)* Wir kennen ihn zu wenig. Wir haben nur seine Worte gehört. Die waren schön und erinnerten bisweilen an die Gedanken unserer Meister.

PILATUS: Ich dachte es auch zuerst. Aber dann, dies sonderbar tote Wesen.

BARRABAS: Die Angst. Nur die Angst. Er hat den [Tod] verleugnet.

PILATUS: Welch lächerliche Weisheit, im Grunde. Ewig zu leben ... Wie langweilig.

BARRABAS: *(in Gedanken)* Ewig zu leben. Ewig zu leben? Der Glaube könnte mich verführen. Das Schauspiel zu verfolgen, das ewige Schauspiel, ohne die Angst, das Ende zu verpassen ... Das Geschehen der Welt unbeteiligt zu betrachten ...

JESUS: Mein Reich ist nicht von dieser Welt.

PILATUS: Hör ihn doch. Du träumst, Barrabas. Nicht unser Leben meint er. Nicht Schönheit und wechselndes Spiel, Vollkommenheit verlangt er. Wie langweilig.

Ein Soldat tritt ein.

SOLDAT: Porcia sendet dir einen Mann. Er wisse guten Rat.

Bevor Pilatus geantwortet hat, wird der Vorhang wie von starkem Windzug auseinandergeweht. Barrabas, Pilatus, Judas schrecken zusammen. Nur Jesus bleibt ruhig. Er hat einen kindlich neugierigen Ausdruck. In der Tür erscheint ein Mann in scharlachroter Tunika, weißer Stirnbinde, die graue gekräuselte Haare umschließt. Das Gesicht ist bleich, glänzend wie Elfenbein, glattrasiert und scharf. Die hagere Gestalt reckt sich gerade.

JESUS: *(ruhig erstaunt)* Sah ich dich nicht schon einmal. Auf dem Berge?

APPOLONIUS: *(lächelnd)* Damals trug ich den Bart. Oft sahst du mich wieder, aber erkanntest mich nicht.

PILATUS: *(fast ehrfürchtig)* Wer bist du?

APPOLONIUS: *(verändertes Benehmen, rauh wie zu einem Sklaven)* Wer bist du, daß du sitzen bleibst, wenn ich erscheine.

PILATUS: *(springt auf)* Meister, bist du der Apollonius von Thyana?

APPOLONIUS: *(nickt hochmütig, geht durch den Saal auf Barrabas zu)* Von dir hörte ich schon sprechen.

BARRABAS: *(freudig)* Bist du's? Wir haben zusammen gespielt in Korinth. Oder täusch ich mich?

APPOLONIUS: Sprich leise.

Sie gehen an die Rampe. Appolonius hat den Arm um Barrabas' Schulter gelegt.

[Text bricht hier ab]

1919/21

4 *Zugeschriebene Texte*

VI. Abend der Biedermeier

Eduard Mörike;
Vortrag von Herrn cand. phil. Surläuly

Gl. – Mörikes Leben fällt in eine Übergangszeit. Herr Surläuly schilderte diese Epoche im ersten Teile seiner Vorlesung. Der Einfluß des «Idealisten» Hegel – führte er aus – sei am Abflauen. Der «Realismus» kündige sich an; es sei die Zeit der sterbenden Romantik. Sie leite über zu einer neuen Literaturepoche, deren Hauptvertreter Storm und Keller seien. Aus der Vereinigung von Realismus und Idealismus sei Mörikes Werk zu verstehen. Im weiteren Verlauf der Vorlesung behandelte Herr Surläuly eingehend das Leben Mörikes; dies Kapitel war lang, und mit seinem Ende schloß der Vortrag. Nichts Neues enthielt es; ein Kapitel Literaturgeschichte war es, und vollständig, wie solch ein Kapitel es zu sein pflegt. Wie nutzlos ist es doch, stets, bei jedem Dichter, die Liebesabenteuer, mitfühlend und gerührt, als Erklärung der Werke zu kredenzieren.

Diese Erlebnisse erklären nichts; der Dichter hat sie verarbeitet; sie liegen als Kristalle vor uns. Ist es notwendig, bei jedem Diamanten ausdrücklich zu erklären, er sei aus Kohlenstoff entstanden? Man begnüge sich doch mit dem Funkeln. Die Strahlen, die einem Werke entspringen, sollen gesammelt werden, damit auch der Blindeste ein Schimmern wahrnehme.

Wenn Mörikes Leben ein Problem enthält, und mithin eine Tragik, so ist es in der Zeit zu suchen und nicht in den Erlebnissen des Dichters. Die Zeit ist, trotz ihres demokratischen Gepräges, künstlerisch reaktionär. Die Ausbrüche der Romantiker wurden zu kindlichem Lallen; für sie war die Kunst jedoch, trotz allem, ein Königreich gewesen, ein fernes Zauberreich, das allen zu erschließen höchste Pflicht schien. Novalis und Hölderlin, Arnim und E.T.A. Hoffmann, alle waren sie «unbedächtige» Menschen gewesen. Sucher, die endlich sich in Ruinen verkrochen und verfallene Mauern umdichteten zu erträumten Märchenschlössern. Als die Ernüchterung begann, wurde auch die Kunst ohne Rausch betrieben. Sie wurde Handwerk, Erholungshandwerk vom bürgerlichen Beruf, den man daneben betrieb. Sie war in den meisten Fällen Erbauung, aber arbeitsreiche Erbauung.

Herr Surläuly hätte die Töpferarbeit Mörikes, von der er kurz nur sprach, ruhig als konkreten Ausdruck des Problems betrachten dürfen. Die Kunst wurde Form, nicht Erschaffen war sie mehr. Dies Formen ist gewissenhafteste Handwerkerarbeit. Ein Gedicht – oder ein Blumentopf. Gegebenes wurde in Formen gepreßt. Nicht des Dichters Schuld war es eigentlich, wenn das Kunstwerk dennoch leuchtete. Er hatte gewissenhaft gearbeitet, so gut er konnte, er war mit sich zufrieden. Und dies Formen ohne schöpferische Tätigkeit war unvereinbar mit freiem künsterlischem Schaffen. Es befriedigte nicht. Dabei betrieben all diese Dichter einen bürgerlichen Nebenberuf. Keller und Storm und Mörike. Deshalb ist Mörike tragisch, weil er tiefer als die beiden andern sein Schicksal gefühlt hat. Unglücklich war er, als er versuchte, als freier Künstler zu leben, verzweifelt, wenn er seinen Beruf fortsetzen mußte. Und diese gefühlte und erlebte Tragik gibt seinen Gedichten den wehmütig verzichtenden Klang.

Dies vor allem noch; daß sein Beruf ihn zwang, Religion zu predigen, die sein Handwerk als falsch erkannt hatte. Ich glaube nicht, Spitzfindigkeiten erörtert zu haben. Mir scheinen diese Probleme wichtiger zu sein als der Entscheid, ob Mörike oder Kleist oder Eichendorff wertvoller seien. Man nehme die Werke eines jeden als Versuch hin, seine Stellung zur Zeit, in der er lebte, klarzustellen. Man muß oft lange suchen, bis man diese Stellung herausgelesen hat; doch bringt dies bisweilen seltsame Klarheit mit sich. Und die Seele der ganzen Zeit vermag man zu erkennen aus den Schmerzensschreien (oder aus dem verzichtenden Gebetsmurmeln), die aus den Zeilen der Dichter tönen.

Frau J. Conrad sang einige Mörike-Lieder nach der Musik von Hugo Wolff. Das Publikum dankte ihr mit lautem, langanhaltendem Applaus.

1921

Konzert in der reformierten Kirche

Gl. – Das Programm war reichhaltig, die Auswahl gut getroffen. Sehr gut geschult waren die Chöre.

Die «Passacaglia» von Buxtehude ging unter in dem Geräusch, das die zu spät Kommenden verursachten. Und doch wäre Dietrich Buxtehude der Aufmerksamkeit wert gewesen. J. S. Bach war zu diesem Musiker gepilgert, von Arnstadt nach Lübeck, wo Buxtehude rühmlich bekannt war, als Organist an der Marienkirche, als Komponist in ganz Deutschland.

«Vom Himmel hoch, da komm ich her», ein A-cappella-Chor von dem Bayern Adam Gumpelzhaimer, wirkte sonderbar verschnörkelt. Verworren bisweilen, und dennoch, bei aufmerksamem Zuhören, streng und scharf in der Stimmenführung. So streng, daß die Titel der Liedersammlungen dieses Musikers seltsam scheinen: «Lustgärtlein» und «Würtzgärtlein deutsch und lateinischer Lieder».

Herr Däniker spielte die bekannte Chaconne von Bach mit «viel Temperament», wie man zu sagen pflegt. Sehr gut brachte er den Basso ostinato zur Geltung, den immer neue Variationen ausführen, in bald langsamer, bald schneller Bewegung. Das Stück schien ganz modern. Hr. Däniker trug durch seine Auffassung der Chaconne viel dazu bei, dem Stücke sein ehrwürdiges Alter zu nehmen.

Frau Mally Baerlocher-Keller sang ein Beethoven'sches Lied mit lauter, gut geschulter Stimme, streng nach den Noten. Es war aber nicht Beethoven, was sie sang. Sonderbar zwiespältig klang es, kalt auch; technisch richtig, aber ...

Die Händel'sche A-Dur Sonate und das Beethoven'sche Adagio aus der G-Dur Sonate, beide für Violine und Klavier, litten unter der Orgelbegleitung, die die Klavierbegleitung ersetzen mußte. Das Streichquartett im Arioso von Mozart ward nur gesehen, verhallte ungehört.

Hr. Gut ist zur Führung der Chöre zu beglückwünschen. Sie gaben ihr Bestes.

1921

5 *Autobiographische Dokumente*

Anamnese vom Patienten selbst geschrieben

19. Juli 1920

Im Januar litt ich an einer starken Bronchitis. Ich beachtete sie nicht, bis sich nach einigen Tagen Hämoptoe einstellte. Ich besuchte einen Arzt, der mir ein Zeugnis ausstellte zur sofortigen Aufnahme ins Zürcher Kantonsspital. Dort wurde ich nicht aufgenommen, man riet mir, mich in meinen Heimatkanton Bern zu begeben. Dies tat ich nicht, lag zwei Tage zu Bett und nahm Cod. phosph. in Tabletten, das mir ein Arzt verschrieben hatte. Mein Zustand besserte sich. Nach zwei Monaten, in denen ich mich nicht hatte genügend ernähren können, trat ein Blutsturz auf, der wieder mit Codein behandelt wurde. Als erstes Gegenmittel gab mir der Arzt (Dr. Holzmann, Bahnhofstraße, Zürich) Mo. und eine Salzwasserlösung (Mo. Inj., Salzwasser zu trinken). Bis zum nächsten Winter war mein Zustand befriedigend. Dann begannen Stiche in der Gegend des rechten Schulterblattes, die sich steigerten; schließlich Blutspuren im Speichel, Fieber, Nachtschweiß. Durch den Arzt der Tuberkulose-Fürsorgestelle in Zürich wurde meine Aufnahme ins Kantonsspital ermöglicht; dort blieb ich sechs Wochen (Dezember 1917-Januar 1918). Nach meiner Entlassung ging ich nach Genf. Da die Stiche wieder auftraten, auch Trigeminusneuralgien sich einstellten, versuchte ich mit Cod. phosph., Pantopon die Schmerzen zu betäuben. Bald erwiesen diese Mittel sich als zu schwach, so daß ich einen bekannten Apotheker um Mo. anging. Er gab mir das Verlangte. Mit drei Spritzen à 0,02 M.d. beginnend, steigerte ich die Dosis bis zu 10-12 Spritzen (4 cm^3, 2% Lösung); im ganzen 0,5 g Mo. im Tag). Nach zwei Monaten verweigerte mir der Apotheker, der mir bis dahin ohne Rezept die Mo.-Lösung geliefert hatte, unter einem nichtigen Vorwand, [mich] weiterhin zu bedienen. Einen Tag lang verbrachte ich ohne Mo.: Schmerzen steigerten sich derart, daß ich verzweifelt versuchte, [mir] mittels eines falschen Rezepts das Mo. zu beschaffen. Es gelang mir. Im Juni jedoch geschah es, daß ein Apotheker Verdacht schöpfte, den Arzt, dessen Namen ich unter das Rezept gesetzt hatte, antelephonierte. Die Fälschung wurde entdeckt, tags darauf wurde ich von einem

Geheimpolizisten verhaftet. Die Nacht im Arrest war entsetzlich. Herzkrämpfe, Atemnot, Neuralgien. Aus dem überfüllten Arrestlokal wurde ich in eine Zelle gebracht. Am nächsten Tag, vor den Kommissär geführt, verlangte ich einen Arzt. Es wurde mir erwidert, im Gefängnis würde er nicht besuchen. Ohnmachtsanfälle wechselten mit Herzkrämpfen, Frostschauern, Nervenzuckungen. Endlich brach ein Schreikrampf aus. Am Nachmittag besuchte mich der Gefängnisarzt, ich war halb bewußtlos, Herzklopfen mit plötzlicher Aussetzung der Herztätigkeit, von Zeit zu Zeit Delirium. Der Arzt ordnete die Überführung ins Spital an. Dort erhielt ich am ersten Tag eine Spritze zu 0,01, am folgenden Tag 1/2 Spritze (0,005). Die vier Tage waren entsetzlich. Durchfall, Atemnot etc. Am vierten Tag erhielt ich Na.Br. (5:100), das mir keine Erleichterung brachte. Dann wurde ich nach Bel-Air transportiert. Dort blieb ich zwei Monate. Nachdem die Beschwerden der Entwöhnung vorbei waren (zur Beruhigung hatte ich täglich ein zweistündiges laues Bad verlangt), begannen die Lungenstiche von neuem, verbunden mit Temperaturerhöhung (morgens 37-37,3, abends 37,8-38,1). Dr. Barbezat, der Chefarzt, ließ mich morgens im Bett bleiben, außerdem verordnete er Terpentinsyrup. Mein Zustand besserte sich, so daß ich fieberfrei war, als ich nach Münsingen überführt wurde (August 1918). Dort arbeitete ich täglich im Garten, im Winter besorgte ich die Zentralheizung, hatte vollständige Freiheit (Ausgang, Passepartout). Herr Direktor Brauchli wollte mich schon im Februar entlassen, es fand sich jedoch keine passende Stelle für mich. Endlich im Sommer 1919 folgte ich einer Einladung Rob. Binswangers nach Ascona. In Münsingen hatten die Lungenstiche und Neuralgien nicht nachgelassen. Einzig die Temperatur blieb normal. Im Januar 1919 machte ich die Grippe durch; es war ein heftiger Anfall. 1 1/2 Wochen ging die Temperatur nie unter 39,5 (abends stets 40,2-40,3). Ich erholte mich sehr schnell.

In Ascona arbeitete ich viel des Nachts, schlief wenig, so daß nach wenigen Wochen wieder Hämoptoe eintrat, mit Lungenstichen. Auf Rat Dr. Piattis nahm ich Codein. Später Pantopon; das verschriebene Cressotal vertrug ich nicht (Magenbeschwerden). Da die Trigeminusneuralgien sich steigerten, verschrieb mir Dr. Casella Mo. Ein Apotheker steigerte auf mein Verlangen die Dosis (wieder bis 0,5 g im Tag). Im November 1919 begann ich neuerdings Mo. zu nehmen. Im April 1920 versuchte ich vergebens, eine Entwöhnung durchzumachen. Ich konnte nicht widerstehen und verschaffte mir Mo. Nach meinem

Austritt riet mir ein Arzt, Mo. langsam durch Co. zu ersetzen. Dies tat ich, ging mit Mo. bis auf 0,1 g im Tag zurück, steigerte das Co. jedoch bisweilen bis zu 3/4 g (0,75) -1 g im Tag. Am 1. Juli wollte ich mich nach Zürich begeben, wurde irrtümlicherweise des Velodiebstahls in Bellinzona angeklagt; infolge einer Nervenkrise beging ich in der Zelle einen Selbstmordversuch. Der Arzt gab mir eine Scopolamin-Mo.-Einspritzung, die mich die Nacht über beruhigte. Am nächsten Tag per Schub nach Luzern spediert, konnte ich mir aus einer versteckten Reserve [eine] Einspritzung machen. Am 3. Juli morgens bekam ich vor dem Einsteigen einen Ohnmachtsanfall. Der Arzt macht mir eine Injektion (0,02 Mo. und 0,02 Co.) Darauf wurde ich nach Bern weiterspediert. Dort im Arrest scheine ich deliriert zu haben. Ich wachte plötzlich auf im Hemd, ohne Decke im feuchten Dunkelarrest. Trotz allen Klopfens wurde mir nicht geöffnet. Ich bekam einen Blutsturz. Am Morgen endlich wieder in die gemeinsame Zelle zurückgeführt, mußte ich den Sonntag und die darauffolgende Nacht unter Schmerzen verbringen. Man gab mir ein wenig Antipyrin. Montags, den 5.7., wurde ich in meine Heimatgemeinde geführt, von dort ins Spital.

Lebenslauf Burghölzli

5. August 1920

Ich bin 1896 in Wien geboren, besuchte die evangelische Volksschule bis zur IV. Klasse, trat ins Gymnasium über. 1911-1913 im Landerziehungsheim Glarisegg, 1913-1916 Collège de Genève bis zur obersten Klasse. (1915 Militärdienst. Gebirgsartillerie.) Infolge eines Artikels, den ich in einer Zeitung über die poetische Arbeit eines Lehrers veröffentlicht hatte, verließ ich die Schule ein Semester vor der Schlußprüfung. Ich ging nach Zürich, wo ich die Maturität mit Erfolg bestand. Da inzwischen meine Ausschließung aus dem Collège widerrufen worden war, konnte ich mich an der Universität immatrikulieren lassen. 1 Semester Chemie, 1 Semester romanische Philologie. Mein Vater hatte mich bis dahin mit einer monatlichen Pension unterstützt. Infolge des Kurses wurde ihm dies unmöglich. 1917 in Magadino. 1918 in Zürich, dann in Genf. Dort wegen Velodiebstahl verhaftet. Im Gefängnis Morphiumdelirien. 2 Monate Bel-Air. Von August 1918-Juli 1919 Münsingen. Herr Direktor Brauchli war einverstanden, mich zu entlassen, jedoch Herr Dr. Schiller, Amtsvormund, verweigerte seine Einwilligung. Juli 1919 bis Juli 1920 Ascona. In Bellinzona unter Velodiebstahlverdacht verhaftet, per Schub nach Bern. Ins Inselspital wegen Blutsturz und Morphiumentwöhnung. Von dort während der Entwöhnung in einer Apotheke versucht, mit falschem Rezept Mo. zu erhalten. Verhaftung. Steigerhubel. Da mir dort wieder Münsingen drohte, entwich ich nach Baden zu Herrn Dr. Raschle. In Einverständnis mit ihm, kam ich ins Burghölzli zwecks Ausstellung einer Expertise.

Tagebuch Burghölzli

14.-30. August 1920

Samstag, 14. Aug. 20

Für dich schreib ich das, kleines Lison, weil ich allein bin und niemandem erzählen kann als dir. Es hätte keinen Sinn, für mich zu schreiben. Dies ist nicht Pose oder Literatur, sondern es ist ganz einfach so. Ich bin müd heute und dumm, es regnet. Der Saal, in dem ich sitze, ist voll Rauch und Geschrei. Zwei braune Tische langweilen sich und dehnen sich gegen die harte Wand der umgebenden Stühle. Und das grüne Tuch bedeckt das Billard. An den Fenstertischen jassen die Leute, kreischen, lachen. Ein kleiner Buckliger mit grüner Schürze (er schläft in meinem Zimmer und hat Schweißfüße) krächzt ein heiseres Lachen, wenn er Karten mit geballter Faust auf den Tisch trumpft. Ein dicker alter Mann, Schaeppi heißt er, steht daneben und gibt Ratschläge. Weiße Watte quillt hervor unter einem schwarzen Kreis, der sein Auge bedeckt. Sein Sohn habe ihn hierhergetan, klagt er, weil er zuviel trank. Er ist wie ein guter alter Papa, gar nicht alkoholikergrob, verschenkt Äpfel und lächelt gütig unter gelblichem Schnurrbart. Der Kopf ist rund wie der Körper; er hat fleischige Hände und klopft mir bisweilen väterlich auf den Kopf. Draußen regnet's ununterbrochen, und der Tag war lang. Am Morgen im Saal, der überfüllt war, denn heute wird nicht gearbeitet, weil man rasiert ... Am Nachmittag Kohl gepflanzt. Dann in einem Schundroman gelesen bis zum Abendessen. Gestern hab ich dir einen langen Brief geschrieben und wollte ihn mitgeben, aber Monsieur hat, scheint es, das letzte Mal geflucht. Nun weiß ich nicht mehr, wie ich zu dir kommen soll, Kleines. Bist du weit oder nah? Mir ist sentimental zumute, und ich sehne mich. Lebewohl.

Sonntag. [15. August 20]

Ein langer Regentag, Kleines, ohne Nachricht von dir. Nur erfahren, du habest mir einen Brief und Manuskripte geschickt, die zu meinem Vormund gewandert sind. Heut morgen zweites Interrogatorium durch Dr. Glaus, das sich auf einen Monolog meinerseits beschränkte und Kritiken über meine Sachen. Nichts Palpitantes. Langeweile, furchtbar. Der Saal stets überfüllt, nicht zum Aushalten. Ich soll einem kleinen Buben Stunden geben, sagt man, Lesen, Schreiben.

Bücheler: Commis voyageur in Spitzen, Spatzengesicht, rötlich, sehniger Hals, weite, stets erstaunte Augen. Lang, hager, mit faltigen Hosen. Gestikuliert naiv beim Sprechen. War krank in Amerika. Wurde von Rorschach unter falschem Vorwand zu seiner krankgesagten Mutter gelockt, dann ins Irrenhaus getan, wo er auf Bäume kletterte und sang. «Ein klein wenig verrückt», sagt er. 15 Tage Bad.

Montag, 16. Aug[ust 20]

Heute morgen wieder B II 6, d. h. das Zimmer war besetzt, so daß Hr. Dr. mich in sein Privatkabinett nahm. Assoziationen. Kindlich durchaus. Sonderbar seien nur die «Schlangen»-Assoziationen. Auf Hütte, Adler, Kamin – Schlange. Du entsinnst dich, Kleines. Das Molino. Dann weiterarbeiten am Vaterkomplex, den ich schon die früheren Male angedeutet hatte. Es hat mich gefreut, daß ich *bewußt* assoziiere, logisch-sprachlich oder klanglich. Zuerst die Reizwörter mit einmaliger Assoziation und Zeitkontrolle, dann Wiederholen der Wörter ohne Zeitkontrolle. Dann Anhören einer Wortreihe und Frage, welche behalten wurden (Vater, Reue, *Braut, Genuß:* Zusammenstellung des Arztes. Es ist gut, selber bisweilen dem Psychiater gegenüber den Analytiker zu spielen), dann Reihenfolge von Gedanken auf die behaltenen Reizwörter. Ein paar Witze: mit dem Dröhnen der gnostischen Formeln losgedonnert bei Gott-Himmel-Teufel. Strindberg. Die Untersuchung ist für mich interessanter als für den Arzt. Er gähnt oft. Ich beobachte viel und gewinne ein ziemliches Bild von dem Menschen. Einmal führe ich es aus, wenn es klarer ist. Auf alle Fälle sind die «Psychophagen» (ein Wort Amsteins) hier sehr menschlich, versuchen es mit naiver Schlauheit, die sie stolz Raffinement nennen.

Amstein ist Sohn eines Professors, Cocainist und ein bißchen sehr bewandert: «Denn die Schönheit, kleiner Phaidros, nur sie . . .»

Dienstag. [17. August 20]

Mein Kleines; nun hab ich ein Zimmer, in dem ich allein bin und für mich arbeiten kann. Dieu soit loué. Ich wurde ganz nervös im großen Saal, wo die Billardkugeln klappern und die Leute stumpfsinnig auf schwarzen Ledersofas exsekrablen Tabak aus Holzpfeifen rauchen. Gestern bin ich unterbrochen worden, mußte wieder zur Untersuchung. Dr. Gl[aus] gab mir eine Karte von Raschles, die den Besuch absagten. Es war eine Abbildung einer Archipenko-skulpto-peinture. Daraufhin wurde ich über meine Ansichten betreffend moderne Kunst ausgefragt. Ich sprach lobend von A's kubistischen Statuen, versuchte dem Herrn klarzumachen, es handle sich um neue Kunstwege, schmiß ihm Cézanne, van Gogh, Gris etc. an den Kopf, warf noch ägyptische Kunstwerke und Negerplastiken nach, protzte mit dem «Geistigen» in der Kunst, um auf die Impressionisten überzugehen und deren «art» in den Himmel zu heben, sprach von Arp und Dada, so daß der Herr zum Schluß nicht wußte, was ich eigentlich über dies spezielle Kunstwerk dachte. Es war erstaunlich, die Miene zu beobachten, als ich schloß:

«Und was halten Sie davon?»

«Ja, ich meine, natürlich ...» (Stottern)

Ich: «Übrigens ist mir ein Arch[ipenko] immer noch näher als ein Defregger» (dies peremptorisch).

Damit war das Thema erschöpft. Es kamen die Assoziationen an die Reihe. Wenn die Ps[ychiater] doch raffinierter wären. *Diebstahl* (assoziiere ich): Reue, Zwang, Hunger.

Vater: Strafe, Haß, nutzlos.

Auf *Haß:* Vater, Schläge, Mitleid, Tränen, nutzlos, Haß, Literatur.

Der arme Herr. Liso, ich bin so glücklich, heute mit dir allein schwatzen zu können. Man hat sonst niemanden. Amstein vielleicht, doch ist er launisch. Ich erzähl dir dann von ihm. Zum Schluß ein kleiner analytischer Witz. Herrn Dr. Gl[aus] intrigiert mein Schlangenkomplex. «Wollen Sie mir nicht helfen, ihn zu lösen, Herr Dr.?»

«Wir sprechen noch drüber.»

«Ich habe viel darüber nachgedacht. Vielleicht ist es bei mir eine unterdrückte homosexuelle Komponente.» Er (hastig abschiednehmend, verlegen): «Es wird Ihnen schon einfallen, Herr Gl[auser].» Am liebsten hätte ich gegrinst; es entstand aber nur eine höfliche Verbeugung. Heut morgen hab ich Briefe von dir bekommen, die eine Woche alt waren. Du schicktest die Manuskripte von G [...] und einen Brief von Goesch Hans. Ich freu mich auf sein Manuskript.

Im Zimmer neben mir singt ein Herr Lehmann patriotische Lieder.

> «Ja, das Berner Oberland
> Ist in aller Welt bekannt ...»

Meinetwegen!

Ich möchte gerne wissen, was du machst und wohin ich dir schreiben soll. Verzögerungen von einer Woche sind unglaublich. Manchmal bekomme ich Wutanfälle.

Frau Dr. Morgenstern, die Abteilungsärztin, ist die Tante eines früheren Glariseggers, der mein Klassenkamerad war. Sie ist alt und bezwickert, mit einem Tantengesicht, knolligen Wangen und anderen ebensolchen Gesichtsvorsprüngen. Doch kann das Gesicht sehr freundlich werden, und «un gracieux sourire» läßt manchmal die Knollen verschwinden.

Donnerstag, 19. [August 20]

Endlich bist du wieder in Zürich und nicht mehr weit. Gestern erhielt ich ein Paket Manuskripte und deine Karte aus Ascona. Sie ging nicht durch Schiller, was mich freute. Heut morgen kam das Obst, wahrscheinlich warst du gestern abend da. Wirst du morgen kommen? Ich kann bald nicht mehr, Kleines, die Sehnsucht wächst stets. Und das Traurige ist, daß dies keine Phrase, sondern Wirklichkeit ist. Gestern hab ich an meinen Gedichten abgeschrieben und bin bald fertig.

Dienstag abend war Dr. R[aschle] noch hier. Ich wurde zum Dr. zitiert und traf ihn dort. War wütend über Vormund, erzählte dein Abenteuer in Ascona. Armes. Hoffentlich kommst du morgen.

Freitag. [20. August 20]

Du bist nicht gekommen, Lieb. Warum? Fr. R[aschle] war da, sehr lieb, konnte mir keine Nachricht von dir geben. Vielleicht siehst du sie heute. Es ist scheußlich, daß ich dir nicht schreiben kann, aber es ist so kompliziert, bis man Brieferlaubnis bekommt, und ich habe schon den Vorwurf hören müssen, ich schreibe zuviel. Nacht schlecht geschlafen. Gestern abend Gewitter, Nervosität. Heut morgen ein wenig Fieber. Schreckschuß: Ich mußte in den Wartesaal B II, langweilte und ängstigte mich eine Stunde lang; dann kam ich wieder auf meine Abteilung zurück.

Ich bin so froh, jetzt wieder mit dir allein zu sein. Nur mein Hirn funktioniert schlecht. Durchaus unproduktiv. Die Speisen werden hier mit Soda gewürzt, um den Sexualtrieb (on dit) zu bezähmen. Dies erzeugt auch geistige Impotenz, leider. Mein Zimmerkamerad ist sehr nett. Ein Konkurrent, der schon ein Buch herausgegeben hat. Eugen Wyss: *Zwischen Hell und Dunkel.* Ein paar gescheite Ideen, richtige sogar. Großer Verehrer des Symbols im Künstlerischen. Dabei großer Mangel an Kritik, aber fähig, synthetisch zu denken. Ist nach fast bestandener Diplomprüfung am Poly aus Wut über einen Professor fortgelaufen, mit seiner «Braut» herumgereist und schließlich auf dem Land in einem einsamen Haus gelandet. Dort gehungert mit ihr, bis im Auftrag seiner Mutter ein Doktor ihn holen kam und hierherbrachte. Sie ist schwanger.

Bisweilen Ansichten, die meinen gleichen. Das Gefühl, wie bei wenn ich horche: Es kann mir nichts mehr geschehen. Er nach Blutvergiftung im Militär, wo er von den Ärzten aufgegeben wurde. Ich nach den drei Tagen Gefängnis in Bern. Krisen sind gut, wenn nachher eine vollständige Ruhe eintritt, die den plötzlich erworbenen Erkenntnissen die Möglichkeit gibt zu reifen. Sonderbar ist mir, daß ich weder vor Wärtern noch vor den Ärzten mehr den gefürchteten Autoritätskomplex habe. Auch ein Brief von meinem Vormund hat mich vollständig kalt gelassen, gestern. Lieb, ich sehn mich so, mit dir zu sprechen, tagelang, glaub ich. Wie an dem wunderbaren Morgen damals in Baden. Fast elegisch werd ich. Es ist gut, daß ich wenigstens auf diese Weise mit dir zusammensein kann. Sonderbar, wenn ich schreibe, bist du mir nah. Ich kann mir das Arbeiten nicht mehr ohne dich denken. Wenn du erlaubst, kommen hierhinein auch Notizen. Ich lese die *Mneme* von Sernon und möchte gern einiges für mich klarstellen.

Mein Zimmer sieht durchaus nicht wie eine Gefängniszelle aus. Die Gitter davor erheben sogar Anspruch auf eine gewisse Schönheit, die vielleicht nur Fehler ist. Sie sind gemustert:

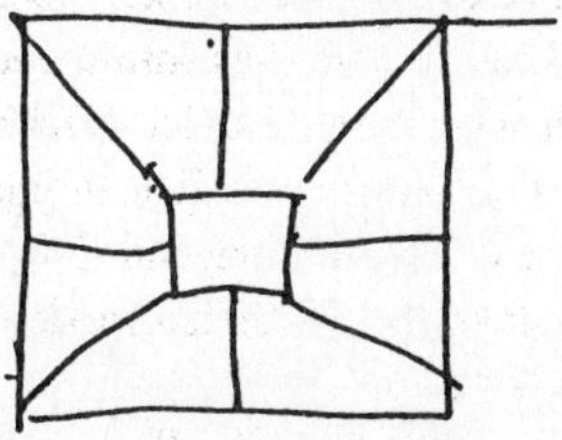

Dies Muster kehrt rechts und links viermal wieder, übereinander. Vier eiserne Spinnennetze, in den[en] Matto die dummen Träume der Außenwelt fängt, damit sie die Ruhe des Himmelreichs nicht stören. Ich schreibe an einem großen Tisch, Bücher sind um mich. Links das Bett, rechts ein tantenhaftes, rotes Plüschsofa, ein viel zu glänzend polierter Schrank, dann ein Waschtisch. Das Zimmer ist für die II. Klasse bestimmt, doch mein Bildungsgrad scheint für Frau Morg[enstern] den Mangel an Geld zu ersetzen, so daß ich dieser Seligkeit teilhaftig werden durfte. Es ist nämlich wirklich erlösend, hier zu sein, *allein*. Das Unerträglichste in den Anstalten ist ja immer der Mangel an Einsamkeit. Man muß wirklich zur Tobsucht greifen, um in einer Zelle dies Unentbehrliche genießen zu können. Heut bin ich sehr schwatzhaft, Kleines. Vielleicht langweilt dich das zu lesen. Aber dann denk ich, daß es dich einmal freuen kann, wenn du weißt, *wie* stark ich jeden Tag an dich gedacht habe. Meinem Freund Wyss hab ich von dir erzählt und von deiner Klugheit. Vielleicht hat ihm der Mund gewässert, denn bis jetzt hat er immer versucht, Frauen zu erziehen, und schlechte Erfahrungen gemacht. Es macht mich glücklich zu denken, daß es Frauen gibt wie dich. Weißt du, wenn mein Fall einmal klar liegt, möchte ich ein halbes Jahr arbeiten und sparen. Du auch. Und dann gehen wir nach Paris zusammen. Dies ist meine Hoffnung. Nur der Schweiz den Rücken kehren. Pfui Teufel, das Land. Kleines, ich bin bei dir alle Tage.

Samstag [21. August 20]

«In die Hölle des Lebens kommt nur der hohe Adel der Menschheit. Die andern stehen davor und wärmen sich.» *Hebbel*

Mittwoch. [25. August 20]

Ich war sehr faul in diesen Tagen, mein Kleines. Besonders weil ich keine Nachricht von dir erhielt. Heut habe ich drei Briefe auf einmal bekommen und bin wieder getröstet. Gestern war R[olli] da. Wie fremd er ist. Ich bin so weit von ihm fort wie nie. Ich kann das, was ich früher begreiflich fand und sogar an ihm liebte, nicht mehr verstehen. Angst vor dem Leben, oder wie man es nennen will, Angst vor dem Dunkeln, Problematischen, das er durch Vagheit und Kopf-in-den-Sand-Stecken klären will. Als müßte ich die ganze Zeit gegen einen schöngestrichenen Stock sprechen, der behauptet, ein Zauberstab zu sein und meine Sprache zu sprechen. Hat R[olli] überhaupt eine Ahnung, was *suchen* heißt. Suchen, im tapferen Sinn (bitte das scheußliche Wort nicht mißzuverstehen). Suchen ganz unten im Schlamm, tauchen können und doch den Körper so glatt behalten, daß an der Oberfläche der Schlamm abfließt. Weiß Gott, ich mache nicht den Pharisäer, aber ich bin glücklich, manchmal, nein immer, nicht so zu sein wie er. Wie gefällt der Hebbel-Poseur? Ein wenig Wahrheit ist sicher in den Worten. Und warum soll ich nicht ehrlich sein. Ich glaub, ich darf mich zum Adel zählen. R[olli] ist hoffnungslos Plebs. Schad um ihn. Bitte, Kleines, nicht an Selbstüberhebung denken. Aber Ehrlichkeit darfst du mir zusprechen. Und gequält habe ich mich wie selten einer. Aber in der Hölle finde ich Erlösung. Das ist Trost. Und Höllenbrüder treff ich hier genug. Wenn man erzählen könnte.

Müller Gottfried ist ein kleiner Junge, kaum achtzehn. Vater Säufer,

Einbrecher, Heiratsschwindler (was nichts heißen soll), aber brutal gegen Frau und Sohn. Der Kleine wurde, als der Vater einst wegen Einbruch drei Jahre bekam, in eine Erziehungsanstalt gebracht. Mußte, obwohl schwächlich, von morgens sieben Uhr bis abends sieben Uhr auf dem Feld arbeiten. Man gab den Jungen keine Hosenträger, um sie am Durchbrennen zu hindern. Trotzdem flieht er nach zwei Wochen zu der Mutter. Ist vier Tage in den Wäldern. Dort will ihn die Polizei wieder holen. Da nimmt sich ein früherer Lehrer seiner an, läßt ihn die Sekundarschule machen. Er findet eine Stelle mit 185 frs. Gehalt. Da schreibt ihm der Vater, er müsse 80 frs. nach Hause schicken, bedroht ihn mit Tod, wenn er es nicht täte. Der Sohn bekommt Angst, brennt mit dem ersten Monatsgehalt nach Chiasso durch, nachdem er alle seine Schulden noch gezahlt hat. In Chiasso gelingt es ihm nicht, über die Grenze zu kommen. Er reist nach Zürich zurück, fast kein Geld. Wartet, bis alle ausgestiegen sind, öffnet sich die Adern. Doch macht er es ungeschickt. Es geht nicht. Er steigt noch aus, fällt im Wartesaal in Ohnmacht. Dann erwacht er von einem Nadelstich in die Backe. Im Kantonsspital. Hört, wie der Arzt sagt: «Der Simulant gehört ins B[urghölzli].» Um zwölf Uhr nachts wird er hierhergebracht. Kommt in den Wachsaal der Tobsüchtigen. Nach einer Woche zu uns.

Nur eine Anekdote. Nun kommt der Kleine bald fort, zu dem Lehrer, der sich seiner angenommen hat. Interessant besonders Protest gegen den Vater. Der Vater will, er soll stehlen, wie er. Der Sohn will ehrlich werden. Hat strohblonde, mit Wasser an den Kopf gepappte Haare, ein nervöses, aber ausdrucksloses Gesicht mit einem sonderbar gemeinen Lächeln. Er wird ein guter Bürger werden. Schade.

Nun ist ein neuer Dr. bei uns. Staeheli[n]. Basler. Lang, schmale [. . .]

[Text bricht ab]

Montag, 30. [August 20]

Nun hab ich dir so lang nimmer geschrieben. Ich war sehr herunter. Bei meinem letzten Interrogatorium las ich die Diagnose, die man in Genf gestellt hatte. Dementia praecox und konstitutionelle Psychopathie; Complication: Morphinomanie. Ich habe ein paar Tage gebraucht, um dies zu verdauen. Besonders half H. Staeh[elin] mir dazu. Wir sprachen von Hölderlin, und ich fragte, welche Geisteskrankheit bei ihm erkannt worden sei. Dasselbe. Man weise das bei allen Dichtern nach, Goethe ausgenommen, fügte er ironisch hinzu. Das hat mich ein wenig getröstet. Und dann kam der Trotz und der richtige

Protest gegen Psychiatrie. Wenn ich dich nur sehen könnte, Lieb. Die Atmosphäre hier. Ich habe Angst bisweilen, wahnsinnig zu werden. Immer die dumme Frage: Haben die Leute nicht doch recht? Hilf mir, Lieb, ich bin schwach, du bist weit. Denkst du manchmal an mich? Und dann: Ist Wahnsinn nicht doch vielleicht Erfüllung? Bei Hölderlin unbedingt. Lies die Fassung *Der blinde Sänger* (vor der Wahnsinnszeit) und *Chiron* (das gleiche Gedicht, umgeändert im Wahnsinn, neu, zu uns passend, die erste Fassung hingegen bleich, idealistisch – griechisch). Ich lese Hölderlin und Schopenhauer. Trost, sehr. Werfel sinkt immer tiefer in meiner Achtung. Nun hab ich tagelange Depressionen, wo ich stumpfsinnig bin, und nur hin und wieder ein paar Stunden geistiges Angeregtsein. Ich ängstige mich, ob das Wahnsinn ist.

Oh, die Stille der leeren Gänge und der Gitter Stummheit vor singenden Bäumen. Kälte der Morgen, wenn die Sonne zögert, und das Schreien in unsichtbaren Kerkern. Lautlose Tropfen fallen in meinen Kopf, wenn aus Mattos Stundenglas fließt der Sand, ohne Lärm. Wer findet den Weg der Fremde in sichere Dunkelheit, wo leuchtende Becher uns bieten kühlenden Trunk. Niemals finden Vergessen wir in den elfenbeinernen Türmen des Schlafs; immer ruft uns der Hunde Gebell Vergangenheit zu und Taten, längst geschehene, war es im Traum?

Laut weinen und winseln die Wiesen und Häuser, weil (bunt flattern klirrende Bänder) Irrsinn tanzt auf den Wolken des Abendrots.

So, Lieb, nun bin ich wieder glücklich. Solange ich noch mein Unbewußtes lyrisch expektorieren kann, droht mir der Wahnsinn nicht. Nun bin ich erwacht; wie schnell dies geht. Leb wohl. Ich kann mich wieder *kräftig* nach dir sehnen.

Lebenslauf Münsingen

4. Mai 1925

Als ich 1919 Münsingen verließ, ging ich ins Tessin, nach Ascona. Mein Freund Robert Binswanger nahm mich auf, und ich wohnte eine Zeitlang bei ihm. Die ersten Tage war ich unruhig, denn ich wußte nicht, welche Folgen meine Flucht aus Münsingen haben würde. Doch die Entscheidung meines Vormunds, es auf eine Probe ankommen zu lassen, gab mir die nötige Ruhe wieder. Ich begann schriftstellerisch zu arbeiten. Eine längere Novelle, *Der Heide*, wurde von der *Schweiz* angenommen, wo sie jedoch erst 1922 od. 23 erschien. Gesehen habe ich den Abdruck erst in Paris 1923, wohin ihn mir der Redaktor der *Schweiz* auf meine Bitte hin sandte. Außer dieser Novelle habe ich damals noch etliche andere verfaßt. Sie sollten einen Novellenband bilden. Auch einige Gedichte sind dort entstanden und der Beginn eines Dramas. All diese Manuskripte sind bei Dr. Raschle in Baden geblieben, der sie trotz wiederholter Nachfrage meines Vaters nicht herausgegeben hat. Im Tessin lernte ich Frl. von Ruckteschell kennen, mit welcher ich ein Jahr lang zusammengelebt habe. Nach einigen Monaten begann ich wieder Mo. zu nehmen und steigerte die Dosen allzu rasch. Als ich die Wirkung nicht mehr heftig genug wahrnahm, versuchte ich Cocain. Um mir das nötige Geld zu verschaffen, habe ich damals eine mir anvertraute Schreibmaschine verkauft. Als ihr Besitzer sie mir abforderte, floh ich aus Ascona, denn ich schämte mich, diesen Vertrauensbruch begangen zu haben. Ich hätte ihn nicht begangen, wenn nicht die Sucht nach Mo. mich getrieben hätte, mir auf alle nur mögliche Weise Geld zu verschaffen. Ich wollte nach Deutschland fliehen, kam jedoch nur bis Bellinzona. Dort trieb es mich (war es Sehnsucht oder Angst?) nach Ascona zurück. Ich mietete ein Velo und fuhr nach Locarno zurück. Da ich müde war, nahm ich auf der Rückfahrt den Zug. Kaum in Bellinzona angekommen, wurde ich auf dem Bahnhof unter Diebstahlsverdacht verhaftet, obwohl das Velo, das ich gemietet hatte, im gleichen Zug mitgekommen war. Am nächsten Tag wurde ich nach meiner Heimatgemeinde zurückgebracht, die mich ins Inselspital schickte. Dort versuchte ich nach vierzehn Tagen, mir mit einem falschen Rezept Mo. in der Stadt zu verschaffen, wurde festgenommen und nach dem Steigerhubel gebracht. Frl. von Ruckteschell kam mich dort besuchen, und ich floh eines Abends mit ihr. Wir besuchten in Baden auf der Durchreise Frau Dr. Raschle, die Frl. v. Ruckteschell von früher her kannte. Dr. Raschle, dessen Bekanntschaft ich am Abend machte, interessierte sich für meinen Fall, nahm mich bei sich auf und setzte sich mit meinem Amtsvormund in Verbindung. Da das Genfer Gutachten über meinen Geisteszustand auf Dementia praecox erkannt hatte, verlangte Dr. Raschle ein Gegengutachten, das, mit Einverständnis mit meinem Vormund, vom Burghölzli sollte abgegeben werden. Ich wurde also ins Burghölzli begleitet, wo ich drei Monate lang blieb. Dr. Raschle hatte mir versprochen, mir in Baden Beschäftigung zu finden. Er war es auch, der mich nach drei Monaten aus dem Burghölzli abholte und mich zu sich nach Baden nahm. Jedoch war es ihm unmöglich, mir die versprochene Beschäftigung zu finden. Ich blieb stets daheim und schrieb. Zwei Novellen und ein Roman sind in dieser Zeit entstanden. Sowohl Herr Raschle als auch seine Frau waren stets sehr gütig zu mir. Einige Monate blieb ich in Ruhe, dann wurde ich als Hilfsredaktor an der *Freien Presse* beschäftigt mit 150 frs. monatlichem Gehalt. Ich hatte die ganze Zeit hindurch keine Narkotika gebraucht, erst gegen das Ende meines Aufenthaltes verschaffte ich mir Pantopon. Dr. Raschle erfuhr dies, machte mir Vorstellungen; jedoch von meiner Unheilbarkeit überzeugt, verlangte er meine Internierung. Ich erfuhr dies durch Zufall, verließ Baden und überschritt die deutsche Grenze bei Singen. Am nächsten Tage war ich bei meinem Vater in Mannheim. Ich erklärte ihm den letzten Grund meiner Abreise von Baden und bat ihn, mir zu helfen. Seine Stellung erlaubte ihm diese Hilfe nicht, und er riet mir, in die Fremdenlegion zu gehen. Nach zwei Versuchen in Ludwigshafen und Mainz, wo ich abgewiesen wurde, begleitete mich mein Vater nach Straßburg, wo ich im April 1921 mein Engagement für die Fremdenlegion unterschrieb. Ich weiß wohl, daß ich viel gefehlt habe, willkürlich und unwillkürlich, daß einige, die mir Gutes wollten, durch mich gelitten haben und daß ich undankbar war, oft. Doch ich glaube, daß ich in den zwei Jahren Fremdenlegion einiges abgebüßt habe. Die Frage jedoch bleibt bestehen, wer die Waage hält der Fehler und der nachfolgenden Leiden, und uns ist es unmöglich, das endliche Gleichgewicht, das wohl am Lebensende sich einstellen sollte, vorauszusehen.

Nach vier Monaten war ich Korporal bei [den] Maschinengewehren. Nach neun Monaten wurde ich nach Marokko gebracht, wo ich zur Compagnie montée kam. Ich machte ein leichtes Gefecht ohne Verletzung mit. Dann jedoch bekam ich eines Abends einen Messerstich in den Arm, als ich zwei Soldaten, die sich stritten, trennen wollte. Ich wurde nach drei Tagen nach El-Rich ins Lazarett gebracht, wo ich nachher als Sanitätskorporal blieb. Als der kommandierende Arzt den Posten verließ, wurde das Sanitätspersonal durch französische Soldaten ersetzt. Doch vor seinem Weggang nach Frankreich hatte der Arzt mich zur Reform vorgeschlagen. Ich hatte in der Algérie die Malaria, wenig heftig, durchgemacht und einen Gelenkrheumatismus, der mir einen Herzfehler eintrug. Dieser machte mich für schwere Märsche untauglich. Im März 1923 wurde ich in Oran reformiert und nach Europa transportiert. In Marseille wurde ich entlassen und ging nach Paris. Am ersten Abend schon zwang mich ein Fieberanfall, ins Spital zu gehen. Zwei Monate blieb ich im Hôtel-Dieu. Ich hatte weder Kleider noch Wäsche. Daher nahm ich die erste Stelle an, die ich fand, und wurde Geschirrwäscher in einem Restaurant. Nach drei Monaten hatte ich mir ein wenig Geld erspart, mir einen Anzug und Wäsche angeschafft.

Ich wäre gerne wieder in die Kolonien zurückgegangen, denn ich fühlte, daß ich für das europäische Leben nicht mehr (oder vielleicht nie) tauglich sei (oder tauglich gewesen sei). Ich wollte versuchen, nach Belgisch Kongo zu kommen. Deshalb ging ich nach Brüssel. Es war unmöglich, bei irgendeiner Firma unterzukommen, und da meine kleinen Ersparnisse fast zu Ende waren, ging ich nach Charleroi, um dort in den Kohlenminen zu arbeiten und so mein Leben zu verdienen. Nach einigen Monaten zwang mich ein neuer Fieberanfall, wieder ins Spital zu gehen. Ich war nicht vollständig hergestellt, als ich das Spital verließ. Wieder begann ich zu arbeiten, und um mich aufrecht zu erhalten, begann ich zuerst Pantopon zu nehmen, dann Mo. An einem Abend glaubte ich vor meinem Zimmer Leute zu hören, Polizisten, die mich verhaften wollten. Ich schnitt mir die Adern auf und blieb zwei Tage in diesem Zustand liegen. Man brachte mich ins Spital, wo man mich nach meiner Genesung als Krankenwärter einstellte. Im September vorigen Jahres, als ich von neuem begonnen hatte, Mo. zu nehmen, nahm ich an einem Tage, um schlafen zu können (ich hatte einen Abszeß am Finger), eine starke Dosis Skopolamin. Was darauf folgte, weiß ich nicht genau. Ich erinnere mich nur, daß die Verfolgungsideen sich wieder einstellten, daß ich mich in meinem Zimmer verbarrikadierte. Nachher hat man mir erzählt, daß mein Zimmer gebrannt habe.

Ich glaube nicht, daß ich willkürlich den Brand verursacht habe. Aus dem Spital wurde ich nach Tournai gebracht, wo ich acht Monate blieb. Ich habe dort gearbeitet, zuerst als Helfer im Spital, dann wurden mir Bureauarbeiten anvertraut.

Zum Schluß möchte ich bemerken, daß ich seit meiner Entlassung aus der Fremdenlegion stets gearbeitet habe und mein Leben ehrlich verdient habe. Ich habe weder Schulden gemacht noch versucht, mir Geld auf unredliche Weise zu verschaffen. Vielleicht kann diese Bemerkung die früheren Fehler, die ich in der Schweiz begangen habe, ein wenig mildern.

Diese Sucht nach Narkotika, die mir stets geschadet hat, ist mir nicht recht erklärlich. Ich habe stets beobachtet, daß sie sich einstellt, wenn äußere Störungen, Müdigkeit, Erwachen alter Erinnerungen, Eindruck plötzlicher Schwäche, Mutlosigkeit auf mich einwirken. Mir scheinen alsdann diese «künstlichen Paradiese», wie Baudelaire sie nennt, die einzige Rettung zu sein. Mein Wille reicht nicht mehr aus, diesen Drang niederzuringen. In der Fremdenlegion war es mir unmöglich, [mir] diese Mittel zu verschaffen, und als ich sie täglich zu gebrauchen hatte (als Sanitätskorporal), stießen sie mich mehr ab, als daß sie irgendeine Sucht in mir erregten. Auch in Paris und in meiner ersten Zeit in Belgien habe ich nie zu diesen Mitteln gegriffen. Die erste Einspritzung erhielt ich von einem dortigen Arzt, den ich besuchte, als ich sehr starke Leberschmerzen hatte (Folgen von Malaria). Ich fühlte eine starke Besserung nach dieser Einspritzung (scheinbar nur) und fuhr fort. Seit einem Jahr habe ich keinen Fieberanfall mehr gehabt, ich glaube, daß die letzte Katastrophe in Charleroi vielleicht noch der Malaria zuzuschreiben ist. Auf alle Fälle muß ich betonen, daß ich in Belgien kein Cocain genommen habe.

6 *Anhang*

Nachwort
Editorischer Bericht
Anmerkungen

Nachwort

1 Am 13. November 1915 erscheint in der Genfer Zeitung *L'Indépendence Helvétique* eine mit F. G. gezeichnete Rezension von Benjamin Vallotons Roman *Ce qu'en pense Potterat.* Dreiundzwanzig Jahre später, am 27. November 1938, schickt Glauser das Feuilleton *Wenn Fremde reisen* aus Nervi an die Basler *National-Zeitung*. Es ist die letzte Arbeit, die er für den Druck fertigstellen kann – er hat noch elf Tage zu leben.

Gut zwei Jahrzehnte liegen also zwischen Glausers erster und seiner letzten Publikation. Innerhalb dieses Zeitraums verteilt sich sein Schaffen jedoch sehr ungleichmäßig. Nicht nur sechs seiner sieben Romane, sondern auch etwa drei Viertel der Erzählungen, Lebensberichte und Feuilletons entstehen erst in den letzten acht Jahren seines Lebens. Vor 1930 kommt Glauser nur mit großen Unterbrechungen zum Schreiben, dies hauptsächlich aufgrund äußerer Umstände – der Wille, Schriftsteller und nichts anderes zu werden, ist schon während der Gymnasialzeit ausgeprägt und bleibt auch in Zeiten, da Glauser sich mit anderen Arbeiten durchbringen muß, unvermindert bestehen. Zwar übernimmt er zeitweise die u. a. vom Witzwiler Anstaltsdirektor Kellerhals geäußerte Ansicht, das Schreiben schade ihm; seine Versuche, das Leben ganz auf die Verrichtung körperlicher Arbeit einzuschränken, bringen ihm jedoch nicht die erhoffte Befriedigung und Stabilität. So behält der Drang, sich schriftstellerisch zu betätigen, auf Dauer die Oberhand, zumal Glauser darin von zwei Menschen, die damals besonders wichtig und bedeutsam für ihn sind, unterstützt und ermuntert wird: von seiner Freundin Beatrix Gutekunst und seinem Therapeuten Max Müller. Das Schreiben bleibt damit für Glauser auch in den heiklen Jahren bis 1930 der wichtigste Halt in einem von außen und innen gleichermaßen angefochtenen Leben.

Allerdings sind die Vorstellungen, die er mit dem Schreiben verbindet, über diesen Zeitraum hinweg einem grundsätzlichen Wandel unterworfen. Vergleicht man eine Erzählung wie *Der Leidsucher*, die Glauser als Zweiundzwanzigjähriger schreibt, mit dem sieben Jahre später entstandenen *Kleinen Schneider*, so fällt schwer zu glauben, daß es sich um Texte desselben Autors handelt. Die stilistischen Unterschiede, aber auch die Divergenz des erzählerischen Anliegens sind so markant, daß von einer literarischen Entwicklung, in deren Verlauf sich der persönliche Stil des Autors nach und nach fände, kaum die Rede sein kann. Vielmehr gewinnt man den Eindruck, Glauser versuche sich bis 1921 in den verschiedensten Ausdrucksformen, ohne zu ‹seiner› Sprache zu finden. Auch wenn die Texte dieser Jahre stofflich und psychologisch zum Teil hochinteressant und aufschlußreich sind, so offenbart doch ihre Form ein Übergewicht fremder Einflüsse, unter denen sich die eigene Originalität erst teilweise zu behaupten weiß.

Auf diese Zeit des Suchens folgen die Jahre der Fremdenlegion (1921-23) und – nach der krankheitsbedingten Entlassung – die Erfahrungen als Tellerwäscher in Paris sowie als Grubenarbeiter, Hilfspfleger und Irrenhausinsasse in Belgien. Erst 1925, nach seinem Rücktransport in die Schweiz, beginnt Glauser wieder zu schreiben – und jetzt von Anfang an in jenem lakonisch-unprätentiösen Stil, der ihn fortan kennzeichnet und dessen Hauptqualität seine atmosphärische Dichte ist. Dieser Stil wird Anfang der dreißiger Jahre über die intensive Lektüre der frühen Romane Simenons vor allem in handwerklicher Hinsicht noch einmal eine Vertiefung und Erweiterung erfahren; seine wesentlichen Elemente sind jedoch schon in den allerersten Geschichten nach der Rückkehr in die Schweiz plötzlich da und zeugen von einem schriftstellerischen Selbstverständnis, das sich auch über Situationen äußerster Not hinweg bewährt.

2

Die frühesten Texte, die wir von Glauser überhaupt kennen, sind neun in französischer Sprache verfaßte Beiträge für die Genfer Zeitung *L'Indépendence Helvétique* – veröffentlichte Texte mithin. Tagebücher oder unpublizierte schriftstellerische Juvenilia aus Glarisegg und Genf haben sich dagegen nicht erhalten, obwohl es sie, späteren Andeutungen zufolge, gegeben haben dürfte. Die lückenhafte Quellenlage für Glausers Jugendjahre fällt um so mehr auf, als sein Leben nach 1918 in geradezu unheimlicher Weise dokumentiert ist: einmal durch seine zahlreichen und höchst aufschlußreichen Briefe, zum anderen durch die kafkaesken bürokratischen Folgen der Entmündigung. Die Amtsvormundschaft Zürich bewahrte den gesamten über ihn geführten Schriftverkehr auf und legte somit in nahezu zweitausend Aktenstücken Zeugnis davon ab, wie behördlicherseits mit Glauser verfahren wurde. Für die schriftstellerischen Anfänge in der Genfer Zeit sind wir jedoch auf Glausers eigene Erinnerungen, einige wenige überlieferte Äußerungen aus dem Bekanntenkreis und auf die erwähnten Zeitschriftenbeiträge selbst angewiesen.

Die Rolle des ersten wichtigen Förderers und Freundes fällt dabei Georges Haldenwang (1895-1960) zu. Wie Glauser ist er Schüler des Collège gewesen, hat es jedoch, als der um ein Jahr Ältere, bereits im Frühjahr 1915 maturiert verlassen. Als er im Herbst gleichen Jahres mit dem Jura-Studium beginnt, bietet sich ihm plötzlich eine überraschende Gelegenheit; ihm wird, so berichtet Glauser später in seiner Erzählung *Schreiben*..., «die Feuilletonredaktion einer Zeitung angetragen, die dreimal wöchentlich erscheint. *Journal helvétique* heißt diese Zeitung, aber nur dem Namen nach ist sie helvetisch. Wir haben erfahren, daß sie mit deutschem Geld finanziert wird – aber ganz sicher sind wir doch nicht. Es ist während des Krieges – im Jahr 1915 –, und Georg redigiert also das Feuilleton, umsonst, für nichts, nur um eine Tribüne zu haben, von der herab er seine Erkenntnisse proklamieren kann.» Der junge, aufstrebende Student Haldenwang (der später Präsident der Genfer Liberalen werden und sie lange Jahre im Großen Rat der Stadt, 1942/43 sogar im Schweizer Nationalrat vertreten wird) schart nun einige literarisch interessierte Freunde um sich, zu denen in bevorzugter Weise auch Glauser gehört. Haldenwangs Frau erinnert sich später, daß Glauser Novellen «in unserem kleinen Kreis vorlas (...), die uns immer entzückten.» (Brief an Gerhard Saner vom 8. 1. 1972) Zunächst sind es jedoch in der Mehrzahl Kritiken und Essays, mit denen er im Feuilleton seines Freundes an die Öffentlichkeit tritt; nur in einem einzigen Text stellt er sich als Erzähler vor: in der sensitiv-schwülen *Nouvelle*, in der sich offenbar frühe Leseerlebnisse mit einem Verarbeitungsversuch der übermächtigen Vaterfigur verbinden. Die Vaterproblematik bleibt auch in den folgenden, bis 1921 entstehenden Erzählungen dominant, und es muß hier festgehalten werden, daß der Einfluß dieses prinzipienreiterischen Professors einer Handelshochschule, der bald mit allem Nachdruck die Entmündigung des eigenen Sohnes betreibt, ihn als einen entarteten Nachkommen, ja als geborenen Verbrecher ansieht und der im übrigen vordringlich darum besorgt ist, sich mit den verantwortlichen Obrigkeiten ins Einvernehmen zu setzen, – daß dieser Vater, auch unter Berücksichtigung einer gewissen Ambivalenz in Glausers Beziehung zu ihm, von verheerendster Wirkung für den Lebensgang seines Sohnes war. Er treibt ihn in eine Haltung des habituellen Sich-Auflehnens hinein, die sich nicht nur nach außen hin selbstzerstörerisch manifestiert, sondern auch im Innern einen unberechenbaren Wechsel von Unterlegenheits- und Überlegenheitsgefühlen zur Folge hat.

Als Glauser am 4. Februar 1916 zwanzig Jahre alt und damit volljährig wird, ist zunächst einmal Grandiosität Trumpf. Seine Mündigkeit begeht er mit einem mittleren Paukenschlag; im Januar hat er, pseudonym zwar, doch für den Betroffenen leicht durchschaubar, einen hochfahrend-boshaften Verriß erscheinen lassen, der den Gedichtband des Collège-Lehrers Frank Grandjean zum Gegenstand hat. Glausers Autorschaft wird schnell ruchbar, und man bedeutet ihm, daß er sich auf solche Art alle Möglichkeiten, in Genf die Matur zu machen, verscherze. Doch Glauser faßt dies eher als Anerkennung seines Schreibtalents denn als Gefahr auf; unter demonstrativer Auflösung seines Pseudonyms doppelt er am Tag nach besagtem Geburtstag nach – und verläßt, dem unvermeidlich gewordenen Rausschmiß zuvorkommend, die Schule. Solch jugendliche Unbesorgtheit mag ihm indes um so leichter gefallen sein, als er mit der Volljährigkeit Zugang zu einer erklecklichen Geldsumme aus dem bislang gesperrten mütterlichen Erbe erhält. Mit diesem Geld gründen Glauser und Haldenwang bald nichts geringeres als eine eigene Zeitschrift: *Le Gong. Revue d'Art mensuelle*. In ihr wird Glauser nun zeigen, daß er sich für Nietzsches Übermensch-Ideen nicht umsonst begeistert hat. Der von jugendlichem Pathos getragene Ankündigungstext *Ce que nous voulons* und Glausers *Essais* geben unverhohlen zu verstehen, hier sei jemand gesonnen, nach Art des Meisters aus Sils-Maria ‹mit dem Hammer zu philosophieren› und gegen die Mediokrität literarischer Zirkel unnachsichtig die Sense schneidender Kritik zu schwingen. Die kraftgenialen Rundschläge, die dabei herauskommen, entbehren streckenweise nicht einer gewissen polemischen Eleganz, was jedoch die Vermessenheit, mit der literarische Urteile ex cathedra gefällt und Ressentiments in persönliche Invektiven umgemünzt werden, nicht schmälert.

So ambitiös und feingedruckt die *Revue d'art* daherkam, so kurzlebig ist sie andrerseits geblieben. Auch haben die beiden Herausgeber sie bald geflissentlich verleugnet; Haldenwang, indem er später ausgerechnet zusammen mit dem so streng gescholtenen M. R. Piachaud ein Buch schrieb (*Le chevalier du plaisir dans la ville de Calvin*), Glauser, indem er sich seiner jugendlichen Verstiegenheiten erst wieder entsann, als ihm Jean Violette 1938 auf der Generalversammlung des Schweizerischen Schriftstellervereins entgegentrat, noch immer von den einstigen Schmähungen gekränkt. Daß sich Glauser daraufhin vielmals entschuldigt habe, hielt Violette auf dem einzigen nachweisbaren Exemplar des *Gong* eigens handschriftlich fest.

Indes stehen neben den herrisch abkanzelnden Kritiken schon von Anfang an auch andere Texte, beispielsweise der einfühlsame, ja beinahe zärtliche kleine Essay, den Glauser der Schrift *Réalité et Idéal* seines verehrten Lehrers Dubois widmet. Erstaunlich auch, welche Hochachtung er der mystischen Religiosität Fernand Chavannes entgegenbringt, ein Respekt, der in Glausers früher Verehrung für Léon Bloy seine Wurzeln haben dürfte. Bemerkenswert schließlich auch sein präziser Blick für die besonderen Qualitäten des Werks von Thomas Mann.

Am interessantesten jedoch ist Glauser schon zu dieser Zeit, wenn er erzählt: *Le Petit. Conte*, abgedruckt in der dritten und letzten Nummer der *Revue d'Art*, nimmt unter den Genfer Texten sicherlich eine Sonderstellung ein. Glauser gestaltet hier, aus der Optik seines Vaters, ein Erlebnis, das in seinen Kindheitserinnerungen eine zentrale Rolle spielt: der Ausbruchsversuch nach Preßburg im Sommer 1909. Glauser setzt dabei zum ersten Mal die Form des Selbstgesprächs ein, die später, in Erweiterung auf einen imaginierten Gesprächspartner hin, das wesentliche Strukturelement von nicht weniger als sieben Erzählungen bilden wird. Darüber hinaus bezeichnet der Text Glausers Übergang von der französischen zur deutschen Sprache – aus *Le Petit* wird wenig später *Der Kleine*, der 1917 als Glausers zweite deutschsprachige Veröffentlichung erscheint. Nach den frühen Texten der Genfer Zeit hat Glauser das Französische, das ihm als ‹Vatersprache› in annähernd gleichem Maß zur Verfügung stand wie das Deutsche, nur noch im privaten Verkehr verwendet: seine zahlreichen Briefe an den Vater schreibt er weiterhin auf französisch. Und obwohl seine literarischen Vorlieben auch in Zukunft überwiegend aus Frankreich stammen, wird das Deutsche von nun an zum ausschließlichen Medium seiner schriftstellerischen Ambition.

3

Voller Ehrgeiz ist Glauser in der Tat, als er 1916 nach Zürich kommt – weniger allerdings hinsichtlich des Chemie-Studiums, für das er sich eingeschrieben hat, als vielmehr in literarischen Belangen. Schnell findet er Kontakt zu allen wichtigen künstlerischen Gruppierungen der Stadt, ohne sich bei den Gegensätzen, die zwischen ihnen bestehen, lange aufzuhalten. Schon im August 1916 ist er in der *Schweiz*, der damals wichtigsten Zeitschrift der arrivierten, vorwiegend bürgerlich-traditionellen Literatur, mit einer Erzählung vertreten, ehrenvoll plaziert vor einem Prosastück Robert Walsers. Der Volksschriftsteller J. C. Heer und Eduard Korrodi von der *Neuen Zürcher Zeitung* äußern sich anerkennend über Glausers Texte, und letzterer nimmt sogar eine Übersetzung von ihm zum Druck an. Zur gleichen Zeit findet Glauser Kontakt zu den Dadaisten, wobei er sich insbesondere mit Hugo Ball und Emmy Hennings befreundet. Vehement macht er bei ihren Veranstaltungen mit; an der 2. «Sturm»-Soirée vom 14. April 1917 werden nicht weniger als vier der insgesamt neun Textbeiträge von Glauser dargeboten. Ungeachtet der Tatsache, daß den Dadaisten damals von seiten politisch engagierter Autoren der Vorwurf gemacht wird, bloße ‹Ästhetiker› zu sein, findet Glauser bald auch zur Gruppe jener Kritiker Zugang und wird zeitweise der bevorzugte Schützling von Leonhard Frank und Charlot Strasser. Als Glauser schließlich, nach Gefängnis- und Psychiatrie-Aufenthalten, 1919 in Ascona anlangt, sind es esoterisch-spirituell orientierte Künstler, die ihn aufnehmen und ihn, wie es in einem autobiographischen Fragment von 1932 heißt, «ein wenig für den kommenden Mann halten». Insbesondere sein geheimnisvoller «Rimbaud-Schimmer», der Anhauch von Irrsinn und Verbrechen, scheint in Ascona Eindruck gemacht zu haben.

Tatsächlich zählt Rimbaud, neben Trakl, um diese Zeit zu Glausers wichtigsten Vorbildern, zumal seine höchsten Bemühungen damals der Lyrik gelten. Rimbaud hat nicht nur bei diesen Gedichten Pate gestanden, sondern auch Glausers frühen Wunsch mitbestimmt, dem ‹verfaulenden Europa› den Rücken zu kehren: schon Mitte 1917 spricht er davon, sich bei der Fremdenlegion anwerben zu lassen. Und es ist vielleicht kein Zufall, daß er sich 1923, nach den zwei Jahren in Afrika und dem Intermezzo in Paris, ausgerechnet nach Charleroi absetzt, einer Stadt, die auch für Rimbaud einmal Fluchtstation gewesen ist. Allerdings bleibt die Lyrik, auch wenn Glauser einzelnen Gedichten bis zuletzt eine gewisse Zuneigung bewahrt, in seinem Werk nur Episode. Gleiches gilt für die dramatischen Versuche, die im vorliegenden Band durch *Die Bekehrung* belegt sind. Glauser vermag dieses Stück jedoch ebensowenig abzuschließen, wie es ihm vergönnt blieb, auch nur ein einziges seiner Gedichte je im Druck zu sehen.

Die erzählende und essayistische Prosa ist von Anfang an die einzige Form, die ihm wirklich entspricht und seinem künstlerischen Temperament angemessene Ausdrucks- und Entwicklungsmöglichkeiten bietet. Dabei übt zunächst der Spätexpressionismus, insbesonere die nahe Bekanntschaft mit Leonhard Frank, einen prägenden Einfluß auf Glausers Stil aus, was an Erzählungen wie *Der Leidsucher*, *Der Sozialist* oder *Ein Dieb* unschwer abgelesen werden kann. Weniger deutlich ist, daß Glauser zur gleichen Zeit auch in Flaubert ein großes Vorbild erblickt und daß er, wie sich Wolfgang Hartmann später erinnerte, ein frühbegeisterter Kafka-Leser gewesen ist. Letzteres scheint allenfalls motivlich bei der Erzählung *Der Käfer* durch. Stilistisch jedoch haben diese Jugendtexte mit ihrer ebenso kraftvollen wie unbestimmten Ausdrucksgebärde, dem prätentiösen Pathos ihrer verkürzten Syntax und der forcierten Gleichsetzung von Häßlichkeit und Wahrheit mit den genannten Vorbildern wenig gemein. Seine ‹Frühwerke› hielten Glausers eigenem Urteil denn auch wenige Jahre später nicht mehr stand und waren ihm, wie er am 10. Juli 1926 an Max Müller schreibt «nur noch als Zeichen von Geschmacksverirrung (das passiert stets beim Suchen nach einer neuen Form) interessant.» Das will freilich nicht heißen, daß diese Texte unerheblich wären: ihre Bedeutung gewinnen sie zum einen als Dokumente persönlichster Not, zum andern als Beleg für die Suche nach einer eigenen Sprache.

Einzelne Elemente des ‹expressionistischen› Glauser bleiben im späteren Werk übrigens erhalten: aufmerksamen Lesern sind die kleinen, teils pathetischen, teils sentimentalen Bild-Einsprengsel, die durch ihre Einbettung in eine lakonische Umgebung einen ganz eigenen Charme entwickeln, geradezu als Erkennungszeichen Glausers vertraut.

Zeitlich teilweise vor, teilweise neben den hier als spätexpressionistisch apostrophierten Texten entstehen indes auch ganz andere Arbeiten. Zu nennen ist vor allem die Genfer Erzählung *Der Heide*, ein kleiner Roman schon beinahe, jedenfalls aber Glausers bei weitem umfangreichster Text vor *Gourrama*. Er steht noch weitgehend in der Tradition realistischen Erzählens und ist durch sein vielfältiges Netzwerk biographischer Bezüge, vor allem aber in der scharf konturierenden Personen- und Milieuzeichnung ein auch heute noch lesenswertes Debüt in der größeren Form: ein Text mit zahlreichen überraschenden Facetten, der bislang kaum beachtet wurde und hier – mehr als 70 Jahre nach dem Erstdruck – zum ersten Mal wieder veröffentlicht wird.

4 Die Legionszeit markiert die entscheidende Zäsur in Glausers Schaffen. Sie formt sein Welt- und Menschenbild wesentlich neu, und es ist bezeichnend, daß die ersten Texte, die nach seiner Rückkehr in die Schweiz entstehen, Legionserlebnisse thematisieren, während die zeitlich näher liegenden Erfahrungen aus Frankreich und Belgien erst später verarbeitet werden. *Der kleine Schneider* und *Mord* bilden gewissermaßen Vorstudien zum Legionsroman *Gourrama*, dessen Niederschrift in den Jahren 1928-30 von Glausers Therapeuten Max Müller entscheidend gefördert wird. Sie sind jedoch, wie die übrigen Erzählungen auch, weit mehr als ‹Nebengeschäfte›. Zwar mag man geltend machen, daß Glauser allein schon aus Absatzgründen Texte schreiben mußte, die für Zeitschriften und Zeitungen akzeptabel waren, und in den Briefen jener Jahre finden sich hin und wieder auch Klagen darüber, daß die Zeit nicht zum Schreiben eines Romans reiche. Dennoch greifen diese Erklärungen zu kurz. Keine andere Form kam Glausers besonderen Fähigkeiten so weit entgegen wie die der Erzählung. Selbst seine Romane leben ja weit mehr von ihren atmosphärischen Qualitäten als von den großen Handlungsbögen, deren Konstruktion für Glauser, wie sein *Offener Brief über den Kriminalroman* von 1937 erkennen läßt, eher eine lästige Aufgabe bedeutete. Als untrüglich erweist sich dagegen sein Sinn für die Stimmigkeit einer überschaubaren Geschichte, die sich der mündlichen Erzählung verpflichtet weiß und in der die Details, nach seiner eigenen Formulierung, «ausbalanciert» sein müssen.

Glausers Erzählungen haben fast alle einen autobiographischen Kern. Die drei folgenden Bände dieser Edition werden zeigen, wie bestimmte Stoffe mehrmals aufgenommen und aus veränderter Perspektive dargeboten werden. Entscheidend und immer wieder neu ist jedoch das Wie: obwohl Glauser fast ausschließlich aus seinen eigenen Erlebnissen schöpft, wird seine Prosa nie zu einer monomanen Selbstdarstellung, die sich der Kategorie ‹Bewältigungsliteratur› zurechnen ließe. Der Erzähler drängt sich nie auf; es gefällt Glauser sogar, sein alter ego bisweilen in einer humoristisch gezeichneten Nebenfigur zu verstecken oder es ganz zurücktreten zu lassen. Die erlebte Welt in allen ihren Einzelheiten, das spezifische Gewicht des richtigen Details an der richtigen Stelle bleibt Glauser stets wichtiger als der unmittelbare Ausdruck einer subjektiven Befindlichkeit, die nur sich selbst im Sinn hat. Zu dieser objektivierenden Schreibhaltung trägt im übrigen – trotz ihrer introspektiven Ausrichtung – auch die Psychoanalyse bei, der er sich ab 1927 unterzieht und der er, im Positiven wie im Negativen, grundlegende Auswirkungen auf seine Persönlichkeit zuschreibt.

Glausers nüchterne, herbe Sprache weiß viel mehr, als sie sagt. Gerade hierin erweist sie sich als Ergebnis einer in vieler Hinsicht schlimmen, aber nicht beklagten, sondern immer wieder neu durchdachten und gestalteten Lebenserfahrung.

Editorischer Bericht

Die mit dem vorliegenden Band begonnene Edition versteht sich als Leseausgabe mit wissenschaftlich fundiertem Kommentar und strebt als solche Vollständigkeit an. Eine ganze Reihe von Texten, zu denen es dokumentarische Hinweise gibt, sind jedoch verschollen, wenn nicht gar verloren. Das früheste belegte Beispiel hierfür betrifft sogar gedrucktes Material: Die zweite Nummer von Glausers eigener Zeitschrift *Le Gong. Revue d'Art mensuelle*, die im Juli/August 1916 erschienen sein muß, blieb trotz intensiver Nachforschungen unauffindbar. Bei einer Novelle, die im Sommer 1917 von der *Zürcher Post* angenommen und honoriert wurde, dürfte der Fall dagegen anders liegen: sie wurde offenbar nie gedruckt. Verschollen sind auch mehrere Texte, die in einem Erzählungsband enthalten sein sollten, den Glauser im Jahr 1919 plante; die am 16. 9. 1919 seinem Vater mitgeteilte Inhaltsaufstellung führt neben verschiedenen bekannten Erzählungen auch die Titel *Irrenhausskizzen*, *Tagebuch* und *Viola* auf, ohne daß sich dazu entsprechende Manuskripte erhalten hätten. Weiterhin verschollen ist eine Anzahl von Essays über französische Autoren, die in Zürich und Ascona entstanden sein müssen; der Text über Léon Bloy, den sich Hugo Ball auszugsweise in seinem Tagebuch notierte, ist, in seiner fragmentarischen Form, das einzige erhaltene Beispiel. Verloren scheinen außerdem einige Arbeiten, die Glauser während seiner Badener Zeit verfaßte. Als er im April 1921 nach Deutschland floh, lagen bei der *Schweizerischen Illustrierten Zeitung* zwei Beiträge, die augenscheinlich nie gedruckt wurden. Denkbar ist in diesem Fall jedoch, daß es sich um dieselben zwei Erzählungen handelte, die Glauser auch der Redaktion der Zeitschrift *Die Schweiz* eingesandt hatte und die im Nachlaß ihres letzten Redakteurs aufgefunden werden konnten. Gänzlich rätselhaft ist Glausers Angabe aus dem Münsinger Lebenslauf, er habe in Baden einen Roman verfaßt (vgl. S. 368). Von einem solchen Werk fehlt im Nachlaß sowie der gesamten Korrespondenz jede Spur, so daß fraglich ist, ob es tatsächlich je geschrieben wurde. Insgesamt gesehen scheint jedoch von den Texten, die Glauser vor seinem Eintritt in die Fremdenlegion schrieb, ein recht erheblicher Prozentsatz nicht erhalten geblieben zu sein; in einem Brief des Amtsvormunds Walter Schiller an Glauser vom 27. 4. 1926 heißt es: «Was nun die Manuskripte betrifft, die ich seinerzeit von Herrn Dr. Raschle in Baden erhielt, so füllen diese eine *ganze Kiste*.» Darüber hinaus hat auch Emmy Hennings, wie sie am 20. 3. 1939 an Friedrich Witz schrieb, «allerlei» von Glauser besessen. Beim Nachsuchen «in ihren Truhen» konnte sie jedoch nichts mehr davon finden.

Für die ab 1925 entstandenen Texte darf angenommen werden, daß sie weitaus vollständiger vorliegen. Zwar spricht Glauser in seinen Briefen immer wieder von Novellenplänen und angefangenen Texten; von dem, was er letztlich vollendet hat, dürften aber höchstens zwei oder drei Erzählungen und zwei Prosaskizzen verlorengegangen sein.

Zu erwähnen bleiben schließlich noch zwei Sonderfälle. Den ersten bildet ein kurzer Text mit dem Titel *Wanderung*, der in einer Gedichtsammlung enthalten ist, die Glauser im Frühjahr 1920 für Bruno Goetz und Robert Binswanger zusammenstellte. Es handelt sich dabei jedoch um ein Stück geradezu demonstrativ ‹lyrischer› Prosa, so daß es nicht angezeigt schien, es aus dem Rahmen der Gedichtsammlung herauszulösen und hier isoliert zu veröffentlichen. Den zweiten Sonderfall stellen einige Texte aus der *Schweizer Freien Presse* (Baden) dar, bei der Glauser im März 1921 ein kurzes Volontariat absolvierte. In diesem, und nur diesem Monat erschienen dort Artikel, die mit «Gl.» gezeichnet sind. Es handelt sich um zwei Veranstaltungskritiken, deren Tonfall und gedanklicher Anspruch deutlich aus dem Rahmen dieses konservativen Provinzblättchens herausfallen, Glausers Stil aber in gewisser Weise durchaus entsprechen. Fast gleichzeitig finden sich jedoch auch Texte unter dem Kürzel «-gl-», welches ebenfalls nur in diesem Monat auftritt. Diese Artikel unterscheiden sich von Glausers Denk- und Schreibstil allerdings so sehr, daß sie mit hoher Wahrscheinlichkeit nicht von ihm stammen oder aber eine eingreifende Überarbeitung durch den zuständigen Redakteur hinter sich haben. Aus diesem Grund wurden im vorliegenden Band nur die beiden mit «Gl.» gezeichneten Texte aufgenommen. Sie bilden eine eigene Abteilung, da Glausers Autorschaft nicht mit letzter Sicherheit erwiesen werden kann.

Hinsichtlich der Textgestalt gelten die bereits in der *Editorischen Vorbemerkung* erwähnten Grundsätze: Lagen mehrere Fassungen vor, wurde jeweils diejenige berücksichtigt, die als die am besten autorisierte gelten kann. Spätere Versionen wurden deswegen in der Regel den früheren vorgezogen und Manuskripte den Drucken, die manchen Eingriff federführender Redakteure haben hinnehmen müssen. Glauser hat indes auch selbst Kurzfassungen seiner ausführlicheren Novellen hergestellt, um sie journalistisch zweitverwerten zu können. Da es sich dabei eigentlich um neue Texte handelt, sind sie jeweils in den Anmerkungen der Erstversionen integral wiedergegeben.

Im übrigen wurden offensichtliche Fehler oder Flüchtigkeiten in den Textvorlagen stillschweigend berichtigt. Die Eingriffe waren durchweg so geringfügig, daß sich ihre detaillierte Darstellung, mit wenigen Ausnahmen, erübrigte. Bei den Schreibweisen wurde insoweit modernisierend vereinheitlicht, als dadurch keine charakteristischen Ausdrucksfärbungen verlorengingen. Bestimmte, für Glauser bezeichnende Anachronismen blieben demnach unangetastet. Ebenfalls vereinheitlicht wurde die Zeichensetzung, die Glauser zeit seines Lebens eher nachlässig handhabte. Sie wurde – unter Berücksichtigung eines gewissen Ermessensspielraums (etwa bei nachgestellten Ergänzungen) – der Duden-Norm angeglichen.

Die Verweise *Briefe* und *Saner* beziehen sich auf folgende Ausgaben:

- Friedrich Glauser, *Briefe*, 2 Bde. (Zürich: Arche 1988 + 1991)
- Gerhard Saner, *Friedrich Glauser. Eine Biographie*, 2 Bde. (Zürich: Suhrkamp 1981)

11 Ein Denker

Erstdruck in *Die Schweiz* 20 (1916), H. 8 (August), S. 435-439

Vom Publikationsdatum her zu schließen dürfte *Ein Denker* Glausers frühester Text in deutscher Sprache sein. Wahrscheinlich hat er ihn zu Beginn seines Chemiestudiums verfaßt, das er Anfang Mai 1916 in Zürich aufnahm. Zur gleichen Zeit scheint er auch noch auf Französisch geschrieben zu haben, da im September 1916 die dritte (und letzte) Nummer seiner Zeitschrift *Revue d'Art (Le Gong)* erschien, die Glauser zusammen mit seinem Genfer Freund Georges Haldenwang herausgab (vgl. S. 288 ff.).

Das Vorbild des «Denkers» Mathias Johannes Herzfeld ist unschwer zu identifizieren; es handelt sich einmal mehr um Frank Grandjean, jenen Lateinlehrer am Collège de Genève, dessen *Epos des Einsamen* Glauser noch während seiner Schulzeit zu einem satirischen Verriß veranlaßt hatte (*Un poète philosophe – M. Frank Grandjean*, vgl. S. 264 ff.). Diese Kritik, deren ins Deutsche übersetzter Titel auch im vorliegenden Text erwähnt wird, hatte zur Folge, daß Glauser kurz vor der Matur das Collège de Genève verlassen mußte, ein Vorgang, der auch den Stoff des 1937 entstandenen Textes *Schreiben ...* bildet.

Ein Denker erschien ein weiteres Mal im Jahrbuch *Die Ernte* (1946). Die dort vorgenommenen stilistischen Veränderungen sind nicht von Glauser autorisiert und blieben deswegen unberücksichtigt.

18 Der Kleine (I)

Erstdruck in *Die Schweiz* 21 (1917), H. 12 (Dezember), S. 711-713

Der Text stellt eine deutsche Version der ursprünglich auf Französisch geschriebenen Erzählung *Le Petit* dar, die in der dritten und letzten Nummer von Glausers Zeitschrift *Revue d'Art* erschienen war (September 1916). Wie der Vergleich mit der französischen Vorlage zeigt, handelt es sich jedoch nicht um eine bloße Übersetzung, sondern um einen eigenständigen neuen Text. Von der Nähe zu *Le Petit* sowie vom Stil her ist anzunehmen, daß Glauser den *Kleinen* schon im Herbst 1916, d. h. mehr als ein Jahr vor dem Erscheinen in der *Schweiz*, verfaßte. 1917 hatte Glauser bereits Kontakt zur avantgardistischen Literaturszene Zürichs gefunden, wobei insbesondere die Begegnung mit Leonhard Frank sich prägend auf seinen Stil auswirkte. Von solchen Einflüssen ist im *Kleinen* jedoch noch nichts zu spüren.

Thematisch bezieht sich die Erzählung auf eine Begebenheit aus Glausers Kindheit, die später im Text *Gesprungenes Glas* noch einmal aufgenommen und genauer geschildert wird. Danach war Glauser im Alter von 10 Jahren von zu Hause weggelaufen, nachdem ihn die Haushälterin gegenüber dem Vater eines geringfügigen Gelddiebstahls bezichtigt und dieser die Strafe quälerisch hinausgezögert hatte. Im *Gesprungenen Glas* begeht der kleine Ausreißer jedoch nicht Selbstmord, sondern wird bei Preßburg von der Polizei aufgelesen und für eine Nacht im örtlichen Gefängnis untergebracht, von wo der Vater ihn wieder abholt. Gleiches ist auch einer Aktennotiz der Amtsvormundschaft zu entnehmen, wonach die Geschichte allerdings erst 1909, d. h. in Glausers 14. Lebensjahr passierte (vgl. Notiz Schiller vom 4. 6. 1916).

22 Der Käfer

Erstdruck in *Schweizerland* 5 (1919), H. 5 (Februar), S. 240-245

Der Käfer läßt sich durch die Glauser-Akten der Amtsvormundschaft recht präzise datieren. In einer Notiz vom 12. 6. 1917 hält Walter Schiller fest, die Zeitschrift *Schweizerland* habe für 46 Franken eine Novelle angenommen. In einem drei Tage später verfaßten «Inspektionsbericht» wird auf den Titel der Novelle explizit Bezug genommen. Die Datierung auf Frühsommer 1917 ist auch insofern plausibel, als Glauser damals 21 Jahre alt war – genau wie die Hauptfigur des Textes.

Das Motiv des Käfers weist im übrigen auf die Lektüre von Kafkas *Verwandlung* hin. Daß Glauser Kafka besonders schätzte, ist mehrfach verbürgt (vgl. Saner Bd. 2, S. 58; Gespräch der Herausgeber mit Frau Beatrice Tschumi-Gutekunst).

Nach Glausers Plänen sollte *Der Käfer* auch in jenem Erzählungsband enthalten sein, dessen Manuskript er im Herbst 1919 zusammenstellte und verschiedenen Verlagen anbot (vgl. Brief an den Vater vom 16. 9. 1919).

30 Der Heide

Erstdruck in *Die Schweiz* 25 (1921), H. 5, 6, 7, 8 und 9 (Mai-September), S. 266-272, 323-330, 385-392, 439-448 und 507-512

Glausers umfänglichstes frühes Werk besitzt eine lange Entstehungsgeschichte. Offenbar hat er bereits im Sommer 1917 daran gearbeitet, wobei es damals noch ein richtiger Roman werden sollte; «ich habe von Herrn Glauser etliche satyrische Gedichte vorlesen gehört sowie ein größeres Kapitel aus einem in Genf spielenden Prosaroman», heißt es in J. C. Heers Gutachten für den Amtsvormund vom 19. 6. 1917 (vgl. Briefe 1, S. 515 ff.). Zwei Tage später schreibt Glauser an Schiller, er «gedenke in drei Wochen eine größere Arbeit fertiggestellt zu haben», die er «dann sogleich an den Erich Reiß Verlag in Berlin absenden möchte.» Diese zielstrebig klingende Ankündigung dürfte jedoch einigen Zweckoptimismus enthalten haben, der den Zürcher Amtsvormund finanziell großzügiger stimmen sollte. Jedenfalls sitzt Glauser, nachdem er durch die Notwendigkeit, Geld zu verdienen, und eine beginnende Lungentuberkulose im Schreiben unterbrochen worden ist, noch im Frühjahr 1918 an seinem ehrgeizigen Projekt. Um der Entmündigung zu entgehen, ist er untergetaucht und läßt seinem Vormund ausrichten, er wolle lieber «an seinem Roman weiterarbeiten und weiter hungern», als nochmals in ein Lungensanatorium eintreten (Aktennotiz Schiller vom 4. 4. 1918). Verhaftung und psychiatrische Internierung verhindern jedoch die Vollendung des «Romans». Erst gegen Ende seines Aufenthalts in der Klinik Münsingen kann Glauser an die Reinschrift des Textes gehen; am 5. 6. 1919 schreibt er an Robert Binswanger: «Ich tippe jetzt den Genferroman ab, der ein bedeutender Kitsch ist. Doch muß ich ihn irgendwo unterbringen können, um mein Leben hier nicht zu vertrauern. Ich schicke Dir die beiden ersten Kapitel, sie sind noch unkorrigiert, also voll Schreibmaschinenfehler. Bitte Ansicht, ob für NZZ geeignet.» Wenige Wochen später – Glauser ist mittlerweile in Ascona – hat er seine Gattungsambitionen etwas zurückgeschraubt und nennt den Text nur noch die «Genfer Erzählung», die er, in der Hoffnung auf Vorschuß, «sehr bald an die Zürcher Zeitung schicken» werde (Brief an Grete Rothenhäusler vom Juli 1919).

Dies muß Anfang August geschehen sein, denn Eduard Korrodi schreibt am 21. 8. 1919 an Hans Bodmer, den Quästor der Schweizerischen Schillerstiftung: «Mir persönlich hat die Darstellungsart Glausers einen kultivierten, geistreichen Eindruck gemacht. Er pflegt die Form des historischen Romans sehr fein und geschmackvoll.» Trotz dieser Empfehlung, nach der die Schillerstiftung Glauser eine Fördergabe von 200 Franken aussetzte, wollte Korrodi selbst den Text nicht drucken. Vielmehr gelangte das Manuskript an die Zeitschrift *Die Schweiz*, wobei der Maler Amadeus Barth, mit dem Glauser in Ascona freundschaftlich verkehrte, die entscheidenden Vermittlungsschritte unternahm (siehe Brief von Amadeus Barth an Hans Müller-Bertelmann vom 13. 10. 1919). Mit Brief vom 20. 10. 1919 nahm Müller-Bertelmann den Text zur Publikation an und gewährte Glauser einen Vorschuß von 100 Franken. Eine weitere Vorauszahlung in gleicher Höhe erfolgte Ende Juli 1920. Das restliche Honorar erhielt Glauser Anfang Februar 1921, nachdem er vier Wochen zuvor die Korrekturen gelesen hatte. Die Textgestalt ist mithin autorisiert, auch wenn Glauser die Veröffentlichung wegen seiner plötzlichen Flucht aus Baden und des Eintritts in die Fremdenlegion nicht mehr mitverfolgen konnte. Erst im Juli 1923 erfuhr er in Paris durch einen Brief Müller-Bertelmanns, daß die Erzählung im letzten Jahrgang der *Schweiz* noch hatte erscheinen können (vgl. auch S. 367). Im Frühjahr 1929 schließlich versuchte Glauser, beim Huber Verlag, Frauenfeld, eine Buchausgabe des *Heiden* zu erwirken. Zwar schlugen diese Bemühungen fehlt, doch dürften sie Glausers oben zitierte abschätzige Bemerkungen über das Werk relativieren.

Die Rekonstruktion der Entstehungs- und Publikationsgeschichte mag verdeutlichen, daß es sich bei dem «Genfer Roman», der allenthalben durch die Korrespondenz der Jahre von 1917-1920 geistert, mit an Sicherheit grenzender Wahrscheinlichkeit nicht, wie Saner annimmt, um ein verschollenes Werk, sondern um den *Heiden* handelt.

Inhaltlich betrachtet weist *Der Heide* eine Reihe von autobiographischen Bezügen auf. So darf man die Hauptfigur Benoît als stilisiertes Portrait von Glausers Latein- und Griechischlehrer Dubois deuten, dessen Broschüre *Réalité et Idéal* er bereits 1915 rezensiert hatte (vgl. S. 272 f.) und den er später nochmals in den Texten

Ehe mit Nausikaa und *Schreiben*... auftreten läßt. Hinter Pastor Leblanc ist auf Grund der Örtlichkeiten und der Querbeziehungen zur Erzählung *Die Eule* Glausers Konfirmationslehrer Lenoir zu vermuten. Selbsterlebtes mag die Figur des jungen, vom Vater gequälten Ribeaupierre enthalten, der sich – wie Glauser – aus Genf davonmacht. Aber auch zu Sauls Liebeskummer hat es vielleicht eine Parallele in Glausers Leben gegeben, denkt man beispielsweise an den jungen Jakob Rosenstock im *Tee der drei alten Damen* (Kap. 4,3), der «an seiner ersten Liebe erkrankt war», oder andere autobiographisch geprägte Figuren, die, rund sechzehnjährig, ihre erste große Liebesenttäuschung erleiden (vgl. auch *Nouvelle*, S. 259 ff., und *Der Käfer*, S. 22 ff.).

92 Der Leidsucher

Handschriftlich korrigiertes Originaltyposkript im Nachlaß, 12 Seiten

Das Typoskript dieses Textes setzt sich aus zwei unterschiedlichen Teilen zusammen. Die Blätter 1-8 sind auf einer Schreibmaschine mit relativ großer Type und violettem Farbband getippt; die Seite enthält jeweils rund 1800 Anschläge. Die zweite Hälfte des Typoskripts, die mit den Ziffern 6-9 paginiert ist, stammt von einer Maschine mit französischer Tastatur, die über keine Umlautzeichen verfügt; ihre Type ist außerdem kleiner, das Farbband schwarz, und Glauser benutzt die enge Zeilenschaltung, so daß die Seite mit rund 3500 Anschlägen fast doppelt soviel Text umfaßt wie die der ersten Manuskripthälfte.

Gemessen an der spärlichen Zahl der handschriftlichen Korrekturen und der Textmenge stellen die Blätter 1-8 eine stark gestraffte Reinschrift dar, während der zweite Teil mit seinen zahlreichen Änderungen und Eingriffen als korrigierter Erstentwurf anzusehen ist; Glauser, der in Sachen Überarbeitung Flaubert als sein Vorbild ansah (vgl. Briefe 1, S. 34), hätte bei einer Reinschrift diesen Teil sicher noch erheblich gekürzt und verdichtet. Die Stelle, an der der voll autorisierte erste Teil in den noch provisorischen zweiten übergeht, ist in der vorliegenden Ausgabe mit einem Schrägstrich / markiert.

Hinsichtlich der Datierung ergeben sich aus der Manuskriptbeschaffenheit verschiedene Anhaltspunkte. Der zweite, auf einer französischen Maschine geschriebene Teil läßt vermuten, daß die frühere Version des Textes in die Zeit von Glausers Genfer Aufenthalten zurückreicht, d. h. in den Spätsommer 1917 oder ins Frühjahr 1918. Die Reinschrift der ersten acht Seiten wiederum ist hinsichtlich der Maschinentype, der Textanordnung und Papiersorte identisch mit den Manuskripten von *Der Märtyrer* und *Der Kleine* (II) sowie einer Sammlung von 26 Gedichten, welche Glauser im Frühjahr 1920 zusammenstellte und abtippte. Es ist sehr wahrscheinlich, daß er die maschinenschriftlichen Reinfassungen der Prosatexte im Zusammenhang des von ihm geplanten Erzählungsbandes im Herbst 1919 anfertigte. Der *Leidsucher* sollte darin an zweiter Stelle figurieren. Zur Begutachtung schickte ihn Glauser am 16. 9. 1919 an seinen Vater (vgl. Briefe 1, S. 59 ff.).

103 Der Sozialist

Handschriftlich korrigiertes Originaltyposkript im Nachlaß, 15 Seiten

Glauser schrieb diese «Novelle» im Mai 1919 in der Psychiatrischen Klinik Münsingen. Am 28. 5. schickte er sie mit der Bitte um Kritik an Robert Binswanger. Dieser sah das Manuskript durch und notierte auf den ersten Seiten einige Anmerkungen, in denen er Glauser u. a. empfiehlt, sich weniger an der «Stilmanier» Leonhard Franks zu orientieren. Außerdem schlug er vor, einige syntaktische Inversionen rückgängig zu machen. Glauser hat diese Änderungsvorschläge zwar pauschal akzeptiert (vgl. Briefe 1, S. 52), doch wurden sie, da Binswanger nur zwei Seiten flüchtig korrigiert hat, im vorliegenden Text nicht berücksichtigt.

Leonhard Franks Einfluß auf Glauser läßt sich im übrigen nicht nur am Stil der Erzählung ablesen; Frank ist in ihr auch als Figur präsent, und zwar in der des Löser. Die Angaben: «Löser war Schlosser gewesen, dann Maler ohne Erfolg, hatte gehungert, geschrieben», entsprechen Franks Lebensweg, wie er ihn in seiner Autobiographie *Links, wo das Herz ist* (1952) beschreibt. Allerdings dürften in die Figur Lösers auch Züge von Hugo Ball eingegangen sein. Darauf weist beispielsweise die Bemerkung hin, Löser sei, als er zu Beginn des Krieges ins Ausland ging, von Dagny begleitet worden. Hinter diesem Namen verbirgt sich zweifellos Emmy Hennings, die Deutschland 1915 mit Ball verlassen hatte. Glauser lernte sie Anfang Februar 1917 kennen, wonach sich zwischen beiden eine engere Freundschaft entwickelt zu haben scheint (vgl. *Dada in Bd. 2 dieser Ausgabe*). Ob allerdings auch das Zusammenleben des Ich-Erzählers mit Dagny einen autobiographischen Hintergrund hat, steht dahin. Belegt ist lediglich, daß Glauser und Emmy Hennings unmittelbar nacheinander an der gleichen Zürcher Adresse gemeldet waren (Fehrenstraße 15, bei Coray, wo zu dieser Zeit auch Frank wohnte). Der Name Dagny ist im übrigen auch insofern beziehungsreich, als Emmy Hennings sich selber einmal unter ihm auftreten ließ, und zwar in der autobiographischen Erzählung *Die Kellnerin* (*Die neue Kunst* H. 3, Feb. 1914, S. 274-276), in der sie eine Episode aus ihrer Freundschaftszeit mit Jakob van Hoddis schildert. Sie wählte diesen Namen keineswegs beliebig, sondern spielte damit auf Dagny Juel (1867-1901) an, jene Frau, die die Bohème der Jahrhundertwende fasziniert hatte; von Munch war sie gemalt worden, die Freundin Strindbergs und Przybyszewskis war sie gewesen, welch letzteren Emmy Hennings 1911 durch Ferdinand Hardekopf kennengelernt hatte.

114 Der Kleine (II)

Typoskriptdurchschlag im Nachlaß Hans Müller-Bertelmann
(StB Winterthur), 15 Seiten

Über die Entstehungsgeschichte dieses Textes ist nichts Näheres bekannt. Einzig die Manuskriptbeschaffenheit liefert gewisse Anhaltspunkte: Papiersorte, Maschinentype und Textanordnung entsprechen den Manuskripten von *Der Märtyrer* und *Der Leidsucher* (Teil 1). Mit diesen beiden Texten taucht der Titel *Der Kleine* auch im Inhaltsverzeichnis jenes Erzählungsbandes auf, dessen Plan Glauser am 16. 9. 1919 seinem Vater brieflich vorstellte (siehe Briefe 1, S. 59). Von daher ist wahrscheinlich, daß es sich bei diesem *Kleinen* nicht um den Erstling gleichen Titels (siehe S. 18, sondern um das hier vorliegende Prosastück handelt.

Bei einem Besuch auf der Redaktion der *Schweiz* im November 1920 scheint Glauser den Text Hans Müller-Bertelmann übergeben zu haben. Am 6. 12. 1920 fragt er bei ihm nach, ob er den *Kleinen* für die Zeitschrift brauchen könne, Müller-Bertelmann scheint Glauser eine Publikation in Aussicht gestellt zu haben, denn das Manuskript blieb bei ihm, ohne allerdings in der *Schweiz* noch gedruckt zu werden.

124 Mattos Puppentheater
Handschrift im Nachlaß, 9 Seiten

Der Datierung des Textes begegnen zunächst widersprüchlich erscheinende Indizien: Mit dem auf S. 130 erwähnten Gutachten eines Dr. Stralo Wasser spielt Glauser auf die Expertise des Psychiaters Dr. Charlot Strasser vom 3. 8. 1920 an, in der dieser bei Glauser «moralischen Schwachsinn» diagnostiziert hatte. Anderseits figuriert der Titel *Mattos Puppentheater* bereits in der Inhaltsaufstellung des Erzählbandes, dessen Plan Glauser am 16. 9. 1919 seinem Vater mitgeteilt hatte. Der Widerspruch löst sich, wenn man berücksichtigt, daß der Text als Handschrift vorliegt. Wann immer möglich schrieb Glauser jedoch mit Maschine, und sowohl 1919 als auch im Sommer/Herbst 1920 stand ihm eine solche zur Verfügung. Beim vorliegenden Manuskript dürfte es sich demnach um eine Abschrift zu Geschenkzwecken handeln, und zwar, wie die Widmung vermuten läßt, für den 35. Geburtstag von Bruno Goetz am 6. 11. 1920. Dabei scheint Glauser eine neue Passage in den Text eingebaut zu haben, die seine jüngsten Erlebnisse in der Psychiatrischen Klinik Burghölzli thematisierte. Die Szene: Spitzbauch/Vater/Junger Mann weicht denn auch deutlich vom Beginn des Textes ab. Im Gegensatz zu den eher surreal anmutenden Sprechpartien des Anfangs ist sie wie ein realer Dialog gestaltet. Es fehlen auch die umfangreichen Regieanweisungen der ersten Auftritte, die auf Glausers Beschäftigung mit Flauberts *Tentation de Saint Antoine* zurückgehen, ein Stück, das er Anfang 1919 zu übersetzen begonnen hatte. Ursprünglich dürfte *Mattos Puppentheater* also schon Frühjahr 1919 in Münsingen entstanden sein.

132 Ein Dieb:
Handschriftlich korrigierter Typoskriptdurchschlag im Nachlaß
Hans Müller-Bertelmann (StB Winterthur), 47 Seiten

Auf Grund verschiedener Indizien läßt sich die Entstehungszeit dieser Erzählung relativ genau eingrenzen. «Alles, was ich im *Dieb* geschildert habe, ist Eigenerlebtes, glauben Sie mir; alles, auch die Gefängnisszene», schreibt Glauser am 31. 7. 1923 an Hans Müller-Bertelmann, den ehemaligen Redakteur der Zeitschrift *Die Schweiz*. Mit der hervorgehobenen Gefängnisszene bezieht sich Glauser auf seinen Selbstmordversuch im Arrestlokal von Bellinzona Anfang Juli 1920; er war zuvor wegen eines unrechtmäßigen Fahrradverkaufs festgenommen worden und hatte in der Zelle im Zusammenhang mit Entzugserscheinungen eine «Nervenkrise» erlitten. Ungeachtet dieser Geschehnisse wurde er tags darauf von Bellinzona aus «per Schub» nach Luzern und weiter nach Bern «spediert», wo er im Dunkelarrest einen Blutsturz bekam. Der Gemeindepräsident seiner Heimatgemeinde Muri ordnete anschließend die Verlegung ins Inselspital Bern an. Nach einer versuchten Rezeptfälschung wurde Glauser wenige Tage später in die Berner «Irrenstation» Holligen (Steigerhubel) eingeliefert, von wo er mit Hilfe seiner Freundin Elisabeth von Ruckteschell floh. Diese Ereignisse bilden den stofflichen Hintergrund der Erzählung bzw. – im Hinblick auf die Datierung – einen terminus post quem.

Zudem läßt sich von der Schreibmaschinentype her sagen, daß der Text bei Hans Raschle in Baden entstanden sein muß, dessen Briefe an Glausers Vormund Walter Schiller die gleiche Type aufweisen. Anläßlich eines Besuchs auf der Redaktion der Zeitschrift *Die Schweiz* im November 1920 scheint Glauser die Erzählung zusammen mit dem *Kleinen* (II) Hans Müller-Bertelmann übergeben zu haben. Am 4. 1. 1921 erkundigte er sich bei ihm, ob er den Text zu veröffentlichen gedenke. Müller-Bertelmann beabsichtigte dies augenscheinlich, denn das Manuskript wurde durchgängig von ihm korrigiert. Die Eingriffe, welche im vorliegenden Text rückgängig gemacht wurden, betreffen Glausers eigenwillige Inversionen und artikellose Nominalkonstruktionen. Trotz dieser Bearbeitung kam es nicht mehr zur Veröffentlichung, da die *Schweiz* in finanzielle Schwierigkeiten geriet und Ende 1921 ihr Erscheinen einstellte.

166 Der Skeptiker

Handschriftlich korrigierter Typoskriptdurchschlag im Nachlaß, 3 Seiten

Dem Datum des Erstdrucks nach zu schließen (*Neue Zürcher Zeitung* Nr. 620 vom 27. 4. 1921) dürfte Glauser den Text in Baden geschrieben haben, vielleicht in Zusammenhang mit den abschließenden Arbeiten am *Heiden*.

In stilistisch leicht überarbeiteter Form erschien der Text noch zweimal: zunächst im Berner *Bund* vom 26. 11. 1933 (Nr. 553) und dann in den *Basler Nachrichten* vom 26. 5. 1937 (Nr. 171). Das Typoskript im Nachlaß ist eindeutig als Vorlage für den letzten Abdruck zu identifizieren; ihm folgt deswegen der Text dieser Ausgabe.

169 Der kleine Schneider

Erstdruck in *Der kleine Bund* 6 (1925), Nr. 29 (19. Juli); S. 225-228

Da der erste Brief, der Glauser im Gefängnis Witzwil zu schreiben gestattet war (12. 7. 1925 an Dr. M. Müller), bereits auf den fertigen Text Bezug nimmt, muß er – entgegen der Annahme von Saner (Bd. 2, S. 34) – bereits vor der Internierung in Witzwil, mithin während jener sieben Wochen entstanden sein, die Glauser nach seinem Rücktransport aus Belgien in der Psychiatrischen Klinik Münsingen verbrachte (4. 5.-22. 6. 1925). Glauser lernte dort Dr. Max Müller kennen, demgegenüber er sich, wie der damals verfaßte Lebenslauf zeigt (vgl. S. 367 ff.), ebensosehr als Schriftsteller zu profilieren suchte, wie dieser ihn wiederum zum Schreiben ermunterte. So entstand zur gleichen Zeit auch die Erzählung *Mord*. Müller war es auch, der die Verbindung zum Berner *Bund* herstellte und so die Publikation des Textes ermöglichte.

Glauser hat diese mutmaßlich erste Arbeit nach dreijähriger Schreibunterbrechung später auch – quasi als «Novelle à part» (Brief an Halperin vom 15. 6. 1937) – in seinen Legionsroman *Gourrama* aufgenommen. Die dortige Version (vgl. Kap. 1, 6) entspricht mit Ausnahme einiger stilistischer Veränderungen der hier vorliegenden. Im Jahr 1935 schließlich hat Glauser den Stoff erneut bearbeitet und einen Text vorgelegt, der nur noch rund ein Fünftel der ursprünglichen Länge aufweist. Diese Kurzfassung erschien zweimal (*Neue Zürcher Zeitung* Nr. 627 vom 10. 4. 1935 und *Basler Nachrichten* Nr. 156 vom 10. 6. 1937); die Drucke weisen nur geringfügige Abweichungen vom entsprechenden Typoskript auf, das im Nachlaß erhalten geblieben ist und dessen Wortlaut hier wiedergegeben sei:

Der kleine Schneider

Der Pfiff des Adjutanten Cattaneo gellte durch den kalten Dezembermorgen. Die dritte Sektion der Compagnie montée des zweiten Fremdenregimentes trat auf zwei Gliedern an. Das Zeltviereck war braun im bläulich weißen Licht. Die Sektion war nach Atchana zum Kalkbrennen abkommandiert worden. Die Maultiere klirrten mit den Ketten.

Der Appell begann; in der zweiten Reihe, ganz links vom Adjutanten, stand der Legionär Schneider. Er war klein, sein Jungengesicht war wehleidig verzogen, und sein magerer Körper zitterte. Er hatte Fieber. Als er angerufen wurde, rief er ganz leise: «Hier.» – Der Adjutant (Pfeffer- und Salzschnurrbart unter einer knolligen Nase) schnauzte ihn an, ob er nicht gerade stehen könne? Er sei krank, sagte Schneider leise. Darauf der Adjutant, er werde ihm seine Krankheit schon austreiben!

Dann wurde die Arbeit verteilt. Die eine Hälfte der Sektion mußte am kleinen Fluß Holz holen gehen, die andere Hälfte im zwei Kilometer entfernten Steinbruch Kalk brechen. In einer Ecke des Lagers wartete der runde, leere Ofen.

Sergeant Schützendorff, ein Österreicher, befehligte die zweite Hälfte. Er hatte Mitleid mit dem kleinen Schneider, der zusammengekrümmt auf dem Seppl, seinem grauen Maultier, hockte.

«Absitzen!» kommandierte Schützendorff, als sie in der kleinen Schlucht angekommen waren. Ein träger Bach durchlief sie, versickerte in der gelben Erde. Der kleine Schneider nahm Stellung an: «Ich bin krank, Sergeant», sagte er leise und blickte sehnsüchtig auf die Zigarette, die Schützendorff rauchte. «Geben Sie mir dann die Kippe!» bettelte er. Schützendorff war kein schlechter Kerl. «Da!» sagte er und gab dem kleinen Schneider ein paar Zigaretten. «Und dann kannst du ja Wache stehen!»

Die anderen verschwanden in der Schlucht. Die Luft war kalt, aber, geschützt von einem Felsen, lag in der Sonne ein großer Stein. Schneider setzte sich auf den Stein und hielt das Gewehr zwischen den Knien. Wirre Gedanken gingen durch seinen Kopf. Er dachte an den großen Krieg, an die Revolution, die ihm gefolgt war, sah den Sturm auf den Bahnhof, den er miterlebt hatte, dann seine Flucht.

«Hätt ich mich doch lieber einsperren lassen», dachte er. Er war müde. Er hatte sich die Legion anders vorgestellt.

Kämpfe hatte er sich ausgemalt, Soldatenleben. Dabei mußten sie immer Straßen bauen. Er sehnte sich nach dem Tod. «Wie macht man das», dachte er, «man steckt den Lauf in den Mund, und mit der großen Zehe drückt man auf den Abzug.»

Dann schlief der kleine Schneider ein. Er schwamm im Rhein, das Wasser war kühl, ihn fröstelte im Traum. Plötzlich erwachte er und stürzte vornüber. Als er den Kopf vom Boden erhob, stand der Adjutant vor ihm und hielt in der erhobenen Hand eine Reitpeitsche. Er sah nicht böse aus, eher belustigt.

«Mein Pferd», sagte er, «hätte den Schlag kaum gespürt. Und du fällst um, das sind mir Soldaten!» – «Ich bin krank, mein Adjutant», Schneiders Stimme klang weinerlich, «ich hab Fieber.»

«Ach, dann geh heim, und leg dich unters Zelt!»

Den Adjutanten schien diese Geschichte nicht mehr zu interessieren. Er ging weiter.

Schneiders Maultier hieß Seppl, es war grau, nur sein Schwanz war weiß, wie der Bart eines alten Herrn. Seppl kaute Alfabüschel, aber er kam näher, als der kleine Schneider die Hand ausstreckte, ließ sich fassen, Schneider saß auf und ritt heim.

Durch das braune Zelttuch war die Sonne ein winziger greller Punkt. Sieben Decken hatte der kleine Schneider auf sich gelegt, aber er fror noch immer. Draußen klapperten die Gamellen, Korporal Baskakoff fragte, ob Schneider etwas essen wolle.

«Ich will nur meinen Wein», sagte der Kleine. Der Wein war sauer, aber er wärmte. Dann schickte der Adjutant Chinin, vier weiße Tabletten, zwei sollte der Schneider jetzt nehmen, zwei am Abend. Dann solle er diese Nacht auf Wache ziehen, das werde er schon aushalten. Der kleine Schneider nickte.

Gegen sechs Uhr abends stand er auf. Er war ein wenig wackelig auf den Beinen. Als er aus dem Zelt kroch und sich umsah, war die Sonne schon ein gelber Halbkreis, der langsam hinter den Bergen verschwand. Wie weiße Leuchtkugeln standen ein paar Sterne am flaschengrünen Himmel. Aus dem Kalkofen drang scharfduftender Rauch, und bläuliche Flämmchen tanzten auf der Oberfläche. Unten im langen Gang, der zur Feuerstelle führte, saß die ganze Sektion beisammen und ließ die Feldflaschen herumgehen. Dazu sangen die Deutschen: «Drei Lilien, drei Lilien, die pflanzt ich auf mein Grab fallera ...»

Am Ende des Ganges, die Brust noch warm beschienen, aber den Rücken im kalten Abendwind, saß der Kleine in voller Ausrüstung. Die resedafarbene Capotte fiel ihm bis auf die Knöchel. Der gelbe Tropenhelm verdeckte die Hälfte des Gesichtes. – Der Gesang am Feuer brach ab. Der kleine Schneider stand auf, hängte den Gewehrriemen über die rechte Schulter und begann mit unsicheren Schritten das Zeltviereck abzuschreiten. Er mußte seinen Helm halten. Der Wind wehte kräftig von den fernen Bergen herab. Nach und nach erloschen die Lichter in den Zelten. Schneider blieb vor dem Zelt des Adjutanten stehen. Darin brannte eine Azetylenlaterne. Cattaneo saß auf dem niederen Feldbett, dessen Latten sich unter dem Gewicht seines plumpen Körpers bogen. Auf dem Tisch stand eine Flasche Rum. «Mir ist kalt, mein Adjutant», sagte der kleine Schneider leise. «Da nimm!» Der Adjutant füllte ein trübes Wasserglas mit Rum und streckte es Schneider hin. Der trank die scharfe Flüssigkeit; nachher war ihm ein wenig schwindlig. «Schnaps ist gut gegen Fieber», sagte der Adjutant. «Geh jetzt!» Schneider torkelte weiter. Dann erlosch die Lampe in des Adjutanten Zelt.

Im Schein des Mondes schimmerte die Straße weiß zwischen den schwarzschraffierten Feldern, auf denen Alfabüschel wie Straußenfedern wehten. Im Körper des kleinen Schneider war ein unbekanntes Glücksgefühl. Er würde verlangen, dachte er, nach Fez geschickt zu werden, vielleicht konnte er auf Reform gehen, wurde heimgeschickt. Drüben in Deutschland gab es Mädchen, die sauber waren und gesund – er würde heiraten – Arbeit finden...

Stumm lagen die Zelte da, Schnarchen drang aus ihnen. Die Maulesel waren unruhig. Ein großer Mond stand in der Mitte des Himmels. Der Rauch des Kalkofens roch feucht. Er erinnerte den kleinen Schneider an die Kartoffelfeuer der Heimat. Vielleicht war es diese herbstliche Erinnerung, die Verzweiflung in ihm weckte. Er setzte sich auf den gemauerten Rand des Kalkofens. Der Abhang fiel steil ab zum Oued. Da brach die Verzweiflung doppelt stark in seinen Kopf ein, peitschte Schauer durch den müden, schmerzenden Körper. Zitternd öffnete der kleine Schneider die Patronentasche, klappte das Schloß des Gewehres auf, führte die Patrone ein. Dann wollten die beiden Hände die Wadenbinden aufzerren. Bei einer heftigen Bewegung entlud sich das Gewehr. Der Knall erstickte im dicken Stoff der Capotte. Der kleine Schneider fühlte einen heftigen Schlag am rechten Schenkel. Dann rollte er den Abhang hinab, der Mond drehte sich rasend schnell. Er verschwand, und das Wasser des Oued glänzte nahe. Dann wurde die Nacht dunkel und rot.

182 Mord:

Erstdruck in *Illustrierte Luzerner Chronik* (Wochenendbeilage des *Luzerner Tagblatt*) (1926) Nrn. 32, 33 u. 34 (12., 19. u. 26. August), S. 251-255, 261-262, 268-270

Bei *Mord* handelt es sich um die zweite Erzählung, die Glauser im Mai/Juni 1925 in Münsingen schrieb. Durch Vermittlung einer mit Max Müller bekannten Ärztin gelang es schließlich nach mehr als einem Jahr, eine Publikationsmöglichkeit für den Text zu finden. Er erschien in der Wochenendbeilage des *Luzerner Tagblatts*, durchsetzt mit Fotos wetteifernder Hornusser und Abbildungen verstorbener Luzerner Honoratioren, nur mit den Initialen «Gl.» gezeichnet, was Glauser nicht unerheblich verärgerte (vgl. Brief an Müller vom 13. 9. 1926).

Den autobiographischen Kern des Stoffes erweist einer der ersten Briefe, die Glauser aus der Fremdenlegion schrieb: «Die alten Legionäre schneiden ihren neuen Kameraden die Gurgel ab, unten im Village nègre, wenn sie Geld bei ihnen vermuten.» (Brief an Frau Raschle vom 1. 6. 1921) Eine dieser offenbar zahlreicheren Mordtaten scheint Glauser der vorliegenden Erzählung zugrunde gelegt zu haben. Fast identische Zusammenhänge werden auch in dem 1938 erschienenen Text *Kuik* erzählt. Das Personal taucht außerdem – teilweise unter anderen Namen – in mehreren Legionserzählungen sowie in den Romanen *Gourrama* und *Die Fieberkurve* auf. Eine stark gekürzte und inhaltlich veränderte Version von *Mord* veröffentlichte Glauser drei Jahre nach dem Erstdruck im *Winterthurer Stadtanzeiger* (Nr. 43 und 44 vom 5. und 9. 4. 1929). Sie lautet:

Mord. Eine Geschichte aus der Fremdenlegion

Am Samstag um halb zehn Uhr kam der kleine Weichhardt mit einem Detachement von 20 Mann in Bel-Abbès an, am Montag machte er die Bekanntschaft des Sergeanten Saduner, am Donnerstag erhielt er die Prime von 250 Fr. für sein Engagement in der Fremdenlegion, und am Freitag, gegen 8 Uhr morgens, wurde er mit durchschnittenem Hals und leeren Taschen auf einer Tragbahre in den Kasernenhof getragen.

Der erste, der an die Bahre trat, war Kommandant Constant. Er schlug das Tuch zurück. Wie ein summender schwarzer Rauch steigen die Fliegen auf und senkten sich wieder auf die klaffende Halswunde.

«Wo habt ihr ihn gefunden? – Unten im Village nègre? – Am Fluß? – Die Patrouille hat ihn gefunden? – Wann? – So, so, um sechs Uhr. Und ihr kommt erst jetzt? – Unerhört. Diese Unordnung.»

Der Kommandant lief in den Mittelbau, stieß die Türe auf, die ins Bureau des Colonel Boulet-Ducarreau führte, und erzählte dem fetten Mann, der aufrecht und schläfrig vor seinem Schreibtisch saß, die Begebenheit.

Die Rundlichkeit des Obersten ließ sich nicht aus ihrem stabilen Gleichgewicht bringen. «Einer mehr, einer weniger», schnaufte er unter seinem Katerschnurrbart, «wir haben genug Leute, wir bekommen genug. Wozu die Aufregung? Rufen Sie Vanagass, Constant.»

Vanagass war früher Rechtsanwalt in Odessa gewesen. Er trug eine Knollennase und bewegte den Körper auf O-Beinen. Außerdem war er Sergeant und verfaßte die Anklageschriften für das Kriegsgericht in Oran und fungierte dort als Dolmetscher.

«Haben Sie schon gehört?» empfing ihn der Colonel. Vanagass nickte und setzte sich unaufgefordert auf einen Stuhl. Mit ruhiger Stimme gab er seine Ansicht kund:

«Ich werde die Leute vom Geheimdienst zusammenrufen und Erkundigungen einziehen, mit wem der Junge in den letzten Tagen verkehrt hat. Der Mörder ist wohl unter denen zu suchen, die bald entlassen werden. Ich werde auch den Rapport des Patrouillenführers im Village nègre einverlangen. Es ist der vierte Mord seit einem halben Jahr», stellte er sachlich fest.

Der Patrouillenführer hatte nichts gesehen. Aber Beucler, ein blatternarbiger Luxemburger, der Zimmerchef bei den Neuangekommenen war, erzählte, der kleine Weichhardt sei zweimal mit dem Sergeanten Saduner ausgegangen. Vanagass gab ihm einen Passierschein und trug ihm auf, den Sergeanten Saduner zu suchen. Fünfzig Franken habe der Colonel für die Ergreifung des Mörders ausgesetzt,

Beucler rechnete schnell: Fünfzig Franken, das waren 50 Paket Job-Zigaretten und 25 Liter Wein. Er machte sich auf die Suche.

Der Kasernenhof war angefüllt mit weißem Licht bis zu den Dächern, die wie oxydierter Stahl glänzten. Spärliche Bäume warfen graue Schatten. In dieser weißen Hitze schlich der Sergeant Saduner mit geknickten Knien zur Kantine, die in einer Ecke dicht neben dem Viereck des Gefängnisses lag. Beucler holte ihn ein und klopfte ihm sanft auf die Schulter. Saduner fuhr zurück und seine tätowierten Augenlider klappten auf und ab.

«Was willst du?» krächzte er heiser. Die vorgestreckten Hände zitterten, die blaupunktierte Haut des Gesichts zerfiel, und der Körper war schwammig unter der zerdrückten gelben Uniform.

«Hast du deine Uniform frisch gewaschen?» fragte Beucler und schielte aus den Augenwinkeln. In der Kantine bestellte Saduner einen Liter Rosé und ließ einen Hundertfrankenschein wechseln. Die beiden nahmen Platz. Hinter dem Schanktisch nickte der dicke Spaniol wieder ein. Es war dunkel und kühl, und die Fliegen summten in dem sauren Weingeruch.

«Und Geld hast du auch, soviel Geld!» sagte Beucler einschmeichelnd. Saduner lachte, hustete, spuckte auf den Boden. «Ersparnisse», sagte er kurz. Sie schwiegen wieder und tranken.

«Apropos», sagte Beucler, «du hast den kleinen Weichhardt gekannt, den sie heute morgen gefunden haben?»

«Gekannt?» wiederholte Saduner und zog den verschütteten Wein zu einer Zeichnung auseinander, die einen Kopf darstellte mit zwei Augen darin. Dort, wo der Hals war, grub er mit dem Daumennagel einen tiefen Kritzer ins Holz.

«Du hast ihn doch an den Abenden ein paar Mal abgeholt.»

«Abgeholt?» wiederholte Saduner stumpfsinnig.

«Wo warst du gestern abend?»

Saduner gab ein lautes Lachen von sich, das wieder in einem Husten endete. Dann sagte er stotternd und hastig: «Gestern abend? – Fein, sag ich dir. Eine Negerin, sag ich dir. Und gar nicht teuer. Eine Negerin. Haha.»

«Also warst du doch im Village?»

«Im Village nègre? In der Villa Schneck? Nein, nein, in einer Spaniolenkneipe. Eine Dienstmagd.»

Wieder starrte Saduner teilnahmslos vor sich hin. Beucler sah, daß er nicht weiter kam. «Wir wollen in die Stadt», sagte er. Der Sergeant war einverstanden. Er ging auf und ab im engen Raum. Dabei fuhr er mit dem Zeigefinger sägend über den Adamsapfel und sagte «Kuik, kuik» dazu.

«Warte doch, ich komme mit», rief Beucler hinter ihm drein, aber Saduner ging weiter, ging seltsam sicher über den Hof und blieb dann bei dem Unteroffizier der Wache stehen, dem er mühsam etwas zu erklären schien. «Was ich weiß, ist nichts, er kann sich geradesogut über mich lustig gemacht haben», dachte Beucler. Saduner ging zum Tor hinaus. Beucler erreichte ihn und nahm ihn am Arm. Sie kehrten in einigen Bars ein, in denen gähnende Spanier mit unwahrscheinlich bunten Krawatten Zigarettenrauch durch gelbe Nüstern bliesen. Auf der Straße gingen Offiziersfrauen spazieren.

Die beiden kamen über den großen Exerzierplatz, der die Stadt vom Araberviertel trennt. Der weiße Turm der Moschee stach hell in den stark kolorierten Postkartenhimmel.

Dann begann das Village nègre. Eine enge schmutzige Gasse mit farbigen Spielschachtelhäusern zu beiden Seiten, mit offenen Türen, in denen Weiber von allen Rassen lauerten. Grell bemalt waren sie und lockten mit müden Augenlidern. Hinter ihnen in dunklen Zimmern sah man das Bett. Araberinnen, klein, mit roten kreisrunden Flecken auf den Wangen und Tätowierungen auf der Stirn, Negerinnen, die mit dem Bauch kreisende Bewegungen machten, den Kopf an den Türpfosten gelehnt. Alte Französinnen auch, die Haut der Gesichter rauh wie alte Gummischläuche. Alle winkten sie und kreischten auf bisweilen. Kleine Jungen trugen verstaubte Kuchen auf den flachen Holztellern. Ein dürrer Neger briet Leberstückchen, die auf Draht gespießt waren. Saduner kaufte ein Stäbchen und aß es schmatzend.

Die Gasse mündete auf einen stummen Platz. Rechts lag ein Bau, wie ein eingesunkener Lehmwürfel. Saduner zog Beucler durch die offene Tür. Vom Boden an der hintern Wand stieg eine riesige Gestalt in die Höhe, deren dunkles Gesicht fett glänzte. Beucler hatte Angst, als er den Mulatten sah, der Saduner mit einer Umarmung empfing und den Spitzel mißtrauisch mit weißen Augen betrachtete. Saduner hockte sich auf den Boden und sagte: «Milhoud, gib Kif.» Milhoud zog aus dem Gürtel ein Ledersäckchen und stopfte eine fingerhutgroße rote Tonpfeife mit einem Gemisch von feinverhackten Hanfblättern und Tabakstaub. Er legte eine glühende Kohle auf das Kraut, nahm einen Zug und gab die Pfeife an Saduner weiter. Der rauchte sie in zwei Zügen aus und gab die Pfeife zurück.

«Amr Sbsi», sagte er dazu, «füll mir die Pfeife.»

Im kleinen Raum roch es nach Asthmazigaretten, aber es war auch der Duft ferner Bergwiesen, die in der Sonne dorrten, und der Geruch weiter Ebenen, über die der Wind zieht, am Mittag. Der Rauch schien zu wirken. Saduner begann plötzlich zusammenhanglos zu reden. Beucler hatte sich in eine Ecke gedrückt und stierte angstvoll auf den Plappernden.

«Hahaha, kuik, kuik», sagte Saduner und fuhr wieder mit dem Zeigefinger über seinen Hals. «Bei einer Negerin gestern. Milhoud ist Zeuge, Milhoud war dabei. Nicht wahr, Milhoud? Das da ist ein Spitzel. Milhoud ist Zeuge, daß ich gestern bei ihm war, aber du glaubst, daß ich den Kleinen umgebracht habe. Glaubst du, ich weiß nicht, daß du zum Service spécial gehörst? Der alte Saduner ist kein Idiot, er weiß, was los ist. Er kennt die Spitzel gleich am Blick. Schon in der Kantine hab ich dich erkannt. Na, ich will dir die Geschichte doch erzählen. Eine schöne Geschichte. Soll ich ihm die Geschichte erzählen, dem Spitzel, der für die Schweinehunde da oben schafft? Denn Milhoud war auch dabei. Du kannst uns ja doch nicht fangen. Wir gehen beide fort, weit, irgendwohin ins Bled, nach Marokko. Und Sergeant Saduner wird viele Frauen haben und kleine Jungen auch, soviel er will. Er wird Scheich bei einer Tribu. Von hier aus können sie ihn lange suchen. Vierhundert Franken hatte der Kleine bei sich. Ersparnisse von drüben und die Prime. Und das Rasiermesser hat er noch selbst gekauft. Saduner, hat er gesagt, du bist so rauh im Gesicht, ich will dir ein Rasiermesser kaufen. Hat es auch gekauft. Und einen Pinsel und Seife. Hat ihm alles nichts geholfen. Hat doch sterben müssen. Zwölf Jahre habe ich schinden müssen. Jetzt soll ich nach Europa zurück, wo mich niemand mehr kennt? Und hier bleiben darf ich nicht. Ich muß hinüber, das Reglement verlangt es so. Dann lieber noch hier krepieren. Das ist lustiger. Mit Milhoud zusammen, mit dem Freund Milhoud. Milhoud kennt sich gut aus, kennt den Weg, der über Figuig führt. Kein Spitzel kommt uns in den Weg. Ja, ja, hast gesehen, daß ich den Khakianzug gewaschen habe und daß ich ‹kuik, kuik› gemacht habe. Hast es schon verstanden. In der Kaserne hättest du mich packen sollen. Nützt dir auch jetzt nichts, mich anzugeben. Ich sage einfach, er erzählt eine Geschichte, um die 50 Franken zu bekommen. Ja, auch das mach ich.»

Beucler führte zwei Finger zum Mund und stieß einen schrillen Pfiff aus. Aber eine breite Hand traf seinen Kopf, so daß er sich auf dem Boden überschlug. Saduner kreischte wie ein Mädchen, das gekitzelt wird. Sein Lachen wollte nicht aufhören.

«Hast die Patrouille rufen wollen. Der Chef der gestrigen hat mich gesehen, aber nicht erkannt. Und der Kleine hatte einen Frauenmantel um, den Mantel von Milhouds Frau. Milhouds Frau kriegt eine Korallenkette. Und dann beim Bach, einfach umarmt hab ich ihn, warum hat er mich auch gern gehabt, und dann mit dem Rasiermesser. Vierhundert Franken. Hol Wein, Milhoud, ich hab Durst.» Er tanzte noch ein paar Schritte, wurde müde und klappte zusammen. Mit offenem Munde lag er auf dem Boden.

Der große Mulatte kniete neben ihm. Er schöpfte mit der Hand Wasser aus einem Tongefäß und ließ es über die Stirne des Bewußtlosen träufeln. Dazu flüsterte er leise, unverständliche Worte. Saduner schlug die Augen auf, blickte um sich und richtete sich langsam auf. «Viel Geld», stammelte er, und der Mulatte nickte. «Sie werden dich nicht fangen und mich auch nicht.» Noch einmal wollte sich Beucler erheben, aber der Mulatte blickte ihn drohend an und machte die Gebärde des Stechens. So drückte er sich in die Ecke und sah den beiden nach; Milhoud trug Saduner zur Tür hinaus.

Erst nach zehn Minuten traute sich Beucler zu gehen. Der kleine Platz war leer. Stumm lag die Straße der Wollust. Es war spät. In der Ferne blies ein Horn.

Im Bureau des Colonel erzählte Beucler die ganze Geschichte. Auf der Kante des Schreibtisches balancierte der Kommandant Constant auf einer Hinterbacke. Der Colonel lachte.

«Warum hat er ihm ein Rasiermesser geschenkt. Nur seine Schuld, wenn er damit umgebracht wird.» Constant nickte eifrig und ergeben zu dem guten Witze seines Vorgesetzten, und Vanagass stand abweisend daneben.

198 Die Hexe von Endor

Erstdruck in *Der kleine Bund* 10 (1929), Nr. 41 (13. Oktober), S. 321-325

Glauser hat diese Erzählung vermutlich während seines Ferienaufenthalts am Bodensee im Sommer 1928 geschrieben und sie am 6. August an Max Müller gesandt. Dieser geht in seinem Antwortbrief vom 15. 8. 1928, in dem der Text erstmals namentlich erwähnt wird, auf einige sachliche Unrichtigkeiten ein; so korrigiert er medizinische Fachausdrücke und streicht einen Satz über Rorschach. Da nur die Druckfassung erhalten ist, läßt sich der ursprüngliche Wortlaut nicht rekonstruieren.

Den Stoff der Erzählung flicht Glauser drei Jahre später in seinen ersten Kriminalroman *Der Tee der drei alten Damen* episodisch ein (vgl. Kap. 7,1). Der Titel des Textes geht im übrigen auf die alttestamentarische Totenbeschwörerin zurück, die dem König Saul den Geist Samuels beschwor (vgl. 1. Samuel 28, 7-25).

214 Die Begegnung

Erstdruck in *Der Basilisk. Sonntags-Beilage* der *National-Zeitung* 12 (1931), Nrn. 30 u. 31 (26. Juli u. 2. August)

Ob er ihm *Die Begegnung*, jene Witzwil-Geschichte, zurückschicken könne, fragt Glauser am 21. 1. 1930 brieflich bei seinem Vater an, offenbar in der Absicht, sie erneut einer Zeitung oder Zeitschrift anzubieten. Niemand habe die Erzählung drucken wollen, bis Otto Kleiber von der Basler *National-Zeitung* sie schließlich angenommen habe, erinnert sich Glauser 1937 (Brief an Halperin vom 9. 8. 1937). Wann der Text genau entstand, ist indessen unklar; die von Saner angebotene Datierung «Witzwil 1925/26?» kann nicht zutreffen, da Glausers Alter Ego-Figur am Ende der Erzählung sagt, sie habe *nach* der Gefängniszeit eine Stelle als Gärtner angenommen.

Die ersten Pläne für den Text dürften allerdings bis in die Zeit unmittelbar nach der Witzwiler Haft zurückreichen; am 27. 6. 1926 – fünf Tage nach seiner Entlassung – schreibt Glauser an Max Müller, er wolle für den *Schweizer Spiegel* eine Novelle mit dem Titel *Tagebuch eines Sträflings* verfassen. Die harte Arbeit als Gärtner läßt ihn dann jedoch nicht zum Schreiben kommen. Erst als Glauser vom April 1927 an zur Entziehungskur und anschließenden Psychoanalyse in Münsingen ist, findet er wieder Zeit zu literarischer Betätigung. Ablehnungsbescheide von Feuilletonredaktionen erwähnt er in der Folge mehrmals; beispielsweise nimmt die *Neue Zürcher Zeitung* im Oktober 1928 eine Novelle nicht an, genauso reagiert Hugo Marti vom Berner *Bund* im Januar 1929. Möglich, daß es sich beim zurückgewiesenen Text jeweils um *Die Begegnung* handelte.

Das Manuskript der Erzählung, das Saner noch vorgelegen hat (vgl. Saner Bd. 2, S. 36 f.), ist mittlerweile verschollen. Dafür ließ sich der Erstdruck lokalisieren, dem der Text dieser Ausgabe folgt. Beim Zweitdruck (*Neue Schweizer Bibliothek* Bd. 36, Zürich 1939, S. 5-21) nahm der Herausgeber Alfred Graber einige Streichungen und stilistische Korrekturen vor, zu denen er von Glauser zwar pauschal legitimiert war (vgl. Brief vom 30. 11. 1938), die im einzelnen aber nicht autorisiert sind. Sie wurden deswegen hier nicht berücksichtigt.

Als Glauser im Jahr 1937 *Die Begegnung* zum Zweitdruck vorbereitete, hatte er offenbar zunächst die Absicht, den autobiographischen Rahmen zu erweitern und die Vorgeschichte seiner Witzwiler Haftzeit mit einzubeziehen. Von diesem Plan zeugt ein neunseitiges Typoskriptfragment im Nachlaß, das ebenfalls mit *Die Be-*

gegnung betitelt ist, entsprechend auch die Rahmenhandlung beibehält, dann aber, legt man Glausers Biographie zugrunde, weiter zurückgreift; erzählt wird die Geschichte von Glausers Aufenthalt in der Anstalt von Tournai sowie seines Rücktransports aus Belgien in die Schweiz. Der Text (ohne Rahmenerzählung), dem gewisse Spuren eines Erstentwurfs anhaften, lautet wie folgt:

... Zuerst schildert er folgendes: Eine Anstalt in Belgien, in welcher Mönche – ‹petits frères› nennt er sie, ‹kleine Brüder› – Pflegerdienste verrichten. Er schildert verschiedene Typen: den Bruder Innozenz, dessen Bauch so dick ist, daß er die Kutte fast zum Platzen bringt, die schwarze Kutte, welche eine Kordel zusammenhält – Bruder Innozenz ist über sechzig Jahre alt, hat ein mageres Gesicht mit rötlichen Backen. Morgens, vor dem Frühstück, betet er den Rosenkranz, abends, nach dem Nachtessen, wieder. Im Speisesaal summen die Fliegen; wenn eine sich auf des Bruders Ärmel setzt, hebt dieser während des Betens die Hand und versucht, das Biest zu fangen. Die offene Hand streicht über den Ärmel – und durch die Bewegung erhält ein Wort des Gebetes starke Betonung, die wieder abflaut, wenn die Fliege verschwunden ist ... Tagsüber schreitet der Bruder durch den Arbeitssaal, in dem die Eingeschlossenen an den Wänden sitzen; vor ihnen stehen Tische, bedeckt mit Papierstößen – blaues Papier, weißes, rosafarbenes, das zu Säkken verarbeitet wird. Jede Woche am Samstag ist Zahltag, doch kein belgisches Geld wird verteilt, sondern Anstaltsgeld, mit dem man alles kaufen kann, was man will: Tabak, Schokolade, Zigaretten. Doch gewöhnlich wird das Geld anders verwandt: Am Abend, in den Freistunden von sechs bis neun Uhr, wird Whist gespielt, und Bruder Innozenz hilft mit. Es wird mit ‹Pott› gespielt, fünfzig Centimes legt zu Beginn jeder Spieler in den Topf – das sind zwei Franken, die verdoppelt werden müssen, wenn eine Abondance oder eine Misère verloren wird. Aber der Bruder spielt so vorsichtig, daß er nie verliert, sondern stets gewinnt. Eigentlich plündert er seine Patienten aus. Die Anstalt ist ein Irrenhaus, vier Abteilungen gibt es in ihm: eine Beobachtungs-, eine Erregten-, eine ruhige Abteilung und ein Lazarett.

«Wahrscheinlich werden Sie sich fragen, wieso ich in eine solche Anstalt geraten bin – denn es war ein Irrenhaus –, und vielleicht finden Sie, daß ich nicht verrückt aussehe. Es ist eben ein Erlebnis, das uns hin und wieder zustoßen kann. Wir leben in einer so merkwürdigen Zeit – ist es da ein Wunder, daß wir bisweilen den Kopf verlieren, wie man so schön sagt? Das Jahr vorher wurde ich aus der Fremdenlegion entlassen, weil ich in Marokko ein böses Fieber aufgelesen hatte. Ich ließ mich dann in Paris pflegen, arbeitete später als Geschirrwäscher, bis ich mir wieder Kleider kaufen konnte, fuhr nach Belgien und fand dort eine Stelle als Krankenwärter in einem Spital. Die Arbeit war nicht schwer, da ich Nachtdienst machte, aber auch am Tage konnte ich nie richtig schlafen. Man weckte mich, wenn ein Kranker in der Stadt abgeholt werden mußte, und schließlich wurde ich so müde, daß ich Mittel nahm, um wach zu bleiben. Es ist nicht gut, wenn man Mittel nimmt, plötzlich protestiert der Körper dagegen – nicht der Körper eigentlich, sondern nur der Kopf, aber die Glieder gehorchen dann stummen Befehlen. Mir kam es plötzlich vor, als werde ich verfolgt, darum verriegelte ich meine Türe und warf brennende

Zeitungen unter meinen einzigen Anzug, der unter einem waagrecht an der Wand befestigten Brett hing. Viel Rauch gab es im Zimmer, ich riß das Fenster auf, nun wuchsen die Flammen, eine Schwester konnte die Türe aufdrücken, sie trug mich hinaus und sperrte mich in eine Zelle. Am nächsten Tag führten mich zwei Männer ins Irrenhaus. Dort blieb ich sechs Monate – ein halbes Jahr, vom September bis zum Mai. Ich kam erst in die Beobachtungsabteilung, wo Bruder Innozenz, der vorsichtige Whistspieler, wirtschaftete, zusammen mit Bruder Hilarius. Um vier Uhr morgens standen die beiden schon auf und liefen geschäftig hinüber in die Kapelle zur Frühmette. Eine Glocke läutete, während sie zurückkamen – und da war es schon Viertel vor sechs. Um sechs Uhr war Tagwacht – durch den Garten, draußen vor den vergitterten Fenstern, zog der Frühling, und riesige Stürme kamen vom Meer, beugten die Bäume und rissen Zweige ab, warfen Ziegel vom Dach und drückten manche Fenster ein. Wenn die Horde endlich im Hinterland verschwunden war, begann das Gras zu wachsen und wurde langsam grün, es trockneten die Wege, und wir gingen spazieren um die Mittagszeit, in einer dürftigen und blassen Sonne. Eine Mauer umgab den Garten, vor ihr, auf der Innenseite, lag ein breiter Graben, aber trotzdem patrouillierte stets auf dem Rasen ein hinkender Uniformierter hin und her, ein Wächter, der um den Hals eine Schnur trug, an der ein Pfeiflein baumelte. Rund um das Mittelbeet, das ein riesiger Kreis war – wohl dreißig Meter im Durchmesser – mit Gras und Tulpen, Schneeglöckchen und violetter Scylla, gingen wir zu viert: Ein ehemaliger Schullehrer, der, blond und blauäugig, seit vier Jahren auf einen Monsterprozeß wartete; fünf Millionen Perlen besitze er, doch seien die Edelsteine wohlverborgen, ein Schiff aus Kongo habe sie ihm gebracht, nun seien sie versteckt, niemand wisse, wo, aber er wolle es uns gerne sagen, wenn wir versprächen, ihm behilflich zu sein, sie draußen zu verkaufen. ‹Draußen!› – Das Wort hatte einen beschwörenden Klang, und Bruder Innozenz, der hinter uns ging, lächelte mit seinem breiten Mund. Der zweite war klein, seine viel zu kurzen Hosen schlängelten sich um seine Beine, und seine schwarzen Haare waren dünn gesät. Ein Jahr lang war er in Brüssel im Gefängnis gesessen, verurteilt wegen Betrugs und Diebstahls. Und dort, in seiner Zelle, die auf einen großen Garten ging, in dem Bäume wuchsen und Kletterpflanzen an die Mauern sich rankten, hatte er die Sonne beobachtet und herausgefunden, daß die ganze moderne Astronomie falsch sei. ‹Impossible!› sagte er, mit zischendem S. Die Alten hätten recht gehabt. Nicht außerhalb der Erde sei der Himmel, sondern innerhalb. Eine hohle Kugel sei sie, nicht konvex, sondern konkav, und die Abstände, von denen die Wissenschaftler sprächen, seien Nonsens! Nonsens! Stupid! Einen Erdmittelpunkt gebe es gar nicht, da die Erde eine Fläche sei, eine zu einer Kugel gebogene Fläche, doch nicht, wie die Astronomen sagten, einer gefüllten Kugel, die im Raume tanze, sondern einer andern, geheimnisvollen. Der dritte aber war ein verheirateter Weinreisender mit einem roten Bärtlein. Seine Frau kam ihn bisweilen besuchen, und er sollte bald entlassen werden. ‹In einem Jahr, vielleicht in zwei Jahren kommt er wieder zu uns›, sagte Bruder Innozenz. Psychiatrie war ihm genauso geläufig wie Whist, und seine Diagnosen waren richtiger als die des Direktors der Anstalt, der an ein Skelett erinnerte, weil seine Knochen beim Gehen rasselten.

Manchmal gingen wir alle um sechs Uhr in die Frühmesse. Dann wurde ich krank, kam ins Lazarett und lag dort neben einem Bürschchen, das viel weinte. Es war nicht weiter verrückt, doch wußte es, daß es nie mehr die Anstalt verlassen würde ... ‹Warum?› fragte ich. Und dann erzählte der junge Mann eine Liebesgeschichte und flüsterte in der Dunkelheit, die nur von einer einzigen bläulichen Nachtlampe erhellt wurde: Yvonne war zwei Jahre älter als er und kräftig gebaut – nur ihre Augen waren schwach, darum trug sie eine Brille. Er arbeitete im Bureau einer Kohlengrube und traf sie am Abend. Dann gingen sie spazieren, es mochte schön sein oder regnen. Henris Eltern wollten nichts von einer Heirat wissen, denn er war zu jung und Yvonne zu arm. So beschlossen die beiden zu sterben, und Henri kaufte einen Revolver. In einer Winternacht trafen sie sich am Fluß, es regnete, und Tropfen liefen über die Brillengläser des Mädchens. Er zielte und traf Yvonne ins Ohr. Dann legte er die Mündung an seine Schläfe und drückte ab. Doch die Kugel ritzte nur seine Haut, er verlor das Bewußtsein. Leute hatten die Schüsse gehört, fanden die beiden – das Mädchen war tot. Henri wurde ins Spital getragen und lag dort eine Woche, wünschte den Tod herbei und wurde gesund. Dann kam der Prozeß. Urteil: Lebenslänglich. Sein Vater hatte gute Beziehungen, darum erfolgte nach einer sogenannten Haftpsychose ein Gutachten, und der Knabe wurde in der Anstalt versorgt. Bis an sein Lebensende. In der Nacht rechnete er und rechnete: Zweiundzwanzig Jahre war er nun alt ... ‹Angenommen, ich werde dreißig, dann muß ich noch acht Jahre warten, denn älter als dreißig werde ich sicher nicht ... Hoffentlich.› Er weinte, und nicht viel hätte gefehlt, so hätte ich mitgeweint. Als ich wieder gesund war, durfte ich im Lazarett bleiben und dem Bruder helfen, dessen Name ich vergessen habe. Boden waschen, Eimer leeren, Betten machen. Einmal kam der Direktor mit dem Spitzbart und erzählte mir, er habe aus der Schweiz Nachricht über mich – keine gute. Und daher fühle er sich verpflichtet, mich wieder auf die Beobachtungsabteilung zu versetzen, denn im Lazarett würde es mir allzu leicht fallen durchzubrennen. So kam ich denn wieder zu Bruder Innozenz und lernte bei ihm Whistspielen und Papiersäcke kleben. Ein wenig Geld ersparte ich, doch war es nicht viel. Morgens ging ich stets in die stille Messe, und es war nicht Heuchelei, die mich dazu trieb, sondern ich suchte dort Trost. Ich weiß nicht, ob Sie wissen, was es heißt, ganz allein zu sein. Muß ich deutlicher werden? Ich meine: ‹Draußen!› (wie jener Lehrer sagte, der überzeugt war, Millionär zu sein) besaß ich keinen Menschen mehr, der mir nahestand. Man hatte mich vergessen, während ich in Marokko marschierte, und als ich in Paris arbeitete, schrieb ich an niemanden. Im Spital lernte ich eine Frau kennen – aber diese vergaß mich, als ich in die Anstalt kam. In der Anstalt selbst? Ein paar Mitspieler bei den Whistpartien, sonst niemand. Dunkel kam es mir vor, als könne ich in der Kirche jemanden finden, der mir die Einsamkeit fortnahm ... Dieser Gedanke kommt Ihnen sicher lächerlich vor, dennoch war er nicht ganz falsch. Das aber erfuhr ich erst später, und darum erzähl ich Ihnen meine Geschichte ...»

Der junge Mann schwieg und suchte wieder nach einer Zigarette. Der Zug kroch durch ein Tal zwischen zwei Hügeln; schweigend sahen wir zum Fenster hinaus, hoch oben auf einem Kamm ruhte eine Wolke, die trug die kostbaren Farben des Abends.

«Ist es nicht sonderbar? Genau die gleiche Wolke schwebte über der Ebene, als ich im Schnellzug nach Basel fuhr. In Tournai waren wir um vier Uhr abgereist – drei ‹kleine Brüder› und ich. So große Angst hatte man, ich könnte unterwegs durchbrennen! Meine Begleiter kannte ich nicht, denn sie arbeiteten auf anderen Abteilungen – die Anstalt war groß. Aber sie hatten Angst vor mir, darum schnallten sie mir einen Gürtel um den Leib. Nur die Rechte war frei, die Linke steckte in einer Lederfessel, die mit einem merkwürdigen Schloß am Gürtel befestigt und so straff angezogen war, daß ich meine Hand nicht aus der Schlaufe ziehen konnte. Sonst waren die Brüder gut zu mir; in Brüssel aßen wir zu Nacht, fuhren dann durch eine Ebene – und fern am Horizont hing die Wolke. Merkwürdig, nun ist sie näher gekommen und hängt gerade über mir. Hat dies etwas zu bedeuten?»

Wieder schwieg er; dann zog er das Fenster herab, beugte sich hinaus. Die frische Luft schien ihm wohlzutun, er nahm die Kappe ab. Seine Haare waren kurzgeschoren, vorn genauso lang wie hinten. Am meisten fiel mir sein Gesicht auf, denn eigentlich hätte es wegen des weiblichen Kinns und der niederen Stirne häßlich, fast degeneriert wirken sollen. Doch änderte die Beweglichkeit der Züge diesen Eindruck. Man ist gewöhnt, bei ehemaligen Anstaltsinsassen einen bestimmten Ausdruck festzustellen, ein Gemisch von Unsicherheit, Hohn und jenem Haß, für den das Fremdwort ‹Ressentiment› gebräuchlich ist. Gewiß, eine Art Angst war auch bei dem jungen Menschen zu beobachten, aber sie spielte nur auf der Oberfläche.

«Die Wolke», wiederholte er leise und setzte sich wieder. «Auch dort . . .» er wies mit dem Daumen über die Schulter, «habe ich sie oft gesehen, doch nie so nahe.»

Von der französischen Grenze erzählt er dann und von der Paßkontrolle. Einer der Brüder zeigt das Militärbüchlein des an einer Hand Gefesselten. Er möchte protestieren, er beginnt zu sprechen, aber teilnahmslos geht der Zollbeamte weiter – man hat ihm deutlich zu verstehen gegeben, daß hier ein Irrsinniger in die Heimat zurückgeführt wird. Die Nacht durch sind die vier gefahren, es ist Anfang Mai, schon um vier Uhr ist es Tag. Der Zug fährt, fährt. Einmal schläft der eine, dann der andere, endlich der dritte Bruder. Dann steigt an einer Station eine Frau in den Wagen. Sie sieht noch jung aus und beginnt mit dem Halbgefesselten ein Gespräch. Er erzählt, und die Frau lauscht. Die Brüder sind wütend, weil das Gespräch auf Deutsch geführt wird. Die Frau hat Mitleid. Sie glaubt nicht, daß der Mann verrückt ist – aber helfen kann sie nicht. Und Johanni – er nennt seinen Namen – weiß, daß er nicht fliehen kann. Es ist nutzlos. Er muß abwarten.

Basel . . . Der Kommissar am Polizeiposten des Bahnhofs ist freundlich mit dem Gefangenen, aber grob mit seinen drei Wärtern, die in ihren Kutten aussehen wie schwarze Riesenvögel mit menschlichen Köpfen. Sie hüpfen aus dem Raum, und Johanni vergißt, noch sein Militärbüchlein zu verlangen. Dann bringt man ihm Frühstück – um neun Uhr soll er weiterreisen in seinen Heimatkanton und dort wieder einer Anstalt übergeben werden. Kurz nur erzählt er von dieser neuen Fahrt in Begleitung eines einzigen Mannes in Alltagskleidern, erzählt von seiner Ankunft in der Heil- und Pflegeanstalt, wie die Irrenhäuser hier heißen, vom Wachsaal, in welchem er die Nacht verbringt – an seiner Decke schimmert kein bläuliches Licht wie in Belgien, sondern vor einem Tischlein sitzt der Nachtwärter, liest Zeitung zuerst, kommt dann an sein Bett und läßt den Neuen erzählen. Johanni hat viel Erfolg, weil er von Afrika erzählen kann, von Märschen und Kämpfen. Am nächsten Tag macht ein junger Arzt Visite, er ist glattrasiert, seine Haare sind strohblond und gelockt, trotzdem werden sie links von einem Scheitel geteilt, der die Kopfhaut zeigt – sie sieht aus wie ein Stoff aus einem unbekannten Gewebe. Im Gange vor dem Schlafsaal sprechen sie miteinander, dann wird Johanni ins Bureau bestellt, eine Stunde lang muß er ein Kreuzverhör über sich ergehen lassen. Fragen, Fragen, Fragen ... Über seine Kindheit, über seine Eltern, über seine Schulen. Was er liebt, was er haßt. Welche politische Einstellung er hat. Sympathisiert er mit den Sozialisten? Vielleicht gar mit den Kommunisten? Oder ist er konservativ? Katholisch? Protestantisch? Atheistisch? Wie? Der glattrasierte Arzt sitzt vor seiner Schreibmaschine und [...] [Text bricht ab]

226 Der Besuch der Königin

Handschriftlich korrigierter Typoskriptdurchschlag im Nachlaß, 17 Seiten

Am 22. 9. 1929 schreibt Glauser an Max Müller: «Auch habe ich eine kleinere Novelle fast fertig. (...) Es ist eine Spitalgeschichte aus Belgien ‹Der Besuch der Königin› und sehr harmlos.» Am 5. 1. 1930 erscheint die Erzählung erstmals im *Kleinen Bund*, der Sonntagsbeilage des Berner *Bund*. Am 23. 7. 1938 bietet Glauser den Text, neu abgetippt und stilistisch leicht überarbeitet, Alfred Graber, dem Herausgeber der *Neuen Schweizer Bibliothek*, zum Zweitabdruck an. Dieser Version folgt der hier vorgelegte Text.

Die Begebenheit des königlichen Besuchs im Krankenhaus von Charleroi hat aller Wahrscheinlichkeit nach einen realen Hintergrund; Glauser erwähnt sie auch in seinem autobiographischen Bericht *Zwischen den Klassen*, der im Juli 1932 erschien. *Der Besuch der Königin* steht außerdem in engem thematischem Zusammenhang mit der Erzählung *Licht und Dunkelheit*, die ebenfalls aus dem Jahr 1932 stammt. Darüberhinaus hat Glauser seine Erlebnisse im Krankenhaus der belgischen Kohlestadt Charleroi in mehreren, zum Teil umfangreichen Fragmenten verarbeitet, die sich im Nachlaß befinden und im vierten Band dieser Ausgabe veröffentlicht werden.

247 Ce qu'en pense Potterat

Erstdruck in *L'Indépendence Helvétique* 1 (1915/16), Nr. 18 (13. 11. 1915)

Was Potterat darüber denkt. Von Benjamin Valloton

Herr Louis Debarge, homme de lettres und Leiter der *Semaine Littéraire*, hat einen Philosophen entdeckt. Eine üppige Analyse des neuesten Meisterwerks von Herrn Valloton *Ce qu'en pense Potterat* füllt tatsächlich vier Spalten dieser schätzenswerten Zeitschrift. Welche politische Richtung Potterat und sein Doppelgänger

Valloton vertreten, ist hinlänglich bekannt. Wir wollen hier auch gar nicht Herrn Vallotons persönlichen Überzeugungen (so es denn persönliche sind) den Prozeß machen als vielmehr seinen tristen patriotischen Ansichten und seinen noch tristeren literarischen. Für einen Frankophilen sollte es sich eigentlich gehören, daß er französisch schreiben kann. Sein Werk gibt vor, die waadtländische Seele zu spiegeln. Nach Prud'homme und Bergeret macht Kommissar Potterat jedoch eine klägliche Figur, denn während uns Bergeret zum Denken und Prud'homme einen zum Lachen brachte, schläfert uns Potterat ein.

In Vallotons ersten Werken: *Le sergent Bataillard, Portes entr'ouvertes* und *Potterat se marie* war, mangels Kunst und Phantasie, immerhin noch eine gewisse einfache, offene Fröhlichkeit zu spüren. Gewiß, damals hatte es Herr Valloton auch noch nicht auf die Philosophie abgesehen.

Es ist eine durch und durch christliche Inspirationsquelle, aus denen die Hauptwerke unseres Landsmannes hervorsprudeln (wenn wir ‹Hauptwerke› sagen, wollen wir ihnen damit keinen höheren Wert zuerkennen, sondern lediglich zu verstehen geben, wie vollständig sie ihn charakterisieren): *La moisson est grande, Il y a peu d'ouvriers, Leurs œuvres les suivent ...* Diese suggestiven Titel, allein schon sie, lassen uns die hohe Geistigkeit ihres Autors ermessen. Versuchen wir nun zu ergründen, was sich unter diesem pikanten Bibelmief verbirgt.

Es ist die Geschichte eines waadtländischen Pfarrers, dessen Standhaftigkeit und moralische Kraft angesichts der Verworfenheit unserer modernen Gesellschaft zerbricht. Monsieur Chardonnay, der Held, ist ein Mann des Evangeliums (wir wagen nicht, ihn ‹Übermensch› zu nennen, denn die *Semaine Littéraire* könnte es uns übelnehmen, verglichen wir Nietzsche mit ihrem Lieblingsphilosophen). Dieser Monsieur Chardonnay erzieht seine Familie ganz im Geiste Gottes, doch ach! ziemlich erfolglos, denn Sohn Bernard wird zu einem Lebemann und falschen Hund. Da aber Vaudeville-Stücke immer gut ausgehen, wird besagter Bernard, geläutert durch das Gedenken an seinen Vater, schließlich wieder ein tugendhafter Mann. Der Atavismus ist überwunden; alles ist zufrieden.

Taine hätte womöglich gezögert, Herrn Valloton zu seinen Schülern zu zählen, trotz der Macht, die dieser dem Determinismus neuerlich zuerkennt. Taine aber ist tot; seine mächtige Stimme wird gegen die christlichen Übergriffe auf seine Domäne nicht mehr protestieren können. Zum Glück für Valloton.

In solchen Werken steckt im Grunde nichts als eine gewisse Art Nächstenliebe vermengt mit einer harmlos spießigen Philosophie. Doch nun zum Stil! Ein paar Zitate scheinen uns unumgänglich:

Ce qu'en pense Potterat (S. 161): *«Es ist gut, sich wieder zusammenzureißen, wenn man während zweier langer Nächte die Stille berührt hat, zusammen vereinigt mit dem Unendlichen und Unsichtbaren ...»*

Wir beglückwünschen den Autor aufrichtig zu den ausgezeichneten Beziehungen, die er mit dem Unendlichen und Unsichtbaren unterhält. Nur wirkt ‹wenn... während› (quand... durant) ungelenk, die ›langen Nächte› sind ein Klischee und ‹zusammen vereinigt› (cohabité avec) ein übler Pleonasmus, etc., etc.

Ein bißchen weiter unten (S. 265): *«Alle beide bliesen sie sich mit Worten auf, erklommen die Leiter der Begeisterung, stürzten ab und brachen sich auf dem Boden der Tatsachen das Kreuz.»* Hier hat der Stil des Kommissars den des Romanciers entschieden gut im Griff. Fahren wir weiter (*Potterat*, S. 248): *«Auf der Suche nach Erinnerungen schrumpfte sein Herz vor Langeweile zusammen.»*

Welch eine trouvaille! Wir erlauben uns, die Originalität dieses Satzes zu unterstreichen, da ihm alles Neue abgeht. Bisweilen (*Potterat*, S. 104) verdunkeln plötzliche Anwandlungen von Realismus seine schöne mystische Seele. Zitieren wir, als letztes, noch jene Luft, die *von erstorbenen Gebeten gesättigt* ist. Valloton wird nicht müde, uns mit einer reichen Ernte solcher Blümchen zu versehen. So pflücke sie denn, Kritik!

Doch was diesen ‹Dichter› und seinen Stil am lebhaftesten charakterisiert, ist seine Schwerfälligkeit, seine unvergleichliche Schwerfälligkeit, eine Schwerfälligkeit, die gar kein Ende mehr nimmt.

Seit Beginn des Krieges hat er seine Sympathien für die Alliierten lauthals verkündet. Wir tadeln ihn darum nicht, doch will uns scheinen, die Kunst sollte dem Schriftsteller, einem schöpferischen Schriftsteller, doch eine geistige Weite verleihen, die ihn, wie Romain Rolland sagt, *über das Getümmel* erhebt. Die Aktualität zugunsten eines Werks, eines sogenannten ‹Romans› ausbeuten zu wollen, heißt das Schöne verraten und dem schlechten Geschmack des Volkes schmeicheln. Unwillkürlich müssen wir an den Vers von Albert Samain denken:

Seine fetten Träume weiden in der Menge.

Ist Herr Valloton, als Schweizer Schriftsteller, ein Patriot? Was soll es, wenn er zum tausendsten Mal die Argumente wiederkäut, die wir tagtäglich in allen Zeitungen lesen? Es sei feige, neutral zu bleiben, sagt Valloton im *Potterat*. Wie soll man dann aber die bezeichnen, denen daran gelegen ist, fanatischen Haß zu verbreiten, welchen man doch gerade zu vergessen begann? Sein Doppelgänger, Monsieur Potterat, schreibt sogar einen Brief an den Bundesrat, *um ihm darzulegen, welche Politik zu verfolgen sei*, und man spürt, daß der Autor ihm beistimmt und dem heroischen Schritt seines Kommissars kräftig Beifall klatscht.

Der Roman enthält natürlich auch das unvermeidliche Lied über die belgischen, französischen und sonstigen Flüchtlinge. Es stimmt: die Schweiz hat sich als hilfsbereit erwiesen; das war auch ihre Pflicht. Nichts dagegen, wenn die ausländischen Schriftsteller uns danken, nur Herr Valloton möge davon absehen, sich zu rühmen.

Es war nicht viel, was wir getan haben; wir haben gar nicht genug tun können; schreien wir also nicht, wir hätten zu viel getan.

Doch am Ende – am Ende ist Kommissar Potterat tot; unter uns gesagt, es war das beste, was er tun konnte. Amen. Wir hoffen nur, daß wir nicht noch seine Auferstehung erleben werden.

Das ist es also, was Herrn Louis Debarge, homme de lettres, Leiter der *Semaine Littéraire* und herausragender Kritikter mit großem Einfluß in den Künstlerzirkeln von Genf, einen Philosophen entdecken ließ, einen großen Philosophen. Wir wagen kaum, das Wort eines anderen Weisen zu zitieren, eines deutschen gar, der im wesentlichen zwei Sorten von Schriftstellern unterschied: jene, die für das Ideal schreiben, und jene, die um des Geldes willen arbeiten. Wir überlassen es unseren Lesern, Herrn Valloton in eine dieser beiden Kategorien einzuordnen.

«Valloton ist bedeutend, und Debarge ist sein Prophet!» Wackerer Debarge!

Erläuterungen:

«Ce qu'en pense Potterat»: Benjamin Vallotons Roman erschien 1915 bei F. Rouge & Cie. in Lausanne (384 S.; Parallelausgabe bei Payot 1915). Unter den anderen genannten Werken Vallotons bilden *La moisson est grande, Il y a peu d'ouvriers* und *Leurs œuvres les suivent* eine Trilogie (Lausanne: F. Rouge 1909-1912); *Portes entr'-ouvertes* trägt den Untertitel *Propos du Commissaire Potterat* (Lausanne: F. Rouge 1904)

wie Romain Rolland sagt...: Glauser hat über Rollands programmatischen Essay *Au-dessus de la mêlée* (1914) später eine genau gegenteilige Ansicht vertreten; in einem Brief an Martha Ringier vom 6. 2. 1936 schreibt er: «Romain Rolland kann ich seit dem *Au-dessus de la mêlée* nicht mehr ausstehen. (...) *Au-dessus de la mêlée* kam mir damals [so] vor: Zwei Menschen ringen miteinander. Der Bruder des Schwächeren mischt sich ein und stellt seinem eigenen Bruder, der für sein Leben kämpft, ein Bein, um den Kampf zu beenden, denn er ist ‹gegen die Gewalt›. Es war eine gemeine Sache, dieses *Au-dessus de la mêlée*, wenn man sich vorstellte, daß die Deutschen in Frankreich standen. Aber die Idealisten haben es eben in sich.» (Briefe 2, S. 143)

250 Hedda Gabler à la Comédie

Erstdruck in *L'Indépendence Helvétique*, 1 (1915/16), Nr. 19 (23. 11. 1915)

Hedda Gabler in der *Comédie*

Am Dienstag, den 16. November, stellten die Schauspieler der *Comédie* dem Genfer Publikum *Hedda Gabler*, Henrik Ibsens Schauspiel in vier Akten, vor.

Hedda, die Tochter des Generals Gabler, ist die Frau von Jørgen Tesman, einem gewissenhaften Gelehrten, den sie nicht aus Liebe, sondern um ein Heim zu haben, geheiratet hat.

Von Beginn des Stücks an spüren wir, daß sie damit den falschen Weg eingeschlagen und sich in ein bürgerliches Interieur verirrt hat, das ihrem Sinn für Kunst und ihrem Bedürfnis nach Freiheit in keiner Weise entspricht. Schon hier sieht man, daß sie erstickt zwischen dem Mann mit seiner Vorliebe für alte Dokumente und Pantoffeln, der ergebenen hausbackenen Tante Julie, dem alten Hausmädchen Berthe und dem Freund des Hauses, Assessor Brack, der die Reize einer Ménage à trois sucht.

In ihrer Jugend hat Hedda Gabler Ejlert Løvborg gekannt, einen genialischen Menschen, dem es jedoch an Willenskraft mangelte und der sie durch die Schilderung der Ausschweifungen seiner Studentenzeit betört hatte. Ejlert hat drei Jahre als Hauslehrer beim Friedensrichter Elvstedt zugebracht und ist dort Thea begegnet. Unter dem besänftigenden Einfluß dieser Frau hat er sein ausschweifendes Leben aufgegeben. Sie ist zu seinem Rückhalt, seinem Antrieb geworden. Dank ihr hat er ein Aufsehen erregendes Buch schreiben können und ein weiteres Manuskript erarbeitet, dessen Veröffentlichung ihn berühmt machen wird.

Die Handlung entwickelt sich nun zwischen Hedda Gabler und Thea Elvstedt; Hedda will die Herrschaft über Ejlerts Seele zurückerlangen, und Thea macht ihr dies streitig. Heddas Scheinheiligkeit trägt den Sieg davon: Ejlert wird wieder zum Lebemann. Während einer Orgie verliert er das Manuskript des Werks, zu dem ihn Thea inspiriert hat. Tesman findet es wieder und vertraut es seiner Frau an. Hedda verbrennt es, um sich an Thea zu rächen, deren Einfluß auf Ejlert sie mit Eifersucht erfüllt. Dieser wiederum hat Schwierigkeiten mit der Polizei, und er kommt zu Hedda, um ihr zu beichten; sie gibt ihm eine der Pistolen des Generals Gabler und sagt ihm: «Stirb in Schönheit!»

Ejlert stirbt dann auf lächerliche Weise, Hedda bringt sich um.

Das Stück ist vor allem eine psychologische Studie; einen ‹moralischen› Gehalt braucht man in ihm nicht zu suchen, Hedda handelt logisch. Sie will frei sein. Sie ist angewidert vom Mangel an Schönheit, der sie umgibt. Alles, was sie berührt, erscheint ihr lächerlich und häßlich. Zwischen einem Walzer und einem Bonmot tötet sie sich durch einen Pistolenschuß in die Schläfe, da sie frei sein will und einen ihr gemäßen Tod einem ‹Dreieck› mit dem Assessor Brack vorzieht.

252 Thomas Mann

Erstdruck in *L'Indépendence Helvétique* 1 (1915/16), Nr. 20 (4. 12. 1915)

Thomas Mann

Ein blasses, schmales Gesicht, die Augen blau und sehr traurig, ein Schnurrbart à l'anglaise; blasiert, resigniert, immer elegant, distinguiert, kühl in seinen Werken und seiner Person, schaut er den Menschen beim Leben zu, beobachtet sie, amüsiert, sie sich abrackern zu sehen; Mitleid mit ihrem Schicksal empfindet er nie. Selbst ist er Künstler und wundert sich, wenn er in bürgerlichen Kreisen auf Wesensverwandte stößt.

Diese Entwurzelten beobachtet er, ihre Aufschwünge hin zu irgendeinem Ideal, sodann ihren Fall.

Der Künstler ist für ihn kein sozialer Mensch, kein «natürlicher Mensch». Die Menschen leben bequem dahin, fühlen, lieben, begeistern sich, haben generöse Launen. Der Künstler fühlt sich allein, er ist von anderer Rasse als die, welche ihn umgeben; er überlegt, untersucht, versteht. Und, weil er verstanden hat, leidet er. Er beneidet jene großen, starken Männer mit den blauen Augen, die voll des Lebens sind, die arbeiten, lieben, kämpfen, er bewundert und bedauert sie.

Die *Buddenbrooks*, sein erster Roman, machten ihn in Deutschland berühmt. Dem breiten Publikum gefiel das Buch wegen seines Themas, den literarisch Interessierten aufgrund seiner stilistischen Finesse. Es ist die Geschichte einer Kaufmannsfamilie in der freien Hansestadt Lübeck. Die Familie ist einflußreich, vermögend; doch nach einer kurzen Zeit des Glanzes verfällt sie mehr und mehr und stirbt schließlich aus. Eine Vielfalt von Charakteren zieht an uns vorüber: der alte Johann Buddenbrook, ganz 18. Jahrhundert, jovial und offen; sein Freund, der Dichter Hoffstede, ein großer Liebhaber französischer Schlüpfrigkeiten; sein Verwandter, der Konsul Kröger, glattrasiert und hager, der das Volk, diese «canaille», haßt. Auf Johann folgt Konsul Buddenbrook, ein rechtschaffener, tugendhafter und frommer Mann; Thomas Buddenbrook, sein Sohn, bemüht sich, die Geschäfte zu neuer Blüte zu bringen. Er möchte kaufmännisches Genie beweisen, ist aber vor allem ein empfindsamer Mensch, ein Entwurzelter innerhalb dieser bürgerlichen Gesellschaft. Er liebt Gerda Arnoldsen, eine hochmusikalische Frau. Ihr Sohn Hanno, klein, schmächtig, empfindlich, stirbt, 18jährig, an Typhus. Doch der Roman ist auch eine eindringliche Milieustudie. Wir lernen diese eigentümliche Handelsaristokratie kennen; die Weihnachtsfeste mit der stattlichen Tanne, dem Plumcake und den alten Liedern. Die Hochzeiten, Taufen und die ganze Chronik des Hauses Buddenbrook, das bis ins Jahr 1600 zurückreicht, als der Ahnherr, seines Zeichens Schneider, das Geschlecht begründete.

Es ist ein merkwürdiger Roman, ohne Leidenschaft, ohne ‹hohen moralischen Gehalt›, ein objektives Werk, in welchem der Autor kommentarlos, distanziert und überlegen die Begebenheiten erzählt, groteske wie tragische. Es ist ein Werk, künstlerisch in jenem Sinne Thomas Manns, nach welchem der Inhalt nur um der Form, der makellosen, leidenschaftslosen, unsentimentalen Form willen da ist.

Die Figuren der *Buddenbrooks* treffen wir, unter anderen Bedingungen und Verhältnissen, auch in Manns Erzählungen an. Der *Bajazzo* ist ein Dilettant, was Gefühle und Kunst anbetrifft. Er liebt, doch ohne große Leidenschaft, denn er analysiert: «Eine unglückliche Liebe», schreibt er, «ist eine Attitüde, die nicht übel ist.» Und man fühlt mit diesem Gescheiterten, daß es nur *ein* wirklich großes Unglück auf der Welt gibt, nämlich die Bewunderung für die eigene Person einzubüßen. Alles übrige ist Pose; in jedem anderen Schmerz findet man sich interessant, ist man stolz auf seinen Schmerz.

Tonio Kröger ist Schriftsteller. Schon ganz jung fühlt er sich unverstanden; als einziger liebt er den *Don Carlos*, während sich seine Kameraden für Pferde und Sport begeistern. Er liebt ein aufgekratztes, ausgelassenes Mädchen, das sich über ihn lustig macht. Schon diese erste Liebe läßt ihn den Unterschied ermessen, der zwischen ihm und den Menschen besteht, die leben, handeln, lieben, ohne nachzudenken, ohne zu analysieren. Er verfaßt Novellen, die bei Leuten mit Geschmack Anerkennung finden, er wird berühmt. Glücklich aber ist er nicht.

«Man arbeitet schlecht im Frühling, gewiß, und warum? Weil man empfindet. Und weil der ein Stümper ist, der glaubt, der Schaffende dürfe empfinden. Jeder echte und aufrichtige Künstler lächelt über die Naivität dieses Pfuscherirrtums – melancholisch vielleicht, aber er lächelt.

Denn das, was man sagt, darf ja niemals die Hauptsache sein, sondern nur das an und für sich gleichgültige Material, aus dem das ästhetische Gebilde in spielender und gelassener Überlegenheit zusammenzusetzen ist. Liegt Ihnen zu viel an dem, was Sie zu sagen haben, schlägt Ihr Herz zu warm dafür, so können Sie eines vollständigen Fiaskos sicher sein. Sie werden pathetisch, Sie werden sentimental, etwas Schwerfälliges, Täppisch-Ernstes, Unbeherrschtes, Unironisches, Ungewürztes, Langweiliges, Banales entsteht unter Ihren Händen.»

Thomas Manns Ideen über Kunst, wie er sie im *Tonio Kröger* entwickelt, sind fragwürdig. Für ihn ist der Künstler vor allem ein Ziseleur, ein geschickter Handwerker, dem es darum geht, die Details in seinem Werk herauszuarbeiten, eine

Anspielung zu verfeinern, Ironie und Tragik gefällig zu arrangieren. Alle Kunstgriffe, die einen Stil prägnant und anschaulich machen, sind ihm geläufig. Berühren, Geister in Aufruhr versetzen will er nicht. Er begnügt sich damit, zum Denken anzuregen; er kennt France. Vergleichen Sie den Eindruck, den Sie nach der Lektüre des *Crime de Sylvestre Bonnard* haben, mit demjenigen nach der Lektüre der *Buddenbrooks*, zweier Bücher, die vom Thema her keine Gemeinsamkeiten haben und trotzdem beide dasselbe Gefühl unbestimmbarer Melancholie und Tristesse hinterlassen.

Man spürt: France und Mann haben alles verstanden, sie entschuldigen alles, sie sind all der Verwicklungen der menschlichen Komödie: der Leidenschaften, des Ruhms, der Gerechtigkeit unendlich müde. Nichts als das Schöne, das Kunstwerk zählt. Nicht das Werk einer leidenschaftlichen Kunst, das das Leben durchdringt, um es ganz so zu zeichnen, wie es ist, atemlos, unverständlich, sondern das zur Harmonie beschwichtigte Leben, in dem selbst die Leidenschaften friedvoll, korrekt und ... künstlich werden.

Ein geniales Werk aber ist niemals erhaben, es sucht nicht die Perfektion, es begnügt sich damit, alles vor uns auszubreiten, was das Leben an Schönem, Edlem, Großem, aber auch an Niedrigem und Widerwärtigem kennt. Das Genie macht sich keine Philosophie zurecht über alle Erscheinungen des Lebens, es fühlt, es lebt.

Und da soll ich nicht wissen, welchen der beiden wir bevorzugen: den, der das Leben durchschaut hat, ohne es zu empfinden, der es seinem kleinen persönlichen System angepaßt hat, der Werke der Kunst und keine Schöpfungen hervorbringt, oder das Genie, das wahrhaft humane, das aus der ewigen Quelle des Gefühls im Herzen des Menschen tiefgründig geschöpft hat?

Thomas Mann ist ein passionierter Musikliebhaber. In seiner kleinen Erzählung *Tristan* schildert er besser als jeder Musikkritiker (die Unfähigkeit der deutschen Musikkritiker ist ja hinlänglich bekannt) die tiefe Wirkung von Wagners *Tristan und Isolde*:

«Starb je die Liebe? Tristans Liebe? Die Liebe deiner und meiner Isolde? Oh, des Todes Streiche erreichen die Ewige nicht! Was stürbe wohl ihm, als was uns stört, was die Einigen täuschend entzweit? Durch ein süßes Und verknüpfte sie beide die Liebe ... zerriß es der Tod, wie anders, als mit des einen eigenem Leben, wäre dem anderen der Tod gegeben? Und ein geheimnisvoller Zwiegesang vereinigte sich in der namenlosen Hoffnung des Liebestodes, des endlos ungetrennten Umfangenseins im Wunderreiche der Nacht. Süße Nacht! Ewige Liebesnacht! Alles umspannendes Land der Seligkeit! Wer dich ahnend erschaut, wie könnte er ohne Bangen je zum öden Tage zurückerwachen?»

Die Übersetzung vermag nicht die Wirkung wiederzugeben, die dieses kleine Stück auf deutsch hinterläßt. Aber um rein subjektive Gefühle derart auszudrükken, daß durch das banale und kalte Wort die Musik eines Meisters wiedererklingt, dazu bedarf es eines Künstlers, der mit einem einzigartigen Sinn für die Musik der Sprache begabt ist. Auch hier erkennen wir wieder den perfekten Ziseleur der deutschen Sprache.

Thomas Mann gehört noch der älteren Generation an, derjenigen die zweifelt, die Angst hat, zum besten gehalten zu werden. Man spürt diese Angst, überlistet zu werden, in seinem ganzen Werk. Das ist der Grund warum uns keine großen menschlichen Leidenschaften in seinen Schriften begegnen. Denn die Leidenschaft kann gespielt sein, kann künstlich sein, Komödie, Attitüde, die sich gut macht. Der Schmerz ist interessant, macht interessant, aber macht er wirklich auch leiden? Die Form jedoch ist schön, sie allein kann vollendet und sublim sein. Das Leben selbst ist häßlich, es macht einen lächeln, denn unsere Begeisterungen enden meist ridikül und grotesk. Wie sagt ein altes Sprichwort: Die Welt ist von übel, laß alle Hoffnung fahren.

Erläuterungen:
kein «natürlicher Mensch»: im Original auf Deutsch.

256 Les Possédés par H.-R. Lenormand

Erstdruck in *L'Indépendence Helvétique* 1 (1915/16), Nr. 22 (20. 12. 1915)

Die Besessenen. Von H.-R. Lenormand

H.-R. Lenormand zählt zur jüngsten französischen Schule. Sein Drama *Les Possédés* kam vergangenen Montag in der *Comédie* zur Aufführung. Ich lege Wert darauf, Herrn Fournier dazu zu beglückwünschen, dem es, auch wenn er nur allzu oft Zugeständnisse an das Publikum machen muß, dennoch immer wieder gelingt, bedeutende Werke auf die Bühne zu bringen. Zu dieser Kategorie sind auch *Die Besessenen* zu zählen.

Der Autor stellt uns eine Familie von Genies vor. Der alte Heller ist ein berühmter Physiker, sein Sohn Marcel ein großer Musiker, und selbst sein Neffe hält sich noch für einen einzigartigen Dichter. Es sind Übermenschen im Sinne Nietzsches und erkennen nur eine Pflicht an: diejenige, schöpferisch zu sein. Sie sind keine ‹menschlichen› Menschen, sondern Wesen, die eine Idee in sich tragen. Der alte Heller hat das Vertrauen in sein Genie bis zum äußersten getrieben. Er nimmt nicht mehr an der menschlichen Gesellschaft teil; er hat alle Beziehungen, die ihn mit ihr verbanden, abgebrochen und der Wissenschaft sein Glück, seine Gefühle und seine Ehre geopfert.

Auch Marcel Heller, sein Sohn, ist von der Größe seines Genies überzeugt, aber er hat nicht verstanden, sich von der Welt abzusondern. Aus Mitleid hat er seinen jungen Cousin Jean Heller bei sich aufgenommen und gibt ihm sogar das Geld, das eigentlich die Aufführung seiner Symphonie hätte möglich machen sollen. Er glaubt, die Tochter des glücklosen Malers Adrar zu lieben, der zwar ebenfalls seine genialen Stunden gekannt, sich jedoch dem Leben gebeugt hat; er hat aufgegeben und lebt ärmlich von schlechtbezahlten Unterrichtsstunden. Marcel Heller heiratet Suzanne Adrar, in Paris führen sie ein entbehrungsreiches und freudloses Leben. Da Marcel gezwungen ist, für ihren Lebensunterhalt zu arbeiten, bleibt ihm kaum noch ein Teil der Nacht zum Komponieren. In dieser Atmosphäre von Armut und Ermattung revoltiert sein Genie; zwar liebt er seine Frau, aber er spürt den unerbittlichen Drang zu schaffen; und er braucht Geld um jeden Preis. Da bedient er sich eines gemeinen Tricks, um seinem Onkel die paar tausend Franken aus der Tasche zu ziehen, die er braucht, um sein Werk zu vollenden.

Als Übermensch hat er seine menschliche Ehre zerstört; das Werk stand auf dem Spiel. Dann wieder verfolgt ihn eine russische Studentin, Sonia Dombrowsky, mit ihren Annäherungsversuchen, und Marcel merkt, daß er sie liebt, oder vielmehr, daß er sie begehrt. Er glaubt, daß diese Liebe, so sie Wirklichkeit würde, die Schönheit seines Werkes steigern könnte. Wird er seinem Werk seine einzige Bindung opfern, nachdem er schon seine Skrupel dafür preisgegeben hat?

Ja, nichts mehr gilt für ihn, die Idee des Werks hält ihn wie besessen, sie ist in ihm, nichts anderes gibt es mehr in ihm. Seine Persönlichkeit hat sich über alle rechtlichen und moralischen Grundsätze hinweg Geltung verschafft. Für seine Arbeit würde er ein Verbrechen begehen. Und als Jean Heller von ihm überrascht wird, wie er seinen Sekretär aufbricht, zögert Marcel keinen Augenblick, ihn zu töten.

Man darf H.-R. Lenormands Stück nicht als These auffassen, er hat vielmehr den erbitterten psychischen Kampf zwischen außergewöhnlichen und fanatischen Egoisten untersucht, durchforscht und geschildert. Gewiß, Marcel Heller erscheint im ersten Moment als Ungeheuer, doch H.-R. Lenormand meint, und ich glaube zu Recht, daß man im Genie vor allem einen Wahnsinn erkennen muß, der eine völlige Verrückung des inneren Gleichgewichts nach sich zieht. Durch die bloße Tatsache, daß jemand ein Genie ist, entzieht er sich den menschlichen Gesetzen, die sein Wahn nicht anerkennt. Auserwählte Wunderwesen, die ebenso dem Ideal wie dem Dämon folgen.

Eine solche Psychologie duldet keine Schwäche. Die einzige Unehre, die ein Künstler anerkennen kann, sei, sagt er, seiner Aufgabe als Schöpfer nicht gerecht zu werden. Das Schaffen sei noch wichtiger als die elementaren Lebensfunktionen. Und koste es ihm auch das Leben, er will das Genie, das in ihm ist, zum Ausdruck bringen. Sie alle leiden unter dieser Form von Egoismus, aber sie wissen, daß jedes Werk durchwachte Nächte fordert, Stunden der Entmutigung, der Verzweiflung und Erschöpfung. Nur die Kleinen schaffen leicht, denn sie ahmen nur nach.

Neben diesen Charakteren steht eine weitere interessante Figur: die des Malers Adrar; für ihn ist der Stoff des Lebens nur aus Opfern gewoben, seine Träume hat er einen nach dem anderen preisgegeben, ja sogar verkauft. Er stirbt im Wissen um das Schöne, dem er nicht Gestalt zu geben vermochte, und im Bewußtsein der tiefen moralischen Reinheit, die er, indem er sich opferte, hervorgebracht hat. Seine Lehre läßt sich in zwei Sätzen zusammenfassen: Man soll lieben, und: Man darf kein Leiden verursachen.

Zwischen diesen beiden gegensätzlichen Haltungen bezieht Lenormand nicht Position; und wenn er den genialischen Stolz der beiden Heller mit Nachsicht beschreibt, so legt er Adrar andererseits die einfachen Lehren einer klaren und sanftmütigen Wahrheit auf die Lippen.

Der Stil des Stückes ist kräftig, manchmal fast kraftstrotzend, in seiner Heftigkeit jedoch zu gleichmäßig, denn die dramatischen Höhepunkte erscheinen so nur noch als bloße Zwischenfälle im Verlauf der drei Akte, die einen einzigen unausgesetzten Konflikt darstellen. Lenormands französische Helden tragen skandinavische Namen (Heller, Adrar); soll man darin ein Anliegen nach der Art Ibsens erkennen? Ich glaube nicht, denn die *Besessenen* sind ein in sich geschlossenes und klares Werk, der Zuschauer kann es kaum in seiner Phantasie weiterspinnen, wie er es bei einem Drama von Henrik Ibsen täte. Trotz formaler Unbeholfenheiten und geringfügiger Unwahrscheinlichkeiten bleibt das Stück interessant. Ob es solche Menschen gibt, weiß ich nicht, aber seien es nun Lenormands Genies oder seine sympathischen Helden, die unsere Ideen prägen, an Größe mangelt es ihren Charakteren nicht.

Erläuterungen:
Henri-René Lenormand (1882-1951), aus Paris stammender Dramatiker und Prosaautor; wurde mit psychologischen Tragödien aus dem bürgerlichen Leben in den zwanziger Jahren bekannt.

259 Nouvelle

Erstdruck in *L'Indépendence Helvétique* 1 (1915/16), Nr. 23 (26. 12. 1915)

Novelle

Das Klavier schwieg. Der kleine Yann, auf einem Sessel sitzend und die Knie mit den Armen an die Brust pressend, lauschte noch immer. Er betrachtete seine Mama und fand, daß sie schön war. Schwarzes Haar hatte sie und einen sehr braunen dunklen Teint; in fast nichts glich sie den anderen Damen, die Yann kannte.

Schalkhaft sagte sie zu ihm:

– «Nun, mein Kleiner, kommst du ein bißchen Musik stibitzen?»

Yann liebte Musik und Verse. Er war nicht älter als dreizehn Jahre, doch Worte schwangen und sangen in ihm wie die Saiten einer Geige unter dem Bogen. Und alles brachte diese Worte, die doch einem Nichts glichen, zum Schwingen, eine zufällig erblickte hübsche Erscheinung, ein Lächeln auf einem unbekannten Gesicht. Sein Traum war, Mozart in Verse zu übertragen. Aber es gelang ihm nicht, und dies ließ ihn traurig werden. Nie brachte er das, was in ihm klang, zu Papier; die geschriebenen Worte erinnerten ihn an die welken Blumen, die man zwischen den Seiten einer Bibel preßt.

Herr Ricordon, Yanns Vater, war Gymnasialprofessor. Er trug einen großen, dunklen, lockigen Bart, der seine Krawatte bedeckte. Er war ein Lehrer, dessen Ansichten großen Einfluß hatten in der kleinen Stadt. Herr Ricordon schätzte Musik nicht, sie ließ ihn vielmehr gleichgültig. Er beachtete sie nicht stärker als eine große Fliege, die durch sein Arbeitszimmer brummte und von Zeit zu Zeit mit dem Kopf gegen die Scheibe knallte.

Herr Ricordon war streng mit seinem Sohn. Er hielt ihn für zu verträumt und schalt ihn häufig. Aber Yann hatte die Vorhaltungen schnell vergessen, wenn er abends dem *Tristan-Vorspiel* lauschte, das seine Mutter für ihn spielte. Yann verstand diese sonderbare Musik, diese seltsamen Harmonien nicht ganz, aber er fühlte eine Hoffnung in sich emporquellen bei diesen Crescendos, die anschwellen, bis sie erschöpft abbrechen. Diese Musik versetzte ihn in wunderbare Fieberschauer und ließ ihn schließlich schweißnaß, mit zerschlagenen Gliedern und trockener

Zunge auf seinem Stuhl zurück. Dann kam seine Mutter und strich ihm ganz zart über die Haare. «Siehst du, Yann, der Mann, der diese Musik erdachte, war sehr unglücklich, denn er war einsam, und niemand verstand ihn so, wie er es sich gewünscht hätte. Auch du wirst ihn eines Tages noch besser begreifen und fühlen, wie süß es ist, für die zu leiden, die man liebt.»

Yann war fünfzehn Jahre alt geworden. Er trug keine kurzen Hosen mehr, besaß Krawatten aus Seide und Manschetten. Er pflegte seine Fingernägel, denn er wollte gefallen. Jeden Morgen begegnete er einem blonden Mädchen mit einem Stupsnäschen. Yann errötete, wenn er sie sah, er war verwirrt und wußte nicht, warum; er erschauerte, bekam trockene Lippen und schmerzende Augen. Einmal dachte er an den *Tristan*, an die Crescendos voll der Hoffnung. Aber das Mädchen sah ihn unschuldig an, mit leiser Bewunderung in den Augen.

Herr Ricordon war sonderbar geworden. Bei Tisch sagte er kein Wort, spielte mit seinem Messer und schüttete sein Glas um. Wenn man mit ihm sprach, sah er abwesenden Blicks vor sich hin. Und Yann hatte Angst. Nachts hörte er manchmal, wie sein Vater mit schweren Schritten in seinem Arbeitszimmer auf und ab ging und Selbstgespräche führte. Warum ging sein Vater nur unablässig hin und her wie ein eingesperrtes Tier? Yann hätte ihn gern getröstet, aber er traute sich nicht.

Manchmal kam ein junger Mann, um mit der Mutter zu musizieren. Herr Leopardi war groß, schlank und trug einen blonden Schnurrbart, der ihn an der Nase kitzelte. Er spielte sehr gefühlvoll Violine. Dreimal die Woche kam Herr Leopardi hinauf in Yanns Zimmer und gab ihm eine Stunde. Danach ging er hinunter in den Salon, verneigte sich vor Frau Ricordon, stimmte seine Geige und legte mit einer Beethoven-Sonate los. Die blonden Haare tanzten um seinen Kopf und der weite Gehrock flatterte um ihn.

Eines Tages trat Herr Ricordon ins Zimmer, während er spielte. Er murmelte etwas in seinen Bart und begab sich türeknallend wieder hinaus. Frau Ricordon hörte jäh zu spielen auf und sah den Geiger mit verzweifeltem Gesicht an.

Da begriff Herr Leopardi dunkel, daß diese Frau Kummer litt. Er kniete vor ihr hin und küßte die Hand, die sie ihm überließ. Er wirkte ein bißchen lächerlich mit seinem weiten schwarzen Gehrock, der um ihn ausgebreitet lag. Dann ging er ...

Yann wollte dem Vater sein Zeugnis zeigen. Er fand ihn im Arbeitszimmer, den Kopf zwischen den Händen. Leise redete er ihn an. Herr Ricordon wandte sich um, und Yann sah, daß er weinte.

– «Was hast du, Papa?»

Da hörte Yann eine gebrochene Stimme, eine erbärmliche Stimme, die sich nur mühsam der Brust entrang:

– «Nun sind es schon zwei Stunden, Yann, daß der Geiger bei deiner Mutter ist.»

Yann verstand nicht. Er setzte sich seinem Vater auf die Knie und strich ihm zart über den Bart. Und lange blieben sie so und weinten beide, leise schluchzend.

Abends, beim Essen, benahm sich Herr Ricordon sehr sonderbar. Plötzlich brach er in ein Lachen aus, mußte nach Luft ringen, hustete, immer noch lachend. Er schluckte, fuchtelte, wollte etwas sehr Lustiges sagen, streichelte dann wieder, zur Ruhe gekommen, das Tischtuch wie eine sehr zarte, sich weich anfühlende

Hand. Schließlich erhob er sich, warf seinen Stuhl um und ging hinaus. Lange hörte man ihn mit lauter Stimme in seinem Zimmer sprechen.

Yann war hinaufgegangen. Seine Mutter war außer Haus. Er blieb allein in der Dunkelheit; auf dem Bettrand sitzend, fing er leise an, Melodien auf seiner Geige zu spielen. Es war ein ernstes, trauriges, zuweilen klagendes Spiel. Yann dachte an das Mädchen mit dem blonden Haar, das er jeden Morgen sah. Gerne hätte er sich zu ihr geflüchtet, ihr seinen Kopf auf die Knie gelegt und sich sanft von ihr streicheln lassen. Seine Violine schluchzte seinen Schmerz, allein zu sein und niemanden zu haben, dem er sein Leben hätte schenken können.

Yann hörte Schritte die Treppe heraufkommen, und ängstlich verstummte seine Geige. Die Tür öffnete sich und Herr Ricordon fragte mit sehr leiser Stimme:

– «Yann?»

– «Ja, Papa.»

– «Komm.»

Yann folgte ihm. In seinem Arbeitszimmer befahl Herr Ricordon seinem Sohn, sich an den Schreibtisch zu setzen.

– «Yann, ich werde sterben.»

– «Oh, Papa!»

– «Sei still, sag nichts. Ich will mein Testament machen. Du wirst mir zuhören, ich will dir mein Denken erklären; ich bin ein Weiser. Niemand hat mich verstanden, aber du wirst mich begreifen, weil du mein Sohn bist und weil ich dich liebe.»

Er sprach nun abgehackt. Seine weit geöffneten Augen lasen dort, an der Wand, einen unbekannten Text in Flammenschrift.

– «Schreib, Yann. Man hält mich für verrückt, aber ich bin es nicht. Ich bin groß, ich bin stark. Ich bin Mann! Mann! Seit je erniedrigt durch die Frau, richte ich mich nun wieder auf und werde ihr, die unsere Dienerin sein sollte, aber unsere Herrin ist, einen Schlag versetzen. Die Frau ist schlecht, sie ist schlimmer als die Schlange, die im Dickicht kriecht. Die Frau ist falsch. Sie will uns erniedrigen. Schreibst du, Yann? Hab keine Angst vor mir. Schreib ... schreib schneller! Ich wäre berühmt geworden, groß und stark. Meine Ideen hätten die Welt revolutioniert. Aber deine Mutter hat es nicht gewollt. Man wird sagen, ich sei verrückt gewesen. Ich bin weiser als sie alle, weil ich eines begriffen habe: Die Frau ist die Feindin des Mannes, sie will seinen Untergang und sein Verderben. Schreib, Yann ... dies ist mein Vermächtnis.

Du, Yann, bist ein Träumer; sei stark im Kampf gegen die Liebe ... Räche deinen Vater.

Ich sehe nichts mehr. Denke an mich, Yann; ich war sehr unglücklich. Ich falle ... hilf! ... Hilfe! ... Die Frau ... Die Frau.»

Herr Ricordon brach zusammen. Sein großer Körper blieb reglos liegen. Sein langer grauer Bart erzitterte wie von einem Frösteln, in seinen weit geöffneten Augen lag Haß. Er schluckte; zwei große Tränen verloren sich in seinem Schnurrbart. Stille. Yann verharrte auf seinem Stuhl, unfähig, sich zu rühren. Vor ihm ein bekritzeltes Blatt. Er blickte auf seinen Vater.

Er löschte die Lampe und blieb mit dem Toten allein, blieb, um bei ihm zu wachen. Er dachte nach. Sein Vater mußte viel gelitten haben, und das Leiden hatte ihn nun hier zu Boden geworfen und erschlagen; vielleicht litt man zu sehr, wenn man rastlos kämpfte, und es war besser, sich treiben zu lassen, wohin einen die Winde wehen.

Die Liebe. Yann sah Line vor sich. Die Liebe war also eine Gefahr, etwas, das einen leiden machte, einen erniedrigte, nicht glücklich werden ließ? Nicht glücklich? Das hatte sein Vater gesagt... doch sein Vater, sein Vater war verrückt. Yann kamen die Romane in den Sinn, die er gelesen hatte; dies konnte nicht die wahre Liebe sein. Die Liebe und das Leiden hatten seinen Vater getötet, hatten ihn verrückt gemacht... verrückt gemacht... verrückt gemacht. Diese Worte kehrten in Yanns Kopf wieder wie zu einer lustigen Melodie. Und hier war sein Vater, ganz nahe, tot. Yann hatte keine Angst vor dem Tod. Es schien ihm, sein Vater sei nur krank, befallen von einem tiefen Leiden. Man mußte ihn zerstreuen. Er ging seine Geige holen, leise, um den nicht zu wecken, der da vor ihm schlief, ganz nah. Und tief in der Nacht spielte er noch, spielte alles, was ihm durch den Kopf ging, Melodien von überschwenglicher Kraft und Jugend, und andere, traurigere mit sehr zarten Tremolos.

Als Frau Ricordon nach Hause kam, fand sie ihren Sohn über der Geige eingeschlafen, neben seinem toten Vater.

Am Nachmittag des nächsten Tages verließ Yann das Haus. Er wollte draußen auf dem Land einen Spaziergang machen. Hinter einer Hecke hörte er Geflüster. Vorsichtig schob er die Zweige auseinander. Er sah einen großen Burschen mit roten Haaren, der Line umarmte. Und Line erwiderte seine Küsse.

– Die Frau ist falsch, sie ist die Feindin des Mannes.

Yann ging zurück nach Hause. In seinem Zimmer schrieb er Verse, die ersten, die er zu schreiben wagte. Sie waren herb und bitter, voll von Ekel über das Leben und die Liebe.

Yann war gezeichnet.

264 Un poète philosophe – M. Frank Grandjean

Erstdruck in *L'Indépendence Helvétique* 1 (1915/16), Nr. 26 u. 29 (15. 1. u. 5. 2. 1916)

Ein Dichterphilosoph: Frank Grandjean

Hier also steht er vor uns: der Einsame, der Mann mit den edlen Lidern, Gott, Seher, Helios, Sohn der Maja, er, welcher in seinem unermeßlichen Denken das Universum umfaßt und weissagt *mit blauender Stirn*. Huldigt ihm, ihr Dichter, mit der Nase im Staube, ihm, dem von Apoll Auserwählten, ihm, den Buddha erkor, ihm, dem Verächter der Frau und des irdischen Glücks; betet, ihr armen Sterblichen, fürchtet den Zorn Dessen, der war, ist und sein wird der Messias des modernen Denkens, der Nachfolger Bergsons, der Nacheiferer Zarathustras.

Einst verfaßte Frank Grandjean ein Gedicht von 229 Seiten Länge: *L'Epopée du Solitaire.* Dabei müßt ihr, arme Esoteriker, berücksichtigen, daß dieser Solitär,

Helios mit dem durchdringenden Blick, kein anderer ist als Frank Grandjean selbst, Gymnasialprofessor für Latein und Literatur am Collège in Genf, ein dickes, kleines Kerlchen mit unbestimmt blickenden Augen. In einer Endlosigkeit von Versen erklärt er uns die Entwicklung seines Denkens, seiner Persönlichkeit. Wenn ich von *seinem Denken* spreche, so ist das nur eine Redewendung; man hat darin vielmehr die Philosophie der ganzen Menschheit zu erblicken (ich übertreibe nicht), so, wie sie sich im Hirn eines pedantischen Lehrers widerspiegelt. Niemals hätte ich geglaubt, daß Philosophie so langweilig sein kann. Denker aller Zeiten, Platon, Buddha, Nietzsche, wenn ihr sehen müßtet, welch verschrobene, schwülstige, metaphorische Gestalt eure Philosophie im beschränkten Hirn von Herrn Grandjean annehmen würde! Und du, armer Schopenhauer, bist also Pessimist gewesen, damit so ein kleiner Schreiberling schlechte Verse machen darf. Selbst du, Pascal, du gemartertes Genie, bleibst nicht verschont. Herr Grandjean stellt seinem Werk einen deiner Gedanken voran, den er allerdings nicht verstanden hat: «Unsere ganze Würde besteht im Denken.»

Als der Dichter Spitteler nach Genf kam, fühlte sich Frank Grandjean verpflichtet, ein Sonett zu machen, in welchem ein gewisses «goldenes Griechenland» Anlaß zu dummen Anspielungen gab. Unser Schreiberling kennt also Spitteler, er kennt ihn nur zu sehr. Helios, der hehre Einsame mit den edlen Lidern, wird von Maja verflucht; Sie entsinnen sich vielleicht jener Passage in *Prometheus und Epimetheus*. Der Heros wird von seiner Göttin verflucht, doch kündigt sie ihm, da sie ihn verdammt, zugleich ein großes Glück an. Spitteler schließt: «Und sprach', doch Jener weilte noch zu Boden tiefergriffenen Gemüts, umfaßte dankend ihre Knie, bedeckt' ihr Hand und Fuß mit heißen Küssen.» Diese Szene ist schön, und gern würde ich länger von ihr sprechen, doch Herr Grandjean wartet.

Darf ich Ihr Augenmerk auf diese erste irritierende Ähnlichkeit lenken. Es gibt deren noch weitere. Die Art und Weise, wie hier Philosophie in konkreten Bildern dargestellt wird, erinnert an *Extramundana* und den *Olympischen Frühling*. Gewiß, ich würde es Herrn Grandjean keineswegs zum Vorwurf machen, wenn er Spitteler nachahmt; wer könnte auch etwas dagegen haben, wenn ein Papagei geflügelte Worte nachplappert; die Manie aber, mit der dieser Genfer Schreiberling die schönsten Bilder auf das Niveau seines Spatzenhirns herabzieht, ist unerträglich.

Die Ideen gehören allen, doch man sollte zumindest Respekt haben vor den Gleichnissen, die die großen Geister wählten, um ihr Denken zu verdeutlichen. Der Zwerg, «scharlachrot gekleidet, mit Kappe und Halskrause», gleicht dem Narren im *Zarathustra*. Die Szene ist fast identisch; der Narr spottet, und Zarathustra heißt ihn schweigen; der Zwerg macht dreimal ‹ha, ha, ha, ha› (vier Silben, schon ein Drittel Alexandriner!) und legt etwas linkisch und langfädig seinen halbgaren Skeptizismus dar. Der Apoll läßt einen an den Gott im *Olympischen Frühling* denken, während ich bei Buddha bezweifle, daß er zu seinen Lebzeiten je derartige Eseleien verkündet hat, wie sie Herr Grandjean ihm in den Mund legt.

Fassen wir zusammen: Spittelers Bilder, Buddhas Religion, Schopenhauers Pessimismus, Nietzsches Übermensch und Platons Idealismus vermengen sich in Grandjeans Spatzenhirn zu einem monströsen Gericht: getrüffelt, gesalzen, gekocht, nochmals gekocht und schließlich in einer, mit einem Schuß bürgerlicher Kunst versetzten Sauce geschmort – ein unverdauliches Mahl.

Die Eltern des Herrn Grandjean trifft eine schwere Verantwortung; sie haben die philosophische Lektüre ihres Sohnes nicht zureichend überwacht; ich würde Herrn Grandjean raten, wieder einmal die *Discours de la Méthode* oder vielleicht die *Art poétique* von Boileau zu lesen. Sie sind zwar ein bißchen außer Mode, aber es sind doch ein paar Ideen darin, die dem schummrigen Helios hoffentlich zum Nutzen gereichen werden.

Geringschätzig blickt Herr Grandjean auf alles herab. So verachtet er die Frauen, und sein Werk fließt über von absprechenden Urteilen bezüglich des schönen Geschlechts. Ich weiß natürlich, daß er damit den *Zarathustra* nachahmen will («wenn du zum Weibe gehst, vergiß die Peitsche nicht»), doch ist dies noch kein hinlänglicher Grund, es an Höflichkeit fehlen zu lassen.

«Was ist das Weib? Ein laues Bad, / Darin man sich die Adern schneidet», sagen Sie an irgendeiner Stelle, sehr geehrter Herr Professor. Zweifellos beweisen Sie damit eine gewisse Lateinkenntnis (war es nicht Petronius, der sich im Bade die Adern aufschnitt?), aber das Bild ist dennoch reichlich an den Haaren herbeigezogen. Weiterhin ist die Frau, nach Ihren Worten, «wie ein Bouquet, tödlicher Ohnmachten voll». (Dieser Alexandriner hinkt zwar nicht völlig, aber Gott im Himmel, welch steife Jamben!) Außerdem sind diese ‹tödlichen Ohnmachten› ebensowenig von Ihnen wie jene ‹ohnmächtigen Dämmerungen›. Diese Wendungen hat bereits ein französischer Dichter, der décadent Stéphane Mallarmé, gebraucht. Nietzsche und Spitteler genügen Ihnen also nicht, teurer Meister, wollen Sie auch noch die Gärten Frankreichs abgrasen? Sie schmähen die Dichter, weil sie «an Busen weinen und sich wie Katzen auf den Kissen räkeln» (‹seins› – ‹coussins›, was für eine trouvaille, dieser Reim!), Sie hassen (zweimal) diese androgynen Erscheinungen, diese Faulenzer, Lüstlinge und Schlappschwänze, diese perversen Existenzen mit ihren zwielichtigen Leidenschaften, Sie spucken vor ihnen mit aller Verachtung aus, Sie fragen, was Sie mit diesen kleinen Faunen gemein hätten, Sie, der Adler unter den Eulen, der all dies «Zeitungspapier» so verachtet. Wollen Sie wirklich wissen, worin eine Gemeinsamkeit besteht? Oh, da gibt es nur eine sehr geringe: Jene Dichter schreiben Verse, und Sie schreiben keine Prosa. Und beachten Sie, die Dichter haben im allgemeinen Erbarmen mit uns und schreiben nur hübsche kleine Sonette, Rondeaus oder Balladen, nicht zu lang, wohlklingend und dem Ohr gefällig, indes Sie uns 229 Seiten schwerfälliger, banaler Verse vorsetzen.

Sodann noch ein kleiner Hinweis, werter Herr Grandjean: Kritisieren Sie ruhig die effeminierten Poeten, zerschlagen Sie ihre zarte Schale, wenn sie die feinen rosigen Lippen spitzen. Behandeln Sie sie, da Sie nun mal die Invektive lieben, ruhig als Eunuchen und Speichellecker, aber sagen Sie es in Prosa, und zwar kurz. Bilden Sie sich nicht ein, es bedürfe einer ganzen Lawine rheumatischer Verse, um das Publikum zu erobern und sich als Künstler zu erweisen. Fassen Sie sich kurz, dann wird man sogleich proklamieren, Sie seien ein bedeutender epikolyrischer Dichterphilosoph. Und vielleicht werden Sie dann nach dem Tode von Henri Spiess sogar der Westschweizer Dichterfürst, ein Titel, den ich Ihnen keineswegs neide. Des weiteren: sprechen Sie nicht so schlecht vom «Zeitungspapier». Es hat durchaus sein Gutes und gestattet Ihnen, Monat für Monat Ihre kleinen poetischen Ausscheidungen zu publizieren. Haben Sie nicht ein Gedicht mit dem Titel *Sommer* veröffentlicht, in dem Sie die Grillen beschuldigen, das Gras zu zersägen? Heilige Einfalt! Überflüssig zu erwähnen, welchen Einfluß die Schnitterszene in der *Anna Karenina* auf unseren originellen Dichter ausübte.

Was mich an diesem zutiefst langweiligen und noch dazu philosophischen Epos frappiert und übellaunig macht, ist die Vielzahl verhohlener Räubereien, ja handfester Plagiate. Alle möglichen Dichter tauchen da auf, der eine steuert ein Hemistichon bei, der andere eine kleine Wendung, ein dritter einen ganzen Vers. Da prallt Musset, verstümmelt, auf de Vigny, das Schluchzen der Wasserspiele de Regniers vermischt sich mit dem Zimt- und Amberduft Samains. Verlaine und Mallarmé, ihrer weichen Melodik entkleidet, sind aufgespießt wie arme getrocknete, unkenntlich gewordene Schmetterlinge. Nicht besser steht es mit den Versen. Der Realismus der Posse marschiert Hand in Hand mit dem Pessimismus, und der «radikale Schmerz» hakt sich beim Chat-Noir unter.

Mit Vorliebe kreist Herrn Grandjeans embryonales Denken um einen herausragenden Geist. Deshalb hat er auch ein Buch mit dem Titel *Une Révolution dans la Philosophie* verfaßt, eine pedantische Arbeit über die Philosophie Bergsons. Bergson ist einer jener Denker, die den genauen Blick der Psychologie mit der Bemühung um eine klare und einfache Form verbinden. Mit welchem Thema er sich auch befaßt, er bleibt gut verständlich, sein Stil vermeidet nebulöse Definitionen und prunkend ausholende Tiraden. An jemandem, der ihn vulgarisiert, besteht demnach kein Bedarf. Wenn wir die Titel der Bergson'schen Werke erfahren möchten, können wir uns an irgendeinen Buchhändler wenden, falls wir Bergson selbst kennenlernen wollen, werden wir nicht den Umweg über Herrn Frank Grandjean nehmen, seines Zeichens Lateinlehrer am Genfer Collège und – in seinen wahrhaft verlorenen Stunden – Dichter.

Dichter. Philosoph. Denker. Lehrer. Braves Männlein, klein und dick, spare dir dein vieles Denken und sei still.

Als die *Epopée du Solitaire* erschien, begrüßte sie Henri *von* Ziegler (seit Kriegsausbruch Henri *de* Ziegler) im *Journal de Genève* pompös und gewichtig als «Morgenrot eines neuen Tages». Herr *de* Ziegler (vor dem Krieg *von* Ziegler) ist ein vaterländisch gesinnter Dichter und patriotischer Genfer. Da mußte er den neuen Bruder im Geiste natürlich begrüßen.

Genug von diesen kreischenden Mauleseln, die da im Garten der Poesie weiden und die reinsten Blüten der französischen Sprache zwischen ihren Kinnladen zermalmen oder sie mit ihren Hufen zertrampeln. Wir werden diese mißtönenden Schreie nicht mehr weiter hinnehmen, sollten sie auch aus dem Munde eines Einsamen kommen. Gerechtigkeit tut not, und es wird Gerechtigkeit geben.

Vielleicht wird aus dem Verwesungsstaub dieser Einsamen, dieser eitlen Jugend, aus diesen ironischen Masken und anderen widerwärtigen Gemeinplätzen dieser Art einmal eine größere, wahrhaftigere und stärkere Dichtung wachsen.

Pointe-Sèche

In einem Interview, das uns Herr Grandjean, Dichter und Gymnasialprofessor, gern gewährte, ließ derselbe uns die Indezenz, Taktlosigkeit, Frivolität und Bösartigkeit spüren, die unsere Attacken der letzten Woche bedeutet hätten. Herr Grandjean fordert von uns Wiedergutmachung für den unvorstellbaren Tort, den wir seiner Reputation als Dichter, als Professor angetan haben. Der Einsame, weit davon entfernt, unsere beißende Kritik von der Höhe seiner Philosophie aus zu betrachten, zittert um seinen guten Namen; geben wir ihm also Satisfaktion.

In der *Epopée du Solitaire*, einem Werk von ungewöhnlichem Umfang, hatten wir eine ganze Reihe irreführender Ähnlichkeiten entdeckt. Einige Anklänge an Nietzsche, an Spitteler; einige Verse von Samain, de Regnier, Verlaine, Mallarmé.

Doch ach! – wir haben uns getäuscht. Herr Grandjean ist ein wahrer Dichter, alles entspringt seiner eigenen Quelle, alles ist die Frucht seines brennenden, leidenschaftlichen Strebens. Zehn Jahre nutzloser Mühsal haben kaum hingereicht, dies originelle Werk seiner persönlichen Wesensart hervorzubringen: die *Epopée*.

Die philosophischen Gedanken, die Herr Grandjean entwickelt, hat er ganz alleine erfunden. Habe ich Ihnen vielleicht gesagt, Schopenhauer sei Pessimist gewesen? Aber nein. Herr Grandjean kennt diesen deutschen Philosophen mit keinem Wort. Es war der Sohn der Maja, er allein, der ohne jede Beihilfe die Einsamkeit entdeckte. Nietzsche hat einen Narren gezeichnet, der an denjenigen bei Grandjean erinnert. Sie werden gewiß gerne glauben, daß Nietzsche es war, der unseren Genfer Poeten nachahmte. Dieser Verstoß gegen die Zeitenfolge schockiert Sie? In der Philosophie gibt es keine Anachronismen. Herr Grandjean kennt Spitteler nur in Auszügen; er kennt ihn gewissermaßen kaum. Das hält ihn jedoch nicht davon ab, Sonette über ihn zu schreiben. Was wollen Sie, der Gipfel an Genialität besteht darin, die Werke der Zeitgenossen zu kennen, ohne sie zu lesen. Und Herr Grandjean ist mit Sicherheit ein Genie.

In unserer schönen Stadt Genf gibt es ein Collège, in diesem Collège Lehrer, und diese Lehrer sind Dichter. Glückliche Jugend, die direkt aus der Quelle der zeitlosen Lehren der Genies schöpfen darf. Welch neues Geschlecht wird aus den Mauern dieses dreifach gebenedeiten Baus des ehrwürdigen Calvin herauswachsen, welch Blütenpracht von Schriftstellern und Denkern wird auf dem dürren Stamm dieser nüchternen Stadt gedeihen. Sie, denen das Glück zuteil wurde, Herrn Grandjean zu lauschen, seine vortrefflichen Maximen zu vernehmen, werden sich ganz aus der Welt zurückziehen, für immer der gemeinen Masse überdrüssig, die auf den Plätzen wimmelt. Wir hatten zu behaupten gewagt, daß die *Révolution dans la Philosophie* eine pedantische Kompilation sei. Nichts weniger als das. Dieses so präzise, so klare, so hellsichtige Werk wurde soeben ins Deutsche, Russische, Italienische und Tschechische übersetzt. Ein berühmter Mandarin der höchsten Klasse (Korallenknopf), Herr Tschëu Pei, wird an den Ufern des Jangtsekiang Bergsons Philosophie verkünden (erklärt von Herrn Grandjean). Rousillon, der bekannte Missionar, übersetzt es gerade in die Sprache der Basuto.

Bei den Miam-Miam lernt man Herrn Grandjeans Philosophie gleichzeitig mit dem Evangelium. Kurzum, von Yokohama bis zum Gestade des Tanganjika-Sees wird es niemanden geben, dem der Name unserer Lokalgröße nicht geläufig ist, dieses Einsamen, des Sohnes der Maja mit den edlen Lidern. Frohlocke also, Genf, du Tochter Calvins, breche in Jubelschreie aus, denn Herr Grandjean trägt deinen Namen in die Welt, Herr Grandjean macht dich unsterblich!

O unerschütterlich Einsamer, o unsäglicher Dichter, wir haben dich verkannt. Und wir hatten es gewagt, gegen deine reine Größe aufzutreten. Wir bereuen unsere Untat und treten den Gang nach Canossa an.

Herr Grandjean liebt es, die Dichter zu schmähen ... in Versen. Wir hatten es schon erwähnt. Das hindert ihn jedoch nicht, für die zaghaften Versuche kleiner Autoren, die bisweilen Gereimtes veröffentlichen, ein väterliches Wohlwollen zu bekunden. Herr Grandjean ist die Nachsicht in Person. So hat er uns an seiner Bewunderung für Tavan, Spiess und Abaire teilnehmen lassen. Und für unsere literarische Jeunesse, die an die geistige Höhe des epischen Philosophen noch nicht heranreicht, hat er bewegende Worte gefunden. Diese liebenswürdige Geste, einer edlen Seele würdig, wird gewiß alle empfindsamen Gemüter bezaubern.

Herr Grandjean ist keineswegs rachsüchtig. Der letzte Artikel, den wir in Unkenntnis seiner sympathischen Persönlichkeit publizierten, hat den stolzen Geist des Philosophen verletzt. Da er seine Reputation als Dichter, Denker und Lehrer in Gefahr sah, faßte er einen Entschluß, den wir ohne Übertreibung nur als heldenhaft bezeichnen können. Zuhanden unserer Schulbehörde, will sagen beim Département de l'Instruction Publique, reichte er Klage ein. Der Große Rat wurde mit der Angelegenheit befaßt, und er verjagte denjenigen, der einen unwiderruflichen Ruhm niederträchtig angegriffen hatte, für immer aus dem unantastbar heiligen Orte, aus dem die Weisheit in Strömen quillt.

Sie werden vielleicht einwenden, Herr Grandjean hätte auf andere Weise Rache üben können. Nein. Bedenken Sie, es ging da um seinen Ruf als Gymnasiallehrer. Und was tut man nicht alles, um seinen Ruf zu wahren. Durch seine Tat erhebt sich Herr Grandjean hoch über die Mediokrität der Menge und wird zum Traumhelden, zum antiken Weisen. Wir wissen sehr wohl, über welche Möglichkeiten er verfügte. Er hätte auch Genugtuung mit der Waffe von uns fordern können. Dergleichen ist durchaus schon vorgekommen. Musset und Puschkin traten zu Duellen an. Gewiß, Musset war ein Adliger, und die abgewirtschafteten alten Vorurteile waren in ihm noch lebendig. Auch die literarisch-satirische Replik in der Art P.-L. Courriers, de Rocheforts, Barbey d'Aurevillys wäre in Frage gekommen. Herr Grandjean aber verachtet Repliken, verachtet Esprit.

Drei Zeitungen hätten sich bereitwillig angeboten, ihm ihre Spalten zur Verfügung zu stellen: die *Semaine Littéraire*, die *Pages d'Art* (?) und das *Journal de Genève*. Schließlich hätte es auch noch die hochmütige Verachtung Alfred de Vignys gegeben, die leidenschaftliche Zurückgezogenheit Romain Rollands. Aber es ist eben nicht jedem gegeben, auf den kläffenden Pöbel herabzublicken und ihn zu ignorieren.

Herr Grandjean ist in erster Linie Lehrer. Er ist kein Adliger, trotz des Prädikats, das er seinem Namen anfügen könnte, das er aber zu tragen verschmäht (Grandjean de Valengin). Er ist kein Mann von Esprit und keiner, der verachtet.

Herr Grandjean ist ein Freund von Ordnung und Schicklichkeit. In erster Linie ist er Pädagoge, Freund seiner Schüler, ihr Beichtvater. Und so hat unsere unbedachte Attacke die einzige Reaktion nach sich gezogen, die der Würde eines Einsamen, eines Dichters, einer überall anerkannten Ruhmesgröße angemessen ist.

Wir hatten Herrn Grandjean auch vorgeworfen, er verwende Klischees. Unter anderem hatten ein gewisses ‹goldenes Griechenland›, gewisse ‹im Dunst blauende Berge› unser Mißfallen erregt. Dabei sind dies gar keine Klischees, nicht einmal «Theaterbäume», wie Péguy sich ausgedrückt hätte. Beachten Sie vielmehr die Prägnanz der Darstellung. Konnte man das besser sagen? Mit vier Worten ein lebendiges Bild von zeitloser Wahrheit, von zeitlosem Leben hinzustellen. Sie sagen, diese im Dunst blauenden Berge seien Ihnen schon öfter begegnet, dies sei nachgeahmte Poesie. Aber nein. Der Reiz des Bildes liegt im Partizip Präsens, das dem Symbol gleichsam auf Wunsch Originalität verleiht, eine Originalität, die auf den ersten Blick Anstoß erregen könnte, in der sich jedoch eine reine, stolze Dichterseele offenbart, die sich gemeinen Berührungen versagt.

Wir hatten ‹ohnmächtige Dämmerungen› und ‹tödliche Ohnmachten› auch bei Mallarmé gefunden. Doch übersahen wir dabei die Bedeutung von Grandjeans Persönlichkeit. Ein Genie ahmt niemals nach, macht niemals nach. Es *erfindet nach*, erschafft aufs neue, in ihm machen sich die Seelen der Künstler geltend, die ihm vorangegangen sind, die für ihn gelebt und geschrieben haben, für ihn gestorben sind. Herr Grandjean ahmt nicht nach, macht nicht nach. Er bleibt originell und persönlich, er zeichnet sich vor dem Himmel ab wie die Bäume, von denen er spricht, jene Bäume, die wie Statuen aufragen.

Wir hatten auch deplazierte Anspielungen auf die körperliche Erscheinung des Dichters gemacht. Wir glaubten, darin Maecenas zu folgen, der seinen Freund Horaz ein *jusculus* (Fäßchen) nannte. Was für ein Unterschied besteht jedoch zwischen Horaz dem Satiriker und Grandjean dem Einsamen; welche Weiten trennen sie, welch Schatz an Weisheit. In seiner großen Sanftmut wird Herr Grandjean uns verzeihen, daß wir ihn mit dem lateinischen Dichter zu vergleichen wagten.

Herr Grandjean, Sie sind ein Mann, Sie sind ein Philosoph, Sie sind ein Dichter. Seien Sie überzeugt, daß unsere kurzlebigen Angriffe Sie nicht lange belasten werden. Rasch werden Sie Ihre beneidenswerte Gelassenheit wiedererlangen; in Ihre private Wüste oder bedeutungsvolle Höhle entrückt, werden Sie Ihren Geist durch eine geeignete Kur, eine angemessene spirituelle Reinigung stärken. Die Tage sind nicht mehr fern, o Sohn der Maja, da der Ruhm Ihres Namens im Herzen der Völker erstrahlen wird. Und ganz Helvetien wird in den Lobgesang einstimmen, der in unserer Stadt anhob. Auf zahlreichen Banketten werden Sie gefeiert, beklatscht werden, und, inspiriert von Ihrer erhabenen Stirn, wird Ihnen irgendein junges Talent die Frucht langer, bemühungsreicher Stunden weihen. Wir anderen aber, wir armen Zöllner, werden, vom Festmahl ausgeschlossen, mit den Zähnen knirschen und reumütig wiederholen: Mea culpa, mea maxima culpa.

Pointe-Sèche
(Charles-Frédéric Glauser)

Erläuterungen:
Ein philosophischer Dichter ...; Zu den Auseinandersetzungen Glausers mit dem Collège-Lehrer Frank Grandjean siehe auch die Erzählungen *Ein Denker* (S. 11 im vorliegenden Band) und *Schreiben ...* (Bd. 3 dieser Edition), sowie die Bemerkungen unter *Curiosité* in Nr. 3 von Glausers *Revue d'Art* (unten S. 298)

dieser eitlen Jugend, aus diesen ironischen Masken ...: Anspielung auf die Gedichtbände *Vaine Jeunesse* von Ami Chantre (vgl. S. 282) und *Sous un Masque* von Abaire-Piachaud (vgl. S. 283 u. 276)

272 Réalité et Idéal par M. Jules Dubois
Erstdruck in *L'Indépendence Helvétique* 1 (1915/16), Nr. 32 (26. 2. 1916)

Ideal und Wirklichkeit. Von Jules Dubois

Herr Dubois, Gymnasialprofessor am Collège, hat unter dem Titel *Réalité et Idéal* eine Reihe von Vorträgen versammelt, die er in Zofingen gehalten hat. Es ist ein Buch, das «den Jungen» zugeeignet ist.

Es ist heutzutage schwierig, etwas Gutes über ein Buch zu sagen. Jeder kleine Poet, jeder Schreiberling will mit Hurra und Jubelgeschrei als Vorbote einer neuen literarischen Ära begrüßt werden, und da er üblicherweise einem Zirkel, einer Vereinigung, einem Klüngel angehört und von irgend jemandem bereits als Genie proklamiert worden ist, so möchte er gleich von allen in den Himmel gehoben werden. Werke, die eine Idee, einen Gedanken vertreten wollen, ohne dem Ohr zu schmeicheln oder die Sinne zu reizen, finden keine Beachtung. Man scheut sich, etwas Gutes von ihnen zu berichten, denn das argwöhnische Publikum könnte das wieder für eine neue literarische Ente halten und mit den Achseln zucken: «Kennen wir schon.»

Herr Dubois ist kein Literat, kein kleiner Poet, der mühevoll ein paar mickrige, schäbige Reime zusammenfügt; große philosophische Epen schätzt er gering und zieht vor, sich im Denken und Schreiben der Prosa zu bedienen, guter französischer Prosa. Man wird es gewiß erstaunlich finden, daß ein Professor am Collège, diesem Tempel der Musen, in dem jeder kleine Hilfspauker ein Reimschuster und jedes Aufsichtsbürschchen ein patriotischer Barde ist, es wagt, Prosa zu schreiben und Ideen zu formulieren. Das Denken macht sich am Collège nämlich rar (ist es doch so beschwerlich, selbst zu denken!), und man greift, statt zu denken, lieber zu Klischees, Vorurteilen und abgedroschenen, da und dort aus schlecht durchdachten Handbüchern zusammengeklaubten Ideen. Saint-Simon sei von minderwertigem Adel, Molière und Corneille schrieben papierene Verse, lehrt der Rektor der klassischen Abteilung; solche, von aller Welt nachgebeteten, unhaltbaren Ansichten hat man dann aufs Wort zu glauben, allein aufgrund einer magistralen Autorität, die sich vom Pt. de Julleville herleitet.

Das Buch von Dubois ist eine Reaktion auf diese abgedroschenen Ideen, auf diese «Literatur» im schlechten Sinn, diese «Prinzipien, die sich wie Fahnen nach dem Winde drehen». Durch eine dementsprechend mißverstandene Pädagogik wird jede Persönlichkeit erstickt. Die Erziehung verkennt ihre Aufgabe, denn sie dient nicht dazu, Menschen hervorzubringen, die in der Lage sind, zu denken und sich eigene Anschauungen zu bilden, sondern Bürger, die korrekt bei Wahlmanövern mitmischen können, die fähig sind, sich auf Künstlerfesten den Bauch vollzuschlagen, und Schreib- und Redemaschinen werden möchten, würdige Stützen einer Gesellschaft – «guten Willens». Noch nie haben die Lehrer soviel über die Entwicklung der Persönlichkeit geredet. Dabei wissen sie gar nicht, was diese Worte bedeuten: Freiheit – individuelle Leistung – Persönlichkeitsbildung – Großzügigkeit im Denken –, all diese Begriffe schallen tagaus, tagein vom Katheder herab. Die Autorität aber bleibt sakrosankt und unantastbar. Der militärische Unterrichtsstil wird immer das pädagogische Ideal bleiben.

Logischerweise wollen Eltern ihre Kinder nach ihrem Bilde erziehen. Sie haben im Lauf ihres Lebens eine gewisse Zahl von Erfahrungen gemacht. Sie haben sich Anschauungen angeeignet und möchten sie exakt gleich ihren Nachkommen eintrichtern. Sie wollen aus ihnen keine Individuen, sondern getreue Abbilder ihrer selbst machen.

Mit seiner Broschüre wendet sich Dubois vor allem an die Jugend, die nach einem Ideal sucht, die nach etwas Großem, Schönem, nach der Wahrheit streben will. Dubois hat viel nachgedacht; er vermittelt seine Erfahrungen ohne unklare moralisierende Reden. Vor allem will er, daß die Jugend Charakter hat. Dies kann sie nur durch die Herrschaft des Verstandes über Empfindungen und Gefühle erreichen.

«Was den einzelnen zur Persönlichkeit macht, ist die Bildung oder Entwicklung des Geistes, die Schulung der Vernunft, die Entwicklung des Bewußtsein, die Anwendung des Denkens – ist die Herrschaft dieses Verstandes und dieses Denkens über die Sinneseindrücke und Gefühle. Sich besitzen, um sich einem Ideal entsprechend geben zu können, sich formen und erobern, um sich besitzen zu können, darin liegt das ganze Problem des Individuums beschlossen.» Dubois plädiert für eine Erziehung des einzelnen durch sich selbst, durch das Denken, die Arbeit, den inneren Ausgleich. Er schließt: «Wir wollen uns bemühen, Menschen zu sein und nicht nur zu scheinen, das heißt, auf ein Ideal hin zu leben.»

Unwillkürlich denken wir an die Worte Roger Martin du Gards in seinem *Jean Barois*: «Die strikte Pflicht einer jeden Generation ist, in Richtung der Wahrheit vorzudringen, so weit sie kann, bis zur äußersten Grenze dessen, was sie zu erkennen vermag, und daran verzweifelt festzuhalten, so, als erhebe sie Anspruch auf die absolute Wahrheit. Der Fortschritt der Menschheit hat diesen Preis.»

274 Les Muses ingrates

Erstdruck in *L'Indépendence Helvétique* 1 (1915/15), Nr. 32 (26. 2. 1916)

Die undankbaren Musen

Mein Herr, wenn diese Muse, der Sie nichts bedeuten,
wüßte, wie fett und strohdumm Sie sind...
(Ed. Rostand, Cyrano de Bergerac, I. Akt)

Wir hören, daß der *unverbesserliche Herr Grandjean* die Leitung einer literarischen, dramatischen und musikalischen Soirée übernommen hat.

Einst, vor Zeiten, hatte der ehrenwerte Gymnasialprofessor der Muse Erato die Liebe erklärt, die er für sie empfand – unser Gewissen nötigt uns zu gestehen, daß sie die leidenschaftlichen Avancen des Latinisten nie erwiderte.

Ach!

Später umwarb er Polyhymnia, die Muse mit den weißen Schultern – doch auch sie wollte sich auf die leidenschaftliche Umarmung des Skribenten aus der Rue Saint-Léger nicht einlassen.

Ach!

Heute nun ist der *Einsame* heftig für Melpomene die Tragische entbrannt – doch wir müssen unseren Lesern anvertrauen, wir fürchten, er bleibe (einmal mehr) «Grandjean comme devant».

Ach!

Pointe-Sèche
(Charles-Frédéric Glauser)

Erläuterungen:
«Grandjean comme devant»: hier ein Wortspiel; «être Gros-Jean comme devant» bedeutet, man sei «so klug als wie zuvor».

275 Indices et Restes: Actualités

Erstdruck in *L'Indépendence Helvétique* 1 (1915/16), Nr. 37 (1. 4. 1916)

Hinweise und Nachträge: Aktuelles

Es ist bereits mehr als dreihundert Jahre her, daß Scarron eines grauen Morgens, da die federbuschgeschmückten Musketiere des Herrn de Vivonne in den Straßen aufmarschierten, unter dem Eindruck der ersten Bürgerkriegsvorzeichen schrieb:

Ein rebellischer Wind
wehte heut früh
Und mir scheint, er wütet
Gegen... etc...

Ich habe nicht vor, hier weiter Scarron zu zitieren, würde doch dieser burleske Franzose, dieser burleske Klassiker unseren burlesken Genfern, unseren burlesken décadents spitze Schreie entlocken. Dennoch, dieses alte scherzhafte Couplet besitzt wieder Aktualität. Ein neuer literarischer Krieg wird ausbrechen, dessen Vorzeichen wir, sogar hier in Genf, wahrnehmen.

Wie schade, daß Péguy nicht unser literarisches Genf gekannt hat, ich wollte sagen, dieses verlogene Genf, dieses Genf, das gar nicht Genf ist, dieses pseudointellektuelle Genf, dieses pseudo-künstlerische Genf, dieses Pseudo-Genf. Mit wenigen Seiten, mit wenigen Zeilen hätte er unseren dichtenden Gymnasisllehrern zu verstehen gegeben, daß das Schweigen das höchste Gut ist für den, der nichts zu sagen hat. Er hätte den Entgleisungen des Herrn Chantre und den epischen Geschmacklosigkeiten des Herrn Grandjean mit seiner knorrigen Prosa eine gehörige Abfuhr erteilt.

Arme Lehrer-Poeten, arme Knäblein. Oder vielmehr: Ein Charles Péguy hätte diese kleinen Jungs nicht einmal bestraft. Die einfache Verachtung des Winzers, der sich hin und wieder mit einer ausgreifenden Geste seiner kräftigen Hand der lästigen Insekten entledigt, hätte er für diese Mücken gehabt.

Arme kleine Insekten.

Was wir (bedauerlicherweise) in Genf nicht entdecken konnten, haben wir dafür in Deutschland und Frankreich gefunden. *Monsieur des Lourdines*, das erste Buch von Alphonse de Châteaubriant, schenkte uns den weiten, schwingenden Klang der Erde; Arnaveille ließ uns an seiner klaren, einfachen Freude teilhaben. Pierre Lavergne hat uns mit seinem *Jean Coste* das elendste Elend spüren lassen. In diesen Männern durften wir tiefgründige, erdverbundene Dichter kennenlernen, wahre Dichter.

In Genf erblicken wir, wenn wir Henri Spiess und *zum Teil* de Ziegler ausnehmen, sonst nur Jünger François Coppées, verhohlene Übersetzer, beflissene Kompilatoren und sogar (und das ist gewiß das entsetzlichste) Baudelaire-Adepten. Ein calvinistischer Baudelaire – *horribile dictu* –.

Da wir gegen die Tendenzen kämpfen, die mein alter Freund G. H. so treffend als *politische Kunst* bezeichnet hat, kämpfen wir auch gegen diese Sofakissenreimerei, gegen diese ohnmächtigen Dämmerungen und diese affektierten Sehnsüchte. Einer ihrer markantesten Darsteller, Marcel Abaire, betitelt seine trostlosen Verse (es sind denn keine Verse der Trostlosigkeit): Unter einer *ironischen* Maske. Läßt man das Wort ‹ironisch› weg, das sich ziemlich zu Unrecht hierher verirrt hat, so hat man das Kennzeichen dieser ärgerlichen Schule:

Unter einer Maske,

Maske des Gefühls, Maske der Feinheit, Maske der Schönheit, Maske überhaupt. Nichts ist unverfälscht in dieser kleingeistigen Literatur, nichts ist wahr. Der Bankrott der intellektuellen Spekulation in der Dichtung tritt immer deutlicher zutage. Wir können auf eine literarische Zukunft hoffen, die sich solch zweifelhafter, unangemessener Hervorbringungen entschlägt. Es sind Männer aufgetreten, die fühlen, die wollen, die schaffen; an sie glauben wir.

Ihr dramatischen Gymnasiallehrer und Bauchredner der Poesie, ihr Knäblein, ihr winzigen Insekten – noch ein paar Eskapaden und ihr werdet in den Staub sinken, der euch erwartet.

Erläuterungen:;

mein alter Freund G. H.: i. e. Georges Haldenwang; vgl. dazu das Nachwort S. 375

277 Ce que nous voulons

Erstdruck in *Le Gong. Revue d'art mensuelle* 1 (1916), H. 1 (Juni), S. 3

Was wir wollen

Das Werk der Tat wie das Werk der Kunst verletzt am grausamsten durch das, was es an Wahrheit enthält. Dies ist sein Zweck, seine einzige Daseinsberechtigung. Die, welche aus der Vergangenheit herausragen, die in unserem Gedächtnis lebendig sind, blutend und still, sind diejenigen, welche aufrichtig waren.

Um aufrichtig zu sein, haben wir unsere Zeitschrift gegründet. Einzig deswegen. Sie wird all denen offenstehen, die ihr Herz sprechen lassen.

Sei das Gedicht ein Schrei des Lebens, ein Traum oder eine Gotteslästerung, wir verlangen nur, daß es wahr ist.

Und da wir in eine sterbende Welt hineingeboren sind, werden wir wenigstens unsere Agonie ausleben. Ganz einfach.

Mag sich Gelächter erheben und der Pöbel grölen.

Wir werden an der Entschlossenheit festhalten, nichts als das Leben zu schreiben.

Denn von weither weht ein Wind, der das Gelächter zum Schweigen bringt und das Geschrei abschneidet.

Einsamkeit ist sinnlos, wenn sie nicht die Welt in sich trägt.

Man hat aus der Einsamkeit ein Gewerbe, eine Reklame gemacht, da man sie fürchtet wie sonst nur den Tod. Warum aber Angst vor ihr haben?

Es ist wahr, daß wir allein sind, es ist wahr, daß wir kristallisierte Tropfen des Nichts sind. Warum es verschweigen?

Allein nur der Mensch existiert, der seine Liebe und seinen Tod lebt.

Warum Papierblumen machen? Und Girlanden?

Weil der Mensch eben jenes Genie ist, das sich seine Götter selbst erschaffen kann. Die Einsamkeit ist seine größte Macht, denn die Leidenschaft der Liebe ist der Einsamkeit Ausdruck.

An der Meeresküste brechen die scharfkantigen Klippen, die Felsen des Lebens, den Schwung der Wellen. Und jede von ihnen erzeugt auf ihre Weise wieder den gleichen tiefen Ton. So auch die Gefühle der Menschen.

Solche Gesänge wilden Wassers werden wir sprechen lassen.

Georges Haldenwang
Frédéric Glauser

278 Poètes genevois

Erstdruck in *Le Gong. Revue d'art mensuelle* 1 (1916), H. 1 (Juni), S. 4-8

Genfer Dichter

Ich nenne eine Katze eine Katze.
Boileau

Der aufrichtigen Kunst gilt das Anliegen unserer Zeitschrift. Keineswegs einem kommerziellen Zweck. Das Wahre vom Verlogenen zu scheiden. Schlechte Gerüche widern mich an, gleichgültig ob sie nun aus der Bar oder dem Salon kommen. Und dann diese literarische Eiterbeule übelriechender Bourgeoisie. Sie muß aufgestochen werden. Denn die Heimat von Petit-Senn, Amiel, Marc und Philippe Monnier, von Gaspard Valette vor allem verdient es, daß man sie gegen die «Reimschusterei» ihrer Söhne verteidigt, die ihr, unter dem Anspruch, sie zu preisen, in aller Öffentlichkeit Schande bereiten.

Es sind geachtete oder achtbare Leute, die ich kritisiere, arrivierte und fast-arrivierte; ihre politische Couleur, ihr privates Leben lassen mich gänzlich kalt. Es sind ihre literarischen Werke, die mich empören. Allein ihretwegen bin ich aufgebracht. Es sei im übrigen dem Leser überlassen, mein Urteil zu überprüfen. Dieses pseudo-poetische Geschreibe scheint mir aus dem Trüben gefischt oder den großen Dichtern Frankreichs betrügerisch entwendet zu sein. Das schmerzvolle Lied, das Verlaine auf seiner Flöte blies, wird zu einem wilden Tango, und die scharfe Blasphemie Baudelaires verwandelt sich in gereimte Flegelei.

Edouard Tavan

Den Meister erkenne ich an seinen Schülern. Aus seiner *Onyx-Schale* trank ich eine mit trüber Langeweile verpanschte Schwermut. Neben seinem *Papyrus von Cogoulou*, in dem ein Samowar den Reim dazu nötigt, glouglou zu machen, gereichten mir seine *Slawischen Amouren* zu einem Quell lieblicher Heiterkeit. Seine *Conseils à une élève* werden mir als ingeniöse Dichtkunst gegenwärtig bleiben. Unter anderem beweist E. Tavan mit diesem Text von 300 Versen, daß es in der Poesie darum geht, sich kurz zu fassen. Die Strophen dieses beflissenen Verseschmieds scheppern wie eine gesprungene Schelle; der Meister weiß nichts von der Musik der Worte, vom dunklen Klang der Silben. Denker ohne Gedanke, Dichter ohne Seele, hat er sich mit der Zuckrigkeit seines Stils hervorgetan, der an Coppée und Rostand erinnert. Gefühlsduselei ersetzt das Gefühl und Weitschweifigkeit das Talent.

Emilie Cuchet-Albaret

Mit ihren elfenbeinernen Spindeln spinnt sie zu Füßen des Meisters. Der Faden ist schon ganz grau davon. Als gute Hausfrau versteht sie sich auf verlängerte Saucen.

Und sie spinnt und spinnt ...

Omphale zu Füßen des Herakles.

Ich kenne ihn schon von Wien her. Er aß öfter bei meinem Vater zu Abend. Nach dem Kaffee, an irgendein Nipptischchen gelehnt, las er seine Verse vor, den Arm in die Hüfte gestemmt, Don Juan ohne Degen in traulichem Kreise. Neben unvergeßlichen und lehrreichen Erinnerungen hinterließ er dort den grotesken Eindruck eines überheblichen Dichterlings.

Das Genre des Hurrapatriotismus ist das erschwinglichste. Heinrich von Ziegler hat es gewählt. Die Kritiker haben seinem Namen zu Bekanntheit verholfen. Die feuilletonistische Übersetzung eines Spitteler-Werks hat ihn auf den Gipfel der Popularität getragen. Von da ab war er Henri de Ziegler. Diese literarische Strebermentalität, die es nur auf Bekanntheit abgesehen hat, läßt an einen geschäftstüchtigen Semiten denken. In Angst um seine Reputation, bat er mich anläßlich meiner Artikel über Frank Grandjean, ich möge sein Talent schonen. Ich verpflichtete mich daraufhin jedoch zu nichts und gedenke ihm heute Gerechtigkeit widerfahren zu lassen.

Sein Gedichtband *L'Aube* (warum dieser Anklang an Romain Rolland?) enthält ein starkes Schlafmittel, doch ist dies, um bei der Wahrheit zu bleiben, die einzige Mitgift, mit der die Musen unseren Genfer Sänger versehen haben. Der ewig *unergründliche Himmel*, die immerwährend *demütige Reue*, die *Liebe*, die, Sie werden es ahnen, immer *unerfüllt* bleibt, das *Verlangen*, das *glüht und niemals erlischt*, die *Stimme des Sees*, die einst schon Lamartine in den Schlaf wiegte und nun auch Henri de Ziegler *einwiegt*. Sie glauben nicht, daß *Augen immer voller Träume* sind und *Herzen voll der Liebe*?

Seine Geburtsstadt liebt er auf Dienstbotenart. Er stellt fest, daß

die Wissenschaft sich müht und blüht in ihren Mauern.

Würdiger Sinnspruch eines Stadtrats am Vorabend der Wahlen. Ein Dichter, der

erwartet, daß mit den Jahren seine Spannweite noch wachse,

sollte aber anderes im Auge haben.

Henri de Ziegler ist auch ein religiöser Dichter. Wie weit aber liegen der mystische Glaube eines Péguy und der predigende Abgott dieses Pastor phil. auseinander. Ein solcher Allerweltsgott ist nur dazu da, dem Dichter einige huldigende Verse zu gestatten, wie man sie an Staatsbeamte richtet. Religiosität eines kleinen Ungläubigen, der unbedingt über irgendeine Hintertreppe ins erträumte Paradies, gelangen will. Für den Leser eine abgeschmackte, schmerzliche Koketterie.

Gerade die Eigenart seines Schmerzes macht aber den Dichter aus. Jeder Mensch empfindet ihn unterschiedlich, muß ihn in anderer Form ausdrücken. Er bleibt grausam wie seit Urzeiten. Es gibt den tragischen Optimismus; man spürt darin die übermenschliche Anstrengung des Geistes, das Unglück zu meistern. Auch der Pessimismus verrät einen Kampf. Der Spießbürger aber, der mit seinem Schmerz spielt und kokettiert, der wie ein Affe vor dem Spiegel grimassiert, ist abscheulich.

Ein Künstler, der, von anderen beeinflußt, abschreibt, ist kein Mann. Und *L'Aube* erinnert an einen alten Phonographen mit verbogenen Walzen. Oder vielmehr an eine idealistisch versüßte, gallertartige Masse, garniert mit ‹Hurrapatrioterei› und faden Gedanken; der von dürrem Calvinismus imprägnierte Collégien läßt mit süffisantem

Unverständnis seinen Blick über das Schöne schweifen. Ganz der Typ des modernen Künstlers, Salonlöwe und wandelnder Gemeinplatz, männlich in der Stimme, nichts als ein Schnurrbart. Das Gefühl, findet es sich nicht in einem selbst, läßt sich leicht bei denen beziehen, die es hatten; Henri de Ziegler hat eine Menge ausgefallener Wörter aus einem alten illustrierten Larousse herausgepflückt, und das Reimlexikon war ein dienlicher Begleiter seiner schlaflosen Stunden.

Für das, was ich lehre und denke auf Erden
kann keiner im Namen des Himmels mich tadeln.

Die Behauptung enthält einen Fehler. Ziegler unterrichtet am Collège de Genève. Ich bezweifle, daß er denkt. Und wäre er auch ein Denker, seine Ideen flößten mir Mißtrauen ein; die anderen, die großen, derer er sich bedient, wirken bei ihm ins Lächerliche gezogen und entstellt.

Die Eigenart des Schmerzes macht den Dichter aus:

Du bist es, Schmerz, unseliges Gespenst,
Gemeine Ausgeburt der Nacht,
Deren Auge besudelt und deren Hand verheert,
Die mit Haß mich verfolgt.

Über das, was ihm unerreichbar ist, zieht dieser Commis voyageur des Schönen her. – Die patriotische Kunst flattiert den Trieben der Masse, dem Haß der Menge. Sie zerstört die große Idee und verdirbt den Geschmack. Sie ist kurzlebig und trügerisch, es fehlt ihr die Erhabenheit. Sie dient den Strebern. Der Haß eines Volkes gegen seinen Nachbarn kann ein starkes Gefühl sein; eine Verwünschung, die ihn in Alexandrinern zum Ausdruck bringt, wird jedoch lächerlich. Und dann diese dümmliche Bewunderung für gewundene Gäßchen und den blauen See – nichts als Kleingeisterei.

Die Stelle des patriotischen Barden war vakant. Henri de Ziegler hat sie sich geschnappt.

Die Politik wartet auf ihn.

Frank Grandjean

Ich verweise den Leser auf die bereits erschienenen Artikel über diesen eminenten Einsamen.

Von Gunten – Jean Violette

Komm, meine Liebe, und schenke ein Streicheln
Deinem Liebhaber, der immer dich lieben wird.
Ich habe Kummer, komm meine Geliebte,
Und meine Traurigkeit
wird verfliegen.

Nein, nein, das sind keine Verse von Alfred de Musset. Die unvermeidliche *Geliebte*, die ihrem Liebhaber ein *Streicheln* schenkt, einem Liebhaber, der niedergedrückt wird von einer leichten Traurigkeit, die im übrigen *verfliegen* wird – dieser Postkartengruß deutet mit wenigen Worten das verlogene Gefühl und die widerliche

Albernheit dieses kompilierenden Verseschmieds an. Nichts Persönliches, urteilen Sie selbst.

Das *kühle Lächeln* und die *unreinen Küsse*, die die *blühenden Lippen* Jean Violettes der Muse gibt, die *tiefe Liebe*, die er *für sein edles Vaterland verspürt*, all dies tropft aus einer näselnden Klarinette auf die Faser der Bögen: *Les Fleurs de la vie.* Als der lächerliche Dichter, der er ist, empört er sich gegen die *infame Wollust*, die ihn in eine geistige Leere namens Traurigkeit gestürzt hat.

Gänzlich nur Einfalt, ohn' alles Talent und Kunst.

Im zweiten Hemistichon dieses Alexandriners enthüllte sich dem Autor sein persönlicher Wert außerordentlich klar.

Er hat viel Coppée gelesen. Doch hinter den Strophen Violettes zeichnet sich auch vage die zur Karikatur gewordene Silhouette eines anderen, eines aufrichtigen und leidenschaftlichen Genfer Dichters ab: die von Louis Duchosal. Die nervöse Empfindsamkeit seines *Rameau d'or*, geschäftsmäßig ausgebeutet.

Die Pléiade von Genf, Sänger nur von großen Tönen, ist vage klassisch, brav symbolistisch und verschämt dekadent. Träume aus lauem Wasser. In jedem Band stoße ich auf ein erkünsteltes, in verschiedenem Grade sentimentales Gebilde, das sich pompös als Ideal bezeichnet. Indem ich jedes mit jedem verglich, kam ich zur Definition dessen, was vielleicht die Massenseele ist. Ein französischer Dichter hat dieses Gebilde mit Esprit gewürzt, ein Schriftsteller des Nordens hat sie durch seinen Humor geprägt, aber unsere unglückseligen Landsleute haben nur kleine verschwitzte Widerwärtigkeiten daraus gemacht.

Jean Violette ist außerdem der Verfasser eines ärgerlichen Stückchens und marktschreierischen Büchleins: *Le Roseau sonore.* Das Prätentiöse liebäugelt da mit dem Burlesken. Dieser Autor hat übersehen, daß man persönlich schreiben muß, wenn man mit rhythmischer Prosa hantiert. Denn, der Reime beraubt, die seine Flügelchen hielten, tritt der zuckrige Lyrismus seiner Schreibart vollends zutage.

Wenn er schon das Publikum mit seinem Stil mästen muß, wäre es gut, Jean Violette – von Gunten – schlüge einmal bei Boileau nach. Noch besser wäre es, wenn er sich über seiner Hobelbank in goldenen Lettern die Worte eingravieren ließe:

Lernt denken, bevor ihr euch ans Schreiben macht.

Marcelle Rueff-Eyris

In einem lauen Garten, der von Reseda süß,

wispert die Dichterin ihre Verse zum Schluchzen der Wasserspiele. Das *diamantene* Lächeln ihrer *smaragdenen* Augen destilliert *andersartige Träume* ab. Umhüllt vom Duft des *Bilsenkrauts* küßt sie, *mit einem Kuß nie endender Verschmelzung den Convolvulus* (die Winde). Durchaus eigenartige Empfindungen, wahrer Schmerz, jedoch überschwemmt von einer Flut bombastischer Ausdrücke, die allein durch ihre Ausgefallenheit als dekadent und lasterhaft gelten wollen. Das haufenweise vorkommende Gold und der Talmiglanz der Edelsteine verraten den semitischen Ursprung dieser Verse.

Effekthascherei und Schminke.

Dichterfreund Chantre darf ich nicht vergessen. Seine *Vaine jeunesse* ist das empfindsame Gefasel eines faden Spießers. Ich hätte es mir erlassen, ihn hier zu erwähnen. Doch die leichtfertige Attacke, die er gegen Claudel vortrug, erinnert an einen bestimmten Frosch bei La Fontaine, jenen nämlich, der an mangelnder Größe litt.

Mit *Henri* Mugnier werde ich mich nicht beschäftigen.

Charles d'Eternod (geborener Charles Eternod) lieferte einige bläßliche Farbtöne.
Schöne Literatur verpflichtet.

Marcel Louis René Abaire-Piachaud

Eine weitere Spielart der gleichen Gedanken. Die müde Süße schwüler Rübenblüte. Als Baudelaire-Epigone hat Piachaud etc. nur die groteske Seite der Blasphemie erkannt. Eine vergeblich obszöne Leidenschaft, die sich in klebrigen Düften suhlt. Die Zigarette der Inspirationsbedürftigen direkt neben dem Rum der Alkoholiker. Enttäuschende Dichtungen eines kränklichen Geistes, durchdrungen von mißverstandener Dekadenz.

Verse von glühendem Rhythmus, sogar schöne Verse unterbrechen den monotonen Rausch seiner *ironischen Maske*. Er hebt sich von denen, die ich zuvor anführte, durch die Musikalität gewisser Gedichte und durch eine originelle Kühlheit im Ausdruck ab.

Erläuterungen:
L'Aube: Erstes Buch von Romain Rollands großem Roman *Jean Christophe.*
Dichterfreund Chantre ...: Im Französischen ein Wortspiel, da «l'ami Chantre» sowohl den Namen des Autors enthält als auch «Dichterfreund» bedeutet.
Die müde Süße schwüler Rübenblüte ...: Im französischen Original ein Nonsens-Satz mit deutlich sexuellen Beiklängen: «Le bouge rouge où bougent des gouges.»

284 Essais de Méthode

Erstdruck in *Le Gong. Revue d'art mensuelle* 1 (1916), H. 1 (Juni), S. 14-15

Essays zur Methode

Vom Pseudonym

> «Anonymität ist in der Litteratur, wie die materielle Gaunerei in der bürgerlichen Gemeinschaft ist.» *Schopenhauer*

Mangel an Freimut, Geheimniskrämerei, Furcht, Anstoß zu erregen, panische Angst vor der Wahrheit: das sind die Fundamente unserer Gesellschaft. Die Gewohnheit, den Urheber hinter einem Paravent zu verbergen, ist in der Literatur üblicher als irgendwo sonst.

Nichtgezeichnete Werke und solche, die manchmal adlige, doch nicht zum wirklichen Adel zählende Namen tragen, beweisen nichts als das Fehlen geistiger Redlichkeit. Bekenne man sich doch zu dem von den Vorfahren ererbten Namen und bejahe die Bindung an die Vergangenheit, an diejenigen, welche uns hervorgebracht und uns zu dem gemacht haben, was wir sind. Ohne sie, ohne die lange, mühevolle Arbeit ihres gesunden Lebens, ohne ihren Verzicht auf die Gefilde des Geistes könnten wir weder existieren noch träumen. Sie waren knickrig, um uns reich zu machen.

Das Dienstbotenpack hat die Oberhand gewonnen. Es sagt sich von der Vergangenheit los. Da ihnen die alten strengen, wenig wohlklingenden, dafür aber lebendigen Namen peinlich sind, wählen sie einen neuen, einen mit Veilchenduft parfümierten und von Heuchelei verzuckerten. Und der Vorfahre verdammt sie; der Geist der Masse, der falsche Name schleicht sich in sie ein, vergiftet ihr Herz, Mittelmäßigkeit wird ihnen zur Natur. Der Künstler scheint sich zu entwerten, wenn er mit seinem Namen zeichnet. Nach gängiger Meinung gilt Denken als Schande. Die Kunst ist eine unanständige Beschäftigung, die man geheimhalten muß. Und so ersetzt der Opportunismus den Mut, die Furcht vor dem Was-sagen-wohl-die-Leute zerstört das Werk, das bis in die Fundamente hinein von Feigheit verdorben ist.

Israel hat über Jahrhunderte hinweg seine Rasse rein erhalten. Heute erröten seine Söhne darüber. Sie wollen sich nobilitieren, als Christen erscheinen, zu Frankreich gehören. Aus Franz Wiener wird Francis de Croisset, aus Isaac Greggenheimer Fernand Gregh. Edmond Flegh verleugnet die Endung seines Namens und aus Marcelle Rueff, der poetischen femme de lettres, wird Marcel Eyris. Georges de Porto-Riche hat einen Hang zum exotischen Pseudonym. Der Ekel kommt einem hoch bei soviel Feigheit.

Nur wenig gehört uns wirklich selbst.

Einzig das Denken ist wahrhaft unser. Stehen wir für das ein, was wir haben. Greifen wir offen an, was uns schlecht erscheint. Das anonyme Pamphlet ist der Zwerg unter der Tarnkappe; er versetzt Hiebe, ohne daß der Gegner sich verteidigen kann. Doch er winselt, wenn er entlarvt wird, er fleht um Gnade und knirscht mit den Zähnen. Wo die Auseinandersetzung nötig ist, kämpfe man ohne Furcht vor Schlägen. Die Mücke, welche im Dunklen sticht, zerquetsche man.

Wie viele Pseudonyme in Genf!

Von der Kritik

Beweihräuchern, Kränzchen winden, Duftwässerchen versprühen – ebenso ziel- wie ideenlos leiert die moderne Kritik auf staubigem Pfade ihre Operettenarie herunter. Sie hält sich für positiv, weil sie zustimmend mit dem Haupt wackelt. Sie drückt das Gefühl der Masse aus, um zu schmeicheln; und ihrem Weihrauchgefäß entsteigen wohlriechende Schwaden, die den Geschmack verfälschen und den Geist betören. Ihre Rolle ist nutzlos, da sie keine Richtung weist; sie begnügt sich damit, der Herde zu folgen. Das Denken, dem sie huldigt, ist zwitterhaft, denn sie schlägt eine Brücke zwischen kommerziellem und künstlerischem Wert. Sie gefällt sich in der Rolle des Marktschreiers, der Lobpreisungen herumbietet, um sich bewundern zu lassen. Sie geht auf Kundenjagd. Lauthals ruft sie nach Ehrlichkeit und gibt vor, sie auf jeder Schwelle erblühen zu sehen.

Die wirkliche Rolle der positiven und subjektiven Kritik scheint mir folgende zu sein: Im Werk des anderen das Schöne zu suchen, das wir selbst in uns tragen. Den klingenden klassischen Vers; die freie Poesie, die dem plastischen Tanz der Bilder einen Rhythmus gibt; die Prosa, die dem enthüllten Gedanken eine wohlklingende Tunika anlegt; das Ideal, das sich im nackten Marmor des siegesgewissen Aphorismus offenbart. Solches in den Werken anderer zu spüren, jene, die nicht verstehen, hinzureißen, indem man das empfundene Gefühl mitteilt, der Menge die erahnten Schätze zugänglich zu machen. Wenn alle sehen, hat die Kritik ihr Werk vollbracht.

Das Banale beseitigen, das gnadenlos überhand nimmt. Und jene vor allem, diese Kleinkrämer der Kunst, die einem fremde Gedanken in prud'hommeske Phrasen einwickeln. Diejenigen, die nur mit einem einzigen Ziel schreiben, nämlich zu verdienen, diejenigen, die sich der Musen zum Zwecke des Mädchenhandels bedienen. Das Banale läßt sich spüren; zu definieren ist es jedoch kaum. Es ist nicht das dahergesagte Klischee. Banalität verwässert den Purpur mit schwachen, verblaßten Aquarellfarbtönen. Das Banale ist der mit Phrasen aufgeblasene Ballon, der den Dichter zum Erfolg der hundertsten Auflage aufsteigen läßt. Plötzlich platzt er dann und fällt in sich zusammen.

286 Divers

Erstdruck in *Le Gong* 1 (1916), H. 1 (Juni), S. 16

Verschiedenes

In den Artikel *Poètes genevois* haben wir Henri Spiess nicht miteinbeziehen wollen, einen originellen Künstler von nervösen, verfeinerten Empfindungen. Dem Œuvres dieses Dichters werden wir später noch eine eingehende Studie widmen. Für heute aber möchten wir Henri Spiess bitten, unsere, manchmal geteilte, doch immer aufrichtige Bewunderung entgegenzunehmen.

Fräulein Berthe Vadier, die Autorin von *Entre Chien et Loup* (Aphorismen), von *Déjanir* (klassische Tragödie) und der *Alkestis* (dito) führt in Genf das Leben eines enttäuschten Philosophen. Einstmals erlebte sie Stunden des Ruhms. Sie ziseliert ihre Verse und Sätze, um Gedanken auszudrücken, die fade und welk sind, getrocknetes Vergißmeinnicht in den *Essais* von Montaigne. Abseits der Zirkel, die das Publikum mit ihrem Geschrei betäuben, lebt sie einsam und betagt, beschäftigt mit Büchern und umgeben von Bildern. Eine Figur von gestern.

287 Avis

Erstdruck in *Le Gong* 1 (1916), H. 1 (Juni), S. 16

Hinweis

In seiner ersten Nummer hat der *Gong* es für nötig erachtet, mit den kleinen poetischen Kläffern, die mit ihren Versen den Mond anbellen, *tabula rasa* zu machen. Die Arbeit ist getan, das Thema damit erschöpft. Die nächste Nummer wird Gedichte, Kritiken und eine Novelle enthalten.

Unter dem Obertitel *Les vivantes du passé* wird der *Gong* eine Folge von Porträts in Form von Sonetten publizieren, die später auch als Buch erscheinen werden.

Unter dem Stichwort *Essais de Méthode* möchten wir unseren Lesern knappe, skizzenhafte Reflexionen zu literarischen Themen bieten.

Wir glauben dem Leser ein Werbeabonnement zu 2 frs. für die ganze Schweiz offerieren zu dürfen. In einigen Monaten werden wir den Abonnementspreis anheben, allerdings unter Beibehaltung des Vorzugspreises, zu dem unsere ersten Abonnenten die Zeitschrift bestellt haben. Für alle Fragen im Zusammenhang des Abonnements wende man sich bitte an die Druckerei Jent, Boulevard Georges-Favon 11 u. 26.

Da wir über mehrere Schweizer Mitarbeiter im Ausland verfügen, werden wir einen Überblick über die Entwicklung der Ideen in der zeitgenössischen Literatur und Kunst vermitteln können. In einer unserer nächsten Nummern gedenken wir die moderne deutsche Literatur zu untersuchen, die einzige, die die Vermengung von Haß und Kunst zu vermeiden weiß.

Um der guten Tradition von Wilhelm Herzogs *Forum* zu folgen, wird der *Gong* eine Kolumne einrichten, in der Bücher besprochen werden, die uns der Lektüre wert erscheinen. Diese Kolumne wird nur der Redaktion verpflichtet sein und, in keinem Falle, von bezahlten Annoncen beeinflußt werden können.

Die Direktion

288 Le Petit, Conte

Erstdruck in *Revue d'art* 1 (1916), H. 3 (September 1916), S. 3-6

Der Kleine. Erzählung

Das also ist geschehen ... nein, ich verstehe noch nicht, warum; aber Tatsache ist, daß er weggelaufen ist, weit weg, ganz weit weg von mir; das väterliche Haus hat er verlassen, und ich weiß nicht, wo er jetzt schläft; vielleicht unter einer Brücke, und er stirbt dabei vor Kälte, und vor Hunger wahrscheinlich auch. Wirklich, ich verstehe nicht. Mein Gott, was habe ich dir denn getan, daß du mich so unglücklich machen mußt. Ich habe ihn mehr recht als schlecht erzogen – ist es meine Schuld, daß seine Mutter gestorben ist, als er fünf Jahre alt war, daß er dann von Gouvernanten erzogen worden ist, koketten Dingern, die mich nur heiraten wollten? Ich habe mich nicht in Versuchung führen lassen, ich habe an ihn gedacht, der mich jetzt allein läßt, völlig allein. Und doch habe ich getan, was ich konnte. Ich habe acht gegeben auf ihn, ich habe ihm Prinzipien deutlich gemacht, und ich habe ihn auch zum Beten angehalten. Ich verstehe nicht. Er wird sicher gleich nach Hause kommen, jeden Moment, ganz bestimmt. Er wird, denke ich, heftig weinen, und ich, ich werde ganz kalt bleiben. Es ist ja erst acht Uhr. Seit Mittag habe ich nichts mehr gegessen. Ich bringe nichts mehr hinunter. Wie? Was sagten Sie? Ach, richtig, ich bin ja alleine; doch es schien mir, als hätte jemand gesprochen, hier, neben mir. Ich habe Angst, noch verrückt zu werden. Dieses Klavier da unten geht mir auf die Nerven, das läßt mich nicht ruhig denken, meine Sinne wiederfinden. So, das ist also passiert ... warten Sie, lassen Sie mich kurz nachdenken. Ja, gestern hat mir meine Mutter berichtet, daß er der Haushälterin zwei Franken gestohlen habe. Er ist erst zwölf Jahre alt und stiehlt schon. Was soll dann später bloß aus ihm werden? Ich habe ihm heute morgen nicht adieu gesagt, als er in die Schule ging. Da muß er wohl gemerkt haben, daß ich alles wußte. Er hat mich so mit großen erstaunten Augen angeschaut. Trotzdem, wenn er gar nicht gestohlen hat, wenn sich meine Mutter geirrt hat – nein, es ist nicht das erste Mal, daß er stiehlt. Ach, wenn es das erste Mal wäre! Dann hätte ich nicht so einfach, ohne zu überlegen, den Stab über ihn gebrochen. Ich hätte mit ihm gesprochen, ich hätte ihm meinen Standpunkt erklärt. Nein, nicht erklärt, das setzt die väterliche Autorität herab; wenn man ein Kind erziehen will, muß man sich Gehorsam verschaffen, man bestraft es, wenn es nicht brav ist. Meine Mutter hat mir diesen Verhaltensgrundsatz erst neulich wieder ins Gedächtnis gerufen, ich selber bin auf diese Weise erzogen worden, und ich habe es heute doch zu etwas gebracht. Mein Vater hat mich hart angefaßt, und er hatte recht damit. Auch die Bibel schreibt es vor: «Bestrafe deine Kinder ...» Wie lautete der Satz doch gleich? Ich erinnere mich nicht mehr. Mein Hirn ist leer wie ein ausgeschwefeltes Faß. Und der Konfirmandenunterricht ist schon so lange her. Dieses Klavier macht mich noch verrückt. Können Sie nicht still sein? Ich werde mich beschweren. Was sagten Sie? Ich sei zu streng mit ihm gewesen, ich hätte ihm nicht geholfen, mit der Versuchung fertig zu werden? Aber wer behauptet das? Ich habe immerzu das Gefühl, daß neben mir jemand spricht. Das kommt von der Überanstrengung, gewiß. Acht Stunden Unterricht heute, vier am Morgen, vier am Nachmittag. Mit bangem Herzen unterrichten zu müssen – welch ein Vergnügen. Das ist ein Gemeinplatz, was ich da sage. Und dieser hinterhältige kleine Jude, dieser Hofmiller, hat er doch tatsächlich einen Schreibfehler moniert. Zum Teufel hab ich ihn gejagt. Er hat mich mit ebenso erstaunten Augen angeschaut wie heute morgen er. Wo mag er jetzt wohl sein? Ich war bei der Polizei, um es zu melden. Gott weiß, wo er ist. Gott? Ach, was weiß der schon über so etwas. Er sagt nie etwas, er bleibt immer stumm da oben in seinem Himmel. Wir dagegen ... Und doch habe ich immer meine Pflicht getan, ich habe mich aufgeopfert für mein Kind. Wiederholt habe ich ihm zu verstehen gegeben, wie viele Opfer ich gebracht habe, um ihm ein leichteres Leben zu ermöglichen. Nach dem Tod seiner Mutter ... ja, welch schöne Zeit. Es ist merkwürdig, ich habe sie geliebt, sehr sogar. Eines Tages, ich war vierundzwanzig Jahre alt, zog ich ihr die Schlittschuhe an, ich sah sie an, sie sah mich an – es ist kalt hier drinnen. Die Haushälterin hat kein Feuer gemacht. Ich werde sie hinauswerfen, sobald sich eine Gelegenheit bietet. Meinen Sohn des

Diebstahls zu beschuldigen! Das ist doch bestimmt nicht wahr, sie wollte sich vielleicht rächen, er spielte ihr gerne mal einen Streich, der Kleine ... der Kleine. Hätte ich ihn heute morgen um eine Erklärung bitten sollen? Glauben Sie? Aber ich konnte nicht. Ich hatte solche Kopfschmerzen. So, jetzt fangen sie auch noch an Strauß zu spielen, die Fledermaus, ja; gräßlich. Er mag Musik, der Kleine. An Weihnachten hat er mich mit einer auswendig gelernten Sonatine überrascht. Er spielt schon ganz gut für sein Alter. Weihnachten ist drei Wochen her und jetzt ... Da, Schritte auf der Straße! – er kommt zurück, ganz sicher, das ist er. Nein, die Schritte sind zu schwer. Sie entfernen sich ... nichts. Meine Mutter müßte schon nach Hause gekommen sein. Von mir aus könnte sie aber genausogut wegbleiben. Sie würde mir eine Moralpredigt halten von wegen «Strafe Gottes, weil ich seit drei Jahren nicht mehr in der Kirche war». Aber ich kann einfach nicht mehr hingehen seit diesem letzten Mal zwei Wochen vor meiner zweiten Heirat. Brrr, es ist entsetzlich kalt hier, und draußen regnet es, regnet die ganze Zeit. Wie bitte? Was sagten Sie? Was der Pfarrer gesagt habe? Aber wer stellt mir denn da Fragen? Niemand ... Es ist merkwürdig, ich habe Gehörshalluzinationen. Der Pfarrer hatte als Text genommen: «Sie ist nicht tot, sondern sie schläft.» Das ist die Inschrift auf dem Grab meiner armen Minne. Ich heulte und verließ die Kirche. Ich war nahe daran, meine Verlobung zu lösen. Und dann tat ich es doch nicht, ich dachte an ihn, an ihn, der mich nun allein läßt. Oh, wenn er nach Hause zurückkommt, dann kann er etwas erleben. Die einzige Art, Kinder zu erziehen, ist immer noch, sie durchzuprügeln. Niemals habe ich ihn verprügelt – oder vielmehr sehr selten, nur, wenn er zu große Ungezogenheiten begangen hatte, Verbrechen beinahe. Es war entartet, dieses Kind. Es war nicht ehrlich. Ich selbst habe nie gelogen, ich war aufrichtig mein Leben lang. Insbesondere auch mit ihm. Einigemal mußte ich ihn natürlich anlügen, aber im Grund kann man das nicht lügen nennen. Man kann Kindern nicht alles sagen. Zum Glück kommt meine Frau heute nicht nach Hause. Es ist besser, daß sie bei ihren Eltern bleibt. Nein, ich hätte vielleicht nicht ein zweites Mal heiraten sollen. Womöglich war er eifersüchtig, der Kleine. Hm, eifersüchtig. In seinem Alter ist man aber doch nicht eifersüchtig. Man denkt doch noch nicht, man fühlt ja noch kaum etwas. Als ich zwölf Jahre alt war, arbeitete ich auf dem Feld. Die körperliche Bewegung vertreibt ungesunde Gedanken. Aber er ist nicht kräftig, überhaupt nicht. Mit sechs Jahren war er krank, Hirnhautentzündung. Nun ja, ich habe mich nicht bemüht, ihn zu verstehen, ihm beizustehen im Moment der Versuchung. Er war immer so allein. Da, schon halb neun. Und immer noch nichts. Ich schwitze jetzt und friere. Sie behaupten, der Vater solle der Freund seines Sohnes sein? Sie haben doch keine Ahnung vom Leben. Sie da neben mir, der Sie mich auslachen und mit idiotischen Gedanken belästigen. Sie brauchen sich gar nicht so zu verstecken, man hört Sie gut genug. Ich weiß nur nicht, wer Sie sind, zeigen Sie sich, damit man Sie erkennen kann. Aber Sie sind feige und verleumden mich da aus dem Dunkel heraus. Ich weiß nicht, mit wem ich da spreche; hier ist niemand. Aber Sie sagen, daß mein Sohn – was hat er gemacht, der Kleine, was ist ihm passiert, er ist was? Was ist mit ihm?

Da, es klopft. Eine kräftige Stimme. Er ist es also nicht. Jemand von der Polizei. Man will mich sprechen? Ich komme. Guten Tag, mein Herr. Eine traurige Nachricht? Oh, wirklich. Er ist ertrunken, sagen Sie? Im See? Ein Unfall, gewiß, gewiß. Niemand hat an Selbstmord gedacht? Natürlich, in diesem Alter bringt man sich noch nicht um. Hier, für Ihre Bemühungen. Sie dürfen nichts annehmen? Dann vielleicht ein Glas Wein in der Küche ... Keine Ursache, keine Ursache. Sie bringen ihn, sagen Sie? Gut ... Nun bleibe ich allein, ganz allein.

291 Littérature Romande

Erstdruck in *Revue d'art* 1 (1916), H. 3 (September), S. 8-16

Literatur der französischen Schweiz

Abraham. Ein Mysterium nach der biblischen Geschichte. Von F. Chavannes

Die literarische Jeunesse von Genf, die den Duft eines parfümierten Sensibilismus verströmt, überschwemmt die Buchhandlungen mit einer Flut dichterischer Ergüsse. Eigentlich müßte man darüber den in Kürze bevorstehenden Tod der Welschschweizer Literatur diagnostizieren. Nichtsdestoweniger entstehen im Kanton Waadt weiterhin Werke, die es wert sind, von der Öffentlichkeit beachtet zu werden. Fernand Chavannes hat außer seinem *Guillaume le Fou*, das in Genf dafür berühmt ist, nicht verstanden worden zu sein (es hob sich etwas zu sehr vom bekannten *Contrôleur des wagons-lits*, dem melodramatischen Bataille oder vom *Quaker Girl* ab), auch ein interessantes Mysterienspiel geschrieben: *Le mystère* d'Abraham.

Der Protestantismus als Form des Denkens nimmt seit Frommel gemeinhin keinen Platz in der Literatur mehr ein. Der süßschleimige Sirup und die sedierenden Säfte, die Frank Thomas allwöchentlich über einen Kreis von Getreuen ergießt, können allenfalls jenen lieblichen Seelen gefallen, die maßlos gezuckerte Essenzen gewohnt sind. In einer Zeitschrift mit dem Titel *Die frohe Botschaft* vereinigt, senden sie Gedanken in die Welt, die zwar womöglich vortrefflich sind – aber eben doch nur religiöser Käse. Diese im Jargon eines Heilsarmeepredigers dahergestammelten Schriften scheinen mir in ihrem kanaanitischen Dialekt jeglichen auch noch so rudimentären mystischen Sinn zu entbehren. An die Aufrichtigkeit des Herrn Thomas will ich wohl glauben, allein nach irgendwelchem mystischen oder literarischen Ruhm wird er niemals greifen können. Seine Person ist für mich das Sinnbild eines religiösen Geistes, der mediokre Seelen zu Traktätchen animiert. Von der Höhe ihres tönernen Piédestal herab verachten solche Leute dann die arme Herde der Menschen, die sich abmühen, um ihrem Hirn einen neuen Gedanken zu entlocken. Doch es ist leicht, andere geringzuschätzen, sich mit vorgefertigten Modellen zufriedenzugeben, bei denen die Seele ihre Ruhe hat – Einsiedlerkrebse der Religion.

Religiös auf Grund seiner Inspiration, hebt sich das *Mystère d'Abraham* von diesen einbalsamierten Abgeschmacktheiten einer im Verfall befindlichen Religiosität ab. Ich sage das für Leute, die Religiosität mit Religion zu verwechseln pflegen. Auch ist Chavannes' Stück weit entfernt von den ästhetischen Mysterien eines

Claudel. Die Personen in dessen *L'Annonce faite à Marie* lieben und hassen sich, glauben an Gott oder lästern ihn auf etwas belanglose Art. Und der schönen Schlichtheit des Werks merkt man doch einige Bemühtheit an.

Chavannes bezieht seine Inspiration aus dem Landleben. Darin liegt die große Qualität seines Werks, und es ist nicht die einzige. Seine Menschen leben, sie sind Urbilder des Bäuerlichen, angefangen bei Abraham bis hin zum geringsten Knecht. Die Frauen sind keine Heiligen oder Dämonen, sie sind menschlich, urtümlich. Alle Figuren sprechen eine Sprache, die frei ist von Künstlichkeiten, eine Sprache des Volkes, die, angereichert durch einfache Bilder, ihre Sätze rhythmisch zu einem harmonischen Tanz gliedert. Darin liegt eine großartige Leistung. Die waadtländischen Ausdrücke verleihen dem ganzen einen Duft von feuchter Erde. Ich kann mir nur Bauern in den Rollen des Stücks vorstellen, Schauspieler wären hier ziemlich fehl am Platze.

Die Hauptidee des Stücks – die vollkommene Aufgabe des Verstandes zugunsten des Glaubens – gewinnt in der Person Abrahams Gestalt. In bezug auf das Wesen dieses Glaubens möchte ich gleich eine Einschränkung machen und auf den fundamentalen Unterschied zwischen der Frömmigkeit des Rechtgläubigen und der Religiosität des Mystikers hinweisen. Der Charakter Abrahams wird im Verlauf meiner Ausführungen dann klarer hervortreten. Der Rechtgläubige orientiert sich ausschließlich am Nutzen; sein Glaube ist materieller Natur und bar aller Metaphysik. Das Wohl, das Gott dem Rechtgläubigen als Gegenleistung für seinen Gehorsam angedeihen lassen mag, ist greifbar und konkret gedacht, auf Erden wie im Himmel. Der Rechtgläubige meint, allein im Besitz des wahren Friedens zu sein und im Namen dieses Vorurteils die Verblendetheit der ihn umgebenden Menschen verdammen zu können. Dogmatisch urteilt er über jede Äußerung; seiner hochmütigen Selbstsicherheit erscheint jeder Versuch des Verstehens überflüssig. Das lebendige Wort hat er in Stein verwandelt, um daraus Instrumente des Richtens zu machen. Das Leben interessiert ihn nicht, solange es sich nicht in sein doktrinäres Schema pressen läßt. Ein für alle Mal hat er ein Stück der ewigen Seligkeit gepachtet und zahlt regelmäßig sonntags per Kirchgang seinen Mietzins. Gott seinerseits schuldet ihm Beistand mit gutem Rat. Der Rechtgläubige ist tagtäglich nur am Herumfeilschen, Herumkritteln und Vorwürfe erheben. Gibst du mir, so geb ich dir – das ist seine Devise.

Der Mystiker dagegen ist in beständiger Verbindung mit Gott. Er fühlt sich klein und gemein, er sieht, daß seine Niedrigkeit groß ist, und ist von diesem Wissen tief durchdrungen. Gewiß im Ungewissen, entsagt er jeder Auflehnung. Gott und er sind miteinander verbunden, sie bilden eine Einheit. Der Mystiker geht ganz in die erwählte Göttlichkeit ein, und Gott erfüllt ihn. Der Rechtgläubige und sein Ratgeber sind das genaue Gegenteil. Sie verkehren miteinander wie zwei klar abgegrenzte Personen, die durch einen Handelsvertrag miteinander verbunden sind. Der Rechtgläubige kämpft niemals für ein Ideal; ihm reicht, was er ist. Sein Glaube könnte niemals Berge versetzen, da er nicht einmal imstande ist, sein eigenes Dasein zu verändern. Der Mystiker kämpft niemals *gegen* Gott, er kämpft *mit* ihm; das ist der grundlegende Unterschied zwischen diesen beiden Mentalitäten.

Zwei Beispiele, die diese unterschiedlichen Haltungen vielleicht verständlicher machen. Für Jean Christophe *(Le Buisson ardent)* ist Gott ein streitender, er thront nicht im Himmel, allmächtig und streng, oder, mit den Worten Baudelaires:

Wie ein Tyrann, bis zum Halse voll mit Fleisch und Wein.

Vielmehr muß er, genau wie wir, um seine Existenz kämpfen. Nur durch fortwährenden Kampf kann er existieren. Diejenigen, die sich ihm anschließen, die an ihn glauben, sind Helfer, die rastlos gegen das ihm widerstreitende Prinzip ankämpfen. Sie setzen ihr Leben dafür ein, so ihre Existenzberechtigung zu erringen. Kein Wort von einem materiellen Lohn. In uns selbst tragen wir Gottes Heil. Unterwürfige Frömmelei ist in dieser Vorstellung von Gott völlig ausgeschlossen; sie wird deswegen auch von den dogmatischen Kirchen abgelehnt, die aufgehört haben, die individuelle Wahrheit zu suchen, und zwar in jedem Menschen, die vielmehr alles spirituelle Denken schematisieren und zu etwas Mechanischem machen. Die Religion ist kein seelisches Ereignis von großer innerer Tragweite mehr, sie ist zu einem wohlerzogenen Klischee eingetrocknet. Moses war solch ein Rechtgläubiger, und seine Frömmigkeit mußte, da sie auf den unmittelbaren materiellen Vorteil abstellte, die großen Propheten abstoßen, denen seine semitische Seele fremd war. Doch mit unseren Kirchen ist es soweit gekommen: Sie können nicht mehr kämpfen, da sie individuelle Religiosität und mystischen Glauben nie erfahren haben. Wir sind weit entfernt von einem Léon Bloy, der Gott in seiner Bedrängnis und Einsamkeit trösten will, oder von einem Verlaine:

Doch gib mir die Kraft und den heiteren Mut
Dir auf immer treu zu sein wie ein Hund.

Abram verkörpert den Rechtgläubigen, Abraham dagegen den Mystiker, der Gott sucht und der ihn verstanden hat. Abram personifiziert den Geist des Alten Testaments. Niemals stellt er sich Gott abstrakt vor, immer sind Elohim und Jehovah Personen mit den Wesenszügen der jüdischen Seele. Chavannes hat diesen Händlergeist hinter sich gelassen und diesen dürren Charakter durch ein mystisches Vertrauen veredelt, durch tief christliches Opferbedürfnis. Sein Stück handelt davon, daß Isaak Gott als Brandopfer dargebracht werden soll.

Die Tiere auf den Feldern, die Vögel der Lüfte, die Fische im Meer.
Wir selbst, auch uns belebt er mit seinem Atem. Auf daß er seinen Atem wieder von uns nehme und wir gleich werden der Asche auf dem Weg ...
Es ist denn recht und gerecht, daß wir in allen Dingen seinen Willen tun
Daß wir seinen Willen annehmen, wie hart er auch sein mag, daß wir seinen Willen tun bis zum Tod.

Sodann:

Nicht, was ich will, Herr, sondern was du willst.

Chavannes wollte Abraham zum wahren Vater Jesu machen und nicht zum Patriarchen der jüdischen Nation. Er konnte nicht anders, da er selbst eine mystische Seele besitzt. Es ist interessant, daß er als Nachkommen Abrahams die poetischsten Figuren des Alten Testaments ausgewählt hat: Boas, als neuen Abraham, und Ruth, als neue Hagar.

Erntend, wo er gesäet, und wiederum säend, treu, vertrauensvoll und rein.

David, voll des Glaubens, Bethsabe und Salomon, voll der Weisheit, und Sulamit.

Abraham fühlt den Tod nahen, er hat Angst vor dem dunklen Engel.

Nun habe ich Angst! Ich habe Angst, weil ich den Todesengel kommen höre;
Gewiß ist sein Anblick furchtbar, und sein Schritt entsetzt mich.

Der Engel von früher nähert sich:

Du bist es? Der Engel des Todes ist denn der gleiche wie der Engel des Lebens! Ich erkenne dich wohl ... Schon habe ich weniger Angst, und ich kenne dich gut genug, um bald gar keine Angst mehr zu haben.

Abraham ist zunächst ein Rechtgläubiger und wird dann zum Mystiker. Allerdings nur sehr wenig mystisch, um genau zu sein. Aber sein Glaube ist schön durch die Einfachheit, die in ihm immer wieder zum Ausdruck kommt; es ist ein Abraham, der bereits Jesus kennt, ein semitischer Patriarch aus dem Blickwinkel des Neuen Testaments. Chavannes ursprüngliche Absicht zielte wohl auf eine genaue Rekonstruktion nach der Bibel. Aber beim Schreiben ist aus dem alten, ängstlichen Juden, der seine Frau den Königen der Länder gibt, durch die er kommt, ein Mensch unserer Tage geworden, ein Bauer, der einfach liebt, wenn er diejenige sieht, die er liebt. Er empfindet väterliche Zuneigung, und er drückt sie aus. Sarai, die zänkische Megäre, quält ihn manchmal, aber er beklagt sich nicht. Er bleibt sich immer gleich, ohne sich zu entwickeln; seine Seele, die durchaus auch habgierig ist, hat manchmal Anwandlungen von großem Schwung. Er hat sich gewisser Tricks bedient und betrogen, um zu Reichtum zu gelangen oder um Gefahren zu entrinnen, aber er hat geglaubt. Auf materielle Weise zwar, aber er hatte seinen Glauben, fast immer wohl denjenigen des Rechtgläubigen, der mit seinem Gott streitet und handelt, aber einen ehrlichen, urtümlichen Glauben. Und darin besteht das große Verdienst von Chavannes: Ein Mysterienspiel von dramatischen und lyrischen Qualitäten geschrieben zu haben, ohne psychologische Entwicklung, ein Mysterium, in dem man tiefe, verborgene Gedanken suchen muß, und: Daraus die reine, einfache Liebe des großen Patriarchen zu seiner ägyptischen Magd Hagar hervorwachsen gelassen zu haben.

ABRAHAM: Ich habe eine Hirschkuh der Wüste genommen, eine wilde Gazelle habe ich genommen.
Ich halte meine Freundin bei der Hand, mit dem kleinen Finger halte ich meine Freundin,
Bald ziehe ich sie zu mir hin wie einen Ast voller Früchte,
Bald halte ich sie von mir weg wie einen Strauß, den ich besser sehen will.
Einen Strauß Majoran, einen Strauß blühenden Thymians.
Und wenn sie fern ist, habe ich Lust zu leben, und wenn sie nah ist, habe ich Lust zu sterben ...
Wie eine Blume, die ich auf meinem trockenen Weg gepflückt habe, eine dunkelviolette Blume, und ich rieche daran;
Wie eine Frucht in meinem Mund an einem Tag des Durstes,
Und wie die Kühle der Nacht nach der Hitze des Tages.

Gefällige Komplimente muß man den Mittelmäßigen vorbehalten. Die Starken muß man verstehen. Ich würde Chavannes beleidigen, wenn ich ihn in der Art pseudo-literarischer Blätter rühmen würde.

Von sechzehn bis zwanzig. Gedichte. Von P.-L. Matthey

Wenn ich gezwungen war, mir die Hände in der Brühe schmutzig zu machen, die die Hirne der heutigen Verseschmiede absondern, wenn ich mitansehen muß, wie die Muse, die sie jeden Tag und jeder Stunde anrufen, ein vom Regen von sechzig Sommern ausgewaschenes und vom Schmutz jedweden Plagiats starrendes Kleid anlegt, dann greife ich gerne wieder zu den Gedichten von P.-L. Matthey. Ich werde hier kein Loblied singen und auch kein neues, von der Aureole frühlingsjunger Begnadetheit umstrahltes Genie entdecken; ich möchte allenfalls ein Talent bekanntmachen, das die Öffentlichkeit ablehnt, um es nicht verstehen zu müssen, und demgegenüber die kleinen Parnaß-Pedanten vor Neid und Gehässigkeit triefen dürften. Wesentlich sind dabei drei Punkte, drei nicht vorhandene Dinge, die Mattheys Persönlichkeit allein schon charakterisieren müßten: 1. Das absolute Fehlen von Hurrapatriotismus. 2. Das absolute Fehlen von kleinen leichten Mädchen, von Bars, von Bordellen, von Schmutz. 3. Das absolute Fehlen einer literarischen Schule, keinerlei Ergebenheitsadressen an die Meister der Literatenzirkel. Ein Dichter, der es einmal wagt, er selbst zu sein.

Damit wird auch gleich eine dreifache Abneigung dieses Dichters deutlich. Die Abneigung gegenüber der Öffentlichkeit, der großen Öffentlichkeit, der Öffentlichkeit von Wahlversammlungen und kantonalen Bewunderungsbanketten; dann die noch tiefere Abneigung gegen die literarische Bohème und schließlich die Abneigung gegen die wechselseitigen lobrednerischen Komplimente, mit denen man sich vom alten Poeten bis zum jungen Dichterling gegenseitig überhäuft, um mittels des bekanntgewordenen Namens die Wertschätzung des wohlmeinenden, traditionsverbundenen Publikums zu gewinnen (zu erschleichen). Dies sind drei große Abneigungen, für die man einen Dichter bewundern kann. Matthey hat aber noch positivere Eigenschaften.

Er ist keiner, der nach dem Parnaß strebt, er ist kein Symbolist. Er ist er selbst. Er ist aufrichtig. Er ist ein Sünder, und er weiß es. Er hat die tragische Existenz des Dichters begriffen. «Dichter sind keine glorreichen Wesen.» Das Zitat von Suarès zu Beginn des Bandes gibt die Geisteshaltung zu erkennen.

Seine Verse kommen schweren Schrittes daher und schreien ziemlich laut ihren Schmerz hinaus. Es sind große, grobschlächtige Verse. Doch ihre Augen sind voll erlebter Bilder. Alle haben sie eine verborgene Seele, gewachsen aus unverstandener Schönheit und vergeblichem Mut, einem Mut, der weniger als nichts einbrachte. Sie machen sich demütig davon, ohne zu großen Blockschrift-Worten Zuflucht zu nehmen, manchmal blasphemisch ohne Überzeugung (es ist so trauriges Wetter heute), manchmal weinen sie offen über die Sünde, die sie in sich tragen. Und der Prozession ihrer Hoffnungslosigkeit geht der Mann voran, der ihnen eine Seele des Leids gegeben hat. Sehr langsam geht er den nur zu parallelen Wagenspuren nach und trägt einen Toten auf den Schultern. Der Leichnam wird bei jedem Schritt schwerer und anstrengender zu tragen, denn die Enttäuschung nährt ihn und die Sünde läßt ihn wachsen. Der Tote zieht eine Fratze. «Er sieht mir ähnlich, aber er ist nicht ich, denn er ist aus dem Laster geboren, das mich verzehrt. Er ist nicht einmal mein Bruder, er ist mein schlechtes Ich.» Die Freuden, die ihnen auf seinem Weg begegnen, wird er nicht zu kosten wagen, der Kuß wäre zu belebend. Zu große Lust verlangt nach Selbstmord.

Die Erbsünde schmeckt nach bitterer Asche, und alles Nährende, was zum Munde geführt wird, besitzt diesen galligen Geschmack. Es gibt keine Schönheit, wenn die Seele traurig ist, und Niedertracht verdüstert alle Farben. Man darf die Stimme nur innerlich singen lassen und muß sie dann und wann bewachen. Der Schmerz ruft den Wunsch nach Einsamkeit wach, ihm widerstrebt der alltägliche Kontakt mit der allzu gemeinen Menschheit. Warum sollte der Dichter sich auch mit den Menschen befassen, die ihn umgeben, da er doch die Menschheit in sich trägt? Gesellige Dichter habe ich nie verstanden; ihre Persönlichkeit muß sehr mittelmäßig sein, daß sie nicht wagen, sie zu besingen. Von sich selbst müßten sie übervoll sein. Doch man hat das Lyrische seit je verkannt. In den Augen des Publikums stellte die gereimte Anekdote eines Coppée oder das Historiendrama eines Victor Hugo mit seinen pompösen Alexandrinern das Ideal der Poesie dar. Da konnte Verlaine kommen, man hat seinen Schmerz nicht verstanden, und Laforgue ist mit siebenundzwanzig Jahren als Unbekannter gestorben, weil er zu ironisch geschluchzt hat.

Matthey hat bewußt den Weg des Unpopulären gewählt, der von Mädchenpensionaten und Valette- oder Rambert-Preisen weit wegführt, hin zur Beachtung von seiten einiger armer Dilettanten, die auf immer unbekannt bleiben.

Vielleicht aber ist dieser Weg besser als die breite Straße des Journalismus.

Geschlossenheit, durchgängig vom Anfang bis zum Schluß des Buches. Nur ein einziger Mißton, das *Zwischenspiel*, dessen Sinn ich nicht verstanden habe. Eine nokturne Ironie großen Stils bei der tragischen Schändung des Liebestryptichons. Und diese bewundernswürdige «poetische Kunst»: Konfession, wirkliche Lyrik, Programm, inneres Ereignis, Glaubensbekenntnis.

Hier liege ich nun geschlagen und öffne vergebens meine Hände,
Habe mich entschlossen, einsamer zu sein als ein Baum,
Auf dem die Nacht lastet mit Wolken, Hagel und Raum.
Hier bin ich, unfaßbarer als die Luft zwischen meinen Fingern,
Zum Zerreißen gespannt wie ein straffgezogenes Seil,
Da ich mir eine Kulisse male zu meiner Genesung.

Ich habe keinerlei Vorbehalte anzumelden; wollte ich Matthey kritisieren, würde ich mich lächerlich machen. Ich will mich damit begnügen, ihn ohne Einschränkung zu lieben, da er tiefreichende Gefühle in mir ausgelöst hat, keine bloß ästhetischen, sondern im Innern empfundene.

Und da der Abend, die Weste übergezogen, den Kopf gesenkt,
Mit hängenden Armen und abwesendem Gesicht
Schwer die morastigen Pfade beschritt
Hin zu den Höfen, wo die heimkehrenden Kühe die Ruhe einläuten,
Bin ich wieder aufgebrochen auf dem entfliehenden Weg.
O du, die du mich hörst – schon bin ich so fern,
Daß es gänzlich sinnlos ist, mir noch zuzuwinken ...

Erläuterungen:
Fernand Chavannes (1868-1936) und *Pierre-Louis Matthey* (1893-1970) zählen aus heutiger Sicht zu den bedeutenderen waadtländischen Autoren. Chavannes' Mysterienspiel erschien 1916 bei C. Tarin in Lausanne (Cahiers vaudois II/10, 89 S.), Mattheys Gedichte bereits 1914 im gleichen Verlag (Cahiers vaudois I/7, 96 S.).

Le buisson ardent: i. e. der neunte Teil in Romain Rollands Romanwerk *Jean Christophe.*

298 Curiosités

Revue d'art, 1. Jg., Nr. 3 (September 1916), S. 16

Kuriositäten

M. R. Piachaud hat uns anläßlich unserer ersten Nummer einen überaus groben Brief geschrieben, den wir unbeantwortet ließen. Da diesem Herrn jedoch einfiel, über unsere Zeitschrift Gerüchte zu verbreiten, die nach politischen Machenschaften riechen, gaben wir ihm deutlich zu verstehen, welch widerwärtigen Eindruck sein Verhalten bei uns hinterlasse. Auf unsere Aufforderung, sich zu erklären, antwortete M. R. Piachaud nicht, und wir glauben, seine *Klugheit* habe ihm geraten, zum besten seiner Interessen so zu handeln. Wir werden auf die Ranküne dieses gescholtenen Schulbuben nicht mehr zurückkommen.

Herr Charly Clerc hat die halbe Deutschschweizer Literatur in Genf monopolisiert. Einige Freunde aus Zürich verweisen uns auf seine ärgerlichen Adaptionen, die den wahren Geist des *Schweizerlands* verkennen, und auf gewisse Kritiken, die von einem völligen Unverständnis der bildenden Kunst von seiten dieses doktrinären Paukers zeugen.

Das Direktionskomitee der Schillerstiftung hat den Kauf von hundert Exemplaren der *Epopée du Solitaire* des Herrn Grandjean beschlossen. Noch einige Jahre, und die Auflage wird vielleicht sogar vergriffen sein.

Die Redaktion der *Pages d'Art* gratuliert dem gleichen Frank Grandjean zum unerwarteten Erfolg seines «schönen Gedichts». Wir wollen glauben, daß es sich da um einen Druckfehler handelt.

Erläuterungen:
Charly Clerc: Den Kritiker und Schriftsteller Charles Clerc (1882-1958) hatte Glauser im Landerziehungsheim Glarisegg noch als Lehrer erlebt. Ein Ohrfeigen-Rencontre mit ihm hätte 1911 beinahe Glausers Verweis von der Schule zur Folge gehabt (vgl. Briefe 1, S. 8 f.). Mehr als zwanzig Jahre nach der vorliegenden Invektive, im Oktober 1937, nahm Glauser nach einer wohlwollenden Besprechung des *Wachtmeister Studer*, die Clerc in der *Gazette de Lausanne* publiziert hatte, wieder Kontakt mit seinem einstigen Lehrer auf (vgl. Briefe 2, S. 778).

301 [Aus einem Essay über Léon Bloy]
Erstdruck in Hugo Ball: Die Flucht aus der Zeit, München 1927, S. 146-147

«Der junge Clauser bringt mir heute abend einen Aufsatz über Léon Bloy», schreibt Hugo Ball am 6. 2. 1917 an Emmy Hennings. «Da ihn niemand drucken mag», vermerkt er noch am gleichen Tag in seinem Tagebuch, «will ich die Hauptsachen daraus notieren.» Gedruckt wurde der Text in der Tat nirgends, so daß die von Ball exzerpierten Passagen die einzig erhaltenen sind. Im übrigen ist anzunehmen, daß der Essay nur kurz vorher, also zu Beginn des Jahres 1917, entstand. Zwar wird der Text bereits in einem Schreiben erwähnt, das die beiden bisherigen Ausgaben von Ball-Briefen (Einsiedeln 1957, S. 55 und Zürich 1978, S. 54) auf Frühling 1916 datieren; aus verschiedenen anderen Querbezügen ergibt sich jedoch, daß der betreffende Brief erst ein Jahr später, im Frühjahr 1917, geschrieben wurde.

302 Der Märtyrer
Handschriftlich korrigiertes Originaltyposkript im Nachlaß,
11 Seiten (S. 1-5 u. 7-12)

«Von Genf aus sandte Glauser mir eine inhaltlich recht interessante Erzählung, *Der Märtyrer*, die ich der *Neuen Zürcher Zeitung* einsandte, eventuell, falls sie dort nicht angenommen wird, an die *Weißen Blätter* weiterleiten will», schrieb Charlot Strasser am 12. 8. 1917 an Hans Bodmer, den Quästor der Schweizerischen Schillerstiftung. Als Entstehungszeit des Textes dürfte somit der Sommer 1917 feststehen. Erschienen ist der Text hingegen nirgends.

Das erhalten gebliebene Typoskriptfragment ist hinsichtlich der Papiersorte und der Schreibmaschinentype identisch mit den Textvorlagen der Erzählungen *Der Leidsucher* (Teil 1) und *Der Kleine* (II) sowie der Sammlung von 26 Gedichten, die Glauser im Frühjahr 1920 zusammenstellte und abtippte. Bei den erhalten gebliebenen Seiten des vorliegenden Textes handelt es sich um eine Reinschrift, die wahrscheinlich für den Erzählungsband gedacht war, den Glauser seit Herbst 1919 plante (siehe Briefe 1, S. 59).

Im übrigen empfand Glauser den *Märtyrer* als die einzige seiner frühen Arbeiten, die er nach der Rückkehr in die Schweiz 1925 noch gelten lassen wollte. So schrieb er nach der Durchsicht seiner alten Manuskripte am 10. 7. 1926 an Müller: «Wenn Sie einmal eine Stunde zu verlieren haben, so lesen Sie das Zeug. Zur Publikation käme einzig *Der Märtyrer* in Betracht. Für ihn habe ich noch ein wenig Sympathie.»

311 [Ohne Titel]
Handschrift im Nachlaß, 8 Seiten

Für dieses Fragment waren keinerlei Datierungshinweise zu finden. Aus der Art der Handschrift, die einen sehr unregelmäßigen Duktus aufweist, geht lediglich hervor, daß der Text vor Glausers Eintritt in die Fremdenlegion entstanden sein muß. Ein terminus post quem ergibt sich weiterhin aus einer gestrichenen Passage, in der Meyrinks 1915 erschienener Roman *Der Golem* erwähnt ist.

Die erzählten Begebenheiten sind unverhüllt autobiographisch; Glausers Vater war – wie der Dr. Huber des Textes – Rektor einer deutschen Handelshochschule, und auch die Episode mit dem angebissenen Stück Fleisch dürfte auf ein reales Kindheitserlebnis zurückgehen, da sie in Glausers 1938 begonnener Autobiographie *Damals in Wien* erneut erzählt wird.

323 Die Bekehrung
Handschrift im Nachlaß, 46 Seiten

Über die Entstehungsgeschichte dieses Fragments, Glausers einzigem umfänglicheren Versuch in der dramatischen Form, liegen zwei Hinweise vor. Zum einen spricht Glauser in seinem Münsinger Lebenslauf von 1925 davon, in Ascona mit einem Drama begonnen zu haben (siehe S. 369). Zum anderen teilte er am 31. 7. 1923 Hans Müller-Bertelmann aus Paris mit, er habe «viele Pläne, Romane und eine Christuskomödie (horror pastorum!) im Kopf, die gerne ans Licht kommen möchten.» (Briefe Bd. 2, S. 957) Der vorliegende Text ist jedoch aller Wahrscheinlichkeit nach schon 1919/20 oder früher entstanden, denn das Manuskript ist in einem selbstzusammengebundenen Heft von Blättern verschiedenen Formats enthalten, in dem sich weiter hinten Teile der Übersetzung von Flauberts *Tentation de saint Antoine* finden, welche Glauser im Frühjahr 1919 in Angriff genommen hat. Für die Datierung in die Jahre 1919/20 sprechen auch die stilistische Eigenart der Sätze sowie der noch außerordentlich unregelmäßige Duktus der Handschrift. Außerdem ist es sehr fraglich, ob Glauser 1923 in Paris und danach in Belgien überhaupt geschrieben hat. Die Arbeit als Casserolier und dann als Mineur hat ihm gewiß nicht die Muße gelassen, nebenher noch schriftstellerisch tätig zu sein.

Auf dem Deckblatt des Manuskripts hat Glauser ein Personenverzeichnis notiert, das jedoch mit den Rollen des Textes nicht völlig übereinstimmt. Es sei der Vollständigkeit halber hier wiedergegeben:

Personen
- Pilatus, Statthalter von Syrien und Palästina
- Porcia, seine Frau
- Ischa ben Mariam, gen. Jesus Christos, Prophet
- Barrabas, ein alter Schauspieler
- Kaiphas, Hoherpriester
- Gaius Rhetor, Advokat
- Marius Cimber, Advokat
- Apollonius von Thyana, Magier
- Simon Magus, Magier
- Joseph von Arimathia, Kaufmann
- Soldaten
- Jünger

349 VI. Abend der «Biedermeier»: Eduard Mörike
Erstdruck in *Schweizer Freie Presse* 38 (1921) Nr. 60 (12. 3.)

Die «Gesellschaft der Biedermeier» war einer vom Badener Apotheker Münzel gegründete allgemein-kulturelle Vereinigung. Dr. Karl Surläuly (1896-1969) war Deutschlehrer in Baden.

351 Konzert in der reformierten Kirche
Erstdruck in *Schweizer Freie Presse* 38 (1921) Nr. 65 (18. 3.)

355 Anamnese, vom Patienten selbst geschrieben
(19. Juli 1920):
Typoskriptabschrift in der Krankengeschichte der Psychiatrischen Klinik Burghölzli, 2 Seiten

Glauser schrieb diesen Text während seiner Behandlung im Inselspital Bern.

358 Lebenslauf Burghölzli
(5. August 1920):
Handschrift in der Krankengeschichte der Psychiatrischen Klinik Burghölzli, 2 Seiten

359 [Tagebuch Burghölzli]
(14.-30. August 1920):
Handschrift im Nachlaß (schwarzes Wachstuchheft), 20 Seiten

Diese Aufzeichnungen über den Aufenthalt in der Psychiatrischen Klinik Burghölzli schrieb Glauser für seine Freundin Liso von Ruckteschell, offenbar, weil die rege gegenseitige Korrespondenz auf Antrag des Vormunds von den Psychiatern unterbunden worden war. «Meines Erachtens hat die zwischen Glauser und Fräulein de Ruckteschell in einem derart erregten Tempo geführte Korrespondenz wenig Sinn, und es würde der Sache wohl eher dienen als schaden, wenn die beidseitigen Briefschaften vorläufig zurückgelegt würden», heißt es in einem Brief Schillers an die Direktion der Klinik vom 11. 8. 1920. Drei Tage später beginnt Glauser mit seinen Aufzeichnungen.

Die in *Morphium* (1980) veröffentlichte Transskription der Handschrift enthält zahlreiche Fehler. Sie wurden im vorliegenden Text berichtigt. Dadurch ergaben sich teilweise neue biographische Bezüge, so z. B. beim Wort «Molino» (S. 360; in *Morphium*, 1980, «Motiv»), womit jene Mühle bei Ronco gemeint ist, die Glauser und seine Freundin im Frühjahr 1920 bewohnt hatten. In *Ascona. Jahrmarkt des Geistes* erweist sich der Assoziationszusammenhang von Kamin und Schlange als durchaus realer: eines Tages war nämlich unter dem Kamin der baufälligen Mühle eine «feiste Ringelnatter» hervorgekrochen.

367 [Lebenslauf Münsingen]
(4. Mai 1925):
Handschrift in Privatbesitz, 4 Seiten.

Glauser schrieb diesen Lebenslauf bei seinem zweiten Eintritt in die Psychiatrische Klinik Münsingen.

Anne Cuneo
Herz aus Eisen
Der erste Fall der Marie Machiavelli

»Als er mein Büro betrat, sich im schäbigen Sessel niederließ und mit filmreifer Eleganz die untadelige Bügelfalte seiner Hose zurechtrückte, war er im Begriff, mein Leben zu verändern.« Und so wird die Finanzberaterin zur Detektivin.

Voll Ironie und Spannung erzählt Anne Cuneo diesen ersten Fall der Marie Machiavelli. Der Gegenstand ist ernst: Eine Familie aus besten Kreisen wird plötzlich mit einer Vergewaltigung konfrontiert, es kommt zu einem Mord. Marie Machiavelli muß sehr behutsam ans Werk gehen.

Anne Cuneos neues Buch ist ein Kriminalroman und ein Versuch, mit grimmigem Humor und Leichtigkeit zugleich ein schmerzliches Erlebnis zu verarbeiten.

»Anne Cuneo inszeniert ihren literarischen Krimi auf gewitzte Art; gekonnt zeichnet sie ihre Figuren, allen voran die toughe Heldin Machiavelli, deren Seelenleben, deren Höhenflüge und Abstürze.«
Facts, Zürich

»Anne Cuneo verzichtet auf Showdowns im Morgengrauen, sie erspart uns unappetitliche Details und erzählt diesen Krimi angenehm solide mit einem feinen Gespür für Orte, Personen und Stimmungen. Ein Hauch von Schweizer Gemütlichkeit weht durch ihren Roman und bringt eine angenehme Ruhe in die aufregenden Verwicklungen. Kurz: ›Der erste Fall der Marie Machiavelli‹ macht Lust auf mehr.« *Sender Freies Berlin*

»Anne Cuneo beweist wie ihre Heldin, die als Finanzberaterin eher durch Zufall zur Detektivin wird, meisterliches Geschick und kriminalistischen Grips.« *Neue Luzerner Zeitung*

Limmat Verlag
Rieterstrasse 18, CH-8027 Zürich